中国博士后科学基金特别资助项目 (2015T80945)

中国博士后科学基金面上资助项目 (2014M552293)

重庆市博士后科学基金特别资助项目 (Xm2014010)

四川省教育厅科研创新团队项目 (17TD0032)

清代汉赋学理论与批评

何易展 著

人民出版社

赋笔诗心（序一）

许　结

“品说群生志，才华最达人。诗心随羽翰，赋笔接天辰。万里平戎策，三年博士纶。雄风何易展，忆昔锦城春。”拙撰五律，是何易展学棣完成博士论文并以优绩通过答辩后的赠作，现以木雕匾额悬挂于易展主事之四川文理学院“巴文化研究院”正壁。倘自笺诗意，我想解释其中几个词语：首先是“达人”，此虽当今网络时语，但于易展，则有双重意蕴，一曰地域概念，即易展为四川达州人；二曰文学品鉴，达者大也，大道通畅之义，而易展为文，或有如苏东坡《文说》自谓“吾文如万斛泉源，不择地而出”者。由此观三四句之“诗心”与“赋笔”，殊非敷言对词，乃易展好“诗”擅“赋”之谓。记得当时易展负笈远游，南雍考博，笔试成绩平平，然其仿效唐人“投卷”之诗赋作品，真乃惊俗眼而振雅音，“心随羽翰”，“笔接天辰”，非“诬”“谑”语。诗之第七句嵌入易展名，要在“何”字作双关，即“谈何容易”与“何等容易”，言外之意，逞韬略，展雄风，全在人生之愿景、学术之修行。末句之“锦城”（成都），指某年我往四川师大讲课，易展正读硕士，坐列堂下，缔师生之缘仅在一瞬间，其治赋学之愿景，或由此发轫。

岁月匆匆，易展博士毕业已多年，文事通达，斐然名声，顷得其新成书稿《清代汉赋学理论与批评》，曰付梓在即，嘱为序。《尔雅》云：“序，绪也。”吕东莱曰：“凡序文籍，当序作者之意。”易展书稿既有“绪论”在前，复有“后记”居末，冷暖自知，置言不慎，恐为复赘之讥。于是回想易展昔时所作文，今日所陈论，我有感于家乡桐城之老辈有关“义理”“考证”“文章”之论。姚惜抱《述庵文钞序》云：“鼐尝论学问之事，有三端焉：曰义理也，考证也，文章也。是三者苟善用之，则皆足以相济；苟不善用之，则或至于相害。”由此肇起争端，偏胜之说接踵，迨至清末民初姚仲实致同乡方伦叔书，掇旧说而平其争，以为“窃谓古今之学，义理外惟训诂、词章。词章之学，其托业未必胜乎二者。然而二者之学，每相訾謷，惟词章实足以通二家之邮而息其诟”。易展为人颇有古风，先为“文”而后治“学”，置之赋域，实善作赋而论赋，故与无文而空号“学”与“术”者不侔。因观易展治“学”之“文”，诚如姚仲实所言“为词章者，欲气之盛，则必从事于义理，以求慊其心；欲词之古，则又必从事于周秦两汉之书，以通其训诂”（《答方伦叔书》）。

易展早先习唐赋有成，后规摹汉赋，多征清人好古之论，昔人谓舜之大知，在“执其两端，而用其中”（《礼记·中庸》），其治赋学，或此之谓。忆往博士录取之日，我以绝句寄易展以曲通其意，诗云：“蓬门今始为君开（借杜公句），契翕蓉城忆旧醅；赋笔诗心同一脉，潜心学术莫徘徊。”博士毕业后，易展又入西南大学博士后流动站从刘明华先生治诗学，“赋笔诗心”，由是彰显。读易展新书稿，信然！

丁酉仲春某日午餐后草于南京秦淮河畔之龙江公寓

从大诗学的视野审视赋史发展（序二）

刘明华

诗赋之学是中国古典文学研究的主要传统，对于诗赋的理论的探讨总结也代不乏人，成果繁富。但对于诗、赋的关系，迄今尚是诗学研究领域中存在争论的主要问题。先秦、汉、唐及清代，对于赋体与诗体而言，都是理论思考极为重要的时期。

《清代汉赋学理论与批评》，是我的第一位博士后何易展博士的出站报告的修缮稿。他选取上古和近古两个比较重要的时期回溯赋体的发展。这两个时期遥距千年，看似不相关联，但就学术史和文学发展而言，二时期的关系却极为密切：诗赋之学在汉代得到开张，而至清代，诗赋之学又重新得以理论总结。清代诗学和赋学已然成为经学研究不能缺失的范畴，这也使诗赋之学的经典地位得到进一步巩固。作者将诗赋之学融合，从大诗学的视野来审视赋史发展，这是本书最重要的理论视角和理论亮点。

作者关注赋学多年。从 2005 年起，作者就致力于赋学研究，先后负笈成都、南京，在四川师范大学、南京大学持续从事赋学研究。其在南京大学攻读博士期间，已经对清代赋选和相关赋学理论著作做过相当深入的考辨和研究，其博士论文《清代汉赋选研究》代表着这一时期的思考。继而再进入西南大学文学院博士后流动站深研其课题，完成这部专著。颇可称道的是，在博士后流动站期间，结合博士后研究课题，获得国家社科基金项目、中国博士后基金面上项目和特别资助项目，以及重庆市博士后特别资助重点项目等资助，为课题的深入持续研究，获得了较好的工作条件。他作为本学科第一个进站的博士后，在科研立项和论文发表方面，也开了个好头，为后来者树立了标杆。

易展在博士后期间，发表的诸多相关论文，以理论批评为主，但却以丰富翔实的文献资料为基础，结合文学、文献学、历史学和社会学等多学科方法和视野，重点探讨了赋体、赋源、赋用、赋法等理论问题。并以点面结合的方式，详细辨析了清代学者对汉赋学的理论认知与总结，特别是结合当代学人研究和考古学成就，对清代诗学和赋学理论阐释既言中肯綮又能发覆蒙敝，读之豁然以明。

赋、诗的关系历代阐释不同或见解互异，究其根本，乃在于历代赋、诗概念的迁衍与延伸变化。显然，先秦“赋”的概念与内涵是不完全同于汉唐或明清之“赋”的，“诗”的概念与内涵也是具有历时性与共时性的。基于这一理性逻辑，作者重新还原清代学者“古赋”“古诗”何谓的理论解说，并从中纳入自己独到的体悟与见解。

从《周礼》时代，赋、诗就有极密切关系，这种关系一直是很难道明的，从班固的“赋者，古诗之流也”的推论肇始，人们一直认为赋是从属于“诗”的，但赋同时又是可以兼“诗六义”的，因此赋又可以包纳“诗”。当然，赋从属于“诗”，并不是指后来诗学范畴的“诗”，而是指“古诗”。而先秦“古诗”范畴的衍化，从大诗学角度来看，见得后来的赋体正是兼取了古诗的诸多特征，融风、雅、颂、兴、比诸义。因此赋、诗的结缘是渊懿宏深的。

在我看来，赋学研究是鸿通博雅之学，雅涉文献学、文章学、文体学、文艺美学等诸多领域，但除开文学的耕籍之外，尚可从文化学的视野来垦殖和耕耘。清代刘熙载所谓“赋兼才学”，正是道破赋体博雅渊懿的文化功能。易展博士倾心于诗赋研究，在辞章方面，亦有造诣，他既能作诗亦能作赋，其才情与颖悟在书中也略有所陈。易展是大巴山人，为人为学，均得巴山蜀水之气质。朴实、内秀、勤奋、执着，表现于文学和学术，可谓厚重与灵动兼具。文如其人，又得一证。近年因主持学校巴文化研究院工作，又从事巴文化研究，也颇有成就，其学术视野亦得以开阔，从这层意义上看，作者的辞赋研究与文化研究可谓相得益彰。

是为序。

丁酉七月炎夏于重庆缙云山麓北温泉九号

目　录

绪　论

清代赋选甚富，各种刊本、钞本及零散者实无可计。在金陵游学期间，乃专力于清代汉赋选本的整理与研究，已略有所获。至于清代赋论，论者虽多，然尚未就清代汉赋诸多的理论症结予以深入观照。本书乃从传统诗、赋之学的研究视野，结合清代赋诗之学的理论识见及当代考古学成就的印证，对清代汉赋学之研究做一大致的理论疏理，其中所涉及的赋诗源流、古律等问题则沿波探源，窥其奥趣，以发前人之未发。

一、研究历史与现状

由于对诗赋文辞的兴趣，以及对赋体发展史的观照，笔者开始对汉赋与唐赋之间的变承格外关注。唐以后宋代依旧考试律赋或经义，对古赋尚未有大量的总结，元代鉴于唐宋以律赋考试所呈现出来的某些弊端，改而以古赋取士，可以看出他们在对赋体发展的反思中，开始对楚骚及汉魏古赋的重新审视，这从其间祝尧的《古赋辩体》等著作亦可略见一斑。然由于科举对古赋的偏重，尚无法从更广阔和更公正的视野来对古、律赋体进行评判。而这种研究唯有在清代，其朴学思想影响下，汉宋学术争论的大势中，《诗经》学研究进入一个理性的总结时期，近代考古学也昭示其萌，此对汉赋学的研究也趋于丰富与理性。

因为“赋”与“诗”的密切关系，使赋学的研究始终不能摆脱诗学的研究。也正是如此，我们对赋学的研究必然需要回溯到古赋的探讨，而且清代《诗经》学研究的发达为赋学研究的深入开创了更宏大的空间。作为文学摹尚的对象，明清以来文人也多主张“文必秦汉，诗必盛唐”，这也为汉赋等古赋研究提供了理论阐释场域。作为清代汉赋理论及其现象学和学术史研究，汉赋选本的研究是基础，但同时又必须超越这一范围，从理论视野上脱跃出来，以文献学、考古学和历史哲学的新思维来重新审视呈现在我们面前纷繁复杂的材料和线索，方能有所斩获。

本书欲在清代汉赋选本研究的基础上，重新对清代古赋理论批评及其分期、特征，特别是其中所涉及的赋体源流问题、古律问题，给予重新审视。并且以个案研究为点，而以诸经、史、杂记所载为线，贯连钩沉，以陈其迹变。因此本书亦不乏对清代学术和文化状况的涉猎。

从选本等其他资料来看，清代当朝汉赋学研究已渐为热点。不过以今人的视野来反视清代汉赋学研究，这已成为隔岸观花，虽有朦胧之意，但却别有引胜奇欲。而且这种研究也更多的是基于学术史的研究，或者说是对当时之汉赋学理解的再度诠释。今天专门针对清代汉赋学研究状况的研究并不太多。首先，目前清代赋学研究主要是对清代本朝赋体创作的理论探讨，如孙福轩《清代赋学研究》、詹杭伦《清代律赋新论》等，主要以清代本朝赋创作为探讨对象，或者以律赋理论为考察基础。孙福轩《清代赋学研究》，是在其博士论文《清代赋论流变研究》的基础上修订整理的。詹杭伦《清代赋论研究》也是其博士论文，与其《清代律赋新论》大致相同，二者虽基本上从清代赋论着眼，然实着力于清代本朝赋创作情况，未能予清代对汉赋之接受与研究状况作更广阔的探讨。清代赋学研究的单篇文章近年大有破竹之势，比较重要的论文有许结《清赋概论》《论清代的赋学批评》《论赋的学术化倾向——从章学诚赋论谈起》《汤稼堂〈律赋衡裁〉与清代律赋学考述》，俞士玲《论清代科举中辞赋的地位与作用》，詹杭伦《清代赋学的几个理论问题》《清代八股文赋平议》《清人论赋家的修养与赋家的品格》《扬雄的赋论与清人的回应》，林振兴《清代赋学批评初探》《李调元〈雨村赋话〉述评》等[①]。港台及大陆一些硕博论文如林振兴《清代赋话述评》、谢蕙蕙《李调元〈雨村赋话〉研究》、涂怡萱《清代边疆舆地赋研究》、游适宏《由拒唐到学唐——元明清赋论趋向之考察》等，其中涉及清代汉赋学研究者亦不多。

其次是当代学人对汉赋的研究和整理。20世纪以来，学术界涌现出了数十部研究汉赋的专著和千余篇学术论文，有些关于理论探讨，有些则类文献整理，如金钜香《汉代词赋之发达》（1934）、简宗梧《汉赋源流与价值之商榷》（1980）、陶秋英《汉赋之史的研究》（1980年再版）、龚克昌《汉赋研究》（1984，1990年修订）、万光治《汉赋通论》（1989）、姜书阁《汉赋通义》（1989）、简宗梧《汉赋史论》（1993）、费振刚等辑校《全汉赋》（1993）、曲德来《汉赋综论》（1993）、林凌瀚《汉赋与大一统权力诗学》（1995）、程德和《汉赋管窥》（2003）、踪凡《汉赋研究史论》（2007）等。部分赋通史中有大量篇章涉及汉赋研究，如马积高《赋史》，郭维森、许结合撰《中国辞赋发展史》等。

关于清代之汉赋学史研究，以上或有涉猎，如踪凡《汉赋研究史论》[②]其中已有章节涉及清代赋论及选本问题。另外单篇文章如何新文《刘熙载汉

① 上引许结先生诸篇论文分别为：《清赋概论》（《学术研究》1993年第3期）；《论清代的赋学批评》（《文学评论》1996年第4期）；《论赋的学术化倾向——从章学诚赋论谈起》（《四川师范大学学报》2005年第1期）；《汤稼堂〈律赋衡裁〉与清代律赋学考述》（《浙江学刊》2003年第6期）。俞士玲：《论清代科举中辞赋的地位与作用》，《学术月刊》2000年第3期；詹杭伦：《清代赋学的几个理论问题》，《北京化工大学学报》2002年第1期；《清代八股文平议》，《中国古典文学研究》2000年第6期；《清人论赋家的修养与赋家的品格》，《南京师范大学文学院学报》2002年第2期；《扬雄的赋论与清人的回应》，《第三届汉代文学与思想学术研讨会论文集》；林振兴：《清代赋学批评初探》，《侨生大学先修班学报》2000年第7期；《李调元〈雨村赋话〉述评》，《侨生大学先修班学报》2001年第7期（见孙福轩博士学位论文《清代赋论流变研究》第3页所引）。

② 踪凡：《汉赋研究史论》，北京大学出版社2007年版。

赋理论述略》(《中国文学研究》1988年第3期)等，皆涉及汉赋接受史之研究。然对清代汉赋学研究之概况和重要的理论探索未有发明。清代汉赋学理论体系至今尚未得以清晰地揭橥。

从清代赋学研究的大致状况来看，清代学人众多，文献著述丰富，而且清代文体又比较明显地呈现出辞赋化倾向，加之翰苑朝考、散馆考、大考或书院月课课试，皆以赋鉴士，故而各种赋选本、赋集尤多，民间坊刻、私人纂钞的赋选集、文集更是不可胜数。今天我们依旧能够看到的各类赋选、赋钞、赋格、赋楷、赋汇等著作300余种，清代本朝赋选占主要部分。清代赋论的研究，难免涉及赋选本中的凡例、序跋、评点、注疏等，这些事实上也体现了编者的赋学理论和倾向。本书主要以专门赋论著作和尚未深入探讨的赋选或文选为基础，对清代汉赋学展开进一步的理论探讨，以期对清代赋学理论有所开拓。

清代赋学理论，可以大致从两个方面考察：

一是清代赋论著作，其中所论涉及有历朝赋作、赋家，也有尤重本朝赋作、赋家者。就大致风格而言，又明显分为古、律两种趋尚，即以汉、唐各为标树而及于本朝赋论。此类赋论著述有清程廷祚《骚赋论》、浦铣《复小斋赋话》、李调元《赋话》、王芑孙《读赋卮言》、林联桂《见星庐赋话》、费经虞《雅伦》、刘熙载《赋概》等，多有涉及汉赋理论批评。另有部分汉赋理论保存在其他文论或非专门赋论杂著中，如王之绩《铁立文起》、吴景旭《历代诗话》丙集、孙梅《四六丛话》、章学诚《校雠通义》、刘师培《论文杂记》、章太炎《国故论衡》①及众多《文选》评点及笺释著作，其中都有涉及汉赋学问题的研究和探讨。而相关论文如孙福轩《康雍年间赋选赋学思想论》(《济南大学学报(社会科学版)》2008年第4期)、张巍《〈唐人赋钞〉的赋学渊源及赋学思想》(《学术论坛》2014年第11期)等则偶有涉及汉赋

① 章氏《国故论衡》提出“赋出于纵横家言”及“赋亡盖先于诗”等论断，其中涉及赋源问题。其纵横家言正是从汉赋的特点来构想的。

学理论批评。

二是清代赋选本中所涉及的序、跋、凡例等或涉及汉赋理论批评。这类选集较多，主要为历代赋选、本朝赋选、古赋选或律体选本，如《东湖草堂赋钞》（同治丁卯刻本）、《赋钞笺略》（清刻本[①]）、《赋学正鹄集释》（光绪十一年文昌书局校刊本）、《汉魏六朝赋钞》（清钞本）、《历代赋钞》（清康熙刻本[②]）、陆棻《历朝赋格》（清康熙刻本）、沈钧德《历朝赋钞》（乾隆乙酉刻本）、《赋汇题注》（光绪庚辰刻本）、鲍桂星《赋则》（清道光刻本）、王芑孙《古赋识小录》（清嘉庆二十二年刻本）、《古赋杂录》（清钞本）、《古小赋钞》（嘉庆十七年刊本）、《汉魏六朝诗赋选》（不分卷）（清钞本）、《华国编文选》（乾隆己卯刻本）、《两汉赋钞》[③]（清钞本）、《七十家赋钞》（清刊本[④]）、《唐人赋钞》《文苑英华律赋选》《律赋选读》（祝春氏乙丑秋钞本[⑤]）、《律赋拣金录》（乾隆丙申（1776）刻本）、《律赋选读》（光绪丙申秋四川尊经书院刊本）、《六朝唐赋约编精选》（清钞本）、《唐律赋钞》（光绪丙子年刊本）等[⑥]。目前除开少数几部主要的赋总集和赋选，如陈元龙《历代赋汇》《七十家赋钞》《历朝赋楷》偶有研究外，其余赋选多未能作深入研究[⑦]。《历代赋汇》的研究论文在知网所能查阅到的

① 南京图书馆分别藏有雷琳《赋钞笺略》（十五卷）三种刻本，分别为清嘉庆二十二年（1817）、清光绪二年（1876）、清乾隆三十一年（1766）刻本。

② 此著南京图书馆亦有清乾隆三十年（1765）刻本。

③ 此版中缝刻有“停云馆监制”，未署撰人。是否是清钞还是民国钞本，待考。

④ 《七十家赋钞》南京图书馆藏有清道光元年（1821）、清光绪四年（1878）、清光绪二十三年（1897）三种刊本，另有清光绪八年（1882）广东经史阁刊本（现藏于广东省立中山图书馆），北京大学图书馆藏《稿本丛书》收有《七十家赋钞》手稿本。

⑤ 据首页钦印“东亚同文书院图书馆 14.5.28”椭圆章一枚判，据祝春氏乙丑秋钞等序言所证，此钞本或成于民国十四年，即 1925 年，1925 年即农历乙丑年。然所录皆为清人律赋。

⑥ 具体可参笔者博士学位论文《清代汉赋选研究》，南京大学，2013 年。

⑦ 关于赋“总集”的定性问题，可参后说。关于《历代赋钞》之类，或有认为“总集”性质，但也有视为选集者，按内容及凡例等所示，拟为“选集”较当。

有8篇，《七十家赋钞》有6篇，《历朝赋楷》2篇[①]。另外几篇则是有关清代本朝赋钞和清代所刻前朝赋钞的散论，如潘务正《法式善〈同馆赋钞〉与清代翰林院律赋考试》(《南京大学学报（哲学·人文科学·社会科学版）》2006年第4期)，张巍、戴伟华《〈唐人赋钞〉与粤秀书院》(《学术研究》2008年第7期)，石龙子《铜活字本〈文苑英华律赋选〉发现记》(《江苏图书馆学报》1992年第1期)。另有何易展《程祥栋〈东湖草堂赋钞〉及其赋学思想》(《中国韵文学刊》2013年第3期）及《清钞本〈两汉赋钞〉考述》(《文献》2015年第2期)。

综上观之，清代汉赋学研究尚未有专著问世，大多数赋选、赋钞尚未能被深入细致地研究。就已有研究论文和著作的数量来看，尚未能达到应有的深度与力度。笔者的博士论文虽对一些清代赋选著作有所论列，然涉及文献考订、评点等较多，对清代赋学理论和对汉赋接受理论的系统研究尚有待本

① 有关《历代赋汇》研究的8篇论文分别是刘伟生:《〈历代赋汇〉赋序指误》,《株洲师范高等专科学校学报》2007年第6期；踪凡:《〈历代赋汇〉的汉赋编录与分类》,《天津社会科学》2004年第6期；马积高:《读〈历代赋汇〉明代都邑赋》,《中国文学研究》1999年第1期；叶永胜:《陈元龙与〈历代赋汇〉考述》,《金陵科技学院学报》2004年第4期；马积高:《〈历代赋汇〉评议》,《学术研究》1990年第1期；踪凡、方利侠:《〈历代赋汇〉版本叙录》,《中国韵文学刊》2013年第2期；侯瑞朝:《〈历代赋汇〉之酒赋研究》,《吉林广播电视大学学报》2014年第7期；刘兆轩:《由〈历代赋汇〉本〈大明一统赋〉探讨对清修文献的利用》,《传奇·传记文学选刊（理论研究)》2011年第10期。而有关《七十家赋钞》研究的6篇论文分别是王思豪:《手稿本〈七十家赋钞〉的学术价值》,《中国典籍与文化》2010年第4期；陈曙雯:《〈七十家赋钞〉与张惠言的比兴视野》,《内蒙古大学学报（哲学社会科学版)》2010年第6期；李倩倩:《张惠言学术传承与赋学思想——以〈七十家赋钞目录序〉为中心》,《河北北方学院学报（社会科学版)》2013年第6期；潘务正:《张惠言〈七十家赋钞〉与常州学风》,《江苏师范大学学报（哲学社会科学版)》2015年第1期；禹明莲:《张惠言〈七十家赋钞〉分体归类与评点考述》,《山西师范大学学报（社会科学版)》2016年第3期；张小璐:《张惠言〈七十家赋钞序〉批评研究》,《西南交通大学学报（社会科学版)》2016年第4期。有关《历朝赋楷》研究的2篇论文是潘务正:《王修玉〈历朝赋楷〉与清初文教政策》,《浙江师范大学学报（社会科学版)》2010年第1期；宋秋霜:《王修玉辞赋及〈历朝赋楷〉研究》，首都师范大学2012年硕士学位论文。

书作进一步探讨。

二、“汉赋”的界定

本书旨在梳理汉赋在清代的接受史状况，对汉赋的接受可能涉及评点、论述、注疏、编选等。历代不乏对汉代文学的评述，其中各朝基本上以汉赋编录、注疏为主，受中国文学理论批评的传统影响，即便一些知名的清代赋话、赋论著作也多为语录体式的评析，缺乏系统的汉赋学研究专著。清代关于汉赋的理论批评多散见于各类书籍，至今缺乏系统的爬梳。以清代赋选来看，在选本中无论是编选凡例、序、跋，还是赋中圈点、评注，在一定程度上无一不体现了编者的学术倾向。从这种意义上讲，赋选本同样包纳了一般赋论著作所能达到的功能。至于清代汉赋学学术及思想理论体系的建构，除汉赋选本之外，不得不因力于赋论专著或相关赋学文学散论。

“汉赋”一词理论范畴的探讨和界定，最明显地离不开各种选本对“汉赋”界域的义例规范。当然在涉及汉赋理论的探讨中，由于“汉赋”这一概念不仅涉及时限，还有关汉赋体例问题，必须首先对汉赋的时限界定作必要说明。

一是“汉赋”时限界定。在时间范畴中，最主要是汉初和汉末颇有争论。当然汉初的汉赋作品流传并不多，争论也不太明显，主要是汉末魏初的划分，因此清代赋学家多将汉末魏初赋作归并而论。

历来在学术研究中，包括在选赋录篇中，人们对汉献帝建安时期赋作的时代归类一般有不同的处理方式，有的学者将其归入汉代，有的学者则归入三国。如费振刚等辑校《全汉赋》，便将“建安七子”之作纳入其中。程章灿《魏晋南北朝赋史》将应玚、刘桢、王粲、陈琳、阮瑀、徐幹归入后汉，而将曹操、曹植则归入三国魏①。龚克昌编《全汉赋评注》，以祢衡《鹦鹉赋》

① 程章灿:《先唐赋辑补》,《魏晋南北朝赋史》,江苏古籍出版社 2001 年版。

煞尾，则未收王粲等人赋作。北京大学中国古典文学教研室编《两汉文学史参考资料》及《魏晋南北朝文学史参考资料》两书皆编选有王粲《登楼赋》，即将《登楼赋》同归于两个不同的文学断代。

在理论上，汉赋应是指从刘邦建汉（前206年）至曹丕代汉建魏（220年）近426年间所产生的赋体文学作品。王粲、刘桢本为东汉末人，大部分活跃于建安时期，且建安本是汉末献帝时期的年号，“建安七子”之孔融、阮瑀、王粲、徐幹、陈琳、应玚、刘桢皆卒于217年之前，此时魏尚未建立政权，他们也未能亲历曹丕代汉禅位的大典，故将此批士人作家归入汉代较为允当。但若将这些人归入汉赋圈作者之列，则与其基本同时的三曹似乎亦可归入汉代，然就具体作品而计，曹丕、曹植的部分作品却当是作于建魏之后。鉴于三曹为魏的开基建业者，实为魏代文学之代表，亦对魏之后的南北朝文学具有重要的影响，故而本书在分期上依照普遍的做法将三曹归入魏，而将七子归为汉。此特作说明。韩格平等校注《全魏晋赋校注》便将三曹归为三国魏，而未将七子列入。许结先生在其《汉代文学思想史》末章称：“在汉代政治、文化落幕之际，以‘三曹’（操、丕、植）‘七子’（孔融、陈琳、王粲、徐幹、阮瑀、应玚、刘桢）为中心的邺下文人集团的形成，和以其创作为代表的建安文学的崛兴，既是即将来临的新时代的旭日朝霞，又是掩卷一朝的晚晴暮彩。因此，可以说建安文学思想是汉代文学思想的终结。”①建安文学作为汉代文学思想的终结，虽然对魏晋文学的发展具有重要的影响，但同时具有汉代文学的时代特色，踪凡就认为：“建安时期的诗赋作品多反映社会动乱、民生疾苦，感叹桓、灵二帝的昏庸无能，表达作者建功立业的政治抱负，从思想内容上看承上的成分更多；其慷慨悲凉的艺术风格，‘感于哀乐，缘事而发’的创作精神，以及四言、六言的句式，也更多地汲取了汉乐府及蔡邕、赵壹等人赋作的营养。”②所以，本书基本上依据严可均辑

① 许结：《汉代文学思想史》，人民文学出版社2010年版，第389页。

② 踪凡：《汉赋研究史论》，北京大学出版社2007年版，第60页。

《全后汉文》、费振刚等辑校《全汉赋》及踪凡《汉赋研究史论》、韩格平等《全魏晋赋校注》等的做法，将建安赋归为汉代，作为“汉赋”时限的下限，而将三曹作品归为三国时期，并对那些清代赋选本、钞本中所已经设定时代界限的作品则加以厘清和说明。这又牵涉到“汉赋”文体界说的复杂问题。清代雷琳《赋钞笺略》、陆棻《历朝赋格》将王粲《登楼赋》列于魏曹植《洛神赋》之后，归为魏代。显然王粲《登楼赋》当作于建魏之前，而曹植《洛神赋》则是作于建魏之后。这种分类乃因编者主要是以赋体（骚赋、文赋、骈赋）分类，而大致辍以时序，汉、魏相去较近，就赋体特征来看，大体相近，明清时汉魏赋作同被视为“古赋”，然汉、魏二代之文体因子又各有所萌发。从传统学术史看，将“七子”之赋归为魏的情况较甚，这也必然影响到清代赋选家断代的标准和汉赋学批评视域。

二是“汉赋”（汉代赋）的文体界定。汉赋研究历代甚众，楚辞（骚赋）之后，汉赋可谓是对后来文学影响较巨的一种，后来的分类赋体，无论是骈赋、律赋、诗体赋，还是文赋，实际上多多少少都受到了前代（汉）赋体文学的影响，所以对“汉赋”这一文体范畴的阐述也是一个较为复杂的问题。本书中所谈到的“汉赋”可以用另外一个词“汉代赋”来取代更为准确，也更为简单。不过，用“汉赋”来叙述更为方便，而且笔者以为从严格的文体学意义来讲，“汉赋”一词也并非是从文体意义上来定义的，它与骈赋、文赋、律赋、诗体赋、骚赋并不是一个平行级的概念，后者重于句式，而前者则应该是一个时代性的概念，正如祝尧《古赋辩体》所分“两汉体”“三国六朝体”“宋体”①，实际上就是以时代来分的。就“楚辞体”来看，或以为着眼于句式或文体，甚至后来的文学实践创作中依旧有尊仿此体者，我们或给它们命名为“骚赋”“拟骚”或“辞”之类，但至少认为此体是先于“两汉体”而兴起的一种赋体，仍因之以时序为次。所以，本书所论之“汉赋”

① 祝尧:《古赋辩体》,《景印文渊阁四库全书》集部第 1366 册。

（汉代赋）就文体范畴来看当包括汉代散体大赋、汉代文人创作的拟骚作品、抒情小赋和一些设论、问对、七体等近赋之作，如贾谊《吊屈原文》①、王褒《僮约》、扬雄《解嘲》、东方朔《答客难》② 等之类。一些学者所认为的连珠、隐书和成相杂辞之近赋类作品，以汉赋发展之史况观之，亦当为“汉赋”之同类，但因清代赋选义例所拘，多未论列，而孙氏《华国编》有所选论，此可推证清人“汉赋”之观。

实际上对汉代赋体的界说，我们略为追溯一下汉代本朝人的赋学观念便可以基本明了。一些学者认为汉人文体观念比较模糊，将楚辞与赋体混而不分③，实际上这却正反映了汉人辞（骚）赋同体或赋颂同体的大一统文学观念。从《汉书·艺文志》所引刘歆《七略》对文献典籍的分类来看，特别是他们对“诗赋略”的分类义例，明显可以见出他们的文体分类意识。无论我们做如何的猜想和推论其分类的义例④，但其中以人名为类却为事实，且极可能是因其人之作或既有以“赋”名篇者，又有非“赋”名篇者，此以人名分类概之则显然更为方便，但同时也暗示了他们对“赋”体范畴认

① 此赋或作《吊屈原文》，或作《吊屈原赋》，或《吊湘赋》。上海古籍出版社1986年版萧统编《文选》第六十卷作《吊屈原文》（第2590页）；中华书局1962年版班固《汉书》卷四十八“贾谊传”便记“谊既以适去，意不自得，及度湘水，为赋以吊屈原”（第2222页）。明人何孟春《贾太傅新书订注》十卷，其中末卷为“附录”，附录包括《吊湘赋》《鵩赋》《惜誓赋》《旱云赋》《虡赋》，便将《吊屈原文》作《吊湘赋》。张惠言《七十家赋钞》作《吊屈原赋》。马积高《赋史》（上海古籍出版社1987年版）亦将其题作《吊屈原赋》（第58—61页）。

② 马积高《赋史》称：“《答客难》实际是赋……他的《答客难》却是一篇有独创风格的文赋。”（第79页）同样，马积高认为扬雄《解嘲》、班固《答宾戏》等也属仿《答客难》类的问答体式的文赋（《赋史》第80页）。“王褒赋最有特色的，是两篇赋体俳谐文。《僮约》实际上是一篇寓言赋。”（《赋史》第83页）

③ 踪凡：《汉赋研究史论》，北京大学出版社2007年版，第61页。

④ 章学诚《校雠通义》、章太炎《国故论衡》、刘师培《论文杂记》等都有所论及。并参熊良智《〈汉志·诗赋略〉分类义例新论》（《中州学刊》2002年第3期）；陈刚《〈汉书·艺文志·诗赋略〉赋之分类研究述略》（《文献》2011年第2期）；骈宇骞《出土简帛书籍分类述略（诸子略、诗赋略）》（《中国典籍与文化》2005年第4期）等。

识是较为宽泛的。即便假设这类以人名为次的赋是遵循以某种风格为别的分类义例[①]，那么从其中所收杂赋来看，其中以题材或主题范畴为类的赋作中却依旧难免“混”有非“赋”名篇的作品，如“客主赋十八篇”“杂行出及颂德赋二十四篇”“杂四夷及兵赋二十篇”“杂中贤失意赋十二篇”等，或“秦时杂赋九篇”“李思孝景皇帝颂十五篇”[②]等，这些作品中自然包括了“问答”“七体”“设难”“骚”“颂”“连珠”“隐书”“成相杂辞”等赋体，而且司马迁在《史记·屈原贾生列传》中也将楚辞体与赋体同体对待，如其称屈原“乃作《怀沙》之赋”[③]，“(贾谊）及渡湘水，为赋以吊屈原。”[④]所以，至少就汉代赋学观来看，汉赋学研究中自然应包括汉代骚体的研究。尽管清代已有推崇“楚辞”，欲进一步树立经典范式的倾向，这也使“楚辞”渐重新进为一门专学，但就清代汉赋学理论体系来看，清代汉赋学研究体系并未有排弃过“楚辞”之体，它依旧统属于赋学研究的范畴。

当然，要弄清赋体，必须要弄清赋源及其流变，这才能用通变的文学史观来考察赋体文学的演变。这些问题的述论古已有之，今亦有之。虽然梁朝萧统编《文选》分列赋、骚、七、杂文诸体，文体分类意识的增强有其进步的时代意义，也顺应当时“文笔之辨”的时代观念和文学独立分科的时代趋势，但作为文学流变史和文化接受史的史学视角来看，无疑它又有可能在一定程度上会混淆我们的视线而将隔离或阻断文学流变的某种“继”与“破”的线索。这二者的分类孰当，我们暂且不论[⑤]。任何一种理论，它都既有时

① 目前对《汉志》赋体分类义例多有讨论，皆多以“风格论”推蠡臆测，如章学诚、章太炎、刘师培及今人熊良智、陈刚、骈宇骞等都有对《汉志》赋体分类义例的讨论。

② 班固:《汉书·艺文志》，第1747—1753页。

③ 司马迁:《史记·屈原贾生列传》，中华书局1959年版，第2486页。《史记》又称:“屈原既死以后，楚有宋玉、唐勒、景差之徒者，皆好辞而以赋见称；然皆祖屈原之从容辞令，终莫敢直谏。”(《史记·屈原贾生列传》第2491页）

④ 司马迁:《史记·屈原贾生列传》，第2492页。

⑤ 萧氏可能同样有尊汉赋经典而推溯楚骚源流之意，其分而别之，实为尊（追）源溯体，而非强调二者之别，这可从同时代刘勰《文心雕龙》列《明经》《诠赋》《辩骚》等可证之。

代的积极意义又有时代的局限性，人类的理性与思维总体进程又是在不断改变与发展的。所以本书对“汉赋”（汉代赋）的探讨，笔者希望既回原到汉代本朝人那种文学观念中去理解，即所谓“还原文本”，也同样观照清代赋选家的赋学思想与观念，也就是伽达默尔阐释学思想中所倡导的“理性与历史”[①]地理解“文本”。当然，我们不可避免“前见”，因为在理解和阐释这两个时代的结合物时，我们已经是基于我们当下的时代观念和文本产生之后所衍生的种种阐释“前见”。尽管这或许是阐释学中所讲的“误读”，但笔者认为只要是理性地“误读”，也是有意义的。因为正如伽达默尔所认为：“理性对于我们来说只是作为实际历史性的东西存在，即根本地说，理性不是它自己的主人，而总是经常地依赖于它所活动的被给予的环境”[②]。也就是说，理性同样是处于时间与历史的存在，而不是一种超越当下处境的绝对尺度。启蒙主义曾试图用理性来克服前见，但理性与人是分不开的，理性是人的理性，而人却是历史的存在。正如黑格尔所说，人不能超越自己的历史，正如人不能超越自己的皮肤一样[③]。那么，启蒙主义者对“前见”的否定构成对“前见”的偏见，显然“前见”不是偏见。笔者之所以加此一段论析，也是为本书的立论和选题角度作一理论的立据。那么后面章节的文字也才能略显出在枯燥的文献爬梳中的精神上和理论上的意义。

汉赋在对诗与散文之间的架构起到了极好的承传作用。这种意义对文学自身发展来说，远比其他的意义明显得多。在笔者看来，汉赋亦极好地融合了楚骚的艺术技巧与表现手法，是文学发展的趋进。此处所论之“汉赋”仍是从时代来断限，而并非是从文学文体学的角度来讲的代表性的“散体大赋”

① 伽达默尔指出：“不管是认识者还是被认识物，都不是本体论意义上的‘现成事物’而是‘历史性的’，即它们都有历史性的存在方式。”（[德]伽达默尔：《真理与方法》，洪汉鼎译，上海译文出版社1999年版，第336页。）

② [德]伽达默尔：《真理与方法》，洪汉鼎译，上海译文出版社1999年版，第354页。

③ 转引自何卫平：《伽达默尔与启蒙主义》，《山东大学学报（哲学社会科学版）》2010年第6期，第4页。

意义的汉赋。既然我们需要理性与历史地去理解“汉赋”，还原其当下的境况，由此笔者以《史》《汉》记载为信，亦秉执骚、赋同体的观念。骚赋同体的辨论，前代早有详说，这种争论历史亦久，而且这种“同体”与“异体”的争论在实质上仅反映了辩者的文学观、思维观和文学流变论间的宏、微之别，对文学的演进和文学文体之间的“变”与“破”是不可逆转和改变的。至于赋、骚同异之争，笔者也曾撰文略呈浅见，或可以参看①，所以在此不再赘述。

因此，本书所论及之“汉赋”自然包括汉代的所有赋体作品，也自然包括汉代的拟骚之类骚体作品，凡是清代选涉该类赋体作品的选本以及涉及有关汉赋的赋论著述都在本书研究之列。当然囿于目力所限，主要以清代有关汉赋的赋学专论和其他文论中保存的赋学散论为爬梳基础，此外，翻检国家图书馆、南京图书馆等藏清代赋学著录，其已不下四五百种，因而对于清代赋学文献整理实为一项艰巨而烦琐的工作。

三、古、律问题等说明

赋体古、律问题的争论实际上自唐代开始，但是“古赋”概念早在梁代江淹《学梁王兔园赋并序》中就已出现，其当时称“古赋体”乃指汉代枚乘一类的散体赋作②，因此从源头来看，“古赋”一开始就是与汉赋有着密切关系的，本书所谈的“汉赋”自然同属“古赋”的范畴。就唐宋以来的所谓古、律分派看，“古赋”的范畴虽然有所延伸，如《唐文粹》中就专列“古赋”之目，言下之意，唐代本朝创作亦有“古赋”之属。无论此时“古赋”内涵发生了何等变化，但却并未将“汉赋”排弃于“古赋”范畴之外，相反，与“汉赋”

---

① 何易展:《文学史视野下的赋、骚关系诠辨——兼说“楚声”与“兮”》,《云梦学刊》2009年第1期。

② 其序见上海古籍出版社1982年版《艺文类聚》卷六十五，第1162页，又见《江文通集》卷二《学梁王兔园赋并序》，四部丛刊景明翻宋本。具体关于“古赋”辨说参《清代复古思潮与“古赋”观念》一章。

之体相近的赋类作品被唐宋以来的学者和赋选家视为“古赋”之体，《唐文粹》中所列“古赋”之类实际上不过是收罗模仿“汉赋”的唐代当朝赋作。因而唐宋至于明清，那些谈论“古赋”创作与批评的言论，实际上正是基于对“汉赋”范畴的批评或衍生性评论。如果结合上述“汉赋”的形态来看，它们这个群体范畴中既有楚骚形态的拟骚作品，也有汉代代表性的散体赋，也有开启唐宋律体赋作的骈体形态，以及较为规整的诗体赋作等，故而在一定程度上甚至可以视“古赋”批评即“汉赋”批评。

虽然明清以来“古赋”的范畴可能进一步扩大，但就清代赋选本和一般性赋论著作的记载来看，清代古赋学批评范畴并未有实质性改变。在一些赋选本中似乎于唐宋至明清以来皆有“古赋”之属，然细审其类，不过都是一些拟汉魏之体的赋作，唯有的一些变化就是或有将魏晋以来的骈体赋作也归之入“古赋”范畴之属罢了，但就清代的赋学理论及批评来看，这种归类还是存在一定争议的。因此就清代古赋批评的主体形态来看，清代古赋学批评主要范畴依旧为“汉赋”批评。

从今天所见到的汉代文献来看，汉代“赋”体概念实际较为宽泛和松弛，这表明在后世被视为颂、赞、铭等或被专称的骚在汉代都实属“赋”体，这在相当程度上是与汉代当时正值赋体及文学演变的重要时期相关的。汉代对于后来的文学文体自立及成熟乃是一个十分重要的时期，文体的概念和范畴也经历了一个逐渐成熟或定型的过程。就清代赋学批评中的“古赋”范畴所指的汉赋而言，自然也是一个比较宽泛的界说，因此这就牵涉到我们要交代的另一个问题：律赋与汉赋关系的问题。也许有人会质疑，谈论汉赋学批评和汉赋研究，为何要谈律赋呢？律赋不是唐代以来才产生的吗？与汉赋何相关涉？

实际上，“古赋”范畴是相对于“律赋”范畴而产生的。尽管明清时期“古赋”范畴或有所衍变，但它与律赋的这种相对性存在却是不变的。清代汉赋学批评自然涉及古赋批评与理论，因此要从根本性质上说清“古赋”批评，必然也离不开律赋批评理论问题，故而古、律问题实际上也成为清代汉赋学批评的核心问题。如果综观“古赋”概念演变的历史，我们可以看到梁江淹所谓的“古赋”实际是指与当时骈体相对的赋体，而至唐宋时期，“古赋”则主要是指与“律体”相对的赋体，“古”（散）与“骈”在本质上还是相对而存在的。不过，唐宋以来或有将魏晋那种言志抒怀的骈体小赋也视为“古赋”之属，而这种骈体之发源，又与“汉赋”有着极为密切的关系。元代祝尧即谓“盖俳体始于两汉，律体始于齐梁”[①]，由此来看，古、律之发端实自两汉已肇，清代汉赋学批评自然不能排弃古、律批评问题。律赋与“汉赋”范畴看似相去较远，实存密切之关联，故清代赋学古、律批评亦可归属清代汉赋学批评之范畴。或有人认为本书小题大做，以“汉赋学”冠名似有攀桂窃誉之嫌，而以“清代汉赋学”兼之，又疑为自树之论。然究汉赋研究的范畴既广且深，加之历代皆有欲树之经典化的倾向，相较于唐诗学、宋诗学、清诗学等[②]，清代之汉赋学独为专门之学，可谓毋庸置疑。本书就清代汉赋学之研究虽非面面俱全，然所论实为清代汉赋学研究的最核心和最主要的内容与范畴，其余所派生之论说实皆以其为基奠，故以“汉赋学”名之，或有居全之嫌，然循名而不颇，且敏而见慧，正吾欲树论之初心。

本书主要是在笔者的博士论文基础上，重新运用文献学与考据的方法，融入文学和文化学、历史学及考古学等的理论视野，进一步对清代赋选、赋话、赋论著作进行个案研究及纵贯梳理，从而力图构建整个清代汉赋学批评之体系或廓清其状况。

人文社会科学最主要的研究方法是长久的知识习得和经验累积，这实

---

① 祝尧：《古赋辩体》卷七，《景印文渊阁四库全书》第 1366 册，台湾商务印书馆 1986 年版。

② 参见张新科：《汉赋的经典化过程——以魏晋南北朝时期为例》，《人文杂志》2004 年第 3 期；张新科：《唐宋时期汉赋的经典化过程》，《陕西师范大学学报（哲学社会科学版）》2008 年第 1 期；张新科：《汉赋在明代的经典化途径》，《文学评论》2012 年第 3 期；张新科：《元代科举对汉赋经典化的影响》，《南京大学学报（哲学·人文科学·社会科学版）》2015 年第 1 期。

际上是一个漫长的集思广益的过程，这个过程也包括了“悟”和“证”两个阶段。人文社科类研究在谈具体研究方法时最容易忘却“悟”这一过程和方法，因为它的过程可能有时显得较为漫长，而往往被现实的功利研究所忽视。“悟”既是学习的方法，也是研究的方法。宗教哲学中的修德都讲求“顿悟”与“渐悟”的方式。人文科学如果没有“悟”，一切研究方法最终都是徒劳的，因此“悟”也成为人文社会科学研究方法必不可少的中介和过程。

其次是“证”。“证”是对已知经验和习得知识的印证，而这常常也被具化为某种研究方法。“证”的方法对于人文社科来说就是感性经验与理性判断的结合，而这种结合最有效的就是最大范围内的综合性验证，它包括一切的学问都是社会生活的印证，这种印证可以被视之为“还原”，如果从哲学的视野来看，这种还原并不可能是一种本真的“现象”的还原，“现象”与真实与存在又是有着隔膜的，因此我们的这种印证性阐释研究方法只能是一种理性的批判的还原。本书所欲略有所突破者，正是企望摆脱纯文学的理念和理论视野，更广泛程度地结合文学、文献学、历史学和考古学等交叉学科，打通历代诗学与赋学研究的关节点，在一定程度上还原诗赋文学与经学的本来关系与面貌。清代汉赋学理论与批评不仅涉及汉赋作品研究，也涉及汉赋批评研究，而这种交叉学科的融通与运用，有助于清晰全面地理解“前见”。清代汉赋学批评实际上极广范围上涉及对“前见”的理解与阐释，而在还原这种阐释过程中，又存在无数“前见”的叠加，因此唯有运用历史理性的批判，才能正确地解释这些历时性的“前见”。如果从单纯的学科视野出发，难免使我们很难摆脱某些固有的弊见。从历史理性的视角来看，要弄清清代汉赋学理论与批评之状况，我们既要了解汉代赋学的本来面貌，也要了解汉赋学学理衍生的整个过程，这自然要求必须“辨彰学术，考镜源流”①。

---

① 章学诚：《校雠通义》内篇卷一，民国刻章氏遗书本。

清代汉赋学理论与批评本身也涉及汉赋学史的考辨，而如何还原清代学人对汉赋的阐释与批评，同时也具有十分重要的学理性意义。本书结合文献学、历史学、哲学等学科理论，以文学发展史观对赋体源流及赋体古、律关系进行了详细的解析，并以清代各个时期的赋学论著为例，详细探讨了他们对赋源、赋体、赋用等的理论认知。赋源、赋体、赋用是“汉赋”研究范畴中的核心理论问题，它们与《诗经》学研究发生着紧密的联系。特别是近年来，考古学不断取得重大成就，它对《诗经》学和赋学的研究都产生了重要的影响。考古学与文献学结合，对赋体辑佚具有重要的意义，然另一方面，考古学对早期文学或经学文本的考察，也进一步有助于我们重新探讨文学的早期状况，了解“诗”与“赋”之间的关系。实际上，班固所谓“赋者，古诗之流”是较早从文献学角度对赋学源流的解释，而这一理论阐释在其后历代引说，清代学人大量从历史文献学的视野对这一理论认知进行了阐释，并辅以“六诗”的重新解释和还原，力图构建科学合理的赋源学说，但却始终缺乏考古学的印证。但综观清代“六诗”说、章学诚等赋的多源说，或者秉持“赋者，古诗之流”的主流学说，他们之间实际上存在相通的暗线，即“赋”与“古诗”确实相关，“古诗”的范畴并非后来“诗”的概念。因此，本书对清华简等考古材料的运用，使清代汉赋学理论与批评研究更具有重要的学理意义。

第一章　清代汉赋学要籍概述

清代赋学极盛，虽然清人谓“诗莫盛于唐，赋亦莫盛于唐”[①]（王芑孙语），但从赋的篇目来看，清赋之众远不下唐赋。清代赋学之盛，更是奠基于汉赋和唐赋发展的基础之上，尤其是汉赋理论成就颇已超迈前代，渐成当时较有特色和成熟的理论体系。清代赋有追求古雅、典丽的倾向，这种创作也为“古赋”理论成熟创造了条件和场域，清人摹尚汉赋也成为与“宗唐”派（律体）并驾甚至超迈的趋势，因此清代选录汉赋的选集也相对较多。为了考察清代汉赋学及汉赋理论批评现状，我们所考察的汉赋要籍并不局限于仅选汉赋作品的赋选本，而是对清代赋总集、别集，以及个人诗文集、诗赋话评论等著作进行的一个大致性的梳理，以期能展示对清代汉赋学的学理考察。

第一节　清代主要汉赋学要籍述略

清代汉赋学要籍中，主要含赋（总）集、赋选、赋论和文学杂论等。清代主要涉猎汉赋文本载录的文献，主要是各官私修赋选赋集。

---

① 王芑孙：《读赋卮言》，《续修四库全书》第 1481 册，第 376 页。

一、清代赋总集与选集

从现存的清代版钞古籍来看，当时各种坊刻私修的赋选集居多，实难一一胜计，然就其学术影响而言，唯有几部主要的私修赋选集和其中官选刊刻的赋学选集，对清代整个赋风的影响最为突出。其中有几部赋总集和选集颇需关注。总集如陈元龙编《御定历代赋汇》，其中就收录了大量汉赋作品，此书虽然不是专门的汉赋选本，但是作为赋学总集性质的全书，又带有官刻御定性质，其中对题材分类、体例编定等，尤其体现了清代官方学者（以翰林学者为主）的赋学倾向。据踪凡《汉赋研究史论》统计，《历代赋汇》收录汉赋53家190余篇（含建安赋）①。笔者在博士论文《清代汉赋选研究》中对《历代赋汇》明确标明为汉代和一些卒于曹魏建国之前而署作魏代的作家共46位作了详细的统计，其中收录这46位汉赋作家共146篇作品，题材至少涉及28类，基本上涵盖了《历代赋汇》正集及外集的38个类目中的主要部分②。

清代还有一部赋总集《赋海大观》，为坊刻私修性质。此书署为鸿宝斋主人刊辑，为缩印袖珍本，故卷数不多，然收罗极富。据沈祖燕《赋海大观序》，此书为当时应试赋所需而辑，虽据其《凡例》云："自唐宋迄累朝诸大家并近今各直省课艺试牍，无论已选未选，概行采入。……得赋二万余首。"似未有汉赋采入，笔者虽未亲见此书，但马积高先生称"然所收实不限于唐以来，自宋玉至先唐诸人之作，均多登录；又以目录计，实仅一万二千余篇"③。其中恐怕应确有汉赋采入，不然无以成为"大观"，然为应试者便利计，恐在坊间刊刻时又简省多以唐宋以来律体为多，故其目录与凡例前后所

---

① 踪凡：《汉赋研究史论》，北京大学出版社2007年版。

② 按：《历代赋汇》正集分30个类目，外集分8个类目。然直接标明汉代的赋作据笔者统计为192篇，含建安作家，汉赋55家，此数含可能误计重出者。

③ 马积高：《历代辞赋研究史料概述》，中华书局2001年版，第210—211页。

述或有不合之处。

此外，清代具有总集性质的成书中，还有清严可均辑《全汉文》《全后汉文》涉猎汉赋，而且此二书也成为汉赋研究的主要资料。此二书辑录汉赋数量超迈前贤，近人费振刚等整理《全汉赋》及《全汉赋校注》多参考二书。踪凡《汉赋研究史论》认为严可均辑《全汉文》《全后汉文》(以下简称《全文》)搜集汉赋达75家，258篇，比明代李鸿辑《赋苑》多82篇，比《历代赋汇》多68篇[①]。严可均辑二书的文献价值及其成就在踪凡的《汉赋研究史论》中已有较详细的论述，笔者在博士论文中也作过一些补充。作为清代汉赋学研究的重要文献，严可均辑《全文》除开文献辑佚外，其中通过文中夹注和文末按语，对一些汉赋还有考证与辨伪的价值与功用。但作为对清代汉赋学的理论研究，严可均辑录《全汉文》中所蕴发的"文"体观念是清代选学领域和赋学理论研究中不可回避的问题。严氏《全文》主要包罗先唐赋、颂、书、缄、铭、赞，或九、七、论之类，且首列韵文。这种编排体例与清前期孙濩孙编《华国编文选》义例颇相近。

上述四书虽并不全选汉赋，但它们对清代汉赋学研究的重要价值不可忽视，它们在编选体例安排中无不浸染其对赋体源流、赋体正变、赋体功用等的理论思索。

首先，清代赋总集的编纂既受当时课试影响，也受前朝编选赋集的影响。如沈祖燕《序》谓："赋学一道，词章家尚焉。……国家功令，除岁科两试，未尝定制以取士，而词苑名臣之养望木天者，馆阁小课月一再试之。……近时选家辈出，日新月异。"此足见当时选诗选赋之盛。这种选赋情况应受到隋唐以来历代政权多以考试诗赋取士政策的影响，故唐宋以来就多有刊选赋选赋集者。汉唐以来专门的赋选赋集留传不多，大多数汉赋作品还是主要保存在一些类书、文学作品集或史料及书目文献中，如《史记》《汉书》《后汉

① 踪凡:《严可均〈全汉文〉〈全后汉文〉辑录汉赋之阙误》,《文学遗产》2007年第6期。

书》载录31篇汉赋，西汉末年刘向父子整理的书目文献中也保存了大量汉赋篇目，至六朝时期各类文学作品集也有选载汉赋者，如梁萧统编《文选》，此外一些子书或笔记也偶有摘引汉赋者，如《东观汉记》《孔丛子》《西京杂记》《水经注》等文献。隋唐以来出现的《北堂书钞》《艺文类聚》《初学记》《白孔六帖》《太平御览》《事类赋注》等，以及唐宋以来学者对《楚辞》及经史文献的注释引用多有及于汉赋者，如唐人李善等注《文选》便是显例。可以肯定，清代赋总集的编定受到了梁及唐宋以来各种类书编定的影响，就明代编定的带有赋总集性质的书就有周履靖辑《赋海补遗》30卷、李鸿辑《赋苑》8卷、施重光及庆征甫辑《赋珍》8卷、陈山毓辑《赋略》56卷、袁宏道辑《精镌古今丽赋》10卷、明佚名《类编古赋》抄本25卷等，但无论是从规模还是收录赋篇数量来看，都远不及清代专门的赋总集《历代赋汇》的成就。

其次，清代其他涉及汉赋的赋选赋集也多为通选性质的赋选集，但为私修性质的居多，由于“通选”的性质或被一些学者误以为“总集”，然观其具体选篇、序、跋、凡例等情况，实际上仍属于“选”本性质的赋集。清初受政府文教政策影响逐渐开始重视诗赋文学，加之前朝编选历代诗赋选辑的传统影响犹存，清初出现了一大批的诗赋选集编撰。这些赋选集中较有影响的为其中一些历朝通选本，其虽以“历代”或“历朝”冠名，如赵维烈《历代赋钞》、王修玉《历朝赋楷》、陆棻《历朝赋格》、沈钧德《历朝赋钞》等，但相较陈元龙《历代赋汇》的总集性成就又相去颇远。这些赋学选集对汉赋录取各有偏胜，如赵维烈《历代赋钞》录汉赋约27篇①，王修玉《历朝赋楷》录汉赋约8篇②，陆棻《历朝赋格》录汉赋约24篇③，沈钧德《历朝赋钞》录汉赋约7篇④，王冶堂《历朝赋钞》录汉赋约8篇，对汉赋的收录情况本

---

① 赵维烈：《历代赋钞》三十二卷，清康熙刻本。

② 王修玉：《历朝赋楷》八卷，清康熙二十五年（1686）刻本；并见齐鲁书社《四库全书存目丛书》本集部第404册。

③ 陆棻：《历朝赋格》十五卷，清康熙刻本；并见《四库全书存目丛书》集部第399册。

④ 沈钧德：《历朝赋钞》二十卷，清乾隆乙酉（乾隆三十年，1765）刻本。

身也说明了这些辑本的“选”赋性质，而且这些赋选集虽然录汉赋篇数各不相等，数量也不算多，但其中都有一个共同的特点，表现出祖骚宗汉的倾向和追求“丽则”可法的古赋法则①。

其中一些赋钞赋选在后来也相继出现了专门的笺注本，如雷琳《赋钞笺略》，雷氏《赋钞笺略》应为其师王冶堂辑《历朝赋钞》的笺注本，其关系考述具见笔者的博士论文《清代汉赋选研究》第二章。雷氏《赋钞笺略》录汉赋约8篇，正是对王冶堂辑《历朝赋钞》录汉赋8篇的解释和笺注，这种笺注本对清代汉赋学批评研究具有特殊的意义。在陈元龙《历代赋汇》编辑刊行之后，也出现了大量对《历代赋汇》的笺注、题注、题解等著作，如吴光昭辑《赋汇录要笺略》、王晓岩《赋汇题注》、杭世骏《赋汇题解》等。这些著作虽算不上严格意义的赋选本②，但它们是围绕《历代赋汇》产生的重要赋学研究著作，对清代赋学研究具有重要的参考价值。当然这些著作在原赋选的基础上进行笺注、题解或节选，另外一个主旨便是为应制科举创设范本和指南，以求成功之津筏，其对唐宋至明代律赋笺注题解较多，但由于所论涉及原著的“天象、岁时、地理、都邑”等二十八卷，极大范围地包容了汉赋选、笺、题、注等，而且吴氏此书“事必探其源，词必究其始”，又“节录诸赋之警要者，博稽而详识之，其所援据，一本经、传、子、史”。③其中对汉赋笺引无数，自然也可算是汉赋研究的著作。以王晓岩《赋汇题注》为例看，其卷二“都邑”类就收有多篇汉赋题注，如《西都》《东都》《西京》《东京》《洛都》《论都》《三都》《辨蜀都》《两都》《汴都》《广都》《南都》等，在“蒐狩”类收有《子虚》《上林》《长杨》《羽猎》等赋题注④。这些题注反映了他们对汉赋的批评与阐释认知系统，对于清人汉赋学观的

---

① 具见笔者的博士论文《清代汉赋选研究》第三、四章。

② 其所谓“录要”已具有“选”的性质，另外这类题注、题解本并不是对《历代赋汇》所录全部赋篇的注解，而往往是有选择性的，因此可以纳入选集性质的文献探讨。

③ 沈德潜：《赋汇录要笺略题叙》，见吴光昭：《赋汇录要》，南京图书馆藏，清汲古阁本。

④ 王晓岩：《赋汇题注》，光绪庚辰（1880）二月刻本。

发覆是具有重要意义的。

在清初除开历朝赋集编选外，也有一些文论著作或文选集中载录或评论汉赋，如清孙濩孙（1663—1739）编《华国编文选》录汉文若干，孙氏多视其为诗赋体，其中收入"文"选5篇明显为赋体，此尤可见孙氏的赋文观念和对"汉赋"概况的理解。清初费经虞（1599—1671）《雅伦》录汉赋约13篇，基本上赋末都有评论，这些直接涉及汉赋批评。费氏《雅伦》是一部关于诗赋风格体调评论的专著，《雅伦》虽被收入周维德编《全明诗话》第六册①，但据笔者考证，《雅伦》的成书当在清初，故亦可归入清代赋学研究要籍范畴。

再次，清代馆阁赋选与律体选本及其律赋理论批评，部分是建立在汉赋学批评的基础上，以"汉赋"为取鉴或比照对象而存在的，甚至部分选本批评亦是以汉赋艺术为参鉴的。因此在汉赋研究中又不可忽视此类文本要籍的存在。正如《绪论》论"古"必及于"律"之理（当然，这也可以归为汉赋杂论要籍范畴之一类）。

随着清政府开设博学鸿词科，笼络人才，开设翰林院，其朝考、大考、散馆等都涉及诗、赋考试，这也振奋了士人对诗赋选学的开拓和研究。这期间清人编撰的各类唐赋及律赋选本极多，在赋学赋风观念中也出现了古、律互胜的取向，但汉赋无论是从赋体源流，还是从赋风赋法等创鉴意义上来看，无疑都对后来的律赋有重要的意义，而且这在前代赋学研究中已有揭橥，在清代的一些律赋选家中，大多数赋选家呈现出选赋实践与赋学理论观念上的差异，尽管他们大多出于政治时用的目的而主要采选律赋应制之作，但在序、凡例、笺注、评点等中却又明确表达了他们对古律关系正确的理性认识。清吴榖人著《论律赋》云："赋昉于周而盛于汉，所谓触兴致情，因变取会，不必拘之以律，而律自应焉。"②古、律关系的认识与争论可以说也

① 《雅伦》，见周维德编：《全明诗话》第六册，齐鲁书社2005年版。

② 《论赋集钞》，见杨泗孙辑：《唐律赋钞》，清光绪丙子刊本。

是清代赋学探讨的重要课题和范畴。

在清初康熙、雍正朝时期，由于士人对赋的抒情言志功用的重视，他们所处明清交变的历史关头，其遗民心态与情结，于楚风汉赋之体最适宜其情性的张扬，故而不仅在创作中表现出对楚骚汉赋之风的追求[①]，在选赋及论赋中也表现出追求典雅与重情的特点。所谓选赋“典雅”为则，就在于不那么直白地表现对家国之失的痛所可能激发的政治矛盾，那么汉赋比兴风谏之义自然成为时人追溯的一种典范，它与《楚辞》“香草美人”的寄兴也是情同旨近的。清毛奇龄云：“自春秋《诗》亡而雅颂已衰，洎陈灵而变风息。然尚有赋、比、兴可寻求也。故《离骚》赋也，而近于比；《子虚》比也，而近于赋。枚叔之《发》，东方之《答》，赋也，而杂出于比、兴。故都尉辛苦之作，婕好哀怨之音，莫不原本《风》《骚》。”[②] 自汉班固《两都赋序》认为赋体“或以抒下情而通讽谕，或以宣上德而尽忠孝”，对汉赋的风谏比兴功用皆成定论。清初朱鹤龄（1606—1683）《读〈文选〉诸赋》论赋便主张“雅则”，他认为：“赋为六义之一，然赋可以兼比兴，而比兴不可兼赋，故雅颂诸诗，凡春容大篇，皆赋也。荀兰陵后，遂多以赋名篇，而厥体莫盛于汉。”[③] 由此可以推见清初学人对楚骚汉赋等古赋之体的典雅、比兴、重情特征的推崇，故清代律体赋论中的“典雅”“比兴”“言志”诸说实皆发萌于汉赋之理论批评。以赋学之大视野观之，律赋研究并不能与汉赋学研究决然独立（故清代古、律之争述亦为汉赋学研究之重要内容）。清政府以律赋考试之前，这一时期人们对赋体古、律的争论自然还不是十分嚣烦和热点的话题，但自“康熙以后，由于童生县试、院试、生员岁、科考时试律赋，康熙十八年又举行了博学鸿词试，士子进入翰林后，皇帝还可能谕诏翰林官自

① 可参郭维森、许结：《中国辞赋发展史》，江苏教育出版社 1996 年版，第 773—784 页。

② 毛奇龄：《江园二子诗集题词》，《西河集》卷五九，《景印文渊阁四库全书》第 1320 册，第 522 页。

③ 朱鹤龄：《读〈文选〉诸赋》，《愚庵小集》卷一三，《景印文渊阁四库全书》第 1319 册，第 58 页。

愿呈献所作的诗赋辞章，更是激起了士子写作律赋的激情”。① 自然这一时期也刊出了许多律赋选本，如朱一飞辑《律赋拣金录》、杨泗孙辑《唐律赋钞》、刘岳云辑《律赋选读》等，其中私选坊刻不计其数，而其中所能反映和省思的，既有对清代律赋“尊体”的重视，以及科举仕功的推助，但同时也埋下了律体“言志”功能衰落后必然导致的汉赋复古倾尚的理性思考的径途。

从清代本朝赋创作情况来看，与其古、律争胜之迹大致同轨其辙，并颇相渊源，故从中犹可以反观其赋选家选赋论赋之状况。《中国辞赋发展史》云：“概观清赋之嬗变，要经五个阶段：一曰清初遗民赋，以幽愤之情为主；二曰康雍时期赋，已初成多元体式和醇雅风格；三曰乾嘉之‘中兴’，为清赋创作繁盛期；四曰道咸赋风的衰变，显出应制赋衰飒和盛世赋蜕变的交互特征；五曰同光赋情的振发，属清赋终结期的晚晴暮彩。”② 康雍时期选赋论赋重典雅博丽和情韵互彰，乾道时期亦多倡“以古文为时文”，这使清代选赋即便在律赋考试大行其道时，依旧能在选赋论赋中不忘却本根与赋源追溯，而且为宋明以来律赋“辞工味浅”③ 作强有力的警醒与补弊。在此期编选的明显以课试应制目的的赋选集中便依旧收录有汉赋或古赋之作，如叶氏《兰山课业诗赋约编》录汉赋约 5 篇，李元度辑有《赋学正鹄》初集、二集、三集等，其《赋学正鹄集释》录汉赋约 4 篇，鲍桂星《赋则》录汉赋 1 篇，然据其《序》及《凡例》所载，鲍氏编有《赋选》，亦当录有汉赋篇目④。这些零星的汉赋篇目的采录，看似无关宏旨，实际却彰显了清人对赋源及风格流变的追溯。清程祥栋《东湖草堂赋钞》录汉赋约 2 篇，虽多选律体，但其中明显有律体溯源并发覆律体与古体的渊承关系。程祥栋《东湖草堂赋钞》可

① 孙福轩：《清代赋学研究》，浙江大学出版社 2008 年版，第 79—80 页。

② 郭维森、许结：《中国辞赋发展史》，江苏教育出版社 1996 年版，第 766 页。

③ 祝尧《古赋辩体·三国六朝体·序论》云：“盖西汉之赋，其辞工于楚骚，东汉之赋，其辞又工于西汉，以至三国六朝之赋，一代工于一代，辞愈工则情愈短，情愈短则味愈浅，味愈浅则体愈下。”

④ 关于鲍桂星《赋选》与《赋则》考述，笔者在博士论文《清代汉赋选研究》第二章中已有论述。

以说“既不否定唐宋元以来的复古倾向，不悖离赋与经学结合的经世传统，但又特重律体，对有正味斋及兰修馆二先生选赋不及前朝加以校弊，既明赋之经世与复古之尚，亦申辨体揭源之义”。[①] 程氏选赋课业授徒，但又旨趋“复古”，程氏的“复古”主要表现在追溯律赋流变和探讨古式古法对律体的影响。程氏选律体之源始自宋玉《风赋》，元人祝尧《古赋辩体》亦谓“盖俳体始于两汉，律体始于齐梁”。[②] 显然这些论见与选赋要较那些将律赋拘拘于唐赋之始的选赋论赋思想要高明得多，这也是清代学人对文学文体发展的辩证认识论。

从今存赋选本来看，各种馆阁赋钞尤多，其中以律赋为主的刊选本占有绝对的优势，但对古赋的重视历代却并未遭至偏废，这不仅在赋论和赋学批评中有所体现，在清代赋选实践中也有所体现。清代各种选本中除律体选本外，以“古赋”题名的选本较多，“古赋”的范畴自然包括汉赋。清初孙濩孙辑有《华国编唐赋选》，但同时辑有《华国编古赋选》，录古赋 40 余篇，其中当选录汉赋若干[③]。《实园主人古赋钞》录汉赋约 6 篇，清钞本《古赋杂录》录汉赋约 3 篇，张惠言《七十家赋钞》录汉赋约 82 篇，清钞本《两汉赋钞》录汉赋约 6 篇[④]，清钞本《古小赋钞》录汉赋约 7 篇，王芑孙《古赋识小录》录汉赋约 34 篇，佚名辑《汉魏六朝诗赋选》录汉赋约 2 篇。至于为应制科举之便而采选辑刊的《分类赋选》《分类赋鹄》《赋汇录要》《赋汇题注》等皆选录或辑注有汉赋作品。

---

① 何易展：《程祥栋〈东湖草堂赋钞〉及其赋学思想》，《中国韵文学刊》2013 年第 3 期，第 100 页。

② 祝尧：《古赋辩体》卷七，《景印文渊阁四库全书》第 1366 册，台湾商务印书馆 1986 年版。

③ 孙濩孙辑有《华国编古赋选》，今佚，参清雍正十一年刊孙濩孙《华国编赋选》所载《序》《凡例》及阮元《淮海英灵集》录孙濩孙小传：“所著书有《檀弓论文》《华国编古赋选》《唐赋选》《文选》行世。”今国家图书馆、南京图书馆、西南大学图书馆等保存有《华国编唐赋选》（或作《华国编赋选》）二卷本。

④ 钞本藏南京图书馆，本钞本题名为图书馆管理人员题，据笔者考证，此钞本编者当为清李元度，具见拙文《清钞本〈两汉赋钞〉考述》，《文献》2015 年第 2 期。

上述清代赋学选集中所涉汉赋学理论思想，主要从其编选体例、义旨，以及序、跋及评点等方面可以考察得见，而要从总体上观照整个有清一代的汉赋学理论观，则需要结合清代各个时期的选赋、论赋状况进行考察，各个时期赋选集的异同及其热点问题都隐含了赋学理论研究的历史趋向。

二、清代汉赋学杂著

清代除开这些涉及汉赋的赋选赋集之外，对汉赋评点及其理论阐发，也较多地载录于清代各种诗话、文话、赋话等著作及经、史、文注疏杂论中。清代各类诗话著作不下40种，其中多有论、引、注汉赋者。如乔亿《剑溪说诗》、查为仁《莲坡诗话》、陈瑚《顽潭诗话》、陈廷敬《杜律诗话》、戴璐《吴兴诗话》、单学傅《海虞诗话》、法式善《梧门诗话》《八旗诗话》、郭麐《灵芬馆诗话》、杭世骏《榕城诗话》、恒仁《月山诗话》、洪亮吉《北江诗话》、黄培芳《香石诗话》、蒋鸣珂《古今诗话探奇》、梁章钜《雁荡诗话》《闽川闺秀诗话》、李慈铭《越缦堂诗话》、王夫之《姜斋诗话》、王士祯《渔洋诗话》《带经堂诗话》、陶元藻《全浙诗话》、翁方纲《石洲诗话》、吴骞《拜经楼诗话》《拜经楼诗话续编》、吴乔《围炉诗话》、吴伟业《梅村诗话》、袁枚《随园诗话》、赵翼《瓯北诗话》、朱彝尊《静志居诗话》等。如乔亿《剑溪说诗》论贾谊《吊屈原赋》云：“贾谊吊屈原，以谪长沙也。史迁以屈、贾合传，从其类以见志也。”费振刚等《全汉赋校注》多有引及这类论诗、说诗的诗话类著作来评析汉赋，或引诗论为赋论。

次如刘熙载《艺概》、孙梅《四六丛话》、王芑孙《读赋卮言》、李调元《赋话》、清浦铣《历代赋话》《复小斋赋话》、林联桂《见星庐赋话》等，还有清代各种文选辑校本和评点本，如清汪师韩《文选理学权舆》、孙志祖《文选考异》《文选理学权舆补》、梁章钜《文选旁证》、何焯《评注昭明文选》等各种“文选”学研究的著作，以及姚鼐《古文辞类纂》、王先谦《续古文辞类纂》、孙星衍《续古文苑》[①]、华希闵《广事类赋》等一类总集或类书性质的著作，其中收录有汉赋篇目，或对汉赋进行评点、注释、笺引。

再如一些楚辞辑选和评点本，虽然多选屈宋赋，但由于赋骚的密切关系，屈宋又近汉，对汉赋的影响也极大，故其中评点、注释、笺引、论疏亦多引汉赋，并多论及赋、骚关系，这些不仅可以窥蠡清代学人的楚辞与汉赋理论异同，而且可以更真实全面地反映清代学者的赋学“复古”观念和赋、骚的理论纠结。这类楚辞学著作中或有笺注引释汉赋篇目、文句，或评析汉赋者，作为清代汉赋学考察范畴，也自然应成为主要研究对象之一。清初黄文焕《楚辞听直》、李陈玉《楚辞笺注》、王夫之《楚辞通释》、蒋骥《山带阁注楚辞》、屈复《楚辞新集注》、陈本礼《屈辞精义》等[②]，不乏反映了清代学人对楚骚汉赋的批评，如《屈辞精义》卷一《离骚》篇“夫惟灵修之故也”后笺云：“已上《离骚赋序》，词赋有序自《离骚》始，先序其作《骚》之由，然后铺陈始终，而赋其事以明之也。后世班孟坚、左太冲《两都》、《三都》皆有序，实肇于此。前贤未经划出，以致序与经文淆乱不分，故读者每嫌其重复颠倒耳。”[③]这一问题实际涉及对“赋序”源流的讨论，当然，就今天考古学成就来看，“赋序”之始或源更早，但这也超出了一般意义以《文选》录汉赋为之“序”（如司马相如《长门赋》序）之说。《屈辞精义》又引《史通》谓：“《离骚经》，首上陈氏族，下列祖考，先述厥生，次显名字，自叙发迹，实基于此，降及司马相如，始以自叙为传，实马迁、扬雄、班固《自叙》篇之祖。”[④]这其中就论及楚辞对汉赋汉

① 《续古文苑》（清嘉庆刻本）卷一、卷二收录汉赋 20 余篇，并有校注及按语。

② 参洪湛侯《楚辞要籍解题》（湖北人民出版社 1984 年版）所录清人注楚辞类著作近 30 种，如吴世尚《楚辞疏》、贺贻孙《骚筏》、钱澄之《屈诂》、胡文英《屈骚指掌》、周拱辰《离骚草木史》、戴震《屈原赋戴氏注》、王邦采《九歌笺略》、王闿运《楚辞释》等。

③ 陈本礼：《屈辞精义》卷一，清嘉庆刻本。

④ 陈本礼：《屈辞精义》卷一，清嘉庆刻本。

文的影响，尤开耳面。此外清代各类经、史、子、集文献中亦注引汉赋极多，大致文献书目可参笔者博士论文《清代汉赋选研究》附录。至于刘师培《论文杂记》、章炳麟《国故论衡》等皆有涉及汉赋之批评。在笔者的博士论文《清代汉赋选研究》附录部分列举了部分引录汉赋篇目的清代经史学著作目录。此亦可证清代汉赋学之发达。

综览清代或有涉猎汉赋学研究之著作，特别是前举具有代表性的总集及选本性质的赋学著作，已大略昭示了清代赋论赋选家对待汉赋的三种不同观念：其一，认为赋体源于战国荀子，故《历代赋汇》选录有荀子《云赋》；而且受馆阁词臣正统的文体学观念影响，他们不选非赋名篇的辞赋作品，《楚辞》等篇章亦一概不予收录。其论难免涉及赋、骚关系及其源流的探讨与说明。其二，清代赋选家大多以课试为选赋的实用嚆矢。这种以实用为本的主张，虽然以教材范式为说，一方面一些选家以选律赋为主而不采录汉赋作品，但却另一方面又因“实用”之旨而不能脱离“法古”轨辙，这表现在一些眼界阔大的赋选家能从赋史中窥蠡出汉赋与后来唐赋为代表的律体渊源及其体例关系，因之这类选赋论赋者又或倡古、律相融，或标树“古”义法，因而在选赋实践中也往往采选汉赋或一些古赋作品，如张惠言《七十家赋钞》、王芑孙《古赋识小录》等著作即是。其三，选家在采选汉赋作品的时候，他们既有出于文献学家文献保存的通识眼光，更认为“赋”属于大“文”的文体学范畴。这看似模糊赋源、赋体等概念，然实则是从另一种视野对赋体源流的探讨，如严可均辑《全汉文》《全后汉文》、姚鼐《古文辞类纂》、孙濩孙《华国编文选》、曾国藩《经史百家杂钞》等都收有汉赋作品，这其中就体现了他们对“赋”与“文”的关系认识，其中揭示的正是清代对赋源理论追溯的背景。而此三类从理论视角来看本质上皆相因于赋源、赋体、古律等理论问题的探讨和体悟。关于“赋”与“文”与“骚”等的关系认识，我们可以回溯到唐代，甚至到汉代或先秦，其中所涵涉的这种文体观念的渊源及其历史演变，自然成为清代汉赋学研究的主要内容，这些有待下文详细考察和辨析。

第二节　清代汉赋学理论批评概述

从清代汉赋学要籍著录情况来看，清代汉赋学主要集中于汉赋源流论、汉赋地位论以及汉赋艺术手法、汉赋与经史传播、汉赋与其他门类艺术之间的发蒙关系等问题。

一、清代汉赋学理论批评和主要范畴

清代汉赋理论主要涉及赋源、赋体、赋用、赋法、赋艺等理论批评范畴。汉赋源流论主要涉及汉赋与楚辞关系、汉赋与诗的关系探讨，其中“六义”说与赋源颇相关系，它几乎也成为历代共论的话题，而且以《六义居一赋》为题的赋作在清代大量地以散馆、大考题等形式存在。汉赋源流论也是清代最为突出和重要的赋学研究问题，它与传统的“诗”学和经学贯通，也使赋学研究成为传统经典学术研究的范畴，这无形中对赋学地位的提高颇有助益。汉赋地位和文学史价值的认识，在清代也有进一步提高，清代学者在总结前代文体大成的基础上，不但明确认识到“赋”既诗既文的特点，又明显地表现出赋对散文、诗、词、曲等多种文体影响探讨的兴趣，而且他们也将赋的艺术表现手法在其他文体创作中加以直接运用，如《红楼梦》中就有大量表现情志和场景的赋篇，可谓与诗词具有同样的写意功能。另一方面，清代赋对其他文体的影响，不仅表现在理论批评形态，也表现在清代“文”体的辞赋化倾向，清人多倡“以辞赋为古文”①；《红楼梦》等小说文本的“用

① 陆棻《历朝赋格·凡例》云：“古赋之名始乎唐，所以别乎律也。犹之今人，以八股制义为时文，以传记词赋为古文也。”(《四库全书存目丛书·集部》第399册，康熙二十五年(1686)刻本)

赋”只是浅显而传统的赋化倾向，这与汉赋“用诗”的特征无异[①]。不过，这既是对赋体文学史价值的认可，也是清代赋体创作属文人抒写功能和才智体现的社会意识的结果。

特别是在清代这样一个特殊的历史时代，他们对前朝的文学体例和文学发展史都有较清晰的认识和总结，因此每一类文体在各个历史时期发展的优缺点都能给予较为准确的把握，从而使他们对赋在发展中所经历的散体赋、律赋、大赋、小赋等古、律和篇制等问题都有着与前人不一样的理解和判断，在这种视野形态来看汉赋，使他们能够更客观地看待汉赋的骈散结合、抒写灵动、经史互鉴等艺术特点，从而进一步肯定赋与诗的差别和艺术融合，在赋、诗衍变的当下格局和流变认识中，他们由之推崇赋较诗更具有“才学”体现功能，这在刘熙载《艺概》中就有许多精彩的论述。

由于对汉赋历史及其价值的肯定，因此清代学人也进一步开始探讨汉赋艺术，包括它的章节、句、词等方面的特殊功能与魅力。这使他们在选本编定中基本上“取法乎上”，以楚辞汉赋为雅尚，即便是一些律体选本，也基本上主张律体句法功能既要整齐有法度，但是又要有汉赋表现的灵活、典雅和有韵味。典雅就是主张赋体对经史的文化传承，汉赋的依经傍史的功能也受到清代经学家的重视，清代大多数经史学家也修习《文选》等，他们的著述或引《文选》《楚辞》及其汉赋作品者极多，这从清代比较发达的朴学注疏中完全可以得到印证。笔者在博士论文《清代汉赋选研究》中对清代学者关于《诗》《书》《礼》《易》《春秋》等五经学说的著作中引录汉赋篇名的情况作有一个简单的附录统计，对清代“诗经学”研究中引录汉赋篇名情况也作了一个大致的统计。清代经学著述成就是极高的，但其中注疏必引汉赋及

---

① 郭维森、许结《中国辞赋发展史》云：“小说家之赋崛兴于明代，发展于清代，究其内涵，有两条创作路线：一是小说家所作之赋，一是小说中所见之赋。”（第761—762页）曹雪芹《红楼梦》中有《警幻仙姑赋》，构成了“小说思想、情趣、意境有机组成的一部分”（《中国辞赋发展史》第762页）。

经史文章，这不但从侧面反映了汉赋在清代的文学史价值之高，也完全可以证明汉赋对经史文化传播的重要意义。

至于赋与其他门类艺术之间的关系，在清代以前就有学者开始关注。汉赋是在古诗、楚辞及诸子散文之后形成的“文体”，因此对诸种艺术都可能兼容并取，而其时从文体大类来看，已备诸体之因素，也可以说基本上各体体例已备。有学者认为魏晋时代作家骤兴，文体渐备，而实际上秦汉以来文章所依法取摹的体例此时已基本完成了。《四库全书总目·诗文评序》云：

> 文章莫盛于两汉，浑浑灏灏，文成法立，无格律之可拘。建安、黄初，体裁渐备，故论文之说出焉，《典论》，其首也。其勒为一书，传于今者，则断自刘勰、钟嵘。勰究文体之源流，而评其工拙；嵘第作者之甲乙，而溯厥师承，为例各殊；至皎然《诗式》，备陈法律；孟棨《本事诗》，旁采故实……①

对文体进行总结的《文选》以及晋代挚虞的《文章流别论》、梁代刘勰的《文心雕龙》等实际上就是对文体的一次较全面的总结和理论阐述，其中特别是《文选》所涉及的赋、诗、杂文等类例在汉代基本上已经存在。后来赋、诗在各自发展过程中又衍生出来的分体文类，虽然可能鉴于功用的不同，但其艺术表现有许多共同性特征，由此汉赋艺术研究对于发蒙其他艺术门类的研究具有极强的借鉴意义。

清代汉赋学突出地表现在汉赋选本编辑与评点、楚骚汉赋所代表的古赋与以唐赋为代表的律赋关系及其古、律优劣论等、汉赋与楚骚关系及其汉赋源流、汉赋等古赋与经学及科举关系等方面的探讨。而这些问题实质又是与中国传统文化中的本源论、文质论、功能论密切相关的，赋体文学中赋、诗、骚的关系争论就涉及文学本源论，而赋体文学中的骈、散和古、律争论则涉及文质论，而赋与“经”的关系及赋与科举，以及赋的艺术技巧等实用

① 《钦定四库全书总目·诗文评序》，中华书局 1997 年整理本，第 2736 页。

性问题实际主要涉及文学的功用问题。从文学史的角度来看，对本源论的争论，会使人们对文体的本源和性质的认识愈来愈清晰，这其中虽有陈说，但也有些破旧立新之论。而对文质论的争论对历代文学影响最大，从文学史的角度考察，我们发现各个时代的文质观在一定程度上影响和指导各个时代的文学创作风气，但这种文质观本身又受到文学史发展的内在逻辑和规律的制约。然赋体功用论与经学、儒学的结合，不仅对传承中国传统儒家文化具有重要的意义和作用，同时对于研究中国经学史、学术史及科举制度史也有积极的意义。至于具体单篇赋作的艺术功用和技巧论，以及选本、赋话、文话、史话及经史著作中之评点、引证甚多，众荟并萃，博杂繁芜，在此实难一一陈述并厘清。

二、清代汉赋学理论批评的简要分期

清代汉赋学研究因应清代赋学本身发展之径路，也大致呈现出不同的分期特征，正如吾师许结先生将清赋之嬗变分为五个阶段，其云：

> 概观清赋之嬗变，要经五个阶段：一曰清初遗民赋，以幽愤之情为主；二曰康雍时期赋，已初成多元体式和醇雅风格；三曰乾嘉之“中兴”，为清赋创作繁盛期；四曰道咸赋风的衰变，显出应制赋衰飒和盛世赋蜕变的交互特征；五曰同光赋情的振发，属清赋终结期的晚晴暮彩①。

这五个阶段完全可以对应清代汉赋学研究状况。因为清代赋创作代表了清代文人本身的赋学理论倾向和审美趣味，这必然影响到对汉赋的选篇、评鉴等问题。而这五个分期中又明显能感知清赋发展之盛衰，而这种盛衰之象与清代经学、科举结合也极其紧密，而经学与科举两途对清代汉赋之历史、地位等评价关系极为重要。本书在此五个阶段的基础上进一步将清代汉赋学研究概括为三个主要时期，即初始期、繁荣期和渐衰期。这有利于对清代汉

① 郭维森、许结：《中国辞赋发展史》，江苏教育出版社 1996 年版，第 766 页。

赋学研究之概况作清晰的把握。

就清代汉赋理论批评分期来看，清初至康熙朝时期，受早期遗民思潮和心态的影响，初期汉赋评点主要集中在楚辞和部分汉赋代表作品。汉赋中主要涉及贾谊、枚乘、司马相如、扬雄、东方朔等人，其评点主要重在时代与人物际遇，及其赋如何体现楚辞的忠怨精神。因此这一时期出现了大量楚辞辑选本和评点本，另外这些评论也主要表现在个人文集或总集性质的诗、赋、文等评注及个人文集序跋中。在赋论领域则主要是对骚、赋关系及赋体源流的探讨，这种本源论认知多多少少与特殊时期的民族身份认同有着某种程度的影合。至康熙朝，政局渐趋稳定，遗民心态在一定程度上有所转变，赋开始被用作仕禄之途，赋论复古开始出现新的范畴，“复古”的概念被悄然拓展。赋总集和个人赋集开始渐次出现。这一时期出现了陈元龙编《历代赋汇》、赵维烈编《历代赋钞》、陆棻编《历朝赋格》、王修玉编《历朝赋楷》等总集性质和林佶《集英阁赋选》、孙濩孙（1663—1739）《华国编赋选》《华国编文选》等选集性质的赋学文献①。此期涉及赋论的著述也较多，主要有诗话、赋话性质的费经虞《雅伦》、王之绩《铁立文起》及何焯（1661—1722）《义门读书记》，此外涉及《文选》中的汉赋评点著作等尤多。

乾嘉之世，清代赋学迎来了最为繁荣的时期。总集性质的赋学文献依旧不断地被文人辑录，同时带有特定审美取向性质的赋选集也不断涌现，如沈钧德《历朝赋钞》、王冶堂《历朝赋钞》等带有总集性质的赋集，但这些赋总集在撰录成就、质量与影响上都很难与清初陈元龙《历代赋汇》相匹敌。也有一些专题性质的赋集，如王芑孙《古赋识小录》等②。此期还出现了大量《赋钞》和《赋汇》的笺注本，如雷琳《赋钞笺略》就可能是王冶堂《历朝赋钞》

① 孙濩孙编《华国编》有雍正和乾隆刻本，但其书之成当在康熙、雍正朝时期。另按：《历代赋钞》《历朝赋格》《历朝赋楷》等或有被视为总集，但实具“选”集性质，具见前说。

② 王芑孙《古赋识小录》主要收秦汉以来的古体“小赋”，这主要是从体制篇章上的专题性取裁，其中以咏物赋居多，其虽为选本性质，但也多有赋论批评。

的笺注本，因为笺注本的流行，其原本反而渐渐失传。吴光昭《赋汇录要笺略》就是对陈元龙《历代赋汇》进行录要笺注。另外，此期开始渐重律体赋选，出现了大量律赋选本和唐赋选本，甚至本朝的馆阁赋选本，如法式善《同馆赋钞》，这与此期科举渐重以律赋考试有关。此期赋话、赋论大盛，出现了较有影响的浦铣《历代赋话》《复小斋赋话》[①]、李调元（1734—1802）《赋话》、王芑孙（约1754—1817）《读赋卮言》等作品。同时此期也因律体渐盛而出现大有“抵御之势趋”的古赋选集，如张惠言（1761—1802）《七十家赋钞》、王芑孙《古赋识小录》、郑抡才《古小赋钞》等，这类赋选集中赋论评点渐多，比清初的赋体评点明显更为成熟和丰富，如鲍桂星（1764—1824）《赋则》虽所选汉赋较少，但同样也涉及古、律赋论等理论批评问题。

道光及其以后，士人更为仕禄所驱，馆阁试赋使馆选赋钞尤其盛行，甚至文人也将自己的山院习作或馆选大考、散馆考等赋体作品结集。这一时期李元度编《赋学正鹄集释》及初集、二集等，其作为赋学家、散文家和学者，其中评鉴视野与纯粹科试之用的谋利之作又有不同，由此也涉及汉赋评论和律体制作。另有王晓岩《赋汇题注》（光绪刻本）等对古、律赋体皆予评注，概然不辨古、律。当然清代一开始古、律就存在互相争胜的问题，这一时期尽管赋学研究中古、律问题开始淡褪，但作为文人创作，古赋依旧受到学者重视，而这类以钞本居多，如清钞本《汉魏六朝赋选》（又名《实园主人古赋钞》）、《汉魏六朝诗赋钞》（清钞本，未分卷）、《古赋钞录》等。显然这类钞本的流行量不大，可能主要是在喜欢研习创作的纯文人之间流行，在科试的士生之间主要还是畅行律体赋选，因此这类刊本较多。不过，此期在汉赋学理论研究方面颇有成就的则推刘熙载（1813—1881）之《赋概》，其中对前人赋论多有独到的颖悟和理解。至于各期汉赋具体批评情况则于第二章专论，以明其大概。

---

① 据何新文先生考证，浦铣与袁枚（1716—1798）大致同时并有交往。参何新文《历代赋话校证》（上海古籍出版社2007年版）前言中《浦铣的生平与著述》相关文字。

第二章　清代汉赋学批评与分期

清代汉赋理论除了汉赋选本及其赋选家对汉赋的评点外，主要还涉及清代各种诗话、文话、赋话①、各种文选辑校本和评点本、楚辞辑选和评点本、经史注疏及论文杂记等。从总体上来看，清代汉赋学理论以古、律相争为线索，受各个时期赋学主要思潮的影响，在理论阐发和选本编选方面都大致可分为几个特征显明的时期。汉赋批评除开直接的汉赋评点外，基本上是与古赋理论相伴生的，古赋尤以汉赋为主。不过在清代古赋观中有三体：其一为骚体，其二为散体，其三为骈体。因此在复古思潮中又存在“祖楚宗汉”和名以汉魏为法而实则取径六朝的“六朝派”，“六朝派”的复古实际不是“取法乎上”，而是“取其体近”，即取法乎下，故在晚清体势愈下，分化益为明显。下面就清代古赋理论批评略作概陈。

第一节　清初至康熙时期古赋理论批评

清初至康熙朝时期，这是清代汉赋学理论第一个繁盛期。清初受遗民思潮和传统文绪的影响，选赋亦以楚辞汉赋为宗，在本朝赋体创作中，此期也推崇抒情与博雅为宗。许结先生论清初遗民赋创作情况云：“清初遗民赋家

① 参见上一章相关文字及注释。

以王夫之、黄宗羲为代表，其赋风表现出思想家将感世之情蕴含于才学的特点。然观两人之异，又可见王赋体物骋学之中，多偏于抒发幽深之情，其得于楚汉赋风为多，黄赋叙事骋学之中，多偏于表现英爽之气，其又得助于唐、宋辞赋的情势。”[①]同时，清初赋风批评理论的形成，不仅受时风和政治的影响，也受前朝文风的影响。文风及其理论发展有如一条波动的曲线，赋学理论批评与赋体创作实践也呈大致相同的曲线波动。明代文学中已呈秦汉派与唐宋派之争，这种争论的实质正是关乎文学中的骈散与古、律问题，其文风倡树必然影响到赋学批评。至晚明清初，赋学批评中“祖骚宗汉”的意识十分明显，这种意识表现出对前朝文风理论的反拨，带有一定纠谬的思想内涵，而其文人内在的思想情结又是十分复杂和深远的。

遗民文人一方面在家国剧变的沉痛中，难抑失落的悲哀和传统文人的“怨骚”情怀，但同时他们又以知识分子特有的慧眼在沉痛中又最能感知新朝的巨变和富有革除前朝痼弊陈疾的活力，他们的心理境遇与屈子去楚的欲舍还留的心境是极其相似的，在这种相通的命运和境况中，他们也最能体悟到那种出于心灵交语的共知共感。而楚辞作为最能体现这种复杂而沉婉之情的文类，在他们的选文、创作和文风趋尚中自然成为标树之旗鼓。清初朱鹤龄《缬林集序》云：“屈、宋之骚些，不至于江潭顑颔则不成；子美之诗，退子、子瞻之文章，不至于夔州流落，潮、惠贬窜以后，亦不能奇且变若是也。”[②]此正道破时变与文变之关系。贺贻孙论“时穷”与性灵抒写亦较明白，其云：“时值国变，三灾并起，百忧咸集，饥寒流离，逼出性灵，方能自立堂奥，永叔所谓‘穷而后工’者，其在此时乎！”（《示儿》一）

清初是楚辞学史的一个重要时期，楚辞与赋的关系问题，自汉以来渐成为赋学研究中一重要的学术纷争，尽管清初时人对辞、赋同体问题犹执异说，但其赋选集大多皆同录楚辞、汉赋。这一时期，文人不但大量创作骚体

① 郭维森、许结：《中国辞赋发展史》，江苏教育出版社 1996 年版，第 773 页。

② 朱鹤龄：《愚庵小集》卷八，上海古籍出版社 1979 年版，第 380 页。

赋，还评选辑录骚体作品，在各种选集序、跋中也表现出偏重骚体赋的思想，而且关于《楚辞》笺注评点之作尤多，使“楚辞学”渐成一门专门之显学。此期《楚辞》评笺类作品有贺贻孙《骚筏》、陆时雍《楚辞疏》、黄文焕《楚辞听直》、李陈玉《楚辞笺注》、钱澄之《屈诂》、王夫之《楚辞通释》等大量楚辞研究著作。

汉赋与楚辞关系极为密切，就那些汉代拟骚之作亦为汉赋，“汉赋”并不是散体大赋的单一范畴，但即便汉代散体大赋也常是“劝百讽一”的经世之作，与晚明清初以来主张征实致用的理论倾向亦相契合。程廷祚论汉赋“讽谏之义”和赋所应遵循的“丽则兼备”的法则，实际上就是主张赋要有“经世致用”的世用目的，这本身也是与《诗经》所开创的“诗用”和“乐用”的政治教化作用相承续的，这与中国文化传统所认为的“文以载道”相为表里，互为枝干。清初姜宸英即谓：“文不载道，而诡谲诞漫、淫艳剽窃之词胜，虽有载焉，岂得不谓之虚言哉！”[①]因此传统文论的影响和特殊历史时期文人境遇的结合，使他们的赋论思想也更具有历史性特征和强烈的现实意义。清初这些文论家和赋选家们因此既倡导复古，但同时在新朝的推动之下，又不得不结合现实，与治世及立身相结合，因而他们所崇尚而推复的“古”的概念与内涵也较为复杂，并不是简单的秦汉文章或唐宋古文，也可能并不是散、骈所代表的古、律问题。骈、散的语体形式只是古、律的一种外在表现，而他们所追求的是古、律所代表的一种精神实质和法式传统。

一、包唐纳汉：赋义与赋艺并兼

清初古赋理论集中在对楚骚汉赋的批评，但尤多与汉赋相关的散论杂说。清柴绍炳《与越中潘献赤论诗赋书》云：“辞取铺扬，调归丽则者称佳耳。长卿、子云颇臻其妙，班、张而下，亦为近之六季。”张谦宜《斋论文》云：

① 姜宸英：《尊闻集序》，《湛园集》卷一，《景印文渊阁四库全书》第1323册，第603页。

“有后乱将尽未尽，倒卷波澜，振动全篇，如分风渡江，如丝管催拍，令人意畅。其格有古赋，如《两京》、《三都》、《上林》、《子虚》等作是也。”① 康熙时期王之绩《铁立文起》云：“枚乘、八公、长卿之流，披形错貌，雕藻极妍，华而不浮，辞人之轨辙也。若忠愤激昂，直写胸臆，篇不绘句，句不琢字，贾谊是也。……大抵赋擅于楚，昌于西京，从于东都，沿于魏晋，敝于五代。”② 这些评陟都表现出清初学人对汉赋的推赏。这些评赏除开从体格高古等赋艺角度的探讨外，也有从赋义所涉的赋用、体源等角度的解析，这为清代赋论在融贯古今、包轹汉唐预置了更多的理论话语空间。

古赋所代表的法式传统实际体现了汉赋所代表的“赋用”的广博性，汉赋不仅可以用郊庙之祭，如《汉书》所载司马相如等日夜献纳的诗赋之作，其用正在于斯，同时汉赋也可以体物言志，以达诗教之化，因此程廷祚认为“赋家之用，自朝廷郊庙以及山川草木，靡不摅写”③，这也正合于司马相如论赋所谓要“包括宇宙，总览人物，有得之于内，不可得而传者”④ 的赋体创作思想。“有得之于内”正是赋诗“教化”的结果，而“不可得而传者”又同是说明这种赋诗感染并非说教和政治命令，而是一个渐进的感化过程。因此程廷祚认为司马相如、扬雄等所创作的汉赋代表作品具有“讽谏之义”，有古诗比兴的传统，这恐怕才是赋论家所要宣扬复古的宗旨和目的之一所在。清初学者在论“讽谏”的赋义传统之外，也重体式、格调之高下。清初费经虞《雅伦》便列专章以论体调、格式等，康熙朝陆棻辑《历朝赋格》，亦设“三格”以分文赋格、骚赋格、骈赋格，显然尚无有古、律的偏执问题。而涉及所谓古、律的优劣之争者皆在论律的拘执，因此他们本质上要求赋体

① 张谦宜《絸斋论文》卷三语，转引自《中华大典·文学典·理论分典》，第 750 页。

② 王之绩：《铁立文起》卷一一，见张伯伟、许结编：《中华大典·文学典·理论分典》，第 750 页；又见《续修四库全书》第 1714 册，上海古籍出版社 2011 年版（影印清康熙四十二年刻本）。

③ 程廷祚：《骚赋论》，《青溪集》卷三，《金陵丛书》本乙集。

④ 葛洪：《西京杂记》卷二，四部丛刊景明嘉靖本。

无论古、律都要求“丽则兼备”，并以此成为赋学典范。无论形式上的骈体也好，散体也好，除开“讽谏”赋义的要求外，格调高下就主要表现在精神气质的贯注与否。

在清初赋论中他们所崇尚和推复的“古”不是形式的“散体”，而是古法传统和文人高蹈的精神气质，这从清初文人赋论和赋选评陟中皆可见之。陆棻《历朝赋格》评司马相如《子虚赋》云：“其宏博胜《高唐》，而纵横驰骋亦过之。枚皋《七发》可与并衡，他非所及也。”又论《上林赋》云：“长卿赋心绝艳，赋才绝豪，风流诞放，文如其人，合观《子虚》《上林》二篇，千古奉为规绳，不啻梓匠之于班尔。”论班固《两都赋》云：“前篇以腴胜，而极烹炼之工，后篇以简实胜，而尽折旋之法。笔力劲，姿态丰，虽脱胎杨、马，固已出其范围矣。侈秦雍之形胜，侧重于田；美河洛之英灵，归崇临学。抒词命意，不得不然，而强弱之感，于是乎寓。”[①]可以说这些都是与“丽则兼备”的主张相呼应的。

清初赋论家所主张的赋体承载的文人精神气质表现在赋文本身就充贯了曹丕《典论》所认为的“文气”，而“文气”不但要讲究气贯、义贯，亦同样要求情贯乎中。因此清初赋论家论赋的复古重“气”内含了“重情”的性征，这也是对晚明以来予个体生命关注、性灵抒写的文学理论延续。孙福轩认为：“清初学人对于拘于格律、板滞呆重的律体赋多持否定意见，而表现出对骚体赋与骈体赋、文体赋等古体赋的浓厚兴趣和赋作要抒写真实情感的必然要求，这是其理论价值的重要方面。”[②]这也正说明清初学人反对的不是律赋本身，而是律赋所表现的“拘于格律、板滞呆重”的文风。

尽管清初赋论以复古为主，但其并非排拒唐赋，这一方面与清初学者的视域已将唐赋亦纳入与明清以来的“今体”律赋相对的“古赋”范畴有关，宋人辑《唐文粹》和《宋文鉴》中就有将唐赋归入“古赋”者，如《唐文粹》

① 陆棻：《历朝赋格》，《四库全书存目丛书·集部》第399册，康熙二十五年（1686）刻本。

② 孙福轩：《清代赋学研究》，浙江大学出版社2008年版，第46页。

将《惜余春赋》《明堂赋》《大猎赋》《大鹏赋》归为古赋。“唐赋”概念范畴与“汉赋”一样，有广、狭义之分。广义范畴的唐赋不仅包含律赋，也包含当代人摹法前朝所作诸体，如唐赋除有律体之外，唐宋亦有新文赋。当然，狭义的“唐赋”与唐律义近，但清人可以说更多的是从“赋义”与“赋艺”的理性角度来审视“唐赋”的。清初赋论家就并非出于以元代祝氏论唐宋文赋“则是一片之文，押几个韵尔”①的论赋视域，他们不是以骈、散来比对赋之优劣，而是着眼于“赋义”和“赋艺”两个视域，因此自然会发现骈赋中也存在兼善的作品，这就使他们同时又肯定魏晋六朝赋亦可以作为取法对象，只不过较楚汉赋作略下之而已。魏晋六朝江、鲍、庾、徐之作已多有骈体，亦为唐代大家李、杜所取鉴，这些在一定程度上也成为“六朝派”的理据。

清初赋论还有一现象颇需注意，自明代“唐无赋”说兴起，其说似与复古相干系，但至清初由于时势境遇和文风的渐变，以及他们对唐赋评鉴的视野变化，加之清初有欲重新推复赋学经典之势，故赋论家和赋选家皆渐斥“唐无赋”之说。这种包汉纳唐的观念可谓一种赋学新复古观。清初陆棻《历朝赋格》云：“宋元迄明，代有作者，分袭诸体，各呈其材，间有出倾峡之原，逞泛驾之力，纵横自适，磅礴无人，使读者与为洸洋，与为岿峉，则又未经见之珍奇也。彼谓六朝以后无赋者，信语云乎哉。”②（《赋格·凡例》）此可为清初较明确针对“唐无赋”之说的驳论。清初康熙二十五年钱陆灿辑《文苑英华律赋选》四卷，其中选唐宋律赋极多，其后各种《唐人赋钞》《唐律赋钞》《唐赋选》等勃兴间出，这皆是从赋选学角度对“唐无赋”说的回应。

---

① 祝尧：《古赋辩体》卷八，《景印文渊阁四库全书》第1366册，台湾商务印书馆1986年版，第818页。

② 陆棻：《历朝赋格·凡例》，《四库全书存目丛书·集部》第399册，康熙二十五年（1686）刻本。

“唐无赋”之说出自明人李梦阳《潜虬山人记》：“山人商宋、梁时，犹学宋人诗。会李客梁，谓之曰：‘宋无诗。’山人于是遂弃宋而学唐。已问唐所无。曰：‘唐无赋哉！’问汉，曰：‘无骚哉！’山人于是则又究心赋骚于唐汉之上。”①“前七子”之一的何景明亦云：“经亡而骚作，骚亡而赋作，赋亡而诗作。秦无经，汉无骚，唐无赋，宋无诗。”（《何子·杂言》）显然明代“唐无赋”说乃复古派推崇“文必秦汉”，与“唐宋派”相针锋而提出的理论说辞，与在诗学和文论领域的主张相颉颃。这一派尚有谢榛、王世贞、胡应麟等，他们在赋学领域主张“祖楚而宗汉”，而又力褒当世名家赋作，如王世贞《艺苑卮言》又赞六朝赋，称颂李梦阳赋“才气高雄，风骨遒利”，“上拟屈宋，下及六朝”。这种内在的理论矛盾实际上与清初的境遇极其相似，明代“唐无赋”之争显然是诞育于复古与反复古的时代背景之中，许结先生认为明代“唐无赋”说源在“对唐宋以来试赋制度以及由此出现的对汗牛充栋的应制律赋的排拒”以及“对宋人变唐以理学入赋之创作审美经验的否定”②。

清初因基本仍抱持赋学复古观念，在赋体评鉴中一定程度上仍受明代“唐无赋”说的影响，但同时也流露出了这种赋学观念开始转变的痕迹。清初毛奇龄《西河集》录《江柳赋》之首评陟云：“旧评曰：景与宋并为赋宗，贾谊与相如并为赋圣，则知《小招》不专奇，《子虚》不专丽矣，况赋体原分楚汉、魏晋、六朝为三截，惟唐宋无赋耳。西河以六朝新体为楚汉妙裁，真是辟门凿山之技。蔡大敬曰：西河赋大约度取江淹，而江无其形似；思规庾信，而庾逊其宕曳。”③显然所谓旧评当是前人评论，而清初人蔡仲光评

① 李梦阳：《潜虬山人记》，《空同集》卷四十八，《景印文渊阁四库全书》第1262册，第446页。按：明人“唐无赋”说实因于古文创作。明人科举以八股文取士，赋衰而文以古为法，古文之创作又推“文必秦汉，诗必盛唐”，自然“唐赋”较难成为明人古文创作摹法的对象。

② 许结：《明代“唐无赋”说辨析》，《文学遗产》1994年第4期，第77—85页。

③ 毛奇龄：《西河集》卷一百二十五，清文渊阁四库全书本。

论毛西河赋却直比六朝[①]，显然六朝赋作同样也有杰构，因此评者认为毛奇龄“以六朝新体为楚汉妙裁”，能够将骈体同样写得如汉赋一般有生气。故又评云：“西河赋芊眠渺靡一往多丽，当使袁淑见之而悔作，蔡邕因之以辍翰。”清初沈康臣评毛奇龄赋云：“（沈康臣曰）：赋为六义之一，故《两都赋序》曰‘赋者古诗之流’。西河长律，其体物浏亮，已合齐梁，初唐诸家有之，宜其赋之独绝也。”又曰：“变纂组为流易，此赋亡于唐宋也。然明复汉魏而靡闷甚矣。若西河诸赋，高不结涩，卑不疏鄙，响如戛玉，思能入云，可谓上超潘陆，下掩庾鲍。”[②]显然沈康臣论西河赋“体物浏亮，已合齐梁，初唐诸家有之”，已有肯定唐赋之势。既然此处坦承初唐诸家同有“体物浏亮”的特征，故不可能以唐赋为讥，其虽云“赋亡于唐宋”，乃在于“变纂组为流易”，可能谓那些考试的律体失却了汉赋“纂组”成文而总括宇宙、包纳人物的架构，然从前后文细审，虽有摹尚汉赋的倾向，但却并无排抵唐赋镕经铸史与赋艺精巧之意。可见，对“唐无赋”之说，清初正经历一种理性批判的转变。

就赋学理论主张方面，清初文人依然主张“祖楚而宗汉”。就现实而论，楚汉至魏晋以来，离古愈远，作品存世亦稀，那些能够保存下来的赋篇本身就经历了历代的自然选择，唯有优秀之作才可能得以传绪，这些作品理所当然可以成为借鉴取法的对象。而近世之作，特别是唐宋以来存篇极多，这从清代编撰《全唐文》尚能据录赋作近两万余篇可知。这种现象必然导致愈至近世，其良莠并杂现象愈益严重，故难以成为取鉴之准矣；但另一方面，不论是欲树立考赋的现实需要，还是从文学发展史理论来讲，也不可能否定六朝或唐以后没有赋作甚至精品。从现实来讲，清初的赋学新复古观对推动赋

① 蔡仲光（1609—1685），原名士京，字大敬，又字子伯，清浙江省萧山城厢镇十字弄人。

② 此引两条同见毛奇龄《西河集》之《江柳赋》首评，卷一百二十五，清文渊阁四库全书本。另按：沈康臣当与毛奇龄大致同时。因清毛奇龄作有《临江仙》一首，其标沈康臣生日席上作，故毛西河与康臣当同时且交好。

学经典化过程具有极其重要的意义，清初陆棻辑《历朝赋格》论陈选汉赋少而录唐宋赋多之一因便云："按古《艺文》《经籍志》，作赋之家，或仅存其目，而无其文，或仅存其名，并失其目，追叹遗逸，如沉夜光，不可一睹。由唐以前选本既多，不忧覆灭，唐后作者如林，流传已少，精力有限，难于泛观，若不亟为收录，恐遂佚而无闻，故略于前，详于后，岂有所偏于其际乎？"[①]此陆氏有感于古文献佚失之痛，而忧唐后作者众而选本少，恐佚而无闻，其择赋之标准亦"前严而后恕"[②]。此正可以反观文献对文学之另一面影响和文学（选学）复古的历史内在动因的多维因素。

清初陆棻编选《历朝赋格》就针对"唐无赋"和"唐以后无赋"说给予有力的回击，其选赋以唐及唐以后赋为主，然其在理论上与程廷祚一样却依旧持"祖骚宗汉"的观念，其云："后数百年屈子乃作《离骚》，骚者，诗之变，赋之祖也。后人尊之曰'经'，而效其体者，又未尝不以为赋，更有不名赋而体相合者。"[③]陆氏选赋偏胜于唐宋至明，其选汉赋虽少，但却并非忽视汉赋在赋体文学史之地位及其对后代文学的影响和参鉴的意义，其初衷拟仅选唐赋，大概正是为驳正"唐无赋"之说，故其谓："宋元迄明，代有作者，分袭诸体，各呈其材，间有出倾峡之原，逞泛驾之力，纵横自适，磅礴无人，使读者与为洸洋，与为岂客，则又未经见之珍奇也。"[④]（《赋格·凡例》）

显然，清初文人之所以否定"唐无赋"之说，依旧是立基于唐宋赋作同

① 陆棻：《历朝赋格·凡例》，《四库全书存目丛书·集部》第399册，康熙二十五年（1686）刻本。

② 陆棻：《历朝赋格·凡例》，《四库全书存目丛书·集部》第399册，康熙二十五年（1686）刻本。

③ 陆棻：《历朝赋格·凡例》，《四库全书存目丛书·集部》第399册，康熙二十五年（1686）刻本。

④ 陆棻：《历朝赋格·凡例》，《四库全书存目丛书·集部》第399册，康熙二十五年（1686）刻本。

样能达到“赋义”与“赋艺”的融合，那些经典的作品依旧可以做到“丽则兼善”。《四库全书总目》论清初散文家汪琬（1624—1691）《尧峰文钞》提要云：“古文一脉，自明代肤滥于七子，纤佻于三袁，至启、祯而极弊。国初风气还淳，一时学者始复讲唐宋以来之矩矱。”① 清初姜宸英亦云：“自是先秦、两汉，文益奇伟，至两汉之衰，体势日趋于弱，下逮魏晋六朝，而文章之敝极焉。唐兴，诸贤病之而未能革也，迨贞、元大儒出，始创为古文，易排而散，去靡而朴，力芟六代浮华之习。此又一变也。”② 陆棻则称：“赋也者，始基乎荀，达乎宋，盛于汉魏，艳于六朝，规矩乎唐，而裁制于是乎尽。”③ 显然清初学人在超脱明代复古与变革之争的历史环境下，对“祖楚宗汉”与“唐无赋”说又给予了辩证的思考，其对文学发展中文体与文风兴衰的历史盛衰与易变又体现出时代易迁中的理性思考。

二、制科命词：重树赋学经典

细究清初赋论之立场及深层的社会心理因素，他们主“祖楚宗汉”也好，排抵“唐无赋”说也好，不过皆是复古思潮涌动中的变革大纛，其旨在建构和回归清代赋学的“经典”法座。故清初所主张之复古实质即是变革，其驳“唐无赋”之说，不仅意在繁兴清代赋学，更重要的是旨在重新树立汉唐以来所开创的赋学经典地位，因此他们同倡“赋义”与“赋艺”，既注重“文以载道”的传统，也力主“丽则兼善”的博雅之趣。清初至康熙年间，政局渐稳，统治者也渐重文教，康熙间曾开博学宏词科，以文章和经术笼络文人，于是这期间除开康熙间陈元龙编《历代赋汇》之外，又出现了陆棻辑《历朝赋格》（1686）、赵维烈《历代赋钞》（1686）、王修玉《历朝赋楷》（1686）

① 纪昀等：《四库全书总目》，中华书局1965年版，第1522页。

② 姜宸英：《王阮亭五七言诗选序》，《湛园集》卷一，《景印文渊阁四库全书》第1323册，第611页。

③ 陆棻：《历朝赋格·凡例》，《四库全书存目丛书·集部》第399册，康熙二十五年（1686）刻本。

等几部较有影响的赋集，以及费氏《雅伦》这样的赋论诗论著作[①]。无论是赋选还是赋论，对骚体及汉唐赋的肯定，从政治及学术史的层面来看都具有特殊的意义。“清人编撰大量‘赋话’类著述的思想意图，均具有树立或重建经典的意义”[②]，许结先生认为唐至明清以来，科举用赋，正是意在将赋体作为经典重建。至于清代是推尊以汉赋为代表的古赋还是以唐赋为代表的律赋，则是当朝学人在面对重建赋学经典中所面临的理性选择，不过清初的学人明显较前人更具有通变之明，正如许结先生所说：“如果说在唐宋时代，古赋与律赋的关系有着如同‘古文’与‘时文’的区分，那么在清人的眼中骚汉古体与唐宋律体同属于‘古’的范畴，其古、近之分只是相对而言。”[③]正因如此，他们在评鉴汉唐赋作古、律之体的时候也才表现出比前朝更为包容和理性的心态[④]。

至康雍时期，文人渐从遗民心态和意识中超脱出来，他们受政治最主要的影响便是清初政治生态和文教政策，文人和统治者皆欲复倡中国传统文化，赋的经典化需求也自然成为一种必然之趋势，这从汉赋所开创的赋与王权王言政治的结合已为清代复倡赋学经典提供了参照和依据。清代康熙皇帝《历代赋汇序》云：

> 赋者，六义之一也。风雅颂兴赋比六者，而赋居兴比之中，盖其铺陈事理，抒写物情，兴比不能并焉，故赋之于诗功尤为独多。……至于唐宋，变而为律，又变而为文，而唐宋则用以取士，其时名臣伟人往往

---

① 《雅伦》罗列历代赋论赋话，以及诗话诗论，并于每一格调之后参以己评，虽不是专门的赋选著作，但却主要为诗赋理论专著，并于论赋之后又选列代表性篇目，同时又具有赋选诗选的性质。

② 许结：《科举与辞赋：经典的树立与偏离》，《南京大学学报（哲学·人文科学·社会科学版）》2008年第6期，第101—109页。

③ 许结：《科举与辞赋：经典的树立与偏离》，《南京大学学报（哲学·人文科学·社会科学版）》2008年第6期，第108页。

④ 另具体参本书《清代复古思潮与“古赋”观念》一章。

多出其中。迨及元而始不列于科目。朕以其不可尽废也，间尝以是求天下之才，故命词臣考稽古昔，搜采缺逸，都为一集，亲加鉴定，令校刊焉。为叙其源流兴罢之故，以示天下，使凡为学者知朕意云。①

如果再结合《清史稿·选举志》所载清初康熙十七年诏，更可以看出清初复倡文教，培育文才，重树经典的急切意愿。其十七年诏曰："我朝定鼎以来，崇儒重道，培养人才。四海之广，岂无奇才硕彦、学问渊通、文藻瑰丽、追踪前哲者？"② 由此，科举用赋也正式成为清代兴文立教之成法。

清初对"唐无赋"说的驳斥，可以说化解了清代赋学经典确立途径上的最大理论障碍，这对清初选赋和赋论思想都产生了重要影响。清初至康熙时期古、律兼选的通选性质的赋选较多，在这些著作中，主选律赋的倾向尤为突出，这可能与意欲鼎革元、明以来以古赋为主的风习有关。元代以古赋取士，祝尧《古赋辩体》亦力陈"祖骚宗汉"之说，其与王权话语基本上相统复。明代虽不用辞赋取士，然文人创作亦以古赋为主，汉赋在明代具有极为重要的地位，张新科称："汉赋的榜样作用贯穿于整个明代，之所以有大赋和骚赋、体物和写志、歌颂和批判，是与社会政治紧密相连的。……而且文人面对盛世，往往产生一种自豪感，以汉大赋为榜样，表达自己的政治理想和宏伟抱负。"③ 明代已有将汉赋经典化的格局。故清初选赋者虽概选古、律，然以唐宋以来律赋者居多，其心理动因不言而喻。清初陆棻选赋偏重律体，在三集中选骈体 174 篇，占 47%，几近半数，且谓："昭代文治方新，人才蔚起。奎章宸藻，谟典同垂，讲筵侍从诸公，弘文大笔，驾屈、宋、班、扬之上。"④ 就清初赋体创作实践来看，"由于康熙帝及其词臣并没有刻意提倡律

① 爱新觉罗·玄烨：《御制历代赋汇序》，见陈元龙编：《历代赋汇》，江苏古籍出版社 1987 年版。

② 赵尔巽等：《清史稿·选举志四》第 12 册，中华书局校点本 1977 年版，第 3175 页。

③ 张新科：《汉赋在明代的经典化途径》，《文学评论》2012 年第 3 期，第 60—68 页。

④ 陆棻：《历朝赋格·凡例》，康熙二十五年刻本。

体赋的创作，故骚、散、骈、俳、文诸种赋体无不具备。”①

清初创树经典的文化心态，使他们在赋论评鉴中也表现出总论和史评特色，具有极强的史鉴和史评意义。虽然就具体的作品而言，他们也有讥唐或贬汉的，但这不影响他们对赋学发展整个状况的评价，他们出于旨在借鉴前代经典，创树本朝文化和学术繁盛之目的，重开以赋制科，自然将楚骚、汉赋、唐律并重，而且在他们看来，唐赋之“律”亦较晚明清初的“今体”要“古”得多，且也有更多的赋艺可资借鉴。因此，他们不但重律也同样宗汉，甚至将赋体源流之说与“经学”地位之《诗》相联系，此皆与树立赋学经典相佐（此另作专章详论）。

由此涉及赋与“六义”的问题，在本旨上亦属于赋源问题的讨论，鉴于这一命题的复杂性，而且几乎贯穿整个清代赋史，本书亦作专章另论，具见《清代〈诗经〉学与汉赋》及《“赋者古诗之流”考辨》相关章节。

第二节　乾嘉时期的汉赋理论批评

乾嘉时期是清代赋学发展的繁荣期，由于科举考试的利禄所驱，士人渐重律体，律体选本日趋增多，但出于赋体创作本身的需要，人们又不得不借鉴古赋的创作艺术和方法，因此同样保留着古、律兼重的现象，此在选赋和论赋中都可胪陈其迹。清初前期赋论侧重于抒情言志论，这也与赋体创作更注重“世用”相吻合。赋体创作与赋论是密切相关的，赋体创作所关注的赋艺、赋法也直接影响了赋学批评的倾向。甚至在赋论中就明显表现出如何对古赋与律赋句式借鉴、化用等具体艺术技巧方面的评点；由于律赋和八股文中都主张对经义的阐述，因此赋体创作对赋论的影响也表

① 孙福轩：《清代赋学研究》，浙江大学出版社2008年版，第61页。

现在探讨经史、典故等如何处理运用等方面。赋艺的探讨往往又打破了古、律的局限，不但要讲究取法乎上的古法、古义，同时又要贴切实用而讲求偶律、音韵等律赋固有的形式技法。当下的赋体创作与赋论的实用性结合，促成了《赋汇》及《赋钞》笺注本、题注本和一些汉赋经典语句摘艳类选本等产生，在具体汉赋评点方面也突出地表现出经史典故的巧用鉴析与经验感性评点的特征。不过，由于赋法、赋艺中对律体赋艺的突破和超越，使他们在“取法乎上”的古赋赋法、赋艺中同样能鉴照赋艺的渊深雅懿，从而使赋论转而也更注重赋的“丽”“则”问题，这使汉赋“丽则”理论重新成为研究的热点。

此期朴学成为学术主流，理学在一定程度上受到抑制，因此清初以来对“赋义”探讨的热度到此期也有所减弱，而朴学的影响也开始回应和影响赋学赋论及选本评注中对字、词、句及典章、名物等的重视，虽朴学略胜，然汉宋学术之争已成时趋，此期由于汉宋学术之争，学术思想也表现出较为活跃的特征，它也影响到赋论中可能各执偏执之词，偶尔也会出现相互矛盾和难以会通的激烈言论。李兆洛（1769—1841）编《骈体文钞》标举魏晋、六朝。其精通舆地、考据、训诂之学，他对明代推重韩愈所开的唐宋古文法门极为不满，其称：“洛之意颇不满于今之古文家，但言宗唐宋而不敢言宗两汉。所谓宗唐宋者，又止宗其轻浅薄弱之作，一挑一剔，一含一咏，口牙小慧，谫陋庸词，稍可上口，已足标异。于是家家有集，人人著书。”① 在“以辞赋为古文，以八股为今文”② 的时代，《骈体文钞》所收非仅“骈文”，也有赋体。这不仅反映了古文创作的状况，也反映了此期赋体创作和赋论批评的状况。

① 李兆洛：《答庄卿珊》，《养一斋文集》，见《续修四库全书》第 1495 册，第 119 页。

② 陆棻《历朝赋格・凡例》云：“古赋之名始乎唐，所以别乎律也。犹之今人，以八股制义为时文，以传记词赋为古文也。”（《四库全书存目丛书・集部》第 399 册，康熙二十五年（1686）刻本）

赋艺问题与诗、文艺术技巧可以说筋连神通，古文创作与古赋创作艺术借鉴方面自然也存在明显的相通处，这不仅一方面表现在理论上自齐梁至唐代赋体就被视为有韵之“文”已可窥其渊懿，而且清代“以辞赋为古文”的创作理念也揭示了这种通融的思想（实际上也含示了文体的辞赋化倾向）。因此乾嘉时期骈、散文论之争实际也一定程度上反映了赋体古、律之争的实质，但清代关于赋体骈、散与古、律又是有所差别的，骈体并不完全是律体，因此在赋体体类的划分中，他们或将赋分为骚赋、汉赋（散体大赋）、骈赋(俳赋)、律赋等[①]。清人所谓“律赋”更多的是指当时用于考试之用的“八股形制”的赋作，它与八股文考察各有偏重，八股文欲察经义，律赋欲试文才，然二者各有所拘，很难尽逞其才。日本学者铃木虎雄称八股文为“八股赋”，可见当时被视为“今文”的文体也表现出辞赋化倾向。由此发之，这一时期赋论家也表现出极广博的才识，对诗、赋、文等兼有论说，如张惠言既为古赋理论家，也为词学家，其为常州词派代表，论词主张兴寄之说，这在其《七十家赋钞序》中也能反映其影迹。

关于赋体情志与文气的理论探讨可以说从汉代扬雄赋论的“丽则”之说实际已相关涉并启其端绪，后来各种赋义或赋艺理论探讨核心亦不过围绕二者为说。孙梅《四六丛话》云：“丛话何为次骚也，曰观乎人文，稽于义类。古文四六，有二源乎？大要立言之旨，不越情与文而已。”[②]可见古文与骈体，古赋与律赋别无二源，其立言之旨皆不出“情”与“文”，而“情”与“文”实言情志与文气，与赋之“丽则”问题同其本质。朱邦楷《本朝馆阁赋序》曰：“大抵文踵事以增华，质变本而加厉。始则述都邑、戒畋猎、经纬宫商，终归丽则。”[③]不但揭示了古律赋体的归统原则，也反映了汉赋“丽则”说与中

---

① 俳赋实际上就是指骈赋，因此孙福轩所谓清代“骚、散、骈、俳、文诸种赋体无不具备”之说恐不太准确。（见《清代赋学研究》，浙江大学出版社2008年版，第61页）

② 孙梅：《四六丛话》，《丛书集成初编》本。

③ 叶抱崧：《本朝馆阁赋》，清乾隆二十九年刻本。

国传统文论的“文质”说词殊而义同的本质。

一、赋以申志：超脱体类之争的赋旨溯源

在乾嘉时期，古赋派理论主要表现出“以情言志”和“以气论文”的倾向。乾隆皇帝特好诗赋，但对赋的功用尤为肯定，他认为赋较诗更能表达情志。其作《哨鹿赋序》云：“赋者，古诗之流。诗以言志，其有不能尽言之志，则赋可以申之。”①清程廷祚亦云：“赋能体万物之情状”②。当然拟万物情状的赋体表现并不是简单地“铺陈”描写，也就是说不能将“六义”之一的“赋”的功能等同于赋体，“赋”作为一种文学体类它必须兼比兴等“六义”诸功能。比、兴、风、颂等与言志抒情有更密切的关系。“志”所表现的是内心的情感，“志”即“情志”之谓，身兼“六义”的赋自然与“情志”表达同样密切相关。传相如工为文，陈皇后奉黄金百斤买《长门赋》，其实正说明汉赋亦善抒情，《长门赋》为赋体抒情之最，历来为赋家所绝倒，不然，何以悟帝？清浦铣就极力赞赏明献帝关于赋需言志抒情之论，他认为最得论赋之本旨，其云：

> 最爱明兴献帝之言赋曰：“赋者，敷陈其事而直言之也。夫事寓乎情，情溢于言，事之直而情之婉，虽不求其赋之工而自工矣。屈、宋《离骚》，历千百年无有讥之者，直以事与情之兼至耳。下逮相如、子云之伦，赋《上林》、《甘泉》等篇，非不宏且丽，然多斫于词、踬于事，而不足于情焉，此即卜子夏‘在心为志，发言为诗’之义也。”赋者，古诗之流，古今论赋，未有及此者。旨哉言乎！旨哉言乎！③

---

① 和珅、梁国治：《钦定热河志》卷四十八围场四，天津古籍出版社2003年版。此赋及序作于乾隆十四年（1749）。

② 程廷祚：《骚赋论》，《青溪集》卷三，《金陵丛书》本乙集。

③ 浦铣著，何新文校证：《历代赋话校证》（附《复小斋赋话》），上海古籍出版社2007年版，第377页。

清代赋话、诗话类作品似乎皆有一个共同的特点，一般在前面都会过录前人相关论述，包括史载、故事、逸闻等，因此这类著作既具有重要的文献学价值，同时又能借此证实他们的观点（这与今天的学术论文写作颇相近）。元代祝尧《古赋辩体》是最有代表性的古赋理论著作，清人论古赋或楚骚汉赋对其引述极多，其中有一段论三国六朝赋之失在于“有辞无情，文亡体失”，极好地陈示了情志表达对于赋体的重要性，这一理论也成为清代古赋派基本的认识。清代浦铣尽管以论律赋为主，但却对汉赋等古体赋也极为推赏，他在论律赋之要中也主要表达了赋重情志的主要观点，这成为他论律赋的一大特色。浦氏引前人论三国六朝之赋云：

> 尝观诗人，其赋古也，则于古有怀；其赋今也，则于今有感；其赋事，则于事有触；其赋物也，则于物有况。情之所在，索之而愈深，穷之而愈妙，彼其于辞，直寄焉而已矣。后之词人……彼其于情，直外焉而已矣。盖两汉之赋，其辞工于楚骚；东汉之赋，其辞又工于西汉；以至三国六朝之赋，一代工于一代。辞愈工，则情愈短而味愈浅，味愈浅则体愈下。建安七子，独王仲宣辞赋有古风。……有辞无情，文亡体失：此六朝之赋所以益远于古①。

此段文字表达了“情寄于辞”和“情外于辞”的两种结果，强调“情志”表达在古、今赋体中的重要性和意义。费经虞《雅伦》、浦铣《历代赋话》、王之绩《铁立文起》等亦有相近观点，如费氏《雅伦》卷四有一段相近之词，其称引自《类编》，此《类编》未知何人所著，当为历代引者各依原其本义而断为己用。不过，这些相同相近的引述中论赋之重情志的观点却是一致的。

① 浦铣：《历代赋话续集》卷十三，见何新文：《历代赋话校证》，第 348—349 页。按：此段本为祝尧《古赋辩体》论三国六朝赋文字，但清浦铣据王修玉《历朝赋楷》转引，故文字略有出入，其首《古赋辩体》本作“尝观古之诗人”。《古赋辩体》及明唐顺之《荆川稗编》“有辞无情，文亡体失”作“义亡体失”。

兹为作比较，并录费氏《雅伦》卷四所引如下：

《类编》云："《离骚》为赋祖，其辞丽，其理则，而有风雅颂赋比兴遗意。厥后诗人，专取诗之一义，以为赋。而宋玉、唐勒、枚乘、司马相如，下至扬子云辈，竞为侈丽闳衍之词，风喻之意没矣。古今言赋，咸以两汉为古，至三国、六朝而其体一变。建安七子，独王仲宣词赋有古风。晋陆士衡《文赋》等作，已用俳体。流至潘岳，首尾绝俳。迨沈休文等四声八病起，而俳体又入于律矣。徐、庾继出，又复隔句对联，骈四丽六，簇事对偶，可称博物洽闻。然有辞无情，体亡义失，此六朝之赋，去古益远。然潘安仁《秋胡》、明远《舞鹤》等篇，犹得古诗之余情也。逮至唐人，而又一变，大率律多古少就。有为古赋者，率宗徐、庾，亦不过少异于律也。李太白古赋，差强人意，但俳之蔓虽除，而律之根故在，第可方六朝耳。至杜牧之《阿房宫赋》，更杂论体。韩、柳古赋，以《骚》为宗，超出俳律之上。唐赋莫古于此。下至宋人，又一变。欧阳永叔名儒，率以文体为赋，不过有押韵而已。于风之优游比兴之假托，《雅》《颂》之形容，皆不能兼矣。朱元晦曰：'宋朝文盛，前世莫及。独于楚人之赋，有未数数然者。'观此，则宋赋可知矣。"（费经虞曰："《阿房宫赋》本于长篴；《秋声》、《赤壁》散文本宋玉。但宋格调音节卑促，故谓非赋之正体。若以一篇定一代之体，恐未然也。"）①

他们认为历来之所以以楚骚汉赋为宗法，乃在于楚骚汉赋以情志为主，其"情之所在，索之而愈深，穷之而愈妙，彼其于辞，直寄焉而已矣"。其后之赋体所以愈来愈受诟病，乃因于"有辞无情"（情外于辞），这实际上也正是律体所最易暴露的问题。从实质上来看，他们并不是反对律体，而是因为律体发展之势使"辞愈工，则情愈短而味愈浅"。这种"情志""品味"或

① 费经虞：《雅伦》卷四，清康熙四十九年刻本，见周维德编：《全明诗话》第六册，齐鲁书社2005年版，第4511—4512页。

气质的浅下，并不是律体本身所固有的特征，而是文人太过于专注于辞之工巧、俪对而引带而来的负面效应，由此可以明白为什么清代一开始在欲大兴律体以取士之时就提倡“丽则兼善”的问题，这实际上既是对过去赋体文学发展史过程中出现的诸多问题的经验总结，也是对即将到来的盛世赋学的警示之言。这也正是清人赋论重“情志”的学理意义所在。律体与古体只是所谓的形式上的不同，然这并不妨碍二者去拥有最应具有的本质东西，那就是“情志”，“情志”与中国文论中的“文统”和“载道”论又是密切相通的，故张惠言在其《七十家赋钞序》中称：“赋，乌乎统？曰：统乎志。”① 显然，不论是古体还是律体，其文皆应以情志而感人，故“情志”表达为赋所应追寻的核心精神之一。

然在赋中如何表现“情志”，张惠言有一番较为精辟的申论。其称：“志，乌乎归？曰：归乎正。”即情志必须归本于“正”，其“正”可以说包含多种层次和内涵，既有《诗》义的雅正，也须是一种正能量的体现，或如王之绩说：“故论赋者，亦必首律之以六义，如得风雅颂赋比兴之意则为正，反是则为变。”② 所以“志”归乎六义诸法，而此六义诸法正为“赋”所兼之。其次，情志的体现最终是靠“言”，而“言”有不尽，则需“象”，故张氏云：“夫民有感于心，有概于事，有达于性，有郁于情，故有不得已者，而假于言。言，象也，象必有所寓。”③ 显然他认为作赋与作文，皆非为文而文，而应是“有感于心”“有事而发”，且必情郁而深且不得已而发之，这才可能创作出优秀的作品。其“言”“象”“意”之间的阐论明显受中国传统文论的影响，但从他对楚骚汉赋独到的理解和颖悟中却可以看出他对秦汉以来古赋的推赏和他身兼赋论家和创作家的独特识见。他认为物象情事的表现，如草

① 张惠言：《七十家赋钞》，清光绪二十三年江苏书局刻本；《续修四库全书》第 1611 册，第 3 页。

② 王之绩：《铁立文起》，《前编》卷九，《续修四库全书》第 1714 册，上海古籍出版社 2011 年版（影印清康熙四十二年刻本）。

③ 张惠言：《七十家赋钞目录序》，清光绪二十三年江苏书局刻本。

木虫鱼、溪谷林雨、老少病死、悲愁劳苦种种，皆“有动于中，久而不去，然后形而为言”[①]，而其“为言”的过程就是一个创作的过程，这个过程就是“错综其辞，回忤其理，铿枪其音，以求理其志”[②]，故最终又落脚于“情志”，可以说张惠言从创作心理学的角度详细地展示了赋体情志表达的方法和原理。他在这种详细地细辨条梳之后又详析了楚骚汉赋诸家之特点和因鉴源流，认为楚骚汉赋及六朝诸家能者皆“尽其物，和其志，变而不失其宗”[③]，那些雄章杰构无论其因承流变如何，“然而其志达，其思哀，其体之变则穷矣”[④]。这不仅详细阐释了“情志”在赋体变承中的作用和意义，而且可以反证汉魏六朝以来赋体诸体已备，而体变并不是赋体衰落的主要原因，如果其志达，虽体变而亦为佳构，此又可以说是元代祝氏“体愈下”的体变说的深层义解。

中国传统文论中影响较大的“文以载道”论实质亦源于赋诗之“言志”说，而“言志”与性情极相关系，因此在中国文学中无论论诗论赋或论文基本上可以说以“主情”为其传统。张惠言的外甥董士锡（字晋卿）受张惠言文学思想的影响，其论词以主情志，如清焦循《绯雅词跋》云：“晋卿董先生之论词，以情为主，适合乎鄙人之见，因辔论之，以跋其集。”[⑤]沈钧德认为汉赋虽“主于铺陈景物”，然其终为“发引情思”[⑥]。黄培芳（1778—1859）《香石诗话》卷三评黄虚舟为其画兰诗云：

“笔妙曾窥箨石翁，画书诗悟一源同。与君相对忘言处，绿意满庭生澹风。”或曰：“观子之论多谈风格，竟不以性情为主耶！”余应之曰：“诗本性情，夫人皆知之。性情不假外求，夫人自有之，直无

① 张惠言：《七十家赋钞目录序》，清光绪二十三年江苏书局刻本。
② 张惠言：《七十家赋钞目录序》，清光绪二十三年江苏书局刻本。
③ 张惠言：《七十家赋钞目录序》，清光绪二十三年江苏书局刻本。
④ 张惠言：《七十家赋钞目录序》，清光绪二十三年江苏书局刻本。
⑤ 焦循：《雕菰集》卷十八，清道光岭南节署刻本。
⑥ 沈钧德：《历朝赋钞序》，见《中华大典·文学典·文学理论分典》，第752页。

可说，何必终身号于人曰‘性灵’云者始谓之性情乎。不自诩性情正主性情之至也。至于风格，自《三百篇》后，屡变不一，数千年来，体制大备，其源流、格律不言固不能知也。即言之亦岂能尽，不过各就所知，略举一隅，以俟学者之善悟而已。盖性情本天分，风格由学力，既有性情，即不能无风格。性情、风格合而并到，则诗工矣。”①

可见乾嘉时期文人论诗、赋、文、词以“主情”为其基调。由此可见，无论体变如何，“主情”说亦应成为清代古赋论和律赋论的通贯法则。清代赋论悉如黄培芳所谓“不自诩性情正主性情之至也”，沈钧德认为汉赋虽“主于铺陈景物”，但其终“发引情思”，强调汉赋亦是以“主情”为其基本之则。唐代欧阳询《艺文类聚》卷五十六引晋挚虞《文章流别论》云：“古之作诗者，发乎情，止乎礼义。情之发因辞以形之，礼义之旨须事以明之，故有赋焉，所以假象尽辞，敷陈其志。古诗之赋，以情义为主，以事类为佐；今之赋，以事形为本，以义正为助。情义为主则言省而文有例矣；事形为本则言富而辞无常。文之烦省，辞之险易，盖由于此。夫假象过大则与类相远，逸辞过壮则与事相违，辩言过理则与义相失，丽靡过美则与情相悖，此四过者。所以背大体而害政教，是以司马迁割相如之浮说，扬雄疾辞人之赋丽以淫。”②“古诗之赋，以情义为主，以事类为佐”，而且认为“情义为主则言省而文有例矣”，这代表晋唐人辞赋观就以“主情”为论汉赋之基调。而且“情志”本身又是与汉赋“丽则”论密切相关的，其所谓“丽靡过美则与情相悖”，则知“情”属“则”之范畴，与“丽”相对。如何将“丽”与“情”谐调正是汉赋“丽则兼善”的典范和清人在律赋创作中以汉赋为借鉴所思考的问题。

由此可以肯定，清人推崇“主情志”为拟仿汉赋创作所遵守的主要法

① 黄培芳：《香石诗话》卷三，清嘉庆十五年岭海楼刻，嘉庆十六年重校本。

② 欧阳询：《艺文类聚》，上海古籍出版社 1982 年版，卷五十六杂文部二，第 1018 页。

则之一。清人对律赋的评鉴完全参照古赋为绳准，如浦铣在具体赋作评点中，就往往多将作品与汉魏古赋相比较，由此不但看出他对汉赋之倍加推崇，另一方面也显示了他欲融古为律的思想倾向。浦铣谓："汉人赋气骨雄健，自不可及。唐人中，唯子美学之庶几。"① 又云："少陵诸赋，直欲追踵扬、马，唐人中无其敌手。公自称道：'扬雄、枚皋之流，庶可跂及者也。'又《酬高使君诗》：'赋或似相如。'"② 可见不但唐人自以汉赋为比鉴，而且清人也常以此相比，往往从中发掘古、律的相通处。清人对汉赋的参鉴视野是极其开阔的，不仅仅着眼于文、韵、意、气、情等，浦铣《复小斋赋话》云："然读少陵赋，当玩其沉郁顿挫，纯似汉人处，不当但论句语。"③ 其直论汉人赋云："王仲宣《登楼赋》，情真语至，使人读之泪下。文之能动人如此。晋枣据亦有此赋，皆脱胎王粲。"④"祢正平《鹦鹉赋》，颇为自己写照，然略无露才扬己意。"⑤ 可以说"文以有情为贵"⑥ 又成为浦铣等清代学人论赋的基本着眼点。

二、文以尚气：爬梳历史之迹的兴替经验

在古与律的关系问题上，清人的态度是讲究实用，因此他们认为古、律是完全可以折中的，如王敬禧认为："骚体矫厉而为古，古体整练而为律，

① 浦铣：《复小斋赋话》卷下，见何新文：《历代赋话校证》，上海古籍出版社 2007 年版，第 394 页。

② 浦铣：《复小斋赋话》卷上，见何新文：《历代赋话校证》，上海古籍出版社 2007 年版，第 383 页。

③ 浦铣：《复小斋赋话》卷下，见何新文：《历代赋话校证》，上海古籍出版社 2007 年版，第 398 页。

④ 浦铣：《复小斋赋话》卷下，见何新文：《历代赋话校证》，上海古籍出版社 2007 年版，第 394 页。

⑤ 浦铣：《复小斋赋话》卷下，见何新文：《历代赋话校证》，上海古籍出版社 2007 年版，第 397 页。

⑥ 浦铣：《复小斋赋话》卷下，见何新文：《历代赋话校证》，上海古籍出版社 2007 年版，第 401 页。

律体流转而为文，势有所趋，理归一贯。”[①] 只不过律体相对而言鉴别较为容易，故王敬禧认为：“其中抽秘骋妍，侔色揣称，使人有程式可稽，工拙立见者，自在律赋。”[②] 因而律体也为科举考试洞开方便之门。然过于依范程式，不但显露其浅拙，亦在一定程度上妨害言志陈情。如果言志陈情不能出其自然，这又影响到在汉赋借鉴中另一个要素的表现，这一要素即古代文论极为重视的“气”，“文气”论极为渊深和复杂，可以说在《易经》中已启道、气说之先绪，其后曹丕《典论·论文》谓“文以气为主”[③]，则奠“文气说”之不二法传。从齐梁时代的“文笔”之说来看，曹丕时代所谓“文”是理应包括赋体的，而且曹丕《论文》中也明确以“七子”之冠冕的王粲辞赋为考察对象，称：“如粲之《初征》《登楼》《槐赋》《征思》，干之《玄猿》《漏卮》《圆扇》《橘赋》，虽张、蔡不过也，然于他文，未能称是。”[④] 评孔融“其所善，扬、班俦也”[⑤]。自然两汉赋体属于曹丕所强调的以“气”为主的文章，这从汉以后人们对汉赋的评论尤可见出曹丕对汉赋的这种总结和对后来文章典范性特征的高瞻性预见。

清代乾嘉时期，无论是从政治版图，还是从当时上至帝皇下及文人学士和庶民的群体视野和心理来看，恐怕都渐积一种盛世心态，这在文学活动中也有很多表现。此期清赋创作不但歌功颂德之作大增，大赋作品也较多，选赋论赋活动也极为频繁。赋创作此期也主要集中在典礼赋、瑞象赋、军功

① 浦铣著，何新文校证：《历代赋话校证》（附《复小斋赋话》），上海古籍出版社 2007 年版，第 409 页。
② 浦铣著，何新文校证：《历代赋话校证》（附《复小斋赋话》），上海古籍出版社 2007 年版，第 409 页。
③ 曹丕：《典论·论文》，见郭绍虞编：《中国历代文论选》（一），上海古籍出版社 2001 年版，第 158 页。
④ 曹丕：《典论·论文》，见郭绍虞编：《中国历代文论选》（一），上海古籍出版社 2001 年版，第 158 页。
⑤ 曹丕：《典论·论文》，见郭绍虞编：《中国历代文论选》（一），上海古籍出版社 2001 年版，第 158 页。

赋、临幸赋、述恩赋、帝京赋等题材方面[①]，这些作品中也不乏直接模拟汉魏赋作的以“拟某某”为题的作品，这就必然使他们有意无意地会参鉴汉赋，以汉赋作为法程标示。这是一种“尚汉”的气象，其中动机自然有比拟汉唐盛世之政治意图。

除开上述原因使清代赋学者们以汉赋相比附，同时还有另一个原因使清代赋论家们在论古赋或律赋中崇尚汉赋并以汉赋为取鉴标准，那就是汉赋重“气”的特征，这也是汉赋宏张的本质表现，从文学的抒写表现了大国情怀和气度。如清代浦铣推崇汉魏晋古赋的一个主要原因就是汉赋体制宏大，气象宏阔，他论潘岳《西征赋》云：“笔力雄健，虽不及叔皮《北征》，而叙次整齐，造语圆美，转接处恒用对句，论文法则不单薄，讲片段则非平衍。四千余言，读之唯恐其尽。”[②]论傅玄《安石榴赋》：“‘其在晨也，灼若旭日栖扶桑；其在昏也，赩若烛龙吐潜光’二句尤阔大”[③]。浦铣所谓“笔力雄健”和“阔大”皆就文章气象着眼。曹丕论“应玚和而不壮；刘桢壮而不密”，显然以“壮”作为评鉴是否合乎“气”的标准之一，即“壮”正是代表一种“雄健”之气。由此可见，“雄健”“风骨”“风力”“壮健”“博大”等已成为论文气范畴的主要语汇。清浦铣不但论汉魏古赋以“气”绳之，而且论唐赋亦以“气”衡裁，其云：“唐、宋小赋，多为律所拘束。唯元微之体格博大，苏子瞻气局雄健，李忠定词旨激昂，可为鼎足。”[④]清王敬禧《复小斋赋话跋》认为骚体、古体、律体、文体等古今诸体“所谓气度之厚，神思之远，古今无异致也”[⑤]。

---

① 参孙福轩：《清代赋学研究》，浙江大学出版社 2008 年版，第 95—96 页。

② 浦铣：《复小斋赋话》卷下，见何新文：《历代赋话校证》，上海古籍出版社 2007 年版，第 401 页。

③ 浦铣：《复小斋赋话》卷下，见何新文：《历代赋话校证》，上海古籍出版社 2007 年版，第 397 页。

④ 浦铣：《复小斋赋话》卷下，见何新文：《历代赋话校证》，上海古籍出版社 2007 年版，第 391 页。

⑤ 浦铣著，何新文校证：《历代赋话校证》（附《复小斋赋话》），上海古籍出版社 2007 年版，第 409 页。

此正道明无论赋体古、律，其“文气”博大深沉应是共同性要求，悉如曹丕论汉赋及其他诸体，虽“盖奏议宜雅，书论宜理，铭诔尚实，诗赋欲丽”，然“文本同而末异”[①]。所谓有“同”正是古今对气壮言溢情深韵畅的共同追求。

程廷祚（1691—1767）主要生活在康熙乾隆时期[②]，其作《骚赋论》，分上中下三篇，其在上篇力辩诗、骚、赋三体之别，认为“诗之体大而该，其用博而能通”；“骚则长于言幽怨之情，而不可以登清庙”；“赋能体万物之情状”。[③]综全文而论之，程廷祚显然为古赋学派的代表，其力主“宗汉”的赋学思想，对汉赋力陈褒美，其中一个主要原因便是汉赋重“气”，如程廷祚评司马相如、扬雄赋云：

> 《子虚》《上林》，总众类而不厌其繁，会群采而不流于靡，高文绝艳，其宋玉之流亚乎？
>
> 子云之《长扬》《羽猎》，家法乎《上林》，而有迅发之气；《甘泉》深伟，庙堂之鸿章也[④]。

显然，其中既有对汉赋赋用的肯定，也同时充满了对汉赋气质“绝艳”“深伟”的钦慕。所谓“高文绝艳”“迅发之气”，都是从文气论的角度来品鉴汉赋，由此对赋文气之“清浊”“高下”又自然涉及赋的体格变化。赋的体格变化实质由赋内含的文气所决定，而非骈、散与古、律的形式决定。程廷祚《骚赋论》云：

> 东京作者，体卑于昔贤，而风弱于往代。
>
> 降及魏、晋，非其侍矣。

---

① 曹丕：《典论·论文》，见郭绍虞编：《中国历代文论选》（一），上海古籍出版社 2001 年版，第 158 页。

② 程廷祚于康熙、乾隆各历其半，然据资料看程氏于康熙五十九年（1720）尚主要游学，至乾隆朝举博学鸿词不就，归里著述。疑其主要著述乃成于其后半生，此故归其为乾隆时期以述之。

③ 程廷祚：《骚赋论》，《青溪集》卷三，《金陵丛书》本乙集。

④ 程廷祚：《骚赋论》，《青溪集》卷三，《金陵丛书》本乙集。

若夫宋、齐以下，义取其纤，词尚其巧，奏新声于士女杂坐之列，演角抵于推譬左杠之场。①

所谓“风弱于往代”与“义取其纤”皆是文气失刚，未可比于楚骚、汉赋之精神。程氏将赋体这种体格的蜕变以山水喻之，极为形象。其《骚赋论》云：“是故以赋譬之山水，岳渎其楚、汉乎！东京则山之丽于岳，水之附于渎者也。又其山之旁出，水之支流，则为魏、晋。至于指丘垤以为山，画以洏沚为水者，六朝之谓耳。”② 四岳四渎，为中国之大山大川，以之譬喻楚辞、汉赋，既寓流变之意，又寓以“气象”论赋之质实。大山之景在峻拔，有高仰魁伟之气，故其山之木必不在于森丽。此已暗喻楚骚及西汉赋作如岳、渎，次论东京之作则如“山之丽于岳”“水之附于渎”，则其势又降之。显然“丽于岳”之山以高视之，较“岳”又当矮之。何以如此？因无其高寒，故木秀而丽，而水势亦小，故附之为沱、为汜、为渚。至魏晋六朝，则譬为“丘垤”“洏沚”。可见正是批评汉以后赋之体势欲下，无有峻拔挺逸之气，这种隐喻之妙中正是以“气”“势”来作为贯穿暗比全程的。

乾嘉时期由于课业和考试的需要，律体渐受重视，然赋学复古理论仍基本上以“祖骚宗汉”为其主张，如程廷祚《骚赋论》云：

唐以后无赋，其所谓赋者，非赋也。君子于赋，祖楚而宗汉，尽变于东京，沿流于魏、晋，六朝以下无讥焉。③

清代“祖骚宗汉”的复古派赋学理论核心是与汉赋重情志与气势相勾连的。清代复古派赋学理论与清代古文派思想关系极为密切，从形式表现上看，古文家和古赋派的观点似乎着眼不同，然究其实质却并无差异。古文家极力主张的以赋入古文，而古赋派则倡吁以“古赋”之文法来指导时文创作，

① 以上三条见程廷祚：《骚赋论》（中），《青溪集》卷三，《金陵丛书》本乙集。
② 程廷祚：《骚赋论》，《青溪集》卷三，《金陵丛书》本乙集。
③ 程廷祚：《骚赋论》，《青溪集》卷三，《金陵丛书》本乙集。

即“以古文为时文”①，而且他们尤其推崇楚骚汉赋经典。从明代以来的古文家派论争中有一非常有趣的现象，无论是尊崇秦汉，还是唐宋，我们都可以视为是古文家派，二者表面虽主张各异，但唐宋古文派并不是与“文必秦汉”的古文学派完全相对立的。如果探讨唐宋时期对“古文”的内涵界定，其“古文”正是与当时“时文”相对的，故即与骈文相对的散文。隋唐以来骈文大盛，韩愈等古文学家的主张正是呼吁回到上古《尚书》“直言”的表达方式和状态，因此唐宋韩、苏、欧等所创作的古文实际亦是以先秦两汉为取法对象的。《初学记》卷二十一注引刘歆《七略》云：“《尚书》，直言也。”②“直言”又被章太炎、曹聚仁等解释为“白话文”。曹聚仁先生说：“一般人以为‘古

① “以古文为时文”的创作方法在明清成为一时之口号，但这种创作理论方法在宋代就已成潮流。宋唐庚（1071—1121）《上蔡司空（京）书》云：“迩来士大夫崇尚经术，以义理相高，而忽略文章，不以为意。……唐世韩退之、柳子厚，近世欧阳永叔、尹师鲁、王深父辈，皆有文在人间，其词何尝不合于经？其旨何尝不入于道？行之于世岂得无补，而可以忽略，都不加意乎？窃观阁下辅政，既以经术取士，又使习律习射，而医、算、书、画皆置博士。此其用意，岂独遗文章乎？而自顷以来，此道几废，场屋之间，人自为体，立意造语，无复法度。宜诏有司，以古文为法。所谓古文，虽不用偶俪，而散语之中，暗有声调，其步骤驰骋，亦皆有节奏，非但如今日苟然而已。”（唐庚：《唐先生文集》卷一五，影印宋刊本）韩愈、欧阳修文已表现出明显的以古文为时文的理论取向。方苞《钦定四书文·凡例》云：“至正嘉作者，始能以古文为时文，融液经史，使题之义蕴隐显曲畅，为明文之极盛。”清代方苞、艾南英、章学诚、戴名世等都明确地表达了他们对“以古文为时文”的理论观。并参韩芳：《论韩愈、欧阳修以古文为时文的理论取向》，扬州大学，硕士学位论文2012年；祝尚书：《论宋代时文的“以古文为法”》，《四川大学学报（哲学社会科学版）》2007年第4期；刘尊举：《“以古文为时文”的创作形态及文学史意义》，《文学评论》2012年第6期；师雅惠：《以古文为时文：桐城派早期作家的时文改良》，《安徽大学学报（哲学社会科学版）》2014年第6期；陈水云：《戴名世以古文论为时文论的批评特色》，《河南师范大学学报（哲学社会科学版）》2016年第1期。

② 徐坚：《初学记》卷二十一文部，清光绪孔氏三十三万卷堂本，中华书局1962年版。按：《初学记》卷二十一“帝书王制，三家百篇”和“授河出洛，直言证义”条两次注引，又李昉等《太平御览》卷六百一十学部四载：“刘歆《七略》曰：‘《尚书》，直言也。’”曹聚仁称章太炎亦持其论，他说：“何谓‘直言’？‘直言’便是口语白话，唐虞夏商殷周时代的口头语。”（曹聚仁：《中国学术思想史随笔》，第412页）

文’是‘文言文’，可是骈文家，却说‘文言’乃是骈文（《易·文言》），不是散文。唐代的古文运动，正是平文运动，‘平文’便是‘白话文’。那时的‘古文’正和‘骈文’相对立。”①由此可见，明清古文派无论是推尊雅正平和的唐宋古文，还是前后七子的力主“文必秦汉”，皆有反对骈俪之体的倾向。而那些古赋学派者，更是倡导将古赋文法融入古文和时文创作，在古文集的编选中也多取裁汉魏的古体赋作，或兼及晋、宋骈体。晋、宋骈文在清代骈文家的眼里亦可视为“古文”，其中可能就有出于《易·文言》中的理论支撑，也有殷鉴晋宋以古赋入骈（时赋）或以散入骈的典范参照倾向。魏晋骈体尚清新流转，对楚汉古赋也多有借鉴。清代所谓推崇唐代赋体者却是力推那些艺术技巧较高而又镕铸经义的赋作，虽然唐代赋体变而为骈律，然其“镕铸经史”的体要特征和“经世致用”的赋用功能追求却是与汉赋的“体国经野”一致的。（经义并不等同于时文，但经义与时文和古文都极有关系）从这种意义来看，清代赋学古、律之争并非着眼于赋体形式差异，且其所求之质同无异，又何有古、律之争呢？

古文派所追求的平直自然，不仅是一种语言形式的表达，更是一种追求气畅言顺的行文效果，而“气畅”和“言顺”是互为辅弼的。如清代桐城古文义法标榜“义理”“考据”和“词章”，然其中恐怕最重要的“义理”则应是“气畅”，而“词章”则需要追求“言顺”。故姚鼐于《古文辞类纂》中说：“文之精者，神理气味；文之粗者，格律声色。”②古文家所求“神理气味”就是将文章文气通畅、体味高古置于评鉴作文优劣的关键。当然气畅言顺的行文蹊径也直接影响了后期桐城派古文家们对骈体的认同（此在下一节略论）。不过，桐城先贤对古文更为重视，如戴名世《成周卜诗序》云：“余读其所为之诗，大抵皆凄清幽绝之音，举凡骈俪之体，浓艳之辞，与夫一切烂我可喜、吉祥美善之语，世之人所震而好之者，成君一不以入其笔端，则是成君之为

① 曹聚仁：《中国学术思想史随笔》，生活·读书·新知三联书店1986年版，第399页。

② 姚鼐：《广注古文辞类纂·序目》，黄山书社1992年版，第26页。

人与其诗也诚高矣。”① 诗有古风、歌行、绝句等，非尽为骈俪之体。然其中确也可以略窥戴名世的弃拙华艳偶俪的高古之风，故或认为戴氏“提倡一种平质自然的文风，鄙弃律赋、骈体之作，甚至对于文中的俳俪对偶都极力反对，以求古文用语、用词的醇静厚雅”②。当然这种定性的论语尚需考察戴氏全集，至于是否排斥骈偶文风尚且不论，但其以气论文却是肯定的，自然他所称的为“文”之道或者说“文章”之术也理应包括赋体创作之法门。

清代古文家派的戴名世推尊唐宋八大家之文，然其强调尊经致用，坚持“文以载道”，而且力主“精、气、神”之说。他在《答张伍两生书》中论为文之道云：

> 余昔尝读道家之书矣，凡养生之徒从事神仙之术，灭虑绝欲，吐纳以为生，咀嚼以为养，盖其说有三：曰精，曰气，曰神。此三者炼之、凝之，而浑于一。……余尝欲学其术而不知所从，乃窃以其术而用之于文章。呜呼！其无以加于此矣，古之作者未有不得是术者也。……尘垢渣滓与凡邪伪剽贼，皆刊削而靡存，夫如是之为精也。而有物焉，阴驱而潜率之，出入于浩渺之区，跌宕于杳霭之际，动如风雨，静如山岳，无穷如天地，不竭如山河。是物也，杰然有以充塞乎两间，而盖冒乎万有。呜呼！此为气之大过人者，岂非然哉。今夫言语文字，文也，而非所以文也，行墨蹊径，文也，而非所以文也。文之为文，必有出乎语言文字之外，而居乎行墨蹊径之先。……夫非有声色臭味足以娱悦人之耳目口鼻，而其致悠然以深，油然以感，寻之无端，而出之无迹者，吾不得而言之也。夫惟不可得而言，此其所以为神也。今夫神仙之事，荒忽诞漫不可信，得其术而以用之于文章，亦足以脱尘埃而游乎物外矣。③

戴名世以道术养生中的“精、气、神”来比喻为文的三个层次或者说境

① 戴名世：《成周卜诗序》，《戴名世集》卷二，王树民编校本，中华书局1986年版，第40页。
② 孙福轩：《清代赋学研究》，浙江大学出版社2008年版，第124页。
③ 戴名世：《南山集》卷五，清光绪二十六年刻本。

界，其所称“文之为文，必有出乎语言文字之外，而居乎行墨蹊径之先”的东西，这种东西恐怕除开所要承载的“文道”本身之外，则应是贯承和牵合全文的神理和精、气。曹聚仁先生在《桐城派古文》中就说：“这种‘语言文字之外’，‘行墨蹊径’的东西，他把它叫做‘精、神、气’。”① 戴名世的古文理论对桐城派方苞、姚鼐有着重要影响。这从另一个侧面也反映了清代学人论赋重“气”的主张和理论渊通。

方苞虽被认为崇尚唐、宋文统，然其精于经学，并依《春秋》义例提出“言有物”和“言有序”的“义法”说，对《史记》《左传》亦极为推重。方苞有一段谈古文与诗赋异道的文字，其中实有误将诗赋等同于骈文的倾向。其《答申谦居书》云：

> 盖古文之传，与诗赋异道。魏、晋以后，奸佥污邪之人而诗赋为众所称者有矣，以彼瞑瞒于声色之中，而曲得其情状，亦所谓诚而形者也。故言之工而为流俗所不弃。若古文则本经术而依于事物之理，非中有所得不可以为伪。故自刘歆承父之学，议礼稽经而外，未闻奸佥污邪之人而古文为世所传述者。韩子有言：“行之乎仁义之途，游之乎诗书之源。”兹乃所以能约六经之旨以成文，而非前后文士所可比并也。姑以世所称唐、宋八家言之，韩及曾、王并笃于经学，而浅深广狭醇驳等差各异矣。柳子厚自谓取原于经，而掇拾于文字间者，尚或不详。欧阳永叔粗见诸经之大意，而未通其奥赜。苏氏父子则概乎其未有闻焉。此核其文而平生所学不能自掩者也。韩、欧、苏、曾之文，气象各肖其为人。子厚则大节有亏，而余行可述。介甫则学术虽误，而内行无颇。其他杂家小能以文自襮者，必其行能少异于众人者也。非然，则一事一言偶中于道而不可废，如刘歆是也。然若歆者，亦仅矣。以是观之，苟志乎古文，必先定其祈向，然后所学有以为基，匪是，则勤而无所。

① 曹聚仁：《中国学术思想史随笔》，生活·读书·新知三联书店1986年版，第411页。

若夫《左》《史》以来，相承之义法，各出之径涂，则期月之间可讲而明也[1]。

此段并非谈诗赋与古文的本质差异，也未涉及诗赋与古文的体类之别，而是他认为诗赋与古文在“载道”或“体道”上的功能差别。如果说“载道”，诗赋言志，实际亦属诗赋载道的功能表现，只是方苞认为诗赋“言之工”，而可能隐其本性，而古文则本经术“不可以为伪”。因此他所谈的二者差别实际乃是在“体道”方面，即他认为奸佥污邪之人诗赋有言之工而为流俗所不弃者，而未闻其有作古文为世所传述者，并以此来断古文与诗赋之优劣。首先，这种逻辑依据是存在问题的，影响文献文本流传的因素和机制是多方面的。其次，他所强调的“古文”和“诗赋”已脱离了文体的层次，不是两种文体的比较，而是由其依附的经术与文学的比较。再者，他片面地将诗赋界定为工于语言，“曲得其情状”的为文矫饰的骈俪之作，而对汉魏古赋及其体物、言志、经世致用的特征熟而无睹。显然，其为片面推崇古文，而又无意之间将“古文”内涵狭隘化，以至于至之局促之境。不过，其中论“韩、欧、苏、曾之文，气象各肖其为人”及古文家“内行无颇”，则明显是在道德基础上又极为重视文章之气度的，这也是建立在历史的经验爬梳之上。

清代桐城古文名家姚鼐（1731—1815）标举古赋，其对待古文与古赋关系则明显与方苞《答申谦居书》所述互异。姚鼐编《古文辞类纂》是桐城古文派的一部重要选集，其中却多选汉魏古赋。全书在“文”的大类范畴中又细分为13种，为论辩、序跋、奏议、书说、赠序、诏令、传状、碑志、杂记、箴铭、颂赞、辞赋、哀祭。由此可见姚氏是将“赋”视为“文”之大范畴的，自然古赋也就为古文。当然这种分类主要是依汉唐以后“体用”来分的，各种文体在事用的表述功能方面其侧重是各有不同的，这使部分文章归类较为模糊，以至出现重复分类的情况。姚氏对楚骚汉赋较为推重，其辞赋

① 方苞：《答申谦居书》，《方苞集》，上海古籍出版社1983年版，第164—165页。

类目中选《淳于髡说齐威王》、屈原《离骚》《九章》《远游》《卜居》《渔父》，宋玉《九辩》《招魂》《风赋》《高唐赋》《神女赋》《登徒子好色赋》《宋玉对楚王问》，景差《大招》及《楚人以弋说顷襄王》《庄辛说襄王》等篇，汉代辞赋则自“辞赋类四”至“辞赋类十”共录汉赋28篇。其中录贾谊《惜誓》《鹏鸟赋》、枚乘《七发》、汉武帝《秋风辞》《瓠子歌》、淮南小山《招隐士》、东方朔《答客难》《非有先生论》、司马相如《子虚赋》《上林赋》《哀二世赋》《大人赋》《难蜀父老》《封禅文》、扬雄《甘泉赋》《河东赋》《羽猎赋》《长杨赋》《解嘲》《解难》《反离骚》、班固《两都赋》、傅毅《舞赋》、张衡《二京赋》《思玄赋》、王延寿《鲁灵光殿赋》、王粲《登楼赋》。另录晋、宋古赋7篇，韩、苏文体赋6篇。另在哀祭类录屈原《九歌》、贾谊《吊屈原赋》、汉武帝《悼李夫人赋》，实际亦可归入赋体。这从侧面也反映了他对汉代文学辞赋化倾向的认识。

自汉以后文体分类因事立名，事巨而名多，其文之体类亦杂而繁芜。姚鼐对于哀祭、颂赞等13门类的划分亦主要缘于传统“事用”的功能叙述。其哀祭三篇，虽实为赋体，然其文志沉情哀，与哀祭事用确乎贴近。不过，姚氏辞赋观确实颇为通达，其将非赋名篇作品如《对楚王问》《秋风辞》《瓠子歌》《答客难》《解难》《解嘲》《封禅文》《非有先生论》这类归入赋体，真正从文体学本身的意义和角度思考，在一定程度上又突破文体出于“事用”分类的局限，这是非常具有远见卓识的，对于我们探讨赋体文学起源与流变具有非常重要的意义。其次，其所选辞赋以楚汉赋体为重，晋、宋及韩、苏文章亦是近古之文，绝弃骈、律之体。其论“辞赋类”云：

> 辞赋类者，风雅之变体也。楚人最工为之，盖非独屈子而已。余尝谓《渔父》及《楚人以弋说襄王》、宋玉《对楚王问遗行》，皆设辞，无事实，皆辞赋类耳。太史公、刘子政不辨，而以事载之，盖非是。辞赋固当有韵，然古人亦有无韵者，以义在托讽，亦谓之赋耳。汉世校书有《辞赋略》，其所列者甚当。昭明太子《文选》，分体碎杂，其立

名多可笑者。后之编集者，或不知其陋而仍之。余今编辞赋，一以汉《略》为法。古文不取六朝人，恶其靡也。独辞赋则晋宋人犹有古人韵格存焉。惟齐梁以下，则辞益俳而气益卑，故不录耳。[1]

姚氏首先对前人“以事载之”的文体归类方法提出了异议，认为《文选》分类“分体碎杂，其立名多可笑”，而依《汉志·诗赋略》为法。当然其质疑太史公、刘子政应有两层含义，司马迁著《史记》依人列传，于传之中又依其人而载其文，这根于《史记》列传叙述体例，其非文选著作，故无可厚非。而《汉志》多采刘向、刘歆父子《七略》之体，既称《诗赋略》所列甚当，当不至贬损刘向的《七略》体例及诗赋载录，而极可能因是对刘向整理《楚辞》单列为篇第，以致其后之学者将骚与赋相别，这是不妥当的。他认为《离骚》等楚辞亦是辞赋之大类。其次他认为“辞赋固当有韵，然古人亦有无韵者”，至于古韵情况，由于汉字及语音的演变，其用韵情况较为复杂。古赋或用疏韵、密韵不拘。不过，他的这一判断具有一定道理，而且也为后来将某些“古文”归入“古赋”，或以古赋入古文创作之法埋下绝妙的伏笔。再者姚氏录赋多取有“古人韵格”者，因此从总体上他对古赋的选择是重气格的，而那些“辞益俳而气益卑”的作品则概不采录，他认为文者有八：曰神、理、气、味、格、律、声、色。前四者皆与文气和文章内涵密切相关，被视为“文之精也”；而后四者则与文章形式相关，其中“格”介于二者之间，实际既与风格、体调等内涵相关，也与形式相关，后四者被视为“文之粗也”[2]。这种精、粗的比较，也体现了他对“文气”的推崇和重视。

此期大部分古赋学派学者以情志、文气、体势等品骘汉魏古赋，这种视角与清初期对汉赋“丽则”问题探讨没有本质的区别。这一时期由于古文、古赋选本增多，对汉赋评点也更为成熟。清初何焯的《文选》评点中已涉及

① 姚鼐：《古文辞类纂·原序》，吉林人民出版社 1998 年版，第 3 页。
② 姚鼐：《古文辞类纂·原序》，吉林人民出版社 1998 年版，第 3 页。

大量汉赋评点，在后来的选本中也多有对何焯评识的摘引。如张惠言《七十家赋钞》、姚鼐《古文辞类纂》等清代刻本中就多有引何氏及前人评识。姚氏《类纂》的晚出刻本还有何焯、张廉卿、梅伯、吴至父等的评点和圈识。康熙和乾隆都主持过“文选”的编纂活动，文选种类至乾嘉时期也较为齐备，有通代文选、断代文选、类别文选、专题文选，极为丰富。从古赋理论来看，总体上沿承了“祖楚宗汉”的倾向，对古赋的体用、艺术等多有发微。至乾嘉时期，尽管律赋的地位有所提高，但学者对汉赋的评价依旧较高，在指导创作实践方面多有“融古入律”的倾向，以力图解决律体中“体味愈下”的问题。

三、严明体要：古、律赋体的分派与折合

清代中期的乾嘉盛世，世道繁荣，人才辈出，科举亦大开仕进之途，其选拔人才亦众。由于科举考试的推动，大多数士人出于仕禄利诱，对律体赋特别重视，因此这一时期律赋选本和本朝馆阁赋选也逐渐增多。但是“法古”与“复古”的思想倾向是中国文学中长期存在的历史现象，它并不是清代这一时期也不是只有赋体文学发展史中才存在的。就汉赋的情况而言，至汉以后魏晋文人慕尚屈、宋和司马相如、扬雄之作，实已开赋学复古的风向，唐宋文人，包括李、杜、欧、苏等人又曾取法汉魏前人作品，这都是一种复古现象，“初唐四杰”和李白等赋作大量引经、史典故和化用楚骚汉赋成句，这已是最为明显的“祖骚宗汉”倾向，比元人祝尧《古赋辩体》中所揭倡的“祖骚而宗汉”的思想要早得多①，而且这种思想又潜在地引导着赋学发展的实践，这是文学发展史的本然规律。由此可以看出，赋学复古的理论主张贯穿了清代整个文学发展史的过程，只是在不同时期，文学复古的表现和侧重可能存在差异。无论是推尊楚骚汉赋，还是唐宋律体，实质都是文学复古的

① 参何易展：《论李白辞赋的“祖骚宗汉”倾向》，《社会科学》2015 年第 5 期。

一种思想意识。当然就清代考试的时文(八股文)是与律赋制作比较相近的，清代场闱也常试律赋，由于科举拨才制题、命题、评题的方便，对文体“体要”的要求是必需的，正如当下高考作文一样，审题是必需的，阅卷老师首先看的是文体对不对，审题题义正不正确，其次如何破题进行问题推进，然后才可能涉及修辞用语等艺术技巧层次，故清代的赋学复古在科试的功利驱动下又是以在“严明体要”的背景中来推动的。

从文学发展史来看，从上古歌谣、古诗、四言古诗、楚辞体、乐府、五七言律、绝句、歌行、长排律、词、曲等，一直到新中国成立之后新诗的衍变，几乎每一个时代都经历了“诗变”的过程，它与孔子时代的“变风变雅”没有本质的区别，它同样是在社会和文学本身的内在机制的推动中发生的。然隋唐以后太过于强调律诗律赋的“体要”特征，这无疑会影响这种文体在形式上的创变。这实际上也就是为何自汉魏以后对律赋的批评，认为其“体变而愈下”的内在原因之一；另一方面也使这两种文体时至今日其形式最为固定，如今人写律诗亦尚循其法，而摹写其他的文体如古赋、歌行、曲、词都可能有所创变，如词中就有增字、减字者。这种现象是值得关注和思考的。当然在这种背景下，清代赋体创变是很难的，特别是律体赋尤其如此。

明清以来的所谓“唐无赋”说，正反映了时代对文学复古的要求和呼声，也是人们对唐宋以来考试律赋严明体要而对赋体文学本身发展所造成的影响的思考与质疑。清初康雍时期陆棻（1630—1699）等虽出于兼采和包容的心态力驳“唐无赋”之说，但稍后的程廷祚（1691—1767）云：“唐以后无赋，其所谓赋者，非赋也。君子于赋，祖楚而宗汉，尽变于东京，沿流于魏、晋，六朝以下无讥焉。”[①] 当然，从两人各处的时代并结合其时的文教政策自然可以明白就里。康熙初年尚未完全实行以律赋取士的政策，其倡古、

① 程廷祚：《骚赋论》，《青溪集》卷三，《金陵丛书》本乙集。

律包融，以律取士就比较自然，然而近百年后的乾嘉时期已普遍采用律体取士，而且其弊端也渐显现。在这种情况下，一方面保守地坚持以律取士，而另一方面则又出现复古创变的呼声。复古者又不可能呼吁采用汉魏古赋形式来用于闱试，只可能提出“以古赋之法入律”“以古文为时文”的主张。

当然程廷祚的“唐以后无赋”的立场与明代“唐无赋”说是不尽一样的，他认为所说的唐以后“所谓赋者，非赋也”。何以“非赋”呢？恐怕最主要的原因一方面就是他认为唐以后赋“风弱”“体纤”，至魏晋后“则规制分明，而古人之行无辙迹者于是乎泯矣。其气不足以发，其神不足以藏，而古人之峥嵘幽渺万变不测者，弗能为之矣。其赋道之衰乎！”①显然，这是首以文气来评鉴赋体优劣，可见清代依旧谨守汉魏以来以“气”论赋的赋学理论传统。当然，另一方面可能则是唐以后文体互融互渗的增强，诗、赋的表现技巧往往互用，而且在赋体中还出现了比较特殊的四言、五言、七言诗体赋形式，在“初唐四杰”之一的王勃《春思赋》就采用大量诗体入赋。“五言之诗大行于魏晋，而赋亡。此又其与诗相代谢之故也。”②故明代前后七子复古派就认为“文必秦汉，诗必盛唐”，而推尊唐宋的古文学派的他们也多是谈韩、欧、苏、曾散文，虽偶及辞赋，但皆非律体。程氏可能缘此而袭明人“唐以后无赋”之说。但乾嘉以来，赋学繁兴，各逞其说，其理论亦为博杂，如稍后的王芑孙则执不同的观点，他认为“诗莫盛于唐，赋亦莫盛于唐”③。有些学人则前论复古，而后又称律，这也正可见此一时期两派交锋之激烈和学者内心之矛盾。

清代乾嘉时期赋选中对古、律赋体“体要”的严格分派，既有科举试赋的驱动，其中也应隐含有当时人们对“律赋需不需要创变”“如何创变”这一系列本质问题不同程度的思考。“复古”自然成为当时解决赋体创变的法宝。

---

① 程廷祚：《骚赋论》，《青溪集》卷三，《金陵丛书》本乙集。

② 程廷祚：《骚赋论》，《青溪集》卷三，《金陵丛书》本乙集。

③ 王芑孙：《读赋卮言》，《续修四库全书》第1481册，上海古籍出版社2011年版，第376页。

一方面清人主张融古入律，一方面科考中又严格区分古、律程示，这使他们对“复古”的方法和程度都必须提出切实有效的办法，以及对二者本质优劣和可行性借鉴的中肯意见，而不是泛泛之论。

此期较有代表性的古赋论人物有程廷祚、张惠言等。邱先德《唐人赋钞序》云：“效古者法汉，效律者法唐”①，显然古赋论者推尊汉赋无疑，但是宗唐论者并不是反对汉赋，他们只是认为律赋、律诗的取鉴应以唐体为准，这样才能突出其律赋、律诗的“体要”特征。鲍桂星（1764—1824）曰：“欲求为律赋，舍唐人无可师承矣。”② 陈寿祺（1771—1834）《律赋选序》云：“学者为律赋，必于唐师焉，犹律诗之不能不法唐也。”徐光斗《赋学仙丹》曰：“赋有古体、律体，古体宗《选》，律体宗唐。”而对具体的汉赋评论无论是律赋学派还是古赋学派大多持积极欣赏态度，如叶抱崧（1734—1765）《本朝馆阁赋序》云：“司马相如、扬雄之徒，乃驰骋以尽其变，元本忠孝，以抒上德，颇得乎雅颂遗意，故班固以为赋者，古诗之流。”③ 朱邦楷《本朝馆阁赋序》曰：“名山无二酉之藏，才子少双丁之目，遂令绝鸿文于两汉，轹谢寥寥。”④ 其显然推尊两汉，后之无复往矣。叶方宣、程奂若《本朝馆阁赋·凡例》云：“文取铺张，词归鸿丽，马卿扬云，称盛轨焉。”

孙梅《四六丛话》卷四《赋三》云：“使孔门用赋，则贾谊升堂相如入室矣。……不歌而颂，音中群雅。班固云先臣之旧式，国家之遗美不可阙也。两汉以来，斯道为盛，承学之士专精于此，赋一物则究此物之情状，论一都则包一朝之沿革。”⑤ 沈钧德《历朝赋钞序》云：“荀、宋导其清源，马、扬

① 邱先德：《唐人赋钞序》，清嘉庆十八年（1813）羊城允经楼刊本。

② 鲍桂星：《赋则·凡例》，道光二年（1822）鲍氏家刻本。

③ 叶抱崧：《本朝馆阁赋序》，见叶抱崧、程洵等编：《本朝馆阁赋》，乾隆甲申刻本；又见张伯伟、许结编：《中华大典·文学典·文学理论分典》，第751页。

④ 叶抱崧、程洵等编：《本朝馆阁赋》，乾隆甲申刻本，困学斋藏版；又见张伯伟、许结编：《中华大典·文学典·文学理论分典》。

⑤ 孙梅：《四六丛话》，《丛书集成初编》本。

骋其绝轨，才人递相祖述。沿至于后，遂有古赋、俳赋、律赋、文赋之分，缘乎时世风尚而变化从之，藉非博观众制，曷以尽作者之能事哉。”[①] 沈清瑞《读赋卮言序》认为赋“跨嬴涉汉，接轨沿波，贾有荀心，马兼宋骨，以若枚叔《菟园》，扬生《羽猎》，靡不穷文极貌，虎视西京”[②]。显然，从赋体源流演变及其历史地位来看，两汉赋体亦被赋予极高而公正的评赞。那些宗唐的律赋派学者并非欲与宗汉的古赋派学者争胜，而是以严明律赋“体要”，故沈钧德谓历代赋体之分，“缘乎时世风尚而变化从之”（《历朝赋钞序》），这是颇有深刻眼光的，而且他认为如果不博观众制，作者之能不可能得到尽善的体现和公允的评价，也不可能对一代之赋得出正确公允的评价。清代由于《历代赋汇》《历代赋钞》《历朝赋楷》《历朝赋格》等赋学总集和选集的编撰，使人们对各代赋学发展之状况能够得出更清晰的状貌，对历代赋之评价也就更为客观和公正。特别是沈钧德认为各代赋体变化与其推重与时风世风等社会因素密切相关，具有社会历史唯物主义的眼光。由此可见，清代宗汉与宗唐两派的赋学观念，他们之间的折中与分合，正是清代文学发展经历政治、文教、科举、经学等多种因素影响的必然结果。

王芑孙《读赋卮言》中力主“诗莫盛于唐，赋亦莫盛于唐”的宗唐大纛，但本质却依旧在于强调唐赋的创变和体要特征，而且唐赋的兴盛有着其特殊的历史原因和意义，因此王芑孙认为唐赋之盛，“总魏、晋、宋、齐、梁、周、陈、隋八朝之众轨，启宋、元、明三代之支流，踵武姬汉，蔚然翔跃，百艳争开，昌其盈矣。”[③] 宗唐与宗汉并无根本上的矛盾，唐体律赋与汉赋在诗骚之后对开启后世文学发展的文学史意义是同样的，既有对前代文学的总结，也有对后世文学的启绪，且其所谓“唐赋”又非仅指律赋明矣。王芑孙另著有《古赋识小录》，主要选汉魏至明代古体赋作。

① 沈钧德：《历朝赋钞》二十卷，清乾隆乙酉（乾隆三十年，1765）刻本。
② 沈清瑞：《读赋卮言序》，见王芑孙：《读赋卮言》，《续修四库全书》第 1481 册，第 372 页。
③ 王芑孙：《读赋卮言》，《续修四库全书》第 1481 册，第 376 页。

在清代赋学理论体系中古、律关系是极为复杂的，它并不是古、律选本所反映给我们的那种似乎对立的形态，那只是一种表面现象。清代处于传统文论的一个新的历史汇聚和总结期，他们对古、律赋的评价虽然受前代学人影响，但也多有自己的体认。从艺术技巧的角度来看，吴榖人（1746—1818）专门著有《论律赋》，对律赋技巧有详细的举例论述。然其首云："赋昉于周而盛于汉，所谓触兴致情，因变取会，不必拘之以律，而律自应焉。"① 又云："即汉魏之沈博绝丽，六朝之旖旎风流，猎其英华则可矣。"② 可见汉赋与律赋在艺术本质上并无隔隘。重唐宋律体者也并非反对汉魏古赋，而因科试等原因，必须严格分别体裁，也即要严明体要，"体要"特征一方面最主要就是通过点题、破题及具体赋艺艺术技巧来表现的，如吴榖人云："若论体裁，正须分别，如律赋末段，只宜或散或整，收束余波。"③ 此即古、律的分派主要是以方便区别各自的"体要"特征。然在古赋派的眼中，律体赋作确实可能存在"体味愈下"和对言志抒情的局限，因此他们希冀以古赋文法来改变律赋包括今文创作。

由此，结合清代的"以古文入时文"的历史语境，我们对其古文倡论或许可以得出更深刻的理解，理清清代古文理论与汉赋学的关系，从中能够发现更多清人关于汉赋学的理论认知。

唐代以来"以赋入古文"和"以古文入赋"的做法极为普遍，至清代古赋派提倡以古赋创作方法来指导律赋创作，与古文派学者倡导以古文入时文的创作方法是一致的，都是力图使今文（时文，即八股文）有所创变和活力，摆脱僵化的状况。这使"融古入律"或者说"古律折合"成为两派有识学者的共同追求。他们主张今体律赋或八股文可以借鉴前代诸种文体，包括楚骚、汉赋、魏晋骈体，甚至唐律和唐宋文体，因此他们在创作论中常常谈及"以古

① 《唐律赋钞》上，《论赋集钞》，页八至十一。
② 《唐律赋钞》上，《论赋集钞》，页八至十一。
③ 《唐律赋钞》上，《论赋集钞》，页八至十一。

文入时文”的问题。鲍桂星《赋则序》云：“论为赋之法与古文不异”[①]。这不仅仅反映了清代文体互鉴的情况，另一方面也反映了清代学人对“文”体及“体要”概念的理解。唯有明白清代文人对待“文”的观念，我们才可能明白为何清代文选选本何以大量收录楚骚、汉赋及骈文等，何以文论又可以成为赋论，诗话也可以谈赋话。自汉唐至清代，虽文论中对“文”的概念和要义多有阐说，但在主流文论观念中，“文”是一个大范畴，它包含了赋、诗一类的文体，但齐、梁以后“文”又渐渐出现了大范畴与小范畴的区别。很多人理解明人的“文必秦汉”以为只是针对散体古文创作而言，因为它与“诗必盛唐”相对，实际上这是一种狭隘的错误理解，从逻辑上来讲它包括了“文”这一圈层范畴的所有属体，而后一句“诗必盛唐”则不过加以补充性排除。所以它可能与前一句并不构成并列关系，而是一种补充关系。当然随着时代变化，人们对文类的理解渐至产生各种偏差，甚至以谬为正，这种情况也是常有的。不过，“赋”属于“文”之大类却应是自汉以后的传统分类，这从萧统《文选》首列赋篇，《唐文粹》《宋文鉴》《文苑英华》等亦选赋体，至清代孙濩孙编《华国编文选》、董诰辑《全唐文》、严可均辑《全上古三代秦汉三国六朝文》、徐乾学《古文渊鉴》、姚鼐《古文辞类纂》、曾国藩《经史百家杂钞》等无不杂选赋体，由此可见学者对“赋”体归类并非如后世学者所谓“非诗非文”[②]。当然近代对赋体所谓“非诗非文”或“既诗既文”的界定恐怕有着特殊的历史语境和意义，这是必须要加以区分对待的。“诗”和“文”的分离恐怕应是齐梁或唐以后，至清代各种文选基本不录诗，可见“文”是与“诗”相对的一个大类[③]，但在现实

① 鲍桂星：《赋则·序》，道光二年（1822）鲍氏家刻本。

② “非诗非文”之“文”在此处是一个狭隘的意义，具有特殊的时代性局限，并不同于历时性范畴的“文”。具见第三章所论。

③ 明清时期“文”范畴的这种时代性变化，对于理解明清人所谓的“文必秦汉，诗必盛唐”也自然合乎其理。明清时“文”范畴已或有不包括“诗”的情况，而此时的“诗”的概念与范畴也与“古诗”范畴不同，应指当时格律谨严的五言、七言等绝句、律诗等，自然“诗”与“文”在当时就是一个相并存的概念。

和行文中，“文章”之称又往往包含非常复杂的含义。不过，从体源辨流来看，恐怕对赋“非诗非文”的体类界定尚存在诸多矛盾的悖义。无论是赋之“非诗非文”还是“既诗既文”，实际都涉及赋体“体要”的判定。

就清代科举内容来看，八股文（时文）实际以赋体作法为参鉴，所谓以“古文入时文”实际就是倡导八股文作法借鉴古赋创作文法[①]。从文体互鉴互渗来看，这种倾向有惑乱“体要”的危险，或许正是如此，程廷祚称唐以后之赋“非赋”，也正是着眼于“体要”特征看。清人论六朝以后赋除“风弱”“体纤”等文气外而强调“体要”又有“尊体”的要义所在[②]，要如何做到坚持“体要”以尊体，而又能做到文体互鉴互融，使文体创作更具生气和活力，这是清代古赋派和律赋派都在思考的问题。鲍桂星云：

> 夫赋有古有律，为古而不求之古，无以为法也；为律而不求之古，犹无以为法也。为古而过从高简，或矜炫奇奥，以自怡悦则可；以之应试慎矣。为律而不求之古，徒事取青妃白弊，且至于庞杂窒塞，其于律何有焉？然则处今日而言赋，溯源于周汉，沿流于魏晋齐梁，律则以唐为准绳，而集其成于昭代。庶几其可乎！[③]

此期赋论家出现了古律兼善的倾向，如浦铣、汪庭珍等一些学者论律赋亦兼论古体，王芑孙论赋推重汉魏古赋，也对律体赋艺颇有发明。这些赋学家往往以古论律或以律证古，如汤稼堂《律赋衡裁》论元稹《郊天日五色祥云赋》云：“不事铺张，独标丽节，律赋而参以古赋笔力，弥觉遒劲，其开阖变化，开后来无数法门。”[④]当然清代学人论古赋，往往以汉赋为参鉴，以情志、文气、赋义和体要为主要立论依据和着眼点。清人论学论文甚至论修身都极重“体要”，所谓“体要”就是能突出地体现风格体类的要点和特征。

---

① 日本铃木虎雄《赋史大要》就称清代八股文为八股赋，故清代论时文创作实际上亦涉及赋体创作问题（〔日〕见铃木虎雄著，殷石臞译：《赋史大要》，台北正中书局1976年版）。

② 参许结：《清代赋论“禁体”说》，《江淮论坛》2011年第5期，第5—14页。

③ 鲍桂星：《赋则·自序》，道光二年（1822）鲍氏家刻本。

④ 汤稼堂：《律赋衡裁》，乾隆二十五年瀛经堂藏板。

清包世臣《书陈云乃延恩罢读图》云："与讲贯立身处事之体要，仕优则学，又安能罢读也哉。"① 清代百龄《过坦园斋中纵谈夜归》诗云："修词尚体要，可说斯可传。"② 而清毕沅著《续资治通鉴》卷五十《宋纪》载："又旧制以词赋声病偶切之类立为考试，今特许仿唐人赋体，及赋不限联数，不限字数。古今文章，务先体要。古未必悉是，今未必悉非。尝观唐人程试诗赋与本朝所取名人词艺实亦工拙相半。"③ 清蔡世远《古文雅正序》亦称"言为心声，辞尚体要"④。乾隆时曹学诗著《殿试策》亦云："则文辞归于体要也。"⑤ 可见"体要"成为清代文论中最时尚和热门的词汇之一⑥。

赋的"体要"的确立，不仅是科举试赋下的时代昭义，更是文体学意义和政教双重作用的"尊体"结果，但"赋"之"体要"就传统意义来讲，又是与"赋则""赋法"密切相关，严"体要"正是谨赋"则"，这与汉赋家的"经纬"与"丽则"之说莫不相干。就清代学人除开对古、律赋体"体要"形式特征的模糊叙述外，他们似乎更强调古、律赋体的折中和互鉴，即其共同的"体要"特征：赋体内旨，即对"则"的要求。当然赋之"则"首在比兴风谏等"六义"的表达，这正是汉赋理论肇端之旨，这一理论在清代不断被重新阐释，"体要"之说便可视之为新，如程廷祚认为"赋能体万物之情状，而比兴之义缺焉"⑦，当然此"赋"为"六义"之一的"赋"，而非文体之"赋"。赋"体万物之情状"是赋之所长，而如果"比兴之义缺焉"则是其作赋之短，因此他进一步强调："至于赋家，则专于侈丽宏衍之词，不必

① 包世臣：《艺舟双楫》卷三论文三，清道光安吴四种本。

② 百龄：《守意龛诗集》卷十五甲寅，清道光读书乐室刻本。

③ 毕沅：《续资治通鉴》卷五十，清嘉庆六年递刻本。

④ 蔡世远：《二希堂文集》卷一，清文渊阁四库全书本。

⑤ 曹学诗：《香雪文钞》卷十，清乾隆刻本。

⑥ 据不完全统计，清人著《守意龛诗集》《壶天录》《艺舟双楫》《续资治通鉴》《山左金石志》《式古堂书画汇考》《王荆公年谱考略》《二希堂文集》《古文雅正》《闲渔闲闲录》《缉斋文集》《操斋集》《宋百家诗存》《香雪文钞》等200余种著作以"体要"来论学治文。

⑦ 程廷祚：《骚赋论》，《青溪集》卷三，《金陵丛书》本乙集。

裁以正道，有助于淫靡之思，无益以劝戒之旨，此其所短也。”① 此足见清人论赋之“体要”，正是赋、比、兴不能缺焉。由此可见，乾嘉时其学人论赋，无论是论赋之情志、文气，还是赋义和体要内容，它们依旧是对马、扬等所基奠的汉赋理论的时代诠释或者说某种程度地理论创新。扬雄论赋已指陈赋之“丽”“则”各自所包容的内涵，而清代赋学者却借鉴文学史及创作实践力主“丽则兼善”之说，以此构建传统文学的时代新义。

第三节　道咸同光时期的汉赋批评

道、咸、同、光时期涉及汉魏古赋的选本或论赋法的著作有姚文田《赋法》（嘉庆六年研缘斋刻本）、梁夔谱《古赋首选》、李元春《古律赋要》、王芑孙《读赋卮言》《古赋识小录》、李元度《赋学正鹄集释》、王晓岩《赋汇题注》、刘熙载《艺概》和一些汉魏赋选钞本。当然汉赋批评除开上述这些直接涉及汉赋的选评、题注、品论外，也有一些夹杂在律体选本和一些骈文选本及杂著中的注疏引释等。这一时期古赋钞本明显增多，在赋学理论倾向上，律体宗唐一派在艺术技巧追求上渐有取法于本朝馆阁赋作的趋势，同时“复古”依旧也表现为一种主流的赋学诉求。

道咸以后，经学与文学结合愈为紧密，赋选中律赋选本依旧较多，但此期赋学复古仍占有重要位置，在论赋中依旧力倡“祖骚宗汉”之说，并希冀以古入律，对时赋创作有所改变。但受汉宋学术调和和稍前的赋体古、律折中的思想影响，赋体创作也主张骈散合一。有学者认为：“‘骈散合一’论的提出与其说是乾嘉汉宋学术之争的产物，还不如说深受乾嘉后期朴学家求博、求通、求变的学风影响。”② 当然，学术思想的影响只是其中的一个方

① 程廷祚：《骚赋论》，《青溪集》卷三，《金陵丛书》本乙集。

② 陈居渊：《清代朴学与中国文学》，百花洲文艺出版社 2000 年版，第 276 页。

面，前面所讲中国文学传统中自来所存在的复古与求变也是促成其“骈散合一”论或者说古、律折中思想的原因。

一、文随世变：古律融合的时趋

清代晚期赋艺评鉴及其理论变革，已为时代之大趋势。刘勰《文心雕龙·时序》云：“文变染乎世情，兴废系乎时序。”此正说明“文随世变”的关系。在前期古、律折中的世变要求下，后期古、律融合的现象得以进一步推进，其不仅仅表现在具体赋篇评点上，甚至在选文定篇、试赋命题、艺术评鉴等各个方面。如李元春著《古律赋要》，从其书名来看，已有突破古、律拘执，寻求共同的“赋要”特征的含义。其谓：“文变而为赋，赋又行以文，亦何定体之有？则古之为律，律之法古又何过分哉！惟古赋如诗，皆有劝惩讽谕，律赋试体此意微矣。”[①] 其破除古、律的拘执，乃在于“文随世变”的时代要求。首先，恐怕清代试体律赋和八股文创作在晚期可能愈来愈显出其弊陋，整个社会、政治等亦渐趋于末代，在文气上更难提振，这些都促成了当下文风和文体改革的呼声，古、律赋体融合正是觅求的途径之一。古、律融合的理论呼声实际上自明代以后，清人便渐有更清晰和深刻的认识，康乾时期在赋学理论中就已有表述，这一赋学理论倾向也成为清代最主要的赋学理论主张。

其次，在馆阁命题试赋中，虽依然主要采用律体，但其命题多融经、史故典，甚至有直接以拟某汉赋为题的考题。如《馆课赋钞》中录杜受田《神者妙万物而为言赋》，其题义取《周易·说卦》；池生春《大水必观赋》，题义取《论语》[②]，此等大量以经史为题的赋作为当时考赋最主要特征。这些考试律赋中还有《六义居一赋》《拟孙绰游天台山赋》《渥洼马赋》《叔孙通起朝仪赋》《三顾草庐赋》《黄石公授张子房兵书赋》《沛父老留汉高祖赋》《承

① 李元春：《古律赋要》，道光三十年（1850）刻本。

② 翁心存等：《馆课赋钞》，道光戊戌小蓬莱山馆重刊本。

露盘赋》《卓文君当垆赋》《二十八将应列宿赋》《李广射石赋》《漂母辞金赋》《伏波铜柱赋》《汉宣帝诏诸儒石渠阁讲五经同异赋》《东方朔上书自言诵四十四万言赋》《铜雀瓦砚赋》等[1]，其中有些虽与唐诗有关，但大多与《史记》《汉书》等所载汉典有关。如《六义居一赋》多以班固“赋者古诗之流”（《两都赋序》）为韵。至于文人习作，更有拟《上林赋》《子虚赋》《大人赋》《二京赋》等赋体作品。一些题为《赋赋》或《拟白乐天〈赋赋〉》的作品，也多论赋体源流，并对汉赋作出高度评价。从中可以窥见汉魏古赋等对清代律赋创作潜在的影响。魏伦喆云：“有题出何书而即遣用其书之词之事者，如《书经》《诗经》《庄子》《文选》《说文》，以及李、杜、王、孟、元、白、苏、黄诸诗集，能从心所欲，著手成春，亦为出色当行之作。”[2]魏伦喆在《汉魏六朝赋摘艳谱说》中详细地阐释了赋用考据方法，如以《说文》题用《说文》语，以《庄子》题用《庄子》语的赋体行文情况，也有“题虽出董仲舒《春秋繁露》，而能运化《说文》，精切不浮，亦未易得”[3]。而且其中以《文选》赋题或语典作为清代赋作题目或限韵韵字较为常见。这些可以见出，律赋已有用古文、古赋陈述的方法和“义法”的倾向，这在内容上亦沟通古、律的差别。

再者，古赋类选本基本上都要斟选汉赋，甚至一些骈文类文钞也杂选汉赋作品，如曾国藩《经史百家杂钞》就大量选录司马相如、扬雄、贾谊、枚乘、东方朔、班固、张衡、王粲等的辞赋作品。曾国藩《经史百家杂钞》“词赋类”云：“著作之有韵者。经如《诗》之《赋》《颂》，《书》之‘五子作歌’皆是；后世曰赋、曰辞、曰骚、曰七、曰设论、曰符命、曰颂、曰赞、曰箴、曰铭、

① 以上赋作题名参见《师竹斋赋钞》（清同治刻本）、《律赋选读》（清钞本）、刘岳云《律赋选读》（光绪四川尊经书院刻本）、《律赋拣金录》（清刻本）、孙钦昂《近九科同馆赋钞》（光绪刻本）、《馆课赋钞》（清道光刻本）等。

② 魏伦喆：《审题十五则》，《汉魏六朝赋摘艳谱说》卷四，光绪辛巳瀛山书院刊本。

③ 魏伦喆：《审题十五则》，《汉魏六朝赋摘艳谱说》卷四，光绪辛巳瀛山书院刊本。

曰歌皆是。”[①] 其与李元春认为赋的演变“何定体之有”的观点可谓如出一辙。这种文体观的意义不仅在于突破了赋体与颂、铭等之间的界限，摆脱分类以事类为据的琐碎化，同时亦暗示了赋可以融合古、律的意念。如侯心斋云：“今之作者，遇大典礼或用古赋。言情适志之作，或杂用骚赋、文赋。……炼意、炼格、炼调、炼句、炼字，皆须细研古人之法而运以新裁，岂可奉一二旧赋为丹鼎乎？”[②] 而程祥栋《东湖草堂赋钞》以选录骈律赋体为主，然其溯源至楚汉宋玉《风赋》、班婕妤《捣素赋》和祢衡《鹦鹉赋》等，这是从选本角度有意弥合律体与古体赋的关系，探讨律赋源流之意。

至于在艺术评鉴方面，这一时期分类品目较细，余丙照《赋学指南》、魏谦升《赋品》、李元度《赋学正鹄》等皆依品分类，其皆古、律通论，而以品目高低来看，明显又以“古”为博为尚。李元度《赋学正鹄序目》缕分层次、气机、风景、细切、庄雅、沉雄、博大、遒炼、神韵、高古等十类，“高古类”选祢衡《鹦鹉赋》、王粲《登楼赋》、班固《两都赋》等。其评祢衡《鹦鹉赋》云：“此为汉魏赋体，不特异于唐律，并与六朝之骈体不同，登之以为拟古之式。作者恃才负气，曹操久欲杀之，而耻居其名，故特假手于黄祖，作者心知之，故篇中寄注多自表衷肠，惜未能鹄举鸿冥，终遭其害，然而顷刻挥毫，滔滔汩汩，鹦鹉洲名足千古矣。”[③] 李氏《赋学正鹄》其中大量圈点、评注等都表现出“鉴古”的特征。其评论极重赋学技巧和法度以及文气、体调等，这种评鉴方法本身也表现出对律赋形式艺术的借鉴。

此外，此期清人赋学评鉴受古赋品评论影响较为明显。道光及其以后，各类馆阁赋选和个人习作结集较多，赋体品论尤重品目，而且大多数品目品题为前人论汉魏古赋的评鉴之语，这从侧面也反映出学者对律赋的拟古或融古倾向的另类主张，这也是文学与科举相关系的清末“世变”之趋势。赋学

---

① 曾国藩：《经史百家杂钞・序例》，岳麓书社 1987 年版，第 2 页。

② 侯心斋：《律赋约言》，见《东湖草堂赋钞》卷首，同治六年（1867）刻本。

③ 李元度：《赋学正鹄集释》，光绪十一年（1885）文昌书局刊本。

评鉴中的古、律互融在此期余氏、魏氏等人著作中表现颇为突出。余丙照《赋学指南》全书十六卷，分为押韵、诠题、裁对、琢句、赋品、首段、次段、诸段、结段、炼局十法，其中虽以唐赋、清赋为例，但其中诠题、琢句、赋品和段落层次安排，则与古赋之法不无相通之处。又魏谦升《赋品》以司空图《二十四诗品》为法，对历代赋作分目评鉴，列其源流、结构、气体、声律、符采、情韵、造端、事类、应举、程式、骈丽、散行、比附、讽喻、感兴、研炼、雅赡、浏亮、宏富、丽则、短峭、纤密、飞动、古奥等。这些名目可以说涵括了论汉赋的大多数评鉴范畴，包括其源流、体裁、程式、创作技法等。无论是论律体还是古赋，可见其取法和崇尚的标准是以汉魏古赋为度的。“气体、声律、符采、情韵、造端、散行、讽喻、感兴、雅赡、浏亮、丽则、飞动、古奥”这些审美范畴在齐梁时期就已经纳入赋论家评鉴汉赋的审美视域了。赋学品鉴类著作的繁荣，一方面证明赋学之盛和人们对赋艺的深度追求，但另一方面赋学评鉴的倾向却暗示了晚清世变及科举之弊而导致的律赋衰歇和弊径。

从晚清本朝赋体创作的大势来看，已很难有高古博大之气局，这种“世变”也导致学人对赋艺的深刻关注，以图振作晚清赋学之格局。赋论家无论是宗唐者还是宗汉者，往往更多地以理性的视角来审视汉、唐赋体优劣，往往突破汉、唐的时代性局限，而取赋艺本身为法以立说。如邱士超《唐人赋钞》云：“赋以体格高迈气力雄厚为宗”[①]，其虽未明言当取法某体，但明显含示了律体当借鉴古赋高迈的风格，因此他又认为“赋之四体，以骚、古为主”，“唐赋之长在于命意用笔，而不在于遣词”。[②] 不过，清人论唐律赋，由于唐律与魏晋骈体更为接近，因此他们谈论以古入律又多以魏晋骈体相比较和借鉴。当然魏晋骈体或有清人视为古赋之体，其上接楚骚两汉，故受汉赋沾溉亦深。汉赋除开散体之外，其时亦有接近于骈体的赋作，如班婕妤

① 邱士超：《唐人赋钞》，嘉庆十八年（1813）刻本。

② 邱士超：《唐人赋钞》，嘉庆十八年（1813）刻本。

《捣素赋》全篇基本上采用骈体，这已开汉魏骈体之先。程祥栋《东湖草堂赋钞》全编以骈体为主，自楚汉至唐宋，然选汉赋两篇，即为班氏《捣素赋》和祢衡《鹦鹉赋》，其选赋目的自称为课业授徒，用告同学，其追溯律赋之流变的意义甚为明显，这与祝尧所称“盖俳体始于两汉，律体始于齐梁”①是一致的。

《唐人赋钞》以古赋之法来评陟唐赋，其云：

> 元稹《郊天日五色祥云赋》：元白之赋本异时蹊，为其能以古赋之气格行之，不规规于绳尺也。至气魄之雄健，笔力之挺拔，尤非讲律赋者所梦见，有志于复古者，宜留心此类，庶无孱弱纤靡之习。
>
> 崔损《秋霸赋》：用六朝俳体出笔，与律赋自殊，至气势浩荡，不徒以雕饰见长，即六朝未亦有也。②

元代祝尧谓“俳者律之根，律者俳之蔓”③，其中不仅道明了俳、律的生发关系，而且也强调了律赋的根本为“俳”。骈、律关系的探讨，进一步促进了古、律之间关系的思考，从渊源流变来看，律赋应以骈体等古赋为依托，“律”只是形式的东西，为“枝蔓”之物，而非赋之本根。这一理论虽然为祝尧所提出，但却至清代由于古、律折中等世变因素的需要，渐渐才得以广泛而深刻地体认。清代律赋派学者从律赋溯源的视野进一步推进了律赋与骈赋的关系，从而使古、律折中获得充分的学理支撑，由此使崇律派渐渐淡化固执的宗唐心理，在折中古、律的过程中逐渐消弭二者互斥的心理。

二、晚晴暮彩：古体赋学的末代重振

郭维森、许结《中国辞赋发展史》云：“同光赋情的振发，属清赋终结

---

① 祝尧：《古赋辩体》卷七，《景印文渊阁四库全书》第1366册，台湾商务印书馆1986年版。

② 邱士超：《唐人赋钞》，嘉庆十八年（1813）刻本。

③ 祝尧：《古赋辩体》卷七。

期的晚晴暮彩。”① 用此词来形容这一时期赋学发展的状况是比较贴切的。这一时期无论是赋体选本还是创作，或者是赋论著作，似乎依旧畅行无衰，但这种表面“繁荣”的背后却隐示了暮落之象。所谓“赋情的振发”，实际上不过是重新对“古赋”的模拟和提振，这种“复古”的主张虽然更具有现实意义，但却缺乏实现这一理论主张而需要的更多空间和时间了。

从现存文献来看，道光至光绪期间馆阁赋选及其他律赋选本确实较前代数量大增，但正如尹占华所说：“但题材陈陈相因，不仅不能与唐、宋律赋相提并论，且难睹乾、嘉之时的清丽佳作。这一时期的律赋作家专在音律和美上下功夫，而内容与风格几乎全是沿袭前人，律赋的颓靡已是无可挽回的了。至光绪二十七年，德宗载湉宣布废除旧的取士制度，律赋的写作也终于走到了它的尽头。”② 正是由于考试律赋的渐趋没落，古赋的地位得以张扬并被不断拔高。孙福轩说：“晚清赋学逐渐摆脱乾嘉时期律赋偏盛的局面，一些古体赋作与赋选开始涌现，特别是古文家派，推尊经世之学，强调‘汉魏骨法’，提倡文品与政治的统一，自然不满津津于格律声色、韵律词采的律体赋，于是复兴汉魏六朝之古的辞赋创作和理论开始萌兴。”③

显然，赋学复古在晚清也成必然之势。道光同治年间潘季李作《赋赋》，其基本以汉魏古赋为训，力宗《文选》赋体，其序云：“余每读荀宋之所作，窃有以慕其为人。夫六义附庸，蔚成大国，匪伊人力，孰拓宇哉？每自操觚，欲与争雄，辄苦劝浮于风，曲终不足。盖体物非难，希古难也。爰自齐梁以溯汉魏作者，备观赋家得失之所由，拟陆君《文赋》而为之赋。若其降至陈隋，虽作者代出，然而去古渐远，良难以为训。盖所论述者，主于《选》云。”④ 施补华《拟白乐天〈赋赋〉》序云：“古人作赋，莫不有所讽托，言在

① 郭维森、许结：《中国辞赋发展史》，江苏教育出版社 1996 年版，第 766 页。

② 尹占华：《律赋论稿》，巴蜀书社 2001 年版，第 443—444 页。

③ 孙福轩：《清代赋学研究》，浙江大学出版社 2008 年版，第 268 页。

④ 潘季李：《赋赋》，《赋海大观》本，光绪十四年（1888）鸿宝斋刻本。

此意在彼，似美而实刺，似夺而实予，故能为《三百篇》之苗裔。屈原、宋玉、司马相如、扬雄之徒，皆识此意。东京以降，竞尚词华而讽托少，齐梁之间，君臣上下，务为侧艳之体，其词淫以哀，其志弛以肆，为赋之大哀。才如庾兰成，无以正之。唐以赋取士，其制日工而古人讽托之意识之者盖少。独李白《明堂赋》，杜甫《三大礼赋》，韩愈《感二鸟赋》《复志赋》，杜牧《阿房宫赋》等篇，为得讽托之意。"[①] 其称"言在此意在彼，似美而实刺，似夺而实予"正是指汉赋的讽谏功能，而班固称"赋者，古诗之流也"，其一含义便有汉赋继承了古诗的讽谏之义，而且肯定了屈、宋及司马相如、扬雄之作都表现了这种赋义功能，但施补华对"侧艳之体"的骈体明显还是有所讥刺的，认为齐梁以来的骈体已为"赋之大哀"。可见其所称扬之赋体当为以汉赋为"则"的作品。这种似欲完全摆脱骈俪之体的"复古"倾向对于晚清赋学的起弊救衰实具有强烈的现实意义，因为在清初至清末的赋学复古中，人们多将汉魏晋宋等赋体皆纳入"古赋"的范畴，其中骈体也被视为"古赋"，这对寻求古、律折中似乎可以找到立论理据，但就现实而言却并不利于律体从真正意义上的变革和改创，故直接提倡所谓"祖骚宗汉"成为赋学复古中最激进的一派。现实与理论提倡往往是矛盾的，或者说并不同时或同步的。理论的"复古"与现实的"重律"是相对立的。但就晚清的赋体创作现实正如郭维森和许结所说："晚清较有成就的赋家多为崇尚骈俪的'六朝派'文人，其思想恰与新文学思潮相左；所以到白话文运动兴起，繁文缛词的古典辞赋自成其革除对象。"[②]

何以有这种矛盾呢？一是人们去古自远，古赋创作自难。二是律体创作相对较易，科举场屋亦可因便取会。文学虽是个人情志的表达，但也是时代的产物，它在一定程度上影射和反映了时代的精神，这正是"文随世变"的诸种因素相作用的结果。律体相对而言所总结出来的成熟的赋艺技巧，乃便

① 施补华：《赋赋》，《赋海大观》本，光绪十四年（1888）鸿宝斋刻本。

② 郭维森、许结：《中国辞赋发展史》，江苏教育出版社 1996 年版，第 771 页。

于士人学习和掌握，反而于律体创作更易，于古体更难。这也促成晚清赋学理论主张“复古”与本朝创作“重律”之间的现实矛盾和差距。

这一现象是极其值得注意的。晚清的赋学变革已离不开“复古”，这种“复古”既是对传统的继承，更是对当下现实的革新，然而由于现实中所呈现的种种矛盾和障阻，赋学“复古”实际又似乎分为两个层次，但这两个层次却存在决然地差异，并蕴示晚清赋学发展的不同命运。晚清的赋学复古派实际上内分了以楚汉为宗和以六朝为宗的两派，那些折中古、律者大多是持以晋宋骈体为宗，实质上算不得真正彻底的复古派，而且这种境界不可能有多么阔大，其倡树改革的效果也不可能有多么明显，这必然导致清代赋学的最终没落。何以称“六朝派”的主张与“新文学思潮”相左呢？新文学思潮所倡导的白话，从我们今天的视角来看，与唐代古文运动并无二致，其目的同样是不能容忍骈体的过分拘执和益趋衰落的浅露。唐代古文运动实际就是白话文运动，其所谓“古文”就代表了《尚书》中所说的直言的形式。曹聚仁先生说：“唐代所谓古文运动，当时称为‘平文运动’，‘平文’正是白话文，和唐初流行的骈体文对称。又《史记》称：‘《尚书》，直言。’直言，恰又是白话。”① 而“复古”的真正要义正是提倡“散体”形式而保留“六义”之精神，这显然以楚骚汉赋为宗最为合适。显然，晚清“六朝派”的赋学主张已不可能复振清代赋学了。施补华虽在《赋赋》正文中力倡楚汉正宗，斥魏晋齐梁渐失其“本”，但却声弱式微，无补于时。其赋云：

> 汉文郁郁，其体愈工。前有贾谊，后有扬雄。长卿兼二贤之妙，高文与六艺相通。莫不远刺世事，近述己衷。才丰乎枚步，藻艳于终童。《两都》炫其文章，《二京》肆其才力。诚斗靡而夸多，尚称典而数则。自兹以还，淫哇矜而雅音息。魏晋尚博丽之体，而未植本根；梁陈为侧艳之文，而徒工雕刻。②

① 曹聚仁：《中国学术思想史随笔》（修订本），生活·读书·新知三联书店2003年版，第14页。

② 施补华：《赋赋》，《赋海大观》本，光绪十四年（1888）鸿宝斋刻本。

当然，他也解释了唐赋为什么富有时代新义，他认为唐赋能够变革前弊，其称唐赋“殆欲今制能合，古意未消。法晚周之正体，追前汉之高标”①。即唐赋同样是倡取法高古，而非因陈旧弊。施补华认为魏晋博丽之体，已未植本根，即与汉赋的“远刺世事”（讽谏）和“近述己衷”（言志）相去渐远。

但清代大多数赋论家不太刻意去探讨汉、魏之间的古赋差别。因此有部分学者虽提倡取法汉魏，但又觉得汉赋非场屋所宜，不易取学，因而反以六朝为正宗。李元度《赋学正鹄集释》释“遒炼类”云：“凡作赋必胎息于汉魏六朝，方能根柢。然汉赋奥衍板重，未易问津，且非场屋所宜。”②李元度《赋学正鹄》大致成于同治十年，其有多种刊本，如有光绪七年长沙奎光楼刊本、光绪七年黔南节署刻本、光绪七年三余堂藏版刻本、光绪十一年文昌书局刊本、光绪十七年竹素书局刊本、光绪二十年上海文瑞楼石印本、光绪二十五年叶祺昌评选上海富文书局本、光绪爽豁书院校刊本、清宏道堂刻本等，足见此书流传之广，影响之大。其中对赋中词条亦有注释，如对班固《两都赋》词条就达 51 处注释。李元度在“高古类”中于汉赋独选《两都赋》有一段解说颇详，从中可以窥出古赋“六朝派”的心理。其云：

> 高古类者：录古赋，自唐人六朝迄两汉，以示循流溯源之极则，盖学者不究渊源，则根柢不厚，然非循序渐进，亦必不能骤追古人。今由层次、气机以递进于遒炼、神韵，则已登古人之堂矣。由是择古赋之最精者以为鹄，即不难与古为徒也。汉赋中独选《两都》者，以班文整雅，而转折提顿，尤极明醒，为便于学者也。不录唐律体者，以今体即唐人之律体也。不及荀卿、宋玉、长卿、子云诸作者，以彼皆古文之一体，学者当知其意境，而不必效其体格也。盖赋肇于周汉，实以六朝为最盛。不独赋家以徐、庾为正宗，即四六亦以徐、庾为正宗也。学者循

---

① 施补华：《赋赋》，《赋海大观》本，光绪十四年（1888）鸿宝斋刻本。

② 李元度：《赋学正鹄集释》，光绪十一年文昌书局刊本。

序渐进，神而明之，变而通之，自不难独步江东矣。[①]

显然其选赋内含了一个标准就是“便于学”，他不选荀卿、宋玉、司马相如、扬雄等赋作，他认为“彼皆古文之一体”，而取赋体正宗以六朝徐、庾为法。恐怕古赋“六朝派”学者学古推六朝而不取周汉，其真正的心理原因或许就是周汉赋作实难摹习，其所谓“不独赋家以徐、庾为正宗，即四六亦以徐、庾为正宗”的情况恐怕正是晚清古赋“六朝派”的普遍认同。律赋在艺术技巧上实际从古赋中都可以寻得其根源，但何以倡导古赋者虽倡言以汉魏古赋为法，然却多以六朝为例说呢？这恐怕还是由于便学之宜。当然从李元度《赋学正鹄》来看，其有指导作赋由浅入深之意。其云：

盖尝论赋学有源有流，汉魏六朝之古体，源也；唐宋及今之律体，流也。将握源而治，则必先学汉魏六朝，而后及于律体；将循流以溯源，则由今赋之步武唐人者，神而明之，以渐跻于六朝两汉之韵味。二者其道一，而从入之途不同。然升高自下，陟遐自近，固当以循流溯源为得其序也。……其类有十，曰层次，曰气机，入门第一义也。曰风景，曰细切，曰庄雅，曰沉雄，曰博大，皆应区之品目也。曰遒炼，曰神韵，则骎骎乎进于古赋矣。曰高古，则精择古赋以为极则，由六朝以上希两汉，其道一以贯之，此循流溯源之术也。[②]

李元度所论“握源而治”和“循流溯源”的两种治赋方法，实际也正是清代赋学复古派的两种主张，一是远取楚骚汉赋，二是近取六朝及唐宋。李元度是主张“以循流溯源为得其序”，当然他的理由是“升高自下，陟遐自近”，但文学的取法借鉴有其自身规律，正如唐太宗《帝范》卷四云：“取法于上，仅得为中，取法于中，故为其下。”[③] 南宋诗论家严羽《沧浪诗话》亦曰：“学

① 李元度：《赋学正鹄集释》，光绪十一年文昌书局刊本。

② 李元度：《赋学正鹄集释》，光绪十一年文昌书局刊本。

③ 李世民：《帝范》卷四，《景印文渊阁四库全书》第696册，台湾商务印书馆1986年版，第617页。

其上，仅得其中；学其中，斯为下矣。”① 李元度所论循流溯源的方法核心不过是便于学者摹学罢了。正如其论赋体“层次”云：“不特律赋不可无层次，即周秦汉魏诸古赋，莫不步骤并然，眉目朗然。虽寥寥短篇，层次自在，特神明于规矩之中，使人莫寻其迹耳。”② 律赋的艺术技巧在古赋中同样是存在的，只不过可能无律赋表达这样明显。其称古赋的层次“莫寻其迹”，这也正是古赋派中的“六朝派”退而求其次的原因。这一时期对汉赋批评理论尤有建树者，还有刘熙载《赋概》、魏伦喆《汉魏六朝赋摘艳谱说·余论》等，另待专文叙述。此略可见晚清赋学理论“复古”的重振之迹。

① 严羽：《沧浪诗话·诗辨》，见郭绍虞：《沧浪诗话校释》，人民文学出版社 1983 年版，第 1 页。

② 李元度：《赋学正鹄集释》，光绪十一年文昌书局刊本。

第三章　王之绩《铁立文起》与汉赋评论

王之绩（约1663—1703）[①]，字懋功，斋名铁立居，以字行，安徽旌德人。事见《旌德县志》《宁国府志》《安徽通志》人物志、文苑传等[②]。康熙二十三年（1684），王之绩评注金圣叹所选《才子古文》而名闻天下[③]。康熙四十二年（1703）著《铁立文起》行世。王之绩一生著述颇丰，然以二书最显。据嘉庆《旌德县志》卷八《人物·文苑》载，王之绩为旌德三溪人，邑庠生。名其著书处曰“铁立”，为人沉静，简默不妄言。勤学好问，欲读尽古今书。闻友人家多购藏，遂从索观，彻夜不寐，博览无遗[④]。

第一节　古今统会：赋体分类的多维视域

王之绩《铁立文起》是一部重要的文论著作，其中涉及赋论尤多。今存有清康熙四十二年（1703）刻本，书前有张玉书、梅鋗与方伸三人序，后为

① 据杨许波《王之绩生平著述考》一文摘要（见《名作欣赏》2013年第2期）。

② 陈柄德：嘉庆《旌德县志》，江苏古籍出版社1998年版；钟英、鲁铨修：嘉庆《宁国府志》，江苏古籍出版社1998年版；何绍基：《（光绪）重修安徽通志》，清光绪四年刻本。

③ 参见《铁立文起》首录张玉书、梅鋗、方伸之序，《续修四库全书》第1714册，上海古籍出版社2011年版（影印清康熙四十二年刻本）。

④ 其具体生平考述可参杨许波：《王之绩生平著述考》，《名作欣赏》2013年第2期。

王之绩自序及凡例七则，卷首载《文体通论》。永瑢等《四库全书总目》著录该书为“前编十二卷，自序至七，凡九十三种。后编十卷，自王言至论判，凡四十八种”[①]。其文体分类基本承袭古代文体以事用为分类依据，即“根据文体的内容、使用场合、用途的不同进行分类”[②]。

从《铁立文起》全编来看，其文体大致按“叙事、议论、杂文、后事类、四六类、韵文类、经世类”等分类排序[③]。可以说是对前代文体烦琐分类的简括，这种简括的分类方法依然按“事用”的分体标准，但又极为简明扼要。其前编卷一至卷二为叙事类，含有序、后序、引、题辞、述、传，纪、纪事、表、志、记、书记等，应属于文人的日常应用文体，此类纯为记事，考察士子的记录书写的基本功夫。卷三为议论类，包括议、辨、说、解、释、戒、规、训、考、驳、评、品、原、喻等，此为论说文体，涉及考察士子的言志德行及思辨能力等。卷四为杂文，含碑文、庙碣、疏、祷、青词、题跋、问对、文、杂著等，为宗教等杂事所用文体，这类文体的事

① 纪昀等:《四库全书总目》，中华书局 1997 年版，第 2778 页。按：杨许波《王之绩生平著述考》称：“据张玉书序及王之绩凡例，《铁立文起》分论文、论诗、论词、论曲四编，拟陆续出版，今仅存论文一编，其他三编，今皆未见，史籍亦无载。正文凡二十二卷，前编十二卷，自序至七，凡六十七种。后编十卷，自王言至论判，凡四十三种。”前后编所统计文体数量各异。杨许波认为馆臣所撰提要有误，其注称：“王之绩此书用力甚深，体例严整，目录中每一种文体前会著一‘论’字，如‘论赋’、‘论赞’，而‘文赋’、‘古赋’、‘家传’之类为每一种文体下的分类，非为一种新文体。四库馆臣撰写本书提要时，将目录中所有标题均视为一种文体，因有此误。”（杨许波:《王之绩生平著述考》，《名作欣赏》2013 年第 2 期，第 160 页）

② 马建智:《中国古代文体分类研究》，中国社会科学出版社 2008 年版，第 125 页。

③ 参王之绩:《铁立文起》，《续修四库全书》第 1714 册，影印清康熙刻本。按：清代文章辨体与分类最为烦琐。宋真德秀亦按文体功能分“辞命、议论、叙事、诗赋”四大门类，算是比较清简之法。《宋文鉴》分为 61 类，《元文类》分为 42 类，吴讷《文章辨体》分为 59 类，徐师曾《文体明辨》分为 127 类。清初储欣《唐宋十大家类选》分为六门三十类，其由博返约之法或对王之绩《文起》分类或有影响。其后姚鼐《古文辞类纂》分为十三类；曾国藩《经史百家杂钞》分为三门十一类；朱彝尊《曝书亭集》分为 34 类；陈元龙辑《历代赋汇》正集分赋为 30 类，外集分为 8 类；蒋士铨《四六法海》分为 35 类；李兆洛《骈体文钞》分三编三十一类等。其分类不一而足。

务指向性较明显，部分可能有专门的规程要求，而且所涉事务较繁，文或因事而名，其体非一，故或称“杂文”。卷五至卷六为“后事类”，收有祭文、吊文、行状、述、诔、哀辞、墓志铭、墓碑、墓碣、墓表、谥议等应用文体。所谓“后事”者民间俗谓人死之后所涉之事，故“后事类”即有关丧葬礼俗的文辞。卷七为“四六类”，主要有启、帐词、上梁文、乐语等，为骈体应用文体。这类文体应涉及吉礼居多，其源或与神祭多相关联，如修房建屋所祭陈的“上梁文”之类便是。而且这类文体主要可能为便于祭歌吟诵，多用骈体。卷八至卷十为“韵文类”，含颂、箴、铭、赞、连珠、赋，以及附录的骚、辞、七等体，为押韵之文。这类文体在古代又多用来考察士子才学，其中不仅涉及体例之要求，可能还要考察是否充分体现士子“言志抒情”的色彩。“韵文类”主要对用韵有要求，而对句子则可能有骈有散，故与前卷“四六类”又相区分，但这类文体在古代尚被视为是具有经世致用的作用的，然至王之绩则不将其归入“经世类”，或许出于两个原因：一是这类韵文文体由于唐宋以来用于科考，其“言志”的功能或许有所减弱，已不能达到古赋“经世致用”的作用了。二是王之绩对“经世类”的界定主要可能涉及国事者，前述诸类多与个人事务相关，而非政事。故其后编则专收“经世类”文体，此部卷一卷二为“王言”，有命、谕告、诏、玺书、制、诰、敕、敕榜、批答、御札、赦文、德音文、铁券文、国书、誓、令、册、祭文等，属帝王应用文，为下行公文。卷三为“臣语”，有论谏、上书、奏疏、奏议、奏章、说书、符命、笺、教、笏记、致辞等，为臣子应用文，为上行公文文体。卷四所收为“国事”文体，有盟、誓、符、檄、露布、公移、榜、祝文、嘏词、玉牒文。卷五至卷十所收为“后场文”，分策、论、表、判四类，为科举考试范围内的应试文体。“场”即场屋之义，指古代科举考试之所。此四类文体自隋唐科举考试，多在“试杂文”一项中考察，而诗赋的考察则各代有别，不尽相同。如唐试律赋、律诗及策、论等杂文，宋偶试律赋、律诗、策、论等经义文章，元试古赋，明试八股文，其亦涉论、策之类。至清初王之绩著《铁立文起》故将“赋”这类韵文不入场屋文字，其所谓“后场”者，或有别义焉。由此来看，王之绩对文体的分类大致依“事用”而分，且合“五礼”之用。

就赋体分类而言，实际上是一个非常复杂的问题，赋体文学发展过程中与其他文类鉴融，其与诗、文等都有参鉴融合，其体类分类也异常复杂。马积高先生称：“赋在其形成演变过程中同其他文体常互相渗透，因而发生各种各样的难以截然分割的纠葛。”[①]时至今日可以说尚无法对“赋”作出准确而毫无争议的界定。不过，王之绩在考虑“时变”与“体变”的多重因素的基础上对赋体的分类，或许较一般意义的两分、三分、四分、五分或六分之说都较科学合理[②]。因为它的意义不是在于具体的赋体分类，而是在于指导我们如何去思考这种复杂的文体分类方法。

王之绩《铁立文起》前编卷九至卷十二，分体分时代论赋、骚、辞之类。其自前编卷九分为：赋通论、次古赋、次俳赋、次文赋、次律赋，然后次大赋、次小赋。前编卷十依次分为：论历朝赋、楚赋、汉赋。前编卷十一则继三国六朝、唐、宋、元、明各体，次论赋韵。前编卷十二列骚、辞、七之体。

王之绩对赋体分类编次要义十分丰富。而且这种编次逻辑不能简单地按分卷来看，有基于同一分类逻辑编在不同卷者，也有不同分类逻辑的编在同一卷。因此从全编来看，大致涉及四个叙述层次，首先是赋、骚、辞、七之体为其大类。其次“赋”内分三个层次：一是依循元明以来《文章辨体》及《文体明辨》之说，将赋分为古赋、俳赋、文赋、律赋。二是承宋玉《大言赋》《小言赋》之分和刘勰“鸿裁”与“小制”之说，将赋别分为大赋、小赋。三是承元代祝尧《古赋辩体》，将赋按朝代分为楚、汉、三国至明诸体。

显然，无论是就全书的分类，还是就赋类的分裁，其可谓匠心独运，因

① 马积高：《历代辞赋研究史料概述》，中华书局 2001 年版，第 21 页。

② 参见马积高：《历代辞赋研究史料概述》，中华书局 2001 年版，第 13—20 页。

此王氏对所著《铁立文起》亦自视颇高，其谓此书“倾群言之沥液，溯千载之风流，亦既择之精而语之详，庶几于艺文志、文苑传而外，别成一快事乎！”① 其正有统会古今，自成一派之意。张玉书《铁立文起序》亦谓其书“盖文章之总持，古今之统会也”，“尤当鼎力于千秋计”。② 就赋分体来看，王之绩对赋体分类法既有对历史的总结，也反映了当下“时变”的诸多因素。

一、四分法的内涵

王之绩论赋分体的第一层次是将赋分为古、俳、文、律。这种分类方法，四库馆臣称之为“大略采自《文章辨体》、《文体明辨》二书，而以己意参补之”③。王之绩谓：

> 古赋，如汉司马相如《长门》、班婕妤《自悼》《捣素》、张衡《思玄》、晋潘岳《秋兴》、唐柳宗元《梦归》、汉祢衡《鹦鹉》、魏王粲《登楼》、晋孙绰《游天台山》、汉扬雄《甘泉》，以上正体，而俳体间出其中。宋苏轼《屈原庙》、汉司马相如《子虚》《上林》、班固《两都》、晋潘岳《籍田》，以上变体而流入文赋之渐。俳赋，如晋陆机《文赋》、宋鲍照《芜城》、谢惠连《雪赋》、谢庄《月赋》、鲍照《野鹅》、颜延之《赭白马》、鲍照《舞鹤》。文赋，如汉朝扬雄《长杨》、唐杜牧《阿房宫》、宋苏轼《前赤壁》。律赋，如韩愈《明水》、宋王曾《有物混成》、秦观《郭子仪单骑见虏》之类是也。④

显然，第一分类法是按文体本身规则来分的，故跨汉、魏、晋、唐，其中将唐柳宗元《梦归》、晋潘岳《秋兴赋》、晋孙绰《游天台山赋》皆纳入古

① 王之绩：《铁立文起序》，《续修四库全书》第1714册，上海古籍出版社2011年版（影印清康熙四十二年刻本），第271页。

② 张玉书：《铁立文起序》，见王之绩：《铁立文起》，《续修四库全书》第1714册，上海古籍出版社2011年版（清康熙四十二年刻本），第265页。

③ 参见《四库全书总目》卷一九七《诗文评类存目》，中华书局1997年版，第2778页。

④ 王之绩：《铁立文起》，《续修四库全书》第1714册，上海古籍出版社2011年版，第323页。

赋范畴，其“古赋”范畴应涉及楚赋、汉赋两个层面，但同时也指那些依仿古赋体例的魏、晋、唐、宋的变体作品，这使“古赋”概念完全跨越了时代限制，但楚骚、汉赋属古赋无疑[①]，而且此所谓“古赋”不包含“俳赋”(骈赋)，这又与清代中期渐将骈体归入古赋范畴的理论主张是不一样的。林联桂（1774—1835)《见星庐赋话》认为骈赋亦属古赋:“古赋之体有三：一曰文体赋……一曰骚体赋……一曰骈体赋……”其称“文体赋”为“以其句栉字比，藻饰音谐，而疏古之气一往而深，有近于文故也”，而“骚体赋”则为那些古诗所变的骚体楚辞类作品，又被视之为“赋之祖也”。而骈体则被认为“自屈、宋、相如略开其端，后遂有全用比偶者”[②]。这与程祥栋追溯骈体渊源而上至楚汉，并选以宋玉《风赋》、班婕妤《捣素赋》、祢衡《鹦鹉赋》为其例说的思致是相同的。元代祝尧《古赋辩体》实际也称“盖俳体始于两汉，律体始于齐梁”[③]。从这一角度来看，清中期将古赋的范畴扩大，将俳体纳入其中，这与当时古文改革也是有关的。然王之绩却在总结前人分类的基础上，又预示了这种分类变化征兆，故其在“古赋”中又分以“正、变”，而将楚、汉、魏所代表的骚体及散体作品视为古赋之“正”，而将“俳体渐出”的散体文赋类归为古赋之“变体”。何以称其将“骚”也归为“古赋”类呢?此因王之绩在“古赋”正体类中就首列司马相如《长门赋》,《长门赋》实际就多用骚体，且为哀怨牢骚之辞，与“骚”体之旨不颇。而且，在文体赋中又前举汉扬雄之《长杨赋》，后列唐宋之新文体赋，其消泯文赋新旧之分，与上所述“俳体渐出”的文体赋一道为清中期赋体分类即将发生的变化预置了更多的理论生发空间。

---

① 此“汉赋”指一般意义上的汉代赋体。王氏虽有将《子虚》《上林》归为“文赋之渐”，或将扬雄《长杨》视为“文赋”，但实皆属“古赋”之列。“文赋”亦当属“古赋”范畴，此所谓将“文赋”与“古赋”并列者，乃因于强调和特指“文赋”为唐宋之类文之赋。然这类赋实皆欲依仿汉代散体赋作，故又称“新文赋”，此足证与汉之“古赋”类近。

② 林联桂:《见星庐赋话》卷一,《高凉耆旧遗书》本。

③ 祝尧:《古赋辩体》卷七,《景印文渊阁四库全书》第1366册，台湾商务印书馆1986年版。

陆棻称“古赋之名始乎唐，所以别乎律也”[①]。依此我们则可从唐代“古赋”含义来发掘其具体包属关系。当然，“古赋”一词实际在梁江淹《学梁王兔园赋并序》中已经出现，当时其所谓“古赋体”是指汉代枚乘一类的散体赋作[②]。在江淹时代其“古赋”范畴自然不应包括当时正逐渐鼎兴的“俳体”。今存《柳河东集》中辞赋作品虽列“古赋”与“骚”二类，可能既有梁陈以来“古赋”观念的影响，但同时尚受《文选》编选体例的拘执，未将“骚”纳入“古赋”类，当然柳宗元《柳河东集》的编撰体例或许非柳氏所为，而为后来人所撰构，实不足以证唐代赋体分类之关系。马积高先生称《柳河东集》“其收入‘骚’类之作如《乞巧文》之类，并非骚体；而‘古赋’类中骚体反较多；无由识其意之所在。疑非柳宗元本人所为，或后人所窜乱”[③]。而且柳集所载之古赋多为师法先秦两汉的文章，较少见到魏晋以后的骈体。若其承江淹以来的观念，则“古赋”似应不包括骈赋，这与其将律赋归入外集是一致的。

《唐会要》卷七五《贡举上·帖经条例》载永隆二年八月敕：“进士试杂文两首。识文律者，然后令试策。”[④]唐高宗永隆二年（681）开始试杂文，其时杂文包括诗、赋。从唐代律赋考试情况来看，其始以八韵为限被认为是太和年间。洪迈《容斋续笔》“试赋用韵”条载：“唐以赋取士，而韵数多寡，平侧次叙，元无定格。”又称“自大和以后，始以八韵为常”。[⑤]“大和”即“太

---

① 陆棻：《历朝赋格·凡例》，《四库全书存目丛书》集部第399册，康熙二十五年（1686）刻本。按：马积高《历代辞赋研究史料概述》称：“清林联桂《见星庐赋话》始明确提出：‘古赋之名始于唐，所以别乎律也。’”（第14页）疑当误记。此语实出清陆棻（1630—1699）《历朝赋格·凡例》。林联桂，生活在1774—1835年间，要晚于陆棻，故此语或当引自陆氏之书。但按笔者考证，“古赋”一词实最早当出现在梁江淹《学梁王兔园赋并序》中，参笔者博士论文《清代汉赋选研究》（南京大学，2013年）中《清代赋选古赋观》一节。

② 其序见上海古籍1982年版《艺文类聚》卷六十五，第1162页，又见《江文通集》卷二《学梁王兔园赋并序》，四部丛刊景明翻宋本。

③ 马积高：《历代辞赋研究史料概述》，中华书局2001年版，第13页。

④ 王溥：《唐会要》卷七十五，中华书局1955年版，第1375页。

⑤ 洪迈：《容斋续笔》，《容斋随笔》卷十三，上海古籍出版社1978年版，第368页。

和”，太和元年为公元827年，因此可以说在柳宗元（773—819）生前试赋尚未形成严格的律体限韵形式，故其“律”不可能是特指那种严密的律体形式的赋作，而是可能包含形式上趋于骈体，但又不太严格押韵的作品，因此唐代“骈体”亦属于“律”的范畴。句式骈整对偶是律体的基本要求，然后才要求限韵，据宋吴曾撰《能改斋漫录》卷二“试赋八字韵脚”条载，唐开元二年以前未有严格限八韵的情况[①]，因此唐代前期律体概念产生之后，骈体应该是可能被包含在律体范畴的。试赋被称为“甲赋”或“律赋”，但律赋与试赋最初发展并不是同步的，律赋最初只应是从韵和格律的角度，以别于其他赋而言。“从律赋重要的文体特征——限韵来看，它的发展应经历了限韵、和韵、限赋某字韵及严格的限韵等几个过程。……故对律赋试士，实际当分为娱情试赋与科甲试赋。”[②]此期在赋体归类中，那些娱情逞才的“试”性质的骈体也自然归入律体范畴（具体可参拙文《论律赋之“试”与“律”》）。

至宋代，姚铉《唐文粹》、吕祖谦《宋文鉴》以及李昉《文苑英华》等，这些首先是将“赋”纳入“文”的大概念范畴的，其次如列“古赋”之目的《唐文粹》极称两汉，而“至于魏晋，文风下衰，宋齐以降，益以浇薄”[③]。可见其对骈体是持批评意见，认为不当纳入“古赋”范畴的，然此时姚铉等也可能看到了文体之“变”，对那些“俳体渐出”而趋渐于文赋的作品又有所兼采，故其称“然其间鼓曹、刘之气焰，耸潘、陆之风格，舒颜、谢之清丽，藹何、刘之婉雅，虽风兴或缺，而篇翰可观”。而其所赞之体亦不过《文选》所列之类，而至于“厥后徐、庾之辈，淫靡相继，下逌隋季，咸无取焉”。由此

① 吴曾：《能改斋漫录》卷二《试赋八字韵脚》：“赋家者流，由汉、晋历隋、唐之初，专以取士。止命以题，初无定韵。至开元二年，王邱员外知贡举，试旗赋，始有八字韵脚，所谓‘风日云野，军国清肃’。见伪蜀冯鉴所记《文体指要》。”（上海古籍出版社1979年版，第27页）

② 何易展：《论律赋之“试”与“律”》，《许昌学院学报》2009年第3期。

③ 姚铉：《唐文粹序》，见四部丛刊初编集部《唐文粹》一百卷，上海商务印书馆缩印校宋明嘉靖刊本。

可见，姚氏确应是不将骈体纳入“古赋”范畴的。至于陆、谢之赋，王之绩归之入骈体，而宋姚铉或觉二人“篇翰可观”，这只是就具体的文篇看法不同而已，并不能证明姚氏有将“骈体”归入“古赋”的图谋。或许只是他们各自对古赋之变体的篇目确定不同。然则，马积高先生认为《唐文粹》于古赋类中收入了唐代较质朴的骈体赋，这做如何理解呢？姚铉《唐文粹序》称“下迨隋季，咸无取焉”，显然姚氏认为隋唐以来的主流的骈、律之体应不属古赋范畴，而其《文粹》中所选的这些唐代赋作，确实可能有些体近于骈，但是或许当时姚氏乃将其视之为“古赋”之变体，相较而言，它们尚可归入“古赋体”或者说摹古体，这与其自序所谓择赋之旨“止以古雅为命，不以雕篆为工，故侈言蔓辞，率皆不取”[①]是相吻合的。正如祝尧所说：“唐代古赋之所以不古者，律之盛而古之衰也。就有为古赋者，率以徐庾为宗，亦不过少异于律尔。”[②]至于《文粹》“古赋”目中录王维《白鹦鹉赋》“律赋”一篇，或可能为误录，或为后人所误采入，皆未可知[③]。而且《白鹦鹉赋》这类题材明显为前代赋作题材，汉代祢衡、王粲、曹植，晋代恒玄、傅咸，唐初李百药等都作有《鹦鹉赋》，南朝宋颜延之作有《白鹦鹉赋》，明显从命题来看

① 姚铉：《唐文粹序》，见四部丛刊初编集部《唐文粹》一百卷，上海商务印书馆缩印校宋明嘉靖刊本。

② 祝尧：《古赋辩体》卷七，《景印文渊阁四库全书》第1366册，台湾商务印书馆1986年版，第801—802页。

③ 马积高先生称：“王维《白鹦鹉赋》题下注：‘以容日上海，孤飞色媚为韵’，可知是律赋。但王维此赋实只用了五韵，或疑唐制本不限全韵（见谭献校本《唐文粹》按语），然遍查现存唐律赋及有关记载，均未见其例。可能是王维时对律赋的要求尚不严，可破例为之，以后就不行了。”（《历代辞赋研究史料概述》第14页）按：王维此赋用韵，正与前所述限八韵之赋在太和之后方成定制相合，而且这种缺韵的情况还见于王勃《寒梧栖凤赋》。另马积高先生可能据《历代赋汇》《全唐文》等所采注其用韵（见陈元龙编《历代赋汇》，《摛藻堂四库全书荟要》第429册，集部082册，第109页上），但在《唐文粹》中并未标志王维《白鹦鹉赋》题下有限韵（《唐文粹》四部丛刊初编集部，上海商务印书馆缩印校宋明嘉靖刊本，卷七，第59页），故采入者至少是未将其视作律赋的。或许王维有同题作品；或许后之《历代赋汇》《全唐文》等采入者据他人同题赋篇用韵情况而注其韵，故此篇不全其韵。

就有拟古的倾向。不过，南宋吕祖谦《宋文鉴》列“赋”与“律赋”[①]，由于所采皆为宋人作品，其所收“赋”类实际皆为一些具有拟古性质的作品，不过“律赋”却多为骈俪之体。而且此期可能由于“文随世变”，人们对“古赋”的范畴认识可能也渐渐产生变化，但至少在选文中尚未将“骈体”归入“古赋”，而其只目之为“赋”，或出于时变而无定说的多种因素考虑。

元代祝尧《古赋辩体》称“唐赋无虑以千计，大抵律多而古少”[②]，其以古、律衡裁赋体，但从文体意识来看，有以古、律两分的倾向，但骈体（俳体）依旧归之入“律体”，他称三国六朝赋为“隔句对联”而“骈四俪六”的俳体，但他认为“此六朝赋所以益远于古”，则将骈体排除在古赋范畴之外明矣。明代吴讷《文章辨体》等也基本上承祝尧《古赋辩体》的分类方法。

由此可见王之绩对赋体以文体本义的分类方法实际来源于历史渊承。但在清初这一特殊的世变之际，王之绩在总结前人对赋体分类之法的基础上，据不同的分类依据，得出不同分类结果。这为我们对赋体分类界定提供了更丰富和全面的视域。王之绩对赋体虽承前人之说，但又非袭一家之言，而是统合众论，陈以己说。

在王氏的赋体分类层次中，王之绩的第一层四分法中又明显已经透露出难以自圆的前后矛盾，如在赋体四分法中“文赋”具体含义是指什么呢？在陆机《文赋》中已出现“文赋”这一名词，但其与《典论・论文》一样，并不是指赋体分类意义的“文赋”，作为独立的赋之四体之一的“文赋”当是自明代吴讷等之说，当然明人吴讷《文章辨体》等又显然受祝尧《古赋辩体》的影响。祝尧在论“宋体”中称“宋之古赋往往以文为体”[③]，但尚未明确用“文

① 吕祖谦编，齐治平点校：《宋文鉴》，中华书局1992年版。

② 祝尧：《古赋辩体》卷七，《景印文渊阁四库全书》第1366册，台湾商务印书馆1986年版，第801页。

③ 祝尧：《古赋辩体》卷八，《景印文渊阁四库全书》第1366册，台湾商务印书馆1986年版，第817页。

赋”一词，而且其语义暗含了这种文体赋本应为古赋范畴。确切地将赋四分并置文赋为单列一体者为徐师曾《文体明辨序说》，其曰：“三国、两晋以及六朝，再变而为俳，唐人又再变而为律，宋人又再变而为文。”“故今分为四体：一曰古赋；二曰俳赋；三曰文赋；四曰律赋。”① 但徐氏的“文赋”内涵并没有脱离祝尧所陈之义，其称：“文赋尚理，而失于辞，故读之者无咏歌之遗音，不可以言丽矣。”② 即徐氏所说“文赋”依然是如祝尧所说的以议论为主的文体赋，而且，这种以议论为主的赋，祝尧的本意是不赞同单列为体类的。这可以从他对“宋体”的叙述中看出：

愚考唐宋间文章，其弊有二，曰俳体，曰文体。为方语而切对者，此俳体也。自汉至隋，文人率用之，中间变而为双关体，为四六体，为声律体，至唐而变深，至宋而变极，进士赋体，又其甚焉。源远根深，塞之非易。晦翁又谓“文章到欧阳、曾、苏，方是畅然”，所谓欲变不能者，岂特四六也哉。后山谓“欧阳公以文体为四六”，但四六对属之文也，可以文体为之。至于赋，若以文体为之，则专尚于理而遂略于辞、昧于情矣。俳律卑浅，固可去。议论俊发亦可尚，而风之优柔、比兴之假托、雅颂之形容，皆不复兼矣。非特此也，赋之本义当直述其事，何尝专以论理为体邪？以论理为体，则是一片之文，但押几个韵尔，赋于何有？今观《秋声》《赤壁》等赋，以文视之，诚非古今所及；若以赋论之，恐坊雷大使舞剑，终非本色。学者当以荆公、尹公、少游等语为法。其曰“论体、赋体、传奇体既皆非记之体”，则文体又果可为赋体乎？本以恶俳，终以成文，舍高就下，俳固可恶，矫枉过正，文亦非宜。③

① 徐师曾：《文体明辨序说》，见于北山、罗根泽校点：《文章辨体序说·文体明辨序说》，人民文学出版社 1998 年版，第 101 页。

② 徐师曾：《文体明辨序说》，人民文学出版社 1998 年版，第 101 页。

③ 祝尧：《古赋辩体》卷八，《景印文渊阁四库全书》第 1366 册，台湾商务印书馆 1986 年版，第 818 页。

显然将文赋独列于古赋之外存在着某种无法融通的矛盾，这在王之绩统会前人分类的叙述中也明显表现出来了，故其将宋苏轼《屈原庙》、汉司马相如司《子虚》《上林》篇、班固《两都》、晋潘岳《籍田》之类列为古赋之变体，既承认其有骈体间杂，如晋潘岳《籍田赋》就多被人视为俳体，但同时他又称这些赋体几近文赋而"流入文赋之渐"。当然司马相如《子虚》《上林》、班固《两都》在清代有被视为文体赋者，也有视之体近于骈的开肇之作。王之绩所列四体中并没有明确限定"文赋"是限指宋新文赋，但在其叙述中明显有跨指汉、晋、唐、宋的文赋，其在"文赋"类中就首列了汉代扬雄的《长杨赋》，次又举唐宋《阿房宫赋》和《赤壁赋》之类。然扬雄《长杨赋》又向被视为古赋的，可见在"古赋"与"文赋"的归类中存在着某种交叉与矛盾。

这种矛盾是如何产生的呢？实际在祝尧对"宋体"的论述中已经交代得十分明白，即文赋本不应独立于古赋之外，因为文赋主要是以议论为之，而议论之法实际不过是古赋的一种表现方法而已，故古赋可以议论，四六亦可以议论，声律体也可以议论。今人对唐宋这类文赋命之以"新文赋"，试图来解决这种分体的矛盾，但既然有"新文赋"之称，则必有"旧文赋"以应，旧文赋自当指汉代散体文赋。显然这种新旧之称还是囿于时代，无法摆脱以时代来分体的观念。以"文赋"的本质以尚理和议论为主来看，新旧文赋并不存在本质的差别，故无论新旧文赋都应属于"古赋"范畴。而且如果此种称法自唐宋人称之，则似合逻辑，因所谓"新文赋"当为唐宋人复古学前代汉文赋而起的，虽合古义，但别有创义，似自不可称"古赋"；但依文体论，自唐以后，元明清人称唐宋此体（新文赋）当归入"古赋"则合逻辑，而不应另立"新文赋"一体。前后两者的叙述和审视角度显然是不同的，其所执标准也不一致，或许基于此诸种原因及矛盾，从而为王之绩从另一个视角来审视赋体分类提供了必要的依据。

王之绩在四分法中所揭示的四分法的内在矛盾，也为清代后来学者在赋体分类中提供了有益的借鉴，清初陆棻《历朝赋格》采用三分法，总为三格，其中“凡用散体，总为一格”，其称为“文赋”；“以拟骚为一格”，则称为“骚赋”；而“凡属词俪事比偶成文者”则称为“骈赋”。“文赋”显然包含了汉代散体古赋的范畴，也包含了唐宋以来的拟古的文体赋范畴。而“骈赋”格又明显应包含严格限韵的律体赋范畴。至清林联桂《见星庐赋话》将赋分为古、律两大类，而古赋中又分为文赋、骈赋、骚赋。其将文赋、骚赋归入古赋无异议，然将骈赋归入古赋，而不入“律”，但其在叙“唐人骈赋”中称：“唐人骈赋，多以八韵解题；后之试赋，率用此式，或八韵，或六七韵，或四五韵，或以题为韵，多寡不等。然有数韵，却不能如律诗一韵到底也。古人骈赋，有全篇都用一韵者。”显然这种“骈赋”应是“律赋”，林氏在叙述中又明显有前后矛盾之处，这可能正反映了清代文体分类观念遭遇时变所带来的窘境与困局。不过，此后清人在以古入律的论赋及实践创作中，都渐渐趋于一种以六朝以来俳体为复古的取法对象了。这也影响了赋学理论上对“骈赋”的归类取向。

二、二分法的内义

王之绩在统会传统的赋体四分法之后，紧接着论述了赋体“两分法”的另一层视域。显然，这是因于四分法内在的矛盾所致的必要性思考。“二分法”是一种最简易的分类方法，但是往往最简易的法则可能处理最复杂的问题，正可谓“万物之始，大道至简，衍化至繁”，《周易·系辞》亦曰：“易简而天下之理得矣。”①显然，事理有简繁、大小之别，据此王之绩亦将赋分为大、小二体，同理然也。

王之绩云：“赋有古、俳、文、律、大、小诸体之分”②，并将其同列一

① 王弼注，孔颖达疏：《周易正义》卷七，见李学勤编：《十三经注疏》（标点本），北京大学出版社1999年版，第260页。

② 王之绩：《铁立文起》，《续修四库全书》第1714册，上海古籍出版社2011年版，第320页。

卷，极易使人误作六分之法[①]，但王之绩同时称："赋自古、俳、文、律之外，又有大、小之名，从何始耶？昔宋玉《大言赋》云：'方地为车，圆天为盖。长剑耿介，倚乎天外。'《小言赋》云：'馆于蝇须，宴于毫端。烹虱脑，切虮肝。'此特其所言者有大小之分耳。后人分赋大小，盖分之于其题也。"[②]

从此段我们可以得出几点信息：一是王氏在第一层次中肯定不是六分法，而是四分法之后另附两分法的视域解析。二是他对大、小之名的要义解读。他认为将赋分大、小，当始于宋玉《大言赋》和《小言赋》，但从宋玉赋内容来看，其所谓"大言""小言"并不是指体制篇幅的大小，而是内含了一种对"大道"和"小道"的阐述。其所谓天地之理关乎大道和大言，而蝇虱之虮则至于小道微言。微言至感，乃在吟物，则强于叙事体物；至言及道，关乎天性，故强于议论述理。显然从文体本质来看，它们涉及赋体的表现方法。从外在形态来看，它们则涉及题材内容。而这些内容要阐发精微，则大道非易明，必长篇叙申之；体物易明，铺之过则反得其累，故体量适而止，由此内容题材亦关乎体制篇幅的大小，它们之间本身存在着内在的逻辑关系。

汉宣帝（前 91—前 49）曾论"辞赋大者与古诗同义，小者辩丽可喜"[③]（《汉书·王褒传》）。从表面看，其论赋之大小似关乎赋用和赋的意义价值，与体制篇幅无涉，然所谓与"古诗同义"者，即在于赋义的充分表现，"诗六义"就涉及风、雅、颂、赋、比、兴之义，故赋若与"古诗"之义同，则必首重赋的讽谏功能外，尚能陈义、述德和言情，此正如刘熙载所谓《风》《雅》《颂》所具之功能[④]。而若能尽陈"六义"，则赋、比、兴之法亦用之，其篇幅短小又何可能耶！这与"古诗"的重章复沓或"九成"之制正合其宜。

---

① 参见詹杭伦：《清代赋学的几个理论问题》，《北京化工大学学报（社会科学版）》2002 年第 1 期。按：詹杭伦先生将王之绩的分类视为六分法。

② 王之绩：《铁立文起》，《续修四库全书》第 1714 册，上海古籍出版社 2011 年版，第 324 页。

③ 班固：《汉书》卷六十四下，中华书局 1962 年版，第 2829 页。

④ 刘熙载《艺概》卷三谓："言情之赋本于《风》，陈义之赋本于《雅》，述德之赋本于《颂》。"（见《艺概》卷三，上海古籍出版社 1978 年版，第 86 页）

至刘勰《文心雕龙》则从体制篇幅角度将赋分为“鸿裁”与“小制”，其云：“夫京殿苑猎，述行序志，并体国经野，义尚光大，既履端于倡序，亦归余于总乱。序以建言，首引情本；乱以理篇，迭致文契。按《那》之卒章，闵马称乱，故知殷人辑颂，楚人理赋，斯并鸿裁之寰域，雅文之枢辖也。至于草区禽族，庶品杂类，则触兴致情，因变取会，拟诸形容，则言务纤密；象其物宜，则理贵侧附；斯又小制之区畛，奇巧之机要也。”① 这些论述都未直接言及“大赋”“小赋”之体。至王之绩分大、小之赋，其言宋玉之后“后人分赋大小，盖分之于其题也”，显然，“题”所涵涉不仅指题材内容，也可能指题目容量等信息。那么王之绩所指不仅包括了刘勰从题材及内容大小来判断的视野范式，还可能有从题目容量上的区别，二者之间本身也是存在逻辑关系的。

王之绩《铁立文起》云：“大赋如《子虚》《两京》《三都》，郭璞《江赋》、卢肇《海潮赋》之类是也。学者博及群书，方得选材豪富；拓开万古，方得标旨空旷；多设问难，方得变化开合之法。”② 其论小赋则云：“小赋如贾谊《吊屈原》《鹏鸟赋》、庾敳《意赋》、束皙《风赋》、王褒《箫》《笛》诸赋，晋魏六朝后学即席就赋是也。机敏才捷，思巧文妍，擅誉席谈矣。”③ 则大、小赋是存在选材、立言方面的差别的，大赋要“选材豪富”，立言要“标旨空旷”，自可“拓开万古”。而小赋选材要机巧，能即席就赋，立言则不过“触兴致情”，方能文妍而思巧。王之绩对大、小赋的体制、题材，甚至创作方法都予以阐释。首先他强调了学者要“博及群书”，即对赋家知识修养提出了要求，如此方能做到“选材豪富”，又能视野开阔；其次在具体的创作层面，他则提出了大赋需采用“多设问难”的方式，方能做到变化开合。至于小赋，因多为触兴致情之作，体量未繁，只要做到“机敏才捷，思巧文妍”即可。

① 刘勰著，范文澜注：《文心雕龙注》卷二，人民文学出版社 1958 年版，第 135 页。
② 王之绩：《铁立文起》，《续修四库全书》第 1714 册，上海古籍出版社 2011 年版，第 324 页。
③ 王之绩：《铁立文起》，《续修四库全书》第 1714 册，上海古籍出版社 2011 年版，第 324 页。

从某种角度来看，他把小赋就看作一种席谈，即一种激情发挥。当然“激情”往往是短暂的，来得快亦去得疾，故从体制篇幅来看，也唯小和短而已。故王之绩大小赋的分类依据并不仅仅是题材大小[①]。如果从题材层面看，郭璞《江赋》、卢肇《海潮赋》与束皙《风赋》皆为体物的题材，“风”与“江”“海”很难从外在形态来比较大小的，风有台风、飓风，其席卷苍冥，奔突万里，鼓涛击云，雷飙电击，示无形于有形，与江、海之大又何别焉？然《风赋》何以不能作成大赋呢？显然大小之别又不全在题材，也在作者立意“标旨空旷”与否，能否“拓开万古”，发前人之未发。如《意赋》即可以小题作，也可作大文章，其大赋完全可同《形而上学》之论。

综此，王之绩的大、小赋之分的依据应不仅仅囿于题材，还应包含体制和内容容量大小的区分诸方面。王之绩对大赋创作方法的思考蕴示了他对刘勰予“鸿裁”之篇界说的深度思考，这也正是他在赋体二分法当中所内蕴的精义。如其称“学者博及群书，方得选材豪富”，其“博取”与“选材”是与刘勰赞“鸿裁”巨制的创作方法一致的，刘勰在称构“鸿裁”之作时，也是先叙题材，次取旨立意和创作方法。如此类鸿篇大赋的题材可能涉及京殿、苑猎、述行、序志、体国、经野之作，当然从立旨取意来讲，大赋必须是“体国经野，义尚光大”，而其后则叙述作此大赋的方法。显然刘氏认为这种大赋不是即席之篇，故称“殷人辑颂，楚人理赋”，所谓一“辑”一“理”，恰当地表现了长期选辑整理的过程，这也与传说“张衡研《京》以十年，左思练《都》以一纪”[②]（《文心雕龙·神思》）是完全一致的，足见大赋创作之难，司马相如作《子虚》《上林》篇亦过百日。如何表现“辑”和“理”的过程，这就是王之绩所谓的“博及群书”和“选材豪富”，只有博览群书，

---

① 杨许波认为：“王之绩赋分大小的主要依据是所赋之物的大小。他认为赋分大小始于宋玉《大言赋》与《小言赋》分别赋写宇宙间至大之物与至微之物，其分类依据是赋所描写题材的大小。”（杨许波：《王之绩的赋学批评》，《新世纪图书馆》2009年第3期）

② 刘勰著，范文澜注：《文心雕龙注》卷六，人民文学出版社1962年版，第494页。

方能汇辑群言。要处理如此多的材料，则必须“理”，也就是要“选材”；但是又如何做到鸿裁巨篇呢？当然选材又必须豪富，充分体现容博体广的特征。在具体创作方法上，刘勰以“序”“乱”的这种体制结构进行了解说，实际在春秋以前《颂》诗大多为重章复沓的长篇体制，各章都有“启”，即序引，每章之末及全篇之末又皆有“乱”词。这从今天出土的《清华简》载《周公之琴赋》诗即可窥见其端倪。而王之绩何以论大赋创作需“多设问难，方得变化开合之法”呢？其中蕴含了非常重要的内因：一是用问答设难有利于巧妙处理结构上的变化开合；二是这种方式也能容纳各种题材、内容、思维方式，增大赋体篇制和容量；三是问答设难，建言必众，而义终必归于一统，故末皆有总结性乱词。这又使问答设难之体的方法与刘勰所谓“序”“乱”之说冥通暗合。

此后，清代王芑孙《读赋卮言》专列《小赋》一节，其谓：“自唐以前，无古赋、俳赋、律赋、文赋之名，今既灿陈，不得不假此分目。赋者，用居光大，亦不可以小言；聊以小言，犹云短制。”① 王芑孙对小赋的界定是从体制篇幅而言的，其另有《古赋识小录》选本，即多选篇幅体制略短的古赋作品，如选荀况《礼赋》《云赋》《蚕赋》《箴赋》②、宋玉《大言赋》《小言赋》《舞赋》、司马相如《美人赋》、枚乘《忘忧馆柳赋》等，而其一般被视为大赋的作品皆不选录。如其《古赋识小录序》曰：“余少作《读赋卮言》，谓学赋可从小赋始，及是老矣，复为《古赋识小录》。识小，即小以见其大也。赋者鸿通之业，不穷其变，将无以大之，大之必自初学始，初学天禀有不齐，人力有未暇，研《都》炼《京》，作之非俄顷所成，读之非旦夕可既。”③ 挟抡才等亦编有《古小赋钞》，其录周汉至隋的散体赋和俳赋。

---

① 王芑孙：《读赋卮言·小赋》，《续修四库全书》第 1481 册。

② 此可见王芑孙把那种“结言短韵”之作视为小赋。

③ 王芑孙：《古赋识小录序》，嘉庆二十二年刻本。

王之绩将赋分大、小，并发微源流，分述大、小赋得名之始，然后述分类依据及不同创作方法，这些皆为至得之论，也为后代大、小赋之分奠定了详赡的立论理据。

当然，前面所说的第三个视域层次，王之绩乃将赋按朝代罗列，其实质当然并非分类之法。以朝代对赋体分类，也存在一定的弊端，随着时变世变的衍替，那么这种文体的分类就可能会无限制地延展。而且，以“代”分类也失去了文体分类辨体特征的本来意义。元代祝尧按时代对赋体的叙述，并不是对赋体的分类，而是通过这种时变世变来窥探赋体发展的衍变之迹，并从中总结诸代赋体特征以及如何承法古赋中的艺术传统。按时代来划分赋体，在王之绩的时代已不是切实可行的方法。虽然自元代祝尧之后，明人吴讷《文章辨体序说》尚将赋按时代列为楚、两汉、三国六朝、唐、宋、元、国朝。然其并非分体，而是依时次论各代之古赋状况。王之绩虽承吴讷历代辨体之说，然至清初王之绩对本朝赋之状况尚无可能全然了解，故其依代论赋不过承祝、徐旧迹而统会各代赋迹之状况。而且王之绩在第三个层次的历朝赋论中又列“楚骚”，可见王之绩是将“骚”“辞”视为赋体无疑的。而第四个层次的“骚”“辞”“七”是与前面所述“赋”同一个逻辑层次的，只不过后者可能为非赋名篇而已。“骚”“辞”“七”紧列于“论赋韵”之后，即从赋韵角度考察，这几者之间也是有紧密关系的。

第二节　非诗非文：赋体流变的新思考

王之绩在《铁立文起》卷九《赋通论》曰：“赋之为物，非诗非文，体格大异。”[①] 这可以说是从另一个角度对赋体所下的定义。这一定义对近代赋

① 王之绩：《铁立文起》，《续修四库全书》第 1714 册，第 319 页。

学研究颇有影响，如郭绍虞先生《汉赋之史的研究·序》曰："很奇怪，中国文学中有赋这一种体制。它介于情的文与知的文之间，它又介于有韵文与无韵文之间，无论从形式或性质方面视之，它总是文学中的两栖类。文的总集中可有赋，诗的总集中也可有赋。赋之为体，非诗非文，亦诗亦文，所以中国文学中之诸种文体，其性质最不明显者即是赋。"[①]而今人持此说者愈多，如王力、褚斌杰、高光复、曹道衡等先生皆基本上认为赋是"介于诗和散文之间的文体"[②]，但他们同时又看到了赋这种文体界说的复杂性，因而曹道衡先生说："古代一些研究文体的人，常常把它归入文的范畴，但也有人把它与诗文相区别，而当作另一种文体来看待。"[③]

显然，王之绩算是较早将赋与诗和文相区别，而后之学者承其说，但又折合赋源说的理论称其"亦诗亦文"，可以说算是一种折中派。但这种文体定性有着明显的现实性思考，王之绩对赋体的界定主要来源于他对赋体的历史演变和当下体认，其中有颇值得注意的现象：一是他首先质疑赋与诗的关系，在汉代以来，由于"诗经学"的兴起，"诗六义"理论的探讨使赋、诗关系极为密切，班固"赋者，古诗之流"说不但成为赋源说重要理论，也渐成为最重要的赋体界义支撑的理论依据，这从明清大多数赋选、诗选、赋话、诗话多引班氏之说就可以窥见其影响之众。然在这种理论甚嚣中，王之绩却有着自己对赋体界说的独立理性思考；二是他同时质疑赋与文的关系，这与明代以来赋的八股化倾向或有关系，赋逐渐摆脱与诗与文最紧密的相似性特征，这也就是为何在明清两代，无论是古文学派，还是古赋学派，都大力提倡复古思想，主张以古文入赋或以赋法入古文，或融古入律，改造当时愈益局狭的律体赋创作。显然，此两代无论是古赋创作还是律体赋创作，总体上都去古渐远，愈失古法古味了，与散文和古诗的表现艺术

① 陶秋英：《汉赋之史的研究》之《序一》，中华书局1939年版，第1页。

② 曹道衡：《汉魏六朝辞赋》，上海古籍出版社1989年版，第1页。

③ 曹道衡：《汉魏六朝辞赋》，上海古籍出版社1989年版，第1页。

与精神愈益隔膜。当然不排除个别能继承古法传统的优秀作品，但可以肯定这时的大部分赋体作品与诗及文都相去渐远。王之绩对赋体与文体关系的质疑，也使人们重新思考“文”的广义与狭义性联系，正是“文”的双层含义决定了在历代选文中“赋”被置“文”之大类，而在体类归属中又被视为二体的尴尬。不过，这促成了清代重新对赋体源流的探讨，打破了诗源学说的一统局面。

一、赋与诗之是非

王之绩对赋、诗关系质疑，主要因于当下赋、诗外在形态表现的巨大差异，觉得在体例上很难找到二者的相似性。其曰：

> 昔人以赋为古诗之流，然其体不一。而必以古为归，犹之文必以散文为归也。顾均之为古赋，而正变分焉。大抵辞赋穷工，皆以诗之风雅颂赋比兴之义为宗，此如山之祖昆仑，黄河之水天上来也。故论赋者，亦必首律之以六义，如得风雅颂赋比兴之意则为正。反是则为变。若以古赋而间流于俳与文，亦变体也。八韵律赋，盛于开元之世，以其时诏以诗赋取士故也。此皆诸赋正变之所由分，不可以不辨。而晋皇甫玄晏乃仅以美丽为言，则亦浅之乎其论赋矣。①

王之绩对赋、诗关系的探讨，主要表现在两个方面：一是赋与诗的体异质疑；二是赋、诗关系的“正变”视野。

其一，赋与诗之体异应是明清人的主要诗学印象。赋与诗何以“其体不一”？这主要是自周以来的世变和时变影响（具体见《“赋者古诗之流”考辨》一章），也即如王之绩所说的赋的正变衍化。当然我们今天所见的最早的古赋状态当推荀、宋、屈及《左传》所赋《大隧》《狐裘》等篇，而更古者则无从可知。不过，今天从考古发现的战国时期的材料来看，赋与古诗确乎

① 王之绩：《铁立文起》，《续修四库全书》第1714册，上海古籍出版社2011年版，第319—320页。

有些关系。在汉代班固《两都赋序》中称“赋者，古诗之流也”①，更多似着眼于赋源的角度；而在汉代当时，诗已与赋有所区别了，正如刘勰《文心雕龙·诠赋》篇云：“然赋也者，受命于诗人，拓宇于《楚辞》也。于是荀况《礼》《智》，宋玉《风》《钓》，爰锡名号，与诗画境，六义附庸，蔚成大国。遂客主以首引，极声貌以穷文，斯盖别诗之原始，命赋之厥初也。”②赋由“六义”之附庸变为独盛之体，既突出了“赋”与“诗”之别，也蕴示了“赋”与“诗”的内在关系。在理论上以“六义”来阐释赋法正是汉代，汉人论《离骚》即以“比兴”为喻。此足见汉代诗与赋已有所区别，故班固不称赋为“诗”之流，而称为“古诗”之流，这其中是颇有深义的。即汉代之诗，如流行的乐府与“古诗”体制已大有不同，何况汉时之赋与乐府差别更大，故班固在另一处解释赋体为“不歌而诵”的时候，却又指出了赋与诗之间的差异，这是颇需注意的。

论赋体源流及赋体体类特征是治汉赋者不可回避的理论问题。王之绩对“昔人以赋为古诗之流，然其体不一”的追问，实际上内蕴了赋的“体”“源”“流”三者之间深层关系的思考，它对我们重新辨析赋体与赋源关系是极其重要的启示。长期以来，人们误将赋源等同于赋体，这充分地表现在对赋体归类问题上，当然这其中可能有长期鼎兴的诗经学的影响。自汉以来，偶或有人将楚辞视为诗，至近代甚至有学者将赋亦视为诗，如简宗梧先生《汉赋史论》就认为赋“是诗的别枝”，或称“诗的延续”“诗的扩大”“散文化的诗”“叙事描写的诗”等③。游国恩先生等主编中国文学史就将楚辞视为一种新诗体。迟文浚等编《历代赋辞典》在“前言”中认为赋“兼具诗歌与散文的特点，又不同于诗与散文”④，而在阐释赋体“特征”时却说：“赋

① 费振刚、仇仲谦等：《全汉赋校注》，广东教育出版社 2005 年版，第 464 页。

② 刘勰著，范文澜注：《文心雕龙注》，人民文学出版社 1962 年版，第 134 页。

③ 参见踪凡：《汉赋研究基本课题的回顾与前瞻》（上），《洛阳大学学报》2006 年第 3 期，第 22 页。

④ 迟文浚等编：《历代赋辞典》，辽宁人民出版社 1992 年版，第 2 页。

具有诗的主要的和基本的性质。赋也是诗，而不是文。它是诗的一体。就像词、曲都是诗而分别冠以他名一样，赋因其句法、写法上的特点而在诗中独树一帜，但它并没超出诗的范围，它在句法结构上，比词、曲更整齐。在诗坛上，它曾经取得过独尊的地位，因此，它是中国诗史上不容忽视的一章。”①既称赋不同于诗，又称赋是诗，其前后叙述颇相矛盾，由此可见对赋体的界定依旧是一个比较棘手的难题。

将“赋”视为“诗”，从大诗学观来看，这种观念没有什么错误，但从严密的文体学来讲并不科学，这就如同将所有诗、赋、策、论、表、序诸体归入大“文”类范畴一样，皆可称其为“文”，如此则失去了文体分类的意义了。

其二，赋、诗关系的“正变”视野是王之绩解决赋、诗体异矛盾的主要理论。当然，要了解这种“正变”视野和理论观的价值，必须对赋、诗关系理论溯源给予一定程度的探讨。王之绩所谓赋体“非诗非文”说，至少在汉代就能找到相同的理论发微。班固《汉书·艺文志》云：“《传》曰：‘不歌而诵谓之赋，登高能赋可以为大夫。’”②虽然此处是否是对“赋”体下定义尚有诸多争议，但若结合班固两处对诗赋的不同论述，我们或许可以发现一些端倪。其一谓：“赋者，古诗之流也”；其二则谓“不歌而诵谓之赋”。首先可以明确其先“赋”体是与早期的“古诗”形态有关的，而且班氏所强调的“古诗”不应是汉代所见之乐府，甚至可能不是汉代所传《诗》本之诗。其次，班固在《艺文志》中所称“《传》曰”，当指《诗传》，故其所引“不歌而诵谓之赋，登高能赋可以为大夫”当出“三家诗传”。今本《毛诗传》无有其说，据清陈奂《诗毛氏传疏》卷四注认为“或班引出《鲁诗传》，余义未闻”③。班固《艺文志》当承西汉刘向父子所辑《七略》，在刘勰《文心雕龙·诠赋》亦曰：“故

① 迟文浚等编：《历代赋辞典》，辽宁人民出版社1992年版，第1216页。

② 班固：《汉书》卷三十，中华书局1962年版，第1755页。

③ 陈奂：《诗毛氏传疏》卷四，清道光二十年陈氏扫叶山庄刻本。

刘向明不歌而诵。”[①] 可以肯定在西汉人们认为赋的特征就是“不歌而诵”[②]。西汉毛诗尚未立为官学，鲁诗、齐诗等为官学，清陈奂所称班引《鲁诗传》亦合其时。再次，如果将“不歌而诵谓之赋”的“赋”视为“作”义或“用诗”义[③]，恐怕还是存在诸多难解之疑。无论是“歌咏”还是“不歌而诵”或者“诵”都可以称之为“作”诗、赋的方式，何以非要将这种方式限为“不歌而诵”呢？显然用一个狭义的动词描述来限定一个广义的动词并不合适。而且“不歌而诵”的方式应暗寓了与其对立的“既歌且诵”或者“歌咏”的方式的存在，但它们都是动词，因此这种有差异性的动作描述目的不可能是得出同一的动作概念，而是应得出不同的名词范畴。即“不歌而诵谓之赋”，则“既歌能诵谓之诗”(包括歌诗、乐诗、舞诗)。一般将此“赋”视为“作”义或“用诗”义主要因《左传》载“赋《硕人》”(《隐公三年》)、“赋《载驰》”“赋《清人》”(均见《闵公二年》)、“赋《黄鸟》”(《文公六年》)等，一般认为这些篇章是“诗”，但据考古学证明，“诗”可能只是对“风”“雅”“颂”或者“赋”这类文体的一个早期的总称，而且这些篇章并不一定就如我们今本《诗经》所传的样态，或有删改或节略。如《周颂·敬之》篇所祖之《周公之琴舞》则明显为长篇颂诗或可直接称之为赋体。据马银琴先生考证，春秋以前大多并不用诗名，而是直称“颂”“雅”或篇名。故早期之“诗”并不就指乐诗，故此以“不歌而诵”所分别者当应是与“乐诗”相对的一种古诗体（赋体）。至西汉，诗的分化当愈来愈细，随着文人参与程度的广泛，“乐诗”（歌诗）当与“赋诗”（赋体）不同。

---

① 刘勰著，范文澜注：《文心雕龙注》，人民文学出版社 1958 年版，第 134 页。

② 骆玉明先生认为《南史》载张率曾补作“《七略》及《艺文志》所载诗赋今亡其文者”，并以同书卷三十三载王俭驳陆澄认为《孝经》当列于小学一类之说，称“此书……《七略》、《艺文》并陈之六艺”，由此推定南朝人犹见过《七略》，故刘勰称“刘向明不歌而诵”当是确而有据。参见骆玉明：《论“不歌而诵谓之赋”》，《文学遗产》1983 年第 2 期，第 36—41 页。

③ 张宇恕：《“不歌而诵谓之赋”质疑》，《管子学刊》1991 年第 4 期，第 76—77 页。

从班固《艺文志》所引来看，也正体现其将“赋”入“古诗”之大范畴的思想。《艺文志》曰：

《传》曰：“不歌而诵谓之赋，登高能赋可以为大夫。”言感物造端，材知深美，可与图事，故可以为列大夫也。古者诸侯卿大夫交接邻国，以微言相感，当揖让之时，必称《诗》以喻其志，盖以别贤不肖而观盛衰焉。故孔子曰“不学《诗》，无以言”也。春秋之后，周道寖坏，聘问歌咏不行于列国，学《诗》之士逸在布衣，而贤人失志之赋作矣。①

显然，此段当为班固解释《诗传》所记“不歌而诵谓之赋，登高能赋可以为大夫”的意思。首先解释了“登高能赋可以为大夫”之义，即因为这些人具有感物造端，材知深美，而又可与图事，故可以位列大夫。显然“大夫”之材不仅仅是能赋诗，而且要能与图事，“图事”即谋划大事，而《左传》载在古代“国之大事，在祀与戎”②（《左传·成公十三年》）。可见古代卿大夫之职事要能赋诗、能理祭祀和军谋。而从古代典籍来看，古代祭祀与军谋典礼之文多为颂体，如《周公之琴舞》类，这类文体即赋体，而且这些文体不一定是可歌的，但有可能合乐而配祭舞以陈。即卿大夫之才要能作赋，而不是一般文人抒怀的短章歌诗，因为这类歌诗民间文人都可以创作，这从《诗经》所采各个邦风之诗可知。其次班固进一步解释古者诸侯卿大夫之职，其交接邻国，揖让之时，必称“诗”以喻其志。揖让的活动不仅限于一般的见面性礼节，在国事互访活动中可能参与对方的大型典礼拜祭等活动，故其称“诗”，也绝非孔子所删之《诗》，也绝非仅仅是简单的抒情性短章诗篇。据《左传》所记及马银琴等先生考证，在孔子之前，早就有称《诗》论志的外交活动记载，故孔子所说“不学《诗》”，自然也非仅指其所删之《三百篇》。“聘问歌咏”的活动也自然不仅仅是能用后世所谓狭义的歌诗之“诗”，故“用

① 班固：《汉书》卷三十，中华书局1962年版，第1755—1756页。

② 左丘明传，杜预注，孔颖达正义：《春秋左传正义》卷二七，北京大学出版社2000年版，第867页。

诗”活动实际上也就包括所谓“逸在布衣”的儒礼，即能写哀祭、墓铭之类亦属此类民间儒礼，而早期这类概属于赋体文之功能。故布衣之学《诗》则自当包括学“赋”，而有此材知之大夫则反失其职，故作贤人失志之赋。其三前称“学《诗》之士逸在布衣”，而后紧接“而贤人失志之赋作矣”，此处所指“失志之赋”自然是赋体无疑，足见“赋”属“古诗”之范畴。其先不明就里，或以班氏一会儿说诗，一会儿说赋，东拉西扯，甚惑其义。然榫合以“赋者，古诗之流”义思之，其所陈之义则豁然明白。那么，班氏所引的“不歌而诵谓之赋”的“赋”自然可为名词性赋体无疑。若以何以“不歌而诵”来限定“赋”所暗示之义来看，则显然可以看出此时赋、诗渐趋别派的世变趋势。但班氏因论古诗流派，将先秦荀卿、屈、宋等人及秦时杂赋概归入《诗赋略》，而且其所列之体例，正是前列“不歌而诵”之赋，其后则列“歌诗”，其深意已隐约可见。

显然，至清代去古愈远，“诗”与“赋”的差别愈明显。王之绩“非诗非文”的赋学辨体观更多地立足于当下，而非历史溯源，但他在界定这一概念时又明显不能抛弃历史和赋源观念，乃折合以“正变”之说，巧妙地解决了赋之体源与体类所呈现的现实的矛盾和是非。王之绩看待诗、赋关系的“正变”视野具有积极的现实意义和史学价值，也具有极强的辩证性。王之绩分别从体源与体类两个角度对“赋体”进行了阐释，从体源上他承认了前人所说的“赋者古诗之流”说，但从体类上，他却认为“然其体不一”。此可谓独具慧眼。他从文学史的角度，对赋体“正变”的解说，也使我们对赋体“源”“流”对“体”变及“体”之确立有了更为准确的认识，从而摆脱赋体语言骈散对赋体流变影响的单一思维局限，即从现象回溯到本质上去思考赋的“源”“流”“体”三者之间的不断衍变关系。其所谓“非诗非文”可能正揭示了“赋”对“诗”和“文”的强烈的包容性特征，非独今体之“诗”和“文”可以概统其特点。这也反证了“赋”若源于“古诗”，其“古诗”必非后传之《诗》，而是具有多种文体因子的“杂文”状态，包括风、雅、颂等诸体的文类，不过后人以“诗”名总之。当然，在这种“正变”演化之迹中，不但可以窥蠡赋与诗的关系，也必然可理赋与文的关系衍替。

二、赋与文之是非

王之绩对赋体“非诗非文”的界说揭发了对赋与文关系史的探讨。要明确王之绩“非诗非文”说的本义及其理论意义与价值，必须首先对赋与文之原始进行简要的梳理。

首先，在先秦“文”或为各类文体之大概念，如《周易·文言》对乾、坤二卦申明义理，广加开释，其“文”就具有二义。《正义》曰：“《文言》者，是夫子第七翼也。以乾、坤其《易》之门户邪，其余诸卦及爻，皆从乾、坤而出，义理深奥，故特作《文言》以开释之。庄氏云：‘文谓文饰，以乾、坤德大，故特文饰，以为《文言》。’今谓夫子但赞明易道，申说义理，非是文饰华彩，当谓释二卦之经文，故称《文言》。”[①] 其一，即便“文”指原本经文，但经文内容依旧是骈散兼杂的文字。其二，“文”若为“文饰”之义，即意在通过更多的文字来加以阐释。阐释的方式并没有明确的要求是骈文还是散文的形式，而且彼时对骈、散，的美学审视可能也并非如后人所臆测。无论骈、散，只要能阐发义理，皆可能视之为美文。故彼时不可能指“文饰”即骈行或诗体的文字修饰，那只是我们想当然的情况。《尚书序》曰：“古者伏羲氏之王天下也，始画八卦，造书契，以代结绳（爻）之政，由是文籍生焉。”[②] 东汉许慎《说文解字》云：“文，错画也。象交文。凡文之属皆从文。”[③]《说文解字注序》曰：“依类象形，故谓之文。其后形声相益，即谓之字。”[④]

① 王弼注，孔颖达疏：《周易正义》卷一，北京大学出版社 2000 年版，第 14 页。

② 孔安国传，孔颖达疏：《尚书正义》卷一，北京大学出版社 2000 年版，第 2 页。

③ 许慎：《说文解字》说文九上文部，中华书局 1963 年影印本，第 185 页上。

④ 钱大昕：《说文解字注序》，见段玉裁注：《说文解字注》，上海古籍出版社 1981 年版，第 804 页。

这些都无从判明“文”是指诗体文还是散体文。在春秋或春秋以前，文体尚不成熟，文体观念也尚未形成，其所谓“文”本来就包指了可能存在的所有形式的文体。

至孔子删诗，将“古诗”进一步韵化和骈化，使其合乐可歌，即所谓“乐正”的过程，这使《诗经》与《尚书》分别形成代表先秦诗歌总集和公文总集的二体，这标志编订者将诗与文开始相区分，但这也当是孔子至汉代漫长的状况。《尚书》中尚保留的一些歌谣式韵文，如《五子歌》等，以及早期的《诗》本中所保存的古诗形态也基本上韵散兼杂，至删诗后那些骈散皆具的杂言体渐至于没。可见其初，骈、散或诗、文的分别并不是十分明显，“文”指文体大类无疑。但自《尚书》以后，狭义的“文”渐有“直言”之义，如清阮元《文言说》辩白：

> 古人无笔砚纸墨之便，往往铸金刻石，始传久远。其著之简策者，亦有漆书刀削之劳，非如今人下笔千言，言事甚易也。许氏《说文》：“直言曰言，论难曰语。”《左传》曰：“言之无文，行之不远。”此何也？古人以简策传事者少，以口舌传事者多。以目治事者少，以口耳治事者多。故同为一言，转相告语，必有愆误，是必寡其词，协其音，以文其言，使人易于记诵，无能增改，且无方言俗语杂于其间，始能达意，始能行远。此孔子于《易》所以著《文言》之篇也。古人歌、诗、箴、铭、谚语，凡有韵之文，皆此道也。①

当然，阮元的这种推测极大可能是《诗》《礼》《书》等“逸在布衣”之后的时代状况。阮元认为：“孔子于《乾》、《坤》之言，自名曰‘文’，此千古文章之祖也。为文章者，不务协音以成韵，修词以达远，使人易诵易记，而惟以单行之语，纵横恣肆，动辄千言万字，不知此乃古人所谓直言之言、论难之语，非言之有‘文’者也，也非孔子之所谓‘文’也。”② 这俨然可以

① 阮元：《研经室三集》卷二，《续修四库全书》第1479册，第196页。

② 阮元：《研经室三集》卷二，《续修四库全书》第1479册，第196页。

见出“文”一开始就具有骈、散的两种倾向[1]。

至汉代，诗虽与散体文渐至于有所差别，人们的文体意识也开始有所增强，但汉代尚将赋视为“文”体，在“文”的广义范畴中，诗其时亦同属其类，故《史记》《汉书》等多称传主“善属文”，即多善诗赋和杂文创作。《汉书·扬雄传》曰：“孝成帝时，客有荐雄文似相如者，上方郊祠甘泉泰畤、汾阴后土，以求继嗣，召雄待诏承明之庭。正月，从上甘泉，还奏《甘泉赋》以风。”[2]其称“雄文”当指扬雄辞赋。故在汉代赋亦可视之为“文”，但此“文”尚是一种文体大概念。汉代“诗文”相对之“文”和“善属文”之“文”已是两个不同层次的概念，即已有广义与狭义之别。而且此时文体概念渐趋明了，其诗、赋、文三者关系虽互有纠缠，但“赋”已然独立为一种文体，与其时“诗”（歌诗）和狭义的“文”不同。

至齐梁，“文”渐指有韵者，而无韵者则被称之为“笔”。故诗、赋皆入于“文”的范畴，因此自齐梁后《文选》《唐文粹》《宋文鉴》《文苑英华》等文选著作皆预赋体。但唐宋以后由于赋体本身的变化，或有归之入“杂文”，已暗示出其“既诗既文”或“非诗非文”的文体特征。

其次，王之绩所谓“文”的特定限义的意义是构成“非诗非文”说的必要条件。“赋”与“文”的关系与“赋”与“诗”的关系同样复杂，但至纠缠不清的核心问题主要在于没有从根本上厘清“源”“流”与“体”的关系及其各自的历时性与历史性问题。至清代，文章辨体意识也更为强烈，王之绩《铁立文起》所谓赋“非诗非文，体格大异”，其所指“文”到底是《文言》传统

① 战国之前，“文”当骈散兼具，孔子的时代，“文”是由散而趋骈，至唐宋所谓“古文运动”起，则“文”转而由骈趋散，至清阮元辩“文”，启其疑，而惜未摅史变之迹。“文”之变衍，何正何变？实可深思之。孔子之世，实为上古以来“文变”之一大季。“诗”渐从“文”中独立出来，以骈俪为专，而“文”尚亦骈亦散，故汉“赋”亦属于“文”，齐梁亦尚有“文笔”说；至唐以后，“文”渐趋于专散，故诗、赋、文关系渐纠缠难清。以此观之，或诗、赋、文演变之是非明矣。

② 班固：《汉书》卷八十七上，中华书局 1962 年版，第 3522 页。

以来所指的骈体呢，还是指《尚书》传统的直言散体？这是颇需注意的。

王之绩《铁立文起》论“文”曰：

《明辨》曰：按编内所载，钧谓之文。而此类独以文名者，盖文中之一体也。其格有散文，有韵语，或仿楚辞，或为四六，或以盟社，或以讽人，其体不同，其用亦异。①

王之绩在“杂文”类下单列“文”一体，显然此文非彼文。但从所引《明辨》来看，依旧不能分清所指狭义之“文”是指散行之文还是骈行之体。不过，从王之绩接下来对“文”的一些陈述看，其所指狭义之“文”有散体倾向，或多有直接指以文名篇者。

王懋公曰：文有诅，如秦惠王《诅楚怀王》之类；有招，如柳宗元《招海贾》之类；有乞，如《乞巧》之类；有送，如韩愈《送穷》之类；有逐，如孙樵《逐疟鬼》之类，要之随人（分合），不能以言尽也。

或曰：匡衡《祷高祖孝文孝武庙文》效《金縢》，汉光武即位大赦效武成，典谟之文也。第五伦《荐谢夷吾文》，章疏之体也。李华《吊古战场文》，论断之体也。韩愈《祭鳄鱼文》，告谕之体也。李廌《悼苏轼文》，悲颂之体也。典谟之文贵高古；章疏之文贵条畅；论断之文贵英劲；告谕之文贵尊严；悲颂之文贵诚恳。其他各以意制，初无定体，约计之有此数例耳。

王懋公曰：或谓移文始于刘歆《让博士书》，不知孟坚《汉书·薛宣传》已有《移栎阳令书》。然此散文也。齐孔德璋《北山移文》，则属对用韵，后之为移文者或宗之。观其“林惭涧愧”及结束二语，何其严毅，几与问罪之师相似。即以列之檄文露布后无不可，《明辨》编入文内，而今人或又另立为移文体云。②

① 王之绩：《铁立文起》，《续修四库全书》第1714册，上海古籍出版社2011年版，第303页。
② 王之绩：《铁立文起》，《续修四库全书》第1714册，上海古籍出版社2011年版，第303—304页。

其中特别是《北山移文》因“属对用韵”，在《文体明辨》中归入“文”内，但王之绩称今人“另立为移文体”，言下之意不当归入彼所谓“文”类。如果从此狭义之“文”着眼，赋自然“非诗非文”，但从其所引袁宏道《与江长洲书》一段我们实可暗窥王氏对时变世易对赋体“体变”的影响当有思忖。

其引袁氏《与江长洲书》云：

> 夫物始繁者终必简，始晦者终必明，始乱者终必整，始艰者终必流丽痛快。其繁也，晦也，乱也，艰也，文之始也。如衣之繁复，礼之周折，乐之古质，封建井田之纷纷扰扰是也，古之不能为今者势也。其简也，明也，整也，流丽痛快也，文之变也。夫岂不能为繁，为乱，为艰，为晦，然已简安用繁？已整安用乱？已明安用晦？已流丽痛快，安用敖牙之语、艰深之辞？譬如周书《大诰》《多方》等篇，古之告示也。今尚可作告示否？毛诗郑卫等风，古之淫词媟语也，今人所唱银柳丝、挂针儿之类，可一字相袭否？世道既变，文亦因之，今之不必摹古者也，亦势也。张左之赋，稍异杨马，至江淹庾信诸人，抑又甚矣。唐赋最明白简易，至苏子瞻直文耳，然赋体日变，赋心益工，古不可优，今不可劣。若使今日执笔，机轴尤为不同。何也？人事物态，有时而更，乡语方言，有时而易，事今日之事，则亦文今日之文而已矣。卢柟诸君，不知赋为何物，乃将经史海篇字眼，尽意抄誊，谬谓复古，不亦大可笑哉！①

由此可见，王之绩所谓赋体“非诗非文”当是就当时清初文章辨体状况而言，但他将赋源与赋体分置而论却是探讨赋体正变之源的合理做法。

从前面所述“古诗”形态来看，实际已经超出整齐的韵语形态，在春秋以前的早期诗歌中，特别是今天所能见到的先秦逸诗中，可以看到早期诗歌

---

① 王之绩:《铁立文起》,《续修四库全书》第1714册，上海古籍出版社2011年版，第320—321页。

句式不拘，有整齐的韵语，也有不整齐的散语，而这些“古诗”形态（特别是早期《颂》诗）就是赋体最早的源头，因此从体源角度来看，赋与“文”依旧是有关系的，清人章学诚从汉赋的体例分析，认为：“古之赋家者流，原本《诗》《骚》，出入战国诸子。假设问对，《庄》《列》寓言之遗也；恢廓声势，苏、张纵横之体也；排比谐隐，韩非《储说》之属也；征材聚事，《吕览》类辑之义也。”① 姚鼐、章太炎、刘师培等人亦认为赋出于纵横家言说之辞②，刘勰则称赋或源于隐语③。无论赋源于古诗、源于诸子散文，还是源于隐语等，其取径不同，然皆可证赋与“文”的密切关系。赋源与赋体毕竟是不一样的，且因时变，至清代王之绩认为赋“非诗非文”，这种对赋体的界定虽多被近人采信，然尚有可待质疑和探讨者，但其立足于“源”“流”“体”三者之间的辩证思考，对清代赋体辨体辨源不无启发。不过，在王之绩的“非文”观念中，其“文”则是具有狭义和限定性的，并非传统意义上的“文”，而且彼时的“文”已演变为近同于无韵的“笔”了。

第三节　扬屈抑马：对汉赋的另类批评

王之绩《铁立文起》在对楚汉赋学的评论中，又特别推崇骚体，对汉赋的总体评价多因循前人，但又明显表现出古赋批评的“扬屈抑马”的倾向性特征。

---

① 章学诚：《校雠通义·汉志诗赋第十五》，《文史通义》第四册附《校雠通义》卷三，上海书店出版社1988年版，第98页。

② 见姚鼐《古文辞类纂》收目归类其“辞赋类”亦录《战国策》文；章太炎《文学说例》及《国故论衡·辨诗》等；刘师培《论文杂记》。

③ 见刘勰《文心雕龙·谐隐》篇，并参马积高先生《历代辞赋研究史料概述》第8页。按：当然，这只是赋源之一。因刘勰在《诠赋》篇中亦称赋“受命于诗人，拓宇于楚辞”，故“古诗”及楚骚亦是汉赋源头之一。

一、汉赋分类及赋史评价

王之绩在论历朝赋中有专论汉赋，但“汉赋”毕竟并不是一个体类概念。他对汉赋范畴内的赋体分类从其叙述中大体可以分置出古赋、文赋，也一定程度上包括一些流于俳体的作品。他对汉赋的分类主要承袭明人之说，并未有特别的创意。而且对汉代骚体作品的归类及“古赋”的内涵问题没有做深入探讨和说明。其次，虽总体上有复古的倾向和主张，但因主要力崇楚骚，而对汉赋的赋史评价并未给予高度重视。不过，王之绩对清代赋话理论及汉赋学研究还是有着重要意义的，我们从下面几个方面略加论析。

首先，王之绩《铁立文起》在赋体分类中，确有统会古今之义，然其发明实际并不多，不过对古今赋体的演变，特别是至其当下赋所呈现出的一种“非诗非文”的状态的质疑，对于认真思考赋体正变及赋之“源”“流”“体”诸关系具有重要的启发意义。其在清代赋话史形成过程中，使赋论裒辑更为丰富，致最终让“赋话”“赋论”别出于“文论”“文话”“诗话”等具有重要意义。赋话产生之前，诗文话中常兼容赋论，王之绩《铁立文起》亦然。其书虽综论各种文体，然赋占重要地位。其论赋篇幅居各种文体之首，且对后世赋话有一定影响。据杨许波统计，《铁立文起》两卷六百条材料分论110类文体，而赋独占四卷137条。其中“王懋公曰”（即王之绩论）40条，占29.2%；其次为转引明吴讷《文章辨体》22条，占16.1%；另转引明徐师曾《文体明辨》15条，占10.9%；又以泛引“或曰”9条，占6.6%；还有转引沈鹤山、王世贞、袁宏道等34家51条[①]。不过，在王之绩之前，清初费经虞作《雅伦》论赋亦极多，而且其于各体格之首引各家赋论，末缀以己论，实已开清代赋论赋话之先。而且费氏《雅伦》在论赋之后又选录诸体，既有论赋性质，也同样具有选赋的性质，与王之绩只论不选略不相同。

---

① 杨许波：《王之绩的赋学批评》，《新世纪图书馆》2009年第3期。

其次，王之绩虽总体上对汉赋评价不高，但认为汉赋包容诸体，后代赋体多有拟效而开启端绪者。王之绩虽在论历朝赋中有论“汉赋”，然皆总陈其状，虽按时代以分，但却并未有分体义说。汉代之赋确有一代文学之特征，但汉赋却包容了骚体、文体、骈体，甚至诗体赋等。王之绩论赋多采《古赋辩体》《文章辨体》《文体明辨》诸说，其多处引前人论赋之说论赋源、赋体及汉赋作家，如在古赋、文赋及论历朝赋中多次论及枚乘、司马相如、扬子云等赋作。如将司马相如《长门赋》、班婕妤《自悼赋》《捣素赋》、张衡《思玄赋》、祢衡《鹦鹉赋》、王粲《登楼赋》、扬雄《甘泉赋》归为古赋正体，而且认为这些赋体中实际上部分赋作已开俳体之先。其中如班婕妤《自悼赋》《捣素赋》、祢衡《鹦鹉赋》在清程祥栋《东湖草堂赋钞》中就被列为骈体先声，与祝尧“盖俳体始于两汉，律体始于齐梁”①之说同。而且王之绩认为汉司马相如《子虚》《上林》、班固《两都》等赋作，可以视为古赋变体，且“流入文赋之渐”，与文赋无异，其甚至直接将扬雄《长杨赋》归为“文赋”类②。当然这种归类明显承袭明人分类之法，故对古赋与文赋的关系处理尚有相互矛盾的地方，在前论分体内涵时已有陈说。除此之外汉代犹有拟骚之作，如“辞”“七”之体，其称七体“自东汉魏晋诸人争拟之，俨若传记诗赋之类”③。王之绩论“辞”及“七”之体倒颇有见地，然在归类上尚不能完全破俗。不过可以见出，汉代赋体文学体例实多，“汉赋”已远非单一的文体概念。

再次，王之绩将赋、骚（辞）、七归为一个大类，认为其体相近，这与清代将“骚”（或“辞”）别出于赋而专为之体的赋学观念是不尽相同的。这主要因于王氏的赋学“体源”观，而非完全尊经的实用观。在发析源流的过

① 祝尧：《古赋辩体》卷七，《景印文渊阁四库全书》第1366册，台湾商务印书馆1986年版。
② 王之绩：《铁立文起》，《续修四库全书》第1714册，上海古籍出版社2011年版，第323页。
③ 《铁立文起》前编卷十二《七附论》，《续修四库全书》第1714册，上海古籍出版社2011年版。

程中，王之绩对近代赋体源流颇有别解，如祝尧等称俳体始于两汉，而王之绩承《明辨》之说，认为俳体与文体皆源于楚辞，不过至两汉始为之甚。如其引《文体明辨》曰："自楚辞有'制芰荷以为衣，集芙蓉以为裳'等句，已类俳语，然犹一句中自作对耳。及相如'左乌号之雕弓，右夏服之劲箭'等句，始分两句作对，而俳遂甚焉。后人仿之，遂成此体。"又称："楚辞《卜居》《渔父》二篇已肇文体，而《子虚》《上林》《两都》等作，则首尾是文，后人仿之，纯用此体。"（《文体明辨》）不过，明人所叙虽发明启端，却似并未有证此体出于先秦楚骚之意。其所引楚辞不过称"类俳语"，而非直接称为"俳体"，而是至汉"俳遂甚焉"，后人仿之而开此体。至于楚辞开肇"文体"之说，亦有祖楚之意。先秦楚汉文体赋本盛确也不谬，然从目前考古材料来看，文体赋和楚辞骚体又皆可于更早的"古诗"源头寻踪。汉时赋体一篇之中的这种骈句现象并不算多，明人发之，不过以其例证祝氏之言。其所举乃骈句（俳句）而非骈体（俳体）。不过，王氏此处佐引，实别居用心，乃在于欲以此推阐骈体更始于楚汉之意，从而达到"祖楚"的理论意图。王氏对俳体之源欲推而上之，倒也未可厚非，然通观其对汉赋等之评价，却似乎不免有偏执之意，其"祖骚"之论反失之允当。然汉代俳体和文体确已开其先，这些文体对后世赋体产生了重要的影响。这些又揭发了"汉赋"当时特殊的赋史意义。

二、王之绩的汉赋异说

王之绩对汉赋作品的批评，似有打破"宗汉"的倾向而力主"祖骚"，其中"扬屈抑马"最为明显。王氏在论赋中对古赋论析最多，古赋之体已包楚骚，故总体上对古赋较为推重。其综论赋体似大致按赋源、赋体、作赋之法三个层次来展开引述及论证。

王之绩首先由今昔赋体的体例之别、器重之异，引出对赋源的讨论。其云："赋之为物，非诗非文，体格大异。"并称："昔人以赋为古诗之流，然其体不一。而必以古为归，犹之文必以散文为归也。”① 当然古赋之祖王氏则推源于屈宋骚体；接着论赋体之分古、俳、文、律；大、小之体。并引前人诸说以论赋体创作之法，如称赋之繁简有法，其引袁宏道《与江长洲书》云：“夫物始繁者终必简，始晦者终必明，始乱者终必整，始艰者终必流丽痛快。其繁也，晦也，乱也，艰也，文之始也。如衣之繁复，礼之周折，乐之古质，封建井田之纷纷扰扰是也，古之不能为今者，势也。其简也，明也，整也，流丽痛快也，文之变也。夫岂不能为繁为乱为艰为晦然，已简安用繁？已整安用乱？已明安用晦？已流丽痛快安用敖牙之语、艰深之辞？”② 其中阐明了赋体繁简、晦明的发展规律和演变之迹，认为文学文体由始之繁、晦、乱、艰终必发展趋于简、明、整和流利痛快，这正是“文”的变化规律。然对于这种规律的总结往往是后来者的视野，文之始是否必为繁、晦、乱、艰？恐怕事实并非如此，这主要恐因后来者去古渐远而难以理解前代文籍，故有此观。古今相较，恐古之世，字简义明，无如今日之句长意冗。不过，王氏引用此文意犹有以此理阐述赋体由古赋长篇至骈律小制发展趋势之义。在袁宏道文中还强调了“赋体日变，赋心益工，古不可优，今不可劣”的思想。这也是与王之绩赋体“正变”观一致的，王氏并没有排抵俳体和文体，他认为“古赋渐流于俳与文”，这些亦不过为赋之“变体”。在涉及作赋之法的论述中引前人如王世贞、袁公安诸说，力陈赋心、情、辞、理（义）的重要性。并引称扬、马之赋有辞无情。这是对汉赋批评依承旧说，未有新意。最后则陈赋体结构安排，其以假设问答、诗体混杂、结尾总乱之辞分别叙述。综观其论赋大概，其中似欲架构“源”“体”“法”的三层逻辑，然其引述与所辩论似关涉不明，毫无义旨可寻，故多有难觅其迹之憾。

总体上看，王之绩推重复古的倾向较为明显，如其在《王言通论》称

---

① 两条并见《续修四库全书》第1714册，第319页。

② 王之绩：《铁立文起》，《续修四库全书》第1714册，第320页。

“伏读训辞则有必能复古之言，然后益知所责之重”①，其论唐赋云：“唐以诗赋取士，而诗赋竟不能复古。”②其颇有微刺唐赋失却古法之意。要如何复古呢？他认为无论古今之赋，重在才大、文真，当然文真则需情真，而才大则需博观约取，自然蕴含有博古之意。其云：

> 嗟夫，以一人之所为文，而论旨或登之于天，或推之于渊，岂果文无定论乎？予谓著作者流，才不大不可，文不真不可，要未有无大才而能为真文者。故赋非畏难就易者可假借，且赋心真可也，不工不可也。彼有俚韵未除而轻言风雅，是野狐禅亦真可以成佛作祖耶。③

其“赋心”之说虽承司马相如“赋迹”“赋心”之论，然与袁氏、王氏等所谓赋之情、辞、理辨实质相同，而与相如“赋心”说又各其侧重。王之绩对相如“赋心”之说没有申明“情、辞、理”之论则颇有微词：

> 嗟夫！昔人称山谷诗之孝，工部诗之忠。予亦谓眷顾楚国，系心怀王，灵均赋之心。长卿徒以“包括宇宙，总览人物”当赋心，末矣。故无左徒之忠，而徒以赋鸣君子所不许。

然相如“赋心”之说虽在于能“包括宇宙，总揽人物”，实承前“赋迹”之说，如何能做到一经一纬，一宫一商，自然需博观约取，唯有以“包括宇宙，总揽人物”之心方能使然。而且相如同时强调“赋家之心”“斯乃得之于内，而不可得而传览”（见《西京杂记》卷二）。其所不可传览而藏之于心者，其在变化无常，故“赋家之心”实有隐然指“情”蕴其内之义。何可以包括宇宙，何可以总揽人物？显然无论经纬綦组之“赋迹”，实皆不可达此无穷尽之迹。而“情”者则古今人同，然又曲微有别，故又藏之于内而不可

① 王之绩：《铁立文起》后编卷一《王言通论》，《续修四库全书》第1714册，上海古籍出版社2011年版（清康熙四十二年刻本）。

② 王之绩：《铁立文起》前编卷十一《唐》体，《续修四库全书》第1714册，上海古籍出版社2011年版（清康熙四十二年刻本）。

③ 王之绩：《铁立文起》，《续修四库全书》第1714册，上海古籍出版社2011年版，第320—321页。

传览。

王之绩在论汉赋作家中，论司马相如、扬雄最多。其中对司马相如在赋史上的地位评价尤需注意。他在引《文体明辨》称："《离骚》《远游》《招魂》，及《九歌》《九章》《九辩》，实为古赋之祖；《卜居》，文赋之祖也。"之后附以己评，其云："我以屈原为赋之圣，或以推司马长卿，谬矣。"①《朱子语类》载宋代林光朝（字谦之，号艾轩）较早称相如为"赋圣"，其载：

> 林艾轩云："司马相如赋之圣者。扬子云、班孟坚只填得他腔子，（佐录作'腔子满'。）如何得似他自在流出！左太冲、张平子竭尽气力又更不及。"②

其后祝尧、王世贞等皆加以引说，然王之绩对司马相如为"赋圣"之说颇有质疑。其在"论历朝赋"中，王之绩进一步对宋明以后推尊司马相如为"赋圣"之说提出异见：

> 又曰："林艾轩云：司马相如赋之圣者，扬子云、班孟坚只填得他腔子，如何得似他自在流出？左太冲、张平子竭尽气力，又更不及。"予谓若以长卿为赋之圣，则后之作赋者第宗长卿可矣。今观其赋，惟有《长门》以意胜。他若《子虚》、《上林》，特靡丽无情之词而已，圣于赋者顾如是乎？林之所谓圣者，特以其不劳而就，而余子皆不能也。孰知称圣亦别之于意而已。③

就《文体明辨》所引来看，其称屈、宋诸篇，实为赋之早期著作状况。其称屈、宋为辞赋之"祖"或辞赋之"宗"自不谬，然与王之绩"赋圣"之争实不相涉。所谓"圣"者，《说文》云："圣，通也"④。《书·洪范》曰："睿

① 王之绩：《铁立文起》，《续修四库全书》第1714册，上海古籍出版社2011年版，第322页。按：在《续修四库全书》此条天头批曰："《离骚》《远游》《九歌》《九章》屈原作，《九辩》《招魂》宋玉作，亦当有辨。"其意在以《明辨》所推，亦不单以屈原为圣，实当以屈、宋为圣。

② 黎靖德编，王星贤点校：《朱子语类》，中华书局1994年版，第3300页。

③ 王之绩：《铁立文起》，《续修四库全书》第1714册，上海古籍出版社2011年版，第326页。

④ 段玉裁注：《说文解字注》，上海古籍出版社1981年版，第592页上。

作圣”，其《传》曰：“于事无不通谓之圣”[①]。韩愈《师说》称圣人尚且问师，故能“圣愈圣”，达致通明之境。可见“圣”并非在于时之先后，其重在强调“通”，即要能集大成，当然也要能有开派之功，斯方谓“圣”。当然就王之绩所驳来看，其称司马相如《子虚》《上林》为“靡丽无情之词”恐怕并不确当。而且就司马相如“赋圣”之说，吾师许结先生在《司马相如“赋圣”说》中论之颇详。其云：

> 古人论“圣”，既含有创造性，又具有典范性的意义，如《易·乾·文言》“圣人作而万物睹”、《老子》“圣人抱一为天下式”，实由此两端立论。而林光朝首倡相如“赋圣”说，一在相如赋“自在流出”的开创（非模拟），一在如其前引论文策所称赞的“汉”“唐”的王法与古雅，相如赋为其代表。由此再看后人对“赋圣”说的认可，实际上内含了两个历史现象：其一，汉制礼乐，考文章，而赋承《诗》义，归复“王言”，构成一大文学传统；其二，由楚臣屈、宋之辞转入盛汉统一之赋，其一大要征，就是相如赋进入宫廷。[②]

陶秋英先生认为相如赋“乃集各体的大成。屈宋派的抒情；荀卿派的说理、寓言、讽谏；枚乘的散韵相间、问答体；一切都兼而有之。所以他的赋，绮丽朴茂，刚健柔媚，兼有各种风韵，不愧是汉赋的第一大家”[③]。而许结先生则从司马相如赋内含经义的“经赋”论、汉后复古思潮中的“宗汉”观、体现汉赋文学经典性与代表性的“代胜”说，以及长卿赋作的“示范”性等角度予以详细阐释其得以称名“赋圣”之由[④]。

王之绩论“汉赋”若干条，兹录如下：

---

① 孔安国传，孔颖达疏：《尚书正义》卷十二，北京大学出版社 2000 年版，第 359 页。

② 许结：《司马相如“赋圣”说》，《四川师范大学学报（社会科学版）》2014 年第 2 期，第 130 页。

③ 陶秋英：《汉赋之史的研究》，中华书局 1939 年版，第 115 页。

④ 许结：《司马相如“赋圣”说》，《四川师范大学学报（社会科学版）》2014 年第 2 期，第 128—135 页。

王懋公曰:《子虚》《大人》,史迁讥其“靡丽多夸”。予谓即此四字已尽长卿生平之赋。王弇州称为赋之圣,造体极玄,使子长闻之,当掩口而笑矣。

王懋公曰:韩子论文,贵自树立,可称卓识。康德涵谓:“古人作文,皆有依仿。相如《大人赋》全用屈平《远游》中语。”予谓以此胜杜撰家则可,而必援以为训,独不曰前无古人乎?噫,过矣!

王懋公曰:或谓《子虚》《上林》材极富,辞极丽,而运笔极古雅,精神极流动,所以不可及。予独喜倪正父谓“赋无异,直夸多鬬靡,如鱼龙曼衍,欲不可极,使人动心骇目”,最为知言矣。

王懋公曰:归安盛称《檄蜀》《谏猎》,亦未确。弇州谓长卿以赋为文,故《难蜀》《封禅》,绵丽少骨,最为得之。

王懋公曰:史称杨雄“尝好辞赋,先是司马相如作赋,甚弘丽温雅,雄心壮之,每作赋,尝拟之以为式”。又谓“屈原文过相如”,此一语殊确,今特表之。

王懋公曰:《子虚》《上林》,创见亦佳,后再蹈袭,则堆塞可厌矣。子云《甘泉》,加以诡谲,更不足法。孟坚《两都》,虽用铺张,犹不甚贪。其自谓“义正杨雄,事实相如”,亦实录也。

王懋公曰:《传》称张衡“少善属文”,时天下自王侯以下,莫不逾侈,乃拟班固《两都》,作《二京》以讽,所谓“平子研《京》十年,太冲练《都》一纪”是也。前此“枚皋速而不工,相如工而不速”,要未有若是用功之深者,后人犹谓《三都》《两京》博而不奇。谁云文章小道,而可易视之。

显然,王之绩对汉赋代表作家主要以司马相如、扬雄等为例,然对司马相如评价颇有偏见,几为异说怪论。《明辨》《辨体》等对汉赋评价尚有公允之论,至王之绩则颇多微词,这一方面或许与他持屈原为“赋圣”,而排抵相如为“赋之圣”说有关。另一方面可能与清初遗民整个崇尚楚骚哀怨之情密切相关，故王之绩论赋亦重“赋心”和“情”“辞”之说，而于楚赋则引前说力推屈宋，以此可窥一斑。当然汉赋与楚骚及先秦诸子文章皆有莫大之关系，然王之绩称引其用意非尽为发明源流，而实有祖楚之意，然其降汉又有过之之嫌。如其引明代都穆氏《南濠诗话》曰：“六经如《诗》《书》《春秋》《礼记》，所载无非实事。自骚赋之作，兴托为渔父卜者，及无是公、乌有先生之类，而文词始多漫语。其言悉出于庄子，《庄子》一书，大抵皆寓言也。”① 王氏的引证述论所隐含的排抵之意显然超出溯源之义②。其关于扬雄赋论的阐发亦多为转相陈述，少有新意和发明。

当然在汉赋的归类上，王之绩也尚过拘执，其体类归并中基本上严格以题名分置，如将赋体的《对楚王问》《难蜀父老》等归为“问对”体，这与其称“大赋”之体要“多设问难，方得变化开合之法”又自相悖逆。其以问难之体多入大赋，而又引《辨体》云：“宋玉之于《楚王》，相如之于《蜀父老》，是所谓问对之辞。至若《答客难》《解嘲》《宾戏》等作，则皆设辞以自慰者焉。洪氏景卢云：东方朔《答客难》，自是文中杰出，杨雄拟为《解嘲》，尚有驰骋日得之妙。至于班固之《宾戏》，张衡之《应问》，则屋下架屋，章摹句写，读之令人可厌。迨韩退之《进学解》出，则所谓青出于蓝而青于蓝矣。”③ 显然其将宋玉《对楚王问》、司马相如《难蜀父老》、东方朔《答客难》、扬雄《解嘲》等视为“问对”一体，并弃于赋体之外，此实拘循旧谬。如《四库全书总目》所评：“然持议多偏，不能窥见要领。甚至以屠隆《溟海波恬赋》为胜于木华、郭璞，尤倒置矣。”④ 其或不诬。

---

① 见《续修四库全书》第1714册，第321页。

② 按：《续修四库全书》本《铁立文起》此篇天头亦注“庄又出于列”，此与清代章学诚“假设问对，《庄》《列》之遗也”可谓同声相应。惜王氏拘于陋弊和排抵相如“赋圣”之前见，未有发明申论。

③ 王之绩：《铁立文起》前编卷四《问对》体，《续修四库全书》第1714册，上海古籍出版社2011年版（清康熙四十二年刻本）。

④ 《钦定四库全书总目》，中华书局1997年版，第2778页。

第四章　孙濩孙《华国编赋选》与《华国编文选》

清代雍正年间进士孙濩孙著有《华国编文选》《华国编赋选》（以下简称《华国编》）、《檀弓论文》《治河疏》《广德道中留寄太守丁柱涛》等，颇有文名，清阮元、葛士濬、李元度等皆有闻记。然《清史稿》无传其生平事历，其经学与赋学成就也多有未发明者。其《华国编赋选》四卷，国家图书馆及南京图书馆等皆标存二卷，或题作《华国编赋选》，或作《华国编唐赋选》，但据其序、跋及其他文献考证，其《华国编赋选》当包括古赋与唐赋各两卷，今多家图书馆藏《华国编唐赋选》亦非全本，其卷数、刊辑、编次等与初刊相失较远。其虽分编古赋、唐赋，但其选本中所反映的古律相融，认为古、律"异流同源，其揆则一"的赋学思想，以及赋与文之关系及其对赋篇的赋艺评点，较清初《历朝赋格》《历代赋钞》《历朝赋楷》等诸赋选家所持观念更为通脱。此书由于成于作者晚年，刊辑历经波折，在陈鸿墀《全唐文纪事》、李调元《赋话》、阮葵生《茶余客话》中偶有提及，此外少有研究者，但此书却不失为清初较有特色的赋学评点著作。

第一节　孙濩孙著述与生平概略

清孙濩孙著述虽不算多，然其著作在当时应颇有影响，其在选文与礼学研究中都颇有成就，然惜在正史中未有传记。兹对孙氏著述及生平略作介绍如次。

一、孙濩孙著述概略

南京图书馆藏清孙濩孙（1663—1739）辑《华国编赋选》二卷（馆藏索书号 GJ/16836，此书残），清雍正十一年刻本，《华国编文选》八卷（馆藏索书号 GJ/806830），清乾隆二十四年刻本。检各家图书馆著录情况，其题名、篇目、卷数等或颇有异同。孙氏所辑《华国编》在当时应流传颇广，然《清史稿》等并无作者传记和书目记载。据其序、跋、凡例等知《华国编赋选》当共为四卷，今多家图书馆所藏皆标两卷，其中《华国编古赋选》的成书刊刻与佚阙，以及孙濩孙生平及其所编《华国编赋选》的价值与意义等问题，都有待一一辨正。

其著述除其选评《华国编赋选》和《华国编文选》行世外，另据清阮元《淮海英灵集》乙集卷一载有孙濩孙《广德道中留寄太守丁柱涛》诗，清葛士濬《清经世文续编》载孙濩孙有《治河疏》①，《清文献通考》及《清通志·艺文略》载孙氏有《檀弓论文》二卷②，由此可知孙氏礼学与考据之才。

孙氏著述在当时就有一定影响，如其所撰《檀弓论文》二卷，对《礼记·檀弓》"孔子少孤，不知其墓。殡于五父之衢"一段进行了经典性解读，重新断句为："孔子少孤，不知其墓殡于五父之衢。人之见之者，皆以为葬也。其慎也，盖殡也。问于郰曼父之母，然后得合葬于防。"经孙氏纠误，其意则变为非孔子不清楚父亲之葬所，而是不清楚其父亲埋葬方式究竟是"殡"（浅埋）还是"葬"（深埋）。尽管"人之见之者，皆以为葬也"，但谨慎的孔子还是怀疑为"殡"。后"问于郰曼父之母"，才证实的确是"殡"，于是孔子开穴，将父母合葬于"防"地。按古礼或有父若先亡，只需"殡"即浅埋，待母亡后可合葬。这对东汉经学家郑玄解孔子其父与母"野合而生

① 葛士濬：《清经世文续编》卷四十一户政十八，清光绪石印本。

② 清官修《清朝文献通考》卷二百十四"经籍考"，王云五编《万有文库》本，商务印书馆1936年版，第6780页；清官修《清通志》卷九十八"艺文略"，清文渊阁四库全书本。

孔子”之说可谓一有力的驳正依据。清代学者李元度在《天岳山馆文钞》卷三《檀弓说》中就极赞孙濩孙以句读新解《檀弓》一章颇有新得[①]。江永《群经补义》、武亿《读经考异》等均录其说，斯可谓渐成定论。孙氏辨证对现代学者亦有较大影响，张舜徽先生在《中国古代史籍校读法》就引用孙氏《檀弓论文》其说，对“孔子是不是私生子”的争论问题进行过有力辨证。另《华国编赋选》和《华国编文选》在清陈鸿墀《全唐文纪事》、李调元《赋话》、阮葵生《茶余客话》中都有引及或载论。此或可见当时孙氏著述之流传与影响。孙氏另有《是政堂文钞》六卷行世[②]，而就其所编《华国编》来看，已可概知其赋学理论与研究之成果。

二、孙濩孙生平述略

孙濩孙在《清史稿》中并无传记，清代书目文献对其著作也缺乏详细记载，虽在嘉庆《高邮州志》卷之十上“列传”中有孙氏小传[③]，然无确切生卒年，结合其他一些文献记载或略可推其生平之大概。其生卒情况可从下引阮元《淮海英灵集》及孙濩孙之子孙乔年《华国编文选·跋》中窥见一些端倪。

阮元《淮海英灵集》录孙濩孙《广德道中留寄太守丁柱涛》诗前作者小记：

孙濩孙，字邃人，号沛村，高邮人，弓安子，八岁能文，十三岁游庠，有神童之目。宗彝讼，系郡狱，濩孙以幼稚奔诉公卿间，见者无不

---

① 李元度:《天岳山馆文钞》卷三,《近代中国史料丛刊一辑》(0402 册), 文海出版社 1966 年版, 第 171 页。

② 见南京图书馆藏清刻本《是政堂文钞》六卷(二册)(馆藏索书号 GJ88357);另国家图书馆藏台北经学文化事业有限公司 2016 年据清乾隆间刻本影印《是政堂文钞》, 见《稀见清代四部辑刊》(第九辑), 此馆藏著者信息标孙濩孙生卒年为 1668—1738 年, 恐有误, 详其生平述略介绍。

③《高邮州志》卷之十上,《中国地方志集成·江苏府县志辑》(46), 江苏古籍出版社 1991 年版, 第 323—324 页。

感动。后随侍缧绁，于经史剖悉精微。宗彝卒，遗书字以邃人，谓其能继祖志也。年六十始与其子中同举癸卯乡科。己酉应内阁试，世宗宪皇帝特命以中书管司经局正字。庚戌督京右翼太平仓。甲寅引见，奏议停截留漕粮之例以充天庾，复请禁债主赴仓领米以裕兵丁，悉蒙俞旨准行。寻升刑部浙江司主事监，粜西城米厂，白于大司农铁崖史公，递减价直，所济贫民无数。时淮扬叠被水灾，皇上轸念灾邑，下询廷臣，濩孙疏陈河道源流变迁形势，前后近数千言，因议开毛城铺引河事，挂吏议，复蒙圣恩宽宥，供职如常。后以疾归。所著书有《檀弓论文》、《华国编古赋选》、《唐赋选》、《文选》行世。①

阮氏小注与《高邮州志》卷十“列传”所录孙氏小传大致相同。在《(乾隆）江南通志》卷一百三十四“选举志”中“雍正二年补行癸卯正科”条下共九十九人，其中即录“孙濩孙，高邮人”。清雍正元年（1723）孙濩孙年六十。逆推，则孙氏当生于康熙二年（1663)。雍正元年癸卯前与其子中曾设馆天长讲学②。雍正己酉年（1729）“应内阁试”。清代会试一般“由礼部备试卷，三年一科，以丑、未、辰、戌年为会试正科”③。孙氏此次应内阁试或为乡科复试，或为会试前之复试。但据其上下文看，己酉内阁试当为特召见试，因而世宗宪皇帝特命以中书管司经局正字。此年孙氏 67 岁，并拟编撰《华国编赋选》④。

① 阮元:《淮海英灵集》乙集卷一,《续修四库全书》第 1682 册，上海古籍出版社 2002 年版，第 76 页。

② 孙濩孙《华国编赋选・凡例》:“是编古赋之评，皆余十年前设馆天长卒业者，时亡男中亦授徒此地。”

③ 商衍鎏:《清代科举考试述录及有关著作》，百花文艺出版社 2003 年版，第 126 页。商衍鎏《清代科举考试述录及有关著作》亦载“雍正七年己酉科顺天乡试奉特旨复试”(第 119 页)。

④ 孙濩孙乾隆三年《华国编文选序》:“曩官经局曾刊《华国赋选》以问世。”其雍正十一年《华国编赋选序》亦云:“年齿衰老，幸厕内阁之末僚，以司经为专职，文章之事与有责焉。”孙氏任司经局正字，当于雍正七年己酉至雍正十一年左右。

《清文献通考》卷二百十四《经籍考》“《檀弓论文》二卷”下载：“濩孙，字邃人，高邮人，雍正庚戌进士，官至监察御史。”孙濩孙当为雍正八年庚戌科进士，此年并任官督京右翼太平仓。清叶凤毛撰《内阁小志》中“同事前辈”条载：“孙濩孙，高邮。予任时已七十余，为仓差，休。”① 自雍正八年（庚戌）至雍正十二年（甲寅）可能孙氏参与了国家粮库的监督与管理，雍正甲寅时其年岁确当七十余。据《华国编文选序》孙濩孙称《华国编赋选》刊于其官经局时，而至雍正十一年癸丑作《华国编赋选序》亦署为“癸丑长至日内阁中书舍人管司经局正字高邮孙濩孙”②，孙氏任司经局正字应自雍正七年至雍正十二年止，期间其他官职可能为兼职。雍正十二年甲寅不久升任刑部浙江司主事监，即其子所谓“以司任刑曹”③，官至监察御史。乾隆三年戊午（1738）致仕，时年 75 岁。大概半年后，即乾隆四年左右卒。

第二节 《华国编赋选》刊辑与流传

《华国编赋选》刊辑当早于《华国编文选》，然从今天的刊本保存情况来看，其有分刊本，也有合刊本，而且《华国编》在当时就有学者引录，具有一定学术影响。

一、《华国编赋选》的存录情况

《华国编赋选》刊行后有较大影响，在清陈鸿墀《全唐文纪事》卷六十七引孙氏《华国编》评王勃赋云：“王勃《九成宫东台赋序》‘金石千声，云霞万色’，可驾所作《滕王阁序》‘落霞与孤鹜齐飞，秋水共长天一色’之

① 叶凤毛：《内阁小志》，《续修四库全书》第 751 册，第 284 页。
② 孙濩孙：《华国编赋选序》，清雍正十一年刻本。
③ 孙乔年：《华国编文选跋》，清乾隆二十四年刻本。

上。”[①] 清李调元《赋话》卷九亦引孙氏评王勃赋此条，而且李调元对此书审读颇细，并指出孙氏所评谬误处，如谓：“《唐文艺传》谢偃尝作《尘影赋》二篇，太宗爱其文，召见，欲偃作赋，先为序一篇，授偃使赋。偃缘帝指，名篇曰《述圣》。帝悦，赐帛数十。时李百药善诗而偃善赋。按‘述圣’云者，本太宗自序而述之也。《华国编》不知偃作，而附入阙名，且云当是房、杜诸公手笔，岂非呓语。”[②] 清阮葵生《茶余客话》云：“孙舍人濩孙选古文《华国编》，专取馆阁一派，颇具规则。”[③] 虽评论寥寥，然亦可见孙氏所刻赋选在清代之流行，由于此书初刊曾一度中辍，对其刊辑次序、流传等也造成了较大影响。

今查多家地方及高校图书馆，唯国家图书馆、南京图书馆、西南大学图书馆藏有《华国编赋选》，而国图、南图及广东省立中山图书馆、复旦大学图书馆藏有《华国编文选》，二书著录情况也颇为复杂，其中涉及题名、篇目、卷数、册数等或互有异同。南京图书馆著录《华国编赋选》二卷两种，其中一种为残卷[④]，一种为《华国编文选八卷赋选二卷》合订本（以下简称“南图本”）。国家图书馆著录有孙濩孙选《华国编唐赋选》二卷本（以下简称“国图本”）。西南大学图书馆著录《华国编赋选》二卷本一种（以下简称“西师本”）。南图本共六册，其馆藏信息题作清乾隆二十四年刻本，然此编文选与赋选两种从版式、字体等比较，似非同时刊刻，故馆藏信息对两部分的出版年月的著录不太准确，应分别著录。“国图本”唐赋选的题名当为图书馆整理人员所题，此书版心题名为“华国编赋选”。今存国图本、南图本、西师本各二卷，所收实际都只录“唐赋选”部分，故诸本皆非完本。各家图书馆著录情况如下表：

① 陈鸿墀：《全唐文纪事》卷六十七，清同治十二年方功惠广州刻本。

② 李调元：《赋话》卷九，《丛书集成初编》本，民国二十五年商务印书馆发行，第83页。

③ 阮葵生：《茶余客话》卷十一《诗话》，清光绪十四年本。

④ 南京图书馆藏清雍正十一年刻本，2册，索书号GJ/16836。据图书馆人员称此书为残本，未能亲见。

	国家图书馆	南京图书馆		西南大学图书馆	中山图书馆	复旦大学图书馆
		A	B			
《华国编赋选》	《华国编唐赋选》二卷本，二册，清雍正间刻本。以下简称“国图本”。	二卷本，清雍正十一年刻本，二册，索书号GJ/16836，残本。	文选八卷赋选二卷，合刊本，清乾隆二十四年刻本，六册，索书号GJ/16765。以下简称“南图本”。	二卷本，清雍正间刻本，二册。以下简称“西师本”。		
《华国编文选》	八卷本，孙濩孙选，孙乔年增辑，天心阁孙氏乾隆二十四年刊本，四册。	八卷本，清乾隆二十四年刻本，三册，索书号GJ/806830。	八卷本，清刊本，四册，索书号GJ/807833。		八卷本，乾隆二十四年刻本，四册，索书号0027932。	八卷本，孙濩孙辑，孙乔年增辑，林仁振校阅，孙氏天心阁清乾隆二十四年刻本，四册一函。

《华国编赋选》到底为几卷，录赋共多少篇，初版何年以及有无再刊情况呢？这些都尚未进行过探讨，从文献学的角度来看，这些问题的研究都是十分必要的。从南图本和南图藏《华国编文选》两书篇首序言看，《华国编赋选》似当成书于雍正十一年（1733），时孙氏为内阁中书舍人管司经局正字。南图本《序》后仅列“唐赋选”目录，也颇令人费解。孙氏雍正十一年《华国编赋选序》称“先刊赋百篇以问世”，与今日所见《华国编赋选》各本所录赋篇数相去甚远，因疑此书有严重阙脱，所记“两卷”之卷数当有误。

孙氏在《华国编赋选·凡例》中对此书编次及选赋义例作了十分详细的说明，其称：

古赋分汉魏以上为上卷，晋宋以下为下卷，次第俱依年代。唐赋则分应制及试帖为上卷，以其于声韵最严，所谓律赋者是也，亦如唐诗之五七言近体，应制者所当奉为科条。其余则自出机杼，犹之诗有歌行、五七古，故别为下卷，使各不相混。则读唐赋者了然于体格之分。至其时代亦略为编次，大约开元、天宝名篇甚多，自元和长庆而后卑靡薄弱，入选者甚少，亦犹选唐诗者，有初、盛、中、晚之分也。

显然《华国编赋选》当有“古赋选”与“唐赋选”两部分，各分上下卷。国图本上下两卷，所选全为唐代赋作，开篇选刘允济《天赋》《地赋》，次阙名《述圣赋》①，上卷共录唐赋37篇，下卷录唐赋23篇，合计60篇之数，从目录上看末有孙氏“再序”②，篇目似较完整，国图本与南图本所载篇卷相同，亦为60篇，西师本则计39篇。三本篇数皆与赋序称先刊“百篇”之数相违，也与《华国编赋选·凡例》所述编次略相矛盾。《凡例》云：“兹选荀子《礼赋》一篇以冠集，志其始也。宋玉以下，自汉魏六朝以及于唐，则据《昭明文选》《文苑英华》《唐文粹》诸本所载而评订之。”在《凡例》中明确提到《赋选》选录了司马相如《长门赋》：“如司马相如之《长门》，李白之《惜余春》等篇，皆有忠厚恻怛之意，故略存数篇以志。”（《华国编赋选·凡例》）今存《华国编赋选》确录李白《惜余春赋》，然荀赋、宋玉诸赋及司马相如《长门赋》等未见刊选，疑当编次于《古赋选》部分。

另据国图本、南图本及西师本的版式、字体等比较，当为同一版本。由于辑订装帧缘故，各有缺脱。国图著录《华国编唐赋选》二卷，页9行，行22字，双行小字，白口，四周双边，单鱼尾。版宽约14.3cm，长约18.6cm③。此编分上下两卷，上卷37篇，下卷23篇，据目录末有“沛村孙濩孙再序”一篇，然书末未见序文，此编当有缺脱。南图本所著录篇目篇数与此相同，无书末“沛村孙濩孙再序”，非完本。西师本题两卷，版宽

① 李调元《赋话》卷九云：“《华国编》不知偃作，而附入阙名”，其论当为谢偃作（李调元《赋话》卷九，《丛书集成》本，第83页）。

② 三本实未见“再序”的文字，疑当附唐赋卷后，古赋卷前，因两卷误裁，各断为单行之本，然因古赋卷失传而此文失之。因而误有将“再序”之名入于唐赋卷目录之末者。

③ 据国家图书馆网上馆藏目录查询信息载，此书为“9行21字，小字双行同白口四周双边单鱼尾，有眉批，朱墨笔圈点。”不知是误计还是国图另藏有《华国编赋选》不同版本，待查。

14.3cm，长 18.6cm（不计版缝宽 13.5cm，计版缝宽 14.3cm；长 19cm，内框长 18.6cm，天头边缘距版线 4.5cm），单鱼尾，四周双边，版心刻“华国编赋选”，页 9 行，行 22 字，有圈点，天头有评注。此书无目录，首录《华国编赋选序》，钦印“砺堂藏书”，次录《华国编赋选·凡例十则》，末署“沛村潆孙再述”，由孙潆孙之子孙黉、孙穀、孙中、孙乔年同校。上卷为 23 篇，下卷 16 篇。末为骆宾王《萤火赋》，较国图本和南图本上下卷都相差极多，下卷后当脱虞世南《琵琶赋》、李百药《笙赋》、韦成庆《灵台赋》、白居易《动静交相养赋》、李邕《春赋》、李白《惜余春赋》、陆龟蒙《书带草赋》7 篇；上卷亦有 14 篇阙脱。

依《序》及《凡例》所记体例，《古赋选》当为赋选之首，但据三本版式及目录推测，《古赋选》或当刊于《唐赋选》之后，具见下文论述。国图本馆藏题作《华国编唐赋选》，或据赋选目录所记，或因赋选保存实际情况。南图本与西师本都仅录唐赋部分，并阙古赋两卷，据《华国编赋选序》及三本所录赋目推测，古赋两卷篇数当为 40 篇，古、律两卷合为百篇之数。故今藏《华国编赋选》当著录为“共四卷，缺两卷”。《华国编文选》有清乾隆二十四年（1759）刻本，共 8 卷。

二、《华国编赋选》刊辑释疑

从序、跋、凡例等来看，初刊时《古赋选》与《唐赋选》并未同时刊刻。在《华国编文选》孙潆孙乾隆三年序中称：“潆孙才识庸浅，齿毛昏落，曩官经局曾刊《华国赋选》以问世，今者乞休归里，击壤林泉，欲更取两汉以来作者之文，分诏诰以下骈丽各体为若干卷，品骘而评论之。”[①]那么此期所刻《华国赋选》是否完整的四卷本呢？因其未标卷数，颇费猜测，从其文字叙述上看，似乎赋选刊辑整个工作到此期（乾隆三年）已告竣。

① 孙潆孙：《华国编文选序》，清乾隆二十四年刻本。

为进一步揭示“古赋选”阙佚之因，有必要了解“古赋选”刊刻时间及次第情况。孙濩孙《华国编赋选·凡例》称“古赋分汉魏以上为上卷，晋宋以下为下卷”，而“唐赋则分应制及试帖为上卷”，“其余则自出机杼”者别为下卷，对于古赋部分的具体编次及义例都作了较为详细而具体的说明：“兹编于古赋之首句或首联用韵者，即注明某韵，如一东二冬之类，或于首句用一东，次句用二冬，即于次句下注明‘冬通’之类是也。……唐赋亦照此例，其试赋限官韵者，平侧次序，初无定格，由四韵以至十韵而止，亦于首句韵脚之下注明官韵某字，以便观览。”（《华国编赋选·凡例》）一般“凡例”成于编撰之初或编成之后，具述义例法则。若成于辑成之后，则“古赋选”部分显然也当辑录告竣；而如果凡例成于选辑之初，孙氏在雍正年间已有并选古赋与唐赋的初衷，且对古赋卷具体编排义例都已有详细的腹计，如称“兹选荀子《礼赋》一篇以冠集，志其始也”。又谈古赋用韵，兼采《古今韵略》和《古今通韵》，其例甚详。在《凡例》中也有谈此书刊成经过：

> 是编古赋之评，皆余十年前设馆天长时卒业者。时亡男中亦授徒此地，因命其较正字韵，录成一帙，藏之箧中已十年矣。己酉备员中翰，专管正字，职守颇闲，拟欲选《华国》一编，聊免素餐，因被命督储，无暇及此。今年夏秋间，男黉、乔年请评唐赋授读，因于公余为之。适同学任君、翼圣同年、吴君仰洙、陶君稚衷、程君栗也，偶相质正，极蒙赞赏，劝付剞劂，苦于无赀，亦姑缓之。长男谷作令南康，闻有此帙，远寄俸金，以养厥志，因令梓人速成，就正有道。差期届满，嗣当评及诗文合成《华国》一编，以酬夙志。其实荒谬疏略颇多，内惭海内博雅君子不弃，老耄而教正及之，则余之厚望也夫。（《华国编赋选·凡例》）

从此段表述的语气来看，《凡例》当作于赋选全部工作告成之后，结合孙乔年跋及孙濩孙自序等，孙氏在雍正年间选辑并刊印了《古赋选》无疑，且前引阮元《淮海英灵集》录《大观楼晚眺》诗注亦可证有《古赋选》行世。但《古赋选》何以与《唐赋选》未同时刊印，此从孙乔年乾隆二十四年《华国编文选》后一段跋文中可窥端倪：

> 先君子之选《华国编》也，欲分诗、赋、文三集以问世，乃赋刊未半而以司任刑曹，寅入酉出，遂中辍焉。戊午致仕，由潞河南归，乔年侍奉舟中，先君子顾谓曰：“解组无事，惟选古自娱，吾归将古赋授梓。”后有事于文，以酬宿志，因检旧所评骈丽之体五十余篇，而作《序》一首以授乔年，曰：“此权与也”。归未半载，先君子遽尔见背，所遗稿本藏弆箧中廿余年矣。

由此明确三点：一是《赋选》的整个选辑工作于雍正十一年之前已完成。二是《古赋选》与《唐赋选》未一次性刊行。三是《华国编》体例宏整，欲辑诗、赋、文三集，“诗集”未终。其《凡例》所谓“因被命督储，无暇及此”，当是指雍正八年“庚戌督京右翼太平仓”事，故其于雍正十一年夏秋间全部《华国编赋选》辑录工作告竣，其《华国编赋选序》成于雍正十一年夏至（癸丑长至日），而《华国编赋选·凡例》有“今年夏秋间”及“沛村濩孙再述”之语，《凡例》当成于数月之后。同年（雍正十一年）始刊《唐赋选》部分，其刊行可能历时近半年。而《华国编古赋选》由于雍正十二年之后“司任刑曹，寅入酉出”而未及刊印，至乾隆三年左右才刊行。

按《赋选序》，其古赋当列《赋选》之首，且古赋卷本已在其天长设馆讲学时已录成帙，何以不先刊《古赋选》？此与孙氏选赋宗旨及乔年所请授读有关。孙氏选赋以合应制为目的，故以骈丽为宗，其在《华国编文选·例言》中就交代了选骈体为主的特色：“此《华国编文选》之独登偶体与韵语者，为应制而作也。应制未尝无散行，而骈丽为多。”① 从其独选唐文而不录宋体可以见出，其极为强调应制为宗的主旨，其谓：“其不及宋者，盖唐以诗赋取士，字栉句比，声谐律协，规矩裁制，无以复加。况今时应制之作律赋居多，尤当取法乎唐宋人，文赋未免矫枉过正，于律不合。”② 在孙氏看来，唐

---

① 孙乔年：《华国编文选·例言十七则》。

② 孙濩孙：《华国编赋选·凡例》。

赋是律体较好的代表，而宋赋趋近于文，这或许为雍正十一年先刊《华国编赋选》唐赋卷的理论体认和深层心理原因，而外在的推因则在于其子孙黉、孙乔年等请其评授唐赋。这种先后本来无关紧要，然因雍正十二年孙氏升职，公务繁忙，赋选刊印不得不暂停，这就造成了赋选版本、版次、流传等诸多问题。孙氏在甲寅（雍正十二年）被提升为刑部浙江司主事监，突因公务繁忙，“寅入酉出”，且此时孙濩孙年岁已高，故刊赋工作不得不中辍。而这一系列变故皆出意料之外，故在雍正十一年《序》及《凡例》中未能勘破，因此序例与该书刊存实况故或相违。其初刊题作《华国编赋选》，本欲包古赋、唐赋各卷，故序称古赋、唐赋两编。至乾隆三年孙氏归里，欲续刻《古赋选》及《文选》，《古赋选》与《唐赋选》便各成单行本行世，此从阮元《淮海英灵集》及《高邮州志》孙氏列传书目中可见。《古赋选》刊成后，又欲取两汉以来“诏诰以下骈丽各体为若干卷”[①]而成《华国编文选》，但其仅选评五十余篇[②]，未竟而卒。其后二十余年，其子孙乔年乃在旧评基础上增辑，并于乾隆二十四年刊《华国编文选》。

综合推定，孙氏《唐赋选》刊于雍正十一年，《古赋选》刊于乾隆三年左右，《华国编文选》刊于乾隆二十四年，《华国编诗选》未及刊辑。由于孙氏乾隆四年突然离世[③]，家人一时沉浸于悲痛之中，《华国编古赋选》因此未及大量刊印。之后其子乔年主要是为“继先君子未竟之志”，故成其未完稿《华国编文选》，加之孙黉、孙乔年曾“请评唐赋授读”，古赋相对而言，未有精审兴会之致，对唐赋反而更为欣赏，诸种原因或致未重刻再印《华国编古赋选》。孙氏初衷欲将唐赋与古赋合为《华国编赋选》，故乾隆三年《古赋

① 孙濩孙：《华国编文选序》。

② 今查《华国编文选》，广东省立中山图书馆本录“天心阁评”篇数23篇，国图本录“天心阁评”39篇，南图本（GJ/806930、GJ/16765）两种分别为44篇和46篇，另有单行本（GJ/807833）未及查证篇目，其为四册。南图本（GJ/16765或GJ/807833）较接近于全本。其46篇之数较接近“五十余篇”之数，孙乔年之语可信。

③ 孙乔年：《华国编文选跋》。

选》刊成后并未重新对《古赋选》作“凡例”之类，或有“再序”及跋语当保存于“古赋选”部分，今已不可见。被裁而成单行本后，无序及凡例等，可能在一定程度上会造成《华国编古赋选》的传播与接受远不及《华国编唐赋选》与《华国编文选》，加之刊印量少，从而渐至于没。南图馆藏“赋选”（唐赋）与“文选”合刊本也非孙氏（孙乔年等）所为，当为后来编者所串辍，此时《古赋选》或已失传。

第三节 《华国编》赋学思想

孙氏《华国编》包括“赋选”与“文选”两部分。按其初步规划，本欲“分诗、赋、文三集以问世”，然因诸种原因其期未果。孙氏《华国编》中所体现的赋学思想极为丰富，大致可以从三个方面与清初主要的几部赋选进行比较，这些问题也是清代赋学中讨论的热点问题。其一，“赋”与“文”的关系；其二，古赋与律赋的关系；其三，赋艺评点。孙氏将三者统合，又统驭于以应制为宗的选赋目的。

一、孙氏的“赋”“文”观念

在“赋”与“文”的关系认识上，孙濩孙较清初的赋选家更具创见。陆棻《历朝赋格》、赵维烈《历代赋钞》、王修玉《历朝赋楷》和费氏《雅伦》等几部清代早期编撰的著作均未明确论及“赋”与“文”的关系问题。陆棻在“文赋格”和“骚赋格”概不入选《吊屈原文》（又作《吊屈原赋》）、《七发》之类似文而实赋的作品，基本上与王修玉、赵维烈、费经虞、陈元龙等早期选赋者相同，将楚辞和七、九之类赋体及非赋名篇的作品排除在赋选之外。

不过，陆氏单列骚赋一格，虽不取楚辞中作品，却可以明显看出他在对待楚辞体与赋体之间的关系问题上，是认同汉人赋、骚同体的观念的，这在

《赋格 · 凡例》中也有详细论述[①]。陆棻选赋来源之一虽为宋元人文集[②]，但陆氏认为赋与文还是有差别的[③]，在对待赋与文的观念中，陆氏并不认同宋元人将赋归入“文”的做法，但又未能提出像孙濩孙一样的赋、文观念论。

宋元人的“文”是一种大概念的文体观，孙氏有所继承，但又有自己的创见。他借鉴《昭明文选》《文苑英华》等编排体例，但文体观却并不全同于萧氏和宋人。萧统《文选》将赋、诗、骚、七、设论等归为“文”，统其一书，后来在选文活动中进一步强化“文”这种大文体观。但唐宋以来科举中的“杂文”观念，却内含了“文”的纯文学和美文性质。当时所谓“杂文”考试，乃在于除开以诗、赋考试文学才能的主流考试外，还杂有论、策、赞等非文学性考试，故称之为“试杂文”[④]。“文”的文学性特色，实际也是“文”的本义之一，东汉许慎《说文解字》谓“文，错画也，象交文”[⑤]，其义就是揭橥“文”(纹）的本义。不过唐宋以后大多数文选文集并没有勘破这种内涵，而是将“文”泛化和扩大，出现所谓韵文、散文的分途。甚而至于明清以来，“文”更趋近于指那种散体和句式非整的文章体式，而与孔子《文言》修辞旨趣和许慎解“文”之本义背道。不过，就赋、文之间的这种特殊演变关系，从孙氏《赋选》和《文选》的选篇情况来看，他既带有当下的视野，又给予历史的眼光，透视到了赋与文的体例和内质的异同。

孙氏拟选赋、诗、文三集，其中首列“赋”选，足见其对赋体文学的重

① 陆棻云：“夫子删《诗》，而楚无《风》，后数百年屈子乃作《离骚》。《骚》者，诗之变，赋之祖也。后人尊之曰《经》，而效其体者，又未尝不以为赋，更有不名赋而体相合者，说详祝氏《外录》。余谓枚生《七发》，乃赋之最佳者，后人仿枚，辄名曰‘七’，无稽之言，每为捧腹。”

② 《历朝赋格 · 序》：“孝廉曹民表又出秋岳先生所聚宋元人文集贻余，入选乃洋洋乎大观矣。”

③ 陆氏认为：“敷陈之辞，命之曰赋，学者祖焉，其体闳衍纡徐，极诸讽颂，虽句栉字比，依音馨缛藻缋，而疏古之气一往而深，近乎文矣。”（《历朝赋格 · 文赋格小引》）此“文”已具有散文体概念，“赋”与之相别，但又有一定关系。

④ 具体参见何易展：《试赋取士肇始新辩》，《西南大学学报》2009 年第 4 期。

⑤ 许慎：《说文解字》说文九上文部，中华书局 1963 年影印本，第 185 页上。

视。选篇虽以应制为宗，但“文学性”却是选篇的主要倾向，这与历代应制考试往往考察士子文学和经术两途相一贯。赋包轹文学与经术，历为学者所道。汉代实行“罢黜百家，独尊儒术”，赋家与经学家身份开始融合，大部分赋家兼有经学家的身份，同时经学家大多也以赋体来表现经术之才，如扬雄、班固、张衡等皆可算是身兼双重身份者。如司马相如从其《封禅文》等来看，显然不乏经术治用之才，其曾谕使南国，可见远非可以一般的文学侍从之臣而概其身份。此外，从楚骚、汉赋，甚至唐赋等作品来看，其中赋所涉用经、史之典故尤多，远非一般的肤泛之论。清刘熙载曰：“赋兼才学。才，如《汉书·艺文志》论赋曰：‘感物造端，材智深美。’《北史·魏收传》曰：‘会须作赋，始成大才士。’学，如扬雄谓：‘能读赋千首，则善为之。’”① 又称：“才弱者往往能为诗，不能为赋。积学以广才，可不豫乎？”② 清曹三才《历朝赋格序》亦云：“经术之内，词赋出焉；词赋之内，经术存焉。”③ 可见赋与经学及文学的密切关系。宋代以来的策论或明清的制举，不过是将赋的体制、语法等换个名称，并不能完全摆脱赋体艺术的影响。这已足以证明赋在容受文学与经术才能方面的长处。或许如此，赋才成为孙氏厘编选集的首成之选。当然，这也已有萧梁以来所开肇的“首赋”“宗赋”的选文传统。

在孙氏的观念中，所谓“文”之指称带有魏晋以来“有韵者为文”④ 的深刻影响，而且孙氏对文体的归类多有寻溯本源、化繁就简之意。《华国编文选》以应制为编选目的，虽以事用为选文目的，故其以事用之名立类则较为烦琐，如其中所涉符命、策文、诏、制、玺书、敕、德音、批答、铁券、策问、谕祭、疏、札子、状、表、乐语、雅、颂、碑、铭、戒、箴、赞、序、令、教、笺、启、书、记、论、杂著、移文、弹文、檄、牒、露布、设

① 刘熙载：《艺概》卷三，上海古籍出版社 1978 年版，第 101 页。
② 刘熙载：《艺概》卷三，上海古籍出版社 1978 年版，第 101 页。
③ 见陆棻：《历朝赋格》，《四库全书存目丛书》第 399 册，齐鲁书社 1997 年版。
④ 刘勰著，范文澜注：《文心雕龙注》卷九《总术篇》，人民文学出版社 1958 年版，第 655 页。

论、诔、哀辞、墓志、吊文、祭文、骚、辞、歌、七、问答、连珠等达 49 种体式，但显然孙氏并不将其视为 49 种文体。如其中录司马相如《封禅文》、扬雄《赵充国颂》、贾谊《吊屈原文》、王勃《为人与蜀城父老书》、东方朔《答客难》、扬雄《解嘲》等就被孙濩孙概视为“诗赋体”[①]，这与近代学者的观念可谓不谋而合。《华国编文选》中所收各体孙氏自认皆是“偶体与韵语者”，且亦可通“谓之诗赋体”。如其收“弹文”一类载《成相》，卢文弨等认为荀子《成相》“即后世弹词之祖”[②]，唐代杨倞《荀子注》认为《成相》“盖亦赋之流也”[③]。《汉书·艺文志·诗赋略》“杂赋类”收《成相杂辞十一篇》，可见汉人即以《成相》为杂赋。孙濩孙此种对文体文用的归类明显又是有所参鉴和依据的。

在对待赋、颂的关系上，孙氏将扬雄《赵充国颂》也是视为赋体无疑的。这与张惠言将董仲舒、马融等的《山川颂》《广成颂》《长笛颂》等纳入赋体同其主张。虽然汉代明显是将这些颂体视同赋体，但其后《文选》等分体选文，使赋、颂愈相区别，即便偶有持赋颂同体的明辨之士，惜终未成主流之见，选文家亦罕予采信。清代作为复汉赋颂同体观念之启蒙，在赋学理论上颇有创树，至近代学人更总结过往学术，一承清人余论，乃将一些非赋名篇的汉代文章归入赋体，至如《答客难》《解嘲》等，近人马积高先生等就认为这类作品就是赋体[④]。郭维森及许结先生著《中国辞赋发展史》称：“东方朔《答客难》及一系列模仿之作，《文心雕龙》归入‘杂文’一类，而其形式与赋亦无大差别，也可看作是赋化的文章。至于颂、箴、铭、诔、哀吊、论说等等，在古代文体分类中，本来各有特点，各有

---

① 《华国编文选·例言十七则》：“此《华国编文选》之独登偶体与韵语者，为应制而作也。……且应制之体，诗赋为先，诗赋无不用韵，无不用骈，故此选亦谓之诗赋体，非是二者概不登入。”

② 荀子著，王先谦解：《荀子集解》卷十八，中华书局 1988 年版，第 455 页。

③ 荀子著，王先谦解：《荀子集解》卷十八，中华书局 1988 年版，第 455 页。

④ 马积高：《赋史》，上海古籍出版社 1987 年版，第 79、91—97 页。

要求，然而在辞赋的影响下，也每有脱离规范接近赋体之作。”[①] 赵逵夫先生认为《对楚王问》《赋篇》《成相》《橘颂》《遗春申君书》等都属赋体，“就《楚辞》中有关篇章而言，虽无‘赋’之名而实具赋之基本特征。”[②] 但这些论析尚未对汉代赋颂同体的文学史况廓清源流委变之迹，从而也无法更深层次揭示汉代文体普遍赋化的状况。当然，孙氏将“颂”及其他诸体归入赋类，可能比较符合先秦文体分类未细前的状况，这对清代赋源说的重新思考是颇有教益的。

先秦两汉诸文体因素皆有兆萌，然文体分类绝无齐梁以后烦琐，后代以事类为据的文体分类方法本身就缺乏科学性和系统性。孙氏尽管于《华国编文选》选录各体，但从文体学的视野来看，其有返璞归初之义。孙氏最初拟选赋、诗、文三集，而《华国编文选》中又罗列诗赋体，似颇有逻辑设置上的矛盾。然细究选篇，孙氏于《赋选》中仅选以赋名篇的作品，而于《华国编文选》中实选非赋名篇的赋体或诗体作品[③]。由此我们就不难明确，在孙氏看来，“赋”与“文”并不是相排抵的两种文体，实际上“文”是应包括“赋”这种韵文的。这有点似回溯先秦“文”之本义的余味。刘师培就称“古人诗赋，俱谓之文”[④]。从孙氏选赋选文的编选《凡例》来看，“文”同时也并不排斥散体之文，只不过他所采选为应制目的，故独选偶体与韵语者。

当然，《华国编文选》将楚辞明确地归为赋体，谓“《离骚》为词赋之宗”[⑤]，这与清初的赋骚观念大体一致。清钱陆灿云：“凡《卜居》《渔父》《天问》《招魂》《楚辞》皆谓之赋。”[⑥] 清陆棻云：“后数百年，屈子乃

① 郭维森、许结：《中国辞赋发展史》，江苏教育出版社 1996 年版，第 116 页。

② 赵逵夫：《赋体溯源与先秦赋述论》（上），《辽东学院学报（社会科学版）》2008 年第 3 期。

③ 某些铭、赞实属诗体韵文。其句式整练，所谓“结言短韵”者。

④ 刘师培：《论文杂记》第十四则，人民文学出版社 1984 年版，第 126 页。

⑤ 孙濩孙：《华国编文选・例言十七则》。

⑥ 钱陆灿：《文苑英华律赋选序》，康熙二十五年（1686）吹藜阁原刊本。

作《离骚》,《骚》者，诗之变，赋之祖也。后人尊之曰‘经’，而效其体者，又未尝不以为赋。”[①] 清王修玉《历朝赋楷》亦曰：“楚辞源自《离骚》，汉魏同符古体，此为赋家正格。”[②] 从源流正变来看，赋、骚关系极为密切，虽程廷祚著《骚赋论》，或被人视为清代主张赋、骚异体的代表，然剥其表征而详其指实，其称屈宋为“词人之赋”，而所谓赋与骚异之言实为“或曰”之辞，即赋骚异体并非程氏本人所持之观点，《骚赋论》其后大段为质斥“赋与骚异”之批评。刘勰《文心雕龙》虽有《辨骚》与《诠赋》二篇，然所叙亦贯论二者相生之所由，其后祝尧《古赋辩体》、徐师曾《文体明辨》等也未尝不以楚辞为赋。不过，清初大多赋选家往往将赋、骚分选，其单选楚辞类作品，一方面或许受萧统《文选》独分二体的选文体例影响，另一方面实受清初欲突显《楚辞》尊崇地位而造塑经典的时举之法的影响。王之绩《铁立文起》“扬屈抑马”便是其一显例。然孙氏在赋选中不取《楚辞》屈宋作品，其理由则颇别致，他认为：“《楚辞》屈宋自须全读，无可去取，又皆汉以前作，故不入选，而以淮南小山之词始焉。”[③] 此既解释了其理论与选赋实践并无相悖，暗示此举为依循其以应制为主的选赋宗旨，而且某种程度上还暗蕴了选家“宗汉”的倾向。当然楚辞作品多为抒情写志之作，多有南方巫风背景，与应制似相游离，其在“辞”类首选淮南小山之作，与应制目的极为贴切。淮南小山之词一方面作为侯国侍从之臣有应命制作之虞，另一方面也呈现出诗、赋兼容的特征。汉初始以献赋为制，逐渐发展为后来隋唐的考赋制，这种选赋编排也体现了“赋”融文学与经术的赋史发展观和强烈的“应制”文编宗旨。

在《华国编文选》卷八收有骚六首、辞三首、歌一首、七一首、问答

① 陆棻：《历朝赋格·凡例十三则》,《四库全书存目丛书·集部》第399册，康熙二十五年（1686）刻本。

② 王修玉：《历朝赋楷·选例九则》，康熙二十五年刻本。

③ 孙濩孙：《华国编文选·例言十七则》。

一首、连珠二十二首，这些基本上都被视为有韵之文。其中如刘安《招隐士》、陶潜《归去来辞》、枚乘《七发》、贾谊《吊屈原文》等，便为大家公认的赋体，只不过非赋名篇而已。《华国编文选》主要就选《华国编赋选》中未能选及的“非赋名篇”而实乃赋体的作品，又可视之为对《赋选》的一种补充。孙氏在形式上似乎区别了赋与文的差异，但同时又在选赋实践中适当地展现了他对赋、文的内质共性及其美文内涵的理解。他认为所编的《华国编文选》就是“独登偶体与韵语者”，这些都是合于应制的作品，但却又是极能体现才学的应情应性之作，因而称“台阁文章非驴背、奚囊、郊寒、岛瘦者可比”①，即那种苦吟久炼之作虽然可以算作文学作品，但却并不能等同于才情之作，也不合于应制的即兴成篇的要求。观历代科举应制，确以诗赋为先，其次才是试诸“杂文”。《华国编》欲辑诗、赋、文三集，其实质还是在于选其能适情应性的文学之作。其《华国编文选·例言十七则》云：

> 制作至今，曰称极备矣。操选政者，欲以尺寸之书，罗括《左》、《国》、《史》、《汉》、魏、晋、六朝、三唐、两宋、元、明之文，何怪挂一漏万？此《华国编文选》之独登偶体与韵语者，为应制而作也。应制未尝无散行，而骈俪为多，盖台阁文章非驴背、奚囊、郊寒、岛瘦者可比。且应制之体，诗赋为先，诗赋无不用韵，无不用骈，故此选亦谓之诗赋体，非是二者概不登入。

孙氏选文选赋都强调应制，但在应制中又内含文学性之要求，这也成为赋、文辨体的最重要因素。他认为赋与文的异同主要表现在：二者名异而质同，体同而用异。二者的内质相同主要在于文学性的表现方法相同，其因赋与文都有趋近于“诗”之因素，故其称“赋之自诗而文者，复约文而近于诗”②。梁元帝《金楼子·立言篇》云：“屈原、宋玉、枚乘、长卿之徒，止

① 孙濩孙：《华国编文选·例言十七则》。

② 孙濩孙：《华国编赋选序》。

于辞赋，则谓之文。今之儒，博穷子史，但能识其事，不能通其理者，谓之学。至如不便为诗如阎纂，善为章奏如伯松，若此之流，泛谓之笔。咏咏风谣，流连哀思者，谓之文。……至如文者，维须绮縠纷披，宫徵靡曼，唇吻遒会，情灵摇荡。"① 显然，"文"同样有近诗近韵近情的一面，这也是"文"之原始本义。孙濩孙既看到了魏晋至隋唐以来"文"观念中的诗赋性质，又不能完全忽视宋明以来以"文"兼"文章"（笔）的含义，故其以"诗"（偶语与韵语）为桥介者，乃以此形象地体现二者趋于文学性之内质共性。孙氏对赋与文的关系体认，不仅展示了他对赋史发展之迹的梳筋辨理之才，也巧妙地揭示了古、律赋体互生互融的内在逻辑。其谓"赋之自诗而文者，复约文而近于诗"昭揭赋体发展的两个大的历史时段，"赋之自诗而文者"正是赋由"古诗之流"变而为"文"，即为古赋的时代；而"复约文而近于诗"则为由古赋变为律赋的时代，此以唐宋为界。这不仅揭示了赋史发展的规律，也形象地展现赋与文二者在音韵与句式方面的外在要求，这在他对古、律异同的辨解中又得到进一步阐发。

二、孙濩孙对古、律异同辨疑

在赋体古、律观念上，清初赋选家主要通过他们的选篇实践与凡例、序跋等来凸显其赋体古、律观念。《华国编赋选》之先，清初康熙时期有私修之《历代赋钞》《历朝赋楷》《历朝赋格》等总集性质的赋集，其刊辑基本上在同一年（1686 年），其中虽古、律皆收，然已暗潜古、律竞胜意识，此期甚至有专选律体的钱陆灿《文苑英华律赋选》等赋选集。其后御定官修《历代赋汇》（1706 年），为一部集大成的赋总集，自然古、律兼收。

清代虽基本上赋学力主复古，但因科举应试八股文制作与赋体关系极为密切，为应制便学的目的，他们又不得不专力于律体选录、研究与

① 萧绎：《金楼子》卷四，清知不足斋丛书本；另见《景印文渊阁四库全书》第 848 册，第 853 页上。

探讨。

首先在古、律与应制的关系认识上孙濩孙颇有卓识。清初赵维烈《历代赋钞》录赋约248篇（共32卷），至明代赵东曦《西园桂屏赋》止。选宋玉赋4篇，汉魏赋31篇，另晋宋六朝赋39篇，唐赋74篇以上，宋至明代赋作100篇。王修玉《历朝赋楷》收174篇，其中汉魏赋仅11篇，晋宋六朝赋18篇，而唐赋则达到60篇，宋至明代赋37篇，还收有本朝赋作44篇，对律体比较重视。陆棻《历朝赋格》收汉魏赋105篇，仅唐赋则达136篇，其将赋分为三格：文赋格、骚赋格、骈赋格。其所选文赋与骚赋虽主要属于古赋体，但陆氏却是极重唐律的宗范意义，陆氏谓："是集之初，仅拟选唐赋百篇，后乃推而及于历朝，广而合于各体。"（《赋格·凡例十三则》）可见陆氏初衷以选唐律为主，其与孙氏初选古赋、上法汉魏的初衷是大不相同的，虽然这些选家大多都本着"应制"为宗旨，然其古律正变或偏胜之观念却是互异的。《华国编赋选序》及孙乔年跋语称孙氏"解组无事，惟选古自娱"，其检骈丽之体五十篇，实多汉魏古体，其中可见对古赋体的崇尚。《华国编》"古赋卷"的编辑早在与其子孙中设馆天长时就已开始，其早期讲学当多以古赋为法例。孙氏窥奥极深，深明古、律不是应制的本质特征，应制也绝非以古、律相区分，古、律二体都有合于应制的。他认为"应制未尝无散行，而骈俪为多"①，故其所选唐律与古赋之比例基本上为四六开，由此可见其以古偏胜而犹有融古入律的倾向，这为晚清赋学以古入律已开其端。

其次，在"应制"与"文学"的关系认识上，孙氏也表现出自己的颖思独见。综观历代，"应制"的目的本以考察"文学"为任，当然此所谓"文学"包含文章与学术，但就文学发展史观来看"文学"却正是统驭赋体之古、律的缰辔所系。王修玉等选赋古少律多，实多出于功利目的，这从其《赋选

① 孙濩孙：《华国编文选·例言十七则》。

序》和《选例九则》即可看出。王氏虽称汉魏古体为“赋家正格”，但却又生出种种理由将一些名篇弃而不选，如《九歌》《九辩》《大招》、荀子《成相》等楚辞类和非赋名篇作品，以及贾谊《鹏鸟赋》、孙樵《大明宫赋》、苏轼《赤壁赋》、张衡《二京赋》、左思《三都赋》、王延寿《灵光殿赋》《景福殿赋》等诸多名篇概不入选。王氏选赋宗旨貌似与孙氏“应制为宗”相契，但在文体观上却与孙氏迥乎各异。孙濩孙虽讲文学的应制功用，但在厘清应制功用中又贯注了一种历史观和文学史观，此从前述古律赋体“近文近诗”的演变之迹已可见之。由此视野，他认为古、律的文体之变本根并不离弃“纯”文学性之观念，他将文学与经学可谓极好地加以统驭，这也与其深厚的经学背景颇有关系。相较而言，王修玉等则更多地从现实功利出发，其选汉魏赋不过 11 篇，加晋宋六朝赋共 30 篇，唐律 60 余篇，选汉唐诸篇不过是应合“历朝赋楷”之名，其所选唐以后赋作达 80 余篇，国朝赋则 44 篇以上，其谓：“遍观历朝，惟唐人应制之赋为合，是以登选略多，然而篇章之中完浑者罕。兹集所录，虽限韵之体，必备起讫转合之方，即俳比之辞，务辨谐声叶格之法，作者欲为唐制，似宜取为准绳。”（《选例九则》）王氏甚至于书首即录御制赋，这种功利性堪称露骨，因此在一定程度上影响其选赋的文学性取向，其虽称“赋楷”，然其所选之作的楷范作用甚为可疑。王修玉对“赋”与“文”的关系未有深论，选本中也未收录任何非赋名篇的赋体作品，而那些抒情壮彩的有感之作则寥寥可陈。通过这种简单的对比，我们即可看出在处理以“应制”为宗的选赋目的和对待应制与古律关系问题上，孙氏又可谓见识高远。

再次，孙濩孙《华国编赋选》虽在形制上分编古赋与唐赋卷，然从其《序》和选篇情况看，其赋学思想实执古律相融的观念。分古、律各卷编辑的形式，与康雍时期博学宏词之选渐重骈丽之体或有关系，当然分体编选也便于评选讲辑。孙氏择选体近于诗赋者，而且认为从赋体之源流看，赋有“赋之自诗而文者，复约文而近于诗”的兼诗兼文的文体特点，这恰又是与王之绩所谓赋“非诗非文”[①]之说可谓相对立者。不过，孙氏的观点明显更符合赋体源流正变的文学史观，较简明地揭示了赋与诗与文的源流关系，这可以说为清代赋源诸说开其法门。孙氏赋体“兼诗兼文”与王之绩的“非诗非文”说成为近人对赋体最为常见的界说[②]。孙濩孙认为：“后人妄分古赋、律赋，不知异流同源，其揆则一。”[③]而所谓古律之分实又由近诗或近文而分，故孙氏对古、律观念实际与他对赋的诗、文性质认识有莫大关系。孙氏认为古赋与律赋的分派并非以时代为界，这可能也是与当时大多数赋学者的观念不同的，而实际上这种理论分析却正好能够解释何以自楚汉至清代皆有所谓“古赋”创作的情况，也正是基于此，他进一步认为古、律二者有着同源共因。

古、律赋体的形态差异和内质统一性突出地表现在用韵与句式的异同。孙氏对古、律二赋的统与分，可以说完全从文体自身审美和文学发展的历时性视野出发，而突破一般意义的时代正变之说，“正变”只是外在形态的一种表现，然就文体内质却不因时变而变，此可谓会通之见。这从他对古今赋体句式与用韵的比较上已可窥其一斑。基于此，他将别为“骚”体的楚辞视为赋；既将“赋”与“文”掘发出相联系的因子，又能将赋别出于“文”外而加以突显。古、律自身的审美原则可以说就是“诗”与“文”各因子在赋中的比例呈现，而这种呈现又外化和契合于“韵”与“句式”。孙氏认为所选“诗赋体”皆有韵，即便古赋似乎不用韵处，实际上也多采用“叶韵”，他称：“古人用韵最宽，每见读古赋者，苦于韵不相叶，由于未娴通转之例故耳。”[④]孙氏《华国编赋选》为破古、律之固执，于古赋亦标明用韵[⑤]，不同于一般选本仅标注律赋用韵，其意在探明古、律异同明矣。孙氏采用叶韵

① 王之绩：《铁立文起》，《续修四库全书》第1714册，第319页。

② 陶秋英《汉赋之史的研究》云：“赋之为体，非诗非文，亦诗亦文。”王力、褚斌杰、高光复、曹道衡等先生也都认为赋是“介于诗和散文之间的文体”（曹道衡《汉魏六朝辞赋》）。

③ 孙濩孙：《华国编赋选序》。

④ 孙濩孙：《华国编赋选·凡例》。

⑤ 见孙濩孙《华国编赋选·凡例》说明。

的标注评点法，一在明古赋亦合于应制，非不能见气质、文才、声韵之美；二在明古、律有用韵之共性，以印证其古律契合之见。《华国编古赋选》中具体古赋用韵标注已不可知，但于《华国编赋选·凡例》可窥一斑：

韵之通叶，皆遵邵子湘《古今韵略》，其未备者，则兼采毛西河先生《古今通韵》。又古赋间有数行不用韵者，窃尝疑之，及阅《通韵》有云“不必强叶者，如赋颂本歌文，然犹有《子虚》《两京》多散行处”。余由此类推，如唐人李华之《含元殿赋》亦多有此。又按古赋不用韵处仍用排体，如班固《东都》“且夫建武之初”一段，三联用“也”字煞脚，二联用“焉”字煞脚，又或每段束一单句不用韵，而其句法亦必相对，如《闻随侯西岳望幸赋》“此圣人之文教也”“此圣人之武功也”等类可见，古赋体虽不整齐处仍有整齐。①

其古赋用韵与“赋者古诗之流”说或有因契。孙氏对古赋用韵慧识独见，他兼采清代音韵学成就，认为古、律皆有用韵之共性，故对宋人“一片之文”② 的文赋颇有微词。此外，他认为古、律的共性还在于句式的通转，他认为古赋不用韵处仍用排体，且“古赋体虽不整齐处仍有整齐”，批评宋人文赋“通篇句法长短参差，读者一目数行，竟似散文，都无骈偶，但押以一二韵脚”，“不但乖唐人律令，并失汉魏以来古赋之体”。③ 显然其意在强调古、律都有法度，而且古赋并非全篇皆散行，这正是“赋者古诗之流”④ 和“诗赋之学，亦出于行人之官”⑤ 的诗、文孑遗。同时又批评宋人意在创立不同于唐律的“文赋”，刻意摹古，但却未通古、律之间的共

① 孙濩孙：《华国编赋选·凡例》。

② 祝尧：《古赋辩体》卷八，《景印文渊阁四库全书》第1366册，台湾商务印书馆1986年版，第818页。

③ 孙濩孙：《华国编赋选·凡例》。

④ 班固：《两都赋序》，《文选》卷一，上海古籍出版社1986年版，第1页。

⑤ 刘师培著，舒芜校点：《中国中古文学史·论文杂记》，《论文杂记》第十四则，人民文学出版社1984年版，第126页。

性共质。从用韵和句式上的细致发覆，确乎可以找到古、律二者之间的关系，这种探究的精神与其《檀弓论文》中就历代对孔子出生之争的质疑精神是一致的。

三、孙氏赋艺评点与汉赋批评

清代由于考赋之兴，赋艺评点类著述撰钞尤多，其所涉赋学理论思想也极为丰富。孙濩孙《华国编》赋艺评点成就突出地表现在他的《序》《凡例》及具体篇目的鉴析中。孙氏该书是清初几部较有特色的赋学评点著作之一，既有己评新见，也有引述前人评点，《华国编文选》引钱陆灿（钱湘灵）之评就较多。钱氏有《文选》评点本，也选有《文苑英华律赋选》，对孙氏古赋和律赋的评点都有影响，《华国编》评点对清代评点学、赋学理论以及文选学研究都有重要的文献史料价值。

《华国编》对古赋的评点具体情况因《古赋选》的亡佚而未可详鉴，然《华国编赋选》赋艺评点的精妙却可以在唐赋批评中得以瞻示。单从《唐赋选》来看，此书于天头、地脚、篇末或行间之评点圈注尤详，或从点题、布局、警醒、赋法、用韵、总括等角度之评析，许多赋篇天头批注极多极密，如《含元殿赋》《有事南郊赋》评点等。兹录杨炯《老人星赋》评点如下：

> 开首“赫赫宗周”行天头注：“从政令说起，见感召天象之由，开局弘整得体。”
>
> 又“配神山之呼万岁”行天头注：“叙题后将‘老人’二字略一点辍。”
>
> 又“经始灵台”行天头注：“引据明确阔大，与起结处照应。”
>
> 又“欣北极之康哉”行天头注：“详写观星者欢忭祝庆，是以赋作颂正意。”
>
> 又“窅然汾水之阳”行天头注：“贞明贞观，推开一步，说出天人合一之理，是一篇肯綮处。”

又“东井连珠”行天头注：“末段用两层倒衬。”

又“元之又元”行天头注：“结处颂不忘规，仍与起应关锁严紧。”

赋末评曰：“赋‘星’苦于泛，粘定老人，近于纤文，以‘化平主昌，天下多士’二语作骨，前后从大处发论，不仅以刻画雕琢为工，乃应制正体。此唐赋之胜于六朝者也。”

杨炯《浑天赋》天头亦不下10余条评注，其末评亦从结构、文气、赋法等角度探讨，并进一步提出与前人如《历朝赋格》所评析结论不一样的解悟。李白《大猎赋》天头有18条评注，其赋末评析亦从命题之意、脱胎之源、鉴借之法、裁汰之由等角度启微著知。

孙氏对他的赋选评点之法在《凡例》中有较详细的说明：

兹编凡于点题及每段，以一二字为纲领。又如地里（理）、山川、宫殿名目，凡须标出者用尖圈；其通篇注意、结穴、关锁、照应处，用连圈钩连；映带、描写、刻画处，用连点；段落界画处，用横勒。总期阅者豁然心目，不敢滥觞，庶免濛混。至于节奏之铿锵，气度之冲融，与夫坚光厚响，异彩奇英，是在读者流连讽咏而得，并非评注所能详，又岂丹铅所能尽哉。①

评点毕竟不同于专论，因而就单篇文章的评点来看，评价并不一定全面，确如孙氏所谓“非评注所能详”，其评点实多为孙氏“流连讽咏而得”。其评王勃《寒梧栖凤赋》云：“威凤之德辉，高梧之清韵，一栖之中尽可雕绘，使之尽态极妍。高手却吐弃一切，单就择木之情，以况择主之意，竟将圣贤胸坎中物，曲曲传出，言简而旨远，味淡而神腴，的是初唐手笔。”②简练数笔，便将王勃此赋涵蕴之义揭发无遗，与其评此赋“‘情’字，一篇之眼”前呼后应。孙氏评刘允济《天赋》曰：“天之大，从何处赋起，观开口用‘臣闻’二字，便知其意，乃对扬休命也。前幅赋天，层次分晰，而语意简括；

① 孙濩孙：《华国编赋选·凡例》。

② 见孙濩孙《华国编赋选》之《寒梧栖凤赋》评注。

后幅乃极铺张扬厉之致，然所云‘察文明而降祥瑞’、‘载光道德’诸句，已暗为后半伏脉，真有草蛇灰线之妙。至于人事之理乱昏明，与天命之成败兴亡，相感应处，俱在泛论处并说。及归功有唐，则专就‘休祥’上敷陈，又得对君之体，巨识宏裁，冠冕今古。”[①] 这些评点对结构、体制、章法、内容等皆有涉及。

在《华国编文选》中几乎每篇皆有评点。其评司马相如《封禅文》曰：“《文心雕龙》曰：相如《封禅》，蔚为唱首。尔其表权与，序皇王，炳元符，镜鸿业。驱前古于当今之下；腾休明于列圣之上。歌之以祯瑞，讚之以介丘。绝笔兹文，固惟新之作也。”此处以刘勰《文心雕龙·封禅》篇论相如《封禅文》以附，足见其对此文“唱首”之功和“绝笔”“惟新”之叹，其暗寓此文之价值已史有明赞。故继而引明清之际著名学者钱陆灿评：“钱湘灵曰：规模自《仲虺诰》《伊训》诸篇来，中间铺叙处仿佛如赋，为后世颂圣之祖，是天地间有数文字。”其不但论评《封禅文》之源流，并及此文与赋之关系点提释疑。孙氏评曰：“告成功于天、地、神，勒之金石，以垂不朽。符命之作，自此而始，缛采惊人，鸿声厉响，高文典册，用相如，真不可无一，不能有二者也。登弁斯集，用标华国嘉名。”[②]（《华国编文选》卷一）其对《封禅文》的价值肯定也从侧面可足证他对汉代古文古赋的褒赏。

在《华国编文选》中有不下 23 篇附有“天心阁评”语，“天心阁评”当为孙濩孙评论。在其子孙乔年《华国编文选·例言十七则》中有明确交代，其云：“今除《文选》所载诸篇，家有其书，无烦赘注外，凡有词故艰深者，附考于后。他若释韵便读者也，然一见了然者则从略；辑评尊前贤也，然妙于语言者始载登。凡先君子所论识者，则加‘天心阁评’字以别焉。”[③]

① 孙濩孙：《华国编唐赋选》卷一。

② 孙濩孙：《华国编文选》卷一，清乾隆己卯刻本，页三。

③ 孙乔年：《华国编文选·例言十七则》，见《华国编文选》，清乾隆己卯刻本。

孙濩孙评扬雄《赵充国颂》曰："（天心阁评）引周宣比汉宣，方召比充国，功业适当，而兹颂亦不减《车攻》《吉日》，雄文好奇，惟此正大和平，所谓'易奇而法，诗正而葩'者，殆两得之。"又云："天子思将帅之臣，追美充国，原因平西戎之功而然，扬雄奉命，对画图而作颂，亦宜专就征西戎一事而言，不比作充国论赞，有抑有扬，亦不比碑铭墓志，当隐括生平也，兹颂最为得体。"①（《华国编文选》卷三）孙氏对此文特点给予了深刻揭示，不但对赋法、文法、结构，甚至风格等都有评析，在心悟与比对之法中尤见器识与功力。其评扬雄《解嘲》，则先引钱陆灿语云："（钱湘灵曰）仿《客难》体，而气苍劲，词精腴，姿态更横溢，可谓青出于蓝。"从"文气"说的角度给予《解嘲》以较高的评价，而孙氏云："文之华艳极矣，而质实处自在，故异于后世之肥皮厚肉、柔筋脆骨以为文者。"②（《华国编文选》卷六）孙氏则从另一个视角审视，并以皮肉筋骨之比而寓批判，他认为《解嘲》文质并具，文极华艳而又不失质实，比后世腴文者倍胜。其所谓"肥皮厚肉""柔筋脆骨"则明显亦落脚于从文辞之华美与辞气之苍劲两个视角的对比。

又如其末评贾谊《吊屈原文》曰："（天心阁评）感今叹昔，是《吊屈原》，又似自吊，一种缠绵之意、低徊之情，萦绕迷离，纯是楚骚声调，真令千古放臣逐子一齐恸哭。吊与祭文不同，祭则专主其人，吊则就其人与事而推广言之，须有手挥目送之妙。"（《华国编文选》卷七）此评极重赋体情辞之妙，而且分析了吊文与祭文之不同，辨析入理，如"手挥目送"之妙就暗陈似隐而实见，似见而又实隐的似离未离之感，即巧妙地揭橥"吊文"在处理"专其人"与"推广言之"之间的微妙处，此诚为心悟之境界。其评东方朔《答客难》先引钱陆灿评："有形容，有咏叹，意味隽永，波澜壮阔，行文在骚、赋、论说之间。"而末评又云："规橅宋玉《对问》，而加

① 孙濩孙：《华国编文选》第二册卷三，清乾隆己卯刻本，页九。

② 孙濩孙：《华国编文选》第三册卷六，清乾隆己卯刻本，页二十七至二十八。

以铺肆之功，雄辞劲气，的是西汉文字。”①（《华国编文选》卷六）此不但陈示了钱氏对赋融骚、论等体的表现特征，其所谓“的是西汉文字”亦可见孙氏对汉赋之评价尤高。

结合赋选文本评点及赋序、凡例等看，《华国编》涉及多维度的赋艺评点，如赋体、赋源、立意、篇法等，篇法又主要涉及用韵与句法，句法中主要论赋、比、兴的内涵互包关系。他从赋学审美学的角度对赋体鉴赏提出了一系列独到的见解，他认为读赋之要在于以意逆志：

> 读赋者必以意逆志，相题论文，务使我之精神与作者性情相遇，是为得之。②
>
> 言者心之声也，形为歌咏，其于性情尤切，故同赋一事，而时地不同，则旨趣各异。
>
> 意立而文生，文成而法立，故凡作者，意之所注，则波澜起伏，行乎其所不得不行，止乎其所不得不止。长篇累牍，无患叠屋架床，只句单文，皆有草蛇灰线。是在读者于规矩准绳之中，得其神明变化之妙，则触类旁通，以一该百。

“以意逆志”实际强调了读赋感悟之法的重要性。读赋不仅仅是文字的训诂，更是情志意趣的生发与阐释。这进一步强调了“赋”的文学性特征。其次，孙氏赋学理论与阐释学中“主体”“客体”与“文本”等关系论如同出一辙。他认为赋学审美中的审美客体与审美感受首倡性情与立意，赋因地因人因时不同，旨趣各异，与后来刘熙载所谓“赋因人异”③同是从读者与作者两个不同角度的赋学阐释学诠发。这些论见不仅蕴含了“移情说”的义理，而且揭示赋体内贯的旨趣或主旨，即赋之“情志”说，此与后来张惠言、

① 孙濩孙：《华国编文选》第三册卷六，清乾隆己卯刻本，页二十四。

② 孙濩孙：《华国编赋选・凡例》。以下所引皆出于此书，不具列书名。

③ 刘熙载《艺概》卷三：“赋因人异。如荀卿《云赋》，言云者如彼，而屈子《云中君》，亦云也。乃至宋玉《高唐赋》，亦云也。晋杨乂、陆机俱有《云赋》，其旨又各不同。以赋观人者，当于此着眼。”（《艺概》，上海古籍出版社 1987 年版，第 104 页）

刘熙载等主张赋重情志的观点极相契合，其影响可见一斑。张惠言《七十家赋钞序》："论曰：赋，乌乎统？曰：统乎志。志，乌乎归？曰：归乎正。夫民有感于心，有概于事，有达于性，有郁于情，故有不得已者，而假于言。言，象也，象必有所寓。"又称荀卿、屈原之作"不谋同偁，并名为赋，故知赋者诗之体也"①。刘熙载《赋概》谓："赋与谱录不同。谱录惟取志物，而无情可言，无采可发，则如数他家之宝，无关已事。""在外者物色，在我者生意，二者相摩相荡，而赋出焉。若与自家生意无相入处，则物色只成闲事，志士遑问及乎？""赋欲不朽，全在意胜。""赋家主意定，则群意生。"②这些似都可见孙氏赋论之遗影。

至于赋体之中赋、比、兴的关系，清代学人争论最多，孙氏之见尤可谓有颖卓处：

> 诗赋若无比、兴，则据事直书，体嫌记序；昌言指斥，义类箴铭，既鲜旁引曲喻之微，自失温柔敦厚之意。又或事属荒唐，语多媟亵，虽寓谲谏微权，终失对君正体，且使读者不善取法，是讽一而劝百也。
>
> 赋虽六义之一，其体裁既兼比兴，其音节又兼风雅颂，如赋祥瑞、郊祀、朝会、巡幸，则庙堂雅颂之音，朱子所谓"其语和而庄，其义宽而密"者也。

刘熙载云："《风》诗中赋事，往往兼寓比兴之意。钟嵘《诗品》所由竟以'寓言写物'为赋也。赋兼比兴，则以言内之实事，写言外之重旨。故古之君子，上下交际，不必有言也，以赋相示而已。不然，赋物必此物，其为用也几何？"③孙濩孙对赋用比、兴的必要性，以及赋实兼比兴的功用都进行了精辟的阐述，较刘氏所论更有精警处④。

---

① 张惠言：《七十家赋钞》，光绪二十三年江苏书局刻本。

② 刘熙载：《艺概》卷三，上海古籍出版社 1987 年版，第 98 页。

③ 刘熙载：《艺概》卷三，第 98 页。

④ 孙氏赋学思想，可详参拙文《从"自诗而文"到"复约文而近于诗"——清代孙濩孙〈华国编〉赋学思想发覆》。

综而观之，孙氏《华国编赋选》较其前通选性质的《历朝赋格》《历代赋钞》《历朝赋楷》以及近于白文的《历代赋汇》明显更有利于教科的实际用途。此书虽出于应制课摹的目的，但由于其多年的赋学学养，对赋体评点颇有法度并有独到的颖悟，故而该书不失为清代早期优秀的赋选及赋学评点著作。

第五章　王芑孙《读赋卮言》及其汉赋评论

王芑孙（1755—1817），字念丰，号铁夫，又号惕甫、楞伽山人等，长洲（今江苏吴县）人。其十世祖王鏊（1450—1524）为明代弘治、正德年间的文渊阁大学士，其七世祖王禹声为明湖广承天府知府。其曾祖瓒为长洲县学生，祖世琪，历官安徽歙县、宣城县教谕。其父王寅熙，封登仕郎，曾任湖北吕堰驿巡检。母亲缪氏，封孺人[①]。

王芑孙生于安徽歙县学署，六岁就塾，天资聪慧，十二三岁即能为诗文。后从学于方苞高足宛平钟励暇，习闻古文义法。年二十一，补博士弟子员。随其外父曹锐至京师，先后馆于文华殿大学士董诰，东阁大学士王杰、梁诗正，体仁阁大学士刘墉，协办大学士彭元瑞家，备悉朝廷掌故，颇有文名。乾隆五十三年（1788）应天津召试，钦赐举人。其著作多收入《渊雅堂全集》中，《读赋卮言》收入《渊雅堂外集》[②]。何沛雄先生《赋话六种》收录了《读赋卮言》标点本[③]。另王芑孙尚有《碑版广例》单行本十卷（有道光二十一年辛丑精刊本），《古赋识小录》八卷（有清嘉庆年间刊本，南京图书馆有藏）[④]。据王鎏《族兄惕甫先生传》，王芑孙还选有《宋元十家文》。

---

① 并参王芑孙撰《亡弟听夫行实》，载《惕甫未定稿》卷十七。

② 王芑孙:《读赋卮言》，《续修四库全书》第1481册，第372—385页。

③ 何沛雄:《赋话六种》，香港万有图书公司1975年版；另有香港三联书店1982年增订本。

④ 詹杭伦先生《清代律赋新论》载北京师范大学亦有《古赋识小录》八卷藏本。

王芑孙是清代乾隆、嘉庆年间重要的赋论家，《清朝续文献通考》评其赋论专著《读赋卮言》曰："盖近人之盖言赋，无有过于是书者。"[①] 清末张之洞《书目答问》亦将《读赋卮言》与李调元《雨村赋话》并列为推荐的两种赋学评论著作。叶幼明先生《辞赋通论》、詹杭伦先生《清代律赋新论》都有对《读赋卮言》的评述与研究[②]。

第一节　王芑孙《读赋卮言》中的汉赋批评与理论

王芑孙《读赋卮言》并没有涉及对汉赋的专门批评和理论探讨，但在对整个赋体导源、审体、立意、谋篇、造句、试赋、序例等评述中却又常涉及汉赋学理论和汉赋批评。

一、王芑孙的汉赋体派认识

汉代赋就整个状况而言，并不是散体大赋一统的情况，实际上既有骈体，也有散行，正因如此，后来学者追溯骈体之源，往往追及屈宋，如程祥栋《东湖草堂赋钞》收骈律之体而探源于宋玉《风赋》，流及于汉代班婕妤《捣素赋》、祢衡《鹦鹉赋》等。元代祝尧则明确称骈体始于两汉。王芑孙不但对汉代赋体的骈体与单行两派给予了揭示，而且分析了两派源流和汉代赋用的状况。其《导源》云：

荀况赋论言"请陈佹诗"，班固言"赋者古诗之流"。曰佹，旁出

① 刘锦藻编纂：《清朝续文献通考》（原名《皇朝续文献通考》），商务印书馆，《十通》合印本。

② 叶幼明：《辞赋通论》，湖南教育出版社 1991 年版；詹杭伦：《清代律赋新论》，北京燕山出版社 2008 年版。

之辞；曰流，每下之说。夫既与诗分体，则义兼比兴，用长箴颂矣。单行之始，椎轮晚周，别子为祖，荀况屈平是也；继别为宗，宋玉是也。追其统系，《三百篇》其百世不迁之宗矣。下此则两家歧出，有由屈子分支者，有自荀卿别派者。昭明序《选》，所以云荀宋表前，贾马继后，而慨然于源流自兹也。相如之徒，敷典摛文，乃从荀法；贾傅以下，湛思渺虑，具有屈心。抑荀正而屈变，马愉而贾戚，虽云一毂，略已殊涂。赋家极轨，要当盛汉之隆。而或命骚为的，偏奉东京，岂曰知言者哉！

飙流所始，同祖风骚。《骚》有拟有反，稍已分门，兹不具论。由荀宋而言，则《礼》《知》之篇，义征载道。《箴》《蚕》之作，理在前民，附庸六义者也；《高唐》《神女》，有孔子殷勤之意，犹之风诗。马既腾声，扬旋飞躅。《子虚》《上林》《甘泉》《羽猎》，锵洋鸿丽，有《清庙》噫嘻之响，《般桓》《甫草》之音，抑亦《雅》《颂》之亚也。东莞言"秦世不文，颇有杂赋"，今不可见矣。推寻三代之遗声，综核十家之梗概，讨其义类，西京为上。

《文选》一书，肇周讫梁，取类既博，稍病言哤。然掌故斯存，理无删削。李善之为辨惑，康国安之为驳异，攻撼洊臻，而江河万古不辍其流，足知大路繁缨，多以为贵。《易》曰"物相杂谓之'文'"，《传》曰："九变复贯"，知言之选，文章之为术，惟不讳于杂，斯尽其变。其在于周，若荀之五篇；其在于楚，若宋之《钓赋》；西京则杨有《河东》，枚有《兔园》；东京则班有《终南》，张有《天象》。逸居《选》外，犹憾阙遗，盖赋以鸿通为本，初非典要之求。我有旨蓄，亦以御冬，而先纵寻斧，无乃不可欤。

祢选而作有《唐文粹》一书，亦讥芜滥，惟赋一门，篇篇积玉，尚恨官韵之作未能槩列耳。在作者意存继《选》，不言场屋，然是一代经生之业，为后来试士之先则，亦当增辑。读之，夫将伐其条枚，以为薪炭，则多多益善，不读《选》《粹》二书，而漫言作赋，将奚取诸？①

在《导源》篇中王芑孙对汉赋大体风格源流进行了概括，首先他认为汉赋源出于“诗”，但却主要分为两派，分别以宗法荀卿和屈原为代表，此二人亦同为赋之“祖”，而其后宋玉则兼单行之体与诗体，可谓融通荀、屈之法。如其《九辩》《登徒子好色赋》等亦是骈散兼有，故宋玉又被视为“继别为宗”。而宋玉之后，则称“下此则两家歧出，有由屈子分支者，有自荀卿别派者”，其代表人物则是所谓“贾、马继后”，并且称：“相如之徒，敷典摛文，乃从荀法；贾傅以下，湛思渺虑，具有屈心。”指出以贾、马为代表的赋体风格和师法渊源。不过，王芑孙认为《诗三百》是赋体之源，其称“追其统系，《三百篇》其百世不迁之宗矣”，此与班固“赋者古诗之流”说无异，但却显然并未能揭示《诗三百》形成之前的文学流变状况，从而也无从深入分析赋、诗的本质关系，因此他认为：“曰佹，旁出之辞；曰流，每下之说。”意在称赋较诗次之，这显然受传统经学诗论的影响。也正唯如此，他才称“荀正而屈变”。这又见其赋学批评的局限。

当然，“荀正而屈变”的评论至少应具有两层内涵。其一，在于强调荀卿佹诗、赋作等虽用摛文，但却体近于诗，故以“佹”称，被视为诗体的“旁出之辞”。而屈原赋作虽尚能窥得诗体的影子，但却变化句式，长短随形，依情吟咏，去《诗》又略远矣，故视其为“变”体。其二，从内容和风格来看，荀赋以风谏、典丽为则，而屈原则以抒情怨艾为要，故以“荀法”和“屈心”别之。而称其继法者则云“马愉而贾戚，虽云一毂，略已殊涂”。何以“马愉而贾戚”呢？无论“愉”或“戚”似皆关乎抒情。当然赋因义兼比兴，同有抒情描写之功能，其体物之作实亦有抒情之义在。但此处王氏所强调者，则在司马相如赋承诗六义的功能，其“愉”则在于“颂”，虽有风谏之义在，但却如扬雄等所谓“劝百而讽一”。正因如此，其称“马愉而贾

① 王芑孙：《读赋卮言》，《续修四库全书》第1481册，第374—375页。

戚”是比较准确的，而且也指出了刘勰以来所道明的汉赋体物、抒情两种风格的差异，这是在汉赋风格上的比较。而王芑孙进一步暗示了汉赋形式上的散骈实际上与汉赋体物、抒情风格的关联性。詹杭伦认为王芑孙将汉赋分作骚体和散体两派，其称：“王芑孙论及的汉赋二体，指以贾谊为代表的骚体赋和以司马相如为代表的散体赋。今之论者有分汉赋为三体或五体者，分类标准不统一，似难据信。”① 当然“骚体”和“散体”的对举也并不十分妥当。其一着眼于内容与风格，而另一分体则着眼于形式，显然是从两个角度的分类。近代学者也有赞同汉赋二体分类的，不过要么从内容着眼，要么从形式审判。如程千帆先生指出汉赋两类，“一则畸于抒情，乃汉赋之别派；一则畸于写实，乃汉赋之正宗。作者或兼具二长，或专攻一体”②。显然，所谓“抒情”“写实”皆是从内容而言，不过其分汉赋正、别，与王芑孙视汉赋“正变”同其辙迹。周祖谟先生通过对司马相如之前的汉赋作品考察，认为汉赋“概而论之，可分两类：一为楚辞体，纯抒情之作；一为散体，皆是体物之辞”③。周氏的二体分类法则从形式着眼，并辅证以内容的差异。然细究王芑孙二体分类之法，其实对汉赋的风格与形式分类确实都有关注，这正是他在叙述中所暗示的风格与形式的关联性问题。由此，他将汉赋分为以荀、屈为分支而生的两派，而不直接名以“散体”或“骚体”诸派之别，恐怕这正是回避风格与形式胶葛纠缠的高妙之所在。

不过，尚有一点需交代明白。从王氏所评赋诗源流来看，他认为赋出于《诗三百》无疑，因此他得出“荀正而屈变”的结论，这种从源到流的“内观”方法与从流到源的外观审鉴是不同的，从以后溯前的外观审照来看，赋体似更接近楚辞，故往往楚辞亦被误以为赋之源头。但王氏的“正变”评析中却

① 詹杭伦：《清代律赋新论》，北京燕山出版社 2008 年版，第 305 页。

② 程千帆：《赋之隆盛与旁衍 · 汉赋流别》，载《闲堂文薮》，齐鲁书社 1984 年版，第 142 页。

③ 周祖谟：《从〈汉书 · 艺文志 · 诗赋略〉所录早期作家之籍贯、身份推测赋体之来源》，《新亚学术集刊》第 13 期，第 75 页。

有着一种理性的思索。王氏对荀屈正变的评判是依据其作品与《诗三百》形态的近似程度来确定的，但在介绍汉赋两种风格源流体系的时候，却又称司马相如师承荀法，而司马相如赋既有骚体，也有散体。从其散体赋作来看，似乎去《诗》更远，与承荀师之“正”似不符合。或许荀法当更有远源。兹为论辩之便，录荀卿《佹诗》如下：

天下不治，请陈佹诗：
天地易位，四时易乡。
列星殒坠，旦暮晦盲。
幽晦登昭，日月下藏。
公正无私，反见从横，
志爱公利，重楼疏堂，
无私罪人，憼革贰兵。
道德纯备，谗口将将。
仁人绌约，敖暴擅强，
天下幽险，恐失世英。
螭龙为蝘蜓，鸱枭为凤凰。
比干见刳，孔子拘匡。
昭昭乎其知之明也，
郁郁乎其遇时之不详也。
拂乎其欲礼义之大行也，
暗乎天下之晦盲也。
皓天不复，忧无疆也。
千岁必反，古之常也。
弟子勉学，天不忘也。
圣人共手，时几将矣。
与愚以疑，愿闻反辞。

其小歌曰：念彼远方，何其塞矣！

仁人绌约，暴人衍矣。

忠臣危殆，谗人服矣。

琁、玉、瑶、珠，不知佩也。

襍布与锦，不知异也。

閭娵、子奢，莫之媒也。

嫫母、力父，是之喜也。

以盲为明，以聋为聪，

以危为安，以吉为凶。

呜呼上天，曷维其同！①

然从今本荀卿《佹诗》来看，其前段所用纯为“诗”体，而后段则多有接近散体者，与司马相如之散体赋作可谓相近，其渊源明矣。王氏一方面肯定了荀赋的“正变”地位，另一方面又探讨了荀、马之间的师承关系，可以说为“赋”“诗”关系探讨提供了更为坚实的证据。所谓“佹诗”即便被视为“旁出之辞”，但肯定与“诗”较近无疑，虽然《佹诗》后半段为散体，但从清华简《周公之琴舞》诗等的考证来看，古本《诗》形态本身就有骈散兼杂的状况，自春秋中叶至战国末期经孔子等人整理，《诗》方形成渐趋四言整齐的格式。荀子《佹诗》的形态或许可以看出，至荀子时代其他流传的《诗》本形态或“古诗”或许还保留有这种骈散兼容的状况，而《佹诗》前半段的四言整齐格式和后半段的四言骈散改造可能代表了当时社会的诗歌形式风尚，而且其后段尚保留了古诗形态中的“小歌曰”（或“乱曰”等）这种形式，或许正因如此，其方称所作为“佹诗”之名。《佹诗》后半段的散体自然应是“古诗”体形态。至于荀子《赋篇》亦基本上用四言骈体及散体兼杂，在《汉志》中班固便将荀子《赋篇》及《佹诗》等归入“孙卿赋”之属。从这个视

① 荀子著，王先谦集解：《荀子集解》卷十八《赋篇第二十六》，中华书局 1988 年版，第 480—484 页。

角来看，王氏对荀、屈、贾、马的赋体“正变”说的评价就深蓄义理。

其次，王氏对班固“赋者古诗之流”说的发挥又深根儒家传统的宗法观念。詹杭伦虽对其已有称述①，惜未道破王氏以此体系引喻的关捩。王氏称：“追其统系，《三百篇》其百世不迁之宗矣。”所谓“百世不迁之宗”即谓“大宗”。《仪礼疏》注云：“别子谓祖，百世不迁之祖，当祭之日，同宗皆来陪位及助祭，故云尊祖也。云尊祖，故敬宗者，是百世不迁之宗，大宗者。尊之统，故同宗敬之。云敬宗者，尊祖之义也者。”②而《礼记疏》云：“别子为祖，继别为宗，继祢者为小宗。有百世不迁之宗，有五世则迁之宗。百世不迁者，别子之后也，宗其继别子之所自出者，百世不迁者也，宗其继高祖者。五世则迁者也，尊祖故敬宗。敬宗，尊祖之义也。”③王芑孙称：“别子为祖，荀况屈平是也；继别为宗，宋玉是也。”（《读赋卮言·导源》）显然，宗既然有百世不迁或五世而迁，足见“祖宗”之义为相对之说。其以荀况、屈平以喻“别子”，而别子当谓古代天子、诸侯的嫡长子以外的儿子，即庶子。而以别子为祖，已见与本源歧出之义，故此已蕴暗了王氏认为赋、诗划境分途的意义。即王芑孙认为荀况、屈原并为辞赋之“祖”，其虽称《诗三百》为“百世不迁之宗”，但《礼记·大传》却云：“百世不迁者，别子之后也，宗其继别子之所自出者。”④而《诗三百》并非出于荀卿、屈原“别子”之后，可见《诗三百》与屈平、荀卿所代表的辞赋已非在同宗体系。故《诗三百》亦当为更

① 詹杭伦认为“王芑孙论赋学源流借用了吾国宗法制的术语及组织结构”，其并引《礼记·大传》语，并将《诗三百》所代表的“百世不迁之宗”，荀况、屈平所代表的“别子为祖”，宋玉代表的“继别为宗”和贾、马所代表的分支别派加以图示罗列。他认为王芑孙坚持“赋自《诗》出，分歧异派”的一元论；强调荀况与屈平同居赋学始祖的地位；宋玉赋是荀、屈赋与汉赋之间的中介；汉赋二体分类与荀、屈分派相关。参詹杭伦：《清代律赋新论》，北京燕山出版社2008年版，第303—305页。

② 郑玄注，贾公彦疏：《仪礼注疏》卷三十一，北京大学出版社2000年版，第685页。

③ 郑玄注，孔颖达疏：《礼记正义》卷三十四，北京大学出版社2000年版，第1174—1175页。

④ 孔颖达疏：《礼记正义》卷三十四，北京大学出版社2000年版，第1175页。

早更古老的《诗》本体系之“别子”，且为百世不迁之宗，为后代众多文学所取法。而荀况、屈平所代表的辞赋体系亦为《诗》本之“别子”，故在辞赋体系中，荀卿、屈平自可被尊之为“祖”，而其后宋玉则“继别为宗”，开一代赋风。《元氏长庆集》卷三十四曰：“祖有功而宗有德，盖谓始有功者为祖，始有德者为宗，非谓后代有功有德者尽为祖宗也。”① 从这一体系阐述，明显可以看出王芑孙认同“赋诗同源”的理念。

“赋诗同源”与“赋源于诗”又稍异之，即“赋”和“诗”（《诗三百》）可能同为“别子”，皆出于“古诗”（颂、雅、风等早期诸体）。当然，在古代宗法制度中，别子为大宗，为一宗之正支。至宋玉其视为“继别为宗”，其体系看似为“两祖一宗”之说，其统系而论，则实与“一祖三宗”无异。荀卿、屈平皆源承“古诗”②（古颂或古赋），故商周之初的文学文体如《颂》《雅》之类或可视之为“祖”，而荀卿、屈平、宋玉等变创之作皆可视为“宗”。既然荀卿、屈平可以同尊为祖，若以大宗、小宗视之，则“同宗”之说更有其合理性。此处王氏分以“二祖一宗”不过示其赋学史地位。《礼记疏》注云：“诸侯之庶子别为后世为始祖也，谓之别子者，公子不得祢先君。”③ 即强调别子与世公子的地位是不一样的。而“继别”者为“别子之世长子，为其族人，为宗，所谓百世不迁之宗”④。而“继祢者为小宗”，《礼记疏》注云：“别子，庶子之长子，为其昆弟为宗也。谓之小宗者，以其将迁也。”⑤ 可见王芑孙不但认为文学演变中存在同祖同宗的现象，而且对宋玉在由战国辞赋到汉赋演变中的历史作用给予高度的评价。另一方面，“赋诗同源”或可见王芑孙对赋、诗的地位评析，对所谓“俪”“流”之说是持微言之讥的。因而他认为赋“既与诗分体，则义兼比兴，用长箴颂矣”，不但强调赋的功能兼有

① 元稹：《元氏长庆集》卷三十四《迁庙议状》，四部丛刊景明嘉靖本。
② 此所谓“古诗”并非指《诗经》本中的“诗”。具体参第七章《“赋者古诗之流”考辨》。
③ 郑玄注，孔颖达疏：《礼记正义》卷三十二，北京大学出版社 2000 年版，第 1122 页。
④ 郑玄注，孔颖达疏：《礼记正义》卷三十二，北京大学出版社 2000 年版，第 1122 页。
⑤ 郑玄注，孔颖达疏：《礼记正义》卷三十二，北京大学出版社 2000 年版，第 1122 页。

诗的比、兴，并不比“诗”义所承担的作用少，这在清代学者刘熙载等人的赋论中亦有较多评述，其比较赋、诗的功用，明显强调赋较诗之功能更为突出，甚至特别强调“赋兼才学”①。王芑孙进一步强调赋体更擅长“箴颂”的功能，这或许是与赋所祖法的早期“古诗”的雅、颂功能密切相关的。

在这种细密地辨梳中，我们可以明确地看出王氏的赋体观念和他对汉赋的体源和体派的认知。当然汉代散体赋并不等于大赋，小赋亦可用散体，也可用骚体。汉赋体派除开贾、马的分别外，或者说除开体物与抒情，散体与骚体（散体与骈体）的分类外，王氏对汉赋从体制形态上又分为大、小之别。由于“小赋”的包容性和空间性抒写的局限，它还是呈现出与大赋不一样的特征，但“小赋”却有着以管窥豹的功能和文学隐喻性特征。从语义结构和赋法功能来看，“小赋”亦足见豹之一斑，其赋体之变亦尽括其中，正如王芑孙所谓“小以见其大”（《古赋识小录·序》），若穷其变，则赋法与赋理皆明。

二、王芑孙的汉赋理论批评

王芑孙在《读赋卮言》中虽没有明确的专门章节涉及汉赋批评，但在《导源》《审体》《立意》《谋篇》等中却偶有提及，虽言语不多，然其义可探。兹引数条如下：

昭明序《选》，所以云荀宋表前，贾马继后，而慨然于源流自兹也。相如之徒，敷典摛文，乃从荀法；贾傅以下，湛思渺虑，具有屈心。抑荀正而屈变，马愉而贾戚。虽云一毂，略已殊涂。赋家极轨，要当盛汉之隆，而或命骚为的，偏奉东京，岂曰知言者哉！（《读赋卮言·导源》）

骚有拟有反，稍已分门，兹不具论。……马既腾声，扬旋飞躅。《子

① 刘熙载：《艺概》卷三，上海古籍出版社 1978 年版，第 101 页。

虚》《上林》《甘泉》《羽猎》，锵洋鸿丽，有《清庙》噫嘻之响，《般桓》《甫草》之音，抑亦《雅》《颂》之亚也。东莞言“秦世不文，颇有杂赋”，今不可见矣。推寻三代之遗声，综核十家之梗概，讨其义类，西京为上。(《读赋卮言·导源》)

首先，王氏不仅强调了汉赋的文学史地位，而且对汉赋风格、体派给予了精彩的评析。他认为“赋家极轨，要当盛汉之隆”，由此可见他对西汉赋作的肯定。而且对司马相如、扬雄等赋作承前启后的意义，自具慧眼卓识，概以为“《雅》《颂》之亚”。这实际在一方面也印证了他对汉赋传统经典地位（诗学范畴）的认可以及对汉赋与《诗》之《雅》《颂》关系的理论认知。

其次，王氏认为汉赋并不是单一的散体，所谓“贾马”只是代表汉赋中的两种主流风格，它们虽然在文法上可能表现出一定的差异，但关键却并不在此，而是“贾马”各自所代表的汉赋一“戚”一“愉”。此种差别又非简单地以“抒情”与“写实”（叙事），或“散体”与“骚体”可分。故王氏进一步称“骚有拟有反”，如扬雄之仿效《离骚》之《广骚》，反其而作之《反离骚》《畔牢愁》等。此足见汉赋之变化灵活，正是汉赋“杂”“博”的表征之一。王氏引前人之说称“秦世不文，颇有杂赋”，若反以观之，非秦世不文，而是秦世赋杂众文，即秦世赋也呈兼取诗、文之长的特点，这也正是荀子《佹诗》等篇所表现出来的时代特征。王芑孙称“文章之为术，惟不讳于杂，斯尽其变”（《读赋卮言·导源》），这正道明了汉赋博杂灵变的特征。在文学史中“变而能常”和“变则通，通则久”的法则可谓不变之真理。以此文学史观来理解王氏对汉赋及其唐赋等文学史地位评价也就能悟其奥义。其称扬雄《河东赋》、枚乘《兔园赋》、班固《终南山赋》、张衡《天象赋》等都应是对汉赋颇有开张发明之作，其博杂鸿通之变亦尽现其中。其《读赋卮言·导源》云：

《传》曰：“九变复贯”。知言之选，文章之为术，惟不讳于杂，斯尽其变。其在于周，若荀之五篇。其在于楚，若宋之《钓赋》。西京则杨有《河东》，枚有《兔园》；东京则班有《终南》，张有《天象》，逸居《选》外，犹憾阙遗。盖赋以鸿通为本，初非典要之求，我有旨蓄，亦以御冬，而先纵寻斧，无乃不可欤。

同时，王芑孙对汉赋的这种赏鉴是发自内心并贯穿其论赋之核心的。因此，他认为作赋必须取法乎上，若不从阅读中去体悟和感知汉赋的奥妙和精深，是很难将赋作好的，故其称："不读《选》《粹》二书，而漫言作赋，将奚取诸？"（《读赋卮言·导源》）当然《文选》中大量收载汉赋作品，也有魏晋赋作，《唐文粹》中虽然主要收唐人作品，然唐人赋作中不乏拟古的赋作，《唐文粹》便专列有"古赋"之目。当然王氏并非以古、律来衡量赋之优劣，而是以文法之博变为尚。其对汉赋自然推尊，他认为汉赋已开后来各体赋之法门，如王氏《读赋卮言》云：

七言、五言最坏赋体，或谐或奥，皆难闩接，用散用对，碍经营。人徒见六朝初唐，以此入妙，而不知汉魏典型。山斯阔矣，然亦自汉开之，如班固《竹扇》诸篇是也。但是短章，初无长调作俑，长调则晋宋而来体，陵倡其端，南北之际，子山启其弊，学者力宗汉魏，下取唐贤，其体既纯，斯又乃贵。（《读赋卮言·审体》）

论赋者务观千制，勿奉一家。胚于周造，鸿以汉风，萧寥乎江左，清言简炼。以邺台数子，撷齐梁之新色，抽陈隋之妍心，合唐制之精坚，借宋联以极巧；丹漆丝，纻竹箭，与众共材，《诗》《书》《易》《礼》《春秋》，于吾观，会朴属微。（《读赋卮言·审体》）

汉魏风规，一坏于五七言之诗句，再坏于四六格之文辞。（《读赋卮言·审体》）

西汉桓谭之《仙赋》，黄香之《九宫》，却多征实。《幽通》《思元》，情理同致。即江左清言，寖流诗界，赋独不然。……赋惟博丽为能。（《读赋卮言·审体》）

显然，学者崇尚汉赋，其主要便在于汉赋鸿通博变的风尚，所谓"汉魏风规”正是不拘于文辞和形式，唯取意法、典则、博丽等，既能“或谐或奥”，又能“用散用对”；既有征实之作，也有“情理同致”者；既有通体博变的大赋，也有情理生辉的小章。因此，从总体形态来看汉代赋作，则自然呈现出一种博丽宏大的气象，其后来时代的赋作殊难比拟。汉赋创作是两周赋诗发展以来的又一个重大历程，赋在前代“古诗”基础上多有恢宏创意，故对汉赋的评价实又不可简单语之，王芑孙谓：“论赋者务观千制，勿奉一家。胚于周造，鸿以汉风。”（《读赋卮言·审体》）正是说明了赋在汉代发展之盛，其鸿通博变的特征非一篇所能概尽，因之对汉赋的评价同样“观千制”而后能言。

王芑孙对汉代学人的赋学评论，也有自己的领悟。汉代扬雄论赋以“丽”“则”为说，认为：“如孔氏之门用赋也，则贾谊升堂，相如入室矣。如其不用何？”[①] 关于扬雄对汉赋所分的“诗人之赋”和“辞人之赋”历来解析纷纭，但其“丽则”的理论却为历代赋论所借鉴。“丽则”不仅事关赋体讽谏，亦涉及赋体形式。如何做到形式与内容的完美结合？这正是“丽则”对赋体的规范，也即王芑孙所谓的“兼赅”，赋体既不失“丽”，又不能失“则”，即不能过“淫”。故王芑孙云：

> 太简非宜，兼赅为务。昔人云“诗人之赋丽以则，词人之赋丽以淫”，美则刺淫，丽终不易，学者当溯博文之教，非徒小道之观也。（《读赋卮言·审体》）

所谓“美则刺淫，丽终不易”，可以说对扬雄赋论核心作了最为准确的评价，王氏认为其“博文之教，非徒小道之观”，即揭示了这一赋论内涵的深刻。“则”是指法度，其为儒家所宣扬的传统典范，这与汉代“诗教”说思想是密切相关承的。唯有如此，文才可以列之为“经”，如《诗经》与《离骚》同被尊为经典，它们正是形式与内容完美结合的典范，故扬雄云：“事胜辞则伉，辞胜事则赋，事辞称则经，足言足容，德之藻矣。”[②] 所谓“事辞

---

① 扬雄著，汪荣宝疏：《法言义疏》，中华书局1987年版，第49—50页。

② 扬雄著，汪荣宝疏：《法言义疏》，中华书局1987年版，第60页。

赋”正是内容与形式的和谐。

如果结合扬雄对赋体的进一步阐述，我们则可明确扬雄所谓“事辞称”和“诗人之赋丽以则”正与“文以载道”的精神同其旨趣。班固《汉书》云：“雄以为赋者，将以风也，必推类而言，极丽靡之辞，闳侈巨衍，竞于使人不能加也，既乃归之于正，然览者已过矣。往时武帝好神仙，相如上《大人赋》，欲以风，帝反缥缥有陵云之志。由是言之，赋劝而不止，明矣。又颇似俳优淳于髡、优孟之徒，非法度所存，贤人君子诗赋之正也。”① 无论班氏对扬雄赋的具体评价如何，但可以明确地看出，他们受“诗教”传统的影响，他们认为赋应有讽谏之功，即“将以风也”。所谓“风”即“讽”也，而要“风”（讽）则又“必推类而言”，故又不得不“赋”（铺陈）其事，因而难免“极丽靡之辞”。细究其因，这不仅仅是一种叙事的方式，更应是委婉表达“讽谏”之义的谲谏手段，这也就是人们常说的“劝”，这种“劝”就是靠的一种类推的说理方式来感染听众，因此要达到义正理正，听者无可辨驳，故自然所陈事类“竞于使人不能加也”。因此“则”与“丽”在赋体中又有着本身的内在统一性。因而唯有以“则”为典，以讽谏为要的诗赋才被视为贤人君子所作的“诗赋之正”。

但是扬雄所谓“赋者，将以风也”的理论认识可能受其时代和个人遭际的影响，或许并非完全认为赋是以“讽谏”之义为主。从传统诗教来看，以片面或狭义的“讽谏”观来理解古代传统的“博文之教”也并不准确。古诗有风有雅有颂，显然古诗所承担的要义除开“讽谏”（风）的传统外，更有夏、商、周以来的颂德传统，其《诗经》中的《周颂》《鲁颂》《商颂》等篇即是明证。而且“风”除开通“讽”之义外，也有“风以化之”的风化之义，这种“风化”的功能不仅在于“讽”，也在于“劝”，即如风之动物，偃然而伏。所以“风”如《毛诗序》所谓“是以一国之事，系一人之本，谓之风”②，正是对一

① 班固：《汉书》，中华书局 1962 年版，第 3575 页。

② 《毛诗正义》卷一，北京大学出版社 2000 年版，第 19 页上。

国之形容的表述。一国之事何其众，其中不可能仅以“讽”而论。故“言天下之事，形四方之风”“故变风发乎情，止乎礼仪”“吟咏性情，以风其上”“上以风化下，下以风刺上，主文而谲谏”①（《毛诗序》），其中所谓“风”就是指一国之气象形容，而非完全为“讽”之义。如果“风”仅指语言表达的形式，则“上以风化下”和“下以风刺上”则义颇难通。由于君上与臣下或普通士民所处的位置不同，不可能皆以“讽”之方式来规谏对方，故“风”实又包含表述的内容。“风”正是借助社会生活中普遍常见的生活形态、事例来感染和风化人心，以此形成朴实纯善的风俗。因此班固认为扬雄所谓“赋者，将以风也，必推类而言，极丽靡之辞，闳侈巨衍”②正内含赋必铺陈及“推类而言”的特点，这也正是“赋”含“风”的特征，“风”又内含了“讽”和“颂”（劝）的功能，即王芑孙所称“美则刺淫”的赋体双重功能，此深蕴“赋兼六义”之大端。如果以此观照扬雄论赋体内容所应遵循的“则”之原则，那么扬雄赋论所谓“则”恐怕就远非讽谏之义可括之③。

因此，“则”从另一个视角来看，它所代表的经典和法则，实际上概含了风、雅、颂诸义。“则”显然不是单一法则的重叠，而是鸿通博变的，这也是经典得以树立和永恒的规则。而与“则”相对的“淫”虽然也含有“多”和“众”之意，但却重在纵向的数量多寡取计，而非横向的形态丰富取容。《说文解字》云：“淫，侵淫随理也。从水，𡈼声。一曰久雨为淫。”④显然“淫”不但有过甚之意，而且所谓“久雨”乃为同一物事之众，而非众物之杂。这与“则”所内含的汉赋“鸿通博丽”是完全不同层次的。尽管扬雄赋论只是对汉赋理趣形态的两种主要分类，但从上述来看，王芑孙认为扬雄赋论“美

① 《毛诗正义》卷一，北京大学出版社2000年版，第19页上、第18页上、第17页下。

② 班固：《汉书》，中华书局1962年版，第3575页。

③ 王焕然云：“因此扬雄所谓的丽则，就是要求言辞丽而不淫，内容正而不邪，有讽谏之义。而与之相反的丽淫，则是言辞靡丽，欲讽实劝。”（参见王焕然：《丽则——历代赋论的基本标准》，《学术论坛》2007年第8期，第111—115页）

④ 许慎：《说文解字》，中华书局1963年版，第231页下。

则刺淫”则明显包含了汉赋批评倾向。

赋体的“丽”是作为形式要素的基本特征，这一对赋体基本形态的认识为后来汉晋、唐、宋及元、明、清诸赋论家所认同。晋人以真实可信、言语华美为“丽则”之揭，如左思《三都赋序》云：“扬雄曰诗人之赋丽以则……然相如赋《上林》而引卢桔夏熟……考之果木，则生非其壤，校之神物，则出非其所。于辞则易为藻饰，于义则虚而无征。且夫玉卮无当，虽宝非用，侈言无验，虽丽非经，而论者莫不诋讦。”①卫瓘则云：“余观《三都》之赋，言不苟华，必经典要，品物殊类，禀之图籍，辞义瑰伟，良可贵也。”而批评班固《两都》等作则云“班固《两都》，理胜其辞，张衡《二京》，文过其意”②。晋皇甫谧批评宋玉以来赋家云：“及宋玉之徒，淫文放发，言过于实，夸竞之兴，体失之渐，风雅之则，于是乎乖。逮汉贾谊，颇节之以礼。自时厥后，缀文之士，不率典言，并务恢张。”③（《三都赋序》）显然他们对“丽则”的标准持之以“言辞华美”和“征实可信”。刘勰以丽辞雅义为评赋原则，虽然对“则”的理解各异或互有生发延展，但都保持了对“丽”的认可。晋人以征实为“则”，刘宋则以“雅义”为“则”。唐朝古文运动虽对南朝以来淫丽文风进行了批评，但所批评的对象实际并不是“丽”本身，而仅仅是“丽以淫”的滥淫之文，因而对“丽则”的文风实际还是持一种肯定的态度。宋代则以“丽则”作为效法的理想标准，如宋丁谓《大搜赋》序便参以《子虚》《长杨》等作，认为其“笔力恢然，飞动今古，而出入天地者无几”而故作《大搜赋》，“本之于周官，历代沿革制度参用之，以取其丽则，奇言逸辞，皆得之于心”④。而宋赵承之《谢及第启》更云有宋一代“雅言或缺，丽则之赋未工”⑤，可见

① 李善注：《文选》，上海古籍出版社1986年版，第173页。

② 房玄龄：《晋书》，中华书局1974年版，第2376页。

③ 李善注：《文选》，上海古籍出版社1986年版，第2038—2039页。

④ 丁谓：《大搜赋·序》，见陈元龙编：《历代赋汇》卷五九，凤凰出版社2004年版。

⑤ 《五百家播芳大全文粹》卷三七，《文渊阁四库全书》第1352册，台湾商务印书馆1986年版。

他们对赋体“丽则”的理想追求。元代祝尧、徐师曾等推崇古赋，对扬雄汉赋理论更是进一步发挥阐释。正是在此基础上，王芑孙认为扬雄赋论“美则刺淫，丽终不易”，同时强调了赋体丽、则兼顾的重要性，甚至在一定程度上更重视赋体的“丽”（博丽）。这与清代其他赋论家大致同调，此或许与清代赋体体制变革和考赋有关。如清何焯引《古赋辩体》云：“先丽而后则，此赋之所以为赋。”[①] 程廷祚《骚赋论》亦云：“以理胜者，虽则弗丽；以词胜者，虽丽弗则；不则不丽，作者不为也。……后之君子，详其分合之由，察其升降之故，辨其邪正之归，上祖《风》《雅》，中述《离骚》，下尽乎宋玉、相如之美。先以丽而后以词，取其则而戒其淫，则可以继诗人之末，而列于作者之林矣。”[②] 清人李调元《赋话》等则明确反对“则而不丽”，其认为“律赋雅近于四六，而丽则之旨，不可不知。则而不丽，仍无取也”[③]。因此他批评宋人赋作不及唐人，乃在于其“藻缋不足耳”[④]。可见清人对赋之“丽”“则”的兼重。

然诗除讽谏之义外，亦有比兴之义，故诗有抒情言志之功。而赋实源自于“古诗”，赋与诗亦其相通，故王芑孙亦主赋之抒情说，其云：

> 赋自不关妙悟，然诗曰言志，赋亦诗余，是必觃以中心，付之悬解。……班云“感物造端，材知深美”。感之为言，有油然之趣；深之为解，有窅然之妙。夫岂浮物也，而堪外摭者哉。（《读赋卮言·审体》）

所谓“赋自不关妙悟”，实际并不是指赋与幽情曲意无关，而只是赋自铺陈，其言志写意可极尽铺展，非似诗之曲意意会。当然赋也有用隐语之妙，这正是赋兼诗的比兴之功。因此以诗法解赋正是王氏对赋体的深刻体悟

① 何焯：《义门读书记》，中华书局1987年版，第857—858页。
② 程廷祚：《青溪集》，黄山书社2004年版，第69页。
③ 李调元：《赋话》卷五，见《续修四库全书》第1715册，上海古籍出版社2002年版。
④ 李调元：《赋话》卷五，见《续修四库全书》第1715册，上海古籍出版社2002年版。

和研习心得。

王芑孙另选有《古赋识小录》，其中所收小赋甚众。其所选汉代小赋作品甚多，从中可以窥见王氏虽然一方面极赞汉代司马相如、扬雄等“敷典摛文”之章，但同时对汉代一些小赋之作也是十分褒赏的。王氏云：“赋者用居光大，亦不可以小言。聊以小言，犹云短制。在汉则刘安、枚乘、邹阳、严忌、桓谭、赵壹、孔臧、路侨如、黄香、蔡邕、李尤、杜笃、公孙诡、闵鸿、侯瑾之徒，碎金屑玉，憖遗《选》外。”（《读赋卮言・小赋》）其实这与他对汉赋“鸿通博变”的体制认识是一致的。这些赋虽从体制上看趋于短章，但王氏认为赋“用居光大，亦不可以小言”（《读赋卮言・小赋》）。这与清代刘熙载等人对赋体义理宏大的认识是一致的。王芑孙列举汉代诸多赋作家，皆有短制之篇，认为其“碎金屑玉”，多有可刊辑者，故在其《古赋识小录》中也多采选其作。

第二节　王芑孙《古赋识小录》选赋实践

王芑孙《读赋卮言》在《导源》《审体》《立意》《谋篇》《小赋》《序例》《韵例》中皆有涉及汉赋的一些评论。而汉赋是否就是专指汉代散体大赋呢？显然从王芑孙的评论来看，汉赋并不是特指的汉代散体大赋，它既包括枚贾的拟骚之作，也包括马、扬的长篇散体，但同时也包括了曲尽其变的小赋形态。

一、以小窥大的选赋标准与旨趣

无论是从体源来看，还是习赋的现实捷径来看，王芑孙认为小赋都是大赋创作不可忽视的一个重要阶段或演进过程。汉大赋篇制的出现，跟秦汉之际的小赋或杂赋是有密切的承变关系的，因此王芑孙认为马、扬之作实承荀法之正。但从今本所传来看，荀子所遗留的赋篇，似乎与司马相如、扬雄等赋作相去甚远，然正是王氏以小窥大，才使他清晰地看清汉代散体大赋与荀子短章赋篇之间的关系，正可谓睹一斑而知全豹。

从前面引荀子《佹诗》及《针》《铭》《蚕》《云》等篇亦可窥见后世汉赋恢张的蛛丝马迹，其方法与理趣亦隐然其中，这可能正是王芑孙在《读赋卮言》中称马、扬兼宗乃承荀法之正的原因。小赋与大赋是什么关系呢？可以说王氏在《古赋识小录》序言及选例中已将其阐释得十分明晰，这实际上也为我们进一步梳理清楚了马、扬赋体与荀子赋法之间的继承关系和继承方法。

王芑孙《古赋识小录·序》云：

> 余少作《读赋卮言》，谓学赋可从小赋始。及是老矣，复为《古赋识小录》。识小，即小以见其大也。赋者鸿通之业，不穷其变，将无以大之。大之必自初学始，初学天禀有不齐，人力有未暇，研《都》炼《京》，作之非俄顷所成，读之非旦夕可既。种树者十年为计，艺麻者三月而收，法无捷于是矣。凡初学不可远为程，亦不可隘其径，远将扞格而难其入，隘则窘于回旋，而后无以造大。望洋而沮，面墙而立，远为程之弊也。知其一，未知其二，通乎此，不通乎彼，隘其径之弊也。吾将合敏钝参差而胥导之，于古舍是奚由？于是录荀、宋以来，讫于胜国，得三百二十有四篇，厘为八卷。虽卷帙至简，于赋家之正变源流固已略备。上溯周秦，从其朔也；特详汉魏，端其本也。六朝、三唐无所不录，侈其盛也。宋元以下略矣。有弗略者，通其变也。时代先后不限一家，听学者各得其性之所近也。异同参错，不缀一辞，诵所闻而使自执焉之义也。自古文章之术闳矣，赋其绪于，小赋又其于耳。起京畡于咫尺，写嵩华以培塿，椠椠大才，骋其长辔，必有快然，取道于此者，虽然吾姑自奋室中之说，以私其子弟，岂敢概诸人人，而出以问世哉！会及门彭子蕴章睹其本，谓宜公之同好，遽与少子嘉禄校订刊行，余弗能止，辄序所繇作，以冠于编云。

嘉庆二十二年龙集丁丑春正月长洲王芑孙自序

从习赋法径来看，王芑孙极重小赋创作，他认为这是初学门径，也是最好的便捷之途。其《读赋卮言·小赋》云：“极赋能事在于长篇，而学赋则可从小赋始，何也？虽营度为千门万户，必致详乎一阁一楼。京都巨制，是亦绵长矣，而井井条条，望路可识，惟此单微一线之为。然体大物博，寻览颇艰，矧云制造，阛阓迷梦，荼墨眩心，自非力大于身，鲜不举鼎而绝膑者，安能转圆九仞乎？小赋则意俭而易周，词丰而可杀；选声结韵，意不旁驰；造句谋篇，笔常内摩；省括乃释，从绳罔愆。龙有飞腾，必阶尺木；鹰当学习，侧目平芜。一岁而驹，三岁而駣，由是骋其长辔，夕抹昆仑可也。”显然，无论是从赋学理论主张，还是选赋实践，王芑孙都主张学赋从小赋始。这种选赋实践是与其对赋体结构的理论认知密切相关的。他认为赋体“虽营度为千门万户”，然“必致详乎一阁一楼”。虽京都巨制，亦是井井条条，由此观识，亦可厘清单微之线。其都虽广，不过由无数的市井廛路所构，只要能周写一廛一井，自然时积月累，京都大作亦能驾轡就熟。这可以说是完全建立在对汉赋散体大作结构剥析的基础上所得出的正确认识，因此他认为小赋恰能“小以见其大”（《古赋识小录·序》）。正是他对汉赋大赋与小赋清晰地理综变化，因此他认为大赋创作必自小赋创作始，初学且不能太过好高骛远，故认为“凡初学不可远为程，亦不可隘其径”（《古赋识小录·序》），而且要究其变化，既通乎此，亦通乎彼。这也与其激赏汉赋家的鸿博兼综思想是一致的。

就王芑孙在《古赋识小录》中的选赋实践来看，首先，一是以“小”为标准，二是以“古”为法度。王芑孙选赋 324 篇，收周汉至明代赋作，其体制皆为小赋。如卷一至卷二除荀、宋 7 篇之外，皆为两汉赋作，共 57 篇。其中入选了公孙诡《文鹿赋》、张衡《冢赋》，清代其他赋选选录此类作品的情况较少，而且王氏赋选对汉代名家如司马相如、扬雄、张衡等的大赋作品基本不予采选，明显与其以体物言志的小赋为选择标准相关。同时王芑孙认为这些小赋体制不但能窥蠡大赋机理，而且正是一些所谓的“断章残句”反映了作者一时的性情之真。如其谓：“唐以前有作断章阙句者，古自有此一体，非关佚失。势欲下而还止，体迅飞而未翔，盖由小赋不足以畅言，故示以简拙。此孙过庭《书谱》所谓‘以使转为形质，点画为性情’者也。”(《读赋卮言·谋篇》) 其次，王芑孙对赋体选择颇有法度。其选赋明显以汉魏赋作为主，其中汉魏赋 57 篇[①]（含三国吴胡综 1 篇），算是选录较多的。而且王芑孙视汉代赋作为正体，故称“特详汉魏，端其本也”(《古赋识小录·序》)。所谓“端其本”，明显有视汉魏赋体为正的思想，这与其《读赋卮言》中称马扬赋有“《雅》《颂》之亚”与师从荀法之正是一脉相贯的。

虽卷帙至简，于赋家之正变源流固已略备。上溯周秦，从其朔也；特详汉魏，端其本也。六朝、三唐无所不录，侈其盛也。宋元以下略矣。有弗略者，通其变也。时代先后不限一家，听学者各得其性之所近也。(《古赋识小录·序》)

此外，除汉赋之外，何以又选择各代之小赋呢？王氏认为周至明可通观“赋家之正变源流”。通过历代赋貌的考察，王氏进一步确定了选赋以“古”为法度，因此其选赋不仅有溯源及流的意义，也有申明以“古”为法的典范性价值。而且他认为赋之法度在于通变，其称：“赋者鸿通之业，不穷其变，将无以大之。”(《古赋识小录·序》) 学赋虽不可以远为程，然又不能自隘其径，故必明赋体之通变，既通乎此，亦通乎彼。既要有举一反三的才能，还要有以小见大的功识。唯有如此，才能识赋体“鸿通”之本[②]，故王氏谓：“于古舍是奚由？”(《古赋识小录·序》)。

显然，王氏强调的古赋法度与其赋体正变观密切相关。由此来反观其在

① 含三国吴胡综 1 篇，其余如曹氏父子及建安七子等人实皆可归为汉末，其作品亦可视为汉赋。因此从单一朝代来看，汉赋应是收录最多的，其次是梁代赋作 54 篇。其中周代荀宋赋 7 篇；汉魏赋 57 篇；两晋赋作 50 篇；南北朝赋宋、齐赋作 28 篇，梁赋 54 篇，陈、隋赋作 21 篇；唐赋 39 篇；五代至宋赋 40 篇；金赋 2 篇；元赋 7 篇；明赋 19 篇。

② 王芑孙《读赋卮言·审体》谓：“盖赋以鸿通为本，初非典要之求。”

《读赋卮言》中所论的“荀正屈变”的思想，虽明显有对荀赋历史地位的推崇，但却并未否定屈赋的通变之功，而且正是汉代不断融合荀法散体与屈子骚体，才使汉代赋作更具张力和包容度，这也成为历代以汉魏赋作为取法依据之所在。汉魏二体兼综互融的特征在前文所论许结先生所述的汉赋分期特征中已可明晰。因此，从这一点我们来深入审视王氏的“荀正屈变”的思想也是颇有意义的。

王芑孙在《古赋识小录》中采选小赋基本上以“古”为法，此所谓“古”并不拘于时代上的古，而更广深的意义在于赋法和赋体层面的“古”。因此这种直接取法的对象便以周汉魏三代为标的，突出地表现在赋体创作技巧借鉴方面。其大胆将扬雄《酒箴》名为《酒赋》而归入赋类作品收载，此不但可以窥其对赋体古法借鉴的认同，更深层的原因则在于其对荀赋《箴》《铭》《蚕》《云》等赋学地位的认同。《古赋识小录》卷一、卷二共收周汉赋作 64 篇；卷三收晋赋37篇；卷四收东晋赋13篇，南朝宋、齐赋28篇，共计41篇；卷五收梁代赋作 54 篇；卷六收陈、隋赋 21 篇，唐赋 17 篇，共计 38 篇；卷七唐赋 22 篇，五代至宋赋 22 篇，共计 44 篇。卷八收宋赋 18 篇，金赋 2 篇，元赋 7 篇，明赋 19 篇，共计 46 篇。这些篇章都形制短小，颇依古赋法度。王芑孙在《古赋识小录》中对所选赋篇多有评鉴，其选赋实践与其《读赋卮言》中倡率的理论完全一致。

二、汉唐赋体关系及其史学评价

王芑孙在《读赋卮言》中除开力崇汉魏赋体外，亦盛称唐赋。这与元代祝尧等认为三国六朝以来赋体“辞愈工则情愈短，情愈短则味愈浅，味愈浅则体愈下”①的发展史态认识不同。祝尧认为唐赋“大抵律多而古少”，并且称：“俳体卑矣，而加以律；律体弱矣，而加以四六，此唐以来进士赋体所由

① 祝尧：《古赋辩体》卷五，《景印文渊阁四库全书》第 1366 册，台湾商务印书馆 1986 年版，第 778 页。

始也。”[1] 显然祝氏对唐宋赋体“愈下”是持批评态度的，这也为清代大多数赋学评论家所认同。然王芑孙在《读赋卮言》中却称“诗莫胜于唐，赋亦莫胜于唐”，可谓为唐赋之地位振臂疾呼，与明以来“唐无赋”说相振决而战，似为清人赋论洞开新眼。

汉、唐赋到底是何关系呢？虽然在王氏文中没有明确地阐发汉、唐赋体的关系，但我们可以从他与前代学者对赋体发展的认识比较中窥其端倪。元代祝氏对汉、三国六朝及唐宋赋体的发展比较认为“三国六朝体”及唐宋“体愈下”，这主要缘于祝氏对古赋的推崇，他认为六朝至唐宋赋体去“古”渐远，唐赋更是“律多而古少”。但溯其因，乃因六朝以来赋体“辞愈工而情愈短”，故“弊”皆出于辞“工”之故。然王芑孙则显然持不同的主张，他认为“赋无工拙，以文之工拙定之。赋有不嫌四六者，必旁挟乎史汉散体之文，而直树以韩柳孤行之骨，然后营度，无乖波澜，皆老诗。”（《读赋卮言·审体》）显然，工拙并不是用来分别赋体异同和高下的根本所在。既然“赋无工拙”，则汉赋亦自有工者，唐赋亦自有“拙”者。此所谓“拙”更指章法非骈，而不是对其赋体的贬低评价。因此，赋有全篇四六所谓“工”者，也有“不嫌四六者”，而“必旁挟乎史汉散体之文，而直树以韩柳孤行之骨”。故此汉赋、唐赋并未有本质上的差别，而在于其人其文对“工”“拙”之文的“营度”程度。这从其所引证的韩、柳等唐赋作品可以看出，唐赋与汉赋依旧存在密切的关系。换句话说，王芑孙至少认为唐赋并不能仅以律赋为代指，其古赋之作不乏其人。正因如此，《唐文粹》方列“古赋”之目于其中，并收唐人拟汉魏散骈各体赋作。

显然，一般学者是以古、律程度来判断辞赋之“工”的。从外在形态上表现出散、骈的形式差别，但王芑孙认为赋之工乃“以文之工拙定之”，不在于句式之工拙整炼。因此王氏对赋之立意、谋篇、造句等都作了详细的阐

---

① 祝尧：《古赋辩体》卷七，《景印文渊阁四库全书》第 1366 册，第 801 页。

发。他认为汉赋的高古乃在“经纬万端”和审意精密。汉赋由于与考赋的时间限制不同，故能“功以琢磨而致思，必再四而周”（《读赋卮言·立意》），这对打造长篇杰构自然提供充足的时间思考，其《立意》篇云：

> 赋有经纬万端之用……寻其脉络，须兼叙事之长，极尔精详，更有补题之解，功以琢磨而致思，必再四而周。古人或炼之以十年，或研之于一纪，非为征材，良由审意。……所以子建七步之奇，不夸于赋，子云《甘泉》之奏，独致肠出。十日一山，三日一匹，职有由然，足知典册高文，相如独擅。（《读赋卮言·立意》）

当然，汉赋中也有即席成文者，唐赋中也有苦炼精思者，如王氏云：“赋《鹦鹉》，于一席之闲文不加点，成篇之速，自古无如祢衡者。赋《海潮》，以二十余年之久力不敢暇，成篇之久，自古无如卢肇者。”（《读赋卮言·谋篇》）从这种仔细的比较研究中，对两代赋作自然可能得出比较公允的评价。

那么，王芑孙认为“赋亦莫胜于唐”，是否就是对律体赋作的肯定呢？如果以此作为对古律赋作的比较评价，则显然是一种误解，或者至少说这种理解并不全面。“唐赋”并不仅指律赋，律赋反过来也不能全部代表唐赋，正如汉赋并不仅指散体大赋一样，散体大赋只是汉赋的某一种形态，其时骚体赋作和一些体物小赋也是汉赋的另类形态。正是缘于元代祝氏对赋体的代际划分，而在某些时代赋体的评价中又失之以偏概全，相对来说王氏对唐赋的评价则颇有振聋发聩之功。

王氏对唐赋的胜赞，并不是就唐律赋本身的艺术成就而言，而是就唐代这一时期唐赋发展对赋体文学体例皆备的历史地位和作用的评价。唐赋是对汉魏六朝以来赋体发展的一次历史性总结。当然就赋艺而言，唐赋对前代赋艺也颇有总结和因鉴变新，如王氏云：“赋最重发端。汉魏晋三朝，意思朴略，颇同轨辙。齐梁闲始有标新立异者，至唐而百变具（俱）兴，无体不备。”（《读赋卮言·谋篇》）

王芑孙虽有提拔唐赋，称“诗莫胜于唐，赋亦莫胜于唐”，然无非着眼于总览唐赋之文学史地位，这是对明清以来“唐无赋”说最有力的纠弊。当然王氏对汉魏赋作更不乏宗赞之论。王芑孙在《读赋卮言》中对具体赋家较少评论，但相较而言，对汉赋作家司马相如、扬雄、张衡、班固等却多有褒赞。他不但认同《文选》所谓“荀宋表前，贾马继后”中的贾谊、司马相如的赋学地位，而且极称“赋家极轨，要当盛汉之隆”（《导源》）。就总体而言，他认为两汉赋作，西汉赋更胜一筹，故其评：“而或命骚为的，偏奉东京，岂曰知言者哉！”“推寻三代之遗声，综核十家之梗概，讨其义类，西京为上。”（《导源》）为什么就东、西两汉赋作尚作如此切细之比较？这是与王芑孙对两汉赋史发展概况的认识及推源论相关的。就《全汉赋评注》所统计汉赋情况来看，东汉虽不乏大赋作品，但东汉赋风已有所变化，其抒情小赋增多，而且拟骚和七体类作品也较西汉为多。如东汉抒情类赋作就有班婕妤《自悼赋》、崔篆《慰志赋》、冯衍《显志赋》、梁竦《悼骚赋》、班固《幽通赋》、苏顺《叹怀赋》、葛龚《遂初赋》、张衡《归田赋》《定情赋》《逍遥赋》、马芝《申情赋》、蔡邕《静情赋》、徐幹《哀别赋》、繁钦《愁思赋》《弭愁赋》、杨修《伤夭赋》、王粲《登楼赋》《愁霖赋》等；拟七体作品则有傅毅《七激》、刘广世《七兴》、崔骃《七依》、李尤《七款》、张衡《七辩》、崔瑗《七苏》、马融《七厉》、崔琦《七蠲》、刘梁《七举》、桓麟《七说》、桓彬《七设》、郦炎《七平》、徐幹《七喻》、杨修《七训》、王粲《七释》等①。显然东汉拟骚及七体类作品较西汉尤为突出，或许王芑孙所谓“或命骚为的，偏奉东京”正是就此而言，但显然王芑孙对汉代散体赋作更为欣赏，西汉散体大赋与东汉抒情之体皆“同祖风骚”，但散体赋作源承荀、宋，有诗六义之风声，雅颂之遗义。这与前面“荀正而屈变”的评论是完全一致的。故王氏称荀、宋之后，“马既腾声，扬旋飞躏。《子虚》《上林》，《甘泉》《羽猎》，锵洋鸿丽，有《清庙》噫嘻之响，《般桓》《甫草》之音，抑亦《雅》《颂》之亚也。”（《导源》）

---

① 费振刚、仇仲谦、刘南平校注：《全汉赋校注》（上、下册），广东教育出版社2005年版。

其对司马相如和扬雄赋作评价极高。刘昆庸认为王芑孙此段“精辟地论述了散体大赋作为汉赋艺术成就的最高代表的重要地位，并且指出了散体大赋创作的巅峰期是在‘盛汉之隆’——汉武帝时代。汉赋的发展，经历了‘影写楚世’、‘顺流西作’（刘勰语），模拟《楚辞》的骚体赋阶段，至武帝刘彻时作风彻底改变。散体大赋的出现，标志着汉赋体制的最终完成。汉赋的创作也进入了全盛时期”①。所谓“腾声”“飞躅”可谓对马、扬的赋史地位穷其形容。

刘大杰先生将汉赋发展分为四期，即创始期（汉初至武帝初年）、全盛期（武、宣、元、成时期）、摹拟期（西汉末至东汉中叶）、转变期（东汉中叶至魏初）（参刘大杰《中国文学发展史·汉赋的流变》）。而许结先生认为汉赋发展可分为五个阶段②，从汉初至文景之世为骚体创作期；汉武帝至元、成年间为大赋创作期；成、哀、平三朝以至新莽是西汉王朝衰亡期，也是汉赋艺术反思大赋，复归骚体的创作反省期；东汉光武至明、章、和三代为汉赋二体兼综期；桓、灵至建安为汉赋的变革期。由此来看，汉代虽大赋与拟骚区别明显，不过皆缘古赋的两种风格，正如刘勰《文心雕龙·辨骚》所谓“枚贾追风以入丽，马扬沿波而得奇”，其一“奇”一“丽”更多的是表现在语言风格和形式上的差异。虽然相如依从荀法，贾谊别有屈心，但从马、扬等人的创作来看，司马之《长门》《大人》《美人》，扬雄之《解嘲》《反离骚》《逐贫》等，何不有屈心潜乎？斯如詹杭伦所云：“当然指出相如从荀法，贾谊有屈心，并不意味着相如便不受屈原影响，也不意味着贾谊便不受荀况影响，实质上这只是一个主要次要，孰轻孰重的问题。”③

可以说，正是马、扬兼综的艺术特点，而且这也正本执荀法④，才使王

① 刘昆庸：《汉赋山林描写的文化心理》，《文学评论》1996 年第 5 期，第 138 页。

② 许结：《汉代文学思想史》，南京大学出版社 1990 年版，第 233—234 页。

③ 詹杭伦：《清代律赋新论》，北京燕山出版社 2002 年版，第 305 页。

④ 从荀子赋篇来看，荀所创赋法并非仅以散体为一指。而其文骈散兼具，可谓忽奇忽丽，此亦为古诗的本法。具体参见《从“荀正屈变”看荀赋的文学史地位》一节。

芑孙更为推赏相如、扬雄等赋。如果以为王芑孙更为欣赏散体大赋，这与其后对唐赋的评价则颇忤逆。因此从本质上看，王芑孙实际对汉代赋家之作评价尤高，乃在于看中其兼综与变新的特征。故其称："文章之为术，惟不讳于杂，斯尽其变。其在于周，若荀之五篇；其在于楚，若宋之《钓赋》。西京则杨有《河东》，枚有《兔园》；东京则班有《终南》，张有《天象》。逸居《选》外，犹憾阙遗，盖赋以鸿通为本，初非典要之求。"（《导源》）所谓"不讳于杂，斯尽其变"正与其主张的"赋以鸿通为本"相协。故王芑孙又称"不读《选》《粹》二书，而漫言作赋，将奚取诸?"（《导源》）就赋体选择来看，二书正是各取诸体。这也与其《审体》中所倡导的"论赋者务观千制，勿奉一家。……则不名一体，斯将具体，莫识何家，已自成家矣"的思想是一贯的。

第六章　清代《诗经》学与汉赋

清代《诗经》学可谓一代显学，其注疏与研究的著作尤多，在前人研究的基础上，成为一个集大成的时代。《诗经》学研究与汉赋有着密切的关系。一是“诗经学”中的“诗六义”问题，不仅涉及赋体源流问题，也同时涉及赋的艺术特征探源问题。赋体之中实际又包含“六义”，赋的句式特征演变，赋的风（讽谏）、雅（陈义）、颂（述德）、比（譬喻）、兴（兴象）等艺术特征的运用与表现等都与“诗经学”研究切实相关。二是自汉人注诗解诗，常常引及汉赋和经史，其中许多汉赋原典籍以校正和保存。当然，这种情况在其他诸经的历代注疏中也存在。三是汉人创作汉赋本身又多依经立说或引经据典，故引《诗》亦多。今天常有学者专门研究汉赋用诗用经问题[①]。再者，加之部分清代学人尚持一种大诗学的视野观念，对赋体研究常常纳入诗学的视野考量。这也使我们重新思考赋与诗的相互彰显与依存问题，不过从《诗》学研究的视野来看，清人《诗经》学研究体系庞杂、注疏繁多，其中引用与评注汉赋实难一一征求。本章仅就清代《诗经》学研究中涉及赋源、赋艺诸问题的“诗六义”略作探讨。

① 参许结、王思豪：《汉赋用经考》，《文史》2011 年第 2 期。

第一节 “赋”与“诗六义”

清人论赋，多以赋居“诗六义”之一，因之将赋与诗接绪上密切关系。但在“诗六义”中的“赋”是颇有争议的。《毛诗序》对诗学理论的发扬具有极其重要的文学史意义，其称：“诗有六义焉：一曰风，二曰赋，三曰比，四曰兴，五曰雅，六曰颂。”[①]然后缕述风、变风、变雅、雅、颂之义，却未曾解释居于雅、颂之前的赋、比、兴义，此颇令人诧异。虽然《毛诗序》孔疏称：“风、雅、颂者，《诗》篇之异体；赋、比、兴者，《诗》文之异辞耳。大小不同，而得并为六义者。赋、比、兴是《诗》之所用，风、雅、颂是《诗》之成形。用彼三事，成此三事，是故同称为‘义’。”[②]这种体用观成为影响“诗六义”的主要学说。

一、赋用与诗用

汉赋的时代最讲求经世致用。汉初设五经，立博士之官，明经以致用，这也是与传统古诗之用，即诗教乐教说一脉相承的。汉赋亦讲究依傍五经，故既能随文敷彩，又能“体国经野”。这在一定方面影响清人的赋学观念，因此在推尊经世致用的文章学方面，他们往往极力推崇汉赋所代表的古赋法统。从另一方面讲，此即是汉赋所代表的句法古意。汉赋句法极为灵活，变动不拘，有散有骈，有对有隔，有长有短，长至八、九言至十余言，短至三言。故汉以后多有文人摹法汉赋，如“初唐四杰”赋作和李白赋作对楚骚汉赋的借鉴便可为其明证[③]。唐宋以来的《赋谱》《赋格》《赋针》《赋门》

① 孔颖达疏：《毛诗正义》卷一，北京大学出版社2000年版，第13页。

② 孔颖达疏：《毛诗正义》卷一，北京大学出版社2000年版，第15页。

③ 参何易展：《论李白辞赋的“祖骚宗汉”倾向》，《社会科学》2015年第5期；何易展：《论初唐四杰赋的拟骚倾向》，《文艺评论》2011年第4期。

《赋诀》《赋枢》《赋要》等之类，实际都可能涉及作赋之法[①]。至清代如清人编有《赋学法程》一卷，清李大猷作《诗法》六卷，另附《赋法总论》一卷[②]。古意则取汉赋的萧疏与鸿通博变之气，特别是汉赋的“劝百讽一”的赋用，既是对古诗义旨的继承，也是对“赋用”功能的新衍。清人对赋法古意的兼取具有文学与时代政治语境的多重含义。

在汉代，文学受赋体影响极为明显，《史记》《汉书》等史传文学不仅录汉赋文本[③]，甚至其多数篇章也呈现明显的辞赋化写作倾向，如有学者认为《货殖列传》就是借助赋体文学的手法写的，具有明显的辞赋化倾向，可以“不妨把它看做一篇散文大赋”[④]。从整体上来看，司马迁的《史记》承袭了先秦以来史学发展积累的成就，而且还从西汉大赋的精神气度、文章结构、创作手法等方面获得启示与借鉴。如有学者甚至认为：“司马迁从司马相如的大赋作品中，看到的不仅仅是‘温柔敦厚’的《诗》教，而更重要的是，他从大赋那种恢弘博大的气势中，看到了‘包括宇宙’的创作观念和铺陈扬厉的艺术手法，并将之借鉴于史学，锤炼出对《史记》的整体构思。”[⑤]这从一个侧面反映了赋对当时文学影响之甚，也说明汉代“赋用”脱离世用层面

① 如据史载唐代赋格类著作有浩虚舟《赋门》一卷，纥干俞《赋格》一卷，范传正《赋诀》一卷，张仲素《赋枢》一卷，白行简《赋要》一卷，和凝《赋格》一卷；另参张伯伟《全唐五代诗格汇考》（江苏古籍出版社 2002 年版）。

② 佚名编：《赋学法程》一卷，清光绪十三年（1887）刻本；李大猷：《诗法》六卷，另附《赋法总论》一卷，清乾隆二十四年（1759）刻本。

③ 如《史记》收录贾谊《吊屈原赋》《鹏鸟赋》，司马相如《子虚赋》《上林赋》《难蜀父老》《哀二世赋》《大人赋》《封禅文》，东方朔《答客难》等；《汉书》收录贾谊《吊屈原赋》《鹏鸟赋》，司马相如《子虚赋》《上林赋》《难蜀父老》《哀二世赋》《大人赋》《封禅文》，东方朔《答客难》《非有先生论》，扬雄《反离骚》《甘泉赋》《河东赋》《校猎赋》《长杨赋》《解嘲》《解难》《酒赋》，刘彻《吊李夫人赋》，息夫躬《绝命辞》，王褒《圣主得贤臣颂》，班婕妤《自伤赋》，班固《幽通赋》《答宾戏》等赋作。另参刘彦青：《汉代史传文学在汉赋经典化过程中的作用——以〈史记〉〈汉书〉为中心》，《云南师范大学学报（哲学社会科学版）》2016 年第 2 期。

④ 韦晖：《论〈史记·货殖列传〉对汉赋的借鉴》，《名作欣赏》2009 年第 29 期。

⑤ 乔治忠、王盛恩：《试论汉赋对〈史记〉创作的影响》，《史学月刊》2003 年第 4 期。

而对文体本身之“用”的普泛性影响。

两汉赋论尤以“赋用”论居其要，许结先生认为两千余年的赋论发展史，基本上经历了由“赋用”到“赋体”“赋法”的批评路数，两汉是赋用论成立与变迁的重要时期。西汉赋论尤以司马迁“讽谏说”与扬雄“丽则说”为代表，构成了赋用论的基础①。汉代赋用论即是探究“赋做什么”（而非“赋是什么”）的问题，这也成为汉人赋论探讨的核心问题。

汉代赋用论与诗用论有着极密切的关系，但在对比研究中又往往突出了对“诗用”论的超越。如最为明清学者推崇的“赋迹”“赋心”说，实际上已经隐含了文体体用的比较判别。《西京杂记》卷二载司马相如答盛览问作赋云：“（相如曰）：合綦组以成文。列锦绣而为质。一经一纬。一宫一商。此赋之迹也。赋家之心，苞括宇宙，总览人物。斯乃得之于内。不可得而传。”② 显然，此段文词不仅包含了作赋之法，也暗寓了赋与诗等文体之不同，其体用正是“赋家之心”，即“苞括宇宙，总览人物”。这种气象阔大的赋用论体现了赋的知著察微、博物辨才、控驭万端的功用，这也成为后世以赋取士极其重要的理据。清人刘熙载《艺概·赋概》认为“赋兼才学”，并引《北史·魏收传》云：“会须作赋，始成大才士。”其与诗相比较，称：“以赋视诗，较若纷至沓来，气猛势恶，故才弱者往往能为诗不能为赋，积学以广才，可不豫乎？”③ 王之绩《铁立文起》亦云：“有长于文而短于赋者，司马迁是也；有长于赋而短于文者，司马相如是也。”④ 这种文体之间比较而言的赋用论，从中揭示了赋的“积学广才”的功能；而从社会的历史实践来看，正是才智（知识）才成为致用经世的法宝和社会推进之源。

---

① 许结：《汉代赋用论的成立与变迁》，《杭州师范大学学报（社会科学版）》2016 年第 2 期。

② 葛洪撰：《西京杂记》卷二，四部丛刊景明嘉靖本。

③ 刘熙载：《艺概》卷三，上海古籍出版社 1978 年版，第 101 页。

④ 王之绩：《铁立文起·赋总论》，《续修四库全书》第 1714 册，上海古籍出版社 2013 年版，第 321 页。

另一方面，从清人研究《诗》及汉赋的成就来看，“赋用”也突出地表现在知物辨方的博物功能。这种观念实际自东汉至魏晋，由赋之征实、纪行所衍，至晋左思《三都赋》等表现尤为明显。汉人如班固等多以“赋者，古诗之流也”来等视赋、诗关系，实际内含了“赋用”与“诗用”同旨。古人常采诗观风，故晋左思认为古之诗赋“先王采焉，以观土风”(《三都赋序》)。凭借诗赋得以观风的实质乃在于赋可以“苞括宇宙，总览人物”的强大社会学功能。特别是汉赋博大的体物特征和写实精神为辨物居方提供了理据。汉赋的这种辨物居方之用已为前人所揭发，如左思《三都赋序》云：“余既思摹《二京》而赋《三都》，其山川城邑则稽之地图，其鸟兽草木则验之方志。风谣歌舞，各附其俗；魁梧长者，莫非其旧。何则？发言为诗者，咏其所志也；美物者贵依其本，赞事者宜本其实。匪本匪实，览者奚信？且夫任土作贡，《虞书》所著；辨物居方，《周易》所慎。”① 清人多隆阿《毛诗多识》论诗多引汉赋辨风知物，如其以司马相如和扬雄赋解“赠以芍药”中的芍药和味②。此类以诗解赋，或以赋解诗，在清人的著述中极多，这一方面缘于文献互证的学术方法；另一方面则因于“诗用”与“赋用”的相同。基于诗、赋同样有辨物居方的功能，周汉以来的诗教观除开诗可以兴、观、群、怨之外，还可以“迩之事父，远之事君，多识于鸟兽草木之名”(《论语·阳货》)。由此可见，“诗用”从孔子时代就已开启了言志、经世、广见之说。因此，赋家的“赋迹”“赋心”及“积学广才”与儒家的“致用”“致知”是殊途同归的。

其次，“赋用”论在汉代呈现出明显的“讽谏”义说倾向。由于汉代与清代政治生态环境的不同，对赋用“讽谏”说的功义倡导是各有侧重的。而且，赋用“讽谏”说与赋兼“六义”中的“风”义并不完全等同。“风”可能有“讽”之一义，但同时更重于“采诗观风”的“观土风”之义。这从《诗

① 萧统编：《文选》卷四，上海古籍出版社 1986 年版，第 174 页。

② 多隆阿：《毛诗多识》卷五，民国辽海丛书本，《续修四库全书》第 72 册，第 600 页下。

经》中的“风”诗类已可见之。“诗用”的“讽谏”义说主要来源于孔子诗教的“兴观群怨”之说，其中诗教之“怨”正是《毛诗序》中所谓的“主文而谲谏”的义说功能。可以说这是与汉代赋用中的“劝百讽一”的义说相承不悖的。何以“主文”？就是陈之以事，铺之以赋，既比既兴，即所谓“劝百”之义。何以“谲谏”呢？自然不能怒而怨，只能做到点到为止，即所谓“曲终奏雅”，此“讽一”之义。这可以说明汉代诗用“主文谲谏”说与赋用“劝百讽一”说是相通的。

汉代赋用“讽谏”义说一开始就是与诗用“讽谏”说相联系的。司马迁论司马相如赋云：“相如虽多虚辞滥说，然其要归引之节俭，此与《诗》之风谏何异？”① 汉人对赋用“讽谏”说虽是建立在诗用“讽谏”说的基础上的，但另一方面，若视赋为古诗之流，赋之“讽谏”义承《诗》之“讽谏”义自然也是根循有据的。诗用“讽谏”说可以说是汉世的主流观点，甚至学者也多依《春秋》《易》等为其依经立义②。如司马迁认为《诗》的微言刺讥合乎《春秋》及《易》等经典诸义，其云：“《春秋》推见至隐，《易》本隐之以显，《大雅》言王公大人而德逮黎庶，《小雅》讥小己之得失，其流及上。所以言虽外殊，其合德一也。”③ 至于《诗》之讽谏，司马迁在《十二诸侯年表序》中论《诗》云：“周道缺，诗人本之衽席，《关雎》作。仁义陵迟，《鹿鸣》刺焉。”④ 三家诗中，鲁诗以“刺”言《诗》最突出，许结先生认为司马迁论《关雎》《鹿鸣》主“刺”就均本鲁说⑤。

就讽谏的方式来看，有“刺”“直谏”“谲谏”，或“至隐”，或“隐之以

① 司马迁：《史记》，中华书局 1959 年版，第 3073 页。

② 许结：《汉代赋用论的成立与变迁》，《杭州师范大学学报（社会科学版）》2016 年第 2 期。

③ 司马迁：《史记》，中华书局 1959 年版，第 3073 页。

④ 司马迁：《史记》卷十四，中华书局 1959 年版，第 509 页。

⑤ 许结：《汉代赋用论的成立与变迁》，《杭州师范大学学报（社会科学版）》2016 年第 2 期。

显”①，或“驳辩”，或“解嘲”，或“以颂为讽”② 等，这实际皆关乎诗用和赋用“讽谏”的方法。显然就汉代赋用论的批评来看，虽然如司马迁以《诗》《书》对幽、厉之讥的直谏方式有所褒掖，但实际上亦是以托古鉴今和以史论今的目的。其《太史公自序》云：“幽、厉之后，王道缺，礼乐衰，孔子修旧起废，论《诗》《书》，作《春秋》，则学者至今则之。”③ 其又提出所谓西伯、孔子、屈原、孙子等圣贤“发愤著书”之说，显然亦不过与其崇尚追慕的“刺”世思想相通。

而清人论诗赋之用则尤重“言志”。汉代赋诗“讽谏”说与清人赋用“言志”论有什么关联呢？从汉代赋用“讽谏”来看，实际上是直谏少而谲谏多，而讽谏之一主要方式即是“抒怨”，抒发怨结之情，这与清人“言志”说不无相通。如司马迁在《屈原贾生列传》中论屈、贾赋云：

> 屈平之作《离骚》，盖自怨生也。④
>
> 贾生既辞往行，闻长沙卑湿，自以寿不得长，又以适去，意不自得。及渡湘水，为赋以吊屈原（按：指《吊屈原赋》）。……贾生既以适居长沙，长沙卑湿，自以为寿不得长，伤悼之，乃为赋（按：指《鹏鸟赋》）以自广。⑤

显然屈、贾赋作是一种隐怨的方式，司马迁对这种“隐讽”批评道：“屈原既死之后，楚有宋玉、唐勒、景差之徒，皆好辞而以赋见称；然皆祖屈原之从容辞令，终莫敢直谏。”⑥ 这种隐怨（讽谏）更合于清人的赋用“言志”

---

① 《史记·索隐》引李奇曰：“隐犹微也。言其义彰而文微，若隐公见弑，而经不书，讳之。”《集解》引韦昭曰：“《易》本隐微妙，出为人事乃显著也。”参见司马迁：《史记》，中华书局 1959 年版，第 3073 页。

② 许结先生认为司马相如《大人赋》、扬雄《甘泉赋》即为“以颂为讽”的形态。参其《汉代赋用论的成立与变迁》一文。

③ 司马迁：《史记》，中华书局 1959 年版，第 3295 页。

④ 司马迁：《史记》，中华书局 1959 年版，第 2482 页。

⑤ 司马迁：《史记》，中华书局 1959 年版，第 2492—2496 页。

⑥ 司马迁：《史记》，中华书局 1959 年版，第 2491 页。

之说。

当然，若考虑到清代当下的政治背景，其赋用“言志”说的生发是与其密切相关的，但另一方面从文学史的渊承追溯，清代赋用“言志”论又是对汉代赋用“讽谏”论的变承。清人赋用论显然甚重“言志”，如张惠言《七十家赋钞序》、刘熙载《赋概》、王芑孙《读赋卮言》等皆较为翔实地阐发了赋用“言志”论。如王芑孙称贾傅以下“湛思渺虑，具有屈心”，或“马愉而贾戚”(《读赋卮言·导源》)，即是从言志抒情的视角来审视汉代赋体的差别。清魏伦喆《汉魏六朝赋摘艳谱说》认为汉以来论赋杂语亦间有可取者，多采论赋重情志之言，如其赞晋挚虞《文章流别论》所谓“古诗之赋，以情义为主，以事类为佐”语，又引元袁裒《求志赋》语云:“古人以赋托志，或比拟贤哲，或写情幽怨，或述己行藏，若《愍志》《复志》《求志》之类非一，大抵皆假托仿喻，依《楚辞》属词。”①魏伦喆对尤侗、吴绮等当代赋家赋作评论亦以“情志”挈领其要，如其云:“尤侗、吴绮小赋，王芑孙目为卑弱，以其乏鲍、庾高骞之风骨也。然一种骚情逸韵，亦足开后学慧心。”②魏氏与王氏评论的侧重可能各不相同，但魏氏着眼于赋之“言志抒情”则是显然的。如清康绍镛论后世赋之失亦在于“志益寡”，康氏云:“而后之作者志益寡，而辞益俳，逐物而不反，难可复理。”③而张惠言《七十家赋钞序》亦称“赋统乎志”，又称物故变新，人事纷纭，皆“有动于中，久而不去，然后形而为言。于是错综其辞，回忤其理，铿枪其音，以求理其志”。又称作赋者祖述宪章，能“尽其物，和其志，变而不失其宗”。称班固扬雄之作虽拘于时而不能骋，“然而其志达，其思哀，其体之变则穷矣。”④这些不但阐发了赋用“言志”的渊源、机理和重要性，也彰显了清人对赋用“言志”的重视。

① 魏伦喆:《汉魏六朝赋摘艳谱说》卷四《余说·总论十一则》，光绪辛巳瀛山书院刻本。
② 魏伦喆:《汉魏六朝赋摘艳谱说》卷四《余说·总论十一则》，光绪辛巳瀛山书院刻本。
③ 参见康绍镛:《七十家赋钞序》，见张惠言:《七十家赋钞》，光绪二十三年江苏书局刻本。
④ 张惠言:《七十家赋钞序》，光绪二十三年江苏书局刻本。

这与清人论诗之“言志”观是一脉相承的。

就汉代现实的赋用而言，似乎更认同“谲谏”和“隐讽”的方式，他们认为这是与“古诗之义”相通的，这种观念也贯穿于扬雄、班固等人的赋用观中。虽汉代赋之“讽谏”说因承诗之“讽谏”论，但汉代诗之“讽谏”论明显有过于夸大的嫌疑，清人对诗用“讽谏”义泛化就提出了中肯的批评，如清人崔述《读风偶识》云：

《诗序》云：“《桑中》，刺奔也。卫之公室淫乱，男女相奔，至于世族在位，相窃妻妾，期于幽远，政散民流，而不可止。”吕氏祖谦云：“诗之为体不同，有铺陈其事，不加一词而意自见者，此类是也。”严氏粲云：“或以《桑中》为淫奔者所自作，则非所谓止乎礼义矣，当从国史所题，以为刺也。”朱子《诗序辨说》云：“此诗乃淫奔者所自作。《序》之首句以为刺奔，误矣。”又云：“诗之为刺，固有不加一词而意自见者。清人猗嗟之属是已，然尝试玩之，则其赋之之人犹在所赋之外，岂有将欲刺人之恶，乃反自为彼人之言以陷身于所刺之中，而不自知也哉？”又云：“以是为刺，不惟无益，殆恐不免于鼓之舞之，而反以劝其恶也。”余按：《桑中》一篇，但有叹美之意，绝无规戒之言。若如是而可以为刺，则曹植之《洛神赋》，李商隐之《无题》诗，韩偓之《香奁集》，莫非刺淫者矣夫？《子虚》《上林》，劝百讽一，古人犹以为讥，况有劝而无讽，乃反可谓之刺诗乎？余尝细核序文，比其前后而参，观之同一题为刺，而其文互异。《新台》，以为刺宣公，则其文云“国人恶之，而作是诗”。《南山》，以为刺宣公，则其文云“大夫遇是恶，作诗而去之”，诸如此类，序以为作诗者之刺其君，文甚明也。若《桑中》，《序》首言刺奔，而下但言“卫之公室淫乱，男女相奔还”。《序》首言刺荒，而下但言“哀公好田猎，国人化之，习于田猎，谓之贤；闲于驰逐，谓之好丰”。《序》首言刺乱，而下但言“婚姻道缺”著。《序》首言刺时，而下但言“时不亲迎”，皆无一言及于诗人之刺之者，与《新台》《南山》

诸篇之文绝不类，疑作《序》者以录此诗于《国风》中，以垂戒于后世，故谓之刺，未必果谓作此诗者之刺之也。《凯风》序云“美孝子也”，而诗称“有子七人，莫慰母心”，此为美之乎？抑为责之乎？疑《序》亦以录此诗为美之非以作此诗为美之也。《静女》有狐之刺时，《溱洧》《绸缪》之刺乱，恐亦皆当如是，正不必曲为说，以附会之也。①

再者，汉代赋用“丽则”说亦接绪诗之“讽谏”说，从扬雄称“诗人之赋丽以则”，已可见他对赋体“则”之评价是与诗义联系在一起的。“则”被视为诗六义之一的“风”（讽谏）功义，因此扬雄四大赋被视为以“讽谏”为宗旨。然从扬雄四赋序文来看，其谓“从上甘泉，还奏《甘泉赋》以风”、“雄以为临川羡鱼，不如归而结网，还，上《河东赋》以劝”“恐后世复修前好，不折中以泉台，故聊因《校猎赋》以风”“雄从至射熊馆，还，上《长杨赋》，聊因笔墨之成文章，故藉翰林以为主人、子墨为客卿以风”②，其中所谓“风”虽确有“讽谏”之义，但亦不乏“劝”和“观风”之“系一国之事”和“形四方之风”（《毛诗序》）义。而且笔者以为“则”更可能包含诗六义中的“风”“雅”“颂”（三体）和“赋”“比”“兴”（三用）的功能。作为儒家学者，扬雄受孔子影响亦深，其作《法言》，颇有拟效立言的意图，其赋“则”正内蕴了孔子诗论中的“兴、观、群、怨”的理论言说。其后班固赋用“颂德”说，以为赋“或以抒下情而通讽谕，或以宣上德而尽忠孝”（《两都赋序》），其与孔子诗说的“兴”“群”之说可谓相承，而其所谓“通讽谕”虽义通《诗》之“讽谏”③，但却同时强调了“抒下情”。“抒下情”不但反映了“征实”的实事求是的精神，而且也反映了赋体抒情言志的功能特征。

当然，从扬雄赋论“丽”来看，“丽”应是指言辞之“文”，即美而有则。这与汉代以来的诗教思想中的“主文谲谏”是一致的。如何才能做到“谲谏”

① 崔述：《读风偶识》卷二，清崔东壁遗书本，《续修四库全书》第 64 册，第 261—262 页上。

② 班固：《汉书》，中华书局 1962 年版，第 3522、3535、3541、3557 页。

③ 《文选·两都赋序》李善注引《毛诗序》：“吟咏情性，以讽其上。”《楚辞》：“抒中情而属诗。”

而非“直谏”或“诤谏”呢？显然就诗、赋文学本体来看只能采用言辞“主文”的方式。而言辞“主文”则言必“丽”，故扬雄赋论之“丽”又内含了对“讽谕”“谲谏”内丰外微的精神法则的揭示，同时又进一步强调了言辞对抒情的作用。从内容和表现内容的方式来看，班固“抒下情”与扬雄“丽则”说对“情”“丽”（辞情）的重视，尤可见汉代赋用“丽则”说等与清人“言志”论的相通。而且清人赋用“言志”论的阐发也从另一个视角揭示了汉赋“丽则”“讽谏”的实质。

二、赋与“六义”

自汉代以来，学者承诗“六义”之说，而以赋居其一。但至清代，赋兼“六义”之说渐为学者所重。赋与“六义”的关系，又超出了“三体三用”的理论范式。显然，如果以“赋”为文体，其与“三体”又有何关系呢？如果视“赋”为“三用”之一，则其与文体之“赋”又有何联系呢？对其中“赋”与“六义”的关系探讨，可以说为清人对汉赋研究的一大理论贡献。

虽然诗“六义”向被视为诗之旨，但亦可视之为诗之“用”，故清代包世臣云：“‘四始’，体也。‘六义’，用也。”[①] 此即是“六义”即“六用”之说（详见下一节所论）。由此赋用“六义”与诗用“六义”可谓同旨，比、兴、雅、颂等也成为“赋用”和“诗用”的表现。而“赋、比、兴”向被视为诗之“三用”，此中“赋”尚有修辞的功能含义，但就赋体而言，除开“赋”（铺陈）之手法外，最明显莫过于“比”“兴”之用，这是与文学的抒情功能紧密联系的。其次，《诗》之“三体”中的《风》《雅》《颂》，又各体现其“言情”“陈义”和“述德”的讽喻功能[②]，依然不能离弃“言志”的本色特征，因此从理论来源来看，它们也由此成为清人论赋重言志的理据所依。

① 包世臣：《书毛诗关雎序后》，《艺舟双楫》一，万有文库本，《续修四库全书》第1082册，第613页上。

② 刘熙载：《艺概》卷三，上海古籍出版社1978年版，第86页。

汉代“赋用观”从一开始似乎更多地表现在世用的“讽谏”“颂德”等功能方面，但却同时也开启了“丽文”说的赋用观，这为清人论赋用之说提供了更为丰富的历史理论依据。不过，清人理综其变，透辟实质，进一步丰富“六义”的内涵，其“六义”即“六用”说为我们分清文体之“赋”与修辞之“赋”的层次提供了可以深入探讨的理论视野。

历来“赋”与“六义”的关系可分为二说：一是赋为六义之一；二是赋兼六义。“赋”为“六义”之一，实际上应是就赋的修辞功能而言。“赋”从修辞到文本的确立，实际上经历了一个过程。这个过程虽在文献中保留了一些蛛丝马迹，但要廓清其迹变却有待考古学的求索和印证。从《周礼·春官·大师》所载来看，“赋”为“六诗”之一①，班固亦认为“赋者，古诗之流也”（《两都赋序》），在汉代“赋”已成为文体之名。但从《周礼》“六诗”中与之并列的“比”“兴”“雅”“颂”等来看，如果“六诗”中的“赋”是作为文体意义的赋，则其与其他五诗或五体当有某种特征的不同。但在汉代已有将“颂”称之为“赋”者，或直接将颂体归为赋体的，“赋”的意义有不断扩大的趋势。《文选序》云：“至于今之作者，异乎古昔。古诗之体，今则全取赋名。”②至晋唐则是进一步将“赋”体的内涵扩大，可能将古诗之“颂”“雅”“风”以及“比”“兴”之体皆归为赋类。在探讨“六诗”的并列关系中，郑玄的解释对其从修辞角度来看“六义”功能是颇有助益的。郑玄《周礼》“六诗”注曰：

> 风，言贤圣治道之遗化也。赋之言铺，直铺陈今之政教善恶。比，见今之失，不敢斥言，取比类以言之。兴，见今之美，嫌于媚谀，取善事以喻劝之。雅，正也，言今之正者，以为后世法。颂之言诵也，容也，诵今之德，广以美之。③

---

① 《周礼注疏》，见阮元：《十三经注疏》，中华书局 1980 年版，第 796 页。

② 萧统编，李善注：《文选》，上海古籍出版社 1986 年版，第 1 页。

③ 孙诒让：《周礼正义》卷四十五，中华书局 1987 年版，第 1842—1843 页。

但作为“六义”之一的“赋”显然更侧重于修辞的意义，而非文体的意义。也正因为如此，在汉代“六义”说的基础上学者又提出了“六诗”说，也开始了“六诗”与“六义”关系的探讨与驳辩。这些论争的终结与理论问题的解决，都有待清代学者对汉赋学和《诗经》学的理论总结。

其二，关于赋兼六义之说，前代或有论之，但并非主流之论，他们大多以“诗兼六义”宗之。而论“赋兼六义”者，实于清代学者从赋体功能角度解析，这种观点渐占主流。如张惠言云：“六者之体，主于一而用其五，故《风》有雅颂焉，《七月》是也。《雅》有颂焉、有风焉，《烝民》《崧高》是也。”① 张惠言这种观点明显可能受到《毛诗正义》的影响，或者说是对汉唐人诗学和赋学观的一种拓张。《正义》对“六义”的解释云：

> 六义次第如此者，以诗之四始，以风为先，故曰“风”。风之所用，以赋、比、兴为之辞，故于风之下即次赋、比、兴，然后次以雅、颂。雅、颂亦以赋、比、兴为之，既见赋、比、兴于风之下，明雅、颂亦同之。②

显然，《正义》认为雅、颂皆可能用赋、比、兴之法。这种观点还是显示了“三体”论的一些局限，孔颖达虽对汉唐诗、赋理论提出新说，但却是站在反对和校正汉晋人的角度，故名其作为“正义”，因此他对《周礼》的“六诗”说和汉代人的解说大体上是持不同意见的；而贾公彦《周礼注疏》则明显传承周汉的“六诗”说，但可惜他只重在注疏，即对前代说法的收集，而对其中含糊和关键之处并没有解说得十分清楚。如其“六诗”疏云：“按诗上下惟有风、雅、颂，是诗之名也。但就三者之中有比、赋、兴，故总谓之六诗也。”③ 显然这并未将“六诗”解说清楚。如彭声洪称：“古人行文，句多

---

① 张惠言：《七十家赋钞目录序》，《柯茗文编》初编，清同治八年刻本。

② 孔颖达：《毛诗正义》，北京大学出版社 1999 年版，第 12 页。

③ 贾公彦：《周礼注疏》卷二十三，北京大学出版社 2000 年版，第 718 页。

简略，此三者之中的比、赋、兴，究竟是独立成篇的诗，还是风、雅、颂诗篇中的章节，意思很不明确，如果是前者，《诗经》中却找不到全篇都用比、兴的例证。如果是后者，则与风、雅、颂三体都无区别，因为此三体多杂用赋、比、兴的章节。”①

清代学者在前代学者的研究基础上，对汉、唐、宋关于“诗六义”的理论有所反思，也进行了卓有成效的理论总结。在清代重新提倡“六诗皆体”或“六义皆诗”说的基础上，人们的理论视野得到进一步拓张，由此来审视赋、比、兴下的修辞之用，或者说六者之间的互用情况，这自然极其容易地使人道破“赋兼六义”的事实。张惠言虽是论诗，但他认为诗与赋无别。所谓“六者之体”中自有“赋”体，由其“主于一而用其五”的观点同推，则意谓赋体亦用风、雅、颂、兴、比之五（义）。那么赋体的这种创作方法与《风》《雅》《颂》等古诗作法也基本无异。故他认为荀卿、屈原之作“不谋同偁，并名为赋。故知赋者，诗之体也”②。张惠言从文学流变的角度，对诗、赋关系进行了考察：

> 周泽衰，礼乐缺，诗终《三百》。文学之统熄，古圣人之美言，规矩之奥趣，郁而不发，则有赵人荀卿、楚人屈原引词表旨，譬物连类，述三王之道，以讥切当世，振尘滓之泽，发芳香之鬯，不谋同偁，并名为赋。故知赋者，诗之体也。其后藻丽之士，祖述宪章，厥制益繁。然其能者之为之，愉畅输写，尽其物，和其志，变而不失其宗；其淫宕佚放者为之，则流遁忘反，坏乱而不可纪③。

其后，张氏对屈原、宋玉、景差、荀卿、孔臧、司马迁、贾谊、司马相如、扬雄、张衡、王延寿等赋家风格及其流变进行精要分析梳理。

当然，“赋兼六义”之“赋”并非修辞之“赋”。要弄清“赋”与“六义”

---

① 彭声洪：《诗六义辨说》，《华中师院学报》1983年第4期，第108页。

② 张惠言：《七十家赋钞目录序》，《柯茗文编》初编，清同治八年刻本。

③ 张惠言：《七十家赋钞目录序》，《柯茗文编》初编，清同治八年刻本。

的关系，实际上还是需要回溯到“赋”与“诗”的关系。可以说清代学者对班固“赋者，古诗之流也”的理论认同为他们提供了“六义”诗学的最宝贵的理据，这也使他们在“六义”诗学研究的总结中能够纠谬前哲，颇张新论。赋、诗的关系或者说赋体源流的探讨成为清代《诗经》学和清代汉赋学研究的重要内容。历代关于赋源说有三：赋源于诗；赋源于骚；或说赋源于诸子文章。然赋源于诗当是清代赋学理论的主流认同。而且细究之，骚与诸子文章实际与古诗亦多有关系。如清代沈清瑞云：“盖古无赋，赋即诗也。”①王芑孙称“赋亦诗余”②，章学诚《校雠通义》谓“诗赋本《诗经》支系”③。吴乔《围炉诗话》引冯定远评诗云：“赋出于诗，故曰‘古诗之流’也。《汉书》云‘屈原赋二十五篇。’《史记》云‘作《怀沙》之赋’，则《骚》亦赋也。宋玉、荀卿皆有赋，荀赋便是体物之祖。赋颂，本《诗》也，后人始分。”④关于赋、诗之间的分化，鲁九皋《诗学源流考》云：“要其敷陈直叙，不失古人讽谏之义，故班固之《两都赋序》曰：‘赋者，古诗之流也。’自时厥后，赋学渐棼，沿及梁、陈、隋、唐，又有古赋、律赋之别，而赋遂与《诗》、《骚》不相比附矣。”⑤显然，清人对赋与诗的源流及其演进关系已阐释得十分清楚。如果“赋”即是“诗”，“诗”具“六义”，自然“赋”亦兼具“六义”。这种转换是合乎逻辑而且十分自然的。故沈钧德《历朝赋钞序》谓：“兼风雅颂赋比兴而一者，赋也。”⑥自然清人所谈的诗学“六义”问题在本质上不能也从未离开过赋学探讨的境域。

---

① 沈清瑞：《读赋卮言·序》，《续修四库全书》第1481册，第372页下。

② 王芑孙：《读赋卮言·审体》，《续修四库全书》第1481册，第376页上。

③ 章学诚：《文史通义》（附《校雠通义》），上海书店出版社1988年版，第99页。

④ 吴乔：《围炉诗话》卷二，《续修四库全书》第1697册，第604页上。按：此又见清冯班：《钝吟杂录·读古浅说》，参蔡守湘：《历代诗话论〈诗经〉〈楚辞〉》，武汉出版社1991年版，第253页。

⑤ 鲁九皋：《诗学源流考》，转引自张伯伟、许结主编：《中华大典·文学典·文学理论分典》。

⑥ 沈钧德：《历朝赋钞序》，乾隆乙酉年刻本，然藜阁藏板。

第二节　清人“六诗”与“六用”说

清代关于“诗六义”之争最主要就是“六用”观和“六体”观，“六体”之说实际上又称“六诗”说。这两种学说可谓最具代表性。

一、“六诗”“六用”的提倡

最早以“六诗”来称六义的为《周礼·春官·大师》：“教六诗：曰风、曰赋、曰比、曰兴、曰雅、曰颂。以六德为之本，以六律为之音。”① 此不言“六义”而称“六诗”，这成为清代章太炎《六诗说》的主要理据。而“六义”之说首见于《毛诗序》，其云：“故诗有六义焉”②，至于六义之名的排序与《周礼》全同。《毛诗正义》云：“‘大师’上文未有‘诗’字，不得径云‘六义’，故言‘六诗’。各自为文，其实一也。”③ 实际上在汉代对“六义”与“六诗”之关系已有言说。《汉书·礼乐志》言：“国子者……诵六诗”，应劭注：“六诗者，诗有六义，一曰风，二曰赋，三曰比，四曰兴，五曰雅，六曰颂。”④ 汉代郑玄等人对“六诗”或“六义”之说也进行了解说。但晋宋至李唐，人们去古愈远，其对“古诗”的认识也更为模糊，人们很难理解“比”“兴”之为诗“体”，故逐渐形成了“三体三用”的理论观。而清代章氏进一步引《郑志》为说，认为“六义”即“六诗”。

然这种称名的演变，我们不得不考虑时代的因素。确如《文选序》所云：“至于今之作者，异乎古昔。古诗之体，今则全取赋名。”⑤ 此言实际是颇有深意的。古诗中的“雅”“颂”“风”等体至晋唐，渐都成为赋

① 《周礼注疏》，见阮元：《十三经注疏》，中华书局1980年版，第796页。

② 孔颖达：《毛诗正义》卷一，北京大学出版社1999年版，第13页。

③ 孔颖达：《毛诗正义》卷一，北京大学出版社1999年版，第13页。

④ 班固：《汉书》，中华书局2002年版，第1014页。

⑤ 萧统编，李善注：《文选》，岳麓书社2002年版，第2页。

体（或者说仿雅、颂、风的文体其时皆被视为赋体）。而古诗中有哪些诗歌形态，虽然并不太清楚，但从《周礼》所载来看，至少“六诗”当属于“古诗”的形态，那么晋唐当下的“赋”名之体自然包括了“六诗”的形态，因此从这一点来看，清人所倡的赋兼“六义”是对这种理论的进一步阐发。

当然，无论是“六义”是指“体”还是“用”，但作为后世文本意义的“赋”实际皆可兼之，这种理论在清代得到张惠言、刘熙载等人的进一步肯定和阐发。就修辞和创作方法而言，清人在“三用”论的基础上进一步提出了“六用”之说。此“六用”说的深化更得益于刘熙载等，他摆脱《风》《雅》《颂》为“六诗”之三的诗体视野，从其体类特征分析，巧妙地反映了《风》《雅》《颂》的言辞和语义功能，这使其与诗“三用”中的赋、比、兴找到了平行的逻辑关系。这极大地开阔了清代汉赋学的理论视野。

清人包世臣提出“六用”观，包氏云：“序诗者序《关雎》，通言诗之体用，曰‘四始’，曰‘六义’。体为作诗之本，用为作诗之法。‘四始’，体也。‘六义’，用也。”[①] 即包氏认为风、雅、颂亦为诗之用。但风、雅、颂应非修辞之用，而是不同事用之“用”，从乐教和乐诗的角度来看，风、雅、颂所扮演的角色和功能是不一样，此正如刘熙载所谓：“言情之赋本于《风》，陈义之赋本于《雅》，述德之赋本于《颂》。”[②] 若以之反推，则风之用为言情，雅之用为陈义，而颂之用则为述德。而赋、比、兴之用，除所谓“异辞”的修辞功能之用外，也是与诗教和乐教密切相关的。这实际上又使“六用”与“六诗”说找到契合之处。

“六诗”说至《周礼》始就不断被讨论，清蔡孔炘《经学提要》卷八载：“瞽矇掌六诗、九歌，磬师掌缦乐。”[③]“九歌”注即“六府三事”，“六诗”注即“赋、

① 包世臣：《书毛诗关雎序后》，《艺舟双楫》一，万有文库本。

② 刘熙载：《艺概》卷三，上海古籍出版社 1978 年版，第 86 页。

③ 蔡孔炘：《经学提要》卷八，清道光五年刻本。

比、兴、风、雅、颂”六体[①]。对此六者如何表现为六体之用在清代也颇有说辞。清代“六诗说”，章炳麟较具代表性，其所谓“六诗说”实欲还“六义”之本旨。章氏在《检论》中有《六诗说》专章，其大要云：

《春官·大师》“教六诗：曰风，曰赋，曰比，曰兴，曰雅，曰颂。”《郑志》：“张逸问：‘何诗近于比、赋、兴？’答曰：‘比、赋、兴，吴札观《诗》，已不歌也。孔子录《诗》，已合风、雅、颂，中难，复摘别篇中义，多兴。’”此谓比、赋、兴，各有篇什。自孔子殽杂第次，而毛公独旃表兴，其比、赋俄空焉。圣者颠倒而乱形名，大师偏觢而失邻类，何其惛忘，遂至于斯邪？[②]

章氏不仅肯定了孔子删诗的可能，比、赋、兴三类诗体在吴公子季札观乐时就已亡逸，孔子编《诗三百》，已失其义。

余以辍文言事，名有通别。左氏说赋《彤弓》、《角弓》，其实《小雅》也。吉甫作诵，“其风肆好”，其实《大雅》也。若斥《彤弓》、《角弓》曰赋，《崧高》曰风颂，则不可投壶记言。凡《雅》二十六篇，其八篇可歌，歌《鹿鸣》、《貍首》、《鹊巢》、《采蘩》、《采蘋》、《伐檀》、《白驹》、《驺虞》。今独《鹿鸣》、《白驹》在《雅》，《貍首》无文，《鹊巢》以下五篇，皆在《风》矣。董仲舒书，言：“文王受命，有此武功，既伐于崇，作邑于丰，乐之《风》也。”（《楚庄王篇》。）今案其诗，亦在《大雅》，非《国风》甚明。寻此类例，《故训传》虽言“兴”，宁知非泛言通名？抑大司乐“以《乐语》教国子，兴、道、讽、诵、言、语”？“兴者，以善物喻善事。”（郑君说）将《故训传》所指在是欤？《关雎》兴于鸟，《鹿鸣》兴于兽，其皆《乐语》所谓“兴”者，而不与六诗之

---

① 蔡孔炘：《经学提要》卷八，清道光五年刻本。

② 《章太炎全集》（三），上海人民出版社 1984 年版，第 390 页。按：《郑志》载答张逸问《毛诗正义》本标点不同，其谓：“孔子录《诗》，已合风、雅、颂中，难复摘别。篇中义多兴。”（卷一，第 15 页）

"兴"同科。[①]

在此段，章氏认为后来诗教六义中"六诗"的赋、比、兴与《周礼》乐教中的赋、比、兴意义并不一样，其"名有通别"。因为孔子在编纂《诗三百》时当根据诗的地域性音乐风格特征依类而从，因此对部分诗本的归类实有改变，如《彤弓》《角弓》在《左传》被视为赋，而在《诗三百》中却被归为《小雅》，《崧高》明称"吉甫作诵"，但却归入《大雅》。这实际从另一面反映了清代学者认为古诗皆赋，或者说孔子之前古诗无赋名的情况。《诗经》中《风》《雅》之作或有混同，章氏认为《故训传》所称之"兴"就是一种泛指，而并不是乐教中"兴、道、讽、诵、言、语"之一的指义。他认为郑注"兴者，以善物喻善事"恐怕可能最合乐教本义，并非汉代诗"六义"说中兴为三用之一的意义。因此周初乐教（或称早期诗教）中的"六诗"是与诗"六义"又不同的。

二、章太炎《六诗说》启异

清代《诗经》学研究可谓显学，其中清代诗学中对"六诗""六用"说的阐说亦尤其丰富。清章太炎著《六诗说》，其论说颇详，然从中又可细窥清代关于"六诗"与"六用"异同之发明。

关于"六用"是比较容易理解的，其风、雅、颂据刘熙载所谓"言情""陈义""述德"之用的划分来看，也是比较容易理解的，而赋、比、兴为"三用"又为《诗经》学者所认可。朱子在《诗经集注》中虽已有比体、兴体之说，不过"比、兴"被视为"六诗"之其一却似乎并未得到清代学人的共同认可。章氏据此对"六诗"（六体）加以进一步阐发，其据《尚书》中所记的一些有韵的声歌亦不被《三百篇》所载情况，从而推断"六诗"中"比、赋、兴"在《诗三百》中应裁而未录：

① 《章太炎全集》（三）卷二，上海人民出版社 1984 年版，第 391 页。

要之，比、赋、兴，宜各自有主名区处，不与四始相挐。鲰生季才，不识也，以为故无篇什。尚书古者声均之文甚众。瞽矇掌九德六诗之歌，以役大师。九功之德，皆可歌也，谓之九歌，大别为十五流。而三百篇不见九歌。不疑九歌本无篇什，或孔子杂乱其第，独疑比、赋、兴三种，何哉?《乐记》师乙说四始外复有《商》、《齐》。《投壶》记其凡，最七篇，明不为《商颂》、《齐风》。齐大师作《征招》、《角招》，其诗曰“畜君何尤”，则《齐诗》复有合《大韶》者。《商》者，五帝之遗声，亦不指谓十二名颂。而《投壶》复有《史辟》、《史义》、《史见》、《史童》、《史谤》、《史宾》、《拾声》、《叡挟》八篇，废不可歌。外有武王餕诗《新宫》、《祈招》、《河水》、《辔柔》诸名，时时杂见于《春秋传》，今悉散亡。则比、赋、兴被删，不疑也。①

对于赋、比、兴三种诗体，章氏不仅对其最初的体例结构有推测，也对何以《三百篇》不载亦详加推阐。章太炎认为赋体由于体裁的独特性，以及内容宏杂，又不能被之管弦，因而《三百篇》无赋。其云：

《艺文志》曰:“不歌而诵，谓之赋。”《韩诗外传》说孔子游景山上曰“君子登高必赋”。子路、子贡、颜渊，各为谐语，其句读参差不齐。次有屈原、荀卿诸赋，篇章闳肆。此则赋之为名，文繁而不可被管弦也。其事比于简阅甲兵，簿录车乘，贵其多陈胪，而声歌依咏鲜用。故周乐与三百篇，皆无赋矣。②

那么，汉人在解《诗三百》中所谓“赋、比、兴”六义之三者，自然不应是解“赋、比、兴”之体，而是解“赋、比、兴”之法在可被管弦之“风、雅、颂”体上的运用。虽《周礼》与《毛诗序》皆引此“六义”之名，但其所指当有异同。《周礼》当重在“六诗”之体，而《毛诗序》则重在“六义”之法。故《毛诗序》所云“风、雅、颂”虽为诗体，然其亦重于阐发其“义”，

① 《章太炎全集》（三）卷二，上海人民出版社1984年版，第391页。

② 《章太炎全集》（三）卷二，上海人民出版社1984年版，第391—392页。

故云："上以风化下，下以风刺上，主文而谲谏，言之者无罪，闻之者足以戒，故曰风。"显然这是解释"风"的风格特点，而不是解释"风"诗的文体特征。从后来文体的归类看，若释文体特征似当从语言、句式、章法等角度规范，然《诗序》显然未从此角度着眼。而且其所谓"下以风刺上"确可说明为采自各地风诗的状况，然"上以风化下"则显然不当为各地所辑之"风"诗，而可能为出自贵族上层之手的"雅"诗，当然也可能将民间之作颂、雅之类修葺整理以广而化众。显然《毛诗序》对诗"六义"的解说并非对"六诗"的解说，而是就乐教"六诗"中"风、雅、颂"的政教作用而言，故继称："至于王道衰，礼义废，政教失，国异政，家殊俗，而变风变雅作矣。国史明乎得失之迹，伤人伦之废，哀刑政之苛，吟咏情性，以风其上，达于事变而怀其旧俗也。故变风发乎情，止乎礼义。发乎情，民之性也；止乎礼义，先王之泽也。"（《毛诗序》）而"风""雅"的政治视野又是不一样的，"风"以其地域性特征尤为突出，故谓："是以一国之事，系一人之本，谓之风；言天下之事，形四方之风，谓之雅。"风诗的地域性特征和视野决定了其独特性和讽喻性特征，因此"风"又称"讽"也，"雅"又称"正"也。"雅"诗所站的政治视角可能为更高层的统治立场，因此他们"言天下之事，形四方之风"，而不是拘泥于一地一国。因此，如果"风"诗是为言情泄志之作，其民俗风情之写照尤多，而"雅"诗则可能为政治诗，可以说"雅"诗应开创了后来政治诗、咏史诗之类的先河，故《诗序》云："雅者，正也，言王政之所由废兴也。政有大小，故有小雅焉，有大雅焉。"而"颂"诗应是最为传统也最为尚古的诗体，但《诗序》依旧并未解释这种文体的体例特点，而是从内容与政治的相关度来阐发，因称："颂者，美盛德之形容，以其成功告于神明者也。"（《毛诗序》）颂诗应包含了最古的颂神祀祖的祭诗。章太炎文称"《乐记》师乙说四始外复有《商》、《齐》"（《六诗说》），此《商》可能既非"商颂"，也非"商风"，而《齐》则非"齐风"，因其有"复合《大韶》者"，显然又有颂的成分，不可能为民间视野的诗。因此《齐》则可能为齐地贵族所作或承传的“颂”“雅”之类作品，然因未录“齐颂”，故《三百篇》未载。而《商》可能为商代遗歌，既非陈神祖之颂，也非“言天下事”之雅，故章氏云：“《商》者，五帝之遗声，亦不指谓十二名颂。”[①]

孔子对夏、商、周三代以来所传之诗歌有所删汰无疑，孔子之前或有《诗》本，据马银琴考证，《诗》本的编辑形成经历过多次，其所称名最先亦非用“诗”名，而至战国方渐将《颂》《雅》《风》概归入《诗》本。那么西周至春秋这段时间的乐教与诗教所称之“诗”必定非后世所谓之《诗》，其“诗”因有多种形态，故可能总概其为“六诗”。这“六诗”极可能为当时诗之“六体”。“诗”古通“誌”，即“言志”，据马银琴考证，“诗”本有“讽”意，即一种说话方式[②]。《毛诗序》云：“在心为志，发言为诗。”[③]无论是风、雅、颂，还是赋、比、兴，其实都是一种言志的方式，故都可称之为“诗”。故在《诗》本专名化之前，古代更可能是一种大诗学概念。无论是有韵的言语，还是无韵的散辞，都可能被视为言志的“诗”，但这种言辞以拖长声调或变调咏唱的形式来表现就可能被称为“歌”或“谣”。后来那些比较有韵律节奏的言辞（诗）可能与这种表达方式进一步结合，就将“诗”推向乐化。清查慎行《得树楼杂钞》卷一云：“其实先王立教之初，惟《诗》而已。《尚书》：舜命夔典乐教胄子，而曰‘《诗》言志，歌永言’。《周礼》：‘诏太师，教以六诗’。时虽有《易》，而本之卜筮。虽有《书》，而藏之柱下，《仪礼》未著，《周官》未颁，《春秋》之作尚在数百年之后，故教惟《诗》为最先。胡云峰云：《诗》学者，君父师所以为教者欤。但所谓《诗》者，非今之《三百五篇》，而所谓‘六诗’者，即赋比兴风雅颂六义也。使学者循是而歌之，玩其辞意，以转移其气质，以涵泳其性情，诗之为教如此，迨孔子删后而《诗》始尊为

① 按：此《商》者，既称“五帝之遗声”，则或可能为商代祭祖颂祖（先王五帝）的颂诗，但不与存世的十二名颂同。

② 马银琴：《两周诗史》，社会科学文献出版社 2006 年版。

③ 孔颖达：《毛诗正义》卷一，北京大学出版社 2000 年版，第 7 页。

经。"[①] 在《春秋》《诗三百》成书数百年之前，其"诗"必与后世《诗经》不同，查氏虽指时"六诗"虽非指《易》《书》《礼》等，但从《易》中所收卜筮之辞以及《书》中所载零散逸诗，可见与古诗或有关系。太师所教"六诗"当是当时常见的几类言志的方式，或者说常用的几种文体，因此"六诗"可能言事之同，而又有包世臣所谓"六用"的内涵。

从诗歌发展的形态来看，无论是名称还是体例实属多样，在费经虞《雅伦》体调、格式等中就有详细地论列诗体的名称与格式者。在商周以来，实属于诗而名异者实多，如歌、行、歌行、讴、谣、吟、成相、辞、引、咏、曲、艳、操、怨、叹、哀、悲、思等[②]。清费经虞《雅伦》卷一引《珊瑚钩诗话》云："古今诗体不一。太师之职，掌教六诗，风、雅、颂、赋、比、兴备焉。三代而下，杂体互出。汉世以来，铙歌鼓吹，拂舞矛俞，因斯而兴。"[③]《周礼》"六诗"之称恐因其代表了当时主要的文体和言志方式，具有普泛性和代表性，而此"六诗"实即"六用"，自然也成为时代诗教乐教内容的选择。

当然，据《毛诗序》对"六义"次第及其阐述来看，或许正因为"风"诗带有比较明确的一国之地域性特征，故"风"诗从体用特点上看，它又可能涵盖了"六义"的功用，特别是"赋、比、兴"的体用特点[④]。《毛诗序》孔疏云："六义次第如此者，以诗之四始，以风为先，故曰'风'。风之所用，以赋、比、兴为之辞，故于风之下即次赋、比、兴，然后次以雅、颂。雅、

① 查慎行：《得树楼杂钞》卷一，民国适园丛书本。

② 参见费经虞：《雅伦》卷八，《全明诗话》第六册，齐鲁书社 2005 年版。

③ 费经虞：《雅伦》，见周维德集校：《全明诗话》第六册，齐鲁书社 2005 年版，第 4456 页。

④ 按：《毛诗序》解诗当按《诗经》编目《国风》《雅》《颂》之次第。故"国风"与"六诗"之"风"当有不同。"国风"指地域，故"国风"实为一国之诗，非其一体也。《毛诗序》解"风"通"讽"，言以言感化之义。据马银琴考证，"诗"亦本有"讽"意，故"国风"即"国诗"。《毛诗序》所解《国风》非"六诗"之"风"体，故有"上以风化下"（或雅、颂、兴）、"下以风刺上"（或比、赋、讽）众体者。亦因此方以"六诗"之"赋、比、兴"附国风之后也。

颂亦以赋、比、兴为之，既见赋、比、兴于风之下，明雅、颂亦同之。”[①]但《毛诗序》所述的“赋、比、兴”实际上同样是政治诗学的体系内容，因此与按政治视野来解读的“风、雅、颂”一起构成了政治要义的“六义”。《毛诗序》本文对“风、雅、颂”作以政治诗学范畴的诠释，虽无另解“赋、比、兴”，但郑注、孔疏等释“赋、比、兴”谓赋“铺陈今之政教善恶”，孔疏“其言通正、变，兼美、刺也”。又称：“‘赋’者，直陈其事，无所避讳，故得失俱言。”而谓“比”云：“‘见今之失，取比类以言之’谓刺诗之比也。”而谓“兴”云：“‘见今之美，取善事以劝之’，谓美诗之兴也。”[②]

历代对风、雅、颂、赋视为文体，基本上可以得到认可，但对“比、兴”的体裁之说却多有疑义。清代学人章太炎在追叙旧典过程中，则出于古文经学的治学思想与方法，对“六诗”旧说则多有发明。章太炎《六诗说》云：

> 比者，辩也。凡龚事治具，《周官》言比庀，汉世言辩辨，其声相转。自伏戏有《驾辩》，夏后启乃有《九辩》、《九歌》。晚周宋玉，犹仪刑之，其文亦肆，不被管弦，与赋同。故周乐与三百篇，皆无比矣。[③]

在章氏看来，“比”亦近于赋体。首先他认为这类比体赋有几个特征，一是形近《九辩》《九歌》以言辩铺肆为特点；二是文亦闳肆，不被管弦。即这种诗也不是乐诗，因此亦不录于《诗三百》之中。不过，章氏颇有发明新意，其称“《周官》言比”，《说文》训“比”云：“密也。二人为从，反从为比。”[④]本或为“密”“从”义，而由此引申有“辅”义。显然从体制上来看，《九辩》《九歌》反复变奏成曲的形式，正是相辅以从，以申其义的最好解释。而且“比”音同“毖”，《说文》释：“慎也。从比必声。《周书》曰：‘无毖于

① 孔颖达：《毛诗正义》卷一，北京大学出版社2000年版，第13—14页。
② 俱见《毛诗正义》卷一，北京大学出版社2000年版，第13页。
③ 《章太炎全集》（三），上海人民出版社1984年版，第392页。
④ 段玉裁：《说文解字注》，上海古籍出版社1981年版，第386页。

恤。’”[①]“毖”与“比”有相近的引申之义。这使我们联想到清华简中的一种古代文体“毖诗”。在清华简第三册载《芮良夫毖》一篇，题名或作《芮良夫謐》。而芮良夫的作品见诸《诗经》《国语》和《逸周书》。《芮良夫謐》保存有两启长文[②]，但语体为诗。简文整理云：“謐，相当于文献中的‘毖’。清华简《说命下》：‘余既识敌謐女。’……《酒诰》‘汝典听朕毖’，即用为名词，‘作謐再终’的‘謐’和‘朕毖’的‘毖’一样，具有名词特征。”[③]曹建国称：“如《酒诰》‘厥诰毖庶邦庶士越少正御事’之‘毖’，与之并列的‘诰’是一种文体，则‘毖’亦当如是。……而‘毖’当即‘謐’，也当是一种文体。”[④]他进一步认为此篇与《周公之琴舞》中成王所作謐诗一样，也是一首自儆类的诗歌。《说文·比部》：“毖，慎也。从比，必声。”[⑤]《广雅·释诂》云：“毖，比也。”王念孙同时指出毖有慎密之义，他说：“毖为比密之比。《说文》：‘毖，慎也。从比，必声。’……又云：‘比，密也。’密与慎同义。故《系辞传》云：‘君子慎密而不出也。’”[⑥]《说文》《广雅》皆以“毖”从“比”。简帛文献中又常将“毖”从言作“謐”或从心作“毖”，显然各自在强调这种诗体与言说与情志表达的关系。由此来看，古“比”“毖”“謐”或“毖”音同通用，“比”为讲究密比陈言的“诗”体，后来也成为赋、诗的一种艺术手法和技巧。章氏音声转读的推测对论定“比”作为“六诗”之体可谓具有重要的发明，清代学者大多擅长音韵学、文字学、训诂学和名物考证，因而多采用“依声求义”的方法来校勘、解释文字[⑦]。清代学者马瑞辰不仅作有《诗人义同字变

① 段玉裁：《说文解字注》，上海古籍出版社1981年版，第386页。

② 疑此诗当有缺脱，其首有“芮良夫乃作謐再终”，无“元启”示语，然后有“其二启”，其末有“吾用作謐再终，以寓命达圣听”。

③ 李学勤主编：《清华大学藏战国竹简》（三），中西书局2012年版，第148页。

④ 曹建国：《清华简〈芮良夫謐〉试论》，《复旦学报（社会科学版）》2016年第1期，第23页。

⑤ 许慎：《说文解字》，中华书局1963年版，第169页。

⑥ 王念孙：《广雅疏证》，中华书局2004年版，第105页。

⑦ 马瑞辰撰，陈金生点校：《毛诗传笺通释·点校说明》，中华书局1989年版，第2页。

例》，还作《毛诗古文多假借考》，认为："《毛诗》为古文，其经字类多假借。《毛传》释诗，有知其为某字之假借，因以所假借之正字释之者；有不以正字释之，而即以所释正字之义释之者。说《诗》者必先通其假借，而经义始明。"① 这正是诗经学中"因声求义"的释读方法，今天大多数学者据战国简帛文献来推知先秦"六诗"流传之状况正是沿此理据和思路。

关于"兴"论，章太炎认为"与诔相似，亦近述赞"，为"诗之一术"。而且他认为"诔或时无韵"，故兴亦无韵，也不可歌。虽然他的观点并不一定十分正确，如其引郑注认为"兴"与王言有关，称"兴言王之行，谓讽诵其治功之诗"，而且其亦认为兴与诔相似，近述赞。述赞之体必有褒美之言，实际上也即孔疏所谓"取善事以劝之"的"美诗之兴"②，但又却认为此体如诔不益教化，故《周乐》与《三百篇》不载。不过，章氏将"兴"与诔之"观象"相联系，确有独到发见和深义。章氏云：

兴者，《周官》字为廞。大师："大丧，帅瞽而廞，作匶谥。"郑君曰："廞，兴也，兴言王之行。谓讽诵其治功之诗，故书廞为淫。郑司农云：淫，陈也，陈其生时行迹，为作谥。"瞽矇"讽诵诗"。郑君曰："主谓廞作柩谥时也，讽诵王治功之诗，以为谥。"……此为兴，与诔相似，亦近述赞，则诗之一术已。诔或时无韵。兴无韵者，亦或取以称说。天官张衡《灵宪》曰："圣人无心，因兹以生心，故《灵宪》作，兴曰：大素之前，幽清玄静，寂寞冥默，不可为象。"其下文辞甚广（原注：《续汉书·天文志》注引。）古者读诔观象，皆太史之守，故其文通曰兴。观象者既不可歌；王侯众多，仍世诔述，篇第填委，不可遍观，又亦不益教化。故周乐与三百篇，皆无兴矣。③

"兴"除却政治诗学的解释，与"美诗"相关外，其作为修辞之用就

① 马瑞辰撰，陈金生点校：《毛诗传笺通释》，中华书局 1989 年版，第 23 页。

② 孔颖达：《毛诗正义》卷一，北京大学出版社 2000 年版，第 13 页。

③ 《章太炎全集》（三）卷二，上海人民出版社 1984 年版，第 392 页。

与“象”密切相关。将“兴”与“象”大量连辍而用始于唐宋。如唐贾公彦《周礼疏》云：“则廞不得为陈，以兴象为义也。”① 宋代文谠注韩愈《寄崔二十六立之》之“鲸以兴居状，失所逢百罹”云：“兴，象也，许应切。《诗》有六义，四曰兴。《兔爰》诗云：‘我生之后，逢此百罹。’”② 唐殷璠《河岳英灵集》评陟孟浩然：“浩然诗，文彩丰茸，经纬绵密，半遵雅调，全削凡体，至如‘众山遥对酒，孤屿共题诗’，无论兴象，兼复故实。又‘气蒸云梦泽，波动岳阳城’，亦为高唱。”③ 如果“起兴”是一种情感的感悟，它所达到的具体目的就是对所生成的意象的向往和理解。“兴象”可以说成为中国审美诗学的一个主要范畴，如刘鉴《合刻李杜分体全集序》云：“夫诗之合离，主兴象，不主体裁。”④ 又《杜诗镜铨》引李子德评杜《落日》诗云：“本是郁郁无聊写来，更饶兴象。”⑤《全唐诗》载薛能《海棠》诗并序，其序云：“蜀海棠有闻，而诗无闻。杜子美于斯，兴象靡出，没而有怀。天之厚余，谨不敢让。风雅尽在蜀矣，吾其庶几。”⑥ 清人方东树《昭昧詹言》就有49处用“兴象”一词评鉴诗文⑦。如其卷一云：“文字精深在法与意；华妙在兴象与词。”“章法深妙、不可测识处，又须赏其兴象逼真处：或疾雷怒涛，或凄风苦雨，或丽日春敷，或秋清皎洁，或玉佩琼琚，或櫹槮寂寥，凡天地四时万物之情状，可悲可泣，一涉其笔，如见目前。而工拙高下，又存乎其文法之妙。”“用意高妙；兴象高妙；文法高妙，而非深解古

① 贾公彦：《周礼注疏》卷三十二，北京大学出版社2000年版，第989页。

② 韩愈撰，文谠注：《详注昌黎先生文集》卷五，宋刻本。按：《韩昌黎诗系年集释》本“居状”作“君身”（上海古籍出版社1984年版，卷八，第862、876页）。

③ 殷璠：《河岳英灵集》，四部丛刊景明翻宋本。

④ 李白撰，王琦注：《李太白诗集注》卷三十三，清文渊阁四库全书本。

⑤ 《杜诗镜铨》卷八，清乾隆五十七年阳湖九柏山房刻本。

⑥ 彭定求等编：《全唐诗》（增订重印本）卷五百六十，中华书局1999年版，第6556页。

⑦ 参方东树：《昭昧詹言》卷一（5）、卷三（2）、卷五（14）、卷六（6）、卷七（6）、续卷二（1）、续卷三（4）、续卷四（4）、续卷五（3）、续卷六（1）、续卷七（1）、续录卷一（1）、续录卷二（1），共计49处用“兴象”作为审美诗学评论范畴。

人则不得。”①

综其所论，章太炎作为古文经学家，论诗主“六诗”旧说，然又发明《周礼》《诗序》《郑志》，在前人旧说基础上进一步强化“六诗皆体”的观念。其大要有三：

一是以《国语》《左传》所载“逸诗”等证明“比、赋、兴被删不疑”，从而也进一步肯定了司马迁“孔子删诗说”的可信。其谓：“九德六诗之歌，校今《风》、《雅》、《颂》五倍。《风》、《雅》、《颂》已三百篇，复尚有见删者，五倍之，则千五百篇以上也。是十五流以外，六代之乐，九夏之舞，又当依其节奏，和其声容，以为歌曲。兼诸官箴、容经、弟子职、醮祭之辞，凡有韵者，悉亦诗之陪贰。……从是推之，言古诗三千余篇，尚省略矣。”②这从今天不断出土的考古材料清华简、上博简、安大简等的情况来看，进一步证明了其推测的可信。

二是在“删诗”理论推测的基础上，其认为以“四始”（即《国风》《小雅》《大雅》《颂》）为格局的今本《诗经》由于“荒芜章阕，泯绝经略”，比之完整的“六义”（即“六诗”）已“亡其三”，但对孔子删诗又试图作以合理的解说，其称何以不录“比”“赋”“兴”之体云：“《比》、《赋》、《兴》虽依情志，而复广博多华，不宜声乐。由是十五流者，删取三种，而不遍及。”③在《国故论衡·辨诗》中进一步阐释：

> 《春官》瞽矇，掌九德六诗之歌，然则诗非独六义也，犹有九歌。敷隆也，官箴占繇皆为诗。故《诗序》、《庭燎》称箴，《沔水》称规，《鹤鸣》称诲，《祈父》称刺，明诗外无官箴，《辛甲》诸篇，悉在古诗三千之数矣。《诗赋略》录《隐书》十八篇，则东方、管辂射覆之辞所出。又《成相》、《杂辞》者，徒役送杵，其句度长短不齐，亦悉人

① 方东树：《昭昧詹言》卷一，人民文学出版社 1961 年版，第 11、23、30 页。
② 《章太炎全集》（三）卷二，上海人民出版社 1984 年版，第 393 页。
③ 《章太炎全集》（三）卷二，上海人民出版社 1984 年版，第 393 页。

录。扬搉道之，有韵者皆为诗，其容至博。其杀也，孔子删诗，求合于《韶》、《武》，赋比兴不可歌，因以被简。①

三是认为《毛传》“兴也”并非“六诗”之“兴”。他认为在《周礼》时代，六诗皆体，赋、比、兴也是三种不同的诗体。但是《周礼》实际上并未明“六体”，倒是从政治的层面解说了“六诗”之“用”，因此清人所倡的“六诗”即“六用”又是默契相系的。而“六诗”之说本不是《毛诗序》的系统，《毛序》倡“六义”，实在“乐用”，而《周礼》倡“六诗”实在“王言”之“政用”。“乐用”与“政用”虽有重合与交叠，但愈至后世，愈各显其差别。章氏以“乐用”来论“六诗”虽似言而可信，然乏对《周礼》时代“六诗”之体“政用”本旨的阐说。章太炎重倡“六诗皆体”，意义在于冲决汉儒形成的解经模式，将“六诗”还给《周礼》时代，申明“六诗”不等于“六义”，也不等于“三体三用”。

可以说从毛公、郑玄、孔颖达到朱熹形成的“三体三用”解析思路，有其难以突破的掣肘，清人及近代学者于是另辟蹊径，重倡“六诗皆体”之说。他们力图摆脱“毛郑之学”笼罩下的《诗经》格局的桎梏，否认“六诗”即“六义”的臆断，这种努力和尝试不仅有利于回归“大诗学”视野，也有利于重新深入探讨赋、诗源流的问题。但汉代作为《诗经》学研究极其重要的时代，其去古未远，其对古诗源流状况虽或有断章取义之嫌，但综比要旨，理其繁芜，或有明见。故“六诗皆体”或“六义皆用”实不得不受郑注之启疑。

第三节　从“六诗”到“六义”

为进一步证明清人“六诗”“六用”说的合理性，兹对“六诗”“六义”

① 章太炎：《国故论衡·辨诗》，上海古籍出版社2003年版，第86页。

旧说略加考辨。

一、“六诗”到“六义”

“六诗”概念源于《周礼》，然《周礼》的成书年代历代颇有争论，《四库提要》云：“(《周礼》）于诸经之中，其出最晚。其真伪亦纷如聚讼，不可缕举。”① 自汉唐对《周礼》是否为《尚书》中的《周官》已有争论。贾公彦《序周礼废兴》云：“《周官》，孝武之时始出，秘而不传。”“既出于山岩屋壁，复入于秘府，五家之儒莫得见焉。至孝成皇帝，达才通人刘向、子歆校理秘书，始得列序，著于《录》《略》。然亡其《冬官》一篇，以《考工记》足之。”② 古代名家大儒已多疑之。近代梁启超、胡适、顾颉刚、钱穆、钱玄同、郭沫若、徐复观、杜国庠、杨向奎等都曾参与讨论，大致有西周说、春秋说、战国说、秦汉之际说、汉初说、王莽伪作说等。但由此也可以看出“六诗”说可能源于先秦，但至晚不晚于西汉，而“六义”的概念则明确出现在西汉，一般认为“六诗”即“六义”。

由于对古代诗歌，除开《诗三百》的记载外，《周易》《尚书》中偶有片段遗存，然对其形态有“风”“雅”“颂”体（学者或另辍“南”体）外，其余诸体并不明确，这也使“六诗”及“诗六义”的研究从没有中断过，且争鸣不休。先秦至西汉为“诗六义”的萌芽阶段，西汉在先秦研究“六诗”的基础上，提出“六义”的概念，其主要便是《诗大序》及《毛传》。《诗大序》对风、雅、颂作了具体解释，而《毛传》则直接标明兴体。东汉至唐，“诗六义”研究得到进一步发展，东汉时期郑玄继《诗大序》，进一步对赋、比、兴概念进行了阐发，其次尚有郑众、王逸、刘熙等经学家对“诗六义”也提出了自己的理解，但两汉对“诗六义”的解说明显具有比附政教和美刺的

① 《钦定四库全书总目》，中华书局 1997 年整理本，第 235 页。

② 孙诒让：《周礼正义》，中华书局 1987 年版，第 8—9 页。

政治诗学倾向[①]。魏晋至隋唐对“诗六义”主要有孔颖达、成伯玙等人的研究与解释。孔颖达明确提出“三体三用”之说，虽未能完全摆脱郑玄比附政教的影响，但其明确将“诗六义”分为两部分亦算是其创新。另外在对“六义”比、兴的解释中，他认为比、兴皆用美刺善恶的观点，可以说是对郑玄比、兴概念的纠正。成伯玙则提出“三体三情”之说，由“三体三用”演变为“三体三情”，反映成伯玙对“诗六义”的理解略有创新。他对“兴”的理解注重其文学性，他说“兴”有“叹咏尽韵”等效果，这在一定程度上继承了魏晋文论家的观点。显然，由周秦至唐，人们逐渐经历了一个由“六诗”（体）至“六义”（用）的转变，而后又渐由“六义”（用）回溯于“六诗”（体）的追认过程。这个过程实际上反映了先秦文体并兴至汉代经义弘昌的历程。然而汉以后，魏晋至隋唐，随着《文选》《文心雕龙》《文章流别论》等著作的出现，人们的文体观念愈益明显，对“诗六义”的解说又渐而趋于对“诗”体或“诗”之分体的研究。

宋代是“诗六义”研究的另一个高潮期，宋代也是辨经疑古的时代，其对《诗经》学予以重新反思，然欧阳修、王安石、苏辙等仍持传统儒家诗学观念，以政教比附“诗六义”。程颐提出诗兼六义的观点，认为“诗六义”都是写法。其云：“诗有六义，曰风者，谓风动之也；曰赋者，谓铺陈其事也；曰比者，直比之，温其如玉之类是也；曰兴者，因物而兴起，‘关关雎鸠’‘瞻彼淇澳’之类是也；曰雅者，雅言正道，‘天生蒸民’‘有物有则’之类是也；曰颂者，称颂德美，‘有匪君子’‘终不可谖兮’之类是也。”[②]吕祖谦、吕乔年、李樗、林之奇等都坚持这种观点。然究汉代诗赋之学，虽有以政教美刺来解释“诗六义”，但其中却内含了汉代学者对“六义”为诗赋表现形式或方法的认可，诗兼六义正是重新肯定诗与“六义”关系。

① 关于“诗六义”研究的学术史演变可参见李平：《“诗六义”学术史研究》，华中师范大学，博士学位论文2013年。

② 程颢、程颐：《二程遗书》卷二十四，《景印文渊阁四库全书》第698册，第250页。

当然“赋”与“六义”的关系，在上节《赋与“六义”》中已有略说，其中不仅牵涉到“赋”为“六义”之一，更涉及“赋”与“古诗”的关系。宋去古更远，自然对“赋”与“古诗”的关系除开承班固之说外，少有新意和推进之论。朱熹虽提出“三经三维”之说①，即“风者，民俗歌谣之诗也”“雅者，正也，正乐之歌也”“颂者，宗庙之乐歌”“赋者，敷陈其事而直言之者也”“兴者，先言他物以引起所咏之辞也”“比者，以彼物比此物也”。②究其所论，实亦不脱“三体三用”之说，不过为其变衍之辞。其大体与孔颖达释“六义”同，其所谓释“风”“雅”“颂”亦着眼于诗之分类，即“民谣”“正乐”“庙乐”三类，依旧是论“诗”之体。而“赋”“比”“兴”同样是着眼于诗体表现的方法。不过他更从文学本身的视角来解释“六义”，而突破了汉唐以政教美刺为说的时代特征，他以声歌释风、雅、颂，亦从文学（方法）的角度解释赋、比、兴，对后世文学的发展又是有着积极影响的。郑樵、程大昌等学者也较为认同这种观点。至王质便认为“诗六义”就是六种诗体。

元、明两代“诗六义”研究虽同样力图还原“诗六义”之本旨，但主要却是对朱熹“诗六义”说的继承和补充，缺少新意。元、明时期，梁寅、刘瑾、梁益、朱公迁、许谦、胡一桂、李公凯、刘贞等，都宗于朱熹《诗集传》，在“诗六义”的解释上没有实质性突破。而何楷、朱谋玮、杨慎等都认为“诗六义”与政教有关，李先芳《读诗私记》认为风、雅、颂的区别不是音调的不同，也不是辞气、内容不同，而是来源不同，出处不同③。此期学人论说大致还是与前人论“六义”相同，但对汉人何以如此释“六

① 《朱子语类》载：“‘三经’是赋、比、兴，是做诗底骨子，无诗不有，才无，则不成诗。盖不是赋，便是比；不是比，便是兴。如风、雅、颂是里面横串底，都有赋、比、兴，故谓之‘三纬’。”（见朱熹：《朱子语类》第6册，中华书局1986年版，第2070页）

② 分别见朱熹：《诗集传》，中华书局1958年版，第1、99、223、3、1、4页。

③ 参李先芳：《读诗私记》，《景印文渊阁四库全书》第79册，台湾商务印书馆1983年版；并参李平：《“诗六义”学术史研究》，华中师范大学，博士学位论文2013年，第139页。

义”及其释义背后的本旨并无深刻的探讨。不过明代郝敬云：“凡诗未有离兴者。兴者，诗之情。情动于中，发于言为赋。赋者，事之辞。辞不欲显，托于物为比。比者，意之象。”[①] 其将《毛诗序》中“情动于中而形于言”及“在心为志，发言为诗”的论述转换为“情动于中，发于言为赋”，其虽为论“兴”“赋”“比”之义，但其中“赋”却成为诗体最明显的表现层面，而且将“诗”与“赋”置换，这是颇值得思量的。对“诗六义”本旨的探讨和“赋兼六义”之说，唯有在清代人们在考释诗赋源流及其关系时，才会得到更深刻的解说，而且也唯有这种“考镜源流”也让清代学人开始重新考察赋颂关系，在这些学理论证的基础上，“赋兼六义”说渐被普遍认同，而这种学理推论随着今天考古学研究的不断深入也不断得到印证。

清代，《诗经》学研究进入一个总结期，这也使“诗六义”与“赋”的关系探讨得到进一步重视。从学术史的视角来看，“诗学”研究也有着汉、宋之辨，但清代学者对汉学和宋学都有着反思。对“诗六义”的解说，一些学者开始力图还原本旨，即开始从“疑古”的理路转向“信古”的思考。从形式来看，或许这些方法被视为汉学的旧路，但其实他们已并不是简单流于注疏与义理的择善，而更多地或许乃因汉代离古未远，通过对汉人学术理论和言语经纬的解辨，从中剥析出“诗六义”之古义。王夫之《诗经稗疏》云：“义理可以日新，而训诂必依古说。不然，未有不陷于流俗而失实者也。”[②] 毛奇龄批判朱熹“淫诗说”云：“经学之荒也，荒于执一先生之言而不求其是”，“苟求其是必自信古始”。[③] 虽毛奇龄论《诗》力主《小序》，多采毛、郑之说，但这种理路与思维已为我们开启了重新总结汉代“诗六义”古义的法门。显然正是因为他们逐渐采取了“信古”的立场以及重新对旧学的思考，才使他们在学术辩思中难免会采信甚至大量引用汉唐注疏，但这并不意味着

① 郝敬：《毛诗原解》，明万历郝千秋郝千石刻九部经解本，第 13 页。

② 王夫之：《船山全书》（第三册），岳麓书社 1996 年版，第 170 页。

③ 毛奇龄：《毛诗稽古篇序》，《愚庵小集》第七卷，上海古籍出版社 1979 年版，第 329 页。

他们在方法上对汉学注疏的回归，实质是重新开始重视汉唐注疏本义，而非其方法本身。故在明清之际，也明显出现了不分汉、宋，即汉、宋之法并重的学术研究理路。吴雁南《清代经学史通论》云："明清之际，经学出现了求是致用的倾向，顾炎武、黄宗羲、贺贻孙等著名学者治经，取汉、唐注疏及宋、元、明人之说，亦多择善而从，不分汉宋。"①清末皮锡瑞《经学历史》云："国初，汉学方萌芽，皆以宋学为根柢，不分门户，各取所长，是为汉、宋兼采之学。乾隆以后，许、郑之学大明，治宋学者已鲜。说经皆主实证，不空谈义理，是为专门汉学。"②从清代学术之大势已基本可以看到清人对"诗六义"等之古义探讨已成时代趋势。

清代学者关于"诗六义"的解说颇多，但明显有复古和推求古义的倾向。陈启源认为风、雅、颂之别主于《大序》，认为风、雅、颂的区别在于内容的不同③。这些还是在一定程度上属于对历代"诗六义"解说的总结。而在探讨"诗六义"关系中，人们开始重视"赋"与其他诸义之间的关系，以及赋与诗之间的关系，其中刘熙载、章太炎等人的"赋兼六义"说和"六义即六诗"说，以及戴震的"比通赋与兴"④等观点较有新意，这可以说在某种程度上揭示了"六义"的古义本旨。

二、"比""兴"古义

《周礼》"六诗"与《毛诗序》"六义"，皆曰风、曰赋、曰比、曰兴、曰雅、曰颂，其称名与次第完全相同。《毛传》注兴，不注比、赋，三家诗亦不讲赋、比、兴。东汉郑玄既注《周礼》又笺《毛诗》，他对《毛诗序》"六义"亦不

---

① 吴雁南：《清代经学史通论》，云南大学出版社1993年版，第15页。

② 皮锡瑞：《经学历史》，中华书局2004年版，第249页。

③ 陈启源：《毛诗稽古编》，《皇清集解》本，第六十七卷，上海古籍出版社1988年版，第3—4页。

④ 戴震：《戴震集》，上海古籍出版社2009年版，第194—195页。

置一词[①]。自孔颖达《正义》析为“三体三用”，说《诗》者皆谓风、雅、颂乃诗之分类，而赋、比、兴乃诗之表现手法。从诗体的角度来看，风、雅、颂、赋作为诗体都逐渐得以认可和确立，但对比、兴尚多质疑。“赋比兴”虽从毛公、郑玄到朱熹，析之愈精，却失之愈远。从“六诗”到“六义”是一个复杂的过程。“六诗”说中“比、兴”之体的成立也成为破解“六诗”纠谬的重要理据。

晋代傅玄《叙连珠》云：“其文体词丽而言约，不指说事情，必假喻以达其旨，而贤者微悟，合于古比兴之义。”[②]那么“古比兴之义”何谓呢？是否汉代以来《毛传》所传之“比兴”可能已与古“比兴”之本旨不合呢？

《周礼·春官·大师》郑注：

> 风，言贤圣治道之遗化也。赋之言铺，直铺陈今之政教善恶。比，见今之失，不敢斥言，取比类以言之。兴，见今之美，嫌于媚谀，取善事以喻劝之。雅，正也，言今之正者，以为后世法。颂之言诵也，容也，诵今之德，广以美之。郑司农云：“古而自有风雅颂之名，故延陵季子观乐于鲁时，孔子尚幼，未定《诗》《书》，而曰‘为之歌《邶》《鄘》《卫》’，曰‘是其《卫风》乎’，又为之歌《小雅》《大雅》，又为之歌《颂》。《论语》曰：‘吾自卫反鲁，然后乐正，雅颂各得其所。’时礼乐自诸侯出，颇有谬乱不正，孔子正之。曰比曰兴，比者，比方于物也。兴者，托事于物。”[③]

显然，汉代是“六诗”比兴之义发生重要转变的时代。“比兴”之义在《毛诗序》中尚未阐发，这与《诗序》的作者可能为西汉早期或战国时期人物有关。但同处东汉时代的郑玄、郑众却对“比兴”解说互异。郑玄今古文兼通，

① 恐因其在《周礼注》中已有详细解说，不别为义解。

② 祝穆：《事文类聚》别集卷十一文章部引《兴于汉世》，《景印文渊阁四库全书》第927册，第683页。

③ 孙诒让：《周礼正义》卷四十五，中华书局1987年版，第1842—1843页。

对《周礼》作过详细注解，他在详细阐释了对风、赋、比、兴、雅、颂的理解后，引述了郑众之语。郑众对“比、兴”的解释显然与郑玄略异，其谓：“曰比曰兴，比者，比方于物也。兴者，托事于物。”郑玄对“六诗”（或“六义”）的解释原本《周礼》，因而他不但从“六诗”的具体用法，也从其“礼制”的本源视角来进行了解读，这可能更符合“六诗”的本义。而郑众之语，从上下文来看，明显是脱离文本的随意阐发，可能为解《毛诗》之语，但明显又未按“六义”次第。

后人将二者所论差异总结为郑众论“比兴”以“托喻”，而郑玄则论之以“美刺”，而后人往往未细究差别和正伪，又常兼取二义。《后汉书》载：“中兴后，郑众、贾逵传《毛诗》，后马融作《毛诗传》，郑玄作《毛诗笺》。”① 那么“托喻”与“美刺”是何种关系呢？这种误读是如何发生的呢？

郑众所谓“比者，比方于物也。兴者，托事于物”，显然这是与言说的方式有关的。比、兴是怎么一种言说方式呢？这不仅与“六诗”之体有关，实际也与“六诗”之用密切相关。这还是需要落实到不论是乐教还是诗教中都必须正视的“美、刺”问题。从《周礼·大师》来看，用“美”与用“刺”是有所讲究的，这可能与先秦的政治制度有关。如郑玄谓：“比，见今之失，不敢斥言，取比类以言之。兴，见今之美，嫌于媚谀，取善事以喻劝之。”显然“比”“兴”都为言说的方式，但其言说的具体方式和表现内容却应是不同的，即“比”多言“刺”，而“兴”则多言“美”。

学者或以为郑众之论比兴以“托喻”，而郑玄则为“美刺”，然二者有何差别与联系呢？或认为前者源于毛诗解释系统，后者阐于礼俗系统②。前者可能因经贾逵、马融等传承，成为《毛诗》解释系统的主要内容，即刘勰云“毛公述传，独标兴体”③，陆德明《毛诗音义》释“兴”曰：“譬喻之名，意

① 范晔：《后汉书》卷七十九下，中华书局1965年版，第2576页。

② 黄若舜：《古今比兴论》，南京大学，硕士学位论文2014年，第11页。

③ 刘勰著，范文澜注：《文心雕龙》卷八，人民文学出版社1958年版，第601页。

有不尽。”[①]郑众的“托喻”实际上强调了言说方式的假托和借物以喻的方式，而从郑众“比者，比方于物也。兴者，托事于物”的解释来看，这应主要是“兴”的表现方式；而“比”则为“比方于物”，所谓“方”即“仿”也，即相类也。即“比”者皆采类属之辞。如《说文》云：“方，并船也。象两舟省总头形。”[②]“方”尚有等同、相当之义，如《周礼·考工记》：“梓人为侯，广与崇方。”郑玄注：“方犹等也。”[③]如《战国策》：“今者，齐、韩相方，而国围攻焉，岂有敢曰，我其以三万救是者乎哉?”[④]又《汉书·卫青霍去病传》载“票骑亦方此意”句颜师古注：“方，比类也。”[⑤]结合郑玄之言来看，“比”则为以相近相类之言以“刺”，唯有类同更有警醒之意；“兴”则为假托物喻以“美”，非必类之，故知万物诸事皆有其美善之事义，既以褒之赞之，而又诫之勉之，自无媚谀。后之学者或兼采二郑之说，从比兴言说的方式探求愈为混淆。

不过，对“比兴”言说的汉代诠释，清人却颇有独到的解悟，如清方苞云：“风人比物，必以其类。”[⑥]则明显受郑玄“比，见今之失，不敢斥言，取比类以言之。兴，见今之美，嫌于媚谀，取善事以喻劝之”的解说影响。故其论“诗六义”亦以比附政治较为明显，其认为风、雅、颂皆与美刺有关。其谓：

> 《周官》大师教“六诗”，风、雅、颂体制各异，今虽无考，但以词意求之，《国风》正言美刺者甚少，其余多比物连类，含意离辞，隐跃不露，使人讽咏流连而自得之；《小雅》正言其事者多，隐而不发者

① 陆德明：《经典释文》卷五《毛诗音义上》释“兴”，中华书局1983年版，第53页。

② 许慎撰，段玉裁注：《说文解字注》，上海古籍出版社1981年版，第404页。

③ 孙诒让：《周礼正义》卷八十二，中华书局1987年版，第3392页。

④ 刘向集录：《战国策》卷二十，上海古籍出版社1985年版，第678页。

⑤ 班固：《汉书》卷五十五，中华书局1962年版，第2493—2494页。又见朱骏声：《说文通训定声》壮部第十八，清道光二十八年刻本。

⑥ 方苞：《朱子诗义补正》，《续修四库全书》第62册，上海古籍出版社2002年版，第408页。

少，然其音节或近于风，如《都人士》之仕是也；《大雅》则直切名著，与风谣绝不相类，其义之可别者如此。①

方苞在此处则明显强调了风、雅、颂在体制上的不同，实际上推测了“六诗”称名的合理性，其对赋、比、兴的定义虽大致与朱熹相同，但从上引以类为比的方法来看，他又是赞同郑玄对比兴的解说的。

清代胡承珙不仅认为风、雅、颂体制不同，而且内容也有别。其谓：“则惟孔疏以‘风、雅之作，各自有体’，似为近之。”②他对孔颖达对风、雅、颂的体制判别是比较赞同的。清陈沆（1785—1826）论比、兴亦宗汉儒。其谓：“风以比、兴为工，雅以直赋为体，枘凿各异方圆，源流各符三百。所贵诗史，讵取铺陈，谓能以美刺代褒贬，以诵诗佐世论，苟能义在词先，何异兴含象外，知同导乎情，则源流合矣。”③所谓“风以比、兴为工”则明显揭示了“比”“兴”的讽谏托喻和美刺功用。而且其与“雅”相对的表达方式为“直赋”，此不但说明了风、雅的区别，也暗示了比、兴与赋（直赋）的区别④。当然如果“雅”的方式为“直赋”，则“风”的方式可以视为“曲赋”（或婉赋）。正如“谏”有五义，“孔子曰：忠臣之谏君，有五义焉。一曰谲谏（注：正其事以谲谏其君）；二曰戆谏（注：戆谏无文饰也）；三曰降谏（注：卑降其体所以谏也）；四曰直谏；五曰风谏，唯度主而行之。吾从其风谏乎（注：风谏依违远罪避害者也）。”⑤则“赋”亦当有诸法。陈沆的表达是

① 方苞：《朱子诗义补正》，《续修四库全书》本，上海古籍出版社 1994 年版，第 330 页。

② 胡承珙：《毛诗后笺》，黄山书社 1999 年版，第 325—326 页。

③ 陈沆：《诗比兴笺》，上海古籍出版社 1980 年版，第 59 页。

④ 戴震《诗比兴述序》云：“盖立言之体有是三者。非直赋其事，则或比方、或托物。赋直而比曲，比迩而兴远。”（《戴震集》上编《文集》卷十《诗比兴述序》，上海古籍出版社 2005 年版，第 194 页）此亦道明赋、比、兴之间的区别。然“赋”亦铺陈，铺善则为“颂”，或为“兴”，铺恶则以“比”。所谓“直铺陈政教善恶者”已寓“赋”含比、兴，故能铺陈善、恶。

⑤ 王肃注：《孔子家语》卷三，四部丛刊景明翻宋本。按：括号中为原本王肃注语。五谏之法实际上暗示了“比”的几种手法和层次。

颇有深意的。铺陈直叙为赋之本法，但“赋”是否是一种固定的铺叙方式呢？与比、兴有没有关系呢？显然从陈沆此处的表述来看，此处论“雅”与“风”相对而言，而“直赋”则与“曲赋”相对为言，“雅”用“直赋”者，则暗示了“风”用“曲赋”（婉赋），而同时却称“风”用比、兴。这不但扩大了“赋”的内涵，使“赋”兼具了“比”“兴”的功能，而且使“赋”与“比”“兴”之间找到了联系的理据，更突出了“赋”与风、雅、比、兴之间的内在逻辑联系[①]。既然“风”诗所用之“谏”尚有五义，即比、兴的托喻与美刺手法尚有多种具体表达方式，那么“赋”实际也含有多种具体表达的方式，其或如重言、卮言、寓言之属实亦同赋之法，虽都为言说铺叙的方式，但其组合方式的不同，对材料的运用不同，故“赋”亦呈现出“曲”“直”之别。

清费经虞《雅伦》云：“六义中，赋居一，盖直赋其事而曲言。长篇，《大雅》已有之，但句法不长耳。”[②] 何以要“曲言”？“曲言”是如何形成的？与“直赋其事”是否相同？从上述解析已可看出，“曲言”当是靠“比兴”诗法来得以完成的。从《周礼》来看，古代以比兴之法来言政教善恶与美刺的方法出于古代师、儒（保）之法。比兴是一种“曲达”的言说方式，由于师、保出于教范王职与自身命运的忧患，故多以“曲言”。这种“曲言”长篇的言事方式也是“赋”的铺陈特征，故“直赋其事而曲言”的长篇也指出了赋兼比、兴之义。《西山文集》便有“直辞婉赋”[③] 之说，当然此所谓“赋”并非指文体，而是指抒怀之义。赋的“曲言”方式与比、兴旨义相同，故魏源评价陈沆笺诗云：“以笺古诗三百首之法，笺汉魏唐诗，使读者知比、兴之所起，即志之所之也。”[④] 即赋、比、兴都是统于“言志”之下的，这与张惠言的“赋统乎志”说又是一致的。

---

① 至于“赋”与“颂”之间的联系，清代阮元等人或有论见。另详第七章《“赋者古诗之流”考辨》。

② 费经虞：《雅伦》，见周维德集校：《全明诗话》第六册，齐鲁书社 2005 年版，第 4496 页。

③ 真德秀：《西山文集》卷四十一《刘文简公神道碑》铭文，四部丛刊景明正德刊本。

④ 魏源：《诗比兴笺序》，见陈沆：《诗比兴笺》，上海古籍出版社 1980 年版，第 1 页。

清陈奂（1786—1863）对“诗六义”之赋、比、兴论亦宗汉郑玄、郑众之说。认为赋、比、兴皆与内心情感、意志有密切关系。这与陈沆、张惠言等认为的赋、比、兴主“言志”是一致的。陈氏谓：

《序》云：《诗》有“六义”，二曰赋，三曰比，四曰兴。《周礼》大师教“六诗”，其次第与诗《序》同，郑玄注云：“赋之言铺，直铺陈今之政教善恶。”郑司农众注云：“比者，比方于物，兴者，托事于物。”《礼记·乐记》云：“人生而静，天之性也。感物而动，性之欲也。物至知知，然后好恶形焉。”盖好恶动于中，而适触于物，假以明志，谓之兴。而以言乎物则比矣，而以言乎事则赋矣。要其志之所发，情之不能已者，皆出于兴，故孔子曰：“《诗》可以兴。”凡托草木鸟兽以成言者，皆兴也。赋显而兴隐，比直而兴曲。《传》言兴凡百十六篇，而赋、比之不及，赋、比易识耳，余友长洲吴毓汾说。①

当然清代大多数学者论赋、比、兴都是宗汉儒之说，以赋、比、兴各相区别。清皮锡瑞则怀疑《诗序》“六义”之说，其谓：“《郑志》张逸问，何诗近于比、赋、兴，答曰比、赋、兴，吴札观诗已不歌也。孔子录诗已合风、雅、颂中，难复摘别，篇中义多兴。据此则比、赋、兴难以摘别与风、雅、颂大小不同。向孔亦明知之，特以毛义不敢驳，毛又本于《周礼》，是古文异说，今文三家《诗》无是说也。”② 他以三家《诗》无“六义”之说而认为“六义”之说不可信。其称：“自《周礼》、《毛传》外，无言赋、比、兴者，郑注、孔疏强为附会，而心不能无疑，宋人又不信注疏，而各自为说，实则皆如孔广森之论《尚书》，孔蔡谬悠，义瓜骊山，良无一是。”③ 皮氏虽疑“六义”之说，但却并未对《周礼》“六诗”之说提出异议。这种看似疑古，实则缘于信古，他认为《周礼》“六诗”古说与后之“六义”说相去较远，故

① 陈奂：《诗毛氏传疏》，商务印书馆1932年版，第3页。

② 皮锡瑞：《经学通论》，中华书局1954年版，第51页。

③ 皮锡瑞：《经学通论》，中华书局1954年版，第51页。

疑“六义”说之不可信。

那么，比兴同源于《周礼》“六诗”之说，而《周礼》与礼俗极有关系[①]。关于比兴的“美刺”言说是否与比兴古义相关呢？若从郑玄、郑众关于比、兴一寓“刺”一寓“美”的表现方式来看，这或许与古代“言事之道”相关。

清人费经虞《雅伦》卷七引皮日休语曰：“乐府，盖古圣王采天下之诗，欲以知国之利病，民之休戚者也。得之者，命司乐氏入之于埙篪，和之以管籥。《诗》之美也，闻之足以观乎功；《诗》之刺也，闻之足以戒乎政。故《周礼》‘太师之职，掌教六诗；小师之职，掌讽诵诗。’由是观之，乐府之道大矣。今之所谓乐府者，惟以魏、晋之侈丽，梁、陈之浮艳，谓之乐府诗，真不然矣。”[②]显然《诗》的美刺功能正是通过古之“太师”“小师”等掌教讽诵诗歌来实现的。古代保系邦国之民有“九”，其便有“师儒”之职事，《周礼》卷一云：“以九两系邦国之民。一曰牧，以地得民；二曰长，以贵得民；三曰师，以贤得民；四曰儒，以道得民；五曰宗，以族得民；六曰主，以利得民；七曰吏，以治得民；八曰友，以任得民；九曰薮，以富得民。”[③]郑注云：“师，诸侯师氏，有德行以教民者。儒，诸侯保氏，有六艺以教民者。”[④]古代师氏、保氏皆是用以教民者，其以《诗》之“美刺”来达到观风戒政。故

---

① 陈元锋《〈诗〉赋、比、兴古义发微》认为《周礼》中诸“比”字（除“比兴”之“比”外），先郑皆读为庀，庀，具也；后郑皆训校比，犹核查、考较之义。《说文》：“匕，相与比叙也。”陈元锋认为：“凡同声者多同义，故比之本义为比次、比序、比列，引申之则有比类、比方诸义，比喻之义乃后世晚起。”他认为：“‘六诗’之‘比’仍用其本义，且具有特定的音乐意义，即次比乐官与杂比音律。”（《文学遗产》1988 年第 6 期）显然，从言说表现方式来看，郑玄“取比类以言之”和郑众“比方于物”的以类相从的方式也是“比”之古义。从字义来看，古人用字已有一字多义和互用通假之义，故“六诗”之“比”“兴”虽未必如是说，但与音乐和礼俗或相通。由此，“六诗”或许与“六乐”犹有关系，“六乐”又或与“乐语”之兴、道、讽、诵、言、语六义相关。

② 费经虞：《雅伦》卷七，见周维德集校：《全明诗话》第六册，齐鲁书社 2005 年版，第 4582 页。

③ 孙诒让：《周礼正义》卷三，中华书局 1987 年版，第 109 页。

④ 孙诒让：《周礼正义》卷三，中华书局 1987 年版，第 109 页。

所谓“六诗”者为六种表述和陈述诗体的方法，正如《孔子家语》所谓“五谏”之法一样。古代对文体概念尚未分辨明细，其言志之文皆称为“诗”，故《毛诗序》云：“在心为志，发言为诗”。故赋、诗皆可能称为“诗”[①]，自然也包含风、雅、颂之类，因此《周礼》“六诗”可能本指风、雅、颂、赋、比、兴当时各有表现特征和“言事之道”的诗体[②]。

《周礼·地官》所载“师氏”“保氏”之职与郑注比、兴的“言事之道”相较：

> 师氏掌以媺（美）诏王。以三德教国子。[③]
>
> 兴，见今之美，嫌于媚谀，取善事以喻劝之。
>
> 保氏掌谏王恶，而养国子以道。乃教之六艺。[④]
>
> 比，见今之失，不敢斥言，取比类以言之。

师氏“掌以媺诏王”，“媺”即“美”之古字，《通典·吉礼》引马融注云：“媺，媺道也。告王以善道。”[⑤]而郑玄对“兴”义阐发为“见今之美，嫌于媚谀，取善事以喻劝之”。所谓“取善事以喻劝之”正同师氏“有德行以教民”的以德感化的方式，故“兴”与师氏的“言事之道”是相类的。保氏“掌谏

① 按：《国语》曰：“瞍赋矇诵谓诗也”（见《周礼疏》卷二十三注）。

② 各诗体可能皆有代表性的职事，如《潜夫论》卷三云：“有周之制也，天子听政，使三公至于列士献典，良史献书，师箴、瞍赋、蒙诵、百工谏、庶人传语，近臣尽规，亲戚补察，瞽叟教诲，耆艾修之，而后王斟酌焉。”（《礼记疏》载略异）其中可尽窥“六义”之职事，如“师箴”实可能指师、保之职兼比、兴之事（瞽叟、耆艾等亦有为师、保者），而瞍任赋，蒙呈诵（颂）、百工与庶人则进谏或传语（义同“风”，“风”亦含风谏之义，且指由下而进的采诗献诗，此类为“风”诗），而“三公至于列士献典”则为“雅”之所系。故“六诗”或皆有其职事。太师掌教“六诗”或皆为乐诗。而保氏所教六艺涉礼、乐、射、御、书、术，乐为“六艺”之一。“乐”之属下的六种乐诗或声诗（六诗）或与“礼”相关联，不仅适用之职事不同，或其用亦不同，可能分别用于燕享、朝会、祭祀、射艺、乡饮等不同仪礼场合。

③ 郑玄注，贾公彦疏：《周礼注疏》卷十四，北京大学出版社 2000 年版，第 410 页。

④ 郑玄注，贾公彦疏：《周礼注疏》卷十四，北京大学出版社 2000 年版，第 415—416 页。

⑤ 杜佑：《通典》卷五十三《吉礼十二》，中华书局 1988 年版，第 1460 页。

王恶”则与“比”义“见今之失，不敢斥言，取比类以言之”的言说方式相类。师氏教以德行，保氏教以道艺，俱为箴言以扶持邦国之民①。由此可见师氏、保氏的言说方式与“比”“兴”的政教善恶和美刺的取义方式是完全对应的，那么《周礼》所称“六诗”中之“比、兴”古义可能为分指不同言事方式的劝戒诗体。或可能如后来的箴之类的诗体。

综观“六诗”至“六义”说的衍变，汉代《诗序》《毛传》及郑注之说实对“六诗”说进行了具体的翼证，然因汉之世，赋诗渐趋大观，又各取专名，而义已别殊，二郑论诗又未发明源流历史，故致疑窦生焉。其后孔颖达论诗似与汉郑互异，然观孔颖达“三体三用”说实质并非对“六诗”说之反对，相反应是汉代“六义”说兴而“六诗”说渐泯之后重新对“六诗”说归复回溯的初证，这为宋代王质重提“六诗”说以及清人重构“六义”与“六诗”同宗开启了一段未尽的里程。

三、“六诗”与赋史重建

清代学人对“六诗”说的探讨，对于赋史建构具有重要的意义。其突出地表现在以下几个方面：

其一，“赋”是“六诗”的重要内容，“六诗”作为文学体例而言，有助于推动将“赋”文学文体划界历史推前，也有利于进一步提高赋体文学史之地位。然后来文体之“赋”的成立和成熟必然经历了一个相当漫长的发展过程，作为文体概念的“赋”与《诗》之“风”“雅”“颂”之间的关系是十分密切的，其与“颂”的同体异名现象在汉代就十分普遍（具见下一章所论）。

① 按：《礼记疏》卷五十四引《国语》云：“天子听政，公卿至于列士献诗，瞽献典，史献书，师箴，瞍赋，蒙诵，百工谏，庶人传语，近臣尽规。此皆孟春之月，上下皆谏，故《传》引《夏书》曰：‘每岁孟春，遒人以木铎徇于路。’”所谓“箴”即为劝诫、规谏之义，即有比有兴。

无论“六诗”是分析“言事之道”不同，还是“陈乐之仪”不同，“赋”都可以说作为一种主要的语仪特征而存在。“赋”既是“六诗”的重要内容，也具有整合“六义”的语用和功能特征。风、雅、颂从音乐性质和体类来看，都各相区别，一般认为风是乡土之乐，雅是燕飨朝会之乐，颂是宗庙祭祀之乐，分别用于不同的礼俗场合。而赋、比、兴则可能事涉不同礼俗场合的用乐之法（具体的陈乐之仪）。《周礼》述乐师之职云：“凡乐，掌其序事，治其乐政。”① 又云：“飨食诸侯，序其乐事。”②《郑笺》则谓：“序事，次序用乐之事。”③《贾疏》云：“谓陈列乐器及作之次第，皆序之使不错缪。”④

前文已论，“赋”的“言事之道”是“直铺陈今之政教善恶”⑤，“陈乐之仪”则是“序乐事”。《文心雕龙》云：“赋者，铺也。”⑥“赋”与敷、铺、布，音义皆相通。皆有铺陈、陈列之义，故经籍传注也往往假借互训。如《大雅·烝民》：“明命使赋。”《毛传》云：“赋，布也。”⑦《周颂·赉》：“敷时绎思。”⑧ 而《左传·宣公十二年》引作“铺时绎思”⑨。《商颂·长发》：“敷政优优。”⑩《左传·宣公十二年》成公二年亦引“敷”作“布”⑪。可见其音义通假与互训。显然上引诸例皆涉“赋事”，即义通“言事之道”，故与郑玄“六诗”之“赋”说“铺陈政教”义或相通。《国语·鲁语下》云：“社而赋事。”⑫

---

① 孙诒让：《周礼正义》卷四十四，中华书局 1987 年版，第 1806 页。
② 孙诒让：《周礼正义》卷四十四，中华书局 1987 年版，第 1811 页。
③ 孙诒让：《周礼正义》卷四十四，中华书局 1987 年版，第 1806 页。
④ 孙诒让：《周礼正义》卷四十四，中华书局 1987 年版，第 1807 页。
⑤ 孙诒让：《周礼正义》卷四十五，中华书局 1987 年版，第 1842 页。
⑥ 刘勰著，范文澜注：《文心雕龙注》卷二，人民文学出版社 1958 年版，第 134 页。
⑦ 毛亨传，郑玄笺，孔颖达疏：《毛诗正义》卷十八，北京大学 2000 年版，第 1434 页。
⑧ 孔颖达疏：《毛诗正义》卷十九，北京大学出版社 2000 年版，第 1616 页。
⑨ 杜预注，孔颖达疏：《春秋左传正义》卷二十三，北京大学出版社 2000 年版，第 751 页。
⑩ 孔颖达疏：《毛诗正义》卷二十，北京大学 2000 年版，第 1714 页。
⑪ 杜预注，孔颖达疏：《春秋左传正义》卷二十五，北京大学 2000 年版，第 804 页。
⑫ 韦昭：《国语韦氏解》卷五，士礼居丛书景宋本。按：韦昭注：“社，春分祭社也；事，农桑之属也。”

显然义指在举行祭祀社礼之时而“赋事”，这种“赋事”既是一种“言说之道”，也是一种“陈乐之仪”。“赋”的“陈乐之仪”表现在“陈乐器、正乐位”①的功能。按陈元锋之说，“比”则表现于“比乐官、次音律”；“兴”则表现于“兴秩节、序乐仪”的“陈乐之仪”②。“赋”或因其用不同(赋事)，故而与“六诗”之其余五“诗”并列，是谓“六诗”之一。

不过，这六种乐仪的不同，也可能使各合其仪的“乐语”不同。《周礼》云“(大司乐）以乐语教国子：兴、道、讽、诵、言、语”③与《周礼》载“(太师）教六诗：曰风，曰赋，曰比，曰兴，曰雅，曰颂”④可能正相对应，抑或未知。但先秦“六诗”说的成立，无疑使“赋”作为诗之一体的体用地位得以确立⑤。“赋”作为“六诗”之一，贾晋华在进一步考述清代魏源对《大武》乐章构成的推断后有一段推测：

> 《大武》是周代第一组也是最重要的一组乐舞。有周一代，此乐舞被表演于所有重要典礼。从先秦文献中有关其表演的无数记载中，我们知道这组乐舞的表演场面非常壮观，周王及其重臣有时甚至亲自参与表演，而所有贵族青年都被要求学习此组舞蹈和乐歌。因此这些乐歌可以肯定包含于宫廷乐师所教六诗之中。如前所考武为赋之本字，所以六诗

---

① 陈元锋：《〈诗〉赋、比、兴古义发微》，《文学遗产》1988年第6期。

② 陈元锋：《〈诗〉赋、比、兴古义发微》，《文学遗产》1988年第6期。

③ 郑玄注，贾公彦疏：《周礼注疏》卷二十二，北京大学出版社2000年版，第676页。

④ 郑玄注，贾公彦疏：《周礼注疏》卷二十三，北京大学出版社2000年版，第717页。

⑤ 自章炳麟六诗皆体说之后，朱自清（1898—1948）、郭绍虞（1893—1984）等进一步提出六诗为不同形式的歌辞或民歌。也有学者从“言事”与“乐仪”的视角探讨，如陈世骧（1912—1971）认为六诗是大师的教义，为六种诗歌表演的形式。汉学家康达维（David R.Knechtges）将六诗解释为大师向瞽蒙乐工传授的六种歌唱技巧，其中赋是“一种直接陈述的朗诵技巧”（参见贾晋华：《释赋：从诗体到诗歌技巧及赋体》，《诗经研究丛刊》2008年第2期）。贾晋华认为“赋”在西周至汉的漫长时期中语义有所发展和延伸，战国后期，“赋”则被用来指称新的文学形式赋体。在东汉，郑众、王符、王逸、刘熙及郑玄等人开始将赋、比、兴解释为修辞手段和诗歌技巧。即认为“赋”经历了由诗歌体式演变为诗歌技巧，然后进入赋体名称的阐释过程。

之一的赋诗，很可能即为《武》诗。大约在公元前967年。当谋父引《时迈》时，他称此诗为《颂》。在公元前597年，当楚子引同一首诗，他亦称其为《颂》，但当他引三首《大武》诗时，他称这些诗为《武》。从这些记载我们可以推测，在西周和春秋时期，《武》和《颂》被看成是两种不同类型的诗歌。①

贾晋华的这一推断是颇有意思的。他将“赋”视为“武”，认为《大武》即当时之“赋”体（或“《武》体”），最初可能指《大武》一类的诗体，但明显此时“武”（《武》）之称是指组诗形态或多章而成的《大武》诗篇，而单引其中单篇或其他祭颂祈福祝寿辞时皆称“颂”②。这不但可以揭示“赋”与“颂”之间的联系，而且也印证了“赋”（最早的《武》体）铺陈（重章）的特征。若此说得以成立，这对“赋”体文学史之地位重构具有重大的意义。

其二，作为“赋者，古诗之流也”的言说，可以明确秦汉之际“赋”与“诗”有着密切关系。这种关系到底是内涵“赋”是“六诗”之一，还是“赋”兼具了“六义”的功能，尚待进一步探究。但从“赋”作为文学文体来看，“赋”最终兼承“六义”功能却是肯定的。这也为后世以诗法评赋法奠定了理论基础。

清代关于“赋兼六义”说实际上是基于“六诗”说的成立和“赋者，古诗之流也”的理论认可。前面已经详细论述了自《周礼》“六诗”说始，经《诗序》《毛传》以及汉代经学家言说，“六诗”开始偏于“六义”，特别是将“赋

① 贾晋华：《释赋：从诗体到诗歌技巧及赋体》，《诗经研究丛刊》2008年第2期，第9页。

② 张西堂认为《时迈》为《大武》篇章之一。而贾晋华引夏含夷（Edward L.Shanghnessy）研究《周颂》开头十首诗，包括《昊天有成命》《我将》《时迈》及《维清》四诗，都是向祖先祈福的祷辞（参见贾晋华：《释赋：从诗体到诗歌技巧及赋体》，《诗经研究丛刊》2008年第2期）。当然贾晋华对“武”通“赋”有长篇的推论。他认为“武”是“赋”的本字，赋在先秦可指兵役和军需，实涉武事。在西周晚期至春秋战国，公田制渐废，赋始逐渐成为各种军事费用征敛的专用名词。“赋”有延伸指士兵和军队的含义；其字未见甲骨文和早期金文，本字应为“武”，与“武”同属上古部，二字音近。许慎《说文》析：“从贝，武声。”“武”在周代也被用来指代《大武》乐舞。

比兴”偏于诗的表现方法的阐释，隋唐孔颖达等人虽还是将“赋比兴”视为诗之“用”，但却肯定了“风雅颂”作为诗“体”的地位和特征。宋王质进一步重新强调“六诗”传统，这其中明显反映了各个历史时期学人对“六义”的当代理解，其中难免产生了语义的迁衍和延伸。至清代学者重新提倡“六诗”之说，而且给予更详细和充分的论证。而且在“六诗”中清人明显将“赋”的地位进一步提高，他们不但认为“赋”为“六诗”之一，而且“赋”还具有“六诗”之义，即“赋兼六义”的特征。清代著名经学家和词赋学家张惠言云：“六者之体，主于一而用其五。”[①] 刘熙载所谓“可知六义不备，非诗即非赋也”[②]，亦是强调作为文体意义的诗、赋同兼“六义”。清代王敬禧云：“赋缘六义，而实兼之。”[③]“赋”的地位较其余五体尤为突出。

“赋”虽被视为“六诗”之一，然却于“六诗”中尤为突出，这不仅表现在“赋”能兼“六义”的功能，而且在于“赋”能综领“六义”，而其余五“诗”皆不能过，如宋吕陶云：“成功告神谓之讼（颂），立政垂法谓之雅，系其国俗谓之风，指物明事谓之比，取譬中义谓之兴，兼总辞体之用，丁宁反复，务尽其情而不厌，一篇之中屡致意焉，谓之赋，故《桑柔》之作凡十六章，《闷宫》之一章凡三十八句，如此者安可以一字为解乎？”[④] 显然唯“赋”才能“兼总辞体之用，丁宁反复，务尽其情而不厌，一篇之中屡致意焉”，故《桑柔》《闷宫》这样的长篇兼有诸义，不可以风、雅、颂、比、兴中之一字能解，故唯有以“赋”名之。考先秦古籍，“诗”经历了总名与分名的过程。先秦《诗经》时代及其之前，或以“诗”概指风、雅、颂，甚至“六诗”中的赋、比、兴诸体。故称《桑柔》《闷宫》为“诗”犹可，此“诗”当为诸体之总名。如《诗经》中收风、雅、颂之类，而以“诗”名之即是。

---

① 张惠言：《七十家赋钞目录序》，《柯茗文编》初编，清同治八年刻本。

② 刘熙载：《艺概》卷三，上海古籍出版社 1978 年版，第 86 页。

③ 王敬禧：《复小斋赋话跋》，见浦铣著，何新文校证：《历代赋话校证》（附《复小斋赋话》），上海古籍出版社 2007 年版，第 409 页。

④ 吕陶：《净德集》第十八卷，商务印书馆 1935 年版，第 200 页。

然诗、赋自秦汉以来划境分名，总“诗”之义实由“赋”所承，故赋具“六义”，以“赋”一字而总“诗”抑或可矣，如《左传》中所记“赋《大遂》”“卫人所为赋《硕人》”等，虽或以“赋”为动词，然以“赋”称诗却当是有据的，如唐宋诗中多有“赋得某字”题，而不以“诗”为名。赋兴之后，各分体之诗，即风、雅、颂、比、兴，或并或散，难与赋体的“兼总辞体之用”相较，故“诗”较“赋”弱矣。刘熙载论诗、赋之别云：“以赋视诗，较若纷至沓来，气猛势恶。故才弱者往往能为诗，不能为赋。积学以广才，可不豫乎？”“赋起于情事杂沓，诗不能驭，故为赋以铺陈之。斯于千态万状，层见迭出者，吐无不畅，畅无或竭。《楚辞·招魂》云：‘结撰至思，兰芳假些。人有所极，同心赋些。’曰‘至’曰‘极’，此皇甫士安《三都赋序》所谓‘欲人不能加’也。”“赋别于诗者，诗辞情少而声情多，赋声情少而辞情多。”① 由此可见，“赋”较后来“诗”体之功能尤广。这也突出地彰显了赋学历史地位。

清朱鹤龄（1606—1683）对“诗六义”研究尤重“赋”，其论赋云：

> 赋为“六义”之一，然赋可以兼比、兴，而比、兴不可兼赋，故《雅》《颂》诸诗，凡春容大篇皆赋也。荀兰陵后，遂多以赋名篇，而厥体莫盛于汉。孔颖达云：“赋之为言铺也，直铺陈时之政教善恶。”而班孟坚亦云：“赋以抒下情而通讽谕。”②

明清以来，以“六义”诗法评赋评诗也较为突出。这是融合汉宋诗学的明清评点学的新特征，虽然渊承汉宋以来的“六诗”“六义”辨体辨义，但却明显将“赋比兴”视为修辞而非“体”类。然在诗法与赋法互鉴互融中，明显可以看出赋兼比兴的特征，从而可以证明“赋”兼诗（义）的普遍功能，这为“赋”作为“古诗”之流而独立发展的经典地位确立具有重要理论意义和理据支撑。《文章辨体》卷二古赋一录宋玉《九辩》，即分评九段：其一“兴而赋也，中兼比义”；其二“赋兼风也”；其三“赋兼比兴之义”；其四“比而

① 刘熙载：《艺概》卷三，上海古籍出版社1987年版，第101、86、87页。

② 朱鹤龄：《愚庵小集》第十三卷，上海古籍出版社1979年版，第13页。

赋也”；其五“比而赋也，全篇取骥凤为比”；其六“赋而比也，其中赋多而比少”；其七“赋也中含比义”；其八“比而赋也，首尾专言拥蔽之祸”；其九“赋也，其间亦略兼比”①。此实承元代祝尧《古赋辩体》之说，其对《九辩》九段的解说正寓含了赋兼“六义”之法。明王良臣辑《诗评密谛》卷一亦有《兴兼赋格》《兴兼比格》之论②。明谢天瑞辑《诗法》卷六《客至》诗评“兴兼赋格”，于《返照》诗下亦评“兴赋兼比格”。如其《返照》诗“楚王宫北正黄昏，白帝城西过雨痕”句后评“兴而赋”；“返照入江翻石壁，归云拥树失山村”句后评“赋而兴、比也。返照兴比衰年，归云兴比归意”；“衰年病肺唯高枕，绝塞愁时早闭门”句后评“此赋也，即纤腰格”；“不可久留豺虎乱，南方实有未招魂”句后评“赋而兴归意”。③清蔡钧辑《诗法指南》卷三亦载“兴兼赋格”“兴兼比格”等诗法评说，对杜甫《客至》诗运用赋、比、兴的情况进行了详细的评论④。清刘熙载《艺概》卷三云：“风诗中赋事，往往兼寓比兴之意。钟嵘《诗品》所由竟以寓言写物为赋也。赋兼比兴，则以言内之实事，写言外之重旨。故古之君子上下交际，不必有言也，以赋相示而已。不然，赋物必此物，其为用也几何！”⑤正是明清以来以“赋兼六义”同“诗兼六义”为理论基础，在诗赋评鉴中方以赋论诗或以诗论赋而互融借鉴。这也为“赋”与“诗”同的经典地位的确立找到更多的理论依据。

其三，“赋”作为“言王行”的“六诗”之一，一开始就奠定了赋的经典地位和汉赋的经世致用传统。同时周汉以来确立的以诗论赋的传统，也进一

① 吴讷辑：《文章辨体》卷二“古赋一”，明天顺刻本。

② 王良臣辑：《诗评密谛》卷一，明天启刻本。按：朱鹤龄称“比、兴不可兼赋”，而此则有“兴兼赋格”，何也？究其因。二者视“赋”不同。朱鹤龄虽认同赋的铺陈之用，但同时更强调“赋”应为体，故称“《雅》《颂》诸诗，凡春容大篇皆赋也”。而比、兴之体今已失，不可具，未可遑论。而《诗评密谛》《诗法》中所论“赋”侧重铺陈之修辞之用。

③ 谢天瑞辑：《诗法》卷六，明复古斋刻本。

④ 蔡钧辑：《诗法指南》卷三，清乾隆刻本。

⑤ 刘熙载：《艺概》卷三，上海古籍出版社 1978 年版，第 97 页。

步促成了汉赋尊体的形成。

当然，赋、诗互鉴互融的评论又是建立在中国文学“宗经”而尊体的传统基础上的。“赋”由居“六义”之一发展为“赋兼六义”，更具有赋学尊体之目的。王思豪认为：“西汉赋以‘风’义尊体，导致‘欲讽反劝’的尴尬；班、张赋以‘雅颂’义尊体，形成‘赋颂一体’意识，却肇始‘辨体’之论；东汉中叶以后赋以‘比兴’义尊体，而赋体诗化倾向明显。”[①]汉赋的经典地位由于汉赋作品之隆，作家之多，影响之大，完全盖过了汉代诗歌的发展，而且赋本身与诗与文有着密切的关系，如前述赋对司马迁史传文学的影响即其著例，刘勰《文心雕龙》立《诠赋》《辨骚》《宗经》等篇，其称（赋）“文能宗经，体有六义”，而谓“赋颂歌赞，则诗立其本”[②]（《文心雕龙·宗经》），故赋之尊体实在汉代已告完成。

清代在重构“六诗”和“赋兼六义”的体用之争的过程中，对赋学经典地位重建同样具有突出的意义。“赋”作为具有“讽谏”（劝百讽一）的功义与传统，同时又兼有“风、雅、颂、比、兴”诸义特征，其经世致用的现实价值极为明显，故其作为“代行王言”之体也是赋之尊体历程中最为重要的促进因素。许结先生云：

> 赋作为文学意义的存在，有着由“赋诗”到“作赋”的过程，尽管由动词之“赋”转为名词之“赋”中的联系众说纷纭，究其本原，皆根植于行“王政”而代“王言”，所不同者在于周朝文制之“瞍赋”是代行“王言”而奠定“经义”，汉人作赋进入宫廷是归复“王言”而蕴藏“经义”。刘熙载《艺概·赋概》云：“古人赋诗与后世作赋，事异而意同。意之所取，大抵有二：一以讽谏，《周语》‘瞍赋矇诵’是也；一以言志，《左传》赵孟曰‘请皆赋以卒君贶，武亦以观七子之志’，韩宣

① 王思豪：《汉赋尊体与〈诗〉之“六义”》，《南京大学学报（哲学·人文科学·社会科学版）》2015年第1期。

② 刘勰著，范文澜注：《文心雕龙注》卷一，人民文学出版社1962年版，第23、22页。

子曰‘二三子请皆赋，起亦以知郑志’是也。”此论诗、赋，正说明由周室“用诗”到汉赋“用《诗》”即由“代行王言”到“归复王言”的线索，经、赋关系从本原到引述之过程，正隐示于中。[①]

赋体“代行王言”与赋之尊体及赋的经典化过程有着密切关系。从《周礼》载“太师”教“六诗”，而太师（大师）为三公之职，司为王师，自可代行王言，故《五经异义》云：“古《周礼》说，天子立三公，曰太师、太傅、太保。无官属，与王同职，故曰‘坐而论道，谓之王公’。”[②]贾疏《周礼》引《成王周官》云：“立大师、大傅、大保，兹惟三公，论道经邦，燮理阴阳。”[③]而《吕氏春秋·尊师》云：“神农师悉诸，黄帝师大挠，帝颛顼师伯夷父，帝喾师伯招，帝尧师子州父，帝舜师许由，禹师大成贽，汤师小臣，文王武王师吕望、周公旦，齐桓公师管夷吾，晋文公师咎犯、随会，秦穆公师百里奚、公孙枝，楚庄王师孙叔敖、沈申巫，吴王阖闾师伍子胥、文之仪，越王句践师范蠡大夫种，此十圣人六贤者，未有不尊师者也。今尊不至于帝，智不至于圣，而欲无尊师，奚由至哉？”[④]“论道经邦”自是王事，故“大师”所行王事，教以“六诗”，实以“代行王言”。《管子》卷九有《王言》篇，今已佚。周汉时期，赋由“代行王言”到“归复王言”大致经历了四阶段：

其一是赋诗主讽谏功用的阶段。《国语·周语上》云：“天子听政，使公卿至于列士献诗，瞽献曲，史献书，师箴，瞍赋，矇诵，百工谏，庶人传语，近臣尽规，亲戚补察，瞽史教诲，耆艾修之，而后王斟酌焉。”[⑤]许结先生认为：“其中‘赋诗’统归乐教，缘自‘天子听政’，语者‘补察其政’而

---

① 许结：《词章与经义——有关赋学理论的一则思考》，《社会科学》2015年第5期。

② 孙诒让：《周礼正义》卷十一，中华书局1987年版，第440页。

③ 郑玄注，贾公彦疏：《周礼注疏》卷六，北京大学出版社2000年版，第179—180页。

④ 陈奇猷校释：《吕氏春秋新校释》第四卷《孟夏纪第四》，上海古籍出版社2002年版，第207页。

⑤ 徐元诰：《国语集解》卷一，中华书局2002年版，第11—12页。

代行‘王言’。”①

其二是春秋之世天子失官，“行人赋诗”和“一以言志”取代了“王言”政治的“六诗”之教，这使诗赋进一步由庙堂而进入下层，但却使受众更为广泛。章太炎解《毛诗传》“登高能赋”云：“登高孰谓？谓坛堂之上，揖让之时。赋者孰谓？谓微言相感，歌诗必类。”②

其三是战国时期，诗赋文学进一步文人化，其“贤人失志之赋”兴起，如《汉书·艺文志》云：“春秋之后，周道寖坏，聘问歌咏不行于列国，学《诗》之士逸在布衣，而贤人失志之赋作。”③ 这使诗赋由王权政治的“尊体”趋于文学受众的“尊体”，由重经义转向注重个人言志抒情。但其时仍不能脱离经义，如《文心雕龙·辨骚》云楚辞骚赋仍为“典诰之体”“规讽之旨”“比兴之义”“忠怨之辞”，皆“同于风雅”④。可见诗赋由“代行王言”变为一般士咏之辞，却仍未脱弃“讽谏”的传统，仍有王言“经邦论道”的本旨归趋。

其四是汉代赋家群体众多，汉赋为一时极盛，这些赋家多为宫廷侍从之臣，其时虽亦有民间杂赋，然其主流已成宫廷文学之代表，从而“赋体”亦成为王言政治的聘辞行谏之具。汉廷更以“献赋”拔取士才，后来更成为考察经世取义才能的主要依据。清康熙《历代赋汇序》云：“赋者，六义之一也。风雅颂兴赋比六者，而赋居兴比之中，盖其敷陈事理，抒写物情，兴比不能并焉，故赋之于诗功尤为独多。由是以来，兴比不能单行，而赋遂继诗之后，卓然自见于世。”⑤

“赋”具有整合“六诗”的功能，这使赋成为后世主要的文体，出于“诗”又超于“诗”之上，这对于确立赋学经典地位具有极其重要的意义。

---

① 许结：《词章与经义——有关赋学理论的一则思考》，《社会科学》2015 年第 5 期。

② 章太炎：《国故论衡》，上海古籍出版社 2003 年版，第 87 页。

③ 班固：《汉书》卷三十，中华书局 1962 年版，第 1756 页。

④ 刘勰著，范文澜注：《文心雕龙注》卷一，人民文学出版社 1958 年版，第 46—47 页。

⑤ 康熙：《历代赋汇序》，见陈元龙编：《历代赋汇》，凤凰出版社 2004 年版，第 1 页。

第七章　“赋者古诗之流”考辨

班固云：“赋者，古诗之流也。”[①] 两汉之后，代有学者引其说，以证赋、诗之关系。然至于其中内涵却并未得以发明。至清代，《诗经》学进入一个新的繁盛期，“诗”学的研究同样推动了人们对“赋”学的新认识。

第一节　清人汉赋源流论说

清代学人对汉赋源流的认知经历了一个渐进的过程。自班固“赋者，古诗之流”说，诗源说成为主流。至清代章学诚云：“古之赋家者流，原本《诗》、《骚》，出入战国诸子。”[②] 由此章学诚之说被视为赋的多源学说的代表，然无论所谓赋源于诗、赋源于骚，还是赋的多源学说，实际都首先强调了“赋”与《诗》《骚》的源流关系。

一、“赋”与“骚”的关系

至于清初赋、骚关系的争论，学者对程廷祚《骚赋论》引述尤多，然其中一些观点似颇有误会，此宜正之。误解之一：有人认为程廷祚认为赋始乎

① 班固：《两都赋序》，《全汉赋校注》（上册），广东教育出版社 2005 年版，第 464 页。

② 章学诚：《校雠通义》卷三《汉志诗赋第十五》，《文史通义》（附《校雠通义》），上海书店出版社 1988 年版，第 98 页。

宋玉；误解之二：认为程氏主张不可以宗骚[①]。

程廷祚《骚赋论》云：

> 或曰：骚作于屈原矣。赋何始乎？曰：宋玉。
>
> 荀卿《礼》《知》二篇，纯用隐语，虽始构赋名，君子略之。宋玉以瑰伟之才，崛起骚人之后，奋其雄夸，迺与雅颂抗衡，而分裂其土壤，由是词人之赋兴焉。《汉书·艺文志》称其所著十六篇，今虽不尽传，观其《高唐》《神女》《风》赋等作，可谓穷造化之精神，尽万类之变态，瑰丽窈冥，无可端倪，其赋家之圣乎？后之视此，犹后夔之不能舍六律而正五音，公输之不能捐规矩而成方圆矣。[②]

首先“或曰”之辞似在点明部分人的观点，并非程氏之论。从东汉王逸《楚辞章句》注来看，其称：“《九歌》者，屈原之所作也。昔楚国南郢之邑，沅、湘之间，其俗信鬼而好祀，其祠必作歌乐鼓舞以乐诸神。屈原放逐，窜伏其域，怀忧苦毒，愁思怫郁，出见俗人祭祀之礼、歌舞之乐，其词鄙陋，因为作《九歌》之曲，上陈事神之敬，下以见己之冤结，托之以风谏，故其文意不同，章句杂错而广异义焉。”[③] 宋代朱熹亦谓：“《九歌》者，屈原之所作也。昔楚南郢之邑，沅、湘之间，其俗信鬼而好祀，其祀必使巫觋作乐，歌舞以娱神。蛮荆陋俗，词既鄙俚，而其阴阳人鬼之间，又或不能无亵慢淫荒之杂。原既放遂，见而感之，故颇为更定其词，去其泰甚，而又因彼事神之心，以寄吾忠君爱国眷恋不忘之意。是以其言虽若不能无嫌于燕昵，而君子反有取焉。”[④] 而且据文献记载，古已有《九歌》之名。故《九歌》之类的楚辞体式在南方民间早有传播，非屈原之始作也。不过，屈原将楚辞体发扬光大，并以其作《离骚》之名来简称这类文学体例，却是其不可磨灭的功勋。那么屈

---

① 踪训国：《汉赋研究史论》，北京大学出版社 2007 年版，第 501—503 页。

② 程廷祚：《骚赋论》（上），《青溪集》卷三，《金陵丛书》本乙集。

③ 王逸：《楚辞章句》，《钦定四库全书》第 1062 册，卷二，第 16—17 页。

④ 朱熹：《楚辞集注》卷二，上海古籍出版社 2001 年版，第 31 页。

原之前这种在民间已经流播的杂赋体例不叫“骚”，也不叫“楚辞”是肯定的，而且从《左传》《尚书》及今天出土的一些考古材料来看，这类体式与春秋战国以来的“赋”体绝相类似，当时也有文人创作赋体。如荀子的《赋篇》以及《佹诗》等，实际上就是早期散韵结合的“诗”体（或称颂体或赋体）向战国末期的骈整化方向发展的过渡时期的典型代表。当时战国末期文学风尚已有所变化，这种早期《尚书》的文体，甚至《尚书》中所记的《五子之歌》等歌谣体例来看，其词都远较孔子《诗经》整理的时代的歌乐之辞要散漫。孔子删诗明显对流传已久的诗歌有所删定，这不仅是一个简单地收集诗歌的过程，更是一个将部分诗歌由“古诗”难读难解转而译编为可歌可乐的当下理解过程，也即孔子“正乐”。正因为诗歌在传播中有由散而骈的趋势化过程，因此其中一些篇章难以复理，故改编或骈体化过后就必须重新加以“正乐”。这从今本《诗经》所收《周颂·敬之》篇与清华简《周公之琴舞》篇的比较中亦可见出孔本《诗经》对“古诗”的整理与重新编撰（具体参下文）。此实因时代的风气和文学发展的本身规律使然，因此到战国末期屈原的时代，南方民间尚保留和流传着“古诗”的咏诵方式，但屈原这类居庙堂之上又广泛与上层及士流文学发生交往和接触的士大夫而言，或已觉这类民间赋辞已不入时流，也即王逸所说的民间赋“其词鄙陋”，故屈原改而成为骈体。所谓“鄙”者，《说文》云：“鄙，五鄼为鄙。”鄙，从啚从邑。中国周代地方组织单位之一，五百家为一鄙。周制每县五鄙，可见鄙为僻远之地，故云“边鄙”。实际“鄙”正是指民俗所居之郊野鄙乡，其所谓“陋”正是指已不能跟上当时上层社会变化，这全面地表现在思想、文化和物质文明形态。而朱熹所说的“其词鄙俚”同样揭示了当时南方楚地之民由于特殊的山地自然环境，与外界交通不便，民间尚保留了传统俚俗特色。就其祭礼和语言咏诵形式来看，这种俚俗特色实际上正是商周以来所流传下来的传统，从《尚书》来看，上古记言的方式与口语之体无二，其诰、誓、训、命诸篇，今以之为“文”，其时即其口语之体。也有学者专门论述上古记文与记言的方式。正是这种文、言合一的形态也使在南方这种特殊的自然山地环境中生活的民众能够长期地保存上古的某种文化特征[①]。由是观之,“骚”虽可称起于屈原，但却与“诗”与“赋”（古诗或古颂）有密切关系。当然这也同时回答了“赋何始乎”的问题。其称赋始于宋玉，实际上程氏已有解说。程氏首先肯定了荀卿《礼》《知》二篇始构赋名，所谓“君子略之”，乃在于其后宋玉大倡赋体，有起振发覆之功，其“穷造化之精神，盖万类之变态，瑰丽窈冥，无可端倪”，因谓“宋玉以瑰伟之才，崛起骚人之后，奋其雄夸，乃与雅颂抗衡，而分裂其土壤，由是词人之赋兴焉。”（《骚赋论》）甚至基于此，他认为宋玉可谓“赋家之圣”。其落实在赋家赋学历史地位的评述，而并非论赋体之源。

其次，或认为程氏主张赋不可以宗骚。这与明清以来祝尧《古赋辩体》等主张“祖骚宗汉”的赋学主张明显背道而驰。如踪训国称程廷祚《骚赋论》下篇“从创作的角度，指出写赋‘不可以宗骚’，再一次否定了赋学史上的祖骚宗屈论”[②]。然笔者以为程廷祚之文本义并非否定“祖骚宗汉”的赋学倾向。其称：

> 或曰：赋与骚异，则吾既得闻教矣。然则赋不可以宗骚乎哉？曰：不然也。赋与骚虽异体，而皆原于诗。骚出于变风、雅，而兼有赋、比、兴之义，故于诗也为最近。其声宜于衰晚之世，宜于寂寞之野，宜于放臣弃子之愿悟其君父者。至于赋之为用，固有大焉，以其作于骚之后，故体似之，而义则又裁乎诗人之一义也。昔商、周之作者，以圣贤之才，作为篇咏，盛则宜其平和之响，变则发其哀愤之音，下起于闺门之私，而上荐于郊庙，千古以来，有能五“四始”而七“六义”者乎？

① 这从今天社会学研究也可以得到证明。历史上每次变革最快的也是平原交通发达的地方，而西部及南部山地由于特殊的自然山地，其人文极好地保留了传统特征。这也使今日这些地区所谓“少数民族”最多最有特色。恐怕少数民族的形成跟自然环境以及文化传统的保留和承传有着密切的关系。可参拙文《文化人类学视野下的早期巴文化探赜》,《四川文理学院学报》2015 年第 3 期。

② 踪训国:《汉赋研究史论》，北京大学出版社 2007 年版，第 503 页。

不能也。骚由乎是，赋亦由乎是，又何疑乎赋之不可以宗骚也。①

故通体来看，程氏《骚赋论》虽有论及骚、赋在早期阶段的各自特征，但却明显强调了二者与“诗”皆相关系。一般认为赋兼风、雅、颂、比、兴诸义，即清刘熙载、张惠言、王敬禧等人所谓的“赋兼六义”，而此程氏亦称“骚出于变风、雅，而兼有赋、比、兴之义，故于诗也为最近”（《骚赋论》），可见骚与赋正是相同的。而赋较骚，其“赋之为用，固有大焉”。骚体之作“其声宜于衰晚之世，宜于寂寞之野，宜于放臣弃子之愿悟其君父者”，这是强调骚体在世变中的抒情写志之用，而同样在衰变之世，赋体亦能“变则发其哀愤之音，下起于闺门之私，而上荐于郊庙”，但赋却同时也可“盛则宜其平和之响”。正是如此，赋实较骚之功用尤巨，故刘勰《文心雕龙·诠赋》称：“然赋也者，受命于诗人，拓宇于楚辞。”②恐怕正是阐述早期赋体发展之史实，赋为“六诗”之一，为古诗之体，其近战国晚期，南方楚地对这种赋体文学的保存和传播有着重要贡献，并在此基础上，文人参与这种早期赋体的创作，形成了独具特色的南方“楚辞”体（骚体），但实际上也是赋体，故“骚”体只是赋学发展史上赋体所经历的一个特殊的阶段，这种文体特征除开南方方言俚语词“兮”等的融入外与“赋”并无本质的差别③。经过楚辞的发展，赋这种文体渐为世人所重，甚至“爰锡名号，与诗画境”，也由“六义附庸，蔚成大国”④。其后更彰其炽，“汉初词人，顺流而作，陆贾扣其端，贾谊振其绪，枚马同其风，王扬骋其势；皋朔已下，品物毕图，繁积于宣时，校阅于成世，进御之赋千有余首，讨其源流，信兴楚而

① 程廷祚：《骚赋论》（上），《青溪集》卷三，《金陵丛书》本乙集，第 13 页。

② 刘勰著，范文澜注：《文心雕龙注》卷二，人民文学出版社 1958 年版，第 134 页。

③ 或许“兮”字等在南方巫祭文化中的表现正是南方巴楚之人在传承咏诵早期古颂古歌（古赋）中所加上方音口语词，正如今天一些方言中的在语顿时的尾音字，如“儿”化音之类。这种形式可能最早表现在巫祭仪式中拖长声音的咏诵中，不自然带有“兮”（yī 或 xī 音）字音。当然这仅是一种推测，尚有待更多文献，结合语言学、文化人类学等的考古印证。

④ 刘勰著，范文澜注：《文心雕龙注》卷二，人民文学出版社 1958 年版，第 134 页。

盛汉矣。”（《文心雕龙·诠赋》）① 在明辨源流的基础上，程廷祚认为赋、骚皆与诗有着最为密切的关系，故称：“骚由乎是，赋亦由乎是，又何疑乎赋之不可以宗骚也。”（《骚赋论》）

综此而论，程廷祚辨“或曰”之词一段所潜藏的两点言外之意尤需注意：一是称宋玉为“词人之赋兴”，可见宋玉为词人赋家的代表。“兴”可能为发达，也可能为开始，此需思考。因为这一问题又涉及屈原的历史定位问题，屈原是“诗人之赋”的代表，还是“词人之赋”的代表呢？如果屈、宋都是“词人之赋”的代表，那么谁又是“诗人之赋”的代表，是荀况还是谁？二是称宋玉为“赋家之圣”，而非“赋家之祖”，因此也变相否定了所谓“或曰”之词，即否定了部分人认为“赋始乎宋玉”的说法。这自然也排除了其否定“宗骚”的观念，因此程氏之说既不是将赋的源头推到宋玉，也未否定屈原和荀子的赋学历史地位。

清代将“骚”别于“赋”，乃在于“楚辞”作为专门之学在清代尤为重视，特别是清初的遗民情结（可参郭维森、许结著《中国辞赋发展史》相关论述），以及有清一代对文学评点学及经学注疏，使“楚辞”这种单本文献极易被树列为经典，从而强化“楚辞”（骚体）在赋体文学中的地位。但从理论形态来看，清人大多是主张骚赋同体，有着密切的源流承变关系。如清初康熙时期王之绩云：“《离骚》，赋也。原不以骚名，萧文孝摘取‘骚’字，立为一体，误矣。《汉书·地理志》曰：‘始楚贤臣屈原，被谗放流，作《离骚》诸赋，以自伤悼。’观此足证以‘赋’名，后人不当以‘骚’名矣。李青莲诗云：‘屈平词赋悬日月。’何不言骚哉！以太白之豪放无前，乃能斟酌尽善如此，良由其识卓耳。何今人文集中称骚者之纷纷也。”②（《铁立文起》卷一二《骚》）

清代赋学家陆棻撰《历朝赋格》，其录文赋格、骚赋格、骈赋格，显然

① 刘勰著，范文澜注：《文心雕龙注》卷二，人民文学出版社 1958 年版，第 134—135 页。

② 王之绩：《铁立文起》卷一二《骚》，《续修四库全书》第 1714 册，上海古籍出版社 2011 年版（清康熙四十二年刻本），第 338 页。

是将“骚”目为赋之体的。其虽不选屈宋之作，乃在于其选皆为以“赋”名篇的作品，其称：“赋也者，始基乎荀，达乎宋，盛于汉魏，艳于六朝，规矩乎唐，而裁制于是乎尽。”① 但同时陆棻也指出了骚与赋和诗的关系，其称：“夫子删《诗》，而楚无《风》，后数百年屈子乃作《离骚》，《骚》者，诗之变，赋之祖也。后人尊之曰《经》，而效其体者，又未尝不以为赋，更有不名赋而体相合者，说详祝氏《外录》。余谓枚生《七发》，乃赋之最佳者，后人仿枚，辄名曰‘七’，无稽之言，每为捧腹，然其体与骚似异，故不及载，而以拟骚为一格焉。”② 由此可见赋在形成的早期阶段，荀卿、屈原、宋玉等都只是赋体发展承传中非常关键而重要的人物，但“赋”体绝非始于此三人。虽其称“骚”为诗之变，赋之祖，但此所谓“祖”只是强调赋与骚的关系和远源，而非强调骚、赋的先后发展关系。因此陆氏在《历朝赋格》中既不收录《离骚》等骚体作品，也不将“骚类”列之于篇首，其称：“前乎骚而为赋者，荀卿也。独出机杼，数篇如一，若元酒太美，未离乎素，《风》《钓》诸篇，实从此出，岂待宋人变律，始有文赋耶。论者谓其纯用隐语而不之采，是犹终日饱食，忘燧与稷也。录《礼赋》一篇，以冠文赋，凡用散词总为一格。”③ 由此可见陆氏的赋源思想。其中有几点尤需注意：一是他认为赋作为文体应是早于“骚”的，故其称“前乎骚而为赋者，荀卿也”。二是他强调了赋在发展中经历了由散体（文体）向骚体发展的过程，这与笔者前述赋体可能经历了商周时期的由古诗形态的散韵结合到战国晚期的骈整化过渡的推测是一致的。从而也解释了陆氏首录“文赋格”，并录《礼赋》“以冠文赋”之由。三是道明了荀卿《礼赋》等的文学史地位，所谓“独出机

① 陆棻：《历朝赋格·凡例十三则》，《四库全书存目丛书》第 399 册，齐鲁书社 1997 年版，第 276 页。

② 陆棻：《历朝赋格·凡例十三则》，《四库全书存目丛书》第 399 册，齐鲁书社 1997 年版，第 274 页。

③ 陆棻：《历朝赋格·凡例十三则》，《四库全书存目丛书》第 399 册，齐鲁书社 1997 年版，第 273—274 页。

杼”“未离乎素”，可能正是荀赋在赋由“古诗”[①]（古颂）形态向骈化和韵化转变过程中的独特现象。“素”正是一种质朴《尚书》体式的口语表达形态；而所谓“隐语”可能正是早期赋的一种铺陈方式。或许周之“太师”掌教“六诗”，而与大司乐教“乐语”相应，其有“兴、道、讽、诵、言、语”六义，其“语”可能就是“赋”的言语表达形态，“隐语”作为“语”的一种形式，自然也属于“赋”的言说方式。而且“隐”可能由于政教的原因，有规谏兴王之义，或可能正是“六诗”之“赋”的表现形态。陆氏虽未深发其义，然其中对隐语与早期赋体关系却是有着隐约的思索的。故对那些选赋者未深究其义而遗漏是选者，陆氏讥曰：“是犹终日饱食，忘燧与稷也。”[②]

清代何以别有主张骚、赋分列者，吴景旭对其略有解说，吴景旭《历代诗话》卷七《楚辞·评骚》：“比于乾卦禹贡，方之南董比兴，犹云似也。中垒尊之为经，而世直称《骚经》。谓招字以锡号，或作志以程篇，犹云始也。荆溪言《昭明文选》不并归赋门，而别名为《骚》，后人沿以骚称，不知题义。以余论之，此正所谓扬之过实，抑之损真者矣。经之后，赋之先，天地间忽出此一种文字，自是别具一体，以骚命之可也。而牵文之见，必起而问曰：《史记》：‘《离骚》者，犹离忧也，言忧愁幽思，冀幸君之一悟也。’王逸《序》：‘离，别也；骚，愁也。言己放逐离别，中心愁思，以讽谏君也。’《说文》：‘骚，扰也。言忧烦扰也。’解者纷更，奚以名篇。余以所释虽殊，总览斯文，风格凿空，不经人道，自应别名一体，以骚命之可也。经者，常也；赋者，铺也。夫既命之矣，即后之拟骚，骚也；反骚，亦骚也；皆以骚命之可也，一体也。”[③]《史记》也好，《离骚序》也好，《说文》也好，其解“离”“骚”二字显然并非指称文体，而是指抒情之实。诗、赋、文皆有抒情之作，不能

① “古诗”非《诗经》本之“诗”的形态，可能为早期古颂的散体口语诵读形态。具体参下节详述。

② 陆棻：《历朝赋格·凡例十三则》，《四库全书存目丛书》第399册，齐鲁书社1997年版，第273页。

③ 吴景旭：《历代诗话》卷七，中华书局上海编辑所1958年版。

因之而单成文体。其喜怒哀乐为人之常情，岂非“人道”乎？何谓“不经人道，自应别名一体”？不过吴氏之说对应于当时清初楚辞学的炽彰，却可能是顺乎其时的，其对楚辞至近代俨然成为一门独立的学问也是颇有助益的。

究其实质与传统而论，“骚”的经典化与文学传统中的“尊经法古”意识是密切相关的。汉代推尊前代文学经典，不但将“五经”列为官学，尊之以“经”，此为大多数经学之士和儒家学者找到了“依经取义”的典范可据。从其现实意义来讲，这为当时的经学之士不但找到了理论“袈裟”，而且也自然为其纷披上法轮光环，其于“尊经”“尊体”的意义上也找到更多的政治噱头。对于汉代众多的文学侍从之臣来说，在文章中自然也需“引经据典”，即如司马相如所称之“包括宇宙，总览人物”①，然毕竟现实政治更关乎讽谏言说和写怀抒志，而不是对旧典简单地“陈典取模”的写照。无论是法古、摹古其本义都在于以“古”而鉴“今”，自然与文学之臣抒怀写志义最近者莫过于《离骚》诸文，故汉代拟骚者尤其之多，贾谊、枚乘、司马相如、扬雄等皆从中借鉴生发。当然在“楚骚”自汉代被经典化的过程中，汉人本未有欲独立一体之意，而不过强化其地位常致有过实之词，至后代这种经典化过程愈益夸张，遂渐至于裂而独立一体。当然独立而尊之是历史中文学经典化过程最常用和实用的手段。但从文学发展源流及其文体学的科学意义来讲，“骚”与“赋”是有着密切关系的，“骚”既是古赋之流，又是汉赋之源。明清人欲尊崇古体，推“祖骚宗汉”之说，渐有将“汉赋”独立一体之势，然吾以为汉赋非体，汉赋已包骚、散、骈之诸分体，其骚、赋之关系义甚明。

二、清代“赋”“诗”关系说

明末清初的费经虞著有《雅伦》一书②，在书中他对先秦以来诗、赋、

① 葛洪：《西京杂记》卷二，四部丛刊景明嘉靖本。

② 此书当成于清初，参笔者博士论文《清代汉赋选研究》第六章《费氏〈雅伦〉述论》，第153—157页。

楚辞等文体进行了体调、格式等方面的详细分类和研究。在诗本源的认识上，明显其所称先秦“诗”当为一个大类概念。清代学者基本上认同“赋者古诗之流”，他们不但一方面从班氏之说寻求突破，另一方面则从“赋”为“诗六义”的古代文统中力求寻找出理论的依据。

费经虞《雅伦》卷三云：

> 齐桓晋文而后，秦楚皆为大国，圣人录秦诗而不载楚诗，楚其无诗耶？然则《离骚》《九歌》诗之变者也。六义中赋居一，盖直赋其事而曲言长篇，《大雅》已有之，但句法不长耳。屈平既变为一体，楚人宋玉景差之徒皆效焉，而《楚辞》成。《楚辞》成，三代文章为之一变。则《楚辞》者，《三百篇》之后继也，汉犹以屈平所作谓之赋，自司马相如等之赋，间以散文，而屈宋始专命为《骚》。朱元晦又选诗赋之类《骚》者为《楚辞后语》，自荀卿《成相》而下凡五十二篇，今以楚骚立为一部而以屈、宋之作为法，其后入诗赋，各入其类，兹不取骚之体源委滔滔、骚之情缠绵委曲，不可强直，不可沾滞。玩味古人，自见屈原之作不可得而拟议也。宋玉、景差、贾谊等作，所差者毫发耳，《九辩》高达肆放，则无《离骚》醇厚之味，未免到清洌一边。若庄忌、淮南，则其变多又次矣。[①]

从此段所述以及费氏《雅伦》一书的结构安排，我们可以明确费氏认为“《离骚》《九歌》诗之变者”，也就是说他强调了楚辞与古诗之间有一定联系，因此他又称“《楚辞》者，《三百篇》之后继也”。但费氏明显并不在于强调“楚辞”为一种“新诗体”，而是站在一种全面梳理诗体文学发展视野来审视“诗”的流变与走向，这从《雅伦》一书的结构安排可以大略推知。《雅伦》一书叙源本、体调、格式、制作、合论、工力、时代、针砭、品衡、盛事、题引、琐语、音韵等，共二十六卷，其中格式共十二种，占卷三至卷十四。

① 费经虞：《雅伦》，见周维德集校：《全明诗话》第六册，齐鲁书社 2005 年版，第 4496 页。

格式一至格式四论录楚辞与赋。格式五论乐府，格式六论歌、歌行、谣、成相、辞、引、操、曲、铭、诵等杂体，格式七论五言古诗、七言古诗、拟古等各类古体诗作，格式八论五言四韵（沈宋定后谓之近体）等各类韵法的近体诗，格式九则论七言四韵等各类韵法的近体，格式十论五言二韵（唐人谓之绝句）和七言二韵（唐人谓之绝句）的绝句体例和韵法，格式十一论五、七言排律，格式十二论建除、六府、四色、回文、叠字、十离等特色艺术技巧的诗文作品。虽然费氏没有交代其论列格式以“楚辞”始，而未列《诗》本之各体，但从其全书结构安排和诗学思想来看，这正是在于发扬本书探讨“诗变”的立场。以古《诗》本之诗作为源头，则其下楚辞、赋及各体可以说都是“诗之变”。

“诗之变体”与“新诗体”应是两个不同的概念。我们今天一些学者仍喜将楚辞视为一种“新诗体”，甚至一些文学史著作还采用这种观点，其本质上便是尚未明确二者的区别。当然，从“楚辞”的字面意义和概念来讲，或许认为“‘楚辞’是战国后期产生于楚国的一种新诗体，是继《诗经》之后崛起的又一座文学高峰”① 似无不妥。但“新诗体”虽然强调了这种文体的“新异”，暗示了有可能存在一些变化，但却限定了它的实质并没有超脱于母体，依旧属于诗体。而“诗之变体”不仅强调了这种文体的新异和变化，而且暗示了这种文体既可能承传的母体的特征，依旧可能属原来的文体，但同时也暗示了这种文体发生改变成为新文体的可能。

当然，“诗变”的理论在《毛诗序》中就已有所阐发，但所论本于政治诗学的立场，对这类变风变雅的作品产生的缘由给予揭示，认为“至于王道衰，礼义废，政教失，国异政，家殊俗，而变风变雅作矣”②。但对那些“变《风》变《雅》”的作品体例何如，却并没有明确的提示，但从其上文所称：“上以风化下，下以风刺上，主文而谲谏，言之者无罪，闻之者足以戒，故

① 郭预衡编：《中国古代文学史》（一），上海古籍出版社 1998 年版，第 130 页。

② 《毛诗序》，见《毛诗正义》，北京大学出版社 2000 年版。

曰风。”[①] 如果这类正风之作以“主文谲谏”为旨，那么至少变风变雅的作品肯定属于那种狂傲不羁的个性类抒写，在主旨上不同于正统的政治立场，那种反映末世世态“礼义废、政教失”的《伐檀》《硕鼠》《板》《荡》类作品恐怕即是此类。汉之后经学和诗学家们来解释“变风变雅”恐怕基本上因循这种政治诗学的立场，但战国末世，变《风》变《雅》作品的产生实际上也带来了诗体文学体裁的变化。

费经虞在《雅伦·源本》中云：“诗所自起，未详时代，《赓歌》见于《舜典》，《五子》载于《夏书》。殷商有《颂》，《风》、《雅》成周，皆先圣删定所存，以教后世。……《三百篇》而后，格调变殊。”[②] 费氏所强调的“格调变殊”恐怕就包括其所论体调与格式的变化。《诗三百》篇之后的楚辞、赋、乐府、歌行等正是《风》《雅》的变体。由此可以看出，费氏站在一种大诗学观的视野阐述了楚辞、赋与诗之间的关系。虽然他没有明确辨析班固所谓“赋者古诗之流”的观点，但他却从另一个着眼点解释了赋与诗之间的承绪关系。他称《离骚》《九歌》为诗之变，而且这种变体中大量运用了“赋”的手法，这种“赋”的表现手法与篇章体制即“盖直赋其事而曲言长篇”的形态在《大雅》中已有体现，只是《大雅》中“句法不长耳”，这不但首先揭示了《大雅》与“楚辞”的关系，也暗示了“楚辞”较《雅》诗在句法上有所增长及“楚辞”与赋的密切关系。因为这种楚辞“诗之变体”采用了“直赋其事而曲言长篇”的形式，与赋体无异，因称“汉犹以屈平所作谓之赋”。他不但表达了汉人将楚辞视为赋的事实，也在《雅伦》卷四中进一步表达了他的赋源观点：

古诗六义其一为赋，述事叙情，实而不托，平而不寄。《嵩高》《豳风》《大雅》长篇是也。自罹战国，继以暴秦，风雅沦亡，意旨湮没，殆楚人屈平作《骚》，长言大篇，极情尽致，而赋遂变，与《诗》相殊，

① 《毛诗序正义》卷一，北京大学出版社 2000 年版，第 15 页。

② 《雅伦》，《全明诗话》，齐鲁书社 2005 年版，第 4460 页。

别为一格。汉兴，学者修举文辞。至于孝武升平日久，国家隆盛，天子留心乐府，而赋兴焉。《汉·艺文》《离骚》《九歌》皆列在赋。至宋玉始著赋名，散文韵语间杂以出，而未盛也。司马相如虽仍其体制而《子虚》《上林》滔滔万言，赋遂一变。至《长门赋》《悼李夫人赋》通篇押韵。后之变遂不一。①

费氏虽没有较详细地论述由古诗到“楚辞”的演变过程，对屈平所作的这类“楚辞”何以在汉代称为“赋”的理由也还不够完善和充分，但他的大诗学视野观对诗变形成的“楚辞”及“楚辞”的再变所带来赋诗的分体现象可谓是颇有颖见发明的。清代浦铣《复小斋赋话》卷上亦云：“赋始于兰陵，而屈、宋为之增华，故班固《艺文志》云：‘屈原赋二十五篇。’予尝谓集赋者，当以骚列于首，自来选家从不归并赋门，可谓数典忘祖。”②

当然，从源流论来看，“楚辞”又是与古诗密切相关的，“楚辞”所承担的作用正是在文体转变中的中介和桥堡。孙梅《四六丛话》云：“屈子之词，其殆诗之流，赋之祖。”③ 袁枚《历代赋话序》曰：“毛苌公云：君子有九能，然后可以为大夫，登高作赋其一也。古人重赋，由来久矣。然赋者古诗之流，诗亡然后骚作，骚即赋之滥觞。”④ 程廷祚《骚赋论》云：“赋与骚虽异体，而皆原于诗。”又称：“盖风、雅、颂之再变而后有《离骚》，骚之体流而成赋。赋也者，体类于骚而义取乎诗者也。……骚之出于诗，犹王者之支庶封建为列候也；赋之出于骚，犹陈完之育于姜，而因代有其国也。骚之于诗远而近，赋之于骚近而远；骚主于幽深，赋宜于浏亮。”⑤ 楚辞既然在诗赋演变的过程发挥着如此重要的作用，而如何介定它的地位、性质以及名称都极为

① 《雅伦》，《全明诗话》，齐鲁书社 2005 年版，第 4512 页。

② 浦铣著，何新文校证：《历代赋话校证》附《复小斋赋话》，上海古籍出版社 2007 年版，第 385 页。

③ 孙梅：《四方丛话》卷三，《续修四库全书》第 1715 册，第 226 页。

④ 袁枚：《历代赋话序》，见浦铣辑《历代赋话》，《续修四库全书》第 1716 册，第 1 页。

⑤ 程廷祚：《骚赋论》，《青溪集》卷三，《金陵丛书》本乙集。

重要；而且由诗至赋的演变过程是否经历了由诗、楚辞再到赋的三步论，还是由诗可能不相先后出现了楚辞和赋的二步论，这都是需要深入研究的。如果称赋为“古诗”六义之一，则可能赋直接由诗而产生，不一定先经历楚辞的中间演变，那么由此对楚辞的定性也会产生诸多的问题，那么楚辞可能直接只能是赋之一种。

从今天考古发现的清华简中对早期古诗体的记载，我们可以进一步印证“楚辞”与古诗之间的密切关系，因此称楚辞为一种“新诗体”可能既不完全符合史实，也有悖诗学发展理论。“楚辞”为“新诗体”之说不但将楚辞与赋的关系淡化，并使二者成为毫不相关的文体，而且对于文体发展的整体观照和文学流变及现象研究缺乏合理的理论节点。“诗变”说恰好既能合理解释诗学发展中的整个流变过程，也能给予文体发展的原动力和文学发展史中的一些特殊现象给予科学客观的解释。显然，费氏认为汉赋是楚辞之再变，但何以楚辞专命？他认为汉赋本取自屈宋之作，但“自司马相如等之赋，间以散文”，这是汉赋因为大量结合经史，讲求经世致用，与当朝礼典相结合，更多地杂以散文来表现，成为韵散兼具的一种形式。相对于“楚辞”比较规范和整齐的句式及用韵特点，可能这又是一次变化，因此专称屈宋之作为“骚”。也就是说自司马相如，实际上又开启了赋的分体变化了，因此在汉代既有散体大赋、也有抒情小赋，既有骈散相具的《子虚》《上林》《两都》类宫殿苑囿之作，也有骚怨牢愁的《长门赋》这类抒情言志之体。

清初贺贻孙《骚筏》对诗、骚、赋之间的关系也进行了同样的揭示：

自《离骚经》至《大招》，皆楚辞也。楚诗不列于《国风》，今观楚辞，则楚之为风大矣。学者分诗与骚赋为三，不知诗有比兴赋，则赋乃诗中一体。若骚则本风人悱恻之意，而沈痛言之耳。骚，忧也；离（丽也），罹也。《离骚》，犹言罹于忧也，即《招魂》所谓舍君之乐而离此不祥也。屈、宋当日，未常分为两种名目。骚即宋子作赋之心，赋即屈子作骚之事。意其与风人之诗，虽有异名，其本于至性，可歌可咏，则一也。后人尊《离骚》为经，或疑为过。经者，常也；骚者，变也。变固未可为经，然《离骚》为古今第一篇忠爱至文。忠爱者，臣子之常。屈子履变而不失其常，变风变雅皆列于经，则尊《离骚》为经，虽圣人复起宁有异辞？①

贺贻孙对楚辞及赋体命名的原初状况的推想应是比较准确的，他认为屈宋当时，未尝分骚、赋两种名目，而可能如古诗命名的方式一样，直接以首句为题；或取其意旨，而未必标明其体类。他认为楚辞《离骚》类是诗之变体，赋亦是诗之一体，这正是从赋的本源来发明诗、骚、赋三者的内在关系。

清代学人在阐述汉赋源流论思想中，基本上袭承了汉代班固“赋者古诗之流”的赋学理论观。但他的这种理论由于缺乏文本的详细阐释，因此人们对这一理论理解在历代并不深刻。东汉王逸从句法比较，认为“夫《离骚》之文，依托《五经》以立义焉”②，并举例论述了《离骚》借鉴《诗》《易》《书》等句法。晋代皇甫谧《三都赋序》云：“诗人之作，杂有赋体。子夏序《诗》曰：‘一曰风，二曰赋。’故知赋者，古诗之流也。”③挚虞《文章流别论》云：“赋者，敷陈之称，古诗之流也。”④刘勰《文心雕龙·诠赋》云：“然赋也者，受命于诗人，拓宇于《楚辞》也。”⑤至唐宋经由王绩、李白、白居易、权德舆、王禹偁等人转引和肯定，赋的诗源学说得到进一步认可。王绩《游北山赋并序》云：“诗者，志之所之；赋者，诗之流也。”李白《大猎赋并序》云：“白以为赋者古诗之流。”白居易《赋赋》：“赋者，古诗之流也。始草创于荀、宋，

---

① 张伯伟、许结主编：《骚赋论部·本源》，《中华大典·文学典·文学理论分典》，第747页。

② 王逸：《楚辞章句》卷一《离骚经章句》，《景印文渊阁四库全书》第1062册，第16页。

③ 萧统：《文选》卷四五，上海古籍出版社1986年版，第2038页。

④ 见《历代赋话续集》卷一三，《续修四库全书》第1716册，第164页。

⑤ 刘勰著，范文澜注：《文心雕龙注》卷二，人民文学出版社1958年版，第134页。

渐恢张于贾、马。”但大多出于书序之作，虽白氏《赋赋》为专论赋体，然鉴于律体的体例，所论源流亦未翔实。至清代“赋者古诗之流”成为一种主要的赋源学说。这一赋学理论经费经虞、贺贻孙、毛奇龄、陆棻、沈季友、程廷祚、刘熙载等人不断阐发，在清代形成了“缘实”与“缘名”两派赋源论学说。这两种赋源论各自侧重点不同，但并无本质的矛盾。“缘实论”重在探讨赋体的本质来源，他们从赋的句法、章法、体例上进行比较探讨，从而进一步巩固赋源于诗的理论，“赋者古诗之流”就是这种缘实论的赋源理论代表。虽然有人认为章学诚的赋源论是一种多源论，但事实上章氏还是首先强调了赋源于《诗》的观点，只是他认为赋在后来的发展中又借鉴了其他文类。章学诚《校雠通义》卷三云：“古之赋家者流，原本《诗》《骚》，出入战国诸子。假设问对，《庄》《列》寓言之遗也。恢廓声势，苏、张纵横之体也。排比谐隐，韩非《储说》之属也。征材聚事，《吕览》类辑之义也。”① 另一种缘名论的赋源观主要从赋体名称的确立来考察赋源问题，其中或称宋玉或称荀子为赋体创作之始。费氏《雅伦·诗源》：“骚，始见于屈原。赋，始见于宋玉。成相，始见于荀况。”② 王之绩云：“至于今之作者，异乎古昔。古诗之体，今则全取赋名。荀、宋表之于前（荀卿、宋玉），贾、马继之于后（贾谊、司马相如）。自兹以降，源流实繁。”③ 这一观点在选学派中表现得尤其明显，因为从选学的角度便于实际操作，他们在选篇时多首选屈、宋或荀卿之作。但这并不影响赋源于诗的理论，因为“缘名”与“缘实”是分别站在两个不同层次和角度来看待这一命题的，因为他们阐述的目的和作用不一样，也就不存在这两种赋源论有什么本质的不同。因此事实上清代“赋者古诗之流”成为最主要而且最有影响的赋源学说。

---

① 章学诚：《校雠通义》卷三《汉志诗赋第十五》，《文史通义》，上海书店 1988 年版，第 98 页。

② 费经虞：《雅伦》，《全明诗话》，齐鲁书社 2005 年版，第 4461 页。

③ 王之绩：《铁立文起》卷首《文体统论》，《续修四库全书》第 1714 册，上海古籍出版社 2011 年版（清康熙四十二年刻本），第 280 页。

由于清代去古较远，人们对赋是如何从古诗演变发展成为一种独立的文体并不太清楚，特别是将汉赋与那种整齐的四言体式的《诗经》文本比较，似乎觉得这之间的转变比较唐突。清人沈季友在《历朝赋格·文赋小引》中就称：

文章之衢皆从意生，而各以时变，诗教既微，荀宋倡为敷陈之辞，命之曰赋，学者祖焉。其体闳衍纡徐，极诸讽颂，虽句栉字比，依音声，饰藻缋，而疎古之气一往而深，近乎文矣。夫赋为《诗》之流，而忽而成文，莫知其然也。天下之变，宁有底乎？①

显然，如果称赋源于古诗，单从汉赋来看，无论其句法、章法似乎与《诗经》本中的诗不属同类，这二者之间演变的过程和原由确实“莫知其然”。清代大多数学者对班氏赋体“诗源说”的推论基本上是出于赋为诗“六义”之一，便直接简化了赋与诗之间关系的过渡，也就简单而自然地得出“赋为古诗之流”的结论。但《毛诗序》中的“诗六义”已是汉人的理论和主张，对先秦以前诗如何由此发展为赋体并未有合理的解释。清代赋体“诗源说”虽成为当时最主要的赋源理论，但基本上对班固“赋者古诗之流”的内涵并未有非常明晰的看法，同时他们对赋如何由古诗演变而来的过程探讨又充满着无穷的好奇和探究。

程廷祚《骚赋论》中一段试图阐明诗、骚、赋之间的异同。程廷祚《骚赋论上》云：

声韵之文，《诗》最先作，至周而体分六义焉。其二曰赋。战国之季，屈原作《离骚》，《传》称为贤人失志之赋。班孟坚云：“赋者，古诗之流也”，然则诗也，骚也，赋也，其名异也，义岂同乎？古之为诗也，风行于邦国，雅颂施于朝廷。情动于中而形于言，其用则有赋与比兴之分。总其大要，有陈情与志者焉，有体事与物者焉。屈子之作，称

① 沈季友：《历朝赋格·文赋小引》，见陆棻：《历朝赋格》，《四库全书存目丛书·集部》第399册，康熙二十五年（1686）刻本。

尧、舜之耿介，讥桀、纣之昌披，以寓其规讽；誓九死而不悔，嗟黄昏之改期，以致其忠怨，近于《诗》之陈情与志者矣。若夫体事与物，风之《驷铁》，雅之《车攻》、《吉日》，畋猎之祖也；《斯干》、《灵台》，宫殿苑囿之始也；《公刘》之“豳居允荒”，《绵》之“至于岐下”，京都之所由来也。至于鸟兽草木之咏，其流浸以广矣。故诗者，骚赋之大原也。①

程氏认为诗、骚、赋虽然有一定关系，但名各相异，义当不相同。为发明班氏之说，他详细地将骚与汉赋中的言志、体物的作品与《诗经》中的作品作了简单比较，从而印证班氏之说。虽然这种比较尚较简单，但对我们发明赋、诗艺术关系还是具有比较重要的意义。至刘熙载《艺概》进一步从艺术论的角度对赋、诗之间的关系进行了探讨。《赋概》云：

赋，古诗之流。古诗如《风》、《雅》、《颂》是也，即《离骚》出于《国风》、《小雅》可见。

言情之赋本于《风》，陈义之赋本于《雅》，述德之赋本于《颂》。

诗为赋心，赋为诗体。诗言持，赋言铺，持约而铺博也。古诗人本合二义为一，至西汉以来，诗赋始各有专家。②

其中有三点非常重要，一是认为赋为古诗之流，但将“古诗”细分了《风》《雅》《颂》，而不是单一以《诗经》来概代，这种意义在于强调赋来源的多样性。因为《风》《雅》《颂》的风格并不一样，《毛诗序》孔疏称：“风、雅、颂者，《诗》篇之异体”，《诗经》中的诗篇风格是不一样的，从十五国风来看，各地风诗风格也不一样，“二南”中的南音与楚歌就有密切联系。就体例来看，风、雅、颂的体例也有不一样。今本《诗经》中的颂诗多为一章，但这些《颂》诗年代基本上较早，《雅伦》就称：“颂，始见于商。”③ 显然《商颂》

---

① 程廷祚：《骚赋论》（上），《青溪集》卷三，《金陵丛书》本乙集。

② 刘熙载：《艺概》卷三，上海古籍出版社 1978 年版，第 86 页。

③ 费经虞：《雅伦》，见周维德集校：《全明诗话》第六册，齐鲁书社 2005 年版，第 4461 页。

甚至部分《周颂》篇章与今本《诗经》所载的状态可能并不一样，大多经过整理和改编。二是进一步将不同风格的赋与《风》《雅》《颂》相联系，突破了《毛诗序》孔疏所强调的“风、雅、颂者，《诗》篇之异体；赋、比、兴者，《诗》文之异辞耳”和“赋、比、兴是《诗》之所用，风、雅、颂是《诗》之成形”的观点。如果“言情之赋本于《风》，陈义之赋本于《雅》，述德之赋本于《颂》”，而言情、陈义、述德虽然可以视为赋体表现方式的不同，但是汉代赋极重经世致用，因此刘勰评汉赋“体国经野，义尚光大”，显然，作者选择言情、陈义还是述德，实际上亦出于体用的不同选择。从这一点来看，《诗经》中的《风》《雅》《颂》不仅是《诗》之异体，实际上也反映了《诗》之所用的不同。三是从比较感性的视角分析了诗、赋的异同，而且对汉以前赋、诗的生存状况作了较为合理的推测。

显然，清代汉赋源流论对文学发展史的脉络疏理极为重要，它可能对中国文学发展史、文学文体论的理论带来更多新的启发，同时对当下文学创作如何取鉴古代文体艺术也有明显的指导意义。任何一种文体从来就不是固定不变的，它在不断地自我创变和发展中。“赋”和“诗”都有韵，虽汉赋韵比较散，但亦间用韵，这应是唐宋以前将诗、赋都视为“有韵者”的“文”最主要的原因。至后来“文”的内涵和外延的变化，人们将赋又视为非诗非文的体类，但这种对赋的定性不但断绝了赋与“诗”的关系，而且也很难解释赋、诗皆押韵的特点，故又称赋为“既诗既文”。对赋的这种定性是非常有意思的，它不是从句法、章法上予以规定，而是从与其他文体的比较中得以发明。这无疑证明“赋”的形成与发展经历了相当漫长的过程，对其他文体有借鉴和创变，而且其特征和艺术手法非常灵活。

在先秦以前，虽已有诗、铭等文体，但文体的分类不同主要因于事用，其概念尚未完全明晰，很多后来所界定的某种文体也存在另一种文体因子，即这种文体之间的界划比较模糊。比如《风》《雅》《颂》都归为“诗”，但三者在归入《诗》的过程是一个比较漫长的时代。他们可能把那种言志抒情的大多数作品都归为“诗”。如《颂》实际上既有诗体的成分，也有文体成分存在，这从今天的考古材料和一些逸诗的发现中可以得到证明。因此早期的诗歌和其他文体一样既有诗押韵整齐的成分，也有一些不拘韵律，便于叙事的散文体成分。我们称赋与古诗有关，不但表现在赋继承了诗用韵的特点，即有时运用句式整齐协谐的方式，还有可能就是在章法上诗歌的重章复沓的篇制结构特点与赋的铺排一致。《五子歌》载于《夏书》，应该被视为“《尚书》类文体”，《尚书》类文体主要以散文为主，与诗体有一些差别，但《尚书》并不是完全不录诗体。《五子之歌》从题名和内容来看，显然应该属歌诗类，但其内容又涉及散文的一些成分，这种结构非常有意思，这与后来赋的结构安排有着相似性。从《尚书》中所录《五子之歌》来看，在五首诗歌之前，有段叙述性文字，其云：“太康尸位以逸豫，灭厥德，黎民咸贰。乃盘游无度，畋于有洛之表，十旬弗反。有穷后羿，因民弗忍，距于河。厥弟五人御其母以从，徯于洛之汭。五子咸怨，述大禹之戒以作歌。”实际这有点近于诗序，交代了诗本事。因此孔颖达认为“《五子之歌》亦非上言”，“《五子之歌》一篇，歌也。”[①] 清华简载《周公之琴舞》亦被视为诗，但其前引周公元启一段，明显非完本之诗，而是作为成王作诗的缘由交代，也可以算是诗序。至于后来赋体发展为这种诗、文混杂的结构，明显与古代《颂》诗等的编撰有密切关系。因此刘勰称：“按那之卒章，闵马称乱，故知殷人辑颂，楚人理赋。”[②] 楚骚和汉赋基本上都有以“乱”卒章，这明显就是对《周公之琴舞》“九启”形态的继承与改创。而且汉赋悉如刘勰所称：“既履端于倡序，亦归余于总乱。序以建言，首引情本；乱以理篇，迭致文契。”[③] 这种序、乱的结构跟《周公之琴舞》及《尚书》载《五子之歌》几乎结构完全相近。只是赋发展到后来可能将前面序引的本事部分强化而极力铺引，成为赋体正

① 孔颖达：《尚书正义》，北京大学出版社 2000 年版，第 211、22 页。

② 刘勰著，范文澜注：《文心雕龙注》卷二，人民文学出版社 1958 年版，第 135 页。

③ 刘勰著，范文澜注：《文心雕龙注》卷二，人民文学出版社 1958 年版，第 135 页。

文，而卒章的“乱”辞则往往成为总结性的诗体语言。这种结构在唐宋赋体、碑、铭、序等文体也还存在某种影子，如唐代铭文前篇基本上为赋体句的本事介绍，末缀之以“铭曰”“记曰”“颂曰”等诗体文字。由此可见，赋与诗之间的密切关系，不仅在于句法修辞和铺陈的章法上的相关，而且可能也与这种结构安排相关。但这类诗、文混杂形态的文体可能最早并不称为“诗”应是肯定的，它可能称为“颂”“琴舞”“歌”或其他名称，至于后来才逐渐归入《诗》本成为“诗体”。这种“诗体”也只能算是“古诗”，甚至与孔子删定整理的《诗三百》本都存在一些差异。这种状况也合于文学发展史的早期状态。文学虽起源于有韵的口语歌谣，但由于语言服务于交流叙事，可能存在有韵与无韵的混杂状态，至于后来礼乐的出现和文体意识的增强，文法又经历了由混沌而厘分的过程。

三、清代“赋颂”同体说

清代学者一方面在赋与“诗六义”之间寻求理论依据外，另一方面则从汉代“赋颂”同称的现象当中力图找到新的理论突破。

清代何焯《义门读书记·文选评》论潘岳《籍田赋》云：“古人赋颂通为一名，马融《广成》所言田猎，然何尝不题曰颂耶。扬（雄）之《羽猎》，固亦有‘遂作颂曰’之文。”[①] 显然何焯就认为赋、颂应是同体的。至乾嘉时期古赋派学者张惠言辑选《七十家赋钞》，其卷四录马融《广成颂》题下注便曰“赋颂通名”[②]，他不仅支持何焯的观点，而且也在选赋实践中直接将马融《广成颂》收入《七十家赋钞》并题作“颂”，可见他是力主“赋颂同体”论的。康乾时期孙濩孙辑有《华国编赋选》和《华国编文选》，其《华国编文选》中亦多录有韵之文，其中录有贾谊《吊屈原文》（或作《吊屈原赋》）、王勃《为城与蜀父老书》、东方朔《答客难》、扬雄《解嘲》和《赵充国颂》，

① 何焯：《文选评》，《义门读书记》，崔高维点校，中华书局 1987 年版，第 867—868 页。

② 张惠言：《七十家赋钞》卷四，《续修四库全书》本，上海古籍出版社 2001 年版，第 86 页。

显然孙氏同样将赋颂视为一体[①]，只不过其《华国编文选》当中所录赋篇为非赋名篇的作品。晚清时期朱一新（1846—1894）对经学颇有研究，其主汉宋调和，其论骈赋亦从古赋义例中发明，他称骈赋“至如雍容揄扬之作，铿锵镗嗒之词，源出于《颂》，别是一格”[②]。无论此处是“源出于《颂》”还是“源出于‘颂’”，都直接可以说明赋体在古代是与颂体密切相关的。清代尤侗《西堂全集》、王鸿绪《横云山人集》、张廷玉《澄怀园文存》等都将赋颂并列辑录。

汉以后虽有选家据刘勰《文心雕龙》之《颂赞》篇将“颂”“赞”列为一类，但刘氏可能更多是从功用源流上进行的梳理。“赞”当晚出，实为颂体之一支，故将“赞”别为门类实属无谓，故刘勰称“赞”之为体，“促而不广，结言于四字之句，盘桓乎数韵之辞”，“其颂家之细条乎？”[③]细究此种“颂赞”之体实如唐宋碑铭及赋体中所末篇的所谓“颂曰”“赞曰”“铭曰”之辞，其体为四言短韵，悉如刘氏所惑“促而不广”“颂家之细条乎”。由此来看，“颂赞”独立作为文类的理据似乎并不充分，它所起的功能也正是赋体所兼的“诗六义”之一。从“颂”所承载的事义来看，这类题材和作品确实在赋体中极多，特别是一些颂祝奉功之作，如徐乾学《平蜀颂》《平滇颂》，而潘耒作《平蜀赋》《平滇赋》，其实质皆是赋体[④]，这也反映了在清代赋体创作实践中将赋颂同体视之的情况。至于赋体兼颂之功能，刘熙载云：“可知六义不备，非诗即非赋也。”[⑤]其义明赋亦兼“六义”，如果“六义”不备，既不能称“诗”也不能称“赋”。较刘熙载稍早的王敬禧即云：“赋缘六义，而实兼之。”[⑥]刘熙载又从实证的角度指称：“述德之赋本于《颂》”“《橘颂》品藻精至，在《九

① 孙濩孙：《华国编文选》，乾隆己卯刻本。

② 朱一新：《无邪堂答问》，中华书局2000年版，第92页。

③ 刘勰著，范文澜注：《文心雕龙注》卷二，人民文学出版社1958年版，第159页。

④ 此可参见孙福轩：《清代赋学研究》，浙江大学出版社2008年版，第95—96页。

⑤ 刘熙载：《艺概》卷三，上海古籍出版社1978年版，第86页。

⑥ 王敬禧：《复小斋赋话跋》，见浦铣著，何新文校证：《历代赋话校证》（附《复小斋赋话》），上海古籍出版社2007年版，第409页。

章》中尤纯乎赋体。”①

清代浦铣对汉代“赋颂同体”现象进行了较为细致的疏理，对刘勰讥《广成》“何弄文而失质”的质疑提出了较为明晰的解答。浦铣曰：

> “颂”之名可通于“赋”。《汉书·王褒传》“太子喜褒所为《甘泉》及《洞箫颂》”，昭明易“颂”为“赋”入《文选》，唐人遂有《汉宫人诵〈洞箫赋〉赋》。《史记·司马相如传》“乃遂就《大人赋》”，又曰“相如既奏《大人之颂》”。扬雄《校猎赋》开首有“遂作颂曰”之语。皇甫谧《三都赋序》亦云“相如《上林》、扬雄《甘泉》、班固《两都》、张衡《二京》、马融《广成》、王生《灵光》，皆近代辞赋之伟也”。唯刘勰《文心雕龙》有“马融之《广成》、《上林》，雅而似赋，何弄文而失质”之语，若例以《洞箫》，证以相如《大人》、皇甫《三都序》，《广成》似当列入“赋”类，非自乱其例也。②

清代学者对汉代“赋颂同体”现象的反思，也正有利于我们重新揭发班固“赋者古诗之流”的原象与本旨。特别是汉代“赋颂同体”和“赋颂同称”的理论来源和因由，对于我们真正揭示赋体源流和班固赋体“诗源”说具有极为重要的启发意义。

班固《两都赋序》云：“赋者古诗之流也”，这一观点影响深远，但历来学者层层推引，既无出新意，亦对班氏之原意未尝深解。清人虽有解说，但当时考古学成就尚无今日之盛，对逸诗的收集整理清人已有相当之成就，但多从传世和稀见纸本文献中爬梳得来，残篇断章者多，因此惜未对“古诗”之原貌及班氏之本义给予明确的道破。班氏所谓“古诗”必非汉世之诗，甚至也非今本《诗经》本所传之诗。随着清代学人进一步肯定孔子删诗的可能性以及清华简《周公之琴舞》等逸诗诗篇的面世，我们不但可以

---

① 刘熙载：《艺概》卷三，上海古籍出版社1978年版，第86、90页。

② 浦铣著，何新文校证：《历代赋话校证》（附《复小斋赋话》），上海古籍出版社2007年版，第24—25页。

进一步推定“古诗”原貌，而且可以重新对汉代辞赋同称和赋颂同体等现象予以新的考察和推论。何以汉代《史记》《汉书》等多称《橘颂》为“赋”，或称《大人赋》为《大人之颂》？汉世去古未远，战国之世《颂》渐称“诗”名而被渐纳于《诗》本。故班固所谓赋源之“古诗”当为“古颂”。赋诗之间的关系实际上经历了颂至诗名的演化，“颂”的社会功能的弱化与“赋”体功能的独立。“赋”无论是用韵、句法及章法等语言结构都与“古颂”有着极为密切的关系。

班固《两都赋序》曰：“赋者，古诗之流也。”[①] 班固此论被认为是谈及诗赋关系的最早论见。一般理解班氏认为赋体是从古诗发展衍变来的，但班氏的论见是否符合史实，以及这种衍变是如何发生的，却并不十分清楚。随着诗、赋文体渐异，至汉以后赋、诗分流，如刘勰谓屈宋时赋体“爰锡名号，与诗划境”(《文心雕龙·诠赋》)。但是赋这种文体十分复杂，其文体来源一直成为历代赋学研究者争论的问题。尽管至班固之后，“赋者古诗之流”被视为一种主流的赋源学说，但“赋”所表现出的非诗非文、似诗似文的特征，又使“赋”成为最难定性的文体。如果从今日赋、诗比较来看，或许认为班固此论无非是认为赋体文句可能与诗句的表现方法差不多，有韵而已。这恐怕有违班氏所要揭示的文体源流史实。“赋”与秦汉以来的诗艺表现可能有一些联系，但却也有差别。一是班氏所称之“古诗”恐怕别有义指；二是“赋”之名恐怕最早亦称他名，或者实际上早期即非赋名篇的赋类作品，它们或与古诗无异。三是班氏所强调的“古诗”肯定不是指汉乐府一类或汉代所见的《诗》本或摹《诗》本之体。汉代之诗已非“古诗”，班固所强调赋是与“古诗”相类，而非汉代今诗。但这一看似简单的问题却从来未被历代赋论家所点破，以至于对班氏赋源学说的理解和再度诠解历代都未有实质性的突破。

---

① 萧统：《文选》卷一，上海古籍出版社 1986 年版，第 1 页。

班氏所指的“古诗”形态应是如何的呢？我们或许可以通过今天的考古材料和《诗经》文本及先秦逸诗加以考察，这有助于推进我们对诗、赋关系的认知，特别是对班氏赋源学说的正确阐释，还原汉赋学理论的本质状态和理论层次。

第二节　从《诗》本看“古诗”形态

今天保存的先秦诗歌主要为《诗经》所录，但《诗经》不但经过春秋战国时期孔子等人整理，至汉代又经各家传论，其解说和版本也各异。汉代先后将《诗》立为官学者就有四家（齐、鲁、韩、毛），民间亦另有家数和传本，如《汉志》载：“凡《诗》六家，四百一十六卷。”[①] 可见班氏或班氏所承刘向等所见传《诗》家数非仅四家。官学今文诗齐、鲁、韩三家先后亡佚，东汉毛诗渐盛，至今日所传亦主要为“毛诗”版本。毛诗虽称为古文诗，但恐怕亦未能反映春秋之前的“古诗”形态。清代王先谦等人整理有《三家诗义集疏》，但这些都主要是汉代流行的《诗》本形态的残影，多为当时流行的今文诗，其反映“古诗”形态的局限性可想而知。班固既然称“赋者古诗之流”，作为一位史学世家出身的他不可能武断臆测，极有可能因其修《汉书》，长年历览前代典籍，或有见先秦《诗》旧本或其他别本的可能。这从近年在南方楚地不断发掘的战国楚竹简如“上博简”“清华简”“安大简”等对《诗》本或《孔子诗论》等记载已可得到印证。

汉初由于兵燹文献较少，至西汉武、成之后，文献渐至于一尊，因此那些时代更早的《诗》旧本恐怕已极为罕见。西汉末年国家典籍经中秘刘向等整理，刘向校经书主要以石渠阁辩经诸家为主，《诗》即以齐、鲁、韩为

① 班固：《汉书》卷三十，中华书局 1962 年版，第 1708 页。

主，兼及河间所献《毛诗》，诸如阜阳汉简本《诗》等他本，渐不为后人所见。因此刘向所校主要集中于汉宣帝时期秘府所藏诸本，并非世间所有经本。今从班固《汉志》及出土文献可以印证，《七略》和《汉志》目录并非是当时国家藏书的全目，而基本上只是刘向整理的新书目录，有学者认为："新书相比于整理之前之旧书，面目已全然改观。《汉志》表面上虽然是考镜源流的目录，实则记录了有哪些文献在西汉末年发生了文本形式上的巨大变革。"① 由此可见《诗》本在西汉末年也应有整理改编和文本形式发生变化的情况，这使“古诗”原貌形态知者渐稀。

古诗原型到底是何种状态呢？这主要可以从今存《诗经》及其逸诗的句法和章法等角度进行考察，这也有助于我们探讨古诗原貌与赋体的关系。

一、逸诗与《诗经》文本句法

“逸诗”主要见于先秦古籍所引而不被今本《诗经》所载，这些逸诗包括孔子编诗时未被收入部分和《诗经》定本后于流传过程中亡佚的部分。《诗经》逸诗辑佚研究较早的有宋代学者王应麟，其代表作品有《诗考》，至清代学者《诗经》逸诗辑佚研究成果最富。从目前所收录的逸诗情况来看，比如一些不见于今本《诗经》的逸诗，如郭店简《唐虞之道》载《虞诗》曰："大明不出，万物皆訇。圣者不在上，天下必坏。"② 其中就句法来看，四五言杂用。在古诗中也有六言的体例，这与后来四六言为主体的骈赋句式可能同其渊源。如马王堆汉墓帛书《缪和》云："故其在《诗》也曰：‘女弄不敝衣裳，士弄不敝车轮。’"③ 虽有人怀疑这些诗可能是后人所作，如认为“《虞诗》出

① 徐建委：《〈汉志〉与早期书籍形态之变迁》，《复旦学报（社会科学版）》2016年第1期。

② 荆门博物馆编：《郭店楚墓竹简》，文物出版社1988年版，第158页。按：《释文》原句与引文略异，此依注释改，以便释读。

③ 转引自刘立志：《出土文献与〈诗经〉学研究二题》，《北方论丛》2005年第3期，第1—5页。

自《唐虞之道》，绝非周人之诗，恐为后人所为；《缪和》所引之诗为整齐的六言诗，恐非《诗经》时代的产物”[①]，但从出土文献的断代来看，至少这些作品应是战国至汉代时作品，一般认为六言诗在那时不太可能成熟，但先秦古籍中的文类或赋体中却是存在这种句法形式的，这或许却恰好说明这些逸诗本来就是“古赋”形体。赋诗的关系极其密切，而后来整齐的六言诗体不过是在赋诗相互影响下而形成的。

虽然我们今天所见《诗经》文本主要句法为四言句，但其中亦不乏三言、五言、六言以至七言者。如《豳风·鸱鸮》：“恩斯勤斯，鬻子之闵斯！”“迨天之未阴寸，彻彼桑土，绸缪牖户。”“予口卒瘏，曰予未有室家！”“风雨所漂摇，予维音哓哓！”《周颂·我将》：“我将我享，维羊维牛，维天其右之。仪式刑文王之典，日靖四方。”有学者统计今本《诗经》中就有 19 个七言语句[②]。而在逸诗中也有这类六、七言体的诗句，如《史记》卷七十八《春申君列传》载：“《诗》曰：‘大武远宅而不涉。’从此观之，楚国，援也；邻国，敌也。《诗》云：‘趯趯毚兔，遇犬获之。他人有心，余忖度之。’今王中道而信韩、魏之善王也，此正吴之信越也。”[③] 此段中后引《诗》四句见于《诗经·小雅·巧言》，但语句次序有异，或为引者依文意而从[④]。其前引《诗》句虽未见诸今本，但可能为司马迁所见《诗》旧本或别本所载之《诗》逸文。此段前引《诗》句为七言，而且虚字“而”的运用完全与赋体句法相同。虽然有据《战国策·秦策四》和逯钦立《先秦魏晋南北朝诗》认为司马迁添加了“而”字，原本为“大武远宅不涉”[⑤]。但这只是一种推测，

① 李泽华：《关于先秦时代逸诗的探讨》，《信阳师范学院学报（哲学社会科学版）》2009 年第 4 期，第 128—131 页。

② 滕志贤：《诗经引论》，江苏教育出版社 1996 年版，第 76 页。

③ 司马迁：《史记》卷七十八，中华书局 1959 年版，第 2390—2391 页。

④ 故《史记》中华书局本此句标点或当改为：“《诗》云：‘趯趯毚兔，遇犬获之。’‘他人有心，余忖度之。’”以示并引之义。

⑤ 刘向：《战国策》，上海古籍出版社 1985 年版，第 248 页。

司马迁虽然可能在创作《史记》时引据了旧本《战国策》，但《战国策》在西汉末实亦经刘向等整理删定，与原本或已有出入。而且今在南方巴楚之地出土汉墓中《战国策》篇章次第也与今本所传有异，因此很难以后起整理本来推定司马迁所引旧本的情况。而且七言的句式在《诗》本中也存在，不但滕志贤《诗经引论》称有十数句七言诗句，在司马迁另引《诗》中也存在七言句例，如《史记》卷七十九《范雎蔡泽列传》载："诗曰：'木实繁者披其枝，披其枝者伤其心；大其都者危其国，尊其臣者卑其主。'"① 此句比兴手法较为明显，而且与楚辞体中的《越人歌》"山有木兮木有枝，心悦君兮君不知"及《九歌·湘夫人》"沅有茝兮醴有兰，思公子兮未敢言"的句法结构基本上是一致的，既采用了"顶针""对偶"的修辞方式，又保持了相同的"□□□/□□□"句法结构。只不过二者顶针的运用一为单字互转，一为三字词组互转。而且句中"者"字完全可以由功能强大的"兮"字所取代。

《清华大学藏战国竹简》第三册录《周公之琴舞》《芮良夫毖》大部分学者视其为诗体②，但该二篇诗中基本上运用了二、三至六、七言各种句式，而且部分句法结构也与一般的诗体略异，呈现出文类句式逻辑。甚至赵平安就认为《芮良夫毖》的文本结构和《五子之歌》很相似，是《尚书》类文献，中间部分可称为"毖"诗③。可见，古诗句法原型并不是固定的四言体句式，其句式较为灵活，从二言至七、八言者皆有，与赋体和文类的句法特征没有本质区别。至于定型为四言、五言、七言等体例，这是诗歌发展的后来阶段

① 司马迁：《史记》卷七十九，中华书局 1959 年版，第 2411 页。按：《战国策·秦策三》《诗纪·前集九》、逯钦立《先秦魏晋南北朝诗》皆予收录，故当为"逸诗"。

② 参李学勤《新整理清华简六种概述》；赵平安《〈芮良夫毖〉初读》（《文物》2012 年第 8 期）；高中华、姚小鸥《论清华简〈芮良夫毖〉的文本性质》（《中州学刊》2016 年第 1 期）；陈鹏宇《清华简〈芮良夫毖〉套语成分分析》（《深圳大学学报（人文社会科学版）》2014 年第 2 期）等文。

③ 赵平安：《〈芮良夫毖〉初读》，《文物》2012 年第 8 期。

逐渐形成的。在名称上可能如刘勰所说在屈宋时赋“与诗画境”①，但在汉以后诗体句式上也就逐渐与赋体和文类渐相区别，才真正“与诗划境”。

二、古诗的“九体”章法

今本《诗经》虽多为重章复沓的形式，但其保留“九章”的组诗形态并不多见，唯有《绵》被视为“九章章六句”的形态②。清华简《周公之琴舞》诗可以印证古《颂》诗形态可能基本上应为“九”体，至于后来《颂》诗中的其他分章样态可能经过整理改纂。古诗的这种“九体”形态与后来楚辞及其他赋体中的九篇、九章的组成机制基本类似，甚至“启”“乱”类的文体符号都完全一致。

《清华大学藏战国竹简》第三册录《周公之琴舞》。目前虽对其题名尚有争论③，但基本上认定为乐诗无疑。此组诗当有诗序，大致由九首组成，其第一首（元启）与今本《诗经·周颂·敬之》文本基本相近，不过今本《敬之》篇省去了“启曰”“乱曰”等篇章结构术语，而这些又被视为赋体文本的重要特征性语言和结构方法。

为便于探讨古诗“九体”与赋体的关系，今引《周公之琴舞》全文如下④：

> 周公作多士儆毖，琴舞九絉（遂）。元纳启曰：“无悔享君，罔坠其孝，享惟慆帀，孝惟型帀。”成王作儆毖，琴舞九絉（遂）。
>
> 元纳启曰：敬之敬之，天惟显帀，文非易帀。毋曰高高在上，陟降

---

① 刘勰著，范文澜注：《文心雕龙注》卷二，人民文学出版社1959年版，第134页。

② 参北京大学出版社2000年整理本《毛诗正义》卷十六之二，第1167页；复旦大学出版社1983年版陈子展《诗经直解》第869—874页；中华书局1986年版方玉润《诗经原始》卷十三第480—481页。

③ 参徐正英、马芳：《清华简〈周公之琴舞〉组诗的身份确认及其诗学史意义》，《复旦学报（社会科学版）》2014年第1期，第76页注释。

④ 参李学勤主编：《清华大学藏战国竹简》（三），中西书局2012年版；徐正英、马芳：《清华简〈周公之琴舞〉组诗的身份确认及其诗学史意义》，《复旦学报（社会科学版）》2014年第1期。

其事，卑监在兹。乱曰：遹我夙夜不逸，儆之，日就月将，教其光明。弼持其有肩，示告余显德之行。

再启曰：假哉古之人，夫明思慎，用仇其有辟。允丕承丕显，思攸亡斁。乱曰：已，不造哉！思型之。思毷彊之，用求其定。裕彼熙不落，思慎。

三启曰：德元惟何？曰渊亦抑。严余不懈，业业畏忌。不易威仪，在言惟克。敬之！乱曰：非天廞德，医莫肯造之，夙夜不懈，懋敷其有悦，欲其文人，不逸监余。

四启曰：文文其有家，保监其有后，孺子王矣，丕宁其有心。ZZ其在位，显于上下。乱曰：遹其显思，皇天之功，昼之在视日，夜之在视辰。日入辠举不宁，是惟宅。

五启曰：呜呼！天多降德，滂滂在下，攸自求悦，诸尔多子，逐思忱之。乱曰：桓称其有若，曰享答余一人，思辅余于艰，乃禔惟民，亦思不忘。

六启曰：其余冲人，服在清庙，惟克小心，命不夷歇，对天之不易。乱曰：弼敢荒才位，宠威在上，警显在下。呜呼！式克其有辟，用颂辑余，用小心，持惟文人之若。

七启曰：思有息，思憙在上，丕显其有位，右帝在落，不失惟同。乱曰：遹余恭害怠，孝敬非怠荒。咨尔多子，笃其谏劭，余逯思念，畏天之载，勿请福之愆。

八启曰：佐事王聪明，其有心不易，威仪薀薀，大其有谟，介泽恃德，不畀用非雍。乱曰：良德其女台？曰享人大……罔克用之，是坠于若。

九启曰：呜呼！弼敢荒德，德非惰帀，纯惟敬帀，文非动帀，不坠修彦。乱曰：遹我敬之，弗其坠哉，思丰其复，惟福思庸，黄耇惟盈。

首段当为《周公之琴舞》的诗序，其余“九启”或被学者视为九篇组诗，而且“九体”的形态意识在诗篇中表现是十分明确的。其简文小序：“周公作多士儆毖，琴舞九絉（遂）”和“成王作儆毖，琴舞九絉（遂）”。“絉”学者或解作“遂”，或作“卒”。简牍整理者注释云：“‘絉’见《玉篇》：‘绳也。’简文中读为‘卒’或‘遂’。《尔雅·释诂》：‘卒，终也。’‘九絉’义同‘九终’、‘九奏’等，指行礼奏乐九曲。《逸周书·世俘》‘籥人九终’，朱右曾《逸周书集训校释》：‘九终，九成也。’”[①]《国语·晋语四》引《诗经·曹风·侯人》篇“彼已之子，不遂其媾”句注：“遂，终也。”[②]《礼记·月令》“上无乏用，百事乃遂”句注：“遂犹成也。”[③]可见，九絉与九成、九奏、九终、九曲意义大致相同，甚至与诗歌本身反映的“九歌”“九启”等形态也基本一致。孔颖达疏《益稷》篇“箫韶九成”即云：“郑云：‘成犹终也。’每曲一终，必变更奏，故经言‘九成’，传言‘九奏’，《周礼》谓之‘九变’，其实一也。”[④]而文献中关于古代乐诗舞诗等言“九成”“九奏”“九变”“九终”等情况实多，足证古代诗歌以“九”成篇的体制形态。

文献中保存的上古乐名或乐诗如《九辩》《九歌》《九韶》等亦可为其证。如《山海经·大荒西经》称：“有人珥两青蛇，乘两龙，名曰夏后开。开上三嫔于天，得《九辩》与《九歌》以下。此天穆之野，高二千仞，开焉得始歌《九招》。”[⑤]袁珂《山海经校注》谓：“开即启也，汉人避景帝（刘启）讳改。”并引郭璞注《九辩》《九歌》等“皆天帝乐名也，开登天而窃以下用之也”[⑥]。而所谓《九招》当即《九韶》[⑦]。这些古乐诗可能亦夏启登基承位的祭天祷神之

① 李学勤主编：《清华大学藏战国竹简》（三）下册，中西书局2012年版，第134—135页。

② 徐元诰撰，王树民、沈长云点校：《国语集解》卷十，中华书局2002年版，第333页。按：《毛诗正义》作：“彼其之子，不遂其媾。”（卷七，第556页）

③ 郑玄注，孔颖达疏：《礼记正义》卷十六，北京大学出版社2000年版，第620页。

④ 孔安国传，孔颖达疏：《尚书正义》卷五，北京大学出版社2000年版，第154页。

⑤ 袁珂：《山海经校注》卷十六，上海古籍出版社1980年版，第414页。

⑥ 袁珂：《山海经校注》卷十六，上海古籍出版社1980年版，第414页。

⑦ 参《史记·五帝本纪》载：“四海之内咸戴帝舜之功，于是禹乃兴《九招》之乐。”司马贞《索隐》：“招音韶，即舜乐《箫韶》。九成，故曰《九招》。”（中华书局1959年版，第43—44页）和其他材料佐证。

歌，所谓“登天而窃以下用”者不过是示其神圣之性，另一方面可能喻示了这种古乐歌在原初社会时的传播情况。《离骚》云：“奏《九歌》而舞《韶》兮，聊假日以偷乐。陟升皇之赫戏兮，忽临睨夫旧乡。”“启《九辩》与《九歌》兮，夏康娱以自纵。”《天问》篇云：“启棘宾商，《九辩》《九歌》。”① 虽然这些文献晚于《诗经》记载的时代，但所反映的古诗乐的形态情况却可能比较接近真实。大量的古诗乐名用“九”，其篇制形态必然与“九”有着某种密切的联系。

今本《诗经·绵》和逸诗《周公之琴舞》虽非以“九”名篇，但篇制皆为“九章”之数，而且与先秦雅颂乐诗有着密切关系。《诗》本中这类诗体与祭祖祀神有着密切关系，如《绵》虽归《大雅》，然“追述周室之兴始自迁岐，民附也”②，故被视为周人史诗六篇之一，因与祭祖有关。《周公之琴舞》亦是成王登基祀神祷祖之典所作③。而古乐诗中的“九体”类作品与古代祭神亦相关系，这从《山海经》《史记》等解注中可以看出。南方楚辞中的屈宋《九歌》《九辩》不但与古乐诗名有关，也与南方巫祭文化相关。如王逸《楚辞章句》即谓：“《九歌》者，屈原之所作也。昔楚国南郢之邑，沅湘之间，其俗信鬼而好祠，其祠必作歌乐鼓舞以乐诸神。屈原放逐，窜伏其域，怀优苦毒，愁思沸郁，出见俗人祭祀之礼，歌舞之乐，其词鄙陋，因为作《九歌》之曲。上陈事神之敬，下见己之冤结，托之以风谏。”④ 因此“九体”可能与巫祭中祀神的神主或事功或用乐遍数等有某种渊源，即如《尚书》所谓“六府三事”之“九功”有关⑤。屈原《九歌》虽多被视为十一篇之数，然学者也多有申论，如明代汪瑗云：“《九章》之

① 朱熹撰，蒋立甫校点：《楚辞集注》，上海古籍出版社 2001 年版，卷一，第 28、6 页；卷三，第 59 页。

② 方玉润：《诗经原始》卷十三，中华书局 1986 年版，第 480 页。

③ 李学勤《新整理清华简六种概述》称：“像《周公之琴舞》这种专供嗣王即位一类典礼时演奏的乐章，如果说来自王子朝等所携往楚国的典籍之中，是合乎情理的。”（《文物》2012 年第 8 期，第 67 页）

④ 王逸章句，洪兴祖补注：《楚辞》卷二，世界书局 1936 年版，第 123 页。

⑤ 孔安国传，孔颖达疏：《尚书正义》卷四，北京大学出版社 2000 年版，第 106—107 页。

篇数皆合于九，而兹《九歌》乃十有一篇，何也？曰：末一篇固前十篇之乱辞也。《大司命》、《少司命》，固可谓之一篇……篇数虽十一，而其实为九也较然矣，又何疑乎？”[①] 当然也有如清纪晓岚等认为“九”为虚指[②]，不过从《周公之琴舞》来看，每启末皆有乱辞，“乱”辞亦不当另计篇章。而衍至屈宋《九歌》《九辩》则冥其乱辞，自然作为“乱辞”性质的末篇不当计入《九歌》篇章之数。而且因其体例对古乐诗有所承继和改变，故可能去每启之“乱”而另作“乱”辞，如《离骚》便是。《九辩》虽未分章设题，但却由九个段落构成，与《周公之琴舞》“九启”形态大体一致[③]。

两汉辞赋中依仿《九歌》《九章》《九辩》之类的作品实多，如刘向《九叹》、王褒《九怀》、王逸《九思》等，这些楚辞体赋类作品也基本上以“九”成篇。《九怀》虽然包括《匡机》《通路》《危俊》《昭世》《尊嘉》《蓄英》《思忠》《陶壅》《株昭》《乱曰》等十个标题，但《乱曰》亦为总叙和结构性符号，不当计入篇章之数。骚体赋作这种反复陈奏的形式可能就与古诗乐中的“九綷”的体制相因承，而绝非朱熹所谓“无所疾痛而强为呻吟”[④]。显然朱熹时代去古渐远，未能识破赋、诗之间的这种体制因变会承，也自然难以理解汉人这类辞赋作品创作的动因。

古代乐诗用“九成”之数的这种体例恐怕不在少数。最先可能演绎于反复模拟各种自然和谐之声，而后用于安民和乐、郊天祭地和祭祖之享。如《列子》卷二：“尧使夔典乐，击石拊石，百兽率舞，《箫韶》九成，凤皇来仪，此

① 汪瑗撰，董洪利点校：《楚辞集解》，北京古籍出版社 1994 年版，第 108—109 页。

② 永瑢等撰：《四库全书总目》，中华书局 1965 年版，第 1270 页。

③ 分段无题或分章设题这两种形式恐怕自《诗经》时代已经存在。有些祭祀颂祖的乐诗在仪式演奏时可能部分分章六、八、九之单篇演奏“六成”“八成”“九成”即可，而如王国维所谓之《大武》乐则可能演奏《武宿夜》《武》《酌》《桓》《赉》《般》等篇，这些可能为一组之诗，但却在《诗》本中成为分章设题的诗篇，从而致使这种组诗关系渐为模糊。

④ 朱熹：《楚辞集注》，上海古籍出版社 2001 年版，附录《辞赋辩证（上）》，第 168 页。

以声致禽兽者也。”①《刘子》卷二亦载：“击拊球石，即百兽率舞；乐终九成，则瑞禽翔。”② 这些古文献记载了古乐音声和谐，声致禽兽的情况，但却从侧面反映了《山海经》和《离骚》所记夏乐《九韶》的体制形态。这种乐诗显然通过重章复沓式的奏唱，音声克谐而又宣志泄情。虽然这可能尚是最初的自然歌乐形态，但它反映了配舞形式的诗乐舞合一形态的逐渐成熟。至少它在文化意义上启迪了后来颂祭中舞容表演，即将“百兽率舞”的人文初态用巫祭傩戏中佩戴兽面之具的舞容形态来诠释和演绎。无论《箫韶》是否为演奏的诗体，还是用于识记的某种乐的形态，其“颂”诗性质或乐舞的方式却是可以肯定的。学者释“颂”为：“颂者，容也。所以美盛德而述形容也。”③ 也即用诗文或舞蹈或将二者结合来展示其盛容壮貌，此为“颂”的本质，实际也正是古乐诗的功能。古诗乐这种反复奏唱的方式较早就被运用于祭祖铭功的乐诗中，并配以舞仪。《吕氏春秋》载：“于是命皋陶作为《夏籥》九成，以昭其功。”④ 其注谓：“九成，九变。昭，明。”所谓“昭其功”，即可能是于祭祖之时“以其成功，告于神明者”⑤。这种祭乐要反复陈奏九变。《尚书》便有“九功惟叙，九叙惟歌”⑥ 之说，即讲六府三事之“九功”皆可歌乐，此最能体现德政。而且养民之政在“戒之用休，董之用威，劝之以九歌，俾勿坏”⑦。因

① 杨伯峻：《列子集释》卷二，中华书局1979年版，第84页。

② 刘昼著，傅亚庶校释：《刘子校释》卷二，中华书局1998年版，第62页。

③ 刘勰著，范文澜注：《文心雕龙注》卷二《颂赞篇第九》，人民文学出版社1958年版（1962年印刷），第156页。

④ 陈奇猷校释：《吕氏春秋新校释》第五卷《仲夏纪第五·古乐篇》，上海古籍出版社2002年版，第289页。

⑤ 毛亨传，郑玄笺，孔颖达疏：《毛诗正义》卷一，北京大学出版社2000年版，第21页。《毛诗序》载：“颂者，美盛德之形容，以其成功，告于神明者也。”

⑥ 孔安国传，孔颖达疏：《尚书正义》卷四，北京大学出版社2000年版，第106页。

⑦ 《尚书正义》卷四《大禹谟》“戒之用休”条后注：“休，美。董，督也。言善政之道，美以戒之，威以督之，歌以劝之。”“政之所为，在于养民。养民者，使水火金木土谷此六事惟当修治之。正身之德，利民之用，厚民之生，此三事惟当谐和之。”（《尚书正义》，北京大学出版社2000年版，第107页）

此要充分体现养民之政，必九歌以叙九功。因之推之，至周代这种祭祖祀天的乐诗恐怕基本上用“九成”的体例，特别是在诗乐的内容表现上更是如此。至后来诗乐以音乐分遍或分阕，可能因祭祀或听乐对象其乐奏遍数而有所阙略。如《通典》云：“凡祀昊天上帝及五方、大明、夜明之乐，皆六成；祭皇地祇、神州，社稷乐，皆八成；享宗庙之乐，九成（注：黄钟宫三成，大吕角二成，太蔟征三成，应钟羽一成）；其余祭祀，三成而已（注：皆用姑洗之均）。”①《文选》注云：“简子寤之曰：我之帝所，甚乐。与百神游于钧天，广乐九奏万舞，不类三代之乐。”李周翰注谓：“广乐，天帝乐。九成，九奏也。”② 可见至战国时代，宫廷乐舞或有变化，但其乐用“九成”之例还是依旧可能存在。而且乐舞用乐遍数与乐诗内容分章可能有一定联系，但也有区别。但为求音声和谐，“乐变”应基本上是与“诗变”相一致的。不但《诗经》中的诗有二章、三章、四章、五章、六章、七章至八章、九章之数，而且后世的赋体亦有“九”“七”“五”等之体。如《绵》九章章六句、《大明》八章（四章章六句四章章八句）、《皇矣》八章章十二句、《文王》七章章八句、《瞻卬》七章（三章章十句四章章八句）、《下武》六章章四句、《江汉》六章章八句、《灵台》五章章四句、《棫朴》五章章四句、《瓠叶》四章章四句、《甫田》四章章十句、《谷风》三章章六句、《鹤鸣》二章章九句。当然也有超出十章和一章之例。如《节南山》十章（六章章八句四章章四句）、《正月》十三章（八章章八句五章章六句）、《抑》十二章（三章章八句九章章十句）、《桑柔》十六章（八章章八句八章章六句）、《清庙》一章八句、《昊天有成命》一章七句。在风诗中三章之体是最多的，在《周颂》中基本上为一章的体制，而《鲁颂》中却有《有駜》三章、《駉》四章、《泮水》八章、

---

① 杜佑撰，王文锦等点校：《通典》卷一百四十二《乐二》，中华书局 1988 年版，第 3624 页。

② 李善等注：《六臣注文选》卷六《魏都赋》“延广乐奏九成”后注，中华书局 1987 年版，第 132 页上。

《闷宫》八章的体制。在《商颂》中除《长发》七章、《殷武》六章外，其余《玄鸟》《烈祖》《那》基本上被视为一章[①]。当然这种分章不一定完全正确和符合古诗及诗乐相配的原状，但却在一定程度上印证了古诗乐流传的情况。有可能较古的乐诗由于在战国孔子之世已较难收载，部分篇章只能重新整理编纂，简择流存的散篇残文，如此乃至重新“正乐”[②]。因此在《周颂》《商颂》中多为“一章”之体，这可能便是整理容裁的结果。但《周颂》《商颂》古乐诗肯定不是今本《诗》传的形态，因此在《商颂》的《长发》《殷武》篇和《鲁颂》的篇章中有六、七、八章的体制，以此可以反观以证之。而且从《通典》中所记的用乐成数来看，在宗庙祭祀的《颂》诗中用“九成”之体应是常制。而其余祭祀中用“三成”的形式也与适用范围较广的《风》诗或《雅》诗中的“三章”体制相应，也正好合其诗变与乐变的形式。从内容和结构形制来看，其后赋体如《九歌》《九辩》《九思》《九启》《九怀》《九叹》和其他《七发》《七启》《七激》《七辩》《七说》《七举》《七设》《五悲》等大赋或骚体作品，不但结构安排上继承了古诗“九”“七”等的体制，而且还完全袭承了古诗的“启”“乱”的范式形态。从《周公之琴舞》简文例式来看，“启”“乱”等亦是“古诗”较常用的体制形态，但这种“古诗”形态自孔子删诗以后基本上不复存在，而被楚辞等赋体作品所保留和继承下来。自汉至唐代赋作体例渐备，“乱曰”亦衍为“颂曰”“铭曰”“赞曰”“歌曰”等形式。

---

① 参陈子展《诗经直解》分章之说（复旦大学出版社 1983 年版）。其分章虽各家或异说，但却基本上可以证明古诗配乐分章的演变和大致情况。

② 《论语・子罕》：“吾自卫返鲁，然后乐正，雅颂各得其所。”司马迁《史记・孔子世家》载：“古者诗三千余篇，及至孔子，去其重，取可施于礼义，上采契后稷，中述殷周之盛，至幽厉之缺，始于衽席，故曰‘关雎之乱以为风始，鹿鸣为小雅始，文王为大雅始，清庙为颂始’。三百五篇孔子皆弦歌之，以求合韶武雅颂之音。礼乐自此可得而述，以备王道，成六艺。”《史记・乐书序》：“自仲尼不能与齐优遂容于鲁，虽退正乐以诱世，作五章以刺时，犹莫之化。”（见《史记》，中华书局 1959 年版，卷四十七，第 1936—1937 页；卷二十四，第 1176 页）

三、《周公之琴舞》组篇与“诗序”

关于《周公之琴舞》，已有学者对其作者、作年及篇制等问题展开讨论与研究，以此印证孔子删诗说之不诬。然对其组篇及“诗序”等问题尚未作深入考察，鉴于此诗对于印证本书的观点较为重要，因此对其作者和作年及“诗序”等问题也略作探讨。

李学勤先生认为此组诗“由十篇颂诗构成”[①]，或有学者认为由九首半组成[②]，笔者以为此组当计九篇较为准确。十篇或九篇半的分章之数恐怕都不准确，这主要缘于对周公“元纳启”一段在此处的性质定位。笔者以为“周公作多士儆毖，琴舞九絉（遂）。元纳启曰：‘无悔享君，罔坠其孝，享惟慆帀，孝惟型帀。’成王作儆毖，琴舞九絉（遂）”一段当为此诗之小序。序的内容和主旨当是称成王作此诗的缘由和背景。周公率众士在成王嗣位时作告诫乐舞诗九章，此乃成王作诗的背景和促生条件，故此诗于序略引周公“元纳启”一小段，而后引出成王依周公乐诗自作自诫自儆诗九章，这种结构安排也极其自然和合理。学者对此组乐诗仅引周公“元内启曰”，而无“再启”“三启”等内容，认为与所言周公作“琴舞九絉（遂）”不合。这种质疑亦是缘于对“诗序”的误解。一直以来对今本《诗经》的大小《诗序》的作年存在争议，多认为为汉代大小毛公所作，而对所传《诗序》为卜商所作存在多种疑虑[③]，认为可能是托名。但从《周公之琴舞》诗的出土情况来看，诗序这种形式至少在

---

① 李学勤：《新整理清华简六种概述》，《文物》2012 年第 8 期。

② 参见徐正英、马芳：《清华简〈周公之琴舞〉组诗的身份确认及其诗学史意义》，《复旦学报（社会科学版）》2014 年第 1 期，第 79 页。

③ 参见《初学记》卷二十一文部载：“初，孔子以诗授卜商，商为之序，以授鲁人曾申。曾申授魏人李克。李克授鲁人孟仲子，孟仲子授根牟子，根牟子授赵人荀卿，荀卿授汉人鲁国毛亨，作诂训传，以授赵国毛苌。”（中华书局 1962 年版，第 498 页）其亦确可证荀卿赋与“古诗”的渊源。

战国中期或早期甚至更早就可能已经出现了。《周公之琴舞》首段也并不存在脱简窜简的情况，此诗“诗序”的这种形态既不可能是脱简所致，也不可能是窜简所加。

从出土简文来看，在第一简之末为“孝惟型帀成”，与第二简“王作儆毖”之间连贯紧密，似无脱简，故不太可能说明周公所作在此处缺失八篇。本诗“元启”即明“示告余显德之行”，李学勤认为“‘余’肯定为成王自称”，但又认为第四启中的“孺子王矣”句见于《尚书·立政》，为成王嗣位时周公所说，认为“这篇诗实际原在周公所作之中”①。此诗作年被认为是西周初年无疑，但李学勤先生对其作者却似有质疑。《尚书·立政》篇中确有“呜呼！孺子王矣”“呜呼！予旦已受人之徽言，咸告孺子王矣。”“今文子文孙，孺子王矣”②。从文献记载和上下文语气来推断，此语确可能出自周公。且不说“孺子”一词在语用中可能经历了褒贬意义的演变，即使“孺子”可指小子、竖子，似含藐视轻蔑之意，但亦可为自谦之词。清华简《郑武夫人规孺子》中郑武公之妻武夫人称其嗣君（庄公）为“孺子”，李守奎认为：“孺子是年幼嗣君的称谓，有资格如此称呼的大都是权势高于嗣君的长辈，自称则为谦称。”③ 可见“孺子王矣”为成王自谦之辞亦可通。清华：《楚居》载“孠（嗣子）王皆居为郢”，在清华简《系年》中又称其“嗣子王”为“孺子王”，“孺子王”当为对未成年王之称④。作为周公治政，虽成王年幼，但按礼法，亦不可能有对成王轻蔑之语。今本《诗经·周颂·敬之》裁引第一启，其《诗序》

① 李学勤：《新整理清华简六种概述》，《文物》2012 年第 8 期。

② 孔安国传，孔颖达疏：《尚书正义》，北京大学出版社 2000 年版，第 561、562、563 页。

③ 李守奎：《〈郑武夫人规孺子〉中的丧礼用语与相关的礼制问题》，《中国史研究》2016 年第 1 期。

④ 李学勤主编：《清华大学藏战国竹简》（一）（下册），中西书局 2010 年版，第 181 页。《楚居》篇注释称：“‘孠’字下有合文符号，‘孠’为《说文》‘嗣’字古文，此读为‘嗣子’。嗣子王，康王之子郏敖，名员，《楚世家》索隐又作‘麇’，在位四年。”（《清华大学藏战国竹简》（一），第 189 页）然《系年》第十八章又称：“康王即世，孺子王即位。灵王为令尹，令尹会赵文子及诸侯之大夫，盟于虢。孺子王即世，灵王即位。”

虽云《敬之》是“群臣进戒嗣王也”[①]，但并非说群臣所作，而只能因此背景而成王作自儆之诗以答群臣。至于此诗题作《周公之琴舞》，恐怕皆因序引，这与古书常引首句或首段数词为标题的情况大致相符，这种标题只是便于查记和阅览的一种符号，于文意并无深意[②]。至于周公之原诗则尚待来证。据周初礼制，恐怕“孺子”的称呼正说明此诗确作于成王登基之时。《春秋》经、传中所保存的先秦礼制虽然并不一定能完全反映西周初年的状况，但其中还是能看到这种称谓的用法。如《公羊传》：“君存称世子，君薨称子某，既葬称子，逾年称公。”[③]可见《周公之琴舞》中“孺子王矣”一语可能如《楚居》中用法一样为成王自谦。

无论是将《周公之琴舞》乐诗视为周公还是成王所作[④]，学者都基本肯定此组乐诗为西周早期诗歌，应可能接近《诗》旧本的较早流传形态。李学勤认为此组诗可能与《大武》（或称《武》）篇章组成形态相近，“《周公之琴舞》乃是与之结构相仿的乐诗，以周公还政、成王嗣位为其内容。”[⑤]《大武》为武王、周公所作，按《礼记·乐记》所载其乐舞形态为“始而北出，再成而灭商，三成而南，四成而南国是疆，五成而分周公左、召公右，六成复缀以崇”[⑥]。王国维认为“是《武》之舞凡六成，其诗当有六篇也”[⑦]，并推断《大武》乐

---

① 毛亨传，郑玄笺，孔颖达疏：《毛诗正义》卷十九之三，北京大学出版社2000年版，第1583页。

② 李守奎《清华简〈周公之琴舞〉与周颂》认为：“古书篇题多是撮取简首字词为题，为的是检索方便，往往不是全篇内容的概括，此篇亦然，全篇以‘周公作多士敬怭琴舞九絉’开头，或侧重句中所作诗的内容，或侧重句中提到的乐舞，就分别以周公之诗或周公之琴舞为题了。”（《文物》2012年第8期）

③ 徐彦：《春秋公羊传注疏》，《十三经注疏》下册，中华书局1980年版，第2243页。

④ 马银琴《两周诗史》将与此诗元纳启基本相同的一组乐诗《周颂·敬之》篇归为穆王时代的作品，恐怕并不准确。

⑤ 李学勤：《新整理清华简六种概述》，《文物》2012年第8期。

⑥ 郑玄注，孔颖达疏：《礼记正义》卷三十九，北京大学出版社2000年版，第1320页。

⑦ 王国维：《周大武乐章考》，《观堂集林》（上），中华书局1959年版（2010年重印），第104页。另参李庆：《关于〈诗经·周颂〉中〈大武〉诸诗的探讨》，《复旦学报（社会科学版）》2005年第5期。

章可能为《昊天有成命》《武》《酌》《桓》《赉》《般》六篇。这些诗篇名称可能是传者后加的，因而可能存在同篇异名的现象。但这类乐诗所保留的组诗形态却应是一致的。从《周公之琴舞》简文内容来看，前后连贯，主旨一致①。这进一步证明先秦早期诗歌可能采用了重章复沓的篇制形态，这种形态中有几个重要的元素与赋体渊源有密切的关系。从外在的术语和形态表现来看，与赋体密切相关的就有三个主要元素：其一是“九絉（遂）”；其二是“启”与“九启”；其三是“乱”。这些元素在秦汉赋体中为主要的特征性要素，如篇末乱词不但被楚辞所继承，甚至也被后来唐宋以后的文赋等所袭用。

“古诗”体例的变化，恐怕最主要的应是经孔子删诗和刘向整理诗的两次“劫难”。从文献记载来看，孔子删诗“去其重，取可施于礼仪”②者，而刘向虽以恢复、保留文献原貌为目的，其对文本的改动“主要是改正错讹字句，调整篇、章编次，对于明显的异文，则予以保留”③。但调整篇章编次恰好是对古诗体原貌的最大伤害。今存《诗经》中的古诗不过基本上还能反映早期诗歌的一些主要体例特点，如大部分诗都有重章复沓的现象。如《周南·关雎》为三章之数，《七月》几近八章，其重叠复沓，反复铺陈，形如赋体。而且《诗经》中大多数诗的句式、句型、句法等与赋体无异，其中五言体、三言体居多，并夹有六言、四言等，与赋体更近。这恐怕也就是汉以来学者解诗以“赋、比、兴”而论的最根本的内在原因。但这些《诗经》文本中的诗歌并不都是“古诗”原貌，它们大多经后人删改，不复存“古诗”原态。不过，这种删改情况和“古诗”原貌可以从清华简《周公之琴舞》得以推论和考证④。

---

① 其具体内容分解可参徐正英、马芳：《清华简〈周公之琴舞〉组诗的身份确认及其诗学史意义》，《复旦学报（社会科学版）》2014 年第 1 期。

② 司马迁：《史记》卷四十七，中华书局 1959 年版，第 1936 页。

③ 徐建委：《〈汉志〉与早期书籍形态之变迁》，《复旦学报（社会科学版）》2016 年第 1 期。

④ 刘丽文：《清华简〈周公之琴舞〉与孔子删〈诗〉说》，《文学遗产》2014 年第 5 期；徐正英：《清华简〈周公之琴舞〉与孔子删〈诗〉相关问题》，《文学遗产》2014 年第 5 期。

第三节 “古赋”与“古颂”异同

为进一步论证汉代班固“赋者古诗之流”的本旨，必须同时关注汉代赋颂同称的现象。也即要证赋、诗关系，必须要证“诗”的源头。而最早的“古诗”是与“颂”有密切关系的，因此赋与诗的关系实际上就回溯至“赋”与“颂”的关系。

一、汉代赋颂同称及其实质

要证古诗与赋体的关系，首先要明赋与颂的同体关系和渊源。从上述清华简《周公之琴舞》古诗来看，是成王登基时所作誓词[①]，虽多为儆毖之词，但其中亦不乏称颂先祖功德英明，因此明显又有祀祖颂德的成分，今本《诗经》将其组诗和第一篇命为《敬之》而归入《周颂》即可证其为“颂”体无疑。这也进一步启发我们对“颂”体与“赋”体之间的考察。

赋颂同体在汉代就早有论说。不过，汉代以后学者多认为颂为不同于赋的别体，其中渊源少有发明，而多以二体互渗言之。实际在汉代大部分学者基本上认同赋颂同体的，其中渊源虽无有明确发猿，但结合清华简中所记古诗形态来看，赋颂的关系或许可以清晰起来。“颂”实际上最早与赋同体，其后《颂》因载入《诗》本，而被视为“诗”体，即所谓“古诗”。再后“颂”体又分化而渐回归于赋体或并入文体。如《文选》载王褒《洞箫颂》[②]入赋体，题作《洞箫赋》，而又于卷四十七单列“颂”类，载王子渊《圣主得贤臣颂》、扬子云《赵充国颂》等[③]。此可见颂至汉后渐被归并入赋体和文体的

① 徐正英、马芳：《清华简〈周公之琴舞〉组诗的身份确认及其诗学史意义》，《复旦学报（社会科学版）》2014 年第 1 期，第 79 页。其称该诗为“周成王登基时的‘就职誓词’。”

② 班固《汉书》虽名其为“颂”，但汉代基本上赋颂同体，恐尚未有严格区分颂、赋关系，即实质上将其亦视作赋体。（班固：《汉书》卷六十四下，中华书局 1962 年版，第 2829 页）

③ 萧统编，李善注：《文选》，上海古籍出版社 1986 年版，第 782、2089—2116 页。

情况，这在一定程度上导致了赋、颂渊源的模糊。至清代张惠言《七十家赋钞》将董仲舒《山川颂》、马融《广成颂》和王褒《洞箫》归入古赋之体[①]，恐实属这一重要的赋学理论发现，惜未作详细的理论探析。赋与颂之间的关系溯源也就理应成为赋与古诗渊源的探讨，这也是班固在当代最重要的理论发现。而在古“颂”异名为“诗”之后自然也就形成了“赋”与“诗”之间的关系。这恐怕应为赋、诗关系早期的真实状况。

汉代关于赋颂同体或并称现象极多。如《汉书·艺文志·诗赋略》于“孙卿赋”之属记“李思《孝景皇帝颂》十五篇”[②]，即班固或刘向便将“颂”视为“赋”。传王褒《洞箫赋》、傅毅《琴赋》、枚乘《笙赋》、刘玄《簧赋》等，又或被称作颂体。马融《长笛赋序》云：“追慕王子渊、枚乘、刘伯康、傅武仲等，箫、琴、笙颂，唯笛独无，故聊复备数，作《长笛颂》。”李善注云：“王子渊作《洞箫赋》，枚乘未详所作。以序言之，当为《笙赋》。《文章志》曰：‘刘玄，字伯康，明帝时，官至中大夫，作《簧赋》。’傅毅，字武仲，作《琴赋》。”[③]《汉书》卷六十四《王褒传》：“太子喜褒所为《甘泉》及《洞箫》颂，令后宫贵人左右皆诵读之。”[④]王褒《甘泉》《洞箫》、傅毅《琴》等篇实质乃赋体，但同时又被称作“颂”。司马迁称屈原楚辞类作品包括《橘颂》（或有直接称作《橘赋》或《桔赋》者）为“屈原赋”，其中也包括那些颂神祭鬼的《九歌》之类。如《史记·司马相如列传》既载相如“尝为《大人赋》”或“乃遂就《大人赋》”，然又言“既奏《大人之颂》”，可见司马迁是将赋、颂视为相同或相近文体的。西汉扬雄亦自称所作《羽猎赋》为颂体，其《序》谓：“是以创业垂统者，具不见爽。遐迩五三，孰知其是非。遂作颂曰。”[⑤]挚虞《文章流别论》云：“若马融《广成》、《上林》之属，纯为今赋

① 张惠言：《七十家赋钞》，光绪丁酉仲夏江苏书局重刻本。

② 班固：《汉书》卷三十，中华书局1962年版，第1750页。

③ 萧统编：《文选》，上海古籍出版社1986年版，第808页。

④ 班固：《汉书》，中华书局1962年版，第2829页。

⑤ 费振刚等辑：《全汉赋》，北京大学出版社1993年版，第186页。

之体，而谓之颂，失之远矣。”[①]可见汉时将《广成》《上林》同视为赋或颂体，然至挚虞已不明其究理。汉初贾谊《吊屈原文》亦往往题作《吊屈原赋》或《吊湘赋》。恐怕一方面是因汉初文体未备分体未严所致，但另一方面更深层的原因则可能出于“赋”与后来衍并入文类的“颂”的密切关系[②]。赋颂同体在汉代是很普遍的现象，不但辞赋作者自视如此，甚至一些文史学者也持此种观点，往往将赋、颂同称，如《汉书》卷三十六《楚元王传》：“更生以通达能属文辞，与王褒、张子侨等并进对，献赋颂凡数十篇。”[③]又《汉书》卷四十四《刘安传》：“初，安入朝，献所作《内篇》……又献《颂德》及《长安都国颂》。每宴见，谈说得失及方技赋颂，昏莫然后罢。”[④]同书卷五十一《枚皋传》：“皋不通经术，诙笑类俳倡，为赋颂，好嫚戏，以故得媟黩贵幸，比东方朔、郭舍人等，而不得比严助等得尊官。”[⑤]《后汉书·班固传》：“及肃宗雅好文章，固愈得幸，数入读书禁中，或连日继夜。每行巡狩，辄献上赋颂。”[⑥]而且《后汉书》其他列传著录传主著文辞亦多以赋颂连称。这些都是汉代学人视赋、颂同体的证据。

赋颂同称在战国已有例证，如《韩非子》云：“故桓公藏蔡怒而攻楚，吴起怀瘳实而吮伤。且先王之赋颂，钟鼎之铭，皆播吾之迹，华山之博也。然先王所期者利也，所用者力也。”[⑦]汉去先秦未远，其赋颂同称或称“颂”

① 严可均辑：《全上古三代秦汉三国六朝文》，中华书局1958年版，第1905页。

② 在唐代试诗、赋和杂文，其中“杂文”一项尚包括颂、赞、铭、策等文体。所谓“杂文”者即含有近赋一类的性质，并不完全同于后来“文”的概念，因魏晋以来“文”就含有韵的特征。（参拙文《试赋取士肇始新辩》，《西南大学学报（社会科学版）》2009年第4期）此足见唐代赋、颂之间尚保留有某些尚未泯失的相似和同源痕迹，其学风与文风方有此观。

③ 班固：《汉书》，中华书局1962年版，第1928页。

④ 班固：《汉书》，中华书局1962年版，第2145页。

⑤ 班固：《汉书》，中华书局1962年版，第2366页。

⑥ 范晔：《后汉书》，中华书局1965年版，第1373页。

⑦ 王先慎撰，钟哲点校：《韩非子集解》外储说左上三十二，卷十一，中华书局1998年版（2003年重印），第262页。

之为“赋”恐怕自有渊源。如果清华简《周公之琴舞》乐诗的形态可以称其为“古诗”，然据其内容推之，以成王嗣位而作儆戒，又可视为“古颂”无疑。《周公之琴舞》第一启被纳入今本《诗经》中的《周颂·敬之》篇，而与其同类的儆戒诗《小毖》亦被归入《周颂》。李学勤先生认为此颂诗为“专供嗣王即位一类典礼时演奏的乐章”[①]，徐正英、马芳认为此诗为“周成王登基时的‘就职誓词’”，“与今本《诗经·周颂》诗篇体制相一致”[②]。诗、颂也有同源性质，后来“颂”演化为《诗》的一部分即其明证。从前述所谓“古诗”多九重、九章、九奏之体来看，“古诗”或“古颂”的这种表现方法本身就是一种“赋”法。如古诗《周公之琴舞》其成王所作九篇中，大部分内容有交叉、重复，虽总体上前后呼应，但铺陈复咏的迹象却十分明显。传说上古乐《九辩》《九歌》《九韶》等皆为反复变奏之曲，其所吟唱之内容或本诗恐怕亦当为相近相类之辞，这可能便是极早的乐诗赋法的体现。今本《诗经》所保存的一些具有组诗性质的重章诗篇亦多具有这种赋法。在前面也已详细论述了古诗句法、章法与赋体的相似特征。

汉代赋颂同体的现象学意义不但有助于解构汉人赋学理论观的实质，认清班固“赋者古诗之流”的本旨，也对我们重新探讨赋体源流具有重要的揭橥意义。“古颂”的反复陈奏、铺陈衍肆就是赋最本质的特征。扬雄《解嘲》云：“雄以为赋者将以风也，必推类而言，极丽靡之辞，闳侈钜衍，竞于使人不能加也。”[③]显然就指出赋的“推类而言”和“钜衍”的表现方法。这与《西京杂记》载司马相如所称“合綦组以成文，列绵绣而为质，一经一纬，一宫一商”[④]的“作赋之迹”是正相吻合的。挚虞《文章流别论》：“赋者，敷陈之称，

① 李学勤：《新整理清华简六种概述》，《文物》2012 年第 8 期。

② 徐正英、马芳：《清华简〈周公之琴舞〉组诗的身份确认及其诗学史意义》，《复旦学报（社会科学版）》2014 年第 1 期，第 76—87 页。

③ 班固：《汉书》卷八十七下，中华书局 1962 年版，第 3575 页。

④ 葛洪辑，成林、程章灿译注：《西京杂记全译》卷二，贵州人民出版社 1993 年版，第 65 页。

古诗之流也。”[①] 刘勰《文心雕龙·诠赋》：“诗有六义，其二曰赋。赋者，铺也，铺采摛文，体物写志也。”[②] 此处刘勰所指诗当为“古诗”之义，其实《诗序》所称之“诗”亦应是指“古诗”。也就是古诗中已有“赋”这种表现方法。从《诗序》所论六义之赋后，汉唐以来学者基本上认为“赋”与铺陈直叙的手法相关。而“铺”的意义《广雅》便谓“陈也”[③]。按今天的意思来理解就是把东西散开放置，平摆开来。在《说文》中解为：“铺，箸门铺首也。”[④] 即“铺”的本义是指衔门环的底座，又称“铺首”。但古代这种门环往往是双扣并置的，宫门更是如此。今天在故宫的宫门上的层层平铺的金锁环就可以印证，正如司马相如《长门赋》云：“挤玉户以撼金铺兮”[⑤]。由此可见，赋与“古诗”或“古颂”中的那种铺陈反复、变奏成辞的表现方法是一脉相通的，这也可能才成为汉唐以来学者以赋颂同称的理论基础之一。

二、古赋原始与颂的诗名异化

一般认为“赋”作为文体概念，大概推之于战国荀子《赋篇》。当然，对其命篇渊源颇有争论，或论出于汉代刘向等人整理所加，或认为可能为荀子本人所为。但至少荀子所作《箴》《蚕》《云》等五篇文章，无论是视其为隐语体，还是佹诗体，其近诗近文的特征说明它与“古诗”存在某些内在性联系。所谓“佹诗”“隐语”之称，恰好证明它与“赋”的某种内在联系的紧密，用后来学人的理解就是这类赋具有“非诗非文”或“既诗又文”的特征，而这种特征恰好正是“古颂”和“古诗”的特征，也是文体在未有严密分家之前的本然状态。这从清华简所保存的《周公之琴舞》《芮良夫毖》等

① 转引自张伯伟、许结编：《中华大典·文学典·文学理论分典》，凤凰出版社 2008 年版，第 734 页。

② 刘勰著，范文澜注：《文心雕龙注》卷二，人民文学出版社 1958 年版，第 134 页。

③ 王念孙：《广雅疏证》卷二下，中华书局 1983 年版，第 67 页上。

④ 许慎：《说文解字》卷十四上，中华书局 1963 年影印本，第 298 页。

⑤ 司马相如著，金国永校注：《司马相如集校注》，上海古籍出版社 1993 年版，第 116 页。

诸文本亦可证明。清华简的整理者将《芮良夫毖》或写作《芮良夫毖》，其称：“毖，相当于文献中的‘毖’。清华简《说命下》：‘余既识鼓毖女。’‘鼓毖’可对应《书·酒诰》中的‘劼毖’。……‘作毖再终’的‘毖’和‘朕毖’的‘毖’一样，具有名词特征。”① 李学勤先生认为《芮良夫毖》是儆戒性质的“毖”诗，不过它和乐舞无关，为刺讥时政的政治诗②。赵平安认为《芮良夫毖》的文本结构和《五子之歌》很相似，是《尚书》类文献，中间部分可称为“毖”诗③。对《芮良夫毖》文体的争论主要不外乎两种观点：其一视之为诗体，一则视之为文体④。对于视之为诗体者又在是否与可以演奏的乐舞有关的问题上抱有歧见。清华简的整理者基本上认同《芮良夫毖》这类毖诗是可以演奏的⑤。《周公之琴舞》中的“九启”与《芮良夫毖》中的“二启”（或再启）可以说具有“古诗”组撰成篇的特征，但同样也与“赋”的表现方法是一致的。司马相如曾答盛览问作赋云：“合綦组以成文，列锦绣而为质，一经一纬，一宫一商，此作赋之迹也。”⑥ 其一“合”一“列”，正道明了这种反复铺陈的作赋方法。由此可以看出，“赋”的表现方法一直就存在于“古诗”和“古颂”的文体形态中。而且，与诗与文都极近似的《芮良夫毖》在文体上与荀子《赋篇》的体例和“古赋”没有任何本质上的差异。恐怕称之为“古赋”或“古诗”亦未甚不妥。

就文本意义上而言，“赋”可能与“颂”同体或基本上相同，只不过“颂”在最早是具有音乐性特征的，这从其“启”“乱”等标志性文本符号语言即

① 李学勤主编：《清华大学藏战国竹简》（三），中西书局2012年版，第148页。

② 李学勤：《新整理清华简六种概述》，《文物》2012年第8期，第67页。

③ 赵平安：《〈芮良夫毖〉初读》，《文物》2012年第8期。

④ 姚小鸥认为《芮良夫毖》是《诗经》类文献，简文前的序相当于《毛诗》的“小序”。陈鹏宇认为《芮良夫毖》是书类文献。参见姚小鸥：《〈清华大学藏战国竹简·芮良夫毖·小序〉研究》，《中州学刊》2014年第5期；陈鹏宇：《清华简〈芮良夫毖〉套语成分分析》，《深圳大学学报》2014年第2期。

⑤ 李学勤主编：《清华大学藏战国竹简》（三），中西书局2012年版，第148页。

⑥ 葛洪辑，成林、程章灿译注：《西京杂记全译》卷二，贵州人民出版社1993年版，第65页。

可看出。而“赋”从其楚辞和其他大赋体文本来看也具有这类遗存性符号，此可推知赋、颂二者确实同体或同源，但“赋”在后来的发展中却逐渐丧失音乐性，而成为“不歌而诵（颂）”①之体。“诵”本通“颂”，“颂”后来学者又释之为“容”，即舞容之意。这不难证明，赋体保留了“颂”的大部分特征和性质，而只是不能“歌”了，即渐渐灭失了音乐性特征。但在一定程度上，赋体也就依旧保留了“颂”的舞容性特征，如《九歌》之篇被南方巫祭所陈舞，以“事神之敬”②。另一方面赋体的这种“颂”性质的舞容特征还表现在赋的“劝百讽一”的功能。“讽”与儆戒、儆毖的作用大致相同。而“劝”者何也？许慎《说文》云：“劝，勉也。”③也即劝的作用最大的表现就是引善而从，即树立一善良而美好的榜样从而激发人们追尚。这种树立榜样的过程就是“劝”，就是“明功”。如何达到劝善，这就使这个过程累积性和说服性极为重要，也就需要反复陈辞，即所谓“劝百”者。可见“赋”和“颂”所担负的社会功用是一致的，所谓：“颂者，容也。所以美盛德而述形容也。”④“赋”所同于“颂”的舞容性特征正是“劝”所表现出来的“颂德明功”的功能，即都具有“舞”的性质，《汉书》谓：“舞者，所以明功也。”⑤可能在诗歌发展的初期，“颂”为舞诗，“雅”为乐诗，而“风”为歌诗。不过舞诗虽保留有文本，但却可能不是即兴和乐之歌，而可能是舞蹈前的序引，以瞍、瞽、蒙等所启陈的舞蹈来表现精义。当然，这种用诗的形态还有待我们进一步考察⑥。或许这才是赋

① 班固《汉书·艺文志》云：“《传》曰：‘不歌而诵谓之赋，登高能赋可以为大夫。’”（《汉书》卷三十，第1755页）

② 王逸章句，洪兴祖补注：《楚辞》卷二，世界书局1936年版，第123页。

③ 许慎：《说文解字》卷十三下，中华书局影印1963年本，第292下页。

④ 刘勰著，范文澜注：《文心雕龙注》卷二《颂赞篇第九》，人民文学出版社1958年版（1962年印刷），第156页。

⑤ 班固：《汉书》卷五《景帝纪第五》，中华书局1962年版，第137页。

⑥ 笔者推测，或许《颂》诗每“启”为舞前领语，即示舞之始。舞毕，则以“乱”终之，揭示本节舞所表现的要义。这与今天中西方的歌舞剧的插科、旁白等舞剧、戏曲表现方式或有同源相通之处。

为“不歌而颂”的本质。

当然，“赋”作为文体名称可能如刘勰的推测，刘氏认为：“《诗》有六义，其二曰赋。赋者，铺也，铺采摛文，体物写志也。……诗序则同义，传说则异体，总其归涂，实相枝干。刘向云明不歌而颂，班固称古诗之流也。至如郑庄之赋大隧，士蔿之赋狐裘，结言短韵，词自己作，虽合赋体，明而未融。及灵均唱《骚》，始广声貌。然则赋也者，受命于诗人，拓宇于《楚辞》也。于是荀况《礼》《智》，宋玉《风》《钓》，爰锡名号，与诗画境，六义附庸，蔚成大国。述客主以首引，极声貌以穷文，斯盖别诗之原始，命赋之厥初也。”① 刘勰认为在《诗序》中赋、诗同义，至汉代经传中则将赋、诗相区别，但他认为赋、诗的关系就如同树木的干与枝。他虽然认同班固的“赋者古诗之流”的观点，强调了赋、诗之间的密切关系，但对“古诗”究竟是何种状态，以及与“古赋”到底是什么关系，却没有更多的探讨。不过，结合汉代诗学研究情况来看，刘勰对赋体源流的判断在前人研究的基础上有进一步全新的认识。其中以刘向“不歌而颂”和班固“古诗之流”的观点为导引，实际上已经揭示了“古赋”与“古颂”“古诗”的某种内在关系。但正如汉代诗学研究一样，其基本以孔子删削的《诗三百》为蓝本，很难找到更早的出土或考古材料来推证《诗三百》之前的情况。然无论齐、鲁、韩、毛诸家诗说，还是民间流传的各种诗说，其互有歧见异文，恐怕这应为汉代诗学研究对“古诗”原初状态推测的启蒙。至刘勰认为“至如郑庄之赋大隧，士蔿之赋狐裘”，肯定了有“合赋体”的一面，但他认为至屈宋才广其声貌，荀宋时赋、诗才开始分离，至汉代客主赋这种大赋形态与诗的区别更为明显，就完全相区别了。

刘勰的推测是大致合理的，但郑庄公之时文献已确切地记载“赋大隧”或赋诗的情况，证明彼时“赋”的表现手法或者说文体意义上的某种“赋”

① 刘勰著，范文澜注：《文心雕龙注》卷二，人民文学出版社 1959 年版，第 134 页。

是已经存在的。或许有学者认为此时“赋”当作为动词，但在“颂”至“诗”的异名演化中，“颂”同样既可作为动词又可作诗名的名词。“颂”和“赋”的词性功用是完全一致的。由此看，荀子《赋篇》恐渊源有自，其体例或许并非其首创，不过，其所创作的隐语和佹诗形态却是今天所能见到战国时代独特的文体。何以称战国之前的“古颂”或“古诗”为“古赋”呢？这恐怕与“诗”的专名的演变过程有密切的关系。在春秋或春秋之前恐怕今本《诗经》中的诗体并不一定都称之为“诗”，按今本《诗》所录的“风”“雅”“颂”的时代考证，大概也是《商颂》和《周颂》早于大多数“风诗”。马银琴考证《诗》本在先秦经历多次编辑整理的过程，他就认为《诗》本的形成当经历了“颂”“雅”然后到“诗”名的确立过程，“《周颂》、《商颂》之与《风》、《雅》合编，成为以《诗》为名的诗文本的组成部分，当发生在公元前七世纪中叶齐桓公称霸中原的时代。”①“以齐桓公时代为界，在此之前人们凡引及《周颂》与《商颂》者，无不直称其名。”② 但在春秋末至战国时期，《左传》中记载了多例引《颂》而称“诗曰”的情况③。可见，最早的“古颂”也就是最早的“古诗”，“古诗”或古歌与“古颂”有着密切关系，如上古乐《九辩》《九歌》就应是古祭神颂德之古颂体之歌，又应是密切使用赋法的作品。这类“颂”体除开表现方法的铺陈反复，而且可能又确如刘勰和刘向所谓的“结言短韵”或“不歌而颂”，这就是古赋与古颂在文体特征上最密切的关联性。其次，古赋与古颂从事义表现上看，二者亦颇近似，可能最先“赋”的表现方法都用在祭神颂祖的这类文体中，至郑庄公、士蒍等开始将赋用之于个体言志，至屈宋骚体逸情和汉赋的主客问答，将赋的表情言志的功能推至为更加丰富。

---

① 马银琴：《两周诗史》，社会科学文献出版社 2006 年版，第 391 页。

② 马银琴：《两周诗史》，社会科学文献出版社 2006 年版，第 388 页。

③ 如《左传·僖公二十二年》臧文仲语引《周颂·敬之》、《左传·宣公十一年》郤成子引《周颂·赉》、《左传·成公二年》齐宾媚人引《商颂·长发》等。

由此推之，“古赋”“古颂”与“古歌”最早都并非文体，只是一种言志达情的形态。因此古乐歌或有《九辩》《九歌》《九韶》（或《九招》）之名，较早的古诗也并非以颂、诗、歌、赋或雅来命名，而可能直取“词首”或“歌头”为名。古赋与古颂同源，这恐怕也是汉代学人认识诗、赋关系和支撑赋颂同体观念的最广泛的理论基础。

第四节 赋、诗的分化与异名

前述大致已明古赋与古颂有密切关系，但早期的“颂”后来又被称之为“诗”，因此这种“颂”也是较早的“古诗”形态。既然“古赋”与“古颂”有关，因此班固“赋者古诗之流”论可能旨在揭示赋与早期颂诗的这种流变关系。无论是从先秦文体未明的状况来看，还是就“古诗”与赋的表现方式来看，赋体与古诗确有密切的关系。“古诗”与赋体的关系可以从“古诗”九体的组成形态已可窥见端倪，这主要表现在“古诗”与赋体章法的一致，但“古诗”句式、句法，以及“启”“乱”等用辞及体式亦是证明二者同体的证据。

一、孔子删诗与“古诗”演变

当然，此所谓“古诗”并非今本《诗经》中所记诗的形态，也即非孔子删定《诗三百》的形态，《诗三百》中保留的部分重章复沓的《诗》本体式，在一定程度上还是可以推定和印证“古诗”的组撰方式。而且最重要的是“古诗”用“启”“乱”等语辞辍篇，基本上与楚辞及汉赋体例无异。《楚辞》中《离骚》《惜诵》《涉江》《哀郢》《抽思》《招魂》《七谏》《九怀》《九思》等皆有乱辞。后来赋体作品中或末有“乱曰”“颂曰”“铭曰”“赞曰”“歌曰”“倡曰”等，实皆从古颂诗之“乱”体出，而非如学者认为的赋受文的影响从史赞类末的“赞曰”“颂曰”等出，而此类史论之“赞曰”“颂曰”恐怕亦受古诗及赋体的影响。

从《周公之琴舞》简文例式来看，用“启”“乱”等也是“古诗”较常用的形态。“九启”即可能为演奏“九成”“九变”的脚本再现。至于每一启之后皆有“乱辞”，可证每启都可视为独立表达的诗体。恐怕这也是后来学人将其视为“组诗”的原因，由此结合不断考古发现的逸诗来看司马迁所谓“古者《诗》三千余篇”①恐怕不无道理。徐正英等对此作了详细的阐释，并对孔子删定《诗三百》之前的情况作了大致推测②。自平王之后，“天下无道，则礼乐征伐自诸侯出”③，至孔子时代更感叹礼崩乐坏，其《诗》本之乐由于宫人流散、文本散佚或篡改，以及诗乐逐渐分载的情况④，真正的“古诗”意义自然应非孔子删定《诗三百》之状况，因此司马迁所说的“古者《诗》三千余篇”亦当是对《诗三百》之前的状况的推定。孔子之世，可能诗乐多已分载，或者由于演奏的方便，而将每一启与各自变奏之曲单独记载，故而造成在删定《诗》文本时将单独的一启改撰的情况，如今本《诗经·周颂·敬之》篇即是对《周公之琴舞》成王儆毖诗九章中“元纳启”的改撰，而且抹去了整体为颂诗乐的原貌，并将“启”“乱”等标志性文体语辞完全删去。恐怕从这个角度来看，班固和司马迁所谓“古诗”都应非《诗经》文本之诗。甚至孔子本人将自己所编《诗三百》与旧本《诗》相对比而呼旧本为“先王之书”，《墨子》亦发表对《诗》和《诗三百》不同的态度，显然认为《诗

① 司马迁:《史记》卷四七《孔子世家》，中华书局1959年版，第1936页。

② 徐正英:《清华简〈周公之琴舞〉与孔子删〈诗〉相关问题》，《文学遗产》2014年第5期。

③ 程树德撰，程俊英点校:《论语集释》卷三十三《季氏》篇，中华书局1990年版，第1141页。

④《左传·昭公二十六年》载“王子朝及召氏之族、毛伯得、尹氏固、南宫嚚奉周之典籍以奔楚”。《论语·八佾》中亦载三桓篡改《雍》诗，而讥之为“‘相维辟公，天子穆穆’，奚取于三家之堂?”《史记》中亦载周公亦曾奔楚。这些既可作为周《诗》流传载于楚竹简的合理证明，亦可证孔子之世，《诗》本变撰之状况。

三百》与旧本《诗》是不同的。马银琴称:“把‘诗三百’作为一个完整的专有名称看待似乎更加妥当。从孔子的评价来推测,这个‘诗三百’所指代的,很可能就是孔子自己修订的、与当时通称为《诗》的‘先王之书’略有区别的诗文本。”①《礼记·礼器》云:“孔子曰:颂诗三百,不足以一献;一献之礼,不足以大飨;大飨之礼,不足以大旅;大旅具矣,不足以飨帝。”② 何以如此呢?恐怕一方面就是战国之世礼崩乐坏,用于礼乐的《诗》本已不复其旧,即便孔子所定之《诗三百》新本,亦因种种原因删去了残缺不全的断章残篇,大多数诗篇已不足以构成古传统的“九成”“九章”“九启”之数,特别是今本《诗经》中的《周颂》篇章基本上为一章之数,故或称“不足以大飨”“不足以大旅”“不足以飨帝”。“大飨”“大旅”“飨帝”皆是古代帝王重要的祭祀礼仪。孙希旦《礼记集解》云:“大旅者,因事祭天之名,其礼稍杀于正祭。《大宗伯》:‘国有故,则旅上帝及四望。’有故,谓凶烖也。有故而祷于上帝及四望,皆曰旅,而上帝之旅为大旅也。飨帝,谓祀天之正礼也。大飨、大旅皆大祭……大旅、飨帝皆祀天。”③《周礼·天官·掌次》云:“王大旅上帝,则张毡案、设皇邸。”郑玄注:“大旅上帝,祭天于圆丘。国有故而祭亦曰旅。”④ 显然,孔子所删的《诗三百》其时已基本不能完全反映古初用祭的礼乐情况,其中颂诗大多经过改造,“风”“雅”之作又基本上为后来编辑整理的作品。

“颂”诗基本上是春秋或春秋之前的作品记录,这类作品既是较早的诗类文体来源,也是较早的文类作品来源,而其中所用古赋的表现方法也最为明显。可以说赋最直接地承袭了“古颂”的表现方法,这也导致了后来历代对赋体文类的争论。汉代如班固等人称“赋者古诗之流”,其背后正是揭示

① 马银琴:《两周诗史》,社会科学文献出版社 2006 年版,第 417 页。

② 杨天宇:《礼记译注》,上海古籍出版社 2004 年版,第 302—303 页。

③ 孙希旦:《礼记集解》,中华书局 1988 年版,第 668 页。

④ 孙诒让撰,王文锦等点校:《周礼正义》卷十一,中华书局 1987 年版,第 432 页。

赋与颂之间的密切关系，因此汉代会出现诸多的“赋颂”同体或同称的现象。但他们所说的“古诗”并不是指汉时所见的齐、鲁、韩、毛诸家所载的《诗》，当时学者由于缺乏更多的考古学的印证，多数可能出于猜测，故而无法进行深入而细致的辨析。至于汉世之后，学者虽引班氏之说，却越来越少的学者理解汉世的诗学背景，也就对班固所谓的“古诗”缺乏深入的关注和辩证。虽然刘勰等人对其学说有所理解，而且推测了赋体的发展和流变之迹，但另一方面却出现了大多数学者对赋体文类的界说之争。汉代学者一方面强调“赋”的铺陈直述的特征，另一方面却经常“赋颂”同论。如果细究其中奥秘，恐怕汉人不过是将“铺陈直述”作为赋的一种常用表现方法，但它不是赋的专利，而实际上这种表现方法在“颂”体中同样经常使用，甚至在诗中也可以使用，也就是汉人的诗之“六义”。而就体类而言，他们更多地将赋与颂同等对观。至后来学者不断地阐扬“赋者，铺也”①，实际上并没有真正明确汉人对赋的文体界说，他们只是错误地将对赋的表现方法的界说运用于对体类的界定上。

至汉以后学者又开始对赋的体类特征进行总结，他们不断得出赋“既诗既文”，或者“非诗非文”，这一体类界说也被现代学人所引用。无论是“非诗非文”还是“既诗既文”，实际上都揭示了赋体中既有诗的韵律、语言结构特征，也有文的章法和语言结构特征。这种复杂的文体特征引发了学者对赋源的多种猜说，或有认为赋出于诗，或有认为赋出于隐语，也有认为出于战国游说之士的纵横之文。清代章学诚甚至发明赋源于诗、源于战国诸子之文等多种途径的多源学说②，就近代来说，看似是最为合理的赋源学说之一。但是诸源学说虽各有其合理推测的一面，但却缺乏对文类发展的历史本真推知。赋源于诗说，看似继承了班固的“赋者古诗之流”的理论，但却与其本旨大相径庭，因此也无法从根本上解释赋、诗的本质异同。赋、诗的分化，

① 刘勰著，范文澜注：《文心雕龙注》卷二，人民文学出版社 1959 年版，第 134 页。

② 章学诚：《文史通义》附《校雠通义·汉志诗赋第十五》，上海书店出版社 1988 年版，第 98 页。

随着诗乐的分离，“诗”对“启”“乱”的灭失和“赋”对“启”“乱”的承继和变替运用①，赋、诗的关系变得更为迷离。

二、赋、诗异名与推因

“颂”至“诗”的演化过程，不但促进了“赋”体名称的直接产生，也进一步促成了“诗”的分化。最后就直接导致了赋、诗同源而异名的出现。这种异名的基础就是“颂”变“诗”名之后，其文本经多次整理，体制及章法与真正“古颂”面貌大异，从而致使“颂”的功能的减小。而在社会活动中这种礼乐功能就不得不由具有“赋”体实质（铺陈复奏）的某种东西来担任，这就导致赋由动词的“赋”到名词的“赋”体的最后确立，即“赋”从“古诗”大类中分离出来。也恰是在这一过程中产生的“诗”，在一定程度上具有“赋”的功能和表现手法，因此汉人方有诗“六义”之说的推论。

从乐用和事义功能来看，“颂”大致在战国时期被整理归并入“诗”类，由于渐趋于礼崩乐坏的时代，其颂诗也渐趋于式微，而不能发挥古义和作用。最明显的改变是今本《诗经》中《颂》诗篇制的改变，和礼乐性功能的减缩。《通典》载：“按周兼六代之乐，声律所施，咸有次第。自灭学以后，礼乐散亡，汉来所存，二舞而已。”② 可见战国之后基本上很难见古乐舞形态。而六代之乐从文献记载来看，应基本上为“九成”“九奏”的体例。前述古诗“九成”“九卒”“九奏”便是“古颂”的形态。而古代“颂”事是与礼乐密切相关的，如《左传》载：“国之大事，在祀与戎。”③ 这从《尚书》

---

① 笔者认为，赋对“颂”体“启”（始）或“乱”等的运用，一是表现在楚辞及部分汉赋作品中直接化用“启曰”“歌曰”“倡曰”“乱曰”等；二是表现在汉赋等体制结构上趋于宏大和反复铺陈，此亦是对这一乐理结构和乐理现象的变袭。如刘熙载就认为“赋必合数章而后备”。

② 杜佑撰，王文锦等点校：《通典》（四）卷一百四十二《乐二》，中华书局 1988 年版，第 3614 页。

③ 左丘明传，杜预注，孔颖达疏：《春秋左传正义》卷二十七，成公十三年，第 867 页。

《春秋》等中所载的武王伐纣所陈《牧誓》《甘誓》《大武》等篇已可见其迹象。因此无论是祭祀天地、神灵和祖先等重要活动的献礼中，都可能用到“颂”体，实际上大多为带舞乐性质的陈辞。《礼记》中所记孔子所谓“颂《诗三百》，不足一献”[①]，其中就应是指重要祭祀活动中的献礼用诗乐的情况。但孔子何以称“不足一献”呢？这是值得推究的。可能孔子所删定的《诗三百》篇虽保留了部分《商颂》《周颂》《鲁颂》等作品，但这些作品大多已经改编，甚至“删其重复”，很难反映古代祭祀用乐的原状。而这种情况孔子应是自知的，至于《诗三百》篇中所收录的其他《风》《雅》类诗作恐怕又很难承担这类祭祀用乐的作用和功能，最主要的就是大多数“颂”诗已经缺失了九成或九章的体制形态，因此孔子方有此论。

但如前述反复铺陈的“赋”法是“颂”体中一大重要特征。而在“颂”的诗名异化过程中，“颂”所渐渐失去的礼乐功能却能用这种“赋”法来得到极好的表现。“赋”的反复铺陈的表现方法在颂诗中是极其常用的。从《周公之琴舞》的引述可以看到，除开在具体每一启中有赋法铺陈之外，而且各启之间也讲究程序的一个完整过程，每一过程的逐步展开也是赋法最直接的表现。如古代郊祀中的献祭用祀有初、亚、终三献。它构成了献祭的一个完整的程序，是对祭法的一种铺陈（赋法）展示。而每一“献”中也各有铺陈法式讲究，如有将“献”“酢”“酬”合称为“一献”之礼。《秋官·大行人》云：“上公之礼……飨礼九献。……诸侯之礼……飨礼七献。……诸子(男）之礼……飨礼五献。”[②] 可见古代礼乐形制的复杂，甚至“一献”之中都讲究某种赋体（铺陈）程序。“献”礼这种严密的程序恐怕除早期的具有赋体特征的严密的组诗形态的颂诗能够演绎和完成外，后来的《风》诗或《雅》诗恐怕基本上很难在内容与形式上两全。《风》《雅》在一定程度上也继承了古颂的赋体方

① 见杨天宇：《礼记译注》，上海古籍出版社 2004 年版，第 302—303 页。按：此句标点，历来有多种。此处笔者以为标点的不同可能对文本理解产生重大的导向作用。

② 孙诒让撰，王文锦等点校：《周礼正义》卷七十一，中华书局 1987 年版，第 2952—2953 页。

法，采用重章复沓的形式，但与“古颂”的形态已有出入，这种复沓形制基本上可能是因响应用乐遍数。因为不但“九成”“九章”之制的数制被《风》《雅》等诗改造，而且语言结构也基本上发生了变化，形成了以四言为主体的结构。

东周“礼乐征伐自诸侯出”之后，献礼或飨礼渐多用于诸侯、卿大夫间，其用礼多有僭越者。所谓僭越一般是指用诗乐的遍数迈越常制。如《左传·僖公二十二年》：“楚子入飨于郑，九献。”① 楚成王飨晋公子重耳，亦“以君礼享之，九献”②（《国语·晋语四》）。可见古代天子郊祭庙祭一类的大型礼乐可能多用“九成”或七、五、六的乐诗篇章体制。先秦以前的这类“古颂”文本语言结构也还不是后来逐渐定型的四言诗体结构。“颂”虽然至后来被称之为“诗”，并归入《诗》本，但在这种异名转化的前期可能还是存在一些差别的，如据清华简《芮良夫毖》简背误题《周公之颂志（诗）》来看，《周公之琴舞》可能在当时又被称之为《周公之颂志（诗）》③。其或称“琴舞”，或称“颂志”，在于揭示诗篇的“颂”和乐舞性特征。据《左传·襄公二十七年》称“诗以言志”④，《毛诗序》等解：“诗者，志之所之也，在心为志，发言为诗。”⑤ 可见“志”与“诗”本身的关系是十分密切的，在“诗”未有

① 左丘明传，杜预注，孔颖达正义：《春秋左传正义》卷十五，北京大学出版社 2000 年版，第 465 页。

② 徐元诰撰，王树民等点校：《国语集解》卷十，中华书局 2002 年版，第 331 页。按：他本或作“以周礼享之”。参该书注及士礼居丛书景宋本《国语韦氏解》卷十等。

③ 见《清华大学藏战国竹简》（三）下册，中西书局 2012 年版，第 132 页。其“说明”云：“本篇（《周公之琴舞》）与《芮良夫毖》形制、字迹相同，内容也都是诗，当为同时书写，《芮良夫毖》首简背面有篇题‘周公之颂志（诗）’曾被刮削，字迹模糊。该篇题与其正面内容毫无联系，疑是书手或书籍管理者据《周公之琴舞》的内容概括为题，误写在‘芮良夫毖’的简背，发现错误后刮削未尽。竹简篇题本为检取方便而加，篇题异称不足为怪，《周公之琴舞》又称《周公之颂志（诗）》的可能性很大。”

④ 左丘明传，杜预注，孔颖达正义：《春秋左传正义》卷三十八，北京大学出版社 2000 年版，第 1223 页。

⑤ 毛亨传，郑玄笺，孔颖达疏：《毛诗正义》卷一，北京大学出版社 2000 年版，第 7 页。

成为专名之前，人们有可能称此类抒情言志的作品为“志”或“诘”是有可能的，这从一个侧面也可以强化我们对战国或更早时期人们便将“古诗”称之为“颂”的推测。

赋、诗的异名最大的推因在于战国社会的转型，特别是社会在由乐教向诗教的转型中，“赋”的功能被进一步扩大，如《鲁诗传》和《毛诗诂训传》皆谓“不歌而诵谓之赋，登高而赋可以为大夫”[①]。这就是因为“赋”不但具有“颂”体的功能，同样具有“诗”的“言志”功能，即《左传》载赵孟请子展、伯有、子西、子产、子大叔、二子石（印段、公孙段）七子皆赋，子展赋《草虫》，伯有赋《鹑之贲贲》，子西赋《黍苗》，子产赋《隰桑》，子大叔赋《野有蔓草》，印段赋《蟋蟀》，公孙段赋《桑扈》[②]，后以“赋诗言志”来称此燕享之会。从文本来看，一方面“赋”可以被解读为动词的吟诵，但作者不用“诵”“歌”等动词而用“赋”，恐怕在于强调他们只是一般吟诵，而脱离乐章的乐舞性质。赋、诗都具有言志的功用，但在春秋战国之世，“诗”尚不是一种严格的文体，而只是一个大类，故其中的“颂”诗与“风”诗等还是略有区别的。“颂”诗可能只是用以和乐而不是歌唱，但“风”诗可能歌唱，所谓“徒吹谓之和，徒歌谓之谣”[③]，而《毛诗》卷五注“曲和乐曰歌”[④]。这正是此七子用“赋”而不用“歌”以示其仅对文本记忆和运用的考察功能。“赋”正是具有“颂”诗的体制和篇章，它体现了“颂”在乐舞演奏中不是直接歌吟其辞，而可能是配舞配乐中的旁白或旁诵。古“颂”和赋体中的“启”或“始”“乱”等标志性语符恐怕就有揭示这层功能的重要意义。在《诗传》所揭示的战国社会转型以来，渐渐失去音乐性

① 参班固《汉书·艺文志》卷三十、陈奂《诗毛氏传疏》卷四，清道光二十七年陈氏扫叶山庄刻本。

② 左丘明传，杜预注，孔颖达正义：《春秋左传正义》卷三十八，北京大学出版社 2000 年版，第 1222—1223 页。

③ 郭璞：《尔雅》卷中《释乐第七》，四部丛刊景宋本。

④ 毛亨撰，郑玄笺，陆德明音义：《毛诗》卷五，四部丛刊景宋本。

特征的颂体被称之为“赋”，但它的功能和社会性地位较一般意义的“诗”可能更受尊崇，因此能吟诵这种赋体的人才可以登位于“大夫”之列。如果登高所赋的为“诗”，“诗”在当时是可以歌乐以和的，但《诗传》却明确地界定“不歌而诵谓之赋”，并不作“歌以吟之谓之诗”，可见此所强调者当不是这些士大夫能诵诗的才能，而是要有诵“赋”的才能方可归于“大夫”之列。“风”诗大多采自民间亦可知之，能作诗者遍然，甚至民间俚曲亦可归入“风诗”，但这些民人显然不是此处所强调的“大夫”。如果如《诗序》所说“在心为志，发言为诗”，那种直接将情感表达和宣泄出来的语言就可以称之为“诗”，可见在考察士大夫才学中，诗、赋各自扮演的功能是不同的。可能正如清人刘熙载《赋概》云：“赋兼才学”，“才弱者往往能为诗，不能为赋”①。而且刘氏亦认为“赋无非诗，诗不皆赋”②。这恐怕就是“赋”一开始就继承了“颂”的体制宏大、典丽敷陈而又备陈制度的礼乐文化，与中国礼制文明和传统儒家文化有着极为密切的渊源，这恐怕也是汉唐赋何以“经国体野，义尚光大”③的原因。如唐代《初学记》卷二十一文部就载：“不歌而诵谓之赋。古者登高能赋，山川能祭，师旅能誓，丧纪能诔，作器能铭，则可以为大夫矣。”④因此只有那类具有“颂”体反复铺陈的长篇性质的“赋”才可能是《诗传》所赋的对象。因此本句之“赋”亦是名词，或如古汉语语法之名词的动化。由此可以推之，在战国时代，“赋”体已渐从“诗”体独立出来，而高出于“诗”。《汉志》虽名“诗赋略”，但“赋”列于“歌诗”之前，其地位显于“诗”，故题名“诗赋略”者可能即其“诗”之大类言者。

---

① 刘熙载：《艺概》卷三，上海古籍出版社 1978 年版，第 101 页。

② 刘熙载：《艺概》卷三，上海古籍出版社 1978 年版，第 87 页。

③ 刘勰著，范文澜注：《文心雕龙注》卷二，人民文学出版社 1958 年版（1962 年印刷），第 135 页。

④ 徐坚等：《初学记》卷二十一文部，中华书局 1962 年版，第 511 页。

三、班固赋源说内涵

从赋体源流的发展来看，“赋”无论是从体式、句法等来看，它都是直接继承了商周的“颂”体。由于“颂”诗本来的社会地位，致使“颂”在诗名异化的过程中，赋兼承了“颂”诗的功能，也使其地位得以备受尊崇，但“赋”同样具有言志抒情的功能，使赋、诗又具有极多相似的特征。虽然“赋”有“颂”和“诗”的用韵的特征，但在由乐教向诗教转型及诗乐分离的社会大变革中，“诗”更趋于整齐与协和的用韵方式，也更便于文人即兴创作；而“赋”却在保留“颂”诗本来的用韵规则下，同样兼取句式的杂陈和重章复沓、反复替衍的结构。但“诗”对赋的影响却一直存在，这在楚辞中亦可见之。

综上可见，班固所谓“赋者古诗之流”应强调了赋源和赋体的两方面特征：其一是班固所谓“赋者古诗之流”中的“古诗”应是指禹夏至商周以来的颂诗。“颂”诗是官方文学的重要源头之一，而“风”诗则可能是民间文学的重要反映，但这两种文学源头在不同时代有互鉴和叠取的状态。在礼乐文明高度发达的商周时代这类“颂”体古诗自然是与礼乐密切相关的。从内容来看，这类乐诗涉及祷天告祖，其有颂德昭功的内容，即便古代大飨礼用诗乐也应涉及此类，因为大飨礼在古代一般为合祀先王的祭礼或遍祭五方天地之礼，一般由帝王主祭。孔子云：“礼犹有九焉，大飨有四焉。苟知此矣，虽在畎亩之中，事之，圣人已。”① 刘雨先生称：“王室举行的享礼（即飨礼）非常隆重，近于祭祀，为讲大事、昭大德而举行，主要为王或者周公主持，《征人鼎》中享礼为王后主持，可见其地位之高。”②《国语·鲁语下》：“夫先乐金奏《肆夏》、《樊遏》、《渠》，天子所以飨元侯也。”③《左传·襄公四年》

① 孙希旦：《礼记集解》卷四十九，中华书局 1988 年版，第 1269 页。

② 刘雨：《西周金文中的飨与燕》，载《金文论集》，紫禁城出版社 2006 年版，第 67 页。

③ 徐元诰撰，王树民等点校：《国语集解》卷五，中华书局 2002 年版，第 178 页。

晋穆叔云：“三《夏》，天子所以享元侯也。”[①] 此三《夏》为《肆夏》《樊遏》《渠》，或被视为《樊》《遏》《渠》三部乐章。宾客升堂后还要进行“升歌”“合乐”等表演，唐代贾公彦认为：“天子享元侯，升歌《颂》，合《大雅》；享五等诸侯，升歌《大雅》，合《小雅》；享臣子，歌《小雅》，合乡乐。”[②] 虽有学者对“升歌”“合乐”的内容存在异议[③]，但仍然可以看出即便至春秋战国之世，大飨礼可能用于天子飨诸侯，但依旧有用《颂》的内容。可见“九成”或“九絉”之篇的古诗与颂具有密切联系，恐怕这也应是汉代人视赋颂同体或诗赋同流的主要理论源头。孔子之前，传世文献对《诗》的称呼就经历过多次变化，马银琴考辨认为较早时一般将《诗》直称“颂”“雅”或直称篇名，之后渐有“诗”之称，但此时“诗”之意同“辞”，乃专指“国风”中的讽谏诗而言。之后“诗”渐涵盖“国风”和大小“雅”中的作品，至最后《诗》才成为“风”“雅”“颂”几类作品的全称[④]。由此我们来看扬雄对司马相如赋“劝百讽一”的批评，或许可以得出新的义解。观西汉大赋，可谓多属“劝百讽一”之作，那么“劝百讽一”是否可能为当时人所认定的赋法传统呢？司马迁《史记·司马相如列传》云：“扬雄以为靡丽之赋，劝百而讽一，犹骋郑卫之声，曲终而奏雅，不已亏乎？”[⑤] 从司马相如《子虚赋》《上林赋》以及枚乘《七发》等诸大赋来看，所谓“劝”当有“颂”之义，“劝百而讽一”内含“颂”的成分居多，而“讽谏”的成分居少。恐怕从“诗”名的演变来看，这正是“古诗”为赋体颂诗的传统，亦可证明古诗与赋体“颂”德的密切渊源。讽谏的功义本不是赋的传统，而应是民间“风”诗进入《诗》体系统后形成的功义之一，后来渐被引入赋体，赋的主要源流与成分还是应为古诗中的“颂”，这也是班固“赋者古诗之流”的主要内涵。马银琴、徐正英等就

① 《春秋左传正义》卷二十九，北京大学出版社 2000 年版，第 953 页。
② 孙希旦：《礼记集解》卷四十九，中华书局 1988 年版，第 1271 页。
③ 参孙希旦：《礼记集解》，中华书局 1988 年版，第 1271 页。
④ 马银琴：《两周诗史》，社会科学文献出版社 2006 年版，第 388—391、417 页。
⑤ 司马迁：《史记》卷一百一十七，中华书局 1959 年版，第 3073 页。

认为最早典礼性质的仪式乐歌“颂”，至最后才渐被讽谏性质以“义”为主的《诗》所统辖[①]。即《诗》这一文本在最初的“古诗”形态时就是指的“颂”。后人以今本《诗经》文本比对诗、赋异同，因而很难发现其中奥旨，也难明班氏“赋者古诗之流”的究理。班固的“赋者古诗之流”换言之应为“赋者古颂之流”。

其二，班固所强调的“赋者古诗之流”也暗示了赋本来的体态特性，即在他的观念中赋就是用韵较散的既诗既文的语言结构特征。基于“颂”为基础和来源的赋体首先是押韵的，其次又是句式灵活多变的，这种特点在汉赋中最为明显，而在后来继起的骈赋和律赋中反倒受后代诗歌骈律化的影响。在总体上是与诗歌文学史发展的规律趋同的。《周公之琴舞》被大多数学者视为诗无疑，自然其文本也是押韵的。赋、诗都是押韵的，这也成为两种文体联系的基础。即便对文体归类略有争议的《芮良夫毖》也是押韵的，如曹建国对《芮良夫毖》的押韵情况就进行了整理，大致有阳部、耕部、职部等韵，也有微宵合韵、幽觉合韵、真微合韵、之鱼合韵等[②]。学者将此篇归之入“诗”类的主要原因其一便是文本基本上押韵。但这些条件和因素不能排除将其归入“颂”或“赋”体的可能。从语言结构上看，“颂”体语言结构比较灵活，有一至七言者，但以四言句为主体，这成为后来诗体规范的取则依据。在《周公之琴舞》和《芮良夫毖》中就有这诸种句式，如前引《周公之琴舞》“再启”一段：“假哉古之人，夫明思慎，用仇其有辟。允丕承丕显，思攸亡斁。乱曰：已，不造哉！思型之。思毷彊之，用求其定。裕彼熙不落，思慎。”其中就有一字句“已”，二字句“思慎”，三字句“不造哉”“思型之”，五字句“用仇其有辟”，以及较主要的四字句。而六字句如“元纳启”中的“毋曰高高在上”“通我夙夜不逸”，而七字句如“示告余显德之行”[③]。

① 徐正英：《清华简〈周公之琴舞〉与孔子删〈诗〉相关问题》，《文学遗产》2014 年第 5 期。
② 曹建国：《清华简〈芮良夫訫〉试论》，《复旦学报（社会科学版）》2016 年第 1 期。
③ 参李学勤主编：《清华大学藏战国竹简》（三），中西书局 2012 年版。

蔡先金《清华简〈周公之琴舞〉的文本与乐章》统计认为《周公之琴舞》“现存整个篇章105句，4字句为67个，所占句读比例为63.8%，占绝对多数；每章的‘启’或‘乱’字数除首个‘元启’外均在20字以上，最多为31字，或者说均在5句读之上，最多为8句读。由此可以看出，当时的诗歌在乐章字句上并没有严格的限制性要求，自由度较大，只是押韵或符合节奏即可”①。显然5句读之上则为六言或七言、八言句。《芮良夫毖》也基本上以四言句为主，但其中也有五言或六言的非四言句，如“周邦聚(骤）有祸”“敬之哉君子，天犹畏矣”“所而弗敬，卑之若重载以行崝险，莫之扶道，其由不颠覆”“此隹天所建，隹四方所祗畏”。② 而今本《诗经》文本基本上以四言句为主要特征，这应是在对更早的《颂》或《雅》之类作品整理编辑和创作借鉴形成的结果，而赋体的主要语言结构却保留了《颂》诗这种复杂多变的语言结构，特别是与其时代较近的秦汉杂赋和汉大赋作品，基本上能反映这种语言结构特征，甚至也将“颂”体的某种音乐性符号“启”“乱”等也直接加以承继，如《楚辞》和汉赋作品中就常见这些符号性语词，并由此袭用其复沓铺陈的篇章结构。清代刘熙载云：“赋必合数章而后备”③，其正是由“颂”而“赋”的乐理所使然。至汉魏以后，赋体中更多地使用四、六句语言结构，篇章体制特征也或有改变，但这依旧没有摆脱“颂”所开创的赋体语言特征。

① 蔡先金：《清华简〈周公之琴舞〉的文本与乐章》，《西北师大学报（社会科学版）》2014年第4期。

② 曹建国《清华简〈芮良夫諆〉试论》统计《芮良夫諆》中“第一启中四言句为七十四句，非四言句为二十句。第二启中，四言句为六十九句，非四言句为二十五句”（见《复旦学报（社会科学版）》2016年第1期）。

③ 刘熙载：《艺概》卷三，上海古籍出版社1978年版，第100页。

第八章　清代复古思潮与“古赋”观念

自《汉志》赋分四家，前三家以人为次，其后以杂赋相从，流至《文选》列赋、骚、七、设论等，而《文心雕龙》列《辨骚》《诠赋》之篇，亦以骚、赋相别，自兹赋之分体渐开。然无论赋分骚、分辞、分七、分九，实皆属“古赋”层次和范畴的分类。自魏晋齐梁以后，赋之“代变”之迹显，乃就赋之本身历有二分、三分、四分至六分诸法，详其名目，或多胶葛。考详就实，实皆以古、律为基，尔后相滋漫以别。

第一节　清代复古思潮中的“古赋”观

清代思想文化领域的复古思想既是一种历史趋势，也是中国传统文化思想传承的必经之途。“复古”的思想观在古今中外的思想文化中都亘久地存在并不断地进行自我衍替。从中国历史记载来看，复古的观念在商周文化中就有着明确的表现，从文化人类学的视野来看，崇古观念是与先民的原始宗教意识密切相关的。在殷周时期的祖先崇拜、自然崇拜和上帝崇拜都体现了对生命本原的追溯和依恋，而这种情结中隐藏着极深的崇古情结。人类早期的宗教仪式也是与崇古观念与神权政治有着密切关系的。商周时期的甲骨卜辞中就有许多关于天神、地祀、人鬼的记载，如《礼论》云：“天地者，生之本也；先祖者，类之本也。……无天地恶生？无先祖恶出？”① 这种原始的崇古情结中实际上内蕴了对先贤文化创造的肯定，这成为复古观念的先导。战国时期的孔子兴叹末世的礼崩乐坏，并对先秦典籍进行了广泛整理与文化传播，这正是复古思想的最明显体现。

清代思想文化领域的复古主义倾向从清初发轫，但它并不是一种时髦的思想，相反是一种历史传统，他们更多更直接地受到唐宋元明以来的文学复古思想和倾向的影响。复古既表现为一种思想倾向，同时本身也是一种思想文化传承的途径。从本质来看，清代的复古思潮是中国传统儒家文化以古为尚的历史观在其特定历史条件下的一种外在反映，而其内蕴却是对当下的“改革”和“新变”，因此“复古”往往成为批判现实的方法和途径。清代赋学复古观念实际上正蕴发了对清代时文和八股赋末流之弊的批判，企图以“复古”之法对清代赋学振衰去弊。

一、清代赋学复古思潮

清代赋学复古思想乃清代复古思潮中不可逆转之大流。清代虽处于传统封建社会沧替之际，世界变革之交，但从学术思想文化的根源来看，正是这种洪大的潜流，使世人无所适从，并希冀从“国故”和“古法”中寻求应对之策。因而在思想文化及学术领域都出现了某种程度的复古倾向和思潮。梁启超对当时之思想文化有着十分贴切的类比，这在当时人看来颇不以为然，然其所揭示的义理正在于对中外历史文化发展的深刻内观。梁启超云：“‘清代思潮’果何物耶？简单言之：则对于宋明理学一大反动，而以‘复古’为其职志也；其动机及其内容，皆与欧洲之‘文艺复兴’绝相类；而欧洲当‘文艺复兴期’经过以后所发生之新影响，则我国今日正见端焉。”② 精熟中西历史文化者都知道，“文艺复兴”时期正是以对古希腊文化的追复，以此来破

① 王先谦：《荀子集解》，中华书局1988年版，第349页。

② 梁启超：《清代学术概论》，东方出版社1996年版，第4页。

除中世纪宗教统治的偏执和黑暗，“复古”追求的本质同样是“承变”。所谓“承变”是一种有历史理据的改革变衍，它既是对文化传统的肯定，也是对文化传统的一种新的发扬，这种文化传统经历了悠久的历史考量，无论是科学性、文化性和社会推行的可行性等方面都是毋庸置疑的。因此复古观念中的“古”并不是陈旧与落后的象征，而是传统与历史悠久和优秀思想文化的象征。而“复古”又往往是与特定的历史条件相联系的，就梁启超就清代学术思想视野来看，它认为清代学术思想的“复古”是对宋明理学的一大反动，这正是因宋明理学重义理和心性之说，至于清代而产生空疏的流弊，于实学无所资用，又恰值世界格局正处于以工业革命和实业改变世界的大势之下，心性之学乃渐成无用之说。梁启超就批评晚明王学极盛而弊，“学者习于‘束书不观，游谈无根’，理学家不复能系社会之信仰。”①而就传统文人及王权政治拟求“承古”又深刻地因应了复古意识。一方面要真正承古传统和古法，必须真正理解前代典籍，这为清代“考据学”和“复古”思潮提供了生存的空间和理据。另一方面，“承古”在思想政治领域有助于强化王权政治及其合法性；学术文化领域的“尊古”“重经”与思想政治领域的“不忘旧者，使复典之”②也是有着密切联系的。

显然，清代学术文化领域的“复古”范畴和内涵是深刻而丰富的。就清代赋学复古思想来看，无论是宗骚祖汉者，或者宗唐派，还是六朝派，他们实际都属于赋学复古论思想的范畴。但赋学复古思想与古、律观念有什么区别和联系呢？这是清代赋学研究中需要说明的一个问题。这个问题看似简单，但内涵却十分复杂。

清代赋学中的古、律观念与赋学“复古”思想都有着十分密切的联系。赋学复古思想和倾向主要表现在对前朝文风、文体、文论等的崇尚取鉴。在清代赋选实践中无论是选汉魏六朝古赋，还是专选唐宋律体，其都突出地表

① 梁启超：《清代学术概论》，东方出版社1996年版，第4页。

② 《国语·楚语下》，上海古籍出版社1978年版，第563页。

现为标法“古”赋，尊树经典之义。即便是历朝赋选或是本朝馆阁赋选，其目的在于为科举试赋者和习赋之士确立一个规范的文本参照。其中一些赋体虽不一定非是古昔之作，但都表现出镕经铸史、意趣古雅或博丽清新的某种特点，这从李元度《赋学正鹄集释》、余丙照《赋学指南》等所分品目中已可大致看出清人赋学评鉴倾向。而且赋这种文体的特殊性质，并非人人皆能，在清代如刘熙载谓“赋兼才学”，“才弱者往往能为诗，不能为赋”①，故诗赋之业，无论是汉赋还是唐赋，无论是古赋还是律赋，实已为“古学”范畴，沈钧德称当时馆阁场屋所试，学士斐然向风，皆以“镞厉古学为务”②，正说明赋学与古代学术思想文化的关系。由此我们来看清代赋论中所谓古赋派中的“祖骚宗汉”也好，还是推尊“六朝晋宋”也好，或者是律赋派中的崇尚唐宋律体也好，还是本朝馆阁也好，其皆不过是赋学复古思潮中的不同派别而已。

沈钧德《历朝赋钞序》云：

> 兼风、雅、颂、赋、比、兴而一之者，赋也。故班孟坚以为“古诗之流”，皇甫士安以为“诗人之作，杂有赋体”，明班语所自也。厥体主于铺陈景物，发引情思，荀、宋导其清源，马、扬骋其绝轨。才人递相祖述，沿至于后，遂有古赋、俳赋、律赋、文赋之分，缘乎时世，风尚而变化从之，藉非博观众制，曷以尽作者之能事哉？恭逢神圣御天，文思广运，昭回之光，下被万物，宇内怀铅握椠之徒，斐然向风，以镞厉古学为务，馆阁场屋，皆试诗赋杂文。由是赋体大盛，轶驾元明，骎骎乎不懈而及于古矣。钧德不敏，窃以暇日，旁罗名赋，自《昭明文选》所载，近接皇朝，钞其精要，总为如干卷，志欲溯风雅之趣，穷正变之归，而笔海茫洋，望若兴叹，深愧谫陋，无所取裁。③

① 刘熙载：《艺概》卷三，上海古籍出版社 1978 年版，第 101 页。

② 沈钧德：《历朝赋钞序》，清乾隆乙酉（1765）刻本。

③ 沈钧德：《历朝赋钞序》，清乾隆乙酉（1765）刻本。

清代赋学复古思潮可以说主要表现在“宗汉”与“宗唐”的赋学思想和主张。首先赋学复古思想表现在对赋体本源的追溯，其次是对汉唐赋体艺术的评鉴。这潜藏着“以古为法”“以古为时”（时文、时赋）的思想理据。其“宗汉”一派，主要袭承唐宋元明以来的“祖骚宗汉”论，如清初对骚体赋的重视即可视为赋学复古的一种表现；而“宗唐”派者，他们并不是反对汉魏古赋，而是因便于科举考试之用，对唐律技巧和较为规范的文本范式更为看重，汉赋的灵活变动和不拘格律，明显较唐赋并不适合科举考察的评价体系。侯心斋《律赋约言》云：“贵取法。赋有古律二体，古赋以司马、班、扬为宗。又有骚赋，若《长门》、《登楼》、《通元》、《思幽》等作，皆屈子遗调。律赋体源徐、庾，而格律至唐始备。宋元之文赋，又律赋之变体，不可训也。今之作者，遇大典礼或用古赋，言情适志之作或杂用骚体、文赋。考试所用皆律赋也。”① 李元度《赋学正鹄序》云：“唐以诗赋取士，始有律赋之目。古赋变为律赋，犹古文变为时文也。今功令以诗赋试士，馆阁尤重之。试赋除拟古外，率以清新流利、轻灵典切为宗，正合唐人律体。”② 文学的“复古”不仅要找到古今之间的联系，更要找到古今之间的差别，或者古体的优点以及对今体的可资借鉴所在。从赋学历史来看，汉魏古赋和唐赋正是赋史中的两个标高和经典，因此清代赋学复古思潮中就必然存在以此为取法借鉴的两种思想倾向。清陆棻《历朝赋格》凡例云：“赋也者，始基于荀，达乎宋，盛于汉魏，艳于六朝，规矩乎唐，而裁制于是乎尽。”③ 而至清代中期，律赋考试尤重，其弊渐显，人们复古的意识也尤为强烈，如鲍桂星《赋则序》言：“律则以唐为准绳。”④ 姜学渐《味竹轩赋话》亦云：“欲学律赋者，宜先学唐人为至要。”⑤ 其中复古的思想倾向是不言自明的。

---

① 转引自《中华大典·文学典·文学理论分典》，凤凰出版社 2008 年版，第 775 页。

② 李元度：《赋学正鹄》，宏道堂梓行本。

③ 陆棻：《历朝赋格》，清康熙刻本。

④ 鲍桂星：《赋则》，道光丙午刻本。

⑤ 姜学渐：《味竹轩赋话》，《资中赋抄》，同治六年刻本。

清代赋选本中的“尊体”虽各有不同，但其以“古”为法，欲树立经典的意图却是十分明显的。无论是古赋派，还是律赋派，他们对经世致用的赋用观却是一致的，因此古赋和律赋都同样注重经义阐发和讽谏比兴之义陈说。清代学者就认为赋总“六经”之功义，如清曹三才称“赋非雕虫小技”，“虽六经群史不出范围，诸子百家尽归渊海”，由此不但可见赋义的渊深古雅，尤可见赋与古学的密切关系。

康熙年间曹三才《历朝赋格序》云：

> 虽然赋非雕虫小技也，其心包宇宙，总览人物，有忧勤讽谏之深意焉。其琼宫瑶室，断椽砻石，以示不如茅茨之安适也。其珍禽奇兽，铁槛金笼，以示不如鸡犬之朴率也。其袨服靓妆，歌楼舞榭，以示不如綦缟之交儆也。其熊蹯豹胎，缥青醇酎，以示不如蒜粟之便美也。其风毛雨血，名鹰骏马，以示不如深居之闲静也。其刁斗鍪弧，万骑八阵，以示不如两堦之干羽也。其谐臣媚子，观雞鞠角狗马，以示不如老成之商推也。凡此者，其词似肆而意寔惕也，其容似佞而心则忠也。赋非雕虫之小技也，其旨微，其谏谲，其忧深而虑远，其情迫而志悲，约言之不足，故反复言之；正言之不可，故托物寄兴以言之。其词源泉湧，如崩崖裂石而风雨骤至也，如怨夫逐臣之叹息，而寡妇孤子之涕泪也。其淳古澹泊，《易》之忧患，《诗》之怨刺，无以异也。迩来选本繁简各异，先生独旁搜博览，细分体格，为学者之指南，开词客之生面。其有功于骚雅，匪细得其意者，虽六经群史不出范围，诸子百家尽归渊海。大哉乎，上稽天文，下究地理，旁及礼乐刑政、治乱废兴、鱼鸟草木，无不详且晰也，博物君子，其有过于此者乎！尝历考前代下之精神，每视上之所好以聚，上好经术，则精神聚于经术；上好词赋，则精神聚于词赋。精神所聚，才智出焉，才智所萃，政治兴焉，情有所寄，则不贪，力有所专，则不争。不贪不争，洁让成风，人品学术于斯著矣。汉武唐宗，咸工词赋，宋历南北，经术为宗，其时魁垒大儒，代不乏人，六朝

纤靡，其受病固自有在，非词赋害之也。故曰：经术之内，词赋出焉，词赋之内，经术存焉。学者分而为二，至力不能兼资，有所近，遂以为雕虫小技不足留意，是未窥赋之堂奥也。①

清代赋学复古是文学复古的典型代表。赋学复古与其他文学复古思想是一样的，有着特定的历史条件，清代赋学复古最主要的推动乃是科举考赋所导致的赋体拘执弊陋与僵化，这是清代赋学复古的特定的历史先决条件。赋本博综宏雅、兼综“六义”，从历代赋史发展演变之迹来看，其体变而博，故历朝赋选本的兼综博取，同时又不仅仅是确立一种“古”赋法式，更重要的是我们能从中厘清源流正变之迹，从而因变呈新，又不离其本。无论是在赋学选学和赋论中推求“祖骚宗汉”的古赋学派的典雅纯正，还是“魏晋六朝派”的清新骈俪，或者“唐宋律体派”的技巧艺精，其实都属于赋学复古思想观念，也就是说无论赋学中的所谓“崇古”与“崇律”，其实质都是追求对当下时文文风的变革和发扬对古典赋学的承变。因此“古赋”观念中的“古”又有着特定的历史意义和相对性，清代赋学复古思想与清代文学发展史及学术发展史都有着密切关系。综观赋学演变，历代赋体正是在不断地复、变中交替生发的，正如吴乔《围炉诗话》云：“诗道不出于复变，变谓变古，复谓复古。变乃能复，复乃能变，非二道也。”② 清代赋学的“复古”，其取旨依旧在于“创新”和“承变”，正如梁启超所云：“综观二百年之学史，其影响及于全思想界者，一言蔽之，曰‘以复古为解放’。”③ 清代赋学“复古”思潮正是清代赋体创作衰敝，从而追求赋学解放的体现。

二、清代“古赋”观及赋体分类

清代“古赋”观念十分复杂，或将楚汉赋体归为“古赋”，或将汉魏六

① 《历朝赋格》，《四库全书存目丛书》第 399 册，第 271—273 页。

② 吴乔：《围炉诗话》卷一，张钧衡刊适园丛书本。

③ 梁启超：《清代学术概论》，东方出版社 1996 年版，第 7 页。

朝赋及骚体归为“古赋”，即“古赋”的范畴或有排除骈体，或有将骈体亦归入“古赋”的情况。但是“古赋”只是一个大致的分类，它主要考虑时限因素，但同时又不能完全排弃赋体的体例因素，这种体例因素主要是唐代律赋兴起以后，“古赋”成为与“律赋”相对的一个概念，从而将律赋排斥在了“古赋”范畴之外。由此“古赋”的时限范畴也大致以唐为界。然考虑到“古赋”所自有的代表性体例特征，唐宋以后的模拟“古赋”作品依旧可以归入“古赋”范畴，这也就是《唐文粹》列“古赋”之目的原因。清人王琦《李太白全集注》也将李白多篇辞赋归为“古赋”范畴。

“古赋”的内涵十分复杂。一是包含了时间上的“古”，一般以唐宋以前或晋宋以前为界，因为这些时期代表性的赋体是与唐宋以后的代表性赋体不一样的。当然，这种时代断限也有局限性，它又不能完全包容“古赋”的体例特征。如元代以考试“古赋”为主，其创作便多为“古赋”体，与唐、宋的律赋不同，如果按时代把它排弃在“古赋”范畴之外又明显不妥。二是“古赋”还包含了体例上的“散”。从唐宋古文运动的情况来看，“古”本身就是与“骈”和“律”相对的一个概念，因此汉魏散体大赋、抒情小赋、骚赋等实际都可属“古赋”范畴。但由于“古赋”概念的判别依据不同，且两个层次内涵并不属于同一逻辑层次，因此很难排除其中存在的悖论。如果“古”与“散”相关，则将魏晋骈赋排除在“古赋”范畴之外是合理的；而若以时限因素来看，汉魏已有“俳体”因素的肇萌，如班婕妤《捣素赋》等，那么将骈赋（俳体）归为汉魏“古赋”范畴也是合理的。从“赋源于诗”的学术观点来看，“古赋”的特征又不能完全排弃诗体或骈体因子，故而诗体赋、骈赋是否属“古赋”范畴依旧是颇值得争论和商榷的问题。正是因于“古赋”概念这种内在的矛盾，清人在“古赋”归类和范畴设置中乃复而难理。然就清代赋选家而言，最简便易行的办法就是“古赋”概以汉魏为界，或以弃绝律体为说。

然“古赋”并不只是一种简单的赋文体，就体例而言，它可能包括了骚体、文体、骈体等，因此在赋体分类方面，由于清代学人对“古赋”概念认识的差异，也导致了赋体分类的不同，当然有些分类并不严谨和科学。

就现存的文献来看，明清学者多将汉魏赋体分为古赋、大赋或抒情赋等，而就唐代赋体分类愈细，除律赋为其主要代表外，唐代赋又常分为文赋、律赋、骚赋、骈赋、诗体赋，偶也分古赋之目。清人对赋体分类多承明人之说，有二分、三分、四分和五分之法等。

宋人吕祖谦《宋文鉴》分“赋”与“律赋”，此为较早的赋体二分法。当然，其所谓“赋”实含各种赋体，应为与“律赋”相对的“古赋”。清代林联桂《见星庐赋话》便明确将赋分为古、律二类。不过他在“古赋”类下作了进一步的解说，阐释了“古赋”又包含文赋、骈赋、骚赋三类，故马积高先生又将其视为四分法之例。此外，清人王之绩分赋为大赋、小赋，亦可视为二分之法。而三分法以陆棻《历朝赋格》的分类为其代表，清代陆棻《历朝赋格》分为文赋、骚赋、骈赋三格，此可视为三分之法，但依林联桂所分的“古赋”内容来看，陆棻的《历朝赋格》似乎又可以视为一部“古赋”选。但是陆棻的分类中实际并没有排弃律赋，而是将骈赋格归为“近律”的一种，因此他将骈与律的关系视为更紧密。陆棻《历朝赋格》骚赋格不录楚辞，而是汉魏至明的拟骚之作①，但这并不说明陆棻认为楚辞骚体不同于赋，其在《凡例十三则》中即云：“夫子删《诗》，而楚无《风》，后数百年屈子乃作《离骚》，《骚》者，诗之变，赋之祖也。后人尊之曰《经》，而效其体者，又未尝不以为赋，更有不名赋而体相合者，说详祝氏《外录》。余谓枚生《七发》，乃赋之最佳者，后人仿枚，辄名曰‘七’，无稽之言，每为捧腹，然其体与骚似异，故不及载，而以拟骚为一格焉。”② 显然，陆棻认为《离骚》等楚辞篇章属“赋”无疑，其不录者，在于后人已尊之为“经”。而且颇有发明的是如汉人枚乘《七发》等“七”之体实皆从骚体中得来，楚骚篇章中有很多如《九

① 陆棻：《历朝赋格》，《四库全书存目丛书》集部第399册，齐鲁书社1997年版。

② 陆棻：《历朝赋格》，《四库全书存目丛书》集部第399册，齐鲁书社1997年版。

歌》《九辩》《九章》之类的“九体”，这与“七体”极其相近，故陆氏认为《七发》之类的“七体”源于楚骚，但与楚骚略异，而归为“拟骚”一格实为明见。而且陆氏将文赋格列于骚赋格之前也是颇有慧识的。近人马积高的赋体三分之说，似源于陆氏赋体分类之法。马积高先生云：“赋有三源，亦有三流，即骚赋体，以四言为主的诗赋体和文赋体。”①他将这三体又概括为“近诗的一种”和“近文的一种”。其中近诗的一种，包括骚体和诗体赋。而近文的一种自然是文赋体。他称文赋体“在发展过程中由于受到当代文风和骚体赋、诗体赋以及其他文体的影响，形成了一些在语言、艺术风格乃至体式构造上有较显著区别的体貌，因而前人给予不同的称号，如汉体、俳体、律体、文体、俗赋体等”②。他将其中骈赋格内换为“诗赋体”，在一定程度上揭示了骈赋体的演变源流，如果从今天的一些战国时期楚竹简等考古材料来看，文赋体确实未必不与“古诗”相关系。

其次，赋体四分法在清代被普遍认同，如王之绩《铁立文起》便分赋为“古、俳、文、律”③，这种四分法自明代已为通见，明代徐师曾在《文体明辩序说·赋》中便说：“故今分为四体：一曰古赋，二曰俳赋，三曰文赋，四曰律赋。”④实际上“古赋”当多指楚汉赋体，由此从分类次序看实际基本上是承时代先后为序，选一具有代表性的文体。但以时代之序冠以文体之名，而又流于以偏概全，且文体之名显然也与所归类之赋名不符实。当然，这种四分法与林联桂的古、律两分下的再分明显是不同的。林联桂在其《见星庐

① 马积高：《历代辞赋研究史料概述》，中华书局 2001 年版，第 16 页。

② 马积高：《历代辞赋研究史料概述》，中华书局 2001 年版，第 16 页。按：这些称谓当不是就汉代文体赋而言，应是就汉代某些个别的篇章特征而称，它不能概括整个汉代赋的情况，但却说明了汉赋的复杂性和多样性状况。因此，“文赋”不等同于“汉赋”，“律体”极可能是就汉赋中的近律近骈之赋而言，故以“律体”而对指文赋体恐失之审辨。

③ 王之绩：《铁立文起》，《续修四库全书》第 1714 册，上海古籍出版社 2011 年版，第 324 页。按：王之绩对赋体分类，或被视为六分之法，但笔者以为实为四分法和二分法之综合论见，详见第三章所述。

④ 徐师曾：《文体明辩序说》，人民文学出版社 1962 年版，第 101 页。

赋话》中将赋分为古、律两大类，古赋中又分为文赋、骈赋、骚赋三类，合为四类。此亦被视为“四分法”。王之绩等人的“四分法”将俳体是排除在“古赋”之外的，而且又视“俳赋”与“律赋”不同，将“文赋”置于“古赋”之外，而在林联桂《见星庐赋话》中明显将文赋、骚赋、骈赋视为“古赋”范畴，明显对骈赋、文赋对古赋的关系与归类是不同的，这两种分置之法是否合理确实还有待商榷。无论两分中所谓的古、律之分，还是三分、四分法中的古、律、七之分或古、俳、律、文之分①，其中存在着“古赋”范畴大小问题及“古”“律”概念的相对性问题。

清人对赋体的分类并不统一，这些分类是否恰当呢？我们略看骈赋的归类便可概知。律赋是在骈赋的基础上发展起来的，骈赋与律赋在音韵、句式上有着很大的相近性。骈入律是比较合理的。那么，骈与古又是何等关系呢？从上述分类和赋体文学自身发展史来看，“骈”（赋）是夹在古与律诞生之间时段的一种赋体，它可能既具有前者的某些因子，又具有后者的某些因素，故其归类至为重要，对各处二端的古、律特性都存在某些渗透或借鉴。在一定程度上，古、律的范畴决定了分类的科学性和赋观念的演变。马积高认为古、律二分中的“古赋”的范围是否含骈体赋，难以断定。但他举柳宗元所作律赋列入（《柳河东集》）外集，认为可以断知“古赋”与律赋是相分的。② 但宋姚铉《唐文粹》在列“古赋”之目中，也将唐代一些较质朴的骈体赋，还有一篇王维所作的不尽合律赋要求的律赋《白鹦鹉赋》包括其中，且将骈体因子比较多的李白《惜余春赋》亦归之入古赋③，故马积高先生认为：“姚氏所谓古赋，殆指文辞古雅而言，不尽排斥声律对偶之作。”④ 南宋吕祖谦编选《宋文鉴》，虽未标古赋之名，但其书赋与律赋厘而为二，其所

① 徐师曾：《文体明辩序说》，人民文学出版社 1962 年版，第 12—16 页。
② 马积高：《历代辞赋研究史料概述》，中华书局 2001 年版，第 13 页。
③ 姚铉编：《唐文粹》，上海商务印书馆缩印校宋明嘉靖刊本（四部丛刊初编本）。
④ 马积高：《历代辞赋研究史料概述》，中华书局 2001 年版，第 14 页。

选“赋”，除律赋以外，并包其余各体，即是将赋与律赋二分。

不过，清人赋体分类中内蕴了古、律对置的情况，无论是二分、三分，还是四分、五分之法中，无论是“明体”，还是“辨代”，实际都牵涉到对古、律概念和范畴的不同理解问题。如明代吴讷《文章辨体》在沿袭祝尧以时代五分的基础上，统称祝氏所述历代各体赋为古赋，而另立律赋和“七”体，似为三分之法，然细审之，“七”体亦属于“古赋”范畴，又何有三分之说。陆棻在所编的《历朝赋格》中将赋分为三格：文赋、骚赋和骈赋，实乃三体。他的这种分类，实际为“近文一种”“近诗（骚）一种”与“近律一种”。他所述“凡属词俪事比偶成文者”则称为“骈赋”，可见，这种骈赋是一种大概念的骈赋，应该包括后来的律赋，律赋也正是在骈赋的基础上发展起来的。那么由此骈赋则为律，而文赋、骚赋则为古赋之属，实亦为古、律的相对。

在清代诸家选赋中除通选本《历代赋钞》《赋钞笺略》等杂取古、律外，其大多数选本呈现出以古、律相分的特征，如程祥栋编《东湖草堂赋钞》仅选律体，清钞本《六朝唐赋约编》《文苑英华律赋选》选六朝及唐宋律赋，而《律赋拣金录》、祝春氏钞《律赋选读》、光绪丙申秋四川尊经书院刊《律赋选读》等则选清代本朝律赋。清人选本朝赋以律体居多。或仅选古赋者如张惠言《七十家赋钞》、王芑孙《古小赋钞》及《古赋识小录》、停云馆刊《两汉赋钞》《实园主人古赋钞》等，从选本角度来看，将“骈赋”归入“古赋”的情况较普遍，不过就其选本体例言，其中欲以古、律相别之势甚明。

细看这些文体分类的标准，既不统一，有些又显龃龉。如李白赋在清人注《李太白集》中皆视为古赋，《唐文粹》将《惜余春赋》《明堂赋》《大猎赋》《大鹏赋》归为古赋，而程祥栋《东湖草堂赋钞》按其选例义法，其当视白《拟恨赋》《惜余春赋》为“律体”；陆棻《历朝赋格》将《明堂赋》《大鹏赋》归为文赋，《惜余春赋》《悲清秋赋》视为骚赋。如文赋与骚赋实同为“古赋”范畴则不谬，若以清人四分法之“古、俳、文、律”并列，则又显见其谬异。

又如《历朝赋格》视宋玉《风赋》为文赋，而《东湖草堂赋钞》视其为骈体。为廓清清代赋体分类之状况，且同时有助于厘清汉唐以来辞赋之归类误区，故有必要对古赋之“古”义和在各时代之衍生义略作辨析。

第二节　古赋原始与流变

按清代学人章学诚等人的观点来看，赋不仅与“古诗”有关，实也与先秦“文”、谐隐等杂辞相关。要探究“古赋”，恐怕不但要探讨“古诗”的原初状况，同样也要探讨“古文”的原初状况。古文与古赋是何种关系？到底何为“古赋”，何为“古文”呢？“古”之内涵又是指什么呢？赋究竟如何分体呢？这些都有必要追溯一下“古赋”一名之原始。

一、“古赋”名称原始

当然，“古”有时代序次之义，然以此为文体之分类似乎并不恰当和科学。因为从逻辑意义上讲，这个“古”的含义和范畴会与时变化，正如文学史上对“新诗”一词的界定一样，唐宋时期的新体律诗在当时称为“新诗”，而至明清则变为旧体，“五四”时期白话诗则称之为“新诗”，以前那种押韵整齐的律体概称之为“古诗”。正如陆棻《历朝赋格》称：“若由今而论，则律赋亦古文矣，又何古赋之有？”[①] 当然这种辩证的视野是无可厚非的，但由此泯灭赋体文体学分类及其意义却并不一定正确。那么，“古赋”之“古”若仅考察时代意义明显是不完全的。作为文体学意义上的“古赋”之“古”又到底有什么内涵呢？

首先必须从古文与古赋关系进行破解，而这又必须从始肇古赋古文之名

① 陆棻：《历朝赋格·凡例》，清康熙刻本。

的唐代说起。至少在同一时代，古赋与古文两种文体中的“古”这一前置的修饰性定语意义应该是一样的，至少不会有较大的差异。“古文”名称应该起源较早，汉代称先秦文章皆可视为“古文”，因此就汉代学术亦有今、古文之别，其六国籀文文书或先秦古文字所撰的文章可称为“古文”无疑，当然这并不拘限于文体学的意义。但“古赋”之名始于何时呢？清代陆棻曰：“古赋之名始乎唐”①，实际上从现存目见文献来看，“古赋”之名在梁朝便已出现，梁江淹《学梁王兔园赋并序》云：“或重古轻今者，仆曰：‘何为其然哉？无知音则已矣。’聊为古赋体，以奋枚叔之制云。”② 此条既见于《艺文类聚》，亦见于《初学记》，显然“古赋”一词出现时间较早，不当于柳宗元世。马积高举《柳河东集》为例，称“今传《柳河东集》即将其辞赋作品编为古赋与骚二类”③，且不说这种分类存在的悖义，如果以清人陆棻等视汉枚乘《七发》等作近“骚”，而江淹又祖“枚叔之制”为“古赋体”，则古赋与骚的关系则明矣，“骚”不当与“古赋”别为二类。其次这种编类体例至于是否出于唐代刘禹锡编撰《柳河东集》初例亦尚待考证。宋文安礼编《柳先生年谱》载大历十一年丙辰“太夫人教古赋十四首，皆讽传之”④，宋姚铉《唐文粹》等皆列“古赋”之目，可见唐宋确有“古赋”之名。《柳河东外集》于“古赋”之目外，另收律赋作品，其“古赋”与“律赋”当确相分别。

从较早的“古赋”概念来看，江淹所谓“古赋体”，实际上已经具有时代和文体的双层意义，而且最早就是指楚汉赋体，其称所谓古赋体即“枚叔之制”，即汉代的一些散体赋之类，也应包括枚氏学楚辞类的拟骚作品，由此可见“古赋”应是不同于齐梁时的骈体的。以江淹《学梁王兔园赋》看，虽以“兮”字句开篇，其多四言句式，虽有骈句，然多效汉赋，其用“如此

① 陆棻：《历朝赋格·凡例》，清康熙刻本。

② 其序见上海古籍1982年版《艺文类聚》卷六十五，第1162页，又见《江文通集》卷二《学梁王兔园赋并序》，四部丛刊景明翻宋本。

③ 马积高：《历代辞赋研究史料概述》，中华书局2001年版，第13页。

④ 文安礼：《柳先生年谱》，清光绪翻刻雍正刻韩文类谱本。

者”“白砂如积雪者焉，碧石如圆玦者焉”“乃有”“若夫”等散词漫语，为汉代散体赋所常见。其末有“歌曰”，则完全仿汉赋体①。清人明确规定律体末不能用“歌曰”“乱曰”等，如清龙启瑞《经德堂文集·考古牌示》云：“作古赋，末段可用‘歌曰’、‘乱曰’，律赋则断不可用。”②当然，骈赋（俳赋）与律赋既有关系也有差别，然由此可断，在江淹的文体审视视野中，魏晋之骈赋是不同于当时所谓“古赋”的，且“古赋”的概念应是指不同于本朝骈赋的前朝散体文赋、骚赋。

唐代《柳河东集》卷二收古赋9篇，卷十八收骚10篇（全题作某某文）③，外集收律赋3篇，虽实为补遗，实可见古、律相分的观念。宋姚铉《唐文粹》列“古赋”“骚”之目，《宋文鉴》列“赋”十卷外又另列“律赋”一卷、“骚”（或如骚者）一卷，宋人文谠注唐韩愈撰《详注昌黎先生文集》亦附“古赋”，可见唐宋时人亦有将本朝赋作归为古赋者，“古赋”之时代概念明显并不十分强调“前朝”之意，实际多已寓含文体及文体学的意义。如宋辛弃疾撰《稼轩长短句》卷一《哨遍·秋水观》云：“宇文叔通为作古赋”④。元代亦考试古赋⑤，至清代亦有创作古赋者，可见“古赋”的文体学要义至为明显。但“古赋”一词的范畴又明显与赋体分类中的骚体、文体、俳体、律体等概念范畴不同，可以说它并非包蕴单一的文体特征，因此它实依旧兼含二义，一是时

① 《江文通集》卷二。

② 龙启瑞：《经德堂文集》别集上，清光绪四年龙继栋京师刻本，见《续修四库全书》，上海古籍出版社2002年版，第646—647页。

③ 此处将10篇骚辞不归入“古赋”范畴，恐因其皆题作“文”之故。因此并不能证明柳氏将“骚”排除在“古赋”范畴之外。前代楚辞骚体及拟骚之作归为“古赋”无疑，而柳宗元作品被列为“古赋”范畴，又明显打破了“古赋”的时间断限和界义，由此可以推定当时所谓“古赋”应是着重于文体学的意义。至于宋人专列“骚”，将“骚”别出于“古赋”范畴之外，恐怕与宋代将屈原“楚辞”等加以经典化推崇有关。如朱熹作《楚辞集注》、洪兴祖作《楚辞补注》，其时多有称《离骚》为经者。

④ 辛弃疾：《稼轩长短句》卷一，元大德三年刊本。

⑤ 拜柱撰《通制条格》卷五：“第二场古赋、诏诰、章表内科一道（古赋、诏诰用古体，章表参用古体四六）。”（明钞本）

代，二是文体。齐梁之世称汉枚、马、班之作为古赋，而唐宋称本朝近文之赋及汉代散赋为古赋，其既内蕴了这种文体的时代性内涵要求，但更着眼于文体学意义。自宋以后至元、明则因“祖骚宗汉”说和推崇唐宋文派的分别以及《楚辞》和赋学经典化问题，则出现了将骚归入古赋与否、将魏晋赋归入古赋与否，以及将唐赋归入古赋与否之论见异同[①]。此歧见异说已见于清人著述和赋选。

将“骚”采之入“古赋”范畴，如元人陈栎以为：“《离骚》，赋之祖，降是舍汉何适矣？……然其条疏有序，归宿有所，学古赋者，能以尚絅之熟班赋为监则几矣。”[②]祝尧《古赋辩体》便采屈宋、两汉、三国六朝、唐宋人诸赋[③]，便明确将骚体归入古赋，似乎与宋姚铉《唐文粹》、吕祖谦《宋文鉴》等分列“古赋”与“骚”不同。此后清代赋选家多有承袭，如张惠言《七十家赋钞》选古赋，便收录屈宋之作。当然，从清代赋选情况来看，由于《骚》等被尊为“经”，《楚辞》文本单行已久，故不收录《楚辞》作品的情况较多，但其在序、跋、凡例中多有交代表达他们对骚与赋的关系基本上是认同“骚”属于“赋”，在清代赋论、赋话及文论中亦多持这一观点。至于以为骚不同于赋者的论见之说，多为断章取义，并未条梳缕析持论者原义，如程廷祚《骚赋论》多有学者以为持骚、赋不同之见，实其未审之弊。

其次，魏晋俳体介于古、律分体及概念生发的中间阶段，其归类略显复杂，因此在清人的赋体分类中依旧没有缕析清楚。从江淹《学梁王兔园赋》来看，江淹对本朝骈体颇有微言刺讥之义，同时他对汉赋的摹拟又证明了魏晋齐梁赋体至少存在“古赋”的事实，至少江淹的《学梁王兔园赋》就应被归为“古赋”范畴。魏晋俳体就个案而言，也是十分复杂的。其中个别赋作

---

① 陆棻“律赋亦古文矣，又何古赋之有?”实际不仅有融合古、律的思想倾向，也表现了他欲将唐赋亦视为古赋范畴的欲图。

② 陈栎：《定宇集》卷一《两都赋纂释序》，《景印文渊阁四库全书》第1205册，第164页。

③ 此处唐宋赋体，不是指代表性的律体，而应是唐宋文赋，被祝氏归为“古赋”范畴。

有骈有散，也有极为规整而体近于律的作品，但从清代赋选状况看，魏晋骈体（俳体）在清代已基本上被视为“古赋”，这确实与清代赋体四分法“古、俳、文、律”中将俳体与古赋体相区别的情况相悖异。清代林联桂《见星庐赋话》乃明确在理论上将骈赋归入“古赋”范畴。

实际上，正是由于骈赋的个案差异，导致了骈赋归类的理论困窘。从元代及清代考赋的具体情况来看，清人亦是将骈赋视作古赋创作所参鉴之法门捷径的。元人考试古赋，极讲古赋规制。元人陈栎撰《定宇集》卷一《两都赋纂释序》云：“律赋凿之以人，惟古赋鸣其天。科目次场有赋，以古不以律。”[①] 元代科举考赋严格以古、律相区别。至清代虽翰林院考试律赋，然献赋或书院亦偶有试古赋者，其对古、律各自规制亦极为讲究，而对俳体句法的归类则较复杂，如四六对的俳体不得用于古赋，而五七字句的俳体（六朝俳赋体）不得用于律赋，如龙启瑞撰《经德堂文集》别集上《考古牌示》云：

示谕考古生童人等知悉，本院阅尔等观风之赋，多未识体裁，今将易犯各病开列于左，场屋其自检之，毋违特示：

一既作古赋，不得用四六排调，用四六排调，便谓之律赋。律赋中不得用五七字句；

五七字句乃六朝俳赋体，既作俳赋，通幅皆不得用四六联；

作古赋，末段可用“歌曰”“乱曰”，律赋则断不可用；

律赋每段起处，不得用四六长联，即四字句双排亦不可用；

赋句虽长，无过七字。若八字九字便不相宜，惟段末收束兜裹之笔则不论。[②]

按其时考试规程法示来看，律赋与俳体略不相同，律赋中用四六排（俳）

---

① 陈栎：《定宇集》卷一。

② 龙启瑞：《经德堂文集》别集上，清光绪四年龙继栋京师刻本，见《续修四库全书》第1541册，上海古籍出版社2002年版，第646—647页。

调，不用五七字句，但又称俳体用五七字句而不用四六对，但就魏晋齐梁骈体实多有四六隔对者。“骈”从语义来理解，本身就是指两两相对的俪偶状态，故从理论上将“骈赋”归之于律体或许更为合理。但是清代基本上以骈赋归入“古赋”范畴为主流。这从另一个视野来看又似乎是可以理解的。骈赋的形成和发展明显受到汉赋及汉末的抒情小赋影响，而其早期的骈赋状态确实以五七字句和杂用散语漫词的情况较多，因此将骈赋归之入“古赋”亦言之在理。陈绎曾《文筌》便称“鲍照、陈子昂、宋之问、萧颖士，为唐古赋之祖”[①]，于此可见唐人古赋参鉴俳赋的情况。明清人创作古赋，去汉已远，且汉代散体赋作灵活不拘，法径难觅，自然亦以魏晋俳体为宗，这也成就了清代赋学复古的“六朝派”的诞育。

二、清代“古赋”概念的迁衍

自魏晋齐梁“古赋”之名始，降至于清，古赋历皆与律赋相分别。在此两分的大趋势下，“古赋”的外延发生明显变化，而且“古赋”概念的内涵也发生了迁衍。

首先，在清代“古赋”范畴已不仅仅指汉赋代表的散体文赋形式，但究竟包括哪些赋体形态，在清代赋学理论与赋选学中却呈现两种似乎截然不同的样态。在清代赋选学中古赋选集或有不收录《楚辞》作品者，但多在序、跋或凡例中交代原因，这些赋选家和赋论家基本上都是认同“楚辞”骚体属“古赋”范畴的。虽元人明确表达了“祖骚而宗汉”的观念，但实际自魏晋及唐已自尊楚汉赋体，如“初唐四杰”及李白等人赋作或仿骚或借鉴汉赋，引据经史，皆可看出他们对楚汉赋体的尊崇[②]。明人李春熙撰《道听录》卷三曰：“《离骚》古赋之祖，《长杨》《子虚》，古赋之宗。至唐体稍变，犹

---

① 陈绎曾：《文筌》“唐赋体”，见《续修四库全书》第1713册，第484页。

② 何易展：《论初唐四杰赋之“祖骚”》，《四川师范大学学报（社会科学版）》2011年第3期；何易展：《论李白辞赋的“祖骚宗汉”倾向》，《社会科学》2015年第5期。

为近……"[①]清代赋选家张惠言《七十家赋钞》便明确将骚体归入古赋。当然清代赋论中关于"骚"的归类情况受前代学人赋学观念影响，情况比较复杂。虽然总体上是认同"骚"属于"古赋"，但由于尊经的缘故，也有将"骚"别出于赋之外的，从而也影响到清代一些古赋选本不收录楚骚作品。关于赋与骚的关系，前人论述颇多，然自汉代实际就已视赋、骚同体[②]。其次关于骈赋(俳体）的归类在清代赋论和赋选中也呈现出两种不一致的状况和迹理。骈赋归类的理论疑难，实仅着眼于"古赋"概念的文体学意义，而忽视了"古赋"概念内蕴的时代性含义。再者由于古赋外延的扩大，唐宋新文赋也被视为"古赋"，故而一些赋选家在古赋选集中亦加采录，如王芑孙《古赋识小录》、陈氏《古赋杂录》、郑抡才《古小赋钞》、胡希周《唐古赋选》等。但就清人赋论分体中的四分法等来看，他们将"文赋"又是独立于"古赋"范畴之外的。

正是"古赋"概念内涵的复杂性，决定了清人"古赋"观念的多样性，然从概念所涉及的文体与时序性因素来看，大致可归纳为两类：

其一是以唐为界，他们虽不否认唐以后存在"古赋"，但认为唐以后赋作"志益寡，而辞益俳"，故算不上古赋正体。这一派学者主要承元、明人崇尚楚汉古赋的影响，他们甚至在理论上接绪明"唐无赋"说之主张。清代张惠言为古赋学派的代表，也是词赋创作大家，其于赋论、词论皆有建树，其《七十家赋钞》便体现出以学守正，严古俳之别的古学风范。《七十家赋钞》首选屈原《离骚》，末选庾信《枯树赋》《哀江南赋》《小园赋》《春赋》，基本以时相次。其所选庾信之《哀江南赋》《小园赋》等虽多有四六骈对，然亦多"若夫""者也""况乎""况乃""尔乃""遂乃"等散体句式，此外亦多四言体和"兮"字句式，此实为汉赋借鉴骚体，又逐渐向骈体过趋的一种

---

① 李春熙辑：《道听录》卷三，清钞本，藏国家图书馆。

② 参拙文《文学史视野下的赋、骚关系诠辨——兼说"楚声"与"兮"》，《云梦学刊》2009年第1期。

必然。其归之入“古赋”似亦合理。至于不选唐宋以来作品，乃因张氏认为：“而后之作者志益寡，而辞益俳，逐物而不反，难可复理，乃录自屈原荀卿至于庾信，发其奥趣，备辞赋一家之学。”① 可见张惠言对“辞益俳”的唐宋赋体是颇有微讽的，显然他将那些俳体视为去“古赋”愈远。张氏“少好《文选》辞赋，尝屏他务，穷日夜为之，卒乃归于治经，然辞赋亦不废。盖以为先士之盛藻，诗人之坠典，于是乎存焉”②。“文选学”自唐以来便极受重视，时称“文选烂，秀才半”③，又加之诗赋之经典地位在汉唐以来逐渐确立，故张氏既以学术家的眼光来审视赋体的发展，同时亦受到了前代赋论思想及本朝赋学发展状况实际之影响。而且由于历代复古、崇古的理念影响，自唐以来便渐崇尚宗汉祖骚，即便律体大盛并以之作为科考之具，但当时士人和统治者依旧看重赋体的“宗经致用”的经世之能和文采之优。其律赋亦以经、史为本，抒彰其能，这其中可见他们对古体的内在倚重。至元代尤彰并进而直接以古赋择士。元人陈绎曾撰《文筌》，其论“汉赋体”曰：“宋玉、景差、司马相如、枚乘、杨雄、班固之作，为汉赋祖。见《文选》者，篇篇精粹可法，变化备矣。《文精》《文鉴》诸赋，多杂唐宋人新体，少合古制，未宜轻览。”④ 其所谓古赋虽并不完全排斥唐赋近文诸体，然其因“杂唐宋人新体”，故并不十分推崇，此实受元代考试古赋及祝尧等倡“祖骚而宗汉”的影响。其所谓“唐宋人新体”，正是张惠言所说“辞益俳”者和祝尧所谓“一片之文”⑤ 者。

其二是“古”义与时迁衍，所谓古、律相别，既以时序为次，犹以文体为主，故将“古赋”外延推衍至清代本朝拟古之作。清初陆棻就认为律赋至

① 康绍镛：《七十家赋钞序》，见张惠言：《七十家赋钞》，光绪二十三年江苏书局重刻本。
② 康绍镛：《七十家赋钞序》，见张惠言：《七十家赋钞》，光绪二十三年江苏书局重刻本。
③ 陆游：《老学庵笔记》卷八，《陆放翁全集》上，台北河洛图书出版社 1975 年影印本，第 49 页。
④ 陈绎曾：《文筌》，清李士棻家钞本，见《续修四库全书》第 1713 册，第 473 页。
⑤ 祝尧：《古赋辩体》卷八，《景印文渊阁四库全书》第 1366 册，台湾商务印书馆 1986 年版，第 818 页。

清代实亦可以算为古文[①]，其“古”义内涵和范畴明显发生了重要迁衍，这对清代赋学复古的取法对象也有一定影响。在清代赋学复古派中有崇尚楚汉古赋的，也有崇尚魏晋六朝的，亦有推尊唐宋古体（新文体）的，至于律体自然推崇唐宋律赋，但就当时赋学改革倡吁的动因来看，清代律赋推崇唐宋亦可以辩证地视为“复古”和推扬古学。

然古、律相对中的“古”并非仅仅着眼于时序的迁衍，虽然清代“律”的内涵和表现形态也不一定与唐宋时期的“律赋”要求完全相同，但清代“律”还是与“古”相对的一对文体概念。清代赋学理论同时也受到赋学创作实践的影响，清代古赋创作不仅有模拟楚汉赋体，也有模拟晋宋俳体，甚至也有对律体句法融入古赋者，这与清代古、律融合的理论主张是互为影响的。他们对“古”的概念的模糊，正如祝氏批评当时人“或以五七言之诗为古赋”“或以四六句之联为古赋”[②]的情况。故清代赋学理论中“古赋”观念是与骈赋、文赋乃至律赋有着生发和联系的，当然文赋、骈赋与古赋确有渊源，谢采伯《密斋笔记》卷三云：“至晋唐文多类俳，皆源流古赋，亦如今时有一项古文，又有一项四六。”[③]谢采伯可谓明确道明了骈赋与古赋的源流关系，然骈赋与古赋和近体律赋皆有渊源，故元明以来对骈赋的归类也呈现出对立甚至更为复杂的情形。从骈赋的特征来源和迁衍来看，骈赋乃是古赋之流变，而律赋亦骈赋之流变，则律赋去古愈远，或相别焉。显然，从这种通变的视野来看，“古赋”是文体分类并不十分严谨的早期概念，故其内涵范畴较广，因此如果从时序的视角考虑，“古赋”的外延是可以不断扩大的，张惠言《七十家赋钞》选录古赋，上自楚骚，中继汉赋，下承魏晋六朝诸作，骚体之中兼采九、七之体及汉之拟作，而于卷一骚体之外，宋、贾、枚之

① 陆棻《历朝赋格·凡例》云：“若由今而论，则律赋亦古文矣，又何古赋之有？”见陆棻：《历朝赋格·凡例》，清康熙刻本。

② 祝尧：《古赋辩体》卷七，《景印文渊阁四库全书》第 1366 册，台湾商务印书馆 1986 年版，第 802 页。

③ 谢采伯：《密斋笔记》卷三，《景印文渊阁四库全书》第 864 册，第 665 页。

前，亦列荀况之作六篇，其微言大义，见之于选例。其不选唐宋以后的“古赋”作品，乃在于持守严格的古赋正、变观。骈赋与古赋的关系颇为微妙，在前面已略有论述。不过，除开时序、文体的外在形态的探讨外，明清人也开始注意骈赋与古、律赋体之间本质问题的探讨，如明人梅鼎祚撰《鹿裘石室集》卷四十三《丹管记题词》：“缘情绮靡，古赋之流尔。”[①] 骈赋的骈辞俪语正是缘情所呈现的绮靡化特征，而“缘情”又是古赋所本，故骈赋从写志抒情上来看，它是与古赋法旨一致的，这也正是严守古学正体的张惠言将部分魏晋俳体采入《七十家赋钞》的缘故。

清代古、律相别可以说更多的是着眼于文体学的角度，由于对“古”的概念的迁衍和着眼点不同，他们将魏晋骈赋（俳赋）和唐宋新文赋也自然归至于“古赋”范畴之内，甚至清代本朝那些仿汉魏晋唐散体、骈体的拟古之作亦归属其类。陈绎曾言唐宋新体“少合古制”[②]，至少说明在陈氏看来唐宋新体是不严格合乎于楚骚汉赋的，唐宋文赋“少合古制”与它们取法对象是密切相关的，陈绎曾云：“鲍照、陈子昂、宋之问、萧颖士，为唐古赋之祖；江淹、庾信、王勃、卢照邻、杨炯、骆宾王，为唐俳赋之祖。”[③] 可见唐宋古赋大多源承晋唐俳赋而趋文者，虽这类俳亦源承楚汉古赋，但其取法乎下，实去古愈远。而唐宋俳赋同样源承晋唐人俳赋不过趋于律而已，故元人将唐古赋与俳赋视为不同的两类，陈绎曾《文筌》就在“唐赋制”下列“古赋”和“俳赋”两类。元人将唐赋近文者列入古赋，基本上还在一定程度上保留了“古赋”的文体特征。但自元代始，人们对“古赋”的文体概念已渐至模糊，《古赋辩体》卷七唐体云：“是以唐之一代，古赋之所以不古者，律之盛而古之衰也。就有为古赋者，率以徐庾为宗，亦不过少异于律尔。甚而或以五七言之诗为古赋者，或以四六句之联为古赋者，不知五七言之诗，四六句

---

① 梅鼎祚：《鹿裘石室集》卷四十三，明天启三年玄白堂刻本。

② 陈绎曾：《文筌》“汉赋体”，见《续修四库全书》第 1713 册，第 473 页。

③ 陈绎曾：《文筌》“唐赋体”，见《续修四库全书》第 1713 册，第 484—485 页。

之联，果古赋之体乎?”[①] 其中既反映了作赋者不取法乎上而效之于下之弊，另一方面也反映了作赋者既不明体，亦不宗正的赋体观念。

“古”“律”的本义在唐代究竟是什么呢？依笔者看来，“古”“律”之别实际上就主要是从句式及音韵上来分的（古尚神，律尚形）。古赋正是追求的形散而神不散，或者说神聚而不苛之以形。唐宋古文运动一般被视为对骈文的反动，唐宋古文运动所倡之“古”，亦在追求表达的直白、平易，实质亦是从句式与音韵上判之。不过，将“古”的内涵升华，清代刘熙载贡献颇为特出，刘熙载认为“古之大要有五：性情古、义古、字古、音节古、笔法古”，并且认为“古赋难在意创获而语自然”，以为“但执言之短长、声之高下求之，犹未免刻舟之见”[②]（《艺概·赋概》）。其中“音节古”“笔法古”，实则就是讲的句式及音韵，而且“性情古”与“义古”则实质是讲古赋推崇“骚心诗意”或“体国经野”，而所谓“字古”实际讲用字古雅朴质，不同时文（骈文）新字，而“字古”实际上就是讲平直、古雅的用字，与“笔法古”是紧密相关的，所以刘熙载认为“古赋难在意创获而语自然”[③]，“语自然”即是讲求平直古雅的用语。可见刘氏所强调五要素中，其“笔法古”与“音节古”尤为重要，但“五古”最终须靠句式得以展示。

从清代“古赋”之“古”的内涵及意义迁衍来看，“律”是与“古”相对的，它在晋唐可以说也是与“古”并生的一对概念。学术中对“古”之认识，发展到后来也主要是侧重于句式（包括音韵）而判。元代祝尧《古赋辩体》论唐赋时便说“唐人之赋，大抵律多而古少”[④]，将“古”与“律”对举，乃从音韵、句式角度判列。“古”实起源于学术思想中的“今古文”之“古”。当然，此“古”义亦并附时代新义而与时俱进。汉世的“今古文”主要是隶篆

① 祝尧：《古赋辩体》卷七。

② 刘熙载：《艺概·赋概》，上海古籍出版社 1978 年版，第 101 页。

③ 刘熙载：《艺概·赋概》，上海古籍出版社 1978 年版，第 101 页。

④ 祝尧：《古赋辩体·唐体·小序》卷七。

字体之分，学说之别。齐梁之世所谓“古赋”乃与当下骈体(时文）相对而别。至唐代“古文运动”的实义，“古”主要是指一种平直的叙述方式，即句式的散化，它取承了与骈律相对的内涵，似乎自然古赋就不应该包括骈赋、律赋、诗体赋，甚至大量运用骈句的其他赋体。但至清代，骚赋、骈赋、文赋等都已属古之赋体，即便律赋亦属于“古学”范畴，与时文八股或有不同，因此他们所模拟和追尚的“古赋”范畴自然去汉魏、唐宋略有不同，因此无论他们祖骚宗汉，还是摹法魏晋六朝，甚至效颦唐宋，都可以视之为“复古”之举，虽然他们以楚汉古赋为远祖而追摹，但由力之所及，往往又不得不下而求之，故刘熙载“五古”之法中能为其二三者已属能矣，如《文心雕龙·封禅》云：“使意古而不晦于深，文今而不坠于浅，义吐光芒，辞成廉锷，则为伟矣。”[①] 清代“义古文今”亦为古赋法矣。

“古”与“今”乃相对而论，至清代今文（时文）的变化不同，也使与之相对立的“古文”和“古赋”概念自然发生变衍。当然，从文体学的视野来看，清人对赋体的分类与古赋范畴观念有时又存在矛盾的。

---

① 黄叔琳注，李详补注，杨明照校注拾遗：《增订文心雕龙校注》，中华书局2000年版，第296页。

第九章　汉赋与清代科举及经学

清代科举考试与辞赋极相关系，从清初开博学鸿词科，以诗赋文辞广取天下才士，便已开清代辞赋与科举之连襟。一方面，清代科举与辞赋及经术的密切关系，从清初康熙帝御定修撰《历代赋汇》及《性理精义》并重刊《性理大全》《四书大全》《五经大全》等已可略知其概。另一方面，清代科举对辞赋与经学的重视和采纳也促进了清代学术和文学的发展。

第一节　清代科举与辞赋

清代科举考试虽大抵为八股文，但辞赋同样在科举中占有重要位置。一般在士人文学创作活动和书院月课、翰苑大考及散馆考试等都考察诗赋，故辞赋与清代科举考试关系实不容忽视。清代“从为取得读书人资格的童生县试到已成三品翰林时的大考，都有辞赋内容，甚至比八股文伴随他们的时间还要长”[①]。

清代科举与辞赋的关系主要表现在三个途径：其一是清代设立的制科“博学鸿词科”，此为特科举士，于清初康熙十八年开科，雍正时欲行未果，乾隆元年再行，皆考一赋一诗。其二是“翰林院”馆阁考试，其中主要包括

① 俞士玲：《论清代科举中辞赋的地位与作用》，《学术月刊》2000 年第 3 期。

庶吉士的“朝考”、三年肄业期满的“散馆考”和决定翰詹升黜的“大考”，皆以赋鉴士。故清蒋攸銛云：“唐以诗赋取士，宋益以帖括，我朝则以帖括试士，而以诗赋课翰林。”[①] 乡试、会试、殿试一般不考辞赋，但通过此类考试成为进士者，则需经朝考决定其授官，或为翰林庶吉士，或为部属，或为中书，或为知县等，其轻贱差别较大。如何判别类次，则主要以辞赋作为朝考的重要内容，就如唐代以诗赋诠选授官相同。朝考中升为翰林庶吉士进入庶常馆者，例有教习教谕，每以辞赋月课。其次散馆考、大考等皆以考赋等级予以升擢降调。其三是“童生”“生员”系考试尝用赋，特别是地方学政案临考前出题，皆以律赋或古赋为常。如陶福履《常谈》即云“学政试生员亦用诗赋”[②]。

虽然清代科举常科考试基本沿袭明制，用八股文取士，但八股文实与赋体亦有莫大关系（此详下节叙述）。另外清初朝廷为笼络士人，安稳清初政局，于是广开词科，为文人饱学之士大开仕进之途。据《清史稿·选举志四》载康熙十七年诏曰：“自古一代之兴，必有博学鸿儒，备顾问著作之选。我朝定鼎以来，崇儒重道，培养人才。四海之广，岂无奇才硕彦、学问渊通、文藻瑰丽、追踪前哲者？凡有学行兼优、文词卓越之人，不论已仕、未仕，在京三品以上及科、道官，在外督、抚、布、按，各举所知，朕亲试录用。”[③] 康熙十八年便首开“博学鸿词制科”以诗赋选拔士人，其后雍正十一年亦下诏举博学鸿词试，虽多观望未行，讫乾隆元年按御史吴元安议，定博学鸿词科试为两场，“赋、诗外增试论、策”，并于九月“召试百七十六人于保和殿”[④]，考试内容为一诗一赋及论、策。由于科举制度对赋学考察的提倡，这也使清初赋选撰修工作大盛。康熙二十五年，王修玉《历朝赋楷》、

① 蒋攸銛：《同馆律赋精萃叙》，清道光七年刻本。

② 陶福履：《常谈》，清光绪十六年刻本。

③ 赵尔巽等撰：《清史稿》（第12册），中华书局1977年版，卷一百九，第3175—3176页。

④ 赵尔巽等撰：《清史稿》（第12册），中华书局1977年版，卷一百九，第3177页。

陆棻《历朝赋格》、赵维烈《历代赋钞》等问世并刊印，其中最直接的原因便有科举试赋的推助。陆棻参加了康熙十八年博学鸿词试，后授编修，分纂《明史》，又命直南书房。可以说通过科举试赋给陆氏带来了直接的仕进之利，这必然对陆氏修撰此书有一定心理影响。因此当曹希文、戴贡九等人请托陆氏修撰赋集时，陆氏慨然应允。而且他们的请辞也正隐示了当时科举试赋对文人的激发，曹、戴等劝陆氏云："方今海额寓清谧，圣天子万几之暇，日与学士大夫解析六经，综贯诸史；《南风》之歌，《柏梁》之宴，多声玉振，集词赋之大成，猗与盛哉！先生落拓善病，亟赋《归田》，惟以讽咏自娱，曷若宣其所嗜，悦之同口，取累朝之赋汇为一书，澄其醨，啜其醇，采其华，厌其实，远之可以尚论古昔，近之可以鼓吹休明。先生岂无意乎？"①显然此不但迎合当时政治之形势，而且也能充分体现文人的自身价值。

王修玉《历朝赋楷序》对此次博学鸿词科及修撰赋集之因也交代甚明。其云：

> 至癸丑夏，溯淮泗，客大梁，又明年适齐鲁，登泰山，入阙里，驱驰莽苍之郊，翱翔都会之域。童时所习《芜城》《灵光》《西征》《登楼》诸赋，慨然有会于心。岁已未有司举廷试入都，时天子方诏臣工征博学宏词之士，亲试诗赋，命典石渠。玉虽不获躬预，而窃快睹其隆，既处京师久，闻朝廷之纪纲，瞻宫阙之壮丽，周视百司，城隍、府库、兵甲、苑囿之繁且富，诚有如《两都》《二京》之颂扬咏叹者。已而滇蜀荡平，闽粤底定，九州内外，绳行沙度之乡，梯岩航海之国，罔不贡琛献宝，詟慄来臣。天子告成功于郊庙，赐宴赍于瀛台。上倡《卷阿》之诗，下进《平淮》之雅。麒麟炳炳，已与三代同风。迨夫翠华东狩，宸藻覃敷，翰苑抡文，经史应制，天下益知天子以创兴古学为心，中外翕然，竞以文辞相应。②

① 陆棻：《历朝赋格序》，《四库全书存目丛书》第399册，影印清康熙二十五年刻本。

② 王修玉：《历朝赋楷序》，清康熙二十五年刻本。

甚至康熙本人也参与辞赋创作，在《历朝赋楷》中就收有御制赋多篇。如康熙二十三年（1684）二月康熙南巡，途中他以赋寓志，于兖州作《行殿读书赋》谓“文猎渭以求贤兮，武迈邦以问俗”，“爰省方而设教”。行抵江南，作《竹赋》以求贤喻志。至回跸曲阜祀孔子，乃作《阙里古桧赋》，亦意在圣道设教。在康熙多次南巡中，皆多御试书赋诗文。据《圣祖五幸江南录》载南巡中多召学官考试书赋诗文，对诗赋甚佳者多有升用之举。此期，康熙又命儒臣陈元龙等编修《历代赋汇》，康熙四十五年《历代赋汇》修成，康熙为其作序云：

> 赋者，六义之一也。风、雅、颂、兴、赋、比六者，而赋居兴、比之中，盖其敷陈事理，抒写物情，兴、比不得并焉，故赋之于诗，功尤为独多。由是以来，兴、比不能单行，而赋遂继诗之后，卓然自见于世。故曰：“赋者，古诗之流也。”班固又谓：“‘登高能赋，可以为大夫。’言感物造端，材智深美，可以与国政事，故可以为列大夫也。”是则赋之于诗具其一体，及其闳肆漫衍，与诗并行，而其事可通于用人。《书》曰：“敷奏以言。”夫敷奏者，有近乎赋之义，使尧舜而在今日，亦所不废，则岂非文章之可贵者哉。……而唐宋则用以取士，其时名臣伟人往往多出其中。迨及元，而始不列于科目。朕以其不可尽废也，间尝以是求天下之才，故命词臣考稽古昔，搜采缺逸，都为一集，亲加鉴定，令校刊焉，为叙其源流兴罢之故，以示天下，使凡为学者知朕意云。①

显然，考赋在清初便逐渐成为一种制度。特别是清代翰林院考赋，这对清代赋学之盛也产生了重要影响。此期出现众多的馆阁赋钞，如王家相、朱九三、法式善等人都编有《同馆赋钞》，另王家相、张之万等人亦都编有《同馆诗赋钞》等，另有魏茂林、蒋攸铦、程洵、孙钦昂等人编撰《同馆诗赋解题》《国朝同馆诗赋解题》《三十五科同馆诗赋解题》《同馆经赋钞》《同馆律

---

① 康熙：《御制历代赋汇序》，见陈元龙编：《历代赋汇》，《景印文渊阁四库全书》第 1419 册，第 1—2 页。

赋精萃》《本朝馆阁赋》《近九科同馆赋钞》等馆阁赋选。清代书院也出现了众多的“讲舍赋”“课士赋”等，其中昭示着清代科举与辞赋创作的密切关系。而清代翰詹考赋与学政试生员用赋，在极大程度上又影响了清代士人的辞赋创作和清代书院课赋的情况。翰林院在明清乃为“储相”之所，其地位显贵，士人也以入翰林为荣誉之至，故得进士功名者往往争趋若鹜。虽然一般常科的乡试、会试等以考察八股文为主，但以此获得进士身份后，要预翰林清贵之选，则必须要兼词章诗赋之才。因而书院在培养生员之时，也就有针对翰苑之选，预定了“取法乎上”的目标，颇有类于所谓“精英教育”的性质和特点。书院生员课试虽亦以八股文为主，考察“四书”“五经”之学，但却常兼以辞赋，这一方面与辞赋兼容经史的特征有关，如刘熙载就称“赋兼才学”（《艺概·赋概》）；另一方面与当时书院山长的学养与经历也密切相关。在清代无论是主办书院的地方学政，还是督、抚选任的书院山长，大多为翰林出身[①]，这也导致他们在选贤进能之途的生员课试中多以“才学”为取任，即直接以诗赋为考察手段。许结先生称：“据乾隆十年礼部定制，书院月课以八股文为主，兼及对偶声律之学，加上书院山长的出身及爱好，乾、嘉以后书院课生尝间及律赋，也是习以为常的。”[②]

而这些赋体考试中，以律体赋居多。那么清代科举与汉赋有何种关系呢？首先，馆课试赋并非仅以律赋为考察对象。从今存文献来看，清代翁心存《馆课赋钞》、林召棠《馆课赋钞》、翁长森《惜阴书院赋课择钞》、陈宸书《瀛州课草录存》、盛元珍《皋蘭课业经训约编》、胡敬《敬修堂词赋课钞》、陈沆《简学斋馆课赋存》、陈兆熙《金陵惜阴书舍赋钞》等多录清代书院课试赋作，或为编辑的取鉴今古的范本教材，其中既有古赋，也有律赋。如清代馆课试赋或习作中多有题名拟汉魏赋作者，陈兆熙《金陵惜阴书舍赋钞》

① 徐雁平：《清代东南书院与学术及文学》，安徽教育出版社2007年版。

② 许结：《论清代书院与辞赋创作》，《湖北大学学报（哲学社会科学版）》2009年第5期，第40页。

就录金和、张汝南、王述恩等人的《拟班婕妤捣素赋》①，《蘭山课业诗赋约编》则收录古赋、律赋、应制诗等。而“古赋”则多收汉魏赋作，如收司马相如《长门赋》、班固《两都赋》、陆士衡《文赋》等。显然这些作为课业讲习的教材是与清代馆课试赋的体例有关的，由此可以看出清代考赋不唯律赋一体。如清代龙启瑞《经德堂文集》别集上《考古牌示》便记载当时书院场屋考试对古赋的体例和做法要求，其云：“示谕考古生童人等知悉，本院阅尔等观风之赋，多未识体裁，今将易犯各病开列于左，场屋其自检之，毋违特示：既作古赋，不得用四六排调，用四六排调，便谓之律赋。律赋中不得用五七字句；五七字句乃六朝俳赋体，既作俳赋，通幅皆不得用四六联；作古赋，末段可用‘歌曰’‘乱曰’，律赋则断不可用。”②由此可见清代翰詹或书院课试亦不乏古赋。

其次，馆课试赋与清代主张经世致用的实学主张是一致的。所谓经世致用的才能和经验主要来源于历代经史典籍的经验记录和传承，因此历代考试又重对经义的阐发。“经义”与文辞的关系十分密切，从表面来看，似乎二者互殊，以致宋代以来考试或取经义或取词章，互相绞搏争论。那么赋与“经义”有何关系呢？何以清人要一面尊崇汉赋，又一面宣倡唐律呢？他们这种古律互取的结合点和旨归在何处呢？要阐释清楚清代科举考试与辞赋的关系，以及二者与清代学术的关系，我们就必须一一弄清楚上面的问题。

诚如刘熙载所谓“赋兼才学”，赋作为最兼具“才学”的一种文体，它充分展现了亦“学”（儒林）亦“文”（词章）的综合性质，因此它在科举中也最能发挥其平衡经史的综合性考察作用。隋唐以来的科举考试，不外经史、文词两端，既如宋代就或考经义，或考诗赋。既然“赋兼才学”，赋是

① 陈兆熙辑：《金陵惜阴书舍赋钞》，同治癸酉刊本。

② 龙启瑞：《经德堂文集》别集上，清光绪四年龙继栋京师刻本，见《续修四库全书》，上海古籍出版社2002年版，第646—647页。

肯定熔铸经史的，这也是其淹贯博学的文体特征所致，但何以在科举考试中又会产生经义与词章相对的争论呢？这恐怕就是唐宋主要以律赋之体考察士子，而清代也基本上以律赋为主。律赋太过于讲究和强调形式技巧和语言华美，因而尽管从赋题、限韵题旨等来看是要归本于经义探寻或阐释，但却在短暂的考试中人们往往更多关注音律声韵技巧，而忽视了经义内容的阐发，这可能导致人们对考试律赋产生在经义与文辞上很难融合，甚至互离互斥的印象。元代有鉴于唐宋律赋考试的利弊，而以古赋为考察对象，在一定程度上可以说弥合了经义与文辞的互弃。

考试古赋是否对“才学”的考察更具有帮助呢？这也正是我们要探讨的清代科举与汉赋的关系。以汉赋来看，汉赋对经史的熔铸可谓典范。汉赋产生的时代正是中国儒家经典和经义阐发的隆盛之际。赋作为“六诗”“六义”之一，汉赋引《诗》、用《诗》亦多，故赋与经义实又有不解之缘。《册府元龟·文章》云：“《易》曰：‘观乎人文，以化成天下。’仲尼曰：‘言之不文，行之不远。’盖斯文之作，其来尚矣。经艺之设，本于儒术；辞赋之起，原乎‘六艺’；骚人之后，风流弥劭。”① 而许结先生等以此认为其“原古论事，将经艺与辞赋统归‘文’之传统”②。据其考证，“汉赋采用经义，极为广泛，其中尤以《诗》《礼》为重。”③ 依据《全汉赋》统计，其中用“六经”名 13 次，用《诗》名 10 次，用《国风》188 次，用《雅》191 次，用《颂》37 次，计用《诗》440 次，其中西汉 96 次，东汉 344 次④。

就理论上讲，从班固《两都赋序》所谓“赋者，古诗之流”说始，“赋”与“经”（《诗经》）实际上已经产生了密不可分的关系，至扬雄赋论“诗人之赋”和“辞人之赋”实际上也内含了“赋”体包诸经史、文辞之意。清人

① 《册府元龟》，中华书局 1960 年版，第 11 册，第 9925 页。

② 许结、王思豪：《汉赋用〈诗〉的文学传统》，《中国社会科学》2011 年第 4 期，第 191 页。

③ 许结、王思豪：《汉赋用〈诗〉的文学传统》，《中国社会科学》2011 年第 4 期，第 192 页。

④ 参许结、王思豪《汉赋用〈诗〉的文学传统》一文的统计，第 192—193 页。

黄承吉《梦陔堂文说》论六经与文辞的关系云："如《易》、《书》、《诗》、《礼》、《春秋》即文辞也，惟达不一达，故体不一体。后世文辞不得不流为各体，虽与经异，而皆经之余绪。"[①] 显然在中国文学传统中"赋"应为"文辞"的主要形态，也可以说"文辞"即代指"赋"。那么文辞与六经的关系实际上也可以说是赋与六经的关系。"经"与"史"的关系也是十分密切的，《经》及《传》等作为时代思想的传本，正是这些所经历时代的历史写照，反映了这些时代的具事和思想演进史。正如清代章学诚论"六经皆史"。同样周代太师以"六诗"以教国子，其"六诗"的作用正是后代史所承载的意义，而赋虽为后代勃兴的一种文辞，但"赋"却兼有"六诗"之义，或者说衍承了"六义"的主要功能。因而"赋"所内涉的经史意义也是赋作为文体本身也应传承的传统。

清人盛元珍在《兰山课业诗赋约编》序中对诗赋与科举之关系有一段较好的论述，兹引如下：

谈诗赋于今日，似于科举之学，为迂远不急之务，而不知非也。诗赋者，经义之源流也。自唐朝以诗赋取士三百年，惟进士科得人为盛，沿及五代，迨宋之熙宁，相承其制，又百数十年；自王安石为相，矫世拂俗，罢诗赋而独尚经义，于是学者空疏熟烂，竟可不读书，以白徒而弋取科名，实自兹始。迨其晚年，安石亦悔之，曰本欲变学究为秀才，孰知变秀才为学究，此其效也。南渡后，绍述既败，复用诗赋，二科兼行，然安石之经义，只如论说之体，非今体也。当时病之者，以为无声律对偶，考校难精。至明氏肇兴，太祖与刘诚意商榷，采唐人诗赋之格律入于宋人经义中，两者合一，定为今体。其所云八股者，盖即律赋之限八韵，每韵十数句一转，故明时经义，篇幅长短，与唐时律赋相类，或用六排者，共得十二比，犹试帖之六韵十二句也。是今日之经义，原本律诗律赋而为之，

① 黄承吉：《梦陔堂文说》，清道光二十一年江都黄氏刻本，页三八。

故其体相近。至于古文中，如徐、庾、王、杨之四六，韩、柳、欧、苏之散行，虽探源必及，而无有规程，斯其体不侔矣。

中丞公振兴文教，虑学者习之而不知其由。爰于经史古文外，复命定是编，以付诸梓。若夫律之必先以古，乃学问根柢所在，犹时文精蕴，必出于古文耳。更有论者，声律对偶之学，始自南朝沈隐侯，其言曰:“夫五色相宣，八音协畅，欲使宫羽相变，低昂舛节。若前有浮声则后须切响，一简之内，音韵尽殊；两句之中，轻重悉异。妙达此旨，始可言文。”夫隐侯之言，似乎卑之无甚高论，然观唐虞教胄，后夔典乐，诗言志，歌永言，声依永，律和声，古圣王以此为先务，而夫子雅言之教，兴立之由，咸以诗称首。是岂沾沾于文章小技？盖所以和其心声也。今之作经义者，往往疏阔佚宕，音节乖违，不满人耳。则诗赋实乃对证之药，而岂迂远不急之云哉！且夫西秦者，又天地之神皋奥区，而古来词赋之渊薮也。在周则《二南》《江汉》《七月》《豳风》，在秦则《终南》《條枚》《蒹葭》《秋水》，在汉则《上林》《西京》《长杨》《羽猎》，在唐则曲江、华清、秦州、同谷，以至玉门阳关、安西北庭、流沙弱水之外，皆见于辞人之赋咏，是风雅之道莫盛于秦也。自宋以后斯事衰熄，殆数百年，今得斯编，家弦户诵，将见英才杰士，沉潜濯沐，摛藻扬芳，可以黼黻休明，润色鸿业，待诏于承明著作之庭，又岂独有裨于经义而已。刻既竣，爰书以弁其端，至于历代作者之清规，众制锋起之殊异，各有绪论，不复赘云。

时辛酉上巳吴门盛元珍谨识

显然，盛元珍首先强调了赋与经义的关系，认为“诗赋者，经义之源流也”；其次，他认为赋与科举考试有着非常重要的关系，而且为科举之急务，其并以王安石革除诗赋而单取经义之弊为例说，认为科举考试虽取经义，然“今之作经义者，往往疏阔佚宕，音节乖违，不满人耳。则诗赋实乃对证之药，而岂迂远不急之云哉!”故实赋可以纠正当下科举对经义偏重所造成的文统失衡。当然，这种平衡也正是赋本身所具有的兼承经史、文辞之义才能达到中和效果。再次，盛元珍认为：“今日之经义，原本律诗律赋而为之，故其体相近。”既然今之“经义”与律赋相近，何以又称今之作经义者往往“音节乖违”呢？显然他认为“经义”存在与“古文”和唐代律赋本旨背离的情况，它们只取其体近，而缺乏对古赋的借鉴。因此他主张：“若夫律之必先以古，乃学问根柢所在，犹时文精蕴，必出于古文耳。”这也正是清代虽考察律赋为主，但却同时在翰苑或书院等课试中不乏对古赋之体的考察，这必然促成人们对汉魏赋作及楚骚等的借鉴学习。因之在《兰山课业诗赋约编》也大量编选了汉赋作品。最后，盛元珍同时也强调了八股制艺的本意是要归并经义与文辞（声律），使其达到完美的统一。虽然就明清两代的八股文实践来看，情况并不如此，但却说明八股文本来就提倡经义与辞赋的结合。

当然，清人对汉赋的崇尚，可能并不缘于汉赋本身对经义的兼容，而可能是汉赋对经史、词章的妙融神会，而又无觉其间。在清代赋论中表现出来的对汉赋的推崇虽有时代文学发展的大势所趋，但同样也有着各自具体的立场。清代赋论中崇尚汉赋主要一方面是受元明以来“祖骚宗汉”思想观念的影响；另一方面也因政治的原因，清代作为当时统一的帝国王朝，文人对汉代强盛帝国的景仰，也渴慕用汉赋那种“体国经野，义尚光大”来展现时代新篇。这也使他们对典礼赋、瑞象赋、军功赋、临幸赋等题材更加关注，从而在清人馆阁习作中也呈现出大量的拟汉魏赋作的情况。

第二节　清代科举与学术

清代科举考试也分为常科和制科等，制科始于两汉（据《通典》卷一三《选举一》及《文献通考·选举考六》，皆称始于汉惠、文帝时）。清代制科包括博学鸿词、经济特科、孝廉方正、经学、召试等[①]。而常科则为乡试、会试等进士科考试，其主要便是对八股文的考察。八股文又称时文或今文。清陆棻云："古赋之名始乎唐，所以别乎律也，犹之今人，以八股制义为时文，以传记词赋为古文也。"[②]八股文主要考察经义，与经史及学术关系当极为密切。在乡、会试考试中，"考试题目，明初以经义试士，太祖洪武至英宗天顺约百年间，其时经义之文，不过敷衍传注，或散或偶，初无定式。宪宗成化以后，经义文始定用八股。而二三场兼用论、表、诏、诰、判、策，实并参前代礼闱考试之法以成。至清沿明制，仍用八股文，谓之制义，亦曰制艺、时艺、时文，简称为四书文经文，行之乃至数百年。"[③]由于赋与"六义"及《诗》之密切关系，而且赋又常引经用史，显然经史文化传承与载道成为八股文与辞赋之间的联系。

清代沿袭隋唐科举考试制度，科举考试内容仍主要为诗赋和时文。如果诚如陆氏所云清人以辞赋为古文，而以八股文为时文，显然二者只是在不同时代对某种文体的不同名称或称呼，如汉唐异代，唐称考试限韵的赋为律赋，其名虽异，但实仍为赋体，与古赋的差别只是重在限韵考律，但同样强调"载道"与经义传承。"八股文"虽重经义考察，特别是明初试八股文，基本上"不过敷衍传注，或散或偶"[④]，然至清代八股文亦十分讲究，与律赋的限韵考律几无差别。唐以赋取士以来实亦兼重文才与经义，而且二者往往又不能偏胜。从科举制度史的考察来看，无论是唐代的试诗赋或加试杂文，还是宋代或试诗赋或试经义，或加试论、策等，还是明清改古律赋而试八股文，实际上都是欲图平衡科举考察中对文学之才与经史学术才能的双重考察，以期能够选用富赡才情而又能经世致用之才。由此来看以诗赋试士和

① 参商衍鎏:《清代科举考试述录及有关著作》，百花文艺出版社 2003 年版，第 172—178 页。

② 陆棻:《历朝赋格·凡例十三则》。按：陆氏古赋之名始乎唐之说有误，古赋之名实肇自齐梁，参前文所辨。

③ 商衍鎏:《清代科举考试述录及有关著作》，第 73、78 页。

④ 商衍鎏:《清代科举考试述录及有关著作》，第 73 页。

以八股文(时文）试士并无本质的差异，因此二者必然有可联系的同质内因。时文（八股文）与律赋都是严格对体例进行了规范和要求，对它们所应反映的士子才能方面的要求也应是一致的。这种要求就是“才”和“学”的反映，或者统治者要求更能切实地展现他们致用的才能，甚至便通过加考策、论、表或奏疏等文体。

当然，对“经义”的考察，更应重视经史典籍和古代学术文化。而诗赋如果单从表现情志，显然不必引经据典，似与“经义”阐述确乎相去较远，然而诗赋作为“六诗”之一，除开本身的经史表述阐述传统，另外赋兼“六义”，更具讽谏与雅、颂的功义，因此引古引诗引史乃为赋体的表现常态，正如那些具有讽谏性质的咏史诗一样，正是因为有引史据经的“咏史”文法，才使作者的感怀具有以史为鉴的讽谏特征。这也体现了中国传统儒家“诗教”的作用。按“诗教”的“兴、观、群、怨”之说来看，赋成为最能恰当地体现“诗教”功义的文学文体，而且相较于诗，赋又有着更大更丰富的经史承载量和阐发经义内涵的空间，因而刘熙载称“赋兼才学”。所谓“才”重在强调文学才能和才情，而“学”则重在学术、学问。学术与经史的关系至为密切，学术就是对经史阐释的系统与方法论，因此古代这套儒家学术又常被称之为“经学”。

既然“经义”阐释成为科举试士（以诗赋取士，或以八股文取士）的共同联系之一，那么辞赋与经义有着密切关系是肯定无疑的，这从前述汉赋对六经的传承和引述亦可得到证明。另一方面，回溯到前面一节中的另一个问题，即何以清人要一面尊崇汉赋，又一面宣倡唐律呢？显然清代除开常科中乡、会试考用时文(八股文）外，偶尔也有加考律诗等，其他制科以及翰苑、书院等考试多兼用诗赋。而且八股文的写作也与辞赋技巧有关，因此日本汉学家铃木虎雄《赋史大要》称明清“八股文”为“八股赋”①，由此可见清代时文与赋体之间的关系也至为密切。

① ［日］铃木虎雄：《赋史大要》，殷石臞译，正中书局 1942 年版。

清代科举八股文对学术文化传承的重要性可以从《清史稿》载乾隆三年礼部复舒赫德的奏议中的一段话得到一些启发。《清史稿·选举志》载礼部复奏云：

取士之法，三代以上出于学，汉以后出于郡县吏，魏、晋以后出于九品中正，隋、唐至今，出于科举。科举之法不同，自明至今，皆出于时艺。科举之弊，诗、赋只尚浮华，而全无实用。明经徒事记诵，而文义不通。唐赵匡所谓"习非所用，用非所习"是也。时艺之弊，今该侍郎所陈奏是也。圣人不能使立法之无弊，在因时而补救之。苏轼有言："得人之道，在于知人。知人之道，在于责实。"能责实，虽由今之道，而振作鼓舞，人才自可奋兴。若惟务徇名，虽高言复古，法立弊生，于造士终无所益。今谓时文、经义及表、判、策论皆空言剿袭而无用者，此正不责实之过。凡宣之于口，笔之于书，皆空言也，何独今之时艺为然？时艺所论，皆孔、孟之绪言，精微之奥旨。参之经史子集，以发其光华；范之规矩准绳，以密其法律。虽曰小技，而文武干济、英伟特达之才，未尝不出乎其中。不思力挽末流之失，而转咎作法之凉，不已过乎？即经义、表、判、论、策，苟求其实，亦岂易副？经文虽与四书并重，积习相沿，士子不专心学习。若著为令甲，非工不录。表、判、论、策，皆加复核。必淹洽词章、通晓律令，而后可为表、判。有论古之识，断制之才，通达古今，明习时务，而后可为论、策。何一不可见之施为，切于实用？必变今之法，行古之制，将治宫室、养游士，百里之内，置官立师，讼狱听于是，军旅谋于是。又将简不率教者，屏之远方，终身不齿。毋乃纷扰而不可行？况人心不古，上以实求，下以名应。兴孝则有割股、庐墓以邀名者矣，兴廉则有恶衣菲食、敝车羸马以饰节者矣。相率为伪，借虚名以干进取。及莅官后，尽反所为，至庸人之不若。此尤近日所举孝廉方正中所可指数，又何益乎？司文衡职课士者，诚能仰体谕旨，循名责实，力除积习，杜绝侥幸，文风日盛，真才自出，无事更张定制为也。[①]

礼部议奏重在循名责实，其中对八股与诗赋及学术的关系颇有发明。无论考试诗赋，还是八股文等，其中难免都存在一些弊端。当然完全批评“科举之弊，诗、赋只尚浮华，而全无实用。明经徒事记诵，而文义不通”，恐怕也不完全允当。如评论这些体例空言无当就属非循名责实，如礼部驳议云：“今谓时文、经义及表、判、策论皆空言剿袭而无用者，此正不责实之过。凡宣之于口，笔之于书，皆空言也，何独今之时艺为然?”科举时文与辞赋中的经义阐述，虽然与专门之经学著作的研究可能存在差距，但通过科举考试的途径却使“经义”和专门的“学问”被广大士人所接受和传播，这可以说应是学术传播的最主要途径。因此礼部议云：“时艺所论，皆孔、孟之绪言，精微之奥旨。参之经史子集，以发其光华；范之规矩准绳，以密其法律。虽曰小技，而文武干济、英伟特达之才，未尝不出乎其中。”这与康熙在《历代赋汇序》中评赋“唐宋则用以取士，其时名臣伟人往往多出其中”的价值理据完全相同。而且辞赋文才与经义阐述之间的关系也十分微妙，正如礼部议云：“必淹洽词章、通晓律令，而后可为表、判。有论古之识，断制之才，通达古今，明习时务，而后可为论、策。何一不可见之施为，切于实用?”显然古学经义与辞赋的文章才华相结合，也正是“赋”所兼承的“才学”功能。由此出发，科举考试中虽以律赋、八股文为主，但却并不能摆脱汉赋的影响。这在一些书院、翰苑考试的拟古题中已可见一斑。当然，随着清代赋学发展中，律赋所表现出来的对古学经义以及言志载道的局限，人们又不时提倡崇法汉赋也就极其自然。

八股文中对孔、孟之言或经义的考察，略以清代乡、会试科举考题为例。

据载顺治二年颁科场条例，其制第一场试时文七篇：四书三题，五经每

① 《清史稿》卷一百八《选举三》，第3150页。

经出四题。士子认习某经即作本经之四题，故合成七艺。第二场试论一篇，题用《孝经》，康熙二十九年兼用《性理》《太极图说》《通书》《西铭》《正蒙》，五十七年专用《性理》，雍正初仍照旧专用《孝经》。判五道，诏、诰、表择作一道。第三场试经史时务策五道[①]。

清代与明代一样，虽乡会试多为三场并试，但多取首场为重。《清史稿》载："名为三场并试，实则首场为重，首场又四书艺为重"[②]。如咸丰元年（1851）辛亥恩科湖南乡试题首场即为"四书"题：

天下有道，则政不在大夫；天下有道，则庶人不议。

今天下车同轨，书同文，行同伦。

万钟则不辨礼仪而受之，万钟于我何加焉。

赋得"湖光尽处天容阔"得"天"字五言八韵。

该科当时的正主考官是翰林院编修、国史馆总纂、道光庚子科进士吴保泰，副主考是工部铅子库主事、则例馆提调、道光乙未科进士乔松年，担任阅卷具体工作的同考官共计9名。该科录取举人62名，解元为邵阳县学廪生何泽洪。另取副榜9名[③]。从所命题目来看，第一题是出自《论语·季氏》。第二题出自《中庸》。第三题出自《孟子·告子》。从八股文的命题类型来看，这三个题目都属于乡会试命题中常用的大题，而且基本上都是单句题，这种考题的意思相对完整，比较容易把握主旨。

由于科举对四书五经的重视，这对清代经学研究和传播都带来了重要影响，这一时期出现了众多的经学大师、经学著作及经学学派。如顾炎武、阎若璩、惠栋、江声、王鸣盛、钱大昕、戴震、张惠言、段玉裁、王念孙、王引之、章太炎、魏源、庄存与、刘逢禄、龚自珍、康有为等一大批经学家，

① 商衍鎏：《清代科举考试述录及有关著作》，第78页。

② 赵尔巽等撰：《清史稿》卷一百八，中华书局1977年版，第3149页。

③ 参李兵、许静：《论清代科举考试内容对书院教学的影响》，《湖南大学学报（社会科学版）》2008年第5期，第23页。

如清代朴学中的乾嘉学派，其中就有皖派和吴派等学派代表。因此，可以说科举试文试赋对经义和“才学”的考察，在一程度上影响了清代经学研究成为一个集大成的时代。

由于清代科举为辞赋所预置的空间，也使清代对《文选》的传播成为一时之隆。魏伦喆云：“国朝戴褧文坛异帜，赋稿数十篇，全用书经成语，水之澜，精熟《文选》理，赋从《文选》一部醞酿出来，醰醰有味，不徒取其糟粕。”[①] 乾隆三十七年叶树藩亦云：“《文选》之学盛于唐宋。少陵曰：‘熟精文选理。’放翁曰：‘《文选》烂，秀才半。’杜、陆二家之言可证也。我朝稽古右文，人材蔚起，谈艺家综撢群籍，经史之外，辄奉是书为词坛圭臬，譬犹求夜光者必于元圃也。故兹刻评注圈点务蕲赅备，庶初学者易于领略。”[②] 乾隆三十一年闻人倓云：“至用古人诗赋见《文选》者，但举篇名，不书其人，以《文选》人人所习也。”[③] 正如付琼所说：“总之，清代科举在以经义为中心的总体框架下为诗赋的考试留下了一定的空间，从而推动了《文选》的接受。随着诗赋考试的内容由制科走进常科，《文选》在清代的接受也由短暂的复兴走向持久的兴盛。通过考察《文选》在清代的刊刻和流行，可以进一步加深对这一现象的理解。”[④] 仅据范志新《文选版刻年表》统计，其中便收清代《文选》版本 80 余种[⑤]，此足见清代《文选》传播与接受之盛状。

当然，明清以来由于八股取士同样存在诸多弊端。同时由于八股文体式过严，对于才学一般的士子很难达到熔经铸史及言志抒情，清彭蕴章云：

---

① 魏伦喆：《审题十五则》，《汉魏六朝赋摘艳谱说》卷四，光绪辛巳瀛山书院刊本。

② 叶树藩：《重刻文选凡例》，见萧统编：《文选》，江西省图书馆藏江右文彬堂刻叶树藩海录轩朱墨套印本。

③ 闻人倓：《古诗笺发凡》，王士禛编，闻人倓笺：《古诗笺》，北京师范大学藏乾隆三十一年芷兰堂刻本。

④ 付琼：《清代科举与〈文选〉接受》，《求是学刊》2009 年第 6 期，第 105 页。

⑤ 另据付琼《〈文选版刻年表〉补正》（《兰州学刊》2008 年第 10 期）一文增补 13 种，共计清代《文选》版本 93 种。

“前明以制艺取士，立法最严。题解偶失，文偶疏，辄置劣等，降为青衣社生。故为诸生者，无不沉溺于四书注解及先辈制艺，白首而不暇他务。”[①]这样也很难发挥士子才情，故人称：“磨难天下才人，无如八股一道。”[②]因而在清代便有人大胆提出改革的吁请，如乾隆三年兵部侍郎舒赫德就以时文经策空疏，就请议改革考试之法。其言：“科举之制，凭文而取，按格而官，已非良法。况积弊日深，侥幸日众。古人询事考言，其所言者，即其居官所当为之职事也。时文徒空言，不适于用，墨卷房行，辗转抄袭，肤词诡说，蔓衍支离，苟可以取科第而止。士子各占一经，每经拟题，多者百余，少者数十。古人毕生治之而不足，今则数月为之而有余。表、判可预拟而得，答策随题敷衍，无所发明。实不足以得人。应将考试条款改移更张，别思所以遴拔真才实学之道。”[③]不过，礼部覆议，终未罢八股取士。

礼部议八股取士问题，实际也涉及清代学人对古、律赋体以及今古文的认识等问题，其中又关乎学术理论和视野探讨，十分繁杂，兹不便一一辨析。科举与文教的关系十分密切，清代赋学研究中所涉及古、律问题也与清代科举及其文教制度有关，也与清代学术思想有关。但是综观清代学术及其文教的发展，它们虽然呈现出疑古变革的时代倾向，但却在历史视野和科学精神的影响下，又表现出“复古”的精神。清代皮锡瑞认为“经学至明为极衰时代”，“剥极生复，贞下起元”，至清代，则“经学昌明，乃再盛而骎骎复古”（《经学历史》）。稍后蕺山之学“亦欲兼采朱王”，并趋向于“复古”与“避虚归实”[④]。清代文坛亦以“经学”“古学”为号召，并以此作为诗古文复兴的条件。清初赋论也在这一语境中，表现出“赋”与“经学”的密切关系。如陆棻云：

---

① 彭蕴章：《归朴龛丛稿》卷十《又书何天复集后》，同治刊本。
② 伍涵芬：《读书乐趣》卷六，康熙刊本。
③ 赵尔巽等撰：《清史稿》卷一百八，中华书局 1977 年版，第 3150 页。
④ 钱穆：《中国近三百年学术史》，商务印书馆 1997 年版。

凡工于赋者，学贵乎博，才贵乎通，运笔贵乎灵，选词贵乎粹。……兼此四善而畅然之气融会于始终，秩然之法调御于表里，然必贯之以人事，合之以时宜，渊闳恺恻一以风雅为宗，而其旨则衷于“六经”之正。

具体在以赋取士的考察手段而言，我们就可以看出，统治者既要用一种革新的文体（时文）来彰显时代的新精神，但同样依旧采用传统的科举方法和文体来考察学人，从康熙到一般的词臣文人，如康熙认为唐宋以赋取士，名臣伟人多出其间。王修玉亦称：“昔汉武宣之朝，得人最广，赋亦最工。”（《历朝赋楷序》）而且王修玉以当时天子试赋比同汉代武、宣之世的考赋献文，认为古学创兴，“与三代同风”。王修玉称其父（先子）曾告诫其当重古学，他日当有大用，其云：

忆玉为儿童时，先子手订《文选》诸赋，授玉诵习，玉不敏，苦其繁衍难通，且方学制举义，时读时置，勿克卒业。先子曰：“小子勖之，自神庙之末，诗文失其正传，数世之后，必有稽古右文之君，闳博魁垒之臣，讲求古学，润色鸿猷者。设遇其时，而不能黼黻休明，曷以赞国典而光家乘。小子勖之。”玉谨受教，稍稍习之成涌。自后为诸生三十年，浮沉经史中，诗古文学，虽不敢废，究之帖括之功多，词赋之力少。缅怀长卿子云诸人，辄爽然自失。①

其时王修玉、赵维烈、沈德潜等赋论基本上持“复古”之论。至于乾嘉之时，汉学流行，小学亦被视为经学之津筏。从扬雄赋论所谓辞赋乃“雕虫篆刻”已寓其“小学”的内涵，至清代学者章太炎《国故论衡·辨诗》亦谓“小学亡而赋不作”②。阮元则云：“古人古文小学与词赋同源，汉之相如、子云，无不深通古文雅训。”③（《扬州隋文选楼记》）其《西湖诂经精舍记》云：

① 王修玉：《历朝赋楷序》，见《历朝赋楷》，康熙二十五年刻本。

② 章太炎：《国故论衡》，上海古籍出版社 2003 年版，第 92 页。

③ 阮元：《揅经室集》二集卷二，四部丛刊景清道光本。

“诗人之志，登高能赋。汉之相如、子云，文雄百代者，亦由《凡将》《方言》，贯通经诂。然则舍经而文，其文无质，舍诂求经，其经不实，为文者尚不可昧经诂，况圣贤之道乎？”①

清代汉宋学术论争，在一方面又反过来推动了科举考试中对八股文及辞赋的古律问题的思考。清代八股文称时文，其意在谓“今文”，自然与“古文”相对，而律赋亦与古赋相对，即在科举考试中八股文和辞赋都面临着古、律问题的争论。由于清代科举考试中有对律赋的考察，清代律赋理论涉及作赋技巧尤多。清代赋论中的古律之争，实际上以“复古”为基础，而不过以“倡律”为补偏，因此对律赋的提倡，主要重在赋作技巧、程法的探讨和易学方面。清盛元珍《兰山课业诗赋约编序》称八股文“是今日之经义，原本律诗律赋而为之，故其体相近。至于古文中，如徐、庾、王、杨之四六，韩、柳、欧、苏之散行，虽探源必及，而无有规程，斯其体不侔矣”②。显然就指出了八股文中存在古律的问题，而且古文又较今体（或律体）有特别之处，自当融鉴，故盛元珍谓：“若夫律之必先以古，乃学问根柢所在，犹时文精蕴，必出于古文耳。”③

古、律的互融与补偏救弊在本质上与清代汉宋学术之争相同。在清代道咸时期，经学与文学结合愈为密切，《清儒学案》云：“道咸以来，儒者多知义理、考据二者不可偏废，于是兼综汉宋者不乏其人。”④这种学术思想的兼综实际也是对宋学义理空疏的补救，同时又对汉学肤乏，缺乏理论的深辟透析有所校弊。清代岭南大儒陈澧（1810—1882）主汉宋调和云：“若讲宋学而不讲汉学，则有如前明之空陋矣。若讲汉学而不讲宋学，则有如乾嘉以来之肤浅矣。况汉宋各有独到之处，欲偏废之，而势有不能者。

① 阮元：《揅经室集》二集卷七，四部丛刊景清道光本。
② 盛元珍：《兰山课业诗赋约编序》，清乾隆刻本。
③ 盛元珍：《兰山课业诗赋约编序》，清乾隆刻本。
④ 徐世昌：《清儒学案》卷一八〇《心巢学案》，中国书店 1990 年版。

故余说郑学，则发明汉学之善。说朱学则发明宋学之善。道并行而不相悖也。”①

从清代赋论来看，与清代学术思潮大致相趋的“复古”与“重律”也表现出极其复杂的互鉴与偏胜之争。俞士玲认为：“辞赋在清代似乎具有两重性：一方面，作为岁、科两试的兼试科目，使士人不得不学赋、作赋；一方面，作为八股取士的纠偏形式，在士子心目中，特别是在无需八股仕进的士人心中，辞赋并非像八股绳墨那样庸腐，相反擅长辞赋是一种渊雅风流，这从另一方面促进了非功利或功利性较少的辞赋创作。两者无疑促成了清赋的多样化。”② 清赋的多样化明显表现在古赋和律赋兼取。

清赋的多样化，还表现在清代文体，包括经义文的赋体化倾向。这从日本铃木虎雄称“八股文”为“八股赋”，可见当时经义文与赋之间的密切关系。清代大多数文类都采用赋体化的表现手法，清代姚鼐《古文辞类纂》、王先谦《续古文辞类纂》等便将一些论说文视为辞赋，如姚鼐《古文辞类纂》将《淳于髡说齐威王》、宋玉《对楚王问》《楚人以弋说楚王》《庄辛说襄王》、汉武帝刘彻《瓠子歌》、东方朔《答客难》《非有先生论》、司马相如《难蜀父老》《封禅文》、扬雄《解嘲》《解难》《反离骚》、刘伯伦《酒德颂》、韩愈《讼风伯》《进学解》《送穷文》《释言》等皆归之入赋类③，其时箴铭赞颂等体基本上都有辞赋化的表达倾向。曾国藩《经史百家杂钞》卷一录“词赋”类，就收录了《诗经》中部分长篇近赋的古诗，如《七月》《节南山》《閟宫》《敬之》《宾之初筵》《小毖》等，同样将屈、宋所作楚辞、《左传·虞箴》、李斯《泰山刻石》《之罘刻石》等、东方朔《答客难》、扬雄《解嘲》、司马相如《封禅文》、刘伶《酒德颂》等归入“词赋”类，甚至将大量的碑、铭、颂、箴、赞、述等及《汉书》之《安世房中歌》《郊祀歌》《叙

① 杨寿昌：《陈兰甫先生遗稿》，《岭南学报》第2卷第3期，1932年6月。
② 俞士玲：《论清代科举中辞赋的地位与作用》，《学术月刊》2000年第3期，第78页。
③ 姚鼐：《古文辞类纂》，吉林人民出版社1998年版。

传》、柳宗元《平淮夷雅》等亦归入“词赋”类[①]。这与清代文学将文体辞赋化有密切关系。

就经义的考察来看，无论是八股文也好，还是律赋也好，无非是追求对古文经义的理解，并期从这种阐发和理解中寻求士人的经世致用的才智和卓见，因此“才学”的表达才是诸种文体本质的体现。

从文体本身考察来看，“赋”确实最能体现“才学”，考察士人的文才情志和经史之学。另外，从思想根源上来看，则显然在于士人对于传统儒学的认同和传承，使他们具有经世的实用观，但同时又具有“复古”的精神企尚。表现在清代学术思潮中，则是清代学人在对汉唐宋等学术的总结中，他们用更理性和历史的视野来审视，开始渐渐从宋儒的说经迷雾中冲决出来，但是对那些传统儒学中争执尚久的问题，他们希望探本溯源，回寻古代，希望从遥远的过去寻找到思想的依据。因为在他们看来，汉代去古未远，遗说尚存，或许通过对汉儒经说的爬梳，可以寻求到古代经籍的本来面目，这使他们从反宋走向复汉，这成为清代学术思想的一种趋势。这也为清代“祖骚宗汉”提供了理论空间和话语场域。

① 曾国藩:《曾文正公全集》,《经史百家杂钞》，大达图书馆供应社刊行。

参考文献

专著及古籍：

B

《北堂书钞》，虞世南，中国书店1989年影印孔广陶校本。

C

《茶余客话》，阮葵生，清光绪十四年本。

《辞赋通论》，叶幼明，湖南教育出版社1991年版。

《重订文选集评》，于光华编，卷二《长杨赋》评，同治七年（1868）刻本。

《楚辞补注》，洪兴祖，中华书局1983年版。

《楚辞集注》，朱熹，上海古籍出版社2001年版。

《楚辞章句》，王逸，《四库全书》本。

《春秋左传正义》，杜预注，清嘉庆二十年南昌府学重刊宋本十三经注疏本。

D

《戴震集》，戴震，上海古籍出版社2009年版。

《东湖草堂赋钞》，程祥栋，清同治丁卯刻本。

《读风偶识》，崔述，清崔东壁遗书本。

《读赋卮言》，王芑孙，《国朝名人著述丛编》本。

《读诗私记》，李先芳，《景印文渊阁四库全书》第79册，台湾商务印书馆1983年版。

E

《二程遗书》，程颢、程颐，清文渊阁四库全书本。

F

《法言义疏》，汪荣宝，中华书局 1987 年版。

《方苞集》，方苞撰，刘季高校点，上海古籍出版社 1983 年版。

《分类赋学》三十卷，张维城，清道光三十年刊本（原刊题作《赋学鸡跖集》）。

《赋钞笺略》，雷琳，清乾隆三十一年（1766）刻本。

《赋法总论》，李大猷，清乾隆二十四年（1759）刊本。

《赋话》，李调元，《丛书集成初编》本，民国二十五年商务印书馆发行。

《赋话广聚》，王冠辑，北京图书馆出版社 2006 年版。

《赋话六种》，何沛雄，香港万有图书公司 1975 年版。

《赋汇题注》八卷，王晓岩，清光绪庚辰刊本。

《赋汇录要笺略》，沈德潜辑，汲古斋藏板，见南京图书馆藏。

《赋史》，马积高，上海古籍出版社 1987 年版。

《赋体文学的文化阐释》，许结，中华书局 2005 年版。

《复小斋赋话》，浦铣，《槜李遗书》本。

《赋学讲演录》，许结讲述，潘务正记录，北京大学出版社 2009 年版。

《赋学正鹄集释》，清光绪十一年文昌书局校刊本。

《赋学指南》，余丙照，清道光二十三年（1843）刊本。

《赋苑卮言》二卷，孙奎，清嘉庆刊本。

《赋则》四卷，鲍桂星，清道光二年（1822）刊本。

G

《古赋辩体》，祝尧辑，《文渊阁景印四库全书》第 1366 册。

《古赋杂录》，清钞本。

《古赋识小录》八卷，王芑孙，清嘉庆二十二年（1817）刊本。

《古小赋钞》，郑抡才，清嘉庆十七年刊本。

《古文辞类纂》，姚鼐编，徐树诤集评，吉林人民出版社 1998 年版。

《国朝文录》，姚椿，清咸丰元年（1851）华亭张氏终南山馆校刊本。

《国故论衡》，章太炎，《章氏丛书》本，浙江图书馆藏。

《国语集解》，徐元诰，中华书局 2002 年版。

H

《汉代辞赋研究》，孙晶，齐鲁书社 2007 年版。

《汉代辞赋之发达》，金钜香，商务印书馆 1938 年版。

《汉代文学思想史》，许结，人民文学出版社 2010 年版。

《汉赋考》二卷，汪吟龙，民国二十八年（1939）钞本。

《汉赋美学》，章沧授，黄山书社 1992 年版。

《汉赋赏析》，仇仲谦，广西教育出版社 1989 年版。

《汉赋通论》，万光治，巴蜀书社 1989 年版。

《汉赋通义》，姜书阁，齐鲁书社 1989 年版。

《汉赋：唯美文学之潮》，刘斯翰，广州文化出版社 1989 年版。

《汉赋研究》，龚克昌，山东文艺出版社 1984 年出版，1990 年新版修订本。

《汉赋研究史论》，踪凡，北京大学出版社 2007 年版。

《汉赋艺术论》，阮忠，华中师范大学出版社 1993 年版。

《汉赋之史的研究》（《汉赋研究》），陶秋英，上海中华书局 1939 年版，浙江古籍出版社 1986 年重版。

《汉赋纵横》，康金声，山西人民出版社 1992 年版。

《汉唐艺术赋研究》，余江，学苑出版社 2005 年版。

《汉书》，班固撰，颜师古注，中华书局 1962 年校点本。

《汉书补注》，王先谦，上海古籍出版社 2008 年版。

《汉书艺文志讲疏》，顾实，商务印书馆 1927 年版。

《汉书艺文志举例》，孙德谦，中华书局 1989 年版。

《汉魏六朝百三家集》，张溥，光绪己卯夏信述堂重刊本。

《汉魏六朝辞赋》，曹道衡，上海古籍出版社 1989 年版。

《汉魏六朝赋家论略》，何沛雄，台北学生书局 1986 年版。

《汉魏六朝赋选》，清钞本（原刊题作“实园主人古赋钞”）。

《汉魏六朝赋选》，瞿蜕园，上海古籍出版社 1979 年版。

《汉魏六朝赋选注》，裴晋南等，上海古籍出版社 1983 年版。

《汉魏六朝赋摘艳谱说》，魏伦喆，清光绪辛巳瀛山书院刻本。

《汉魏六朝诗赋选》不分卷，清钞本。

《汉魏六朝四十家赋述论》，高光复，黑龙江教育出版社 1988 年版。

《汉魏六朝小赋选》，张永鑫，江苏教育出版社 1986 年版。

《后汉书》，范晔撰，李贤等注，中华书局 1965 年校点本。

《后汉书集解》，王先谦撰，商务印书馆 1959 年排印本。

《华国编文选》，孙濩孙，清乾隆二十四年刊本。

《华国编赋选》，孙濩孙，清雍正十一年刊本。

J

《贾谊集》，贾谊撰，上海人民出版社 1976 年校点本。

《江文通集》，江淹撰，胡之骥注，中华书局 1984 年版。

《校雠通义》，章学诚，《文史通义校注》，叶瑛校注，中华书局 1985 年版。

《金楼子》，萧绎，清知不足斋丛书本。

《晋书》，房玄龄撰，中华书局 1974 年版。

《经德堂文集》，龙启瑞撰，清光绪四年龙继栋京师刻本，《续修四库全书》1541—1542 册。

《经史百家杂钞》，曾国藩撰，岳麓书社 2009 年版。

《经学历史》，皮锡瑞，中华书局 2004 年版。

《经学通论》，皮锡瑞，中华书局 1954 年版。

《净德集》，吕陶，商务印书馆 1935 年版。

L

《兰山课业经训诗赋约编》附《风骚补编》，盛元珍、叶氏等辑，清乾隆六年刊本。

《历朝赋钞》二十卷，沈钧德，清乾隆乙酉（乾隆三十年，1765）刻本。

《历朝赋格》十五卷，陆棻，《四库全书存目丛书》集部第 399 册。

《历朝赋楷》八卷，王修玉，《四库全书存目丛书》本集部第 404 册。

《历代辞赋研究史料概述》，马积高，中华书局 2001 年版。

《历代赋钞》三十二卷，赵维烈，清康熙刻本。

《历代赋话校证》，浦铣著，何新文、路成文校证，上海古籍出版社 2007 年版。

《历代赋汇》，陈元龙等编，凤凰出版社 2004 年版。

《历代赋评注》，赵逵夫编，巴蜀书社 2010 年版。

《历代诗话》，吴景旭，中华书局上海编辑所 1958 年版。

《礼记疏》，郑玄注，孔颖达疏，清嘉庆二十年南昌府学重刊宋本十三经注疏本。

《李太白全集》，王琦注，中华书局 1977 年版。

《两汉赋钞》，清钞本，南京图书馆藏。

《两周诗史》，马银琴，社会科学文献出版社 2006 年版。

《刘申叔先生遗书》，刘师培，江苏古籍出版社 1997 年版。

《刘师培全集》，刘师培，中共中央党校出版社 1997 年版。

《律赋拣金录》不分卷，朱一飞，清乾隆本。

《律赋新编笺注》，清同治庚午新刊，金阊小西山房藏校本。

《律赋选读》，祝春氏辑，乙丑秋钞本。

《律赋选读》，刘岳云辑，光绪丙申秋四川尊经书院刊本。

《鹿裘石室集》，梅鼎祚，明天启三年玄白堂刻本。

《论文杂记》，刘师培，人民文学出版社 1959 年版。

《论衡集解》，刘盼遂，中华书局 1959 年版。

M

《茂林赋钞》，吴学洙撰，崇文堂藏板，道光癸未刊本。

《毛诗后笺》，胡承珙，黄山书社 1999 年版。

《毛诗原解》，郝敬，明万历郝千秋郝千石刻九部经解本。

《毛诗正义》，孔颖达，北京大学出版社 2000 年版。

《毛诗传笺通释》，马瑞辰撰，陈金生点校，中华书局 1989 年版。

《眉山唐先生文集》，唐庚，《四部丛刊三编》本。

《梦陔堂文说》，黄承吉，道光二十三年（1843）刻本。

《蒙香室赋录》二卷，冯煦，清光绪十一年（1885）刊本。

《茗柯文编》，张惠言撰，黄立新校点，上海古籍出版社 1984 年版。

《明文海》，黄宗羲编，清涵芬楼钞本。

P

《骈体文钞》，李兆洛辑，光绪八年江苏绿荫堂刊本。

《骈文史论》，姜书阁，人民文学出版社 1986 年版。

《佩秋阁诗稿》，吴莒，清光绪刻本，哈佛燕京图书馆藏本。

《曝书亭集》，朱彝尊，《四部备要》排印本。

Q

《七十家赋钞》，张惠言编，《续修四库全书》本。

《千顷堂书目》，黄虞稷，上海古籍出版社 1990 年版。

《钦定四库全书总目》，纪昀等撰，四库全书研究所整理，中华书局 1997 年版。

《秦汉史》，钱穆，生活·读书·新知三联书店 2005 年版。

《清朝续文献通考》，刘锦藻，商务印书馆《十通》合印本。

《清代经学史通论》，吴雁南，云南大学出版社 1993 年版。

《清代科举考试述录》，商衍鎏，生活·读书·新知三联书店 1958 年版。

《清代科举考试述录及有关著作》，商衍鎏，百花文艺出版社 2003 年版。

《清代科举制度研究》，王德昭，中华书局 1984 年版。

《清代律赋新论》，詹杭伦，北京燕山出版社 2008 年版。

《清代乾嘉文人与文化》，陈金陵编著，人民教育出版社 2001 年版。

《清代文集篇目分类索引》，王重民、杨殿珣等编，北京图书馆出版社 2003 年版。

《清代文论选》，王镇远、邬国平编，人民文学出版社 1999 年版。

《清代文选学珍本丛刊》，李之亮校点，中州古籍出版社 1998 年版。

《清代学术概论》，梁启超，上海古籍出版社 1998 年版。

《清代学术思想的变迁与文学》，马积高，湖南人民出版社 1996 年版。

《清华大学藏战国竹简》（三），李学勤，中西书局 2012 年版。

《清经世文续编》，葛士濬，清光绪石印本。

《清人文集别录》，张舜徽，华中师范大学出版社 2004 年版。

《清史编年》，林铁钧主编，中国人民大学出版社 2000 年版。

《清史稿》，赵尔巽等，中华书局 1976 年校点本。

《〈清史稿·艺文志〉补编》，章钰等编，中华书局 1982 年版。

《清诗话续编》，郭绍虞编，上海古籍出版社 1983 年版。

《清诗史》，朱则杰撰，江苏古籍出版社 2000 年版。

《清文颖》，陈廷敬、张廷玉等编，上海古籍出版社 1994 年版。

《青溪集》，程廷祚，黄山书社 2004 年版。

《全汉赋》，费振刚、胡双宝、宗明华辑校，北京大学出版社 1993 年版。

《全汉赋校注》，费振刚等辑，广东教育出版社 2005 年版。

《全明诗话》，周维德辑，齐鲁书社 2005 年版。

《全上古三代秦汉三国六朝文》，严可均辑，中华书局 1991 年版。

《全唐文》，董诰编，中华书局 1983 年版。

《全唐文纪事》，陈鸿墀，清同治十二年方功惠广州刻本。

《全魏晋赋校注》，韩格平等校注，吉林文史出版社 2008 年版。

R

《日知录校释》，顾炎武撰，张京华校释，岳麓书社 2011 年版。

S

《骚赋论》，程廷祚，《金陵丛书乙集本》。

《尚书正义》，孔颖达，中华书局 1980 年版。

《四家赋钞》，景其濬编，诵芬堂藏板，南京图书馆藏。

《四六丛话》，孙梅，《丛书集成初编》本。

《司马相如集校注》，金国永校注，上海古籍出版社 1993 年版。

《司马相如集校注》，司马相如撰，朱一清、孙以昭校注，人民出版社 1996 年版。

《声律关键》，郑起潜，台湾商务印书馆影印宛委别藏本，1981 年。

《史记》，司马迁撰，裴骃集解，司马贞索隐，张守节正义，中华书局 1959 年校点本。

《十三经注疏》，阮元，中华书局 1980 年影印本。

《诗比兴笺》，陈沆，上海古籍出版社 1980 年版。

《诗法指南》，蔡钧辑，清乾隆刻本。

《诗经引论》，滕志贤，江苏教育出版社 1996 年版。

《诗毛氏传疏》，陈奂，商务印书馆 1932 年版。

《诗薮》，胡应麟，上海古籍出版社 1979 年版。

《士与中国文化》，〔美〕余英时，上海人民出版社 1987 年版。

《诗源辨体》，许学夷，明崇祯十五年陈所学刻本。

《书目答问补正》，张之洞撰，范希曾补正，上海古籍出版社 2011 年版。

《说文解字》，许慎，中华书局 1963 年版。

《说文解字注》，段玉裁注，清嘉庆二十年经韵楼刻本。

《宋玉集》，吴广平编注，岳麓书社 2001 年版。

T

《太平御览》，李昉等编，中华书局 1960 年版。

《唐钞文选集注汇存》，佚名编，上海古籍出版社 2000 年版。

《唐律赋钞·论赋集钞》，杨泗孙，清光绪二年（1876）刊本。

《唐人赋钞》，邱先德、邱士超辑，清嘉庆十八年（1813）羊城允经楼刊本。

《唐诗归》，钟惺、谭元春辑，《续修四库全书》集部第 1590 册。

《唐文粹》，姚铉编，上海商务印书馆缩印校宋明嘉靖刊本。

《天岳山馆文钞》，李元度，《近代中国史料丛刊一辑》（0402 册），台北文海出版社 1966 年版。

《铁立文起》，王之绩，《四库全书存目丛书》，影印北京大学图书馆藏清康熙癸未（1703）刻本。

《通典》，杜佑，中华书局 1988 年版。

《童山文集》，李调元，《续修四库全书》第 1456 册。

W

《魏晋南北朝赋史》，程章灿，江苏古籍出版社 2001 年版。

《文献通考》，马端临，中华书局 2011 年版。

《文心雕龙注》，刘勰，范文澜注，人民文学出版社 1958 年版。

《文学话语与权力话语——汉赋与两汉政治》，胡学常，浙江人民出版社 2000 年版。

《文选》，萧统编，李善注，中华书局 1977 年影印本。

《文选诗赋题摘艳》，吟香堂辑，研经阁藏板，嘉庆十年刻本。

《文苑英华律赋选》四卷，钱陆灿，清康熙二十五年（1686）吹藜阁原刻本。

《文史通义校注》，叶瑛校注，中华书局 1994 年版。

《文章辨体序说·文体明辨序说》，吴讷、徐师曾，人民文学出版社 1962 年校点本。

《吴汝纶全集》，吴汝纶，黄山书社 2000 年版。

X

《惜抱轩诗文集》，姚鼐撰，刘季高标点，上海古籍出版社 1992 年版。

《西汉文纪》，梅鼎祚编，《文渊阁景印四库全书》本。

《西京杂记》，葛洪编撰，《四部丛刊初编》影印江安傅氏双鉴楼藏明刻本。

《先唐辞赋研究》，郭建勋，人民出版社 2004 年版。

《小仓山房诗文集》，袁梅，上海古籍出版社 1988 年版。

《续古文辞类纂》，王先谦，《四部备要》本。

《续修四库全书提要》，王云五等编，台湾商务印书馆 1972 年版。

《选评〈古文辞类纂〉》，林纾，浙江古籍出版社 1986 年版。

《荀子集解》，王先谦，中华书局 1988 年版。

Y

《雅伦》，费经虞，《续修四库全书》第 1697 册，上海古籍出版社 1995 年版。

《揅经室集》，阮元，《四部丛刊》景清道光本。

《扬雄蜀都赋读》，冯李骅，清钞本。

《扬雄集校注》，张震泽校注，上海古籍出版社 1993 年版。

《仪礼疏》，郑玄注，贾公彦疏，清嘉庆二十年南昌府学重刊宋本十三经注疏本。

《义门读书记》，何焯，《文渊阁四库全书》本。

《艺概》，刘熙载，上海古籍出版社 1978 年重排本。

《艺文类聚》，欧阳询等撰，上海古籍出版社 1982 年排印本。

《艺苑卮言校注》，王世贞撰，罗仲鼎校注，齐鲁书社 1992 年版。

《愚庵小集》，朱鹤龄，上海古籍出版社 1979 年版。

《元氏长庆集》，元稹，四部丛刊景明嘉靖本。

《渊雅堂全集》，王芑孙，嘉庆八年（1803）至二十五年（1845）刻本。

Z

《增订文心雕龙校注》，黄叔琳注，李详补注，杨明照校注拾遗，中华书局 2000 年版。

《曾国藩全集》，曾国藩著，邓云生编校，岳麓书社 1985 年版。

《曾文正公文集》，曾国藩，《四部丛刊》初编缩印本。

《增注赋学指南》，余丙照，清道光二十三年刻本。

《章太炎全集》，章太炎著，上海人民出版社 1984 年版。

《中国辞赋发展史》，郭维森、许结，江苏教育出版社 1996 年版。

《中国的文学理论》，刘若愚，田守真等译，四川人民出版社 1987 年版。

《中国赋论史稿》，何新文，开明出版社 1993 年版。

《中国赋学历史与批评》，许结，江苏教育出版社 2001 年版。

《中国古代文体概论》，褚斌杰，北京大学出版社 1990 年版。

《中国近三百年学术史》，梁启超，东方出版社 2004 年版。

《中国近三百年学术史》，钱穆，中华书局 1986 年版。

《中国书坊研究》，戚康福，商务印书馆 2007 年版。

《中国文学大辞典》，钱仲联等，上海辞书出版社 2000 年版。

《中国文学批评资料汇编·清代卷》，台北“国立编译馆”主编，台北成文出版社 1979 年版。

《中国学术思想史随笔》，曹聚仁，香港三联书店 2003 年版。

《中华大典·文学典·文学理论分典》，张伯伟、许结、朱恒夫编，凤凰出版社 2006 年版。

《周礼正义》，孙诒让，中华书局 1987 年版。

《朱子诗义补正》，方苞，《续修四库全书》本，上海古籍出版社 1994 年版。

《资中赋钞》，姜学渐编，同治丁卯刻本。

《作赋例言》，汪廷珍，宜黄黄氏逊敏堂丛书刻本。

《左传补注》，惠栋撰，清景印文渊阁四库全书本。

论文：

《鲍桂星〈赋则〉考论》，许结，《南京大学学报（哲学·人文科学·社会科学版)》2010 年第 5 期。

《班固区划赋类标准试析》，万光治，《四川师范大学学报（社会科学版)》1989 年第 4 期。

《出土简帛书籍分类述略（诸子略、诗赋略)》，骈宇骞，《中国典籍与文化》2005 年第 4 期。

《敦煌文学与唐代讲唱艺术》，王小盾，《中国社会科学》1994 年第 3 期。

《费密父子的生平及考述》，刘锋晋，《成都师专学报》1988 年第 1 期。

《汉赋用〈诗〉的文学传经》，许结、王思豪，《中国社会科学》2011 年第 4 期。

《〈汉书·艺文志·诗赋略〉赋之分类研究述略》，陈刚，《文献》2011 年第 2 期。

《〈汉书·艺文志〉"杂赋"臆说》，伏俊琏，《文学遗产》2002 年第 6 期。

《〈汉志·诗赋略〉分类义例新论》，熊良智，《中州学刊》2002 年第 3 期。

《伽达默尔与启蒙主义》，何卫平，《山东大学学报（哲学社会科学版)》2010 年第 6 期。

《科举与辞赋：经典的树立与偏离》，许结，《南京大学学报（哲学·人文科学·社会科学版)》2008 年第 6 期。

《李调元〈雨村赋话〉述评》，林振兴，《侨生大学先修班学报》2001 年第 7 期。

《论赋的学术化倾向——从章学诚赋论谈起》，许结，《四川师范大学学报》2005 年第 1 期。

《论连珠体的文体特征》，曾枣庄，《古典文学知识》2011 年第 3 期。

《论清代的赋学批评》，许结，《文学评论》1996 年第 4 期。

《论清代科举中辞赋的地位与作用》，俞士玲，《辞赋文学论集》，江苏教育出版社 1999 年版。

《论桐城派古文选本中的古赋思想》，王思豪，《安徽大学学报（哲学社会科学版)》2011 年第 6 期。

《清赋概论》，许结，《学术研究》1993 年第 3 期。

《清代赋学的几个理论问题》，詹杭伦，《北京化工大学学报》2002 年第 1 期。

《清代八股文平议》，詹杭伦，《中国古典文学研究》2000 年第 6 期。

《清代赋学批评初探》，林振兴，《侨生大学先修班学报》2000 年第 7 期。

《清人论赋家的修养与赋家的品格》，詹杭伦，《南京师范大学文学院学报》2002 年第 2 期。

《汤稼堂〈律赋衡裁〉与清代律赋学考述》，许结，《浙江学刊》2003 年第 6 期。

《三品论赋——〈汉书·艺文志·诗赋略〉前三种分类遗意新说》，李士彪，《鲁东大学学报》2006 年第 3 期。

《〈诗经〉对答之体及其历史意义》，郭杰，《文学遗产》1999 年第 2 期。

《手稿本〈七十家赋钞〉的学术价值》，王思豪，《中国典籍与文化》2010 年第 4 期。

《释赋：从诗体到诗歌技巧及赋体》，贾晋华，《诗经研究丛刊》2008 年第 2 期。

《四言体的形成及其与辞赋的关系》，葛晓音，《中国社会科学》2002 年第 6 期。

《宋玉年世行迹表》，刘刚，《鞍山师范学院学报》2003 年第 5 期。

《王修玉〈历朝赋楷〉与清初文教政策》，潘务正，《浙江师范大学学报（社会科学版)》2010 年第 1 期。

《扬雄的赋论与清人的回应》，詹杭伦，《第三届汉代文学与思想学术研讨会论文集》。

《“以古文为时文”的创作形态及文学史意义》，刘尊举，《文学评论》2012 年第 6 期。

《历代都邑赋研究》，涂敏华，福建师范大学 2007 年，博士学位论文。

《古今比兴论》，黄若舜，南京大学 2014 年，硕士学位论文。

《〈汉书·艺文志·诗赋略〉文献研究》，王晓庆，华中师范大学 2009 年，博士学位论文。

《汉代骚体诗赋研究》，李慧芳，浙江大学 2009 年，博士学位论文。

《汉代文化视角下的汉赋研究》，郑明璋，山东大学 2006 年，博士学位论文。

《汉赋的生产与消费》，孔德明，华中师范大学 2010 年，博士学位论文。

《汉赋与汉代〈诗经〉学》，金前文，华中师范大学 2006 年，博士学位论文。

《汉赋与汉代社会》，龙坚毅，博士学位论文，厦门大学 2007 年。

《汉赋专题研究》，高一农，陕西师范大学 2003 年，博士学位论文。

《清代边疆舆地赋研究》，涂怡萱，暨南国际大学 2001 年，硕士学位论文。

《清代赋论流变》，孙福轩，浙江大学 2006 年，博士学位论文。

《清代赋论述评》，林振兴，中国文化大学 1999 年，博士学位论文。

《清代赋论研究》，詹杭伦，香港浸会大学 2000 年，博士学位论文。

《"诗六义"学术史研究》，李平，华中师范大学 2013 年，博士学位论文。

《俗赋研究》，伏俊连，西北师范大学 2001 年，博士学位论文。

《〈文选〉赋研究》，冯莉，北京语言大学 2008 年，博士学位论文。

《西汉赋生命主题论稿》，刘向斌，陕西师范大学 2008 年，博士学位论文。

《先唐俗赋传播接受研究》，马丽娅，南京师范大学 2007 年，博士学位论文。

《由拒唐到学唐——元明清赋论趋向之考察》，游适宏，台湾政治大学 1999 年，博士学位论文。

《越南汉文赋对中国赋的借鉴与其创造》，潘秋云，复旦大学 2010 年，博士学位论文。

后　记

我从小对文学就有一种特别的爱好，对诗赋文辞尤剧，这使我在研究生阶段就对赋学研究发生了浓厚的兴趣。

其先，因雅好词赋，吾师李丹乃让谨习唐赋，于是以“四杰”入门，始知赋作之法径，其后阅《文选》《文心》等，始悟汉赋之雄张。明清以来谓“文必秦汉，诗必盛唐”。其意虽有复古革新之意，然览贾、马、班、张之文，确有洋洋不可及之处。追历代翰心文迹，代有因革，然未有不尝学古而自新者。虽“四杰”之文，李、杜之才，犹斐然可览古人意气，于诗骚汉赋皆有取会因鉴，乃悟赋、诗之有因也。晚更读相如赋，文采斐然，情思无极，与“诗”“骚”何异？乃究心汉赋，游学金陵，幸蒙恩师许结先生开蒙启智，又得窥汉赋之奥趣犹多。承文立典，引经取义，非敢斑窥。

赋诗之学，体奥而博，无有专尚，非敢陈辞。班固云：“赋者，古诗之流也。”赋、诗虽流异而源同，其言志载道，与文无异。“诗”尤统“六义”，为《经》也尊。而“赋”兼“六义”，体同“六诗”，其用博且广。自《文选》首列赋而次取诗，两汉而至于明清，武、宣及圣祖玄烨，光赞褒掖，于是“赋诗”之地位于中国文学及政治传统中未可争议。润色鸿猷，黼黻休明，于诗赋未可与俱。故赋、诗之关系渊且密也。

赋、诗之早期状况尚不太清楚，或呼“诗”为“赋”，或呼“赋”为“诗”。故“诗学”犹可视之为“赋学”，“赋学”犹可视之为“诗学”。在此学术领域中，吾恩师许结教授与刘明华教授各有所精。吾虽不敏，却幸得二师提点奖掖，于是于诗赋之学益有趣而闻焉。

刘先生为吾旧识及同乡，多有恩惠于我。癸巳（2013）六月，博士毕业答辩方毕，正欲辞京归里。先生知我情况，乃引为门下受业之棣，谨得以入室。进站之初，吾尚有雄心，立志专学，然因吾原单位公事之累，又不能免其任，乃常未能专力于斯学，故甚感惭愧无已。

乙未（2015）初，博士后出站报告已略具初廓，尚有二三章未备。三月某日在研究院办公室搬迁过程中，不意窃贼竟将我办公室的苹果笔记本裹挟而去。此笔记本大小厚薄如书，为吾当时最值钱的移动私产，一切笔记、随文、杂兴，以及在金陵所伏案之旧文，皆储于其中。于是匆忙报案，后虽立案，然终未果。至于所存资料旧文及博士后出站报告未竟初稿乃荡然无复。实可痛哉！幸尚存有一移动硬盘，其中还保留有在金陵游学所积之资料，于是又不得不重整旗鼓，遍翻旧籍，忆缕条绪，复累经年，几三历春秋，幸先生予我也特为宽宥，温严如父。又幸蒙同门占如默及博士后管理办公室陈勰等诸兄惠助，终呈斯文之陋，得绪未竟之学，补偿所愿，天实幸我多也。至于文学院流动站及博士后管理办公室诸师友或有释教厚助，此一并谢之。

三秋飞逝，甘苦如昨。或有淋漓痛快，或有忧谗畏讥，或有登楼骋怀，或有澄性明心，皆诗赋予我之洗练也。斯谨存以为后记。

时丙申庚子丁亥日于栖凤书屋

责任编辑：郭　娜
封面设计：周方亚
责任校对：吕　飞

图书在版编目（CIP）数据

清代汉赋学理论与批评／何易展 著．—北京：人民出版社，2018.2
ISBN 978－7－01－018380－0

I．①清…　II．①何…　III．①汉赋－文学研究－清代　IV．① I207.224
中国版本图书馆 CIP 数据核字（2017）第 250837 号

清代汉赋学理论与批评
QINGDAI HANFUXUE LILUN YU PIPING

何易展　著

人民出版社 出版发行
（100706　北京市东城区隆福寺街 99 号）

北京市文林印务有限公司　新华书店经销

2018 年 2 月第 1 版　2018 年 2 月北京第 1 次印刷
开本：710 毫米 ×1000 毫米 1/16　印张：23.25
字数：323 千字

ISBN 978－7－01－018380－0　定价：66.00 元

邮购地址 100706　北京市东城区隆福寺街 99 号
人民东方图书销售中心　电话：（010）65250042　65289539